KB018446

새로운
수필 쓰기

雲亭 윤재천

경기도 안성 출생, 전 중앙대 교수
한국수필학회 회장, 「현대수필」 발행인
한국문인협회 고문, 국제펜클럽한국본부 고문

■ 저서
수필문학론, 수필작품론, 현대수필작가론, 운정의 수필론

■ 수필집
「구름카페」, 「청바지와 나」, 「어느 로맨티스트의 고백」(상, 하), 「바람은 떠남이다」, 「윤재천 수필문학전집」 7권, 「퓨전수필을 말하다」, 「수필아포리즘」, 「구름 위에 지은 집」

■ 수상
한국수필문학상, 노산문학상, 한국문학상, 올해의 수필가상(제1회), 흑구문학상, PEN문학상, 조경희문학상, 산귀래문학상(제1회).

새로운
수필 쓰기

•

1쇄 인쇄일·2018. 12. 15.
1쇄 발행일·2018. 12. 20.

엮은이·윤재천
펴낸이·이형식
펴낸곳 | 도서출판 문학관
등록일자 | 1988. 1. 11
등록번호 | 제10-184호
주소 | 121-856 서울시 마포구 독막로 28길 34
전화 | (02)718-6810, (02)717-0840
팩스 | (02)706-2225
E-mail | mhkbook@hanmail.net

copyright ⓒ 윤재천 2018
copyright ⓒ munhakkwan. Inc. 2018 Printed in Korea

책값·30,000원

ISBN 978-89-7077-575-3   03810

이 책의 저작권은 저자와 도서출판 문학관이 소유합니다.
한국 내에서 보호를 받는 저작물이므로 무단 전재와 무단 복제를 금합니다.
※ 파본은 바꿔드립니다.

178명, 평론가와 수필가가 쓴

새로운
수필 쓰기

윤재천 엮음

문학관books

새로운 수필미학을 위해

윤재천 (한국수필학회 회장)

급변하는 시대에는 누구나 새로움을 추구한다.

수필의 변신은 오래전부터의 바람이었다. 새로운 수필을 위해 멈추지 않는 도전의식은 독자에게 공감과 꿈을 심어준다.

수필은 붓을 따라 가는 것이 아니라 삶을 따라 걸어가는 것이다. 삶은 사람이 할 수 있는 일 중에서 가장 아름다운 과업이다. 아름답고 여유로운 삶이나 고통스럽고 치열한 삶, 각각의 색깔대로 빚어진 삶의 무늬가 수필이다. 그 땀과 눈물과 환희의 고백들은 스스로를 치유하고, 나아가 같은 처지에 있는 독자를 위로하고 희망을 준다. 이런 신념을 가지고 수필의 길을 나아간다.

나는 수필을 사랑한다. 문화의 대홍수 사태에 침몰당하는 수필 장르가 되지 않기 위해 다양한 실험수필을 가르치고 시도하며, 시대에 발맞추는 수필을 넘어 시대를 선도하는 문학이 되려고 노력했다. 치열한 시도로 수필발전을 위해 땀 흘린 작가들이 있어서 수필의 앞날은 밝다.

수필의 권위를 찾기 위해 이론적 지평을 세우는 『수필학』을 1992년부터 2013년까지 20집을 발간해 학문적 틀을 제시했다. 2001년 「수필의 날」을 제정해서 범 수필행사로 치르고 있다. 2004년 「구름카페문학상」 제정에 이어, 2018년 수필의 날에 「윤재천 문학상」을 제정하여 수필발전을 위해 공헌한 수필가를 치하하고 있다.

『글쓰기의 즐거움』, 『나는 글을 이렇게 쓴다』는 창작지침서를 엮어 널리 알리고, 오랜만에 수필집 『구름 위에 지은 집』을 발간했다.

무엇을 더 바라겠는가. 어느 때보다 보람을 느낀다. 묵묵하게 걸어온 세월이 적지 않다. 때로는 나무를 심는 마음으로, 때로는 주춧돌 하나가 된 마음으로, 길 없는 길에 스스로 길을 내며 외로운 심정으로 걸었다. 순수문학만을 위해 평생 소진하고 싶었던 젊은 날의 꿈으로 한국수필발전을 위해 한 길을 걸어왔다.

여기, 수필가와 문학평론가 178명의 목소리를 모았다. 『새로운 수필 쓰기』에 인식을 바탕으로 멋과 맛이 어우러지는 수필작법을 모았다. 저마다의 색깔로 수필에 임하는 자세와 방법을 통해 수필미학을 밝힌다. 이 책으로 수필을 사랑하고 아끼는 사람들이 더 많아지기를 기대한다.

이 책이 나올 수 있도록 원고를 보내주신 필자들께 고마운 마음을 전한다.

2018년 12월

| 차 례 |

178명, 평론가와 수필가가 쓴

새로운
수필 쓰기

오늘도 스트리킹을 꿈꾸며

강돈묵

한약에 대해 전혀 모르는 나는, 약방의 감초도 쓰이는 약에 따라 그 기능이 다른 것이 아닐까 하고 생각할 때가 있다. 그리고 그때마다 어쩜 다른 기능이 있을 것이라는 나의 추측에 설복당하고 만다.

수필을 말할 때 약방의 감초처럼 따라 다니는 '붓 가는 대로, 생각나는 대로'는 천편일률적으로 '무형식의 형식'으로 이야기가 이어져 가는 것이 보통이다. 이 두 구절은 글을 쓸 때, 즉 집필할 때의 상황을 지적한 말이 아님을 인식해야 한다. 그리고 이 두 구절은 분리시켜서 생각해 볼 필요가 있다. '붓 가는 대로'는 어디까지나 형식의 다양성을 지적한 말이고, '생각나는 대로'는 내용의 다양성을 지적한 말임을 알 수 있다.

수필의 형식을 지적하는 이 감초는 언제나 '무형식의 형식'이라는 말을 쓰고 우리의 마음을 느긋하게 해 주지만, 이것이 함정인 것이다. 짧은 길이의 글에서 자신이 하고자 하는 말을 다 해야 하는 수필에서 어찌 붓 가는 대로 쓰는 것이 문학적으로 성공할 수 있겠는가.

전혀 군더더기가 없이 치밀하게 절제된 언어로 필요한 형식을 만들어 주어야 하는 것이 수필이다. 형식이 없다는 것은 역으로 형식이 많다는 것으로 인식해야 하며, 어떠한 형식이든 수용할 수 있는 자세를 가지고 있다는 이야기가 된다. 형식이라는 말은 반드시 틀이 있는 것이다. 일정한 상태나 고정된 성질이 바로 형식이다. '무형식의 형식'이란 아무렇게나 쓰는 것이 아니라, 작가의 개성에서 창출되어 나온 것을 의미한다. 또 수필의 형식은 내용에 따라서 그곳에서 요구하는 특별한 것이 있다. 그러니까 수필의 형식은 작가의 개성이나 작품의 내용에 따라 다분히 개별적인 것이다.

'생각나는 대로' 역시 수필의 내용의 다양성을 지적한다. 이 말은 우리의 머릿속에서 생각나는 모든 것들이 수필의 내용인 재료가 될 수 있다는 다양성을 지적한 말이다. 그러나 하나의 작품에서 그 내용은 선별적이다. 그 선별은 치밀한 통일성을 가지고 이루어진다. 언뜻 생각하면 글을 쓸 때 생각나는 대로 쓰면 수필이 된다는 뜻으로 보이나 그것이 아니라 너무도 절제되고 통일성을 가지고 이루어지는 문학 장르라서 오히려 부드럽게 표현해 준 것이다. 우리가 글을 쓸 때 어떤 소재는 시로 써야 하고, 또 어떤 소재는 소설로 써야 할 것이 구분되지만, 수필은 어느 것이든 다 취해서 작품으로 쓸 수 있다. 그러나 그 다양성도 하나의 작품 속에서는 철두철미한 통일성을 가지면서 존재한다. 오히려 소설보다도 더 치밀하고 짜임새 있는 선택을 요구하는 다양성이다. 이 짜임새는 버리에 의해서 결정된다. 그물의 위쪽 코를 꿰어 놓은 줄과 같이 다양성은 주제에 의해서만 결정된다. 작품의 구석구석에까지 무르녹아 있어서 그 작품을 지배하고 통치하고 이끄는 힘이 주제이다. 마치 투망의 벼리와 흡사하다. 끝에 달린 추를 잡아당겨도 끌어올릴 수 없는 그물도 벼리에 의해서 관장할 수 있듯 주제가 확실해야 작품의 모든 것이 해결된다. 그리고 또, 하나의 주제를 살리기 위해 동원되는 내용은 과감히 칼질을 해야 수필은 성공한다. 이 점 역시 수필이 작가에게 요구하는 고뇌 중의 고뇌이다.

나는 수필을 쓰면서 이 내용의 다양성에 현혹되어 방황하는 경우가 많다. 열 손가락 마디마디에 맺힌 사연은 아리게 나의 뇌리를 비집고 들어오고, 마음이 여리기 한량없는 나는 아린 손마디가 안쓰러워 등을 토닥거리며 안아들인다. 그러나 언제나 나의 가슴은 하나이고, 모두를 끌어안기에는 부족하다. 더러는 제한된 조건이 원망스럽지만, 눈물을 흘리더라도 꼭 필요한 것만 끌어안아야 한다는 것을 터득해야 한다. 많은 내용 중에서 취사선택한다는 것은 그리 쉬운 일이 아니다. 그래도 반드시 행해져야 할 일이다.

나는 이런 곤경에 빠질 경우에, 수필은 고백의 문학이고 진실의 문학이라고 다짐한다. 이것이 내가 끌어안을 것과 버려야 할 것을 가르는 척도인 것이다. 소설이 철두철미한 거짓말쟁이를 요구한다면, 수필은 있는 그대로를 내보이는 진실한 삶의 기록을 요구한다. 그렇다고 송두리째 내보이는 수기여서는 안 된다. 내보이긴 보이되 군더더기가 없이 아름답게 보여야 하는 것이 수필이다.

나는 수필을 쓸 때마다 군중이 모인 거리에서 알몸을 한 채 부끄러움에 떤다. 어찌보면 누가 쓰라고 해서 쓰는 것이 아니니, 알몸으로 던져지는 것이 아니라 계획된 나의 스트리킹인 셈이다. 번번이 나는,

옷은 어느 곳에서 벗어 던질까, 어떤 방법으로 군중들을 감동시키는 알몸의 노래를 부를까 하고 고심하게 된다. 물론 횟수를 거듭할수록 방법도 다양해지고, 기술도 늘지만 부끄럽기는 매한가지다. 그러면서도 스트리킹의 매력을 느끼는 것은 무엇 때문인지 나도 알 수가 없다.

횟수를 거듭할수록 사람마다 석화石化되어 가는 방법이 생기게 마련이다. 왜냐하면 사람마다 가지고 있는 몸뚱이가 다르고, 살아온 환경과 생활 방식이 다르기 때문이다. 그 결과를 놓고 우리는 개성이라고 한다. 이 개성은 인생관, 세계관, 문학관에 따라 다른 형태로 창조된다.

나는 요즈음 다른 사람들이 전혀 흉내낼 수 없는 스트리킹을 하고 싶은 욕구에 싸여 있다. 그것을 본 관중이 죽을 때까지 잊지 못하고 간직할 정도로 특이하고 인상적이며 고상한 스트리킹, 여느 사람과 전혀 다른 나만의 스트리킹을 하고 싶다. 그러기 위해서는 내 삶이 가지고 있는 의미를 찾아 무수히 많은 여행을 떠나야 한다. 나의 눈에 안식의 나태가 둥지를 틀어서는 아니 되고, 언제나 깨어 있어 예리하게 빛나야 한다.

언제부터인가 나는 제 새끼도 기르지 못하는 식물에 대해서 애정을 가지고 있다. 그리고 생명마저 없는 무생물들에게 목숨을 얹어주고 싶은 충동에 긴긴 밤을 지새우기도 한다. 이러한 것들은 애정을 가지고 바라보면, 빙긋이 웃으며 내 품으로 안겨 온다. 어떤 것은 시원스레 달려들기도 하고, 어떤 것은 몸을 비틀며 나를 유혹하기도 한다. 또 어떤 것은 일 년이 넘도록 반응을 보이지 않는 것도 있다. 그러나 언젠가는 내 품으로 파고들 것이라고 믿고 느긋하게 기다려야 한다.

나는 확실히 내 품에 안기려는 뜻이 감지되기 전에는 끌어안지 않는 냉정한 사람이다. 그래서 하나의 작품을 구상하기 시작하여 완성하기까지 일 년도 넘게 기다린 경우가 허다하다. 아마 이것은 여러 개의 물상을 동시에 사랑하려는 데서 비롯되었는지도 모른다. 주위의 모든 것들에게 사랑을 주고 싶은 욕심이 나를 이렇게 만든 것일 게다. 나는 매일 매일 주위의 물상들이 변하여 가는 모습을 관찰이나 하듯 메모를 한다. 항시 내 주머니 속에는 대여섯 장의 메모들이 들어앉아 완전한 사랑의 확인을 기다리기 일쑤이다. 끊임없이 사랑의 눈빛을 전하면, 모든 물상들은 감정의 변화가 느린 짐승처럼 부스스 일어나 언제나 부대끼며 살아가는 내 이웃의 얼굴을 하고 내게로 다가선다. 그러면 나는 웃으며 그들을 끌어안는다.

수필은 자신의 삶은 말할 것도 없고, 세상 모든 것에 애정을 가지고 다가갈 때 가능한 것이라고 나는 믿고 있다. 즉 수필은 따스한 정이 있어야 한다. 비록 사회를 비판하는 글이라 하더라도 그 사회에 대한 애정이 없다면 이것은 불가능할 것이다.

어차피 인간은 말을 하고 산다. 그 말은 내 안에서 생각으로 머물 때는 '나'이지만 밖으로 뱉고 나면 우리의 삶에 대한 객관성이 요구된다. 그렇기 때문에 자신이 표현하고자 하는 것은 상대방에게 정확하게 전달하여야 한다. 여기서 표현의 문제가 제기된다. 표현은 정확해야 하고, 간결하면서도 핵심이 있어야 하며 고상해야 한다. 이제는 알몸의 스트리킹보다는 중점적인 효과를 유념해야 한다. 그래야 관중에게 주는 이미지가 강렬할 것이기 때문이다.

집필의 태도는 경건해야 한다. 나는 집필 전에 서재를 치우는 버릇이 있다. 그리고 연습지 같은 부담이 없는 종이에다 쓰는 법이 없다. 조그마한 흠집도 없는 깨끗한 종이에다 쓴다. 한 자의 낙서라도 되어 있으면 나의 마음이 시답지 않고 경망스러워 좋지 않다. 깨끗한 종이를 대할 때 나의 마음은 경건해지고 흐트러짐이 없다. 어느 때는 첫 문장을 쓰기 위해 흰 백지만 바라보며 사흘도 좋고 나흘도 좋게 앉아 있기도 한다. 첫 문장이 이루어지면 실타래를 풀 듯 메모된 개요에 따라 써 내려간다. 한 편의 수필이 완성되면 한 주일이나 두 주일을 재운 후에 소리 내어 읽어본다. 호흡이 맞지 않으면 그 문장은 틀린 것이다. 틀린 문장을 다시 퇴고하고 나면 제목이 붙게 되고, 나는 알몸을 추슬러 옷가지를 걸치게 된다. 그 다음 나는 사용된 감초의 맛을 음미해 볼 일이다.

천천히 그리고, 다시

강은소

앙리 카르티에 브레송. 사진에 관심이 있다면 익숙한 이름이다. 사진작가였던 그가 평생을 찾아다니며 잡으려고 했던 것은 삶의 '결정적 순간'이다. 그러나 "삶에는 어떤 결정적 순간이 있는 것이 아니고, 인생의 모든 순간이 결정적인 순간이다"는 것을 그는 죽기 얼마 전에 깨달았다고 한다. 삶의 모든 순간이 가치 있어도 흘려 보내버리면 아무런 의미가 없다. 일상 속에서 우리가 만나는 평범한 대상이나 어떤 사건을 카메라 렌즈가 포착하는 순간, 새로운 의미 부여나 해석을 통해 진실을 발견하게 되는, 우리 삶의 결정적 순간이 마침내 탄생한다.

어쩌면 나도 그처럼 삶의 결정적 순간을 찾아 헤매는지도 모르겠다. 다만, 세련된 신기술 카메라 대신 붓이라는 예스러운 도구를 잡고 있을 뿐이다. 오래되어 더 소박한 내 수필의 붓. 아직 한 번도 제대로 된 그림을 완성해 본 적 없는 듯하나 여전히 붓을 놓지 못한다. 이 붓 하나로 가장 그리고 싶은 그림은 일상 속 낯선 리얼리즘이다.

실제보다 더 실제 같고, 현실보다 더 현실적인 현실이 주는 실감. 그 실감은 너무 사실적이라 아이러니하게도 우리에게 더 낯설게 보이고 그저 멀리 있는 타인의 현실이라 외면하고 싶어지는 현실이다. 현실감이 있어 더 낯선 현실은 우리를 한동안 아프게 하겠지만 결국 삶의 진실을 깨닫게 하고 좀 더 인간적인 우리로 다시 태어나게 하리라 믿는다. 지금도 낯선 현실과 실감을 향하여 결정적 순간을 기다리고 있다.

무엇을 어떻게 쓸 것인가. '무엇'은 글의 주제일 것이며 '어떻게'는 글의 전개 방식이다. 글은 작가가 말하고 싶은 주제가 분명하고 주제를 받쳐주기 위한 소재와 글의 단조로움을 없애는 작가 자신만의 단단한 구성이 있어야 한다. 개성 있는 주제로 잘 짜인 글은 막힘 없는 물처럼 흐른다. 좋은 수필이다.

나의 수필은 언제나 창조적 영감을 기다린다. 뇌리를 스치는 번쩍임이나 가슴에 뭉클한 뜨거움이 없으면 한 줄의 문장도 쓰지 못한다. 그러기에 주제를 미리 정해 글을 청탁해오면, 부끄러운 일이지만 아예 거절할 때가 많다. 글을 위한 창조적 영감을 떠올리는 나의 수정체는 망원 렌즈다. 일상과 살아가는 사회 전체를 멀리, 또 넓게 바라보기 위해 눈은 당연히 망원경이 되어야 한다.

나의 글쓰기는 망원 렌즈를 통한 세상 바라보기다. 우리가 살아가는 세상을 아주 천천히, 또다시 끊임없이 바라보는 일이다. 그저 여유롭게 바라보기만 하고 기다리는 일은 지루하고 따분하지만, 어느 순간 찾아오는 글의 주제와 소재, 나아가 글의 포인트가 되는 한 줄의 문장을 마주하게 된다. 글의 제목과 첫 문장을 쓰고 나면 다시 느굿이 세상을 쳐다본다. 같은 주제나 소재를 담은 글이나 자료를 가능한 한 많이 찾아보고 보편타당한 사유를 끌어올리기 위해 새로운 시간을 가진다. 기다림이 완전히 무르익은 느낌이 오면 마지막 한 줄의 맺음말을 위해 글을 전개해 나갈 때다.

문장은 담백하고 쉽게 쓰려 한다. 낱낱이 현미경으로 들여다보듯이 구구절절 답답한 묘사는 글이 늘어지므로 피한다. 문장의 장단을 적절히 섞어 글이 실감과 리듬으로 살아 움직이도록 노력한다. 글에서 중요한 의미는 문장 속에 있는 것이 아니라 움직이는 단어와 단어, 문장과 문장 사이, 문장이 그려내는 이미지와 이미지의 사이, 그 행간에 숨어있어야 한다. 작가의 의도가 무엇이든 행간의 의미를 읽는 것은 독자의 몫이다. 독자에 따라 그 의미는 무한 확대해석 될 수도 편협한 사견이 될 수도 있기에 작가는 독자를 위해 오로지 열린 결말을 추구할 뿐이다. 열린 해석을 주는 마지막 한 문장은 첫 문장이 올 때와 같다. 천천히 다시 또 기다려야 한다.

작가는 독자를 낯설게 하는 사람이다. 작가는 다른 사람이 삶에서 놓치거나 보지 못하는 한순간을 잡아내는 렌즈와 너무 익숙하여 실감하지 못하는 일상을 바라보고 결정적 순간을 그려내는 붓을 가진 사람이어야 한다. 나의 수필은 나만의 렌즈와 붓으로 우리의 일상을 더 낯설게 하려고 애쓴다. 오늘도 일상 속 낯선 현실을 그리려 길을 나선다. 그것은 세상과 삶을 마냥 바라보는, 천천히 그리고 다시 바라보는 일이다.

나의 수필 쓰기

강호형

1970년대 초, 나는 부득이한 사정으로 매일 서울에서 군산을 왕복해야 하는 장사를 시작했다. 호남고속도로가 개통된 직후여서 가능한 일이었는데, 고속버스를 타도 왕복 일곱 시간이 걸리는 강행군이었다.

고단한 일이라 피곤했지만 그렇다고 버스를 타는 일곱 시간 내내 잠만 잘 수도 없어, 신문이나 주간지 따위를 닥치는 대로 사서 읽으며 무료를 달랬다. 그러던 어느 날 隨筆文學이라는 작은 판형의 얄팍한 잡지가 눈에 띄어 한 권 사서 읽어보니 이제까지 읽던 읽을거리들과는 그 격조와 재미가 사뭇 다른 것이었다. 무엇보다도 책이 작고 얇아 주머니에 넣고 다니기에 좋을뿐더러 글이 짧으면서도 격조 높고 깊은 맛이 있어 단박에 단골독자가 되었다. 그 책에는 '독자란'이란 게 있었는데 거기 실리는 글들을 보니, 이 정도라면 나도 쓸 수 있겠다는 생각이 들었다. 마침 지난 크리스마스이브에 첫딸아이가 고열로 사경을 헤매는 바람에 아내와 함께 밤을 새우며 애를 태운 일이 떠올라 그 이야기를 써 보냈더니 그 글이 실린 책과 함께 6개월 정기 구독권이 배달돼 왔다. 재미가 나서 몇 달 후에 또 한 편 보냈더니 역시 글이 실리고 6개월 구독권이 왔다. 이렇게 수필에 재미를 붙여가고 있는데, 무슨 이유에선지 그 잡지가 폐간되고 말았다. 뒤미처 나도 하던 일을 그만두게 되어 한동안 수필을 멀리하고 지냈다.

그러던 내가 수필을 쓰게 된 것은 미당 서정주 선생께서 《文學精神》을 창간하신 것이 계기가 되었다. 친구의 도자기 요에 오신 선생을 처음 뵙게 된 인연으로 해마다 세배를 다닐 만큼 존경하며 따르던 터였다. 잡지를 창간하신 선생은 내게서 무슨 싹수라도 보셨던지 시를 써보라고 권하셨지만 나는 수필에 대한 향수가 되살아나 1987년 한 해 동안 혼자 끙끙대며 수필 세 편을 만들어 응모한 것이 이듬해 2월호에 발표되어 등단했다.

등단을 하고 나니 글 쓰는 일이 더욱 어렵게 느껴졌다. 수필 공부라고는 윤오영 선생의 《수필문학 입문》 한 권을 읽은 것이 전부인데다가, 면식 있는 수필가가 한 분도 없어 지도를 받을 길도 없었다.

배울 데가 없으면 선배를 모방하는 것도 공부가 될 것 같아, 피천득 선생의 글을 흉내 내 보기로 했다. 그러나 그 간결한 문체에 산뜻한 감각을 흉내 내기란 당초에 불가능했다. 다음으로 윤오영 선생을 따라 해보기로 했다. 어려서 글방에 다녀본 경험을 살린다면 선생의 그 글방 냄새 나는 글의 아취를 흉내 낼 수 있을 것 같아서였는데, 이 또한 가당치 않다는 걸 금방 깨달았다. 그 다음으로 생각해낸 분은 김소운 선생이었다. 우리나라에서는 가장 선 굵은 남성적 수필을 쓰는 분으로 여기고 있던 터라, 서정성 짙은 부드러운 수필이 대종을 이루는 우리 수필 풍토에서 시도해볼만한 작업이라고 생각했다. 하지만 그 또한 마음 같지 않았다. 좀처럼 흉내 내기가 어려울뿐더러, 어찌어찌해서 비슷하게 써놓고 보면 선생의 글을 베낀 것 같아 찜찜했다. 나는 거기서 수필은 인품에서 우러나는 글이라는 사실을 깨달았다. 내 경륜과 인품이 그분들에 미치지 못하면서 흉내를 내려한 것이 잘못이었던 것이다.

이런 시행착오 끝에 터득한 수필관을 훗날 첫 수필집 『돼지가 웃은 이야기』와, 잇달아 펴낸 수필선집 『바다의 묵시록』 서문에 각각 다음과 같이 썼다.

좋은 약은 대개 맛이 없다. 더러는 먹기에 역겹기까지 하다. 그런데 아무리 좋은 약도 먹지 않으면 효과를 기대할 수 없다. 이를 거부감 없이 먹게 하는 방편으로 당의를 입힌다. 수필이 바로 그런 것이라고 믿어왔다. 그러나 그보다 더 좋은 수필은 술과 같아야 한다는 생각이다. 술은 원료도 좋아야 하지만 발효와 숙성 과정을 제대로 거친 것일수록 맛이 좋고 향도 그윽하다.

— 졸저 「돼지가 웃은 이야기」 서문 일부

수필은 우선 재미가 있어야 한다는 것이 내 생각이다. 짧은 것이 특성인 수필 한 편에서 무슨 전문 지식이나 심오한 철학을 배우려고 읽는 사람은 많지 않을 것이며 따라서 재미가 없으면 읽지 않을 것이 뻔하기 때문이다. 그렇다고 수필에는 아무 알맹이 없이 잔재미만 있으면 된다는 말은 아니다. 틈나는 시간에 재미로 읽되, 읽고 나서 뭔가 느끼고 깨닫는 바가 있어야 좋은 수필이라고 할 수 있을 것이다.

그동안 나는 대략 이런 생각으로 수필을 써온 셈이다. 모방에 실패하고 나니 내 분수대로 쓸 수밖에 없었고, 재미를 추구하려다 보니 서사에 치우치게 되었다. 그 때문인지 수필을 쓰지 말고 소설을 써보라고 권하는 분이 한둘이 아니었다. 내 수필이 모두 소설 같다는 것이다. 이는 내가 의도한 바이기도 했다. 종래의 우리 수필이 선비의식에 발목을 잡혀 매너리즘에 빠진 나머지 문학의 서자 취급을 면치 못하고 있었기 때문이다.

이런 문제에 인식을 같이하는 문우 열 명이 모여 2006년 봄 '양재회'란 동인회를 결성하고 이듬해에 동인지 《수필 실험》을 창간하여 부정기적으로 5집까지 내고 요즘 6집을 준비 중이다. 우리는 그 동인지 창간사에 다음과 같이 썼다.

우리 수필이 국제적으로는 물론 국내의 비중 있는 문예지나 신춘문예 등에서 마저 외면당하고 변방으로 밀려나 있는 것이 현실이다. 이런 현상은 '수필은 청자연적이다', '수필은 간밤에 마시다가 흘린 주흔이다' 하는 식의 선비의식이 거역할 수 없는 전통처럼 우리 수필 계를 지배해오는 동안 대다수의 수필가들이 수필을 한낱 파한破閑의 여기餘技쯤으로 여겨온 데서 그 원인을 찾아야 할 것이다.

세상이 변했다. 어느 분야에서나 선비연하고 똬리를 틀고 안주해서는 살아남기 어려운 시대가 되었다. 수필이라고 예외일 수 없다. 이제는 수필도 휴전선 비무장지대에 나뒹굴고 있는 녹슨 철모이거나, 생활고에 시달리다가 달리는 전동차에 몸을 던진 어느 가장의 혈흔, 또는 침대 시트에 얼룩진 불륜의 흔적일 수도 있어야 한다.

− 《수필 실험》 창간사 일부

나는 이런 생각으로 수필을 쓰고 있다.

일기는 수필의 기초를 닦는 길

고동주

나는 초등학교 고학년 시절부터 일기를 쓰기 시작했다.

누가 곁에서 강조하지 않았는데도 스스로 느껴서 한 일이다. 어린 나이에 고아孤兒가 되었고, 숙부님의 보호를 받으며 자라게 된 여건 때문인지도 모른다. 철이 들자, 밖에서 보고, 듣고, 느낀 것을 마음에 담고 집에 와도, 오순도순 이야기할 형편이 허락되지 않았다. 그래서 궁리 끝에 일기장에다 적어보기로 했던 것 같다. 나에게는 그 일기장이 엄마도 되고, 형님이나 누나도 될 수 있었던 것이다.

한없이 외로울 때에는, 일기장에다 눈물 자국을 떨어뜨리면서까지 그 서러움을 기록했다.

그때 우리 집 마당 주변에는 대나무 밭이 있었는데, 달밤이 되면 그 대나무 그늘이 앞마당에 드리워져 흔들거릴 때마다, 그 대나무 그림자도 나처럼 외로워 흐느적거리는 것으로 보였다. 이런 무거운 외로움까지도 일기장에다 옮겼다. 그렇게라도 하면 무거웠던 고독의 짐이 다소 가벼워졌으니까. 이런 애환을 호소하는 것을 비롯한 자연현상 등에서 깨달음을 얻어내었을 때에도, 이야기 대상은 역시 일기장이었다.

6·25 전쟁 후, 나라 사정이 어려운 때라, 온 나라가 가난에 허덕였고, 그중에서도 작은 섬에 거주하는 숙부님 댁은 더욱 가난했던 처지라, 아무리 작은 소망일지라도 이룰 수가 없었다. 그런 것마저도 일기장만이 유일한 위로의 대상이었으니까.

그런 형편인데도 숙부님께서는 그 귀한 전답과 임야의 일부까지 팔아가면서까지 조카를 육지의 정규학교로 유학遊學을 시켜주셨다. 어찌 그 애달픈 공로를 잊을 수 있으랴. 청년 시절이 되었을 때는 제법 어른들 흉내까지 내게 되었던 것이다. 어쩌다 보편적 가치를 발견할 때나, 인생의 미학을 발견했을 때나, 삶의 철학까지도 깨달은 때가 더러 있었으나, 그런 이야기 대상까지도 일기장뿐이었다.

이렇게 나이에 따라 일기장에 담는 내용이 약간씩 성숙해진다는 것을 스스로도 느낄 수 있었다.

그러다가 뒤늦게 수필문학에 본격적으로 달려들었던 것이다. 어쩌다 일기에 기록되었던 내용과 비슷한 수필을 만난 때문이다. 그 후, 『한국수필문학 대전집』(전 20권)을 비롯한 수필문학 이론에 대한 각종 참고서적까지 열심히 읽은 후, 드디어 수필을 써 보겠다는 생각을 굳히고 습작에 들어섰던 것이다.

근무지의 수필문학 단체에도 가입하여 활동하다가, 1988년에야 뒤늦게 '경남 신문 신춘문예'에 수필 「동백의 씨」가 당선되었다.

그 후, 여러 잡지사의 청탁까지 받아가면서 열심히 작품 활동을 하던 중, 장기 여행의 기회를 만나, 잠시도 일기장을 손에서 놓을 수가 없는 경우도 있었다.

　그때는 부시장직을 맡고 있을 때였는데, 정부에서 주관하는 1년간의 '고급간부 양성 반' 교육이 있었다. 그 교육 과정 중 1개월간은 유럽 8개국을 순회하며 연수하는 기간도 포함되었던 것이다.

　조국의 품을 떠나, 외국인의 가슴과 눈빛에서, 흘러간 역사의 흔적에서, 생소한 생활 방식과 의식에서, 내 조국의 수준과 앞으로의 희망까지를 만날 수 있었다. 눈으로 보는 것보다, 가슴으로 담겨지는 것이 더 많았으니, 그것을 일기에 담느라 밤잠을 설칠 수밖에 없었다. 귀국 후, 그렇게 담아온 일기를 정리하여 『하얀 침묵 푸른 미소』라는 표제로 '해외 기행 에세이집'을 펴냈던 것이다.

　이 책을 쓰면서 생각난 것이 수필가들에게 널리 알려져 있는 박지원의 『열하일기』였다. 『열하일기』는 박지원이 조선 정조 때, 삼종형 박명원이 청나라 건륭제의 칠순잔치 사절로 북경에 갈 때 '자제군관'으로 합류하였고, 그때 보고들은 것을 쓴 일기라고 알고 있다. 그런데 그 분량이 26권 10책이라고 하니 놀랍지 않은가. 그런데 나는 1개월에 걸쳐 8개국을 돌아다니면서 나름대로 부지런히 쓴 일기가, 겨우 소책자 한 권에 불과하니 한심하게 느껴지기도 했다.

　한편, 수필에 대한 참고서적을 읽어가다가, 더러 위안을 얻은 부분도 있었다. 다름 아닌 수필문장을 표현할 때 조심해야 할 부분에서였다. 그 내용의 대표적인 것만 살펴보면 수식이 많은 문장, 평범한 것을 강조하는 문장, 없는 것을 말장난으로 꾸민 문장 등이었다. 그런 것이라면 일기에서는 전혀 찾아볼 수 없으니, 일기에 길들여져 있는 처지라면 전혀 걱정할 일이 못 되니 안심할 일이 아닌가(?).

일기와 수필이 이렇게 연결되어 있듯이 연서戀書와 시詩의 연결도 예사롭지 않았던 경우까지 생각났다. 한국 시사에 큰 획을 그은 청마 유치환은, 시조시인 이영도에게 보낸 편지가 무려 5천 통에 이르렀다고 한다. 5천 통의 편지를 보내려면 매일같이 써서 14년쯤 되어야 가능한 일이다. 그런데 그 연서는 연서에만 그치지 않고, 시 세계에까지 영향이 크게 미쳐, 그의 시 중에는 못 견디는 그리움을 비롯한 애절하고, 절절하고, 고독감이 넘치는 분위기가 많은 것이 특징이다. 그렇게 연서에서 얻은 소재로 인하여 유명한 시인이 되었는지도 모른다.

그런데도 나의 경우, 철들자 지금까지 일기와 더불어 살아왔는데도, 이 모양이라 한심스럽기도 하지만, 그래도 이 일기 때문에 그나마 수필을 쓰게 되었으니 다행이라 생각된다.

흔히들 말하기를 일기는 자신을 성찰하는 가장 적절한 방법이며, 문장력에도 도움을 주는 사색의 도장이며, 가장 가까운 벗이라고들 하지 않던가(?).

이런저런 여건을 살펴보건대, 수필은 일기의 터전에서 피어나는 꽃쯤으로 생각되었다.

체험에서 표현으로

고임순

　문학의 길은 요원하다. 가도가도 끝이 없는 이 길을 그래도 줄기차게 가고 있는 것은 무엇 때문일까. 아직도 살아있다는 자기 존재 확인을 하기 위함인가. 어둠에서 태어나 어둠으로 가기까지 사람들은 빛 속에서 자신의 근본적 의미를 파악하려고 애쓴다. 그것이 문학을 하는 행위가 아니겠는가. 그래서 한 편의 수필을 창작한다는 것은 내일을 여는 오늘의 과제이기도 하다.

　인간은 체험을 떠나서는 존재하지 않는다. 이 체험을 언어에 의해 미적으로 표현한 것이 문학이다. 체험이란 우리 일상생활에서 얻는 직접체험(사색)과 간접체험(독서)으로 작가의 인격에 연유하여 그 피와 살이 되면서 몸소 겪는 경험을 말한다. 작가의 진실된 체험은 바로 독자의 공감을 부르고 마음을 움직이는 힘이 된다. 사람들이 이 세상을 살아가며 쌓는 경험은 생활을 유효하게 영위하게 하는 힘이기도 하다.

　경험의 축적으로 이루어지는 삶을 살면서 무엇인가 특별한 감흥이

나 감격을 받았을 때 나는 그 순간을 놓칠세라 일기나 수첩에 담았다. 그 체험이 유실되는 것이 애석해서 습관적인 손놀림이 되어버렸다. 세월이 흘러간 다음 그때의 감명을 불러일으켜서 쓰고 싶은 욕구로 나는 수필 한 편을 구상했다. 그래서 타자(독자)와 함께 그 체험을 나누고 싶었던 것이다.

감동적 체험이란 두 번 다시 되풀이될 수 없는 일 회한의 것이다. 이 우발적이고 희소가치의 감동적 체험이 어느 날 기억의 실마리를 풀면서 원고지 위에 되살아났다. 엄청나게 큰 충격들은 곧바로 글이 되는 것이 아니어서 오랫동안 정신내면에서 삭혀 충분한 사색의 여과 과정을 거치면서 비로소 작품화되었다. 그래서 수필은 허구가 아닌 진실 체험을 솔직하게 표현하는 데 적격의 양식이라 할 수 있다. 그러나 체험을 그대로 옮겨 쓴다고 다 수필이 되는 것은 아니다.

문학 창조에 있어서의 체험의 구조는 윤리적 체험과 종교적 체험 그리고 미적 체험과 진실 체험 등 4요소로 성립되어 있다고 볼 수 있다(伊東一夫 『文學에의 길』). 수필은 소설 이상으로 천차만별의 이야기를 내포하고 있어서 이러한 일상의 체험들이 서로 연관 교섭되면서 주위의 움직이는 사상事象과의 마주침, 눈에 보이는 것과 보이지 않는 것, 귀에 들리는 것과 들리지 않는 것이 모두 담겨진다. 그러나 이 모든 감관을 통해 얻는 지각들을 원고지에 옮긴다고 꼭 좋은 수필이 되는 것일까. 수필에서는 보고 느끼는 것들이, 감정의 격동이 심사회상沈思回想의 스크린으로 걸러질 때 문학적 내면 통일이 이루어지는 것이다.

한편, 체험이 풍부하다 해서 꼭 좋은 작품이 나온다고 장담할 수 없다. 체험이 그 사람에 의해 심화되고 자신의 성격과 인생관의 통찰과 융화되지 않고서는 체험이 곧 좋은 수필로 승화되지 않는다. 그래서 뛰어난 작가는 비록 작은 체험이라도 무르익는 구상화의 능력을 지닌다. 그래서 자기 체험을 어떻게 표현하느냐에 따라 글의 우열은 판가름된다.

표현 여하에 따라 독자의 공감도가 유발되므로 쓰고 싶은 의욕만 있다고 수필이 되지 않음을 절감하게 된다. 먼저 주제를 정하고 쓰려고 하는 내용을 설득력있는 문장으로 구성하는데 어떻게 가지를 쳐서 이야기를 전개시키느냐 골몰하게 된다. 그래서 언어와의 싸움은 시작된다. 언어 자체가 남과의 의사소통의 방편이어서 음악 미술보다 더 큰 공동체성을 요구하는 것이 문학작품이 아닐까.

체험한 감동을 언어로 표현할 때 언어와 언어가 서로 부딪쳐 발하는 불꽃이 글의 생명임을 터득한다. 그래서 언어와 언어 사이에 글의 생명이 움직이고 있는 것도 발견할 수 있다. 살아있는 언어로 엮어진 문장 그 자체가 하나의 생명체여서 사람과 함께 변하고 때와 함께 움직인다.

사물과 언어와 인간, 이 삼자가 새로운 세계를 창조하려는 순간의 긴박한 현실감, 언어가 갖는 힘과 뉘앙스를 진실체험을 통해 내면 깊은 곳에서 끄집어내기 위해 나는 밤새 원고지와 씨름한다.

문학작품으로서의 문장을 이루려면 말을 어떻게 구사해야 할까. 한 편의 수필은 나 혼자만이 쓰고 읽는 일기가 아니고 독자를 의식하여 쓰는 글이기 때문에 첫째 독자를 움직일 수 있어야 한다. 또한 문학적 표현이 되기 위해서는 표현의 기교와 언어의식의 많고 적음보다 정확한 언어의 발견과 언어의 엄격한 선택이 요구된다.

체험을 표현할 때 그것을 표현하지 않고는 못배기는 충동만으로 족하지 않음도 알게 된다. 쓸 것이 머릿속에 가득 있는 것 같은데 실제 펜을 들면 오리무중일 때가 있다. 그 시행착오로 시간과 노력이 낭비되지만 그러나 그만큼 생각이 깊어졌다고 믿으며 문장 표현 과정에서 발상이 일어나기도 하기 때문에 기쁨을 맛보기도 한다. 이럴 때 차 한 잔 마시며 조용히 음미해본다.

작품 하나를 쓰기까지 나는 오랜 생각의 우물파기를 한다. 버스에서 거리에서 시장에서, 또 교회에서 가정에서 서실에서 쉼없이 상념은 일어난다. 그런데 사람들은 단순한 육체만이 아닌 영적인 존재여서 그 심연에서 자아올리는 의식의 움직임이 순수한 감동을 유발함을 깨닫는다. 이런 감동이야말로 때로 인생의 깊은 내면 세계를 열어 젖힌 장엄한 순간이기도 하다.

문장을 쓰기 전 이렇게 깊이 생각을 거듭하는 일이 얼마나 중요한가. 생각하는 능력을 기르는 일은 체험을 완숙하게 표현하는 데 없어서는 안 될 과정이다. 어떻게 무엇을 표현할까 하고 출발부터 망설일 때에도 주제를 발견 못 하고 내용이 확실치 않을 때이다. 표현의 기술이나 묘사의 수법을 익혔다 하더라도 이런 때는 펜이 나가지 않는다.

첫째 내용이 있어야 할 문장은 그 내용을 효과적으로 표현하기 위한 구성체인 것이다. 개성이 있는 독자적 내용을 발견 창조하여 언어화할 때 알기 쉽고 또 독자에게 미적 만족이라는 쾌감을 주는 효과를 발휘하는 문장을 구성하는 일이 무엇보다 중요함을 뼈저리게 느낀다.

풍부한 표현력만으로 손쉽게 체험을 서술했을 때 그것이 또 좋은 수필이라고 할 수만은 없다. 한 편의 글은 심혈을 기울이는 정성이 필요하다. 정성은 바로 독자에게 전달되기 때문에 얼마나 순수한 것인지 모른다. 너무나 안이하고 무관심한 글은 독자를 잡아끌 수 없다. 이해하기 쉽고 재미있는 내용, 누구나 경험할 수 있는 평범한 소재를 비범하게 느끼게 해주는 글, 소재와 관점이 극히 평범하더라도 진실과 철학이 담긴 개성적인 표현의 문장으로 많은 사람에게 읽혀지는 글이 되지 않으면 안 된다.

정적이고 지적인 감흥의 문학인 수필은 추체험追體驗의 내면성을 지닌다. 수필의 문장은 참신하고 품위 있고 고아한 품격이 생명이다. 어디까지나 숭고미와 우아미가 돋보이는 언어로 무늬지는 문장이어야 한다.(拙稿 『隨筆文章考』) 수필은 자기 체험을 통한 고백적 글이기 때문에 필자의 피부 내음이 그대로 드러나는 장르이다. 그래서 결국 인간적 가치가 마침내는 작품으로서의 가치가 되는 경향이 짙은 문학양식이다.

나의 한 편의 글은 퇴고로 이루어진다고 할만큼 마무리 작업에 전력을 쏟는다. 먼저 주제가 확실하여 문장 전체를 통해 일관하고 있는가. 단락은 의미상 시각적으로 확실한가. 문장이 길어져서 그 속에 너무 많은 내용을 담고 있지 않는가. 의미가 제대로 표현되어 독자가 잘 이해할 수 있는가. 추상적 서술은 더 구체적으로 표현해야 하지 않는가. 표현 문체는 통일되어 있는가. 그리고 마지막 단계로 문절과 용어의 검토와 띄어쓰기 구두점 등에 대해서 첨가, 보충, 삭제를 하면서 표현을 긴장시킨다.

　퇴고는 어떤 의미에서는 자기 문장에 대한 자기 평가이다. 체험에서 표현으로 옮겨진 나의 글 한 편은 이렇게 오랫동안 퇴고의 진통을 겪으며 때를 기다린다. 참으로 어렵고 힘들게 태어나는 나의 수필 한 편은 그러나 선뜻 남 앞에 나가기가 두려워 망설이게 된다. 그렇지만 못난 대로 대담하게 감히 세상 햇빛에 나가야 하는 한 생명의 창작문인 것을 어찌하랴.

좋은 수필가로 오래 살아남으려면

곽흥렬

주위의 수필작가들 가운데 작품집 한두 권씩을 내고 나면 더 이상 글을 쓰지 못하겠다고 호소해 오는 사람들을 심심찮게 보게 된다. 그 이유를 나는 나름대로 이렇게 분석하고 있다. 그것은 수필을 지나치게 체험에만 의지해서 창작을 하기 때문이 아닌가 한다.

한 사람이 할 수 있는 체험이라는 것은 어차피 한계가 있게 마련이다. 물론 사람에 따라서 체험의 양은 천차만별일 수 있다. 어떤 이는 삶에 굴곡이 많아 특별한 체험이 다양할 수 있고, 또 어떤 이는 생활이 너무 단조로운 나머지 색다른 체험도 별로 없을 수 있다.

하지만 비록 아무리 파란만장한 삶을 산 사람의 경우라 할지라도 그 체험이 무한정일 수는 없는 노릇이다. 그래서 수필집 한두 권 묶을 때까지는 그야말로 '누에의 입에서 고치가 나오듯이' 술술 잘 풀려 나올 수 있겠지만, 그 다음부터는 체험의 고갈로 인해 그만 벽에 부딪혀 버린다.

이 벽을 뛰어넘지 못하면 작가 생활을 계속 영위해 나가기가 힘들어진다. 그래서 초창기에는 아주 반반한 작품으로 한동안 주목을 받다가도, 점차 힘이 달려 결국 끝까지 완주하지 못하고 짧게는 2~3년, 길어야 10년 안쪽에서 절필해 버리는 경우가 생겨나는 것이다. 심히 안타까운 일이 아닐 수 없다. 이러한 원인이, 앞서 지적한 것처럼 너무 체험에만 의지해서 글을 쓴 결과라고 하겠다.

수필을 일러 '체험과 사색의 문학'이라고 했다. 이는 수필 하는 이들이라면 이제 식상할 정도로 들어서 누구나 익히 알고 있는 이야기이지 싶다. 여기서 체험과 사색 중 어느 쪽이 더 중요한가에 대해서는 사람에 따라 견해를 달리할 것이다. 다만 생이 다하는 순간까지 창작을 지속할 수 있는 힘은 어디서 나오겠는가. 그건 뭐니 뭐니 해도 사색 쪽에 무게 중심이 실릴 때가 아닐까.

익히 알려져 있다시피 수필은 크게 두 부류, 곧 체험수필과 사유수필로 나누어진다. 체험수필은 보다 정서적인 글이고 사유수필은 보다 지적인 글이다. 유능한 작가라면 감성을 녹여내는 체험수필도 물론 잘 쓸 줄 알아야 하겠지만, 지성에 바탕 한 사유수필로도 좋은 수필을 쓸 줄 알아야 한다고 본다. 줄곧 체험에 의지해서만 수필을 쓴다면 대개 날이 갈수록 그의 작품성이 떨어질 개연성은 높아질 수밖에 없다. 그것은 어느 작가이건 가장 극적인 체험 혹은 제일 자신 있는 이야기부터 먼저 작품화해 나가는 경향이 있기 때문이다. 그래서 그의 초기에 쓴 작품에 비해 나중에 쓴 작품이 질적으로 훨씬 떨어지는 경우가 많이 생겨나는 것이다. "그 사람 예전에는 글 꽤 쓰더니 요즘 와서는 영 형편 없어" 흔히들 이런 소리를 듣게 되는 것이 바로 체험수필로는 한계가 있다는 또 다른 이유이기도 하다.

다시 말하거니와, 한 사람이 평생 동안 겪을 수 있는 특별한 체험은 어느 정도 한정이 되어 있다. 그래서 체험수필만 가지고는 언젠가는 작품의 소재가 바닥을 드러낼 수밖에 없는 것이다.

　이 벽을 뛰어넘는 길은 크게 두 가지 정도로 요약될 수 있을 것 같다. 그 하나는 깊은 사색을 통해 생에 대한 성찰을 불어넣는 것이고, 다른 하나는 다양한 독서를 바탕으로 가치판단이 개입되어 있는 수필을 쓰는 것이다. 전자의 경우는 철학적인 중수필의 성격을 띨 것이고, 후자의 경우는 사회성 짙은 칼럼식 혹은 논단식 수필이 될 것이다.

　그것이 어느 쪽이든 각기 나름의 의미를 갖게 된다. 예술성을 중시하자면 전자 쪽에 무게 중심이 실릴 것이고, 대중성을 중시하자면 후자 쪽으로 저울추가 기울 것이다. 예술성도 중요하고 대중성도 무시될 수는 없는 일이니 어느 쪽이 더 나은지는 간단히 결론이 날 문제는 아니라고 본다. 아무리 좋은 내용을 담았다 하더라도 읽어주는 사람이 없다면 그것이 무슨 의미를 지닐 것이며, 아무리 재미있는 이야기를 써서 독자를 많이 확보했다 하더라도 그것이 생의 의미를 짚어내지 못하고 그저 단편적인 눈요깃거리에 그치고 만다면 역시 무슨 값어치를 지닐 수 있겠는가. 가장 이상적인 것은 적당히 흥미도 갖추었으면서 동시에 가슴을 울리는 생의 의미까지 담아낸 작품이 되어야 할 것이다.

　여하튼 한 수필가가 생을 끝맺음하는 순간까지 좋은 작가로 살아남기 위해서는 바로 이런 유의 수필에다 눈을 돌려야 할 줄 믿는다. 이것은 또한 다양한 형식의 수필을 창작한다는 점에 있어서도 퍽 바람직한 자세가 아닐까 한다.

나의 손거울, 수필

구양근

내가 수필을 쓰게 된 동기는 참으로 우연한 기회에서였다.

동경대학에 유학하면서 학위논문을 제출하였더니 지도교수는 나의 논문접수를 거절하였다. 그럴 일이 있다.

내가 동경대학에 들어간 것은 1972년으로, 그 해에 동경대학에 조선사연구과정이 처음으로 생겼고 내가 박사반 학번 1호로 입학을 하였다. 그때까지는 동양사학과에서 조선사를 겸하였고 그 해에 동양사학과 내에 대학원만 조선사연구과정이 생긴 것이었다. 나는 어찌하다가 한국인으로서는 해방 전후를 통하여 처음으로 그 무서운(?) 조선사과정에 입학이 허가되었다. 그때까지 우리 한국사를 마음껏 요리하던 일제 식민사학자 시라토리 구라키치白鳥庫吉, 구로이타 카쓰미 黑板勝美, 쓰보이 구메조坪井九馬三 등은 모두 죽고 없었고 내 지도교수가 동경제국대학의 정통 식민사관을 가장 성실히 이어받은 수제자로 남아 있었다. 나는 일제를 전혀 모르는 신세대로서 세상을 보는 관점이 달라 지도교수와는 입학 때부터 의견충돌이 빚어졌다. 드디어 내가 산더미처럼 정서하여 짊어지고 간 학위논문을 지도교수는 나의 사관을 문제 삼아 심사는커녕 접수 자체를 거절하고 말았다.

나는 울분이 끝까지 치밀어 올랐지만 오히려 식민사관에 굴하지 않은 자신을 자랑스럽게 여기며 빈털털이로 귀국하여 한국에서 다시 문학으로 박사과정을 공부하기 시작하였다. 그런데 한국에서 8년 만에 제출한 나의 학위논문에 또 문제가 생겼다. 이번은 사관의 문제가 아니고 한국어 구사에 문제가 있다는 것이었다. 다섯 명 심사위원이 이구동성으로 내 한국어 구사가 이상하다는 것이었다. 알고 보니 나는 중국, 일본에서 오랫동안 공부를 하였기 때문에 나도 모르는 사이에 문체가 중어나 일어를 닮아 있었던 것이다. 중국어의 난삽한 한자어식 표현에 일본어의 만연체가 가미된 한국어를 구사해 놓았으니 한국인이라면 누구나 고개를 갸우뚱 할 수밖에 없었다. 나는 한국어 문장이 출중한 후배 하나에게 부탁하여 여관에서 같이 합숙을 하며 한국식으로 모두 문체를 바꾸었다.

그래서 논문은 통과되었고, 대학원만 만 20년을 수학하여 겨우 교수가 되기는 하였으나, 나는 한국어 문체를 다시 공부하여야 한다는 큰 숙제를 안게 되었다. 처음에는 내가 재직하는 대학의 학생들이 공통 교양과목으로 배우는 국어책을 구해오라 해서 공부하였다. 그런데 대학국어는 틀린 데가 많고 편집도 여간 엉성하였다. 누가 고등학교 국어교과서로 공부하면 어떻겠느냐고 권하는 사람이 있었다. 옳지, 그거 좋은 생각이다.

종로서적에 가서 고교 국어책을 사다가 현대어로 된 소설이나 수필류를 모조리 원고지에 써보는 연습을 하였다. 고등학교 국어책은 전 권에 한 자의 오자도 없으며 편집이 치밀하고 국문학의 진수가 모두 들어 있다는 것을 알았다. 나는 하는 김에 더 욕심이 생겼다. 이왕이면 중학교 국어교과서까지 사서 공부하자는 것이었다. 그래서 중고등학교 국어교과서의 현대문을 모두 원고지에 써보는 연습을 하였다. 특히 수필을 써보면서 이런 테마는 나도 있는데 하고 같은 테마로 써보고 싶은 충동을 느껴, 비슷한 내용을 써서 서랍에 넣어두곤 하였다. 하여튼 이렇게 해서 한국어 구사에 자신이 생겼고 교수들 사이에서도 국어실력이 좋다는 말을 듣게 되었다. 교수로 재직하다 보면 다른 교수들의 논문심사도 해야 하고 학보나 학회지에 실을 글을 수정해야 할 일이 비일비재하다. 내가 이거 뭡니까, 하면서 가지를 척척 치며 고쳐나가면 다른 사람들이 내 실력에 놀라는 표정을 하였다.

한국어는 상상외로 어려운 언어이다. 대학교수들이라도 원고지 한두 장을 한 자도 틀리지 않게 제대로 쓰는 사람이 드물다. 세계 어느 나라 말이 최고의 지식인인 교수가 제 나라 글을 안 틀리고 원고지 한두 장을 쓸 수 없는 나라가 있단 말인가. 아마 한국이 유일한 나라일 것이다.

그러던 어느 날, 나는 한 후배로부터 책을 한 권 기증받게 되었다. 그 후배는 서구에서 공부를 하고 돌아와 나처럼 한국에서 문학으로 Ph. D 과정을 하고 있었는데 느닷없이 '백제사'를 쓰겠다는 것이었다. 나는 어서 기한 내에 학위논문이나 완성해야지 자기 전공도 아닌 분야에 손을 대서 뭐 하겠느냐고 말렸다. 그러나 그녀는 삼국 중에서도 가장 강한 나라를 가장 약한 나라로 기록해 놓은 역사왜곡을 보고 어찌 그대로 있을 수 있겠느냐는 것이었다. 일본을 아우르고 중국의 남북조시기에는 왕위계승권까지 간섭했던 거대한 해상왕국 백제를 삼국 중에서 가장 가녀린 소국으로 기록해 놓고 있다는 것이었다. 책이 출판되었다고 집 앞 다방까지 와서 건네주는 책을 받으며 내 손은 약간 떨리고 있었다. 깡마른 체구에 정기를 가득 담은 눈빛을 지닌 그녀는 보기에 섬뜩한 기분이 들었다. 저런 집념이라면 못할 일이 없겠구나 하는 생각이 들었다.

그 감격 어린 장면을 쓴 것이 '선물받은 증정본'이란 제목의 글이었고 그것이 나의 인쇄된 최초의 수필 시험작이었다. 수필 간행물에서 내 글을 본 많은 사람들이 아주 잘 된 수필이라고 분에 넘친 칭찬을 하여 주었고, 수필회에서는 내 수필을 '집중조명'해 주기도 하였다. 사학에서 문학으로 전공을 바꾸었고, 한국어 실력을 갖추고 수필수업까지 마쳤다고 자만(?)한 나는 아하, 수필을 이렇게 쓰면 되는구나 하고 그때부터 본격적으로 수필을 쓰기 시작하였다.

마음이 흐트러지고 생각이 많을 때, 또는 어떤 사물에 대하여 하고 싶은 말이 넘쳐흐를 때 한 편의 수필을 쓰면 모든 것이 정리되고 마음의 평안이 찾아왔다. 그것을 다시 읽어보면 마치 손거울을 들여다보는 것처럼 생생한 내 모습이 객관적으로 보였다.

수필에서는 다른 장르에서 도저히 접근할 수 없는 부분을 터치할 수 있다. 시는 그 모호성 때문에 처음부터 사실이 몽롱하고 독자도 그것은 진실과는 무관하다고 생각하기 일쑤이다. 소설은 아예 그 허구성 때문에 사실을 말하여도 오히려 꾸며낸 말로 생각하기 쉽다. 희곡은 대화체라는 좁은 한계성 때문에 하고자 하는 말을 어림도 없이 다 할 수가 없다. 수필이란 도구로는 어느 것이나 가장 핍진하게 묘사가 가능하며 인간의 가장 깊은 내면의 세계까지 표현할 수 있다.

단 수필가는 고해성사를 하는 기분으로 감정의 저변을 토로하여야
만 상대방의 심금을 울릴 수 있다. 조금이라도 가식이나 자기 과시적
인 요소가 가미되면 수필의 면모는 빛이 바라고 만다.

나에게 수필은

구향미

글 쓰기 시작한 지 일년 조금 지났다.

나의 글 쓰기에 대해 생각해보니 사물을 보는 새로운 시선이 생긴 것 같다.

바위 틈에 뿌리내리고 말간 얼굴 내민 이름모를 작은 꽃들. 비 맞고 땅 위에 누운 나무껍질들. 흔들고 간 바람에 떨어져 담벼락에 서로 몸 기대고 웅크리고 있는 꽃 이파리들. 대패에 밀려 둥글게 말려 나온 나무의 속살들. 파도에 시달려 맨들맨들해진 조약돌, 조개껍질들.

늘, 소박하고 애틋한 것들에 애착을 갖고 있지만 더 각별한 시선이 생겼다. 잔잔하고 소소한 것들을 바라보고 말 걸어보는 것이 좋다. 일상에서 스쳐 지나가는 것들이 소슬바람처럼 내게 감겨 오면 담담하게 써 두고 묵혀 두었다 다시 읽을 때 어색한 부분이 보이면 조금씩 수정한다. 내 마음에 담긴 풍경을 옮기는 것이니 크게 바뀌는 것은 없다.

주변에서 힘든 이야기를 꺼내려 하면 말을 듣기도 전에 분위기 만으로도 눈물바람을 하는 유난스러운 감성 때문에 난처할 때도 많지만 글을 쓰게 된 후 더 도드라졌다. 그것 뿐이랴. 모든 사물들이 내게 말을 걸어온다. 무심히 보고 지나치던 많은 것들의 이름을 알아가는 즐거움도 있다. 나른하게 누워 은근한 눈빛을 보내는 올리브색 눈을 가진 고양이의 우아한 몸짓, 여우 털처럼 풍성한 꼬리의 살랑거림을 보고 있으면 그 눈맞춤이 좋아 글을 쓰고 싶어진다.

참신한 언어로 적당한 온도를 지키고 나름의 품격을 갖추어 쓰려고 한다. 내 글을 읽는 독자에게 정신이 번쩍 들게 할 만한 필살기는 없다. 글을 써서 독자를 감동시키는 일은 참으로 어렵다. 그러니, 마음을 다듬고 또 다듬어서 빚어내야 한다. 글은 거울에 비친 겉모습이 아닌, 더 깊고 멀리 닿아 있는 내 모습이기에 많은 것을 덜어내고 담백하게 써야 한다는 것이 수필에 대한 나의 생각이다.

세상에 태어나 많은 것을 얻고 알아가고 내가 본 모든 사물들 또한 아름다웠으니 행복하지 않은가. 내가 느끼는 행복감은 늘 가까이 있고 나의 글은 잔잔하고 소박할 수밖에 없다. 무연히 저 너머로 시선을 두고 쓴, 꼭 나를 닮은 글을 세상 밖으로 내보내야겠다.

마이 웨이 '조각배 띄우기'

구 활

　나의 글쓰기는 간단하다. 흐르는 강물에 소나무껍질 조각배를 띄우는 것과 같다. 조각배가 닿아야 할 곳은 바다다. 그렇지만 돛도 없고 닻도 없다. 노와 키가 있는 것도 아니다. 물살과 바람에 몸을 의탁할 뿐 크게 안달하지 않는다. 때론 흐름이 없는 소에 갇히거나 천 길 낭떠러지 폭포에 떨어져도 슬퍼하거나 노여워하지 않는다.

　글을 쓰기 전에 가벼운 묵상에 든다. 산행 중에 기억해 두었던 처음과 마지막 문장을 다시 한 번 간추리기 위해서다. 책상에 앉기만 하면 많은 상념들이 얽히고설켜 잡념으로 변질될 때가 많다. 사실대로 고백하자면 무아 상태에서 백지인 원고지와 한 판 싸움을 벌이는 경우가 태반이다.

　나는 배움이 일천한 서툰 목수다. 망치질, 대패질, 끌질은 물론 먹줄조차 튕길 줄 모르는 짝퉁 일꾼이다. 일류 대목들은 집짓기 전에 설계도를 먼저 그린 다음 땅을 수평으로 다지고 기둥의 안 쏠림을 몇 도로 할 것인지 기울기까지 환산한다. 그래야 쇠못 하나 박지 않아도 아귀가 짝짝 맞아 떨어지는 흔들림이 없는 멋진 가옥을 짓게 된다.

설계도에 따라 글을 써 본 적이 없다. 나는 글쓰기를 가르치는 스승을 만나지 못했다. 좌충우돌 독불장군이다. 도면 없이 글 한 편을 쓰고 난 후엔 버릇을 고쳐야겠다고 다짐하지만 그게 잘 안 된다. 글을 쓸 때 약간씩 풍은 치지만 거짓말은 하지 않는다. 마음속에 있는 묵은 생각들을 곧이곧대로 솔직하게 털어 놓는다. 여태 쓴 글들이 자서전이자 고백록이다.

글의 소재는 시도 때도 없이 수시로 머릿속을 스쳐 지나간다. 혼자 있을 때도 하나의 씨앗으로 다가오고 친구들과 잡담을 할 때도 문득 문득 '반짝' 하고 달려든다. 씨앗들의 방문은 워낙 흔한 일이어서 아는 체 하지 않고 냉담하게 지나친다. 자궁 벽 주변에 서성거리는 정충을 모두 받아들여 아이를 만들 수 없듯이 제풀에 지치도록 그냥 둔다. 대부분의 반짝이들은 일회성 농담처럼 끝나지만 용기 있는 놈들은 질기게 달라붙어 떨어지지 않는다. 나는 그런 놈만 받아들여 자식으로 삼는다.

이태리 조각가 노벨로 피노티는 "경험은 희미해지긴 해도 지워지지 않는 흔적이다. 늘 내 주변에는 경험의 파도가 일렁인다. 그 중에서 가슴에 해일을 일으키는 파도만을 작품으로 변환시킨다"고 말한 적이 있다. 글쓰기도 이와 같다. 질긴 인연으로 끝내 떨어지지 않고 달라붙는 씨앗에겐 부드러운 흙을 덮어주고 햇볕과 바람 그리고 물과 정성을 공급하여 새 생명으로 탄생시킨다. 나의 글이 잉태되는 교접장소는 머리인지 가슴인지 분명하지 않다. 그렇지만 태교는 산길을 걸으면서 한다. 자칫 시원찮은 씨앗을 잘못 선택하여 싹을 틔운 후에 후회하는 일이 생길까 봐 그걸 경계한다.

산문을 쓰지만 시를 열심히 읽는다. 시를 외울 정도로 많이 읽으면 글을 쓸 때 아름다운 시어들이 저절로 풀려 나온다. 수필은 많이 읽지 않는다. 특히 수필 작법에 관한 이론서는 한 번도 읽은 적이 없다. 아이가 말을 배울 때 문법부터 배우는 게 아니듯이 글은 느낌이 가는 대로 쓰면 되는 것이지 이것저것 따지지 않는다. 나는 명문장의 글을 쓰려고 용을 쓰지 않는다. 조각배는 물길 따라 흐르는 것일 뿐 노를 젓지 않는다. 골퍼들이 힘을 빼고 공을 치는 것과 같다.

나는 모방을 통한 진화를 좋아한다. 신문을 읽거나 영화의 대사 중에 쓸 만한 것이 있으면 스크랩을 하거나 메모를 한다. 그런 노트가 몇 권인지 헤아려 보지 않았다. 글을 쓰다가 잘 풀리지 않고 막힐 경우 스크랩북을 뒤적인다. 불과 몇 분 안에 베낄 만한 문장이나 낱말을 발견하게 된다. 슬픔이 진화하면 눈물이 되듯이 차용해온 문장을 다시 한 번 비틀면 빌려온 표시가 나지 않는 명문장이 된다. 논문을 써야 하는 대학교수가 되지 않은 걸 퍽 다행으로 생각한다. 하기야 따지고 보면 표절 아닌 것이 어디 있는가. 그 원류는 훈민정음과 알파벳 아닌가.

글은 우선 재미가 있어야 한다. 재미 속엔 의미가 있어야 하고 그런 다음에 감동이나 눈물이 있으면 성공한 글이라고 말할 수 있다. 나는 첫 문단에 호기심을 유발하는 재미를 삽입하려고 노력한다. 재미는 낚시의 미끼와 같은 것이다. 공모전과 신춘문예 심사위원들은 첫 문장을 읽어보고 더 읽어야 할지 말지를 결정한다. 독자들은 진흙 속에 파묻혀 있는 진주를 갖기 위해 흙을 파지 않는다. 첫 문단에서 진주가 있다는 암시와 신호를 해야 한다. 그리고 끝 문장은 영화의 라스트 신처럼 짠한 그리움을 남겨 두어야 한다.

서두에 얘기했던 조각배 원리를 지키려 한다. 글이 될 만한 씨앗 한 개를 잡아 흐르는 물결 위에 띄워 두고 그냥 따라 가려고 한다. 그러면서 유유자적, 강물 위에서 낚시도 던지고, 노래도 불러보고, 때론 적벽을 노래한 소동파가 그러했듯 술도 마시면서 쉬엄쉬엄 출렁대려 한다. 나는 글쓰기의 필요요소라는 기승전결 원칙조차 잊어버린 지가 오래되었다. 그러니까 나의 글쓰기는 형식에도 무형식에도 맞지 않는 그런 것이다. 어쩌면 그것이 내 특유의 색깔이자 나만 갖고 있는 목소리인지 모른다.

나는 고향이야기에서 출발하여 문화유산 답사, 절집 탐방, 옛 선비들의 풍류, 여행, 그리고 음식이야기까지 테마를 달리하며 삼십 년 넘게 글을 써왔다. 이젠 발상의 전환이 아니라 현실을 탈피한 기상천외한 산문을 써 보고 싶다. 그런 글들은 '도로를 질주하는 십삼 인의 아해'들과 함께 하고 싶다. 세상이 뒤바뀌고 정치가 괴상한 이데올로기를 향해 변질해 가는 마당에 수필인들 변하지 않을 수 있겠는가. 나는 내 모습을 내가 알아보지 못하도록 확실하게 진화해야겠다.

그러려면 남들 눈치를 보지 않고 칭찬 받을 자세부터 버려야 한다. 진정한 자유 속에서 풍류적인 삶을 살려면 '미움 받을 용기'부터 갖춰야 한다. 타인이 베풀어 주는 안가한 박수와 사랑은 자칫 배반당할 수 있기 때문이다. 늦었지만 이제부터라도 나는 내 길을 가야겠다. 갑자기 프랭크 시나트라의 '마이 웨이'가 듣고 싶다.

즉흥적 글쓰기와 바로 그거야 'it'

권남희

감흥을 버리고 지루함을 선택할 것인가

수필장르는 양반의 탈을 쓴 문학인가?

수백 개가 넘는 TV 채널에서는 수필보다 흥미진진한 토크쇼가 넘쳐나고 있다. 프로그램마다 특색있는 주제를 잡아 영상수필을 쓰며 깨알 재미와 정보를 선물하는데 스토리도 있을까 말까 한 수필은 글마다 요조숙녀에 양반가문의 인텔리계층이고 사색이 빠진 설명문만 있어 독자를 어리둥절하게 한다. 유교사상에 억눌려 살다 요절한 조선시대 허난설헌도 '이승에서 **김성립(남편)과 이별하고 지하에서 두 목지(당나라 시인)를 따르리**'라는 글을 용감하게 발표했고 양반세계의 문학이라 할 수 있는 시조도 촌철살인의 해학이 있고 흥이 내재되어 있다는 것을 깜빡 놓친 것이다.

실체도 없는 문학성에 억압된 글은 너무 조심스러운 매무새를 보인다. 요즈음 문학지에 발표되는 수필들은 문장 훈련과 기본기로 다져진 작품들로 평준화를 이루었는데 활력이 없어 독자들을 무력하게 만든다. 수없이 다듬었을 원고들은 모두 주제의 일관성과 정선된 어휘 선택, 시적 이미지 삽입까지 나무랄 데가 없는데 감동과 감흥이 없는 이유는 무엇일까. 인간 본성이 너무 배제되었다. 게다가 소재 빈곤을 생각할만큼 비슷한 내용이 많다. 대부분 가족사랑, 유명 관광지를 다녀온 형식적인 기행문 그리고 부모의 희생적 사랑과 손자녀 사랑, 아내 자랑, 수필은 자기고백의 글이니까 거짓말은 못한다면서 고백도 없는 글 등… 장황한 해설과 원론적인 도덕론에서 맴돌고 있다.

간혹 눈에 띄는 작품은 너무 문장에만 매달리고 정제를 하여 애매모호한 채 답답하다. 수필은 왜 자꾸 결벽증을 보이며 수필론이라는 허상의 틀로 들어가려 하는 것인지 묻고 싶다.

게다가 아직도 신문 사설이나 교과서식 문장으로 나열해놓고 발표로 밀어붙이는 작가도 있다.

『스토리』의 저자 로버트 맥기가 '무능한 작가의 형태'를 지적했다.

수필가들의 능력이, 세상에서 가장 극적인 이야기도 가장 평범하고 지루하게 만들어버리는데 특별한 재능을 보여준다는 점이다.

재능있는 요리사는 무 하나를 가지고도 재료의 싱싱함을 살려가며 수십 가지의 요리를 창조해내는데 우리는 무 하나를 바라보며 잘 쓰려고 벼르느라 무를 말라비틀어지게 하고 있지는 않은지 고민해야 한다.

잭 케루악의 즉흥적 글쓰기와 재즈

어니스트 헤밍웨이는 '초고는 다 걸레다'라고 했는데 미국소설가 잭 케루악Jack Kerouac(1922-1969)은 흑인들의 재즈 클럽을 찾아 다니면서 영감을 얻어 즉흥적 글쓰기의 방법을 고안했다. 글쓰기의 템포를 염두에 둔 채 다듬는 것을 거부하고 오로지 초고만 있는 기록 수단, 매번 다시 쓸 때마다 제로 상태에서 다시 쓰면서 갖는 독창성으로 전통적 형태에서 오는 억압을 버려야 한다는 교훈을 새겼다. 저녁마다 몇 시간씩 즉흥연주를 하며 자신의 스타일을 수정하고 발전시키는 재즈 연주자들의 기법에서 크게 감명을 받은 것이다. 재즈 연주자들은 무대 뒤에서 악보도 없이 하루종일 즉흥연주를 연습하는데 팀들의 연주가 조화에 도달하는 순간 그들만의 속어인 'it'을 외치게 된다.

잭 케루악은 5년동안 15권의 소설을 썼는데 모두 즉흥적으로 썼다. 형식에 빠져 본질을 잃는 오류를 경계하는 방법을 깨닫는데 걸린 7년, 무명의 시간을 길 위에서 보낸 그는 『길 위에서On the Road』를 한 달만에 써서 발표를 했다. 셀린저의 소설 『호밀밭의 파수꾼』과 함께 미국 젊은이들을 대변하는 경전처럼 추앙받았는데 그 작품을 두고 『티파니에서 아침을』 쓴 소설가 트루먼 커포티로부터 '글을 쓴 게 아니라 타자를 쳤다'고 비난받기도 했다. 스탕달도 소설 『적과 흑』을 받아적듯이 썼다고 했는데 그 밑바탕에는 오랜 관찰과 사색에서 그려진 그림 한 편이 있었기에 가능했을 것이다.

즉흥적인 글쓰기는 자유로운 영혼에서 출발한다

재즈의 즉흥연주가 앞선 연주가 있기에 그 주테마를 바탕으로 즉흥연주는 늘 풍요로워지듯 즉흥적 글쓰기는 경험과 이야기라는 뿌리에서 늘 새롭게 출발한다. 즉흥적 글쓰기는 원래 낭만주의자들의 꿈이었는데 초현실주의자 앙드래 브르통이 1924년 《초현실주의 선언문》에서 시도를 하여 부각된다. 작가를 자동조종 상태로 만들어 이미지와 개념들이 자유롭게 결합할 수 있도록 조장하여 대중화한다는 혁신적이고 실험적인 방법으로 알려졌다.

즉흥도 훈련이 필요하다.

메모 습관은 즉흥적 글쓰기의 출발이라 하겠다. 당시의 감정까지 복사해놓기 때문이다. 즉흥은 살아있는 감성을 죽이지 않는다는 데 의미가 크다. 오감을 경험하게 하는 일이 글의 현장감을 살려주고 속도가 나게 한다. 평소에 아이러니를 활용하는 훈련, 본질적으로 보수적인 인간의 본성을 활용하여 대립구도를 넣는 것도 좋은 방법이겠다.

하지만 즉흥적 글쓰기에도 격이 있다. 사실만 적으면 된다는 식으로 날짜부터 만난 사람들과 무엇을 먹었는지 시시콜콜 마구 적는 것과는 엄연히 다르다.

월간 한국수필에 발표되는 〈옛 그림 속 세상〉 글은 즉흥적인 방법은 아니지만 아이러니와 대립구도를 넣었기에 작가 스스로도 흥에 겨워 쓸 수 있는 글이다. 문장의 흥이 흥을 부르고 있는 것이다. – 2013년 월간 한국수필 6월호 김종란 옛그림에세이 〈나는 말하는 꽃이외다〉 – 참고.

글을 쓰고 싶어하는 사람에게 잭 케루악은 "술에 취해서 극도의 흥분 상태로 책상에 앉을 것"을 권하고 있다. 미칠수록 낫다는 것이다. 차라리 작가가 술에 취해 자신의 노래를 풀어놓기를 기다리고 있다. 'it 바로 그거야'를 찾아서 취할 일이다.

참고도서

1. 알코올과 예술가 (알렉상드르 라크루아, 프랑스 소설가) 마음산책

2. 스토리 쓰기 (로버트 맥기) 민음인

3. 조선의 글쟁이들 (문효) 왕의 서재

나의 수필 작법

권영옥

하이브리드 수필시대로 가기 위한 '명화 수필'

'무형식의 형식'에도 형식은 있다

처음 수필을 쓸 때 수필의 개념 정의를 위해서 이론서를 살펴본 적 있다. 거기에는 수필이 시처럼 형상화 문학이 아니고, 시나 소설처럼 허구를 창조하는 문학도 아니었다. 또한, 비평문학처럼 인식과 반성에 따라 평가하는 비평도 아님을 밝혀 놓았다. 그러면서도 수필은 인간, 자연 속의 사물을 통찰하여 그 의미를 알아내거나, 주지적 입장에서 초월적, 존재론적 지향성을 자세히 제시하는 학문이라고 했다.

이 부분을 읽으면서 나는 수필 형식이 무엇인가 하는 의문이 들었다. 위에 쓰인 개념과 연결지어 보면, 수필은 결국 '무형식 속의 형식'인 셈이다. 시와 소설 형식의 개념은 분명하게 정의되어 있지만 수필의 형식은 불분명하거나 많은 부분 열려 있다. 자유로운 글 형식 때문에 아직도 일부 수필가들은 자연을 노래하거나 신변잡기를 쓰고 있다.

그러나 분명한 것은 고려시대의 이제현이 『역옹패설櫟翁稗說』일러 두기에서 말한 것처럼 "한가한 가운데서 가벼운 마음으로 닥치는 대로 기록하는 것"이 수필은 아니다. 비록 무형식의 글을 지향하는 학문이라 할지라도 내용적인 면에서는 운율, 비유와 아이러니 그리고 상징이 함께 어우러져야 한다. 이와 더불어 모든 문학이 그렇듯 수필에서도 미학이 전제되어야 한다. 고전 미학이 아닌 이상, 현대의 미학은 비움가르텐이 말한 것처럼 '감성 미학', 즉 감성의 독자적 완전성을 갖고 있어야 한다. 감성은 감각적 영역이고, 이미지적인 형식이다. 그러므로 수필 역시 이성, 진리와 함께 형이상학이 들어있어야 한다. 예술은 감성적인 면에서 독보적이다. 따라서 수필 문학은 무형식 속의 주지적, 감성적 문학이다. 또한, 자기만의 개성이 돋보이고 미적 진실이 묻어나는 수필관을 지녀야 한다. 이런 문제점을 바로잡고자 수필학계의 학자와 연구자들은 새로운 수필 형식인–마당수필, 퓨전수필, 테마수필, 인더스트리얼 아트라는 언어 실험을 감행하고 있다.

나만의 수필관, 그림을 집중 조명하다

수필학계의 학자와 연구자들처럼 나도 나만의 수필관을 써야겠다는 고민을 했다. 예전부터 그림 감상을 좋아하는 나는 명화 속에 드러나는 인간의 무의식과 연관된–억압, 전치, 방어기제, 리비도 등 이런 개념과 연관지어 분석하기를 좋아했다. 그래서 명화 속에 담긴 인간 정신성을 수필로 써보고자 했다.

2014년 스페인 여행 도중 '프라도 미술관'에 들렀다. 고야의 〈검은 그림〉들을 살펴보고 싶었다. 「성 요셉」을 필두로 「거인」, 「사 투르노」, 「성 베드로」, 「죽음이 올 때까지」, 「두 마술사」를 보았다. 고야는 자신의 아픔을 무의식에 억압하거나 매장하지 않고 죽음과 사투를 벌였다. 그는 죽음 직전에 겪었던 경험을 '거인'과 '사 투르스', '해골'로 변장해 화폭에 옮겼다. 특히, 그의 「사 투르노」를 보고 화가의 정신성을 집중 조명하고 싶었다.

한때, 고야는 귀머거리가 되어 외부 세계에 노출을 꺼렸다. 그는 집 안에 있으면서 14개의 작품을 그렸는데, 외부 세계와의 차단, 고통, 이러한 심리적 요인들이 그림에서 공포와 그림자, 절망 등 막강한 괴물로 상징화되어 나타났다. 막강함 뒤에는 인간의 나약함, 아픔이 점철되어 있다. 이 그림들을 보면서, 나는 그의 내면 파동이 어떠했는 가를 생각했다. 고야는 자신의 고통을 고통으로 보지 않고, 죽음을 붙잡고 늘어뜨려 깊은 예술의 세계로 승화했던 것이다.

또 하나의 정신성으로 살펴볼 화가가 에드바르트 뭉크이다. 작년 여름, 친구들과 함께 노르웨이 오슬로에 있는 오슬로국립미술관을 돌아다보았다. 미술관의 한쪽에는 '뭉크관'이 있었는데, 대부분 작품은 죽음의 그림자로 포박되어 있었다. 그 중 뭉크의 심약한 정신성과 연관 있는 작품이 「병든 아이」, 「흡혈귀」, 「마돈나」, 「절규」이다. 특히, 「절규」는 사람과 환경적 요소를 의도적으로 변형해 기억하고 있는 것들을 더 깊이 느끼게 하는 효과가 있었다. 뭉크는 이 작품에서 인간의 순간적인 동요를 보여주었다. 또한, 그것이 극단의 공포임을 상기

시켜 주었다. 「절규」에서 붉은 구름과 노을은 횡으로 흘렀고, 거머쥔 손과 얼굴선은 종으로 흘렀다. 비록 비명소리는 들리지 않았지만 그림 속 주인공은 공포 속에 놓여 있음을 알 수 있었다.

프로이트에 의하면, 공포는 위험한 것과 위협을 주는 대상을 안다고 한다. 사다리, 높은 다리, 터널, 빠른 속도 등이 공포의 대상이다. 이런 점에서 비춰보면, 하늘을 흐르는 붉은 띠, 다리를 휘감은 붉은 노을을 보고 그는 공포를 느꼈을 것이다. 그에게서 공포는 아버지의 피의 흐름을 통해서 받았고, 성장하면서 어머니를 비롯한 가족들의 죽음과 정신 병력을 보면서 광기와 강박증으로 점철되었다.

「절규」 뿐만이 아닌, 뭉크의 또 다른 작품인 「병든 아이」, 「흡혈귀」에서도 병마와 죽음의 그림자가 반복되어 나타난다. 이는 그의 그림 주제가 죽음이란 것을 의미한다. 죽음은 뭉크의 세계관이고 화가정신이다. 그러므로 뭉크의 화폭에 담긴 어둡고 암울한 그림자는 가족들의 죽음과 병마로부터 기인한 죽음의식이 공포의 미학으로 변형된 것이다.

미래는 하이브리드 수필시대다

현대의 수필 사조는 소설과 수필, 시와 수필을 접목한 퓨전수필이다. 또한, 자기만의 개성과 유일성을 살려주는 테마수필이다. 조화를 찾아가는 마당수필이며, 또한, 인더스트리얼 아트 수필이기도 하다. 테마수필로 들어가 보면, 성 담론적인 수필, 영화수필, 음식수필 등 장르도 다양하다.

이제 수필은 마샬 맥루한이 『미디어의 이해』에서 말하던 전통 문학이 가진 지면 텍스트의 고급화 시대가 아니다. 화상 기기, 전자 기기에 의한 영상문학을 위한 수필 시대도 아니다. 하이브리드 시대, 팬픽과 판타지 문학 시대를 맞고 있다. 수필에서도 새로운 형식인 판타지 수필을 추구해야 하고 이 수필을 통해 다양한 콘텐츠도 개발해야 한다. 그런데 수필의 본령만을 고집하는 수필가가 있는 한 현대수필문학의 발전은 퇴보되거나 늦어질 것이다.

다행하게도 인간의 욕망에는 걸개가 없다. 수필가는 언어에 관한 하나의 욕망에 접근하면, 또 다른 언어 욕망을 향해 변화한다. 이 미끄러지는 욕망이 곧 수필의 형식과 내용의 발전을 가져왔고, 또 가져올 것이다. 만약 미래 하이브리드 수필이 가상공간의 창조력 때문에 실제 경험에 위배된다고 하면, 지금 언어 실험을 하는 테마, 퓨전, 마당수필 역시 위배될 것이다.

하이브리드 시대의 수필이란, 인간을 가장 인간답게 존중하는 인간수필학이다. 현실과 가상이 한데 어우러져 창조한 사이버 미학 수필이다. 인간은 하루가 다르게 컴퓨터, 커뮤니티 사이트, 페이스북, 인터넷 등 SNS 가상 문화를 접하고 있다. 중요한 것은, 타인을 배려하지 못하는 사람들이 타인을 공격하기에 그 공격을 당하는 사람들은 정신적 공포나 불안, 소외를 경험하고 있다는 것이다. 하이브리드 수필 문학이 가상문화의 단점을 보다 빨리 알고 대처한다면 이런 증상과 병인으로부터 인간의 정신, 정서를 구제하고 위무해 줄 수 있을 것이다.

필자도 미래 하이브리드 수필을 쓰기 위한 작업으로, 지금 명화 수필이라는 정신분석의 한 테마를 쓰고 있다. 비록 수필문학의 중심 축이 약간 흔들릴지라도 현대의 수필문학은 판타지 속의 리얼리티를 재구성해서 예술성 있게 변화해야 할 것이다.

마음을 건드려라

권현옥

나는 수필을 쓰고 싶어서 쓰고, 감동을 받고 싶어서 읽는다.

감동을 기대해도 마음이 뻣뻣할 때가 있고, 쓰고 싶은 마음이 절실해도 글이 술술 써지지 않으니 둘 다 쉽지 않다. 내가 써서 내게 보여주고 싶은 거라면 일기로 족하다. 수필은 나를 고백하고 삶이나 현상을 사색한 결과지만 불특정 다수에게 읽힐 것을 전제하고 쓰는 문학이다. 그래서 온힘으로 밀고 나간 마음과 지성의 결정체가 있어야 한다. 활자로 남아 불쑥 누군가에게 감동은커녕 대수롭지 않은 일상으로 다가가 삶을 더 시들하게 할까 걱정되어 갈수록 쓰는 일이 힘들다.

무엇보다 새로워지려고 노력한다. 새로운 시각, 진부하지 않은 표현, 다양한 구성이 내 사랑을 지치지 않게 하리라 믿는다.

고속도로 휴게소에서 아는 사람을 만난 적이 있다. 어찌나 반가운지 호들갑을 떨었다. 반가움의 이유는 이미 잘 알고 있는 좋은 관계이거나 편한 사람이라는 것이고, 더 중요한 것은 낯선 곳에서 만났다는 것이다.

모든 예술이 그런 것처럼 수필도 마찬가지다. '알고 있는 관계'란 우리가 일상 겪는 경험을 뜻하는 것이고 '반갑다'는 것은 '알고 있는 것'을 새로운 시각으로 본 사색의 결과이거나 표현이며 구성이다. 그리고 '기분 좋은 만남'이란 글 쓴 사람의 성정에서 풍기는 향내일 것이다.

그래서 나는 조금은 낯선 곳에서 익숙한 것을 만나는 즐거움, 익숙한 것에서 낯선 것을 발견하는 즐거움, 그런 수필을 꿈꾼다.

소재를 찾을 땐 반복되는 고민과 약간의 영감에 의존하는데 어떤 물건이나 아주 짧은 현상에서 생의 한 컷이 반짝 스치면 그날은 복권을 산 것처럼 든든하다. 이때 평범한 소재와 독특한 소재를 편 가르기 한다. 평범한 사람에게서 의외의 개성이 발견되고 개성이 강한 사람에게서 의외로 편안함을 발견하여 매력을 느끼는 것처럼, 수필에서도 평범한 소재는 새로운 시각이나 표현으로 접근하여 신선하고 반가운 글이 되길 원한다. 독특한 소재를 다룰 때는 그 독특함 속에서 평범한 진리를 꺼낼 수 있을 때까지 고민한다.

감동이나 메시지는 의식하지 않는 사이에 흡입하는 공기 같아서 어떤 구성에 넣을 것인가가 중요하다. 구성은 사람의 마음을 끌고 다니는 핸들과 같다. 감정의 공회전을 주지 않기 위해 우회전과 좌회전 그리고 때로는 후진의 장치와 때로는 돌진의 장치로 탄력을 주는 게 중요하다. 엉뚱한 곳으로 한참 끌고 가 본질을 잊게 한다든지 거칠게 끌고 가 힘들게 한다든지 너무 천천히 데려가 답답증을 유발해서도 안 된다. 전체적으로 그 글에 꼭 필요한 유기적 관계였는가를 살핀다.

문체는 자기 나름의 표현방법이라 글에서 매력에 해당한다. 글을 돋보이게도 하고 시시하게도 만든다. 말할 때의 분위기에 따라 목소리의 톤과 표정을 달리하듯 문체도 글의 내용에 따라 조절할 수 있으면 좋지만 꼭 의지만으로 나오진 않는다. 성정과 분위기 그리고 성숙된 생각과 어휘의 수용 상태가 드러나는 것이라 글 쓴 사람의 인상과 같은 것이다.

글이 다 써지고 나면 다듬는다. 전체의 글 흐름이 우선 자연스러운지 보고 각 문장의 호흡이 맞는지 조사나 부사가 잘못됐는지, 중복된 문장이 있는지, 거친 표현과 너무 평범한 표현, 모호한 표현, 잘못된 표현이 있는지 본다. 그러나 한 번에 보이지 않는다. 이미 내 글은 내 눈의 콩깍지로 씌어져 있다.

벗겨질 때까지 환기를 시켜야 한다. 글은 내 속에서 나와서, 나를 옴짝달싹 못하게 고정화시킨다. 단어와 문장, 흐름에서 한 치도 움직이지 못하게 한다. 자유롭고 싶어 몇날 며칠 딴청을 부린다. 그리움이 커져서 답답함에 숨이 차오르면 다시 컴퓨터에 앉는다. 더 나은 표현과 상상력이 보충되는 시간이다. 며칠 후에 다시 보고 또 다시 환기. 그러나 나의 한계는 거기까지, 때론 누군가에게 보여 주고 쓴 조언을 보약으로 마시면 정신이 또 한 번 번쩍 들곤 한다.

머리가 핑그르르 돌 때쯤 잊기로 한다. 다시는 안 볼 사람처럼. 그러면서도 나는 이때, 행복과 외로움의 띠를 두른 존재를 느낀다.

좋은 수필을 쓰는 일이 쉽지 않다. 강사가 강연의 끝에 박수갈채를 받는 일은 철저히 감동에 있다. 그만 그만인 주제에서, 진부한 잔

소리가 되느냐 감동의 박수를 받느냐는 표현이든, 내용이든, 메시지든, 구성이든, 마음을 새롭게 건드려 준 것이 있기 때문이다.

새로움으로 마음을 건드려 주는 것이 예술이고 또한 수필이다.

- 2015년 윤재천 엮음, 〈나는 글을 이렇게 쓴다〉에 발표한 작품을 줄인 글임을 밝힙니다.

평범한 소재에서 의미를 찾아내는 작업

김낙효

모든 수필가는 좋은 수필을 쓰고 싶어 한다. 나도 어떤 소재가 떠오르면 그 순간을 놓칠세라 쓰기 시작하지만, 몇 줄 쓰다 보면 막히곤 한다. 그럴 때마다 수필을 다시 생각해 보게 된다. 수필이란 무엇인가, 어떻게 써야 하는가.

수필이란 혼자 말하듯 하면서, 인생과 자연에 걸친 작가의 체험을 글로 독자에게 전달하는 문학이다.

프랑스의 철학자인 뷔퐁은 "글은 곧 사람이다"라고 하여 작가가 곧 글이요, 글이 곧 작가라고 했다. 수필은 작가의 체험을 소재로 독자에게 직접 이야기를 전한다. 수필의 화자인 '나'는 작가와 동일인이다. 수필의 이와 같은 고백적 형식을 통해서 작가는 독자에게 친근감을 주고, 독자는 작가에게 신뢰를 보내게 된다. 수필 독자는 그 체험을 '사실'이라고 믿으며 읽는다.

자신의 체험을 소재로 삼을 때 그것을 어떻게 표현할까. 평범한 소재를 그대로 나열하는 것은 기록에 불과하므로, 의미 있는 소재로 만드는 수필적 시선이 필요하다. 단조롭고 평범한 것에서 전혀 새로운 모습을 발견하여 의미를 찾아내는 것이다. 조그마한 얘깃거리 밖에 안 되는 소재일지라도 그것을 통해서 세상을 보는 눈과 생각이 인간적일 때 수필로서 가치가 있다. 이러한 일상의 소소한 것들이 녹여져 나올 때 독자도 공감할 수 있는 의미 있는 수필이 된다.

이렇게 수필은 아무도 대신할 수 없는 나만의 삶을 문학이란 이름으로 세상에 내어놓는 일이다. 그러니까 아무렇게 내놓을 수 없는 일이다. 나는 내 나름대로의 글쓰기 방식을 만들었다.

첫째, 나의 체험을 진술하게 써서 공감하게 한다. 나의 결함이나 실패담을 드러내어 소재로 삼는다. 이 체험을 처음에는 드러내기가 쉽지 않지만, 드러내고 나면 그 다음부터는 거칠 것이 없다. 잘 써야 한다는 부담감도 내려놓고 내면의 소리에 집중한다. 독자가 내 글을 읽으면서 '그럼 그럴 수 있지', '나도 그런 일이 있었어' 하면서 공감을 하게 한다.

둘째, 간결하게 쓴다. 최대한 수식어를 적게 써서 독자에게 느끼고 생각할 여지를 남겨준다. 삭제한 부분은 독자에게 여운으로 남는다. 생각을 간결하게 쓰는 것이 시대의 흐름이고 정서이다. 5매 수필, 아포리즘 수필 등이 그것이다.

셋째, 재미있는 글을 쓰려고 한다. 재미있는 일화 등을 넣어 독자에게 즐거움을 주고자 한다. 평소에 유머나 재미있는 일화가 있으면 메모를 해둔다. 수필 한 편을 읽고 독자가 그 재미로 한동안 즐겁다면 그것은 작가로서 보람이 아니겠는가.

넷째, 쉽게 쓴다. 표현은 쉽고 산뜻하면서 내용은 의미가 있게 쓴다. 판결문이나 논문, 전문가의 글도 쉽게 풀어쓰는 추세이니 더욱 그렇다.

나는 그동안 강단에서 문학을 가르치면서 딱딱하고 논리적인 글을 많이 썼다. 그러다가 부드러운 수필을 쓰려니 처음에는 쉽지 않았으나, 많은 작품을 읽고 본격적으로 수필을 쓰다 보니 문체도 조금씩 말랑말랑하게 변해갔다. 글쓰기의 비결은 많이 읽고, 생각하고, 끊임없이 쓰는 것이다.

실제 원고를 쓸 때는 주제가 정해진 경우와 자유로운 경우로 나눌 수 있다. 어느 경우든 넓은 범위에서 주제의 방향을 잡고, 주제를 살아 움직이게 할 소재들을 찾아 모은다.

참신한 소재를 찾기 위하여 다방면으로 자료를 수집한다. 나의 경험을 추억의 창고에서 나오도록 앨범이나 어린 시절의 고향도 찾아가본다. 시집이나 수필을 읽으면서도 다양한 영감을 받는다. 어느 문장을 읽다가 까맣게 잊고 있었던 기억이 떠오르면 즉시 메모를 한다. 다양한 소재들이 모이면 자료를 정리한다.

정리한 것을 어떤 순서로 써나갈 것인지 구상을 한 후 개요를 짠다. 대체로 내 자신이나 주변의 체험담 등을 실마리로 풀어나간다. 점차 이야기가 확장되어 보편적인 내용으로 독자와 공감대를 형성하는 구조로 전개하는 편이다. 그리고 집필을 한다. 마무리 단계에 접어들면 흐름이 부드러운지 소리 내어 읽어보고, 퇴고를 거친다.

한 줄 한 줄 써나가는 동안 단어와 문장들이 작품의 형상을 갖춰갈 때 글 쓰는 묘미를 느낀다. 그러나 이런 맘에 드는 작품이 금방 나오지는 않는다. 오랫동안 고심하며 진통을 겪은 후 찾아온다.

헤밍웨이는 『노인과 바다』를 쓰면서 무려 400번 이상을 고쳤다는 이야기가 전해진다. 훌륭한 작품을 만들어 내는 비법은 재능이 아니라 얼마나 열정을 가지고 다듬느냐에 달려 있다는 것을 보여준다.

나에게 수필은

김남순

문학은 생生의 카타르시스katharsis란 말을 들은 적이 있다.

예술은 인간이 꽃피울 수 있는 최고의 경지이기에 문학 또한 당연히 그래야 한다는 당위성을 부여해 오고 있는데, 선뜻 수긍이 가지 않으면서도 머리를 끄덕이게 하는 여운이 있어 뇌리에 남아 있다.

글 읽기를 좋아하던 나는 독서거리가 궁핍하던 초등학교 시절에는 개학 날 받은 교과서를 귀가하자마자 마루에 펼쳐놓고 깡그리 완독하던 기억이 아직도 생생하다.

사춘기가 되면서 나의 다독多讀열은 같은 집에 살았던 삼촌 방 책꽂이에 꽂혀있던 『젊은 베르테르의 슬픔』이나 『마농 레스코』 같은 책들이라고 예외가 될 수는 없었다.

"쟤는 책상에 앉으면 일어날 줄을 모르지!"

할머니가 나를 두고 한 말씀이라는 것을 먼 훗날 알게 되었고 또래들에 비해 너무 조숙한 독서세계를 가졌다고 일찌감치 고모로부터 비판을 받기도 했다.

친구들과 어울려 놀기보다도 혼자서 책 읽기를 더 좋아했던 나의 성장기는 작가가 되겠다는 꿈을 키워오면서 학창시절의 기본적인 학업생활 외에는 문학서적 섭렵이 목표가 되었다.

책 속에서 만나는 세계가 현실보다 더 윤택할 수 있었기에 인생의 진로를 결정하는 대학진학도 국문과가 제일 첫 번째 목표가 되는 것은 당연했다. 대학을 졸업한 뒤 국어교사가 되어 청년들에게 시를, 소설을 가르치며 멋쟁이 국어선생님이 되는 나의 청사진.

그러나 나는 국문과에 진학하지 않았다.

드라마처럼 왜 인생의 반전을 시도했을까.

진로의 멘토mentor도 없이 막연한 호기심 같은 것으로 심리학을 선택하여 Ph.D까지 달려가 심리학 교수생활을 했다.

작가가 되고 싶어 한 내 성장기의 푸른 꿈은 어디로 유실되어버렸나?

아니다!

생업을 위한 수십 년의 교수생활 중에도 글을 쓰고 싶다는 심층의 욕망은 꺼지지 않고 항상 불씨를 숨기고 있다는 것을 나는 잘 알고 있다. 다만 생활의 여력이, 나의 능력부족이 그 불씨를 지피지 못했을 뿐이다.

가슴이 너무 아파 견딜 수 없는 순간.

너무 기뻐 도저히 잊어서는 안 될 사건.

자연이 너무 아름다워 지우기엔 아까운 풍광.

생의 카타르시스를 능가하여 승화시킬 수 있는 문학!

이 세상은 수많은 사람이 다양한 형태로 살아가고 있다는 것을 직시하면서 있는 그대로의 자신을 인정하고 사랑할 수 있으면 좋겠다.

게다가 리타이어retire 한 흰머리 교수로서 살아가는 소소한 이야기가 이웃에게 공감을 주고 더 한껏 감동까지 줄 수 있는 날이 있기를 빌어본다.

웃기셔

김동식

내려야 할 전철역을 지나치는 때가 있다. 그놈의 고민에 붙잡혀 있었던 때문이다. 대책 없는 세상사에 침을 튀기는 친구들 식사 모임에서 멍 때리고 있다가 '개념 없는 놈'이라 핀잔을 듣기도 한다. 나만의 깊은 고민을 그들이 알 턱이 있겠는가.

아침 식탁, 건성건성 말을 받는 내 불량한 대화 태도를 참다못한 아내가 문초를 한다.

"무슨 고민 있어요?"

정신이 번쩍 든 나의 대답.

"당연 고민 있지. 첫째로는 당신을 어떻게 하면 더 사랑할 수 있을까 하는 거."

내 말을 끊으며,

"첫째는 됐고 두 번째 고민은 뭔데요."

"어떻게 하면 글을 더 잘 쓰나 하는 고민."

"웃기셔."

진지한 내 고민을 '웃기셔'로 폄훼하는 몰이해가 사뭇 억울하지만 어쩌랴, 아내와의 논쟁은 금물인 걸.

'써야 해'라는 강박관념이 부지불식간에 뇌 한 구석에 뿌리를 내렸나보다. 이 관념을 제거해보려 무던 애를 썼지만 무위로 돌아갔다. '차라리 즐기자'라고 마음 고쳐먹고 수용하기로 했다. 이 수용이 고민을 부르는 화근이 될 줄이야.

화근의 시작은 '뭘 쓰나'로 시작된다. 삼라만상이 다 글의 대상이고 살아온 세월이 수십 년인데 글 소재가 동나랴 생각했다. 어릴 적 얘기, 가족이나 사회생활 에피소드, 내가 즐기는 바둑, 골프, 심지어 비둘기나 칼까지 글의 소재로 써먹었다. 한때 메모지에 빽빽하던 글감 후보들, 세월 따라 그 빛이 점차 바라지는 걸 느꼈다. 글의 대상을 평가하는 내 안목이 높아진 탓이리라.

소재 고갈의 위기를 이기려 노심초사 중이다. 친구들과 산행을 할 때 바위나 구름, 나무나 뿌리까지 살피느라 뒤처지기 일쑤이다. 탄천을 산책하다 징검다리 위에서 흘러오는 물, 흘러가는 물을 바라보며 서성거리기도 한다. 쇼윈도를 기웃거리기도 하고, 카페나 전철에서 들고나는 사람들을 객쩍게 훑어보기도 한다.

이런 과정을 통해 용케 건진 게 있어도 '어떻게 쓰지'로 또 다른 고민에 빠진다. 월척을 낚으면 무얼 하나, 요리를 잘 해야지.

시작 문장을 어떻게 할 건지, 마무리를 어떻게 지을 건지가 고민의 초점이 된다. 머릿속으로 쓰고 지우기를 수도 없이 반복한다. 이 두 기둥이 든든히 서야 중간 구성을 그럴 듯하게 엮어 넣을 수 있다. 일단 기둥 세우고 서까래 정도 올려놓으면 성공이다. 쓰는 과정에서 벽 치고 지붕 얹고 내장을 갖추면 되니까.

이제 책상에 앉아야 하는데 이게 만만치 않다. 책상에 못 앉게 하는 핑계와 구실들이 어찌나 많은지. 종일 집에 있을 수 있는 날을 글 쓰는 날로 잡는다. 아내가 외출하는 날이 그날이다. 이면지에 육필로 쓴다. 쓰면서 수없이 고치고 지우기를 되풀이한다. 한나절이면 화성인 문서 같은, 나만이 해독할 수 있는 초고가 마련된다. '모든 초고는 쓰레기'라고 하던가. 내 육필 초고는 누더기다. 오랜 고민의 대가가 네댓 장의 누더기라니. '웃기셔'라는 말이 헛소리만은 아니다.

책상 한 귀퉁이에 이 누더기를 모셔두고 들며날며 손을 본다. 책 읽다가, TV 보다가, 때론 잠자리에서 벌떡 일어나서 지우고 고치기를 반복한다. 날을 잡아 다시 책상에 앉아 종일 활자화 작업을 한다. 독수리 타법을 동원해서.

신기하기도 하지. 같은 글인데 누더기일 때와 활자화 이후가 이리 다를 수 있을까. 때론 이거 내가 쓴 거 맞아 할 정도의 명문에 스스로가 놀랄 때가 있다. '고민할 만하네' 하며 혼자 낄낄거리기도 한다.

마지막 고민. 내 명문을 감상하고 객관적으로 평가해 줄 사람을 차출하는 일이다. 아들, 딸에게 보여 줬으면 좋으련만 가뭄에 콩 나듯 만나니 바랄 수 없는 일. '서당 살이' 3년의 세 배나 겪은 아내가 제법 훈련이 되어 제3자적 독자 노릇을 한다. 문제가 하나 있다면 평의 결론이 단 두 가지 표현으로 제한되어 있다는 점이다.

"그저 그러네." 또는 "괜찮네."

평소의 내 의연한 모습은 어디로 갔는지. 아내가 심각한 표정으로 글을 읽는 동안 안절부절못한다. 성적표를 나누어 주는 선생님의 호명을 기다리는 초등학생처럼.

아내의 무거운 입이 열린다.

"괜찮네."

'웃기셔'의 수모도, 한동안 달고 지낸 고민도 안개처럼 걷히는 순간이다.

즐거운 고통

김미원

커서가 0.5초 간격으로 깜박이며 나를 노려보고 있다. 나는 마음이 급해지고, 급기야 가슴이 답답해진다. 머릿속에 많은 생각이 날아다니지만 내 손가락은 그것을 따라잡기에는 역부족이다. 커서의 깜박임이 다급하게 다가와 어떤 단어든지 입력시킨다. 그러나 맘에 들지 않아 다시 지운다. 나는 문장의 주변을 맴돌고, 커서는 일정한 간격을 두고 사라졌다 나타나기를 반복한다.

나는 글쓰기라는 즐거운 고통을 즐긴다. 고통을 즐긴다니 마조히스트 같지만 진리는 역설이라 했던가. 소위 창작이란 걸 하면서 글을쓰는 행위야말로 즐거운 고통이 아닐까 생각한다. 글쓰기는 엉켜있는 실타래를 풀어 스웨터를 짜는 일이다.

작가는 나르시시즘에 빠진 환자이고 독자는 관음증 환자이다. 작가는 스스로 자기를 드러내 만족을 느끼고 독자는 작가를 훔쳐보고 즐거움을 느낀다. 작가가 속옷까지 벗고 수없는 장치를 해도 영악한 독자들은 어디까지 벗었는지 안다.

엉켜있는 생각을 풀어내 멋진 스웨터를 짜낸다 해도, 용기를 내 마지막 실오라기까지 다 벗는다 해도 새로운 것이 아니라는 데 또 다른 고통을 느낀다. 그러나 해 아래 새 것이 없다는 말에 위안을 삼기로 한다.

한때 시니컬한 게 좋았다. 삐딱한 시선으로 보면 남이 보지 못하는 것을 보게 된다. 뭔가 그럴 듯해 보이기도 한다. 힘이 지배하던 시절, 언론 검열로 가위질되어 하얀 지면으로 얼룩진 신문들 속에서 행간의 뜻을 찾고자 했던 습관 때문일까. 꼬아보고 비틀어 보고 뒤집어 보면 새로운 사실도 보인다. 그러나 수필가의 시선은 달라야 할 것 같다. 그렇다. 'point of view'가 문제다. 시니시즘이 아닌 따뜻한 시선, 자기 긍정의 시선으로 세상을 보고 싶다. 이 또한 자기 삶을 인정하고 사랑하지 않으면 따뜻한 글이 나오지 않겠지.

나는 '나 되게 만드는 상실감'에 대해 기록하고 싶다. 한때 목소리를 팔아 사랑을 얻으려 했던 인어공주처럼 극심한 고통을 팔아 신음소리를 내지르고 싶었으나 그것은 인생을 잘 모르던 시절의 치기 어린 생각이었다. 삶은 예측할 수 없는 것의 연속이었으니까. 예기치 않은 복병도 있었고. 상처 없는 영혼이 어디 있을까.

당나라의 문학가이자 사상가인 한유韓愈(769-824)는 〈송맹동야서 送孟東野序〉에서 '무릇 만물은 평온함을 얻지 못하면 소리를 내게 된다. 사람의 언어도 이와 같아서 부득이한 일이 있어 말을 한다. 사람이 노래하는 것은 생각하는 것이 있어서이고 우는 것은 마음에 품은 것이 있기 때문이다. 입에서 나와 소리가 되는 것은 모두 평온을 얻지 못했기 때문이다'라고 했다.

미물도 평안함을 얻지 못할 때 소리를 지르는데 오욕칠정을 가진 인간임에랴. 평안하지 못할 때 내는 소리가 시가 되고 소설이 되고 수필이 된다. 마음의 상처가 깊을수록 영롱한 진주를 만들어낸다.

그리하여 내 소망이 이루어진다면 인생이 너무 힘들어 땅으로 꺼지고 싶거나 너무 가벼워 날아가지 않을 정도의 상실감이 내게 왔으면 좋겠다. 자고自高하지 않을 정도의 육체의 가시, 마음의 가시가 있으면 좋겠다.

나는 겸손한 마음으로 글을 쓰고 싶다. 지금 누리는 이런 행복이 가당키나 한 것인지, 내가 받을 가치가 있는지 겸손한 마음으로 글을 쓰고 싶다. 처음을 생각하고, 중심을 생각하는… 처음과 중심에 추 하나 달고 싶다.

문학이 남의 아픔을 치료제 삼아 카타르시스를 느끼는 것이라지만 나는 타인의 상처를 어루만져 주고 싶다. 또한 일견 완벽해 보이는 사람의 아킬레스건에 대해서도 애정을 갖고 싶다. 잡지에 인터뷰 글을 쓰면서 장사익, 조영남, 이어령, 한승헌, 윤형두, 서영은, 문정희 님 수많은 유명인사들을 만났다. 나는 그들에게서 하는 일에 대한 놀라운 집중력과 애정을 보았다. 그들의 뒷모습과 속내를 읽으며 나는 인간에 대한 한없는 사랑을 느꼈다.

기행문 역시 여행 코스를 추억하는 데 그치지 않고 그때 흐르던 공기와 음악, 소리, 눈에 스치던 것들을 기록하고 싶다. 이미 세상을 떠난 작가들의 기념관이나 생가, 혹은 무덤을 찾을 때 그들의 숨소리를 듣고 기록하고 싶었다. 천일의 앤이 갇혔던 런던탑에서는 사랑과 정염의 속절없음에 마음이 아팠고 고흐가 입원했던 정신병원에서는 긴 복도끝에서 소실점으로 서 있던 불운한 화가가 떠올라 우울했다.

나는 내가 만난 사람들과 소통할 수 있는 글을 쓰고 싶다. 너무 어려워 그것들이 무엇을 말하고자 함인가를 고민하거나 묻지 않아도 되고, 생각하지 않아도 느껴질 수 있고, 만져질 수 있는 그런 글을 쓰고 싶다.

버지니아 울프는 자기만의 방이란 물리적인 공간뿐 아니라 독립적인 정신세계를 의미한다고 했다. 자기만의 시각, 생각, 틀을 가져야만 진정 홀로 설 수 있을 것이다. 수필가로 등단한 지 10년 동안 두 권의 책을 세상에 내보냈다. 앞으로 홀로 조용히 '사고의 낚싯줄'을 깊이 담가 약한 것, 가는 것, 지는 것에 대해 쓰고 싶다.

내 글은 재미있으면 좋겠다. 뭔가 느낌이 있으면 더 좋겠다. 세상을 변화시키는 죽비 소리는 못되지만 작은 울림 정도라도 되길 바라며 낱말의 위력을 믿는 나는 커서와 눈싸움을 하며 즐거운 고통에 빠질 것이다.

감성이 자극 받을 때

김미자(매강)

　지인들은 좋은 곳을 보거나 아름다운 풍광을 만나면 바로 글이 되어 나오는 줄 안다.

　그래서 해외여행을 권하고, 아름답고 멋진 곳을 소개하기도 한다.

　제아무리 좋고 아름다운 곳이라도 감성이 자극을 받지 못하면 한 줄의 글도 나오지 않는다.

　봄볕 아래 봄까치와 꽃마리, 봄맞이꽃의 가냘픈 떨림이 느껴지고, 무논의 은결에 비친 빨간 양귀비꽃이 한 폭의 그림으로 들어오거나 담장 아래 흐드러지게 핀 분홍빛의 낮달맞이꽃의 무리가 감성을 자극하면 수채화 같은 글이 나온다.

　항상 안테나를 세우고 다니다 보면 신호가 느껴진다.

　신호의 조각들을 저장했다가 어느 순간 퍼즐 맞추기 작업에 들어간다.

잘 맞아떨어질 때도 있지만, 어느 땐 날밤을 새우거나 농익은 술처럼 발효가 될 때까지 오래 기다리다 하나의 결정체로 완성하는 기쁨을 누린다.

쓰기 위해서 작정을 하고 덤빈다면 못 쓸 것도 없지만 매끄럽지 못하다.

자연스럽지 못하고 억지스러움이 느껴지는 글은 몇 번을 읽어도 불만족이다.

배설의 통쾌함이 느껴지지 않는 글은 옹이가 느껴져 불편하다.

글이 써지지 않을 때는 저만치로 밀쳐두었다가 고갈된 감성이 옹달샘 물처럼 차오를 때까지 기다린다. 맑은 물이 고였을 때 표주박으로 떠서 마시면 시원하고 달콤한 맛을 음미할 수 있듯이 글쓰기도 그렇게 고인 옹달샘 물을 퍼내는 작업과 같다.

글은 아무 때나 써지는 게 아니라, 감성이 자극을 받을 때 한 편의 글이 되어 나온다.

자율적인 경지에서

김병권

수필이 붓 가는 대로 써 나가는 것이라고 흔히들 쉽게 생각하는 사람들이 있을지 모르지만 원래 무형식 속의 형식을 이루는 일보다 더 어려운 일은 없다. 그것은 마치 우리의 일상 행동에 있어서 서투른 인생을 사는 자는 꼭 타율적인 규제를 받아가면서 행동하지만, 인생을 달관한 자는 자율적인 경지에서 행동해도 조금도 사회 규범에 저촉되지 않는 것과 같다.

글도 그와 마찬가지라고 생각한다.

자율의 경지에 도달하려면 그 얼마나 자신에 대한 가혹한 채찍질을 해야 하는 것이며, 그 얼마나 각고 면려勉勵해야 하느냐 하는 문제는 새삼 여기서 재론할 필요가 없다 하겠다.

무형식 속의 형식, 이는 곧 자율의 경지라 할 수 있고 이러한 영역에까지 도달해 보지 못한 채 감히 무형식 운운하면서 섣불리 붓을 든다는 것은 이만저만한 만용이 아니라고 생각된다.

요즈음 웬만한 사람이면 수필을 쓰겠다고 나서는 것을 볼 때면 더욱 더 그런 생각이 들 때가 많다.

물론 지식인들이 자신의 생활 소감을 글로써 표현하거나, 일상인들이 문장연습으로써 상상(想像)의 흐름을 그대로 글로 옮겨서 발표하는 경우도 많이 보지만 그것이 모두 수필문학이라는 이름으로 통용되어야 하는 것인지 재고해 보아야 할 일이다.

모든 신변잡기로부터 높은 철학 사상을 담은 에세이에 이르기까지 그 모두를 수필의 영역으로 보는 교과서적 해석도 있겠지만 적어도 예술성 높은 문학작품을 이야기할 때에 과연 그렇게 포괄적으로 매도할 수 있을까.

글쓰기 운동을 많이 벌이고 나아가서 온 국민이 수필을 쓰는 경지에까지 도달한다면 매우 바람직한 일이지만 이것이 수필을 얕잡아보는 경향으로 흐르게 한다던가 저질 문학의 대명사처럼 끌어내리는 경우가 되어 버린다면 이는 참으로 비극이라 하지 않을 수 없다.

아닌게 아니라, 문학의 정도를 걷지 않으면서도 다소의 문장력과 자기가 종사하고 있는 영역을 소재로 하여 몇 편의 글을 발표해 놓고, 버젓이 문학강연하는 사람을 볼 때에는 더욱더 그러한 생각이 들 때가 많다.

이는 수필의 소재가 광범위하다는 것(넓게는 우주의 원리로부터 좁게는 미생물의 이야기까지)을 남용한 데서 기인한 것이 아닌가 생각된다.

결론적으로 말하자면 수필이 시나 소설을 능가하는 예술작품이라는 전제 하에 적어도 문학의 정도를 걷겠다는 각오없이 함부로 뛰어들어서는 안 된다고 생각한다.

그러므로 앞으로의 바람은 수필을 문학의 여기로 삼는다든가, 한 낱 지적 유희로 전락시키는 일이 일소되었으면 좋겠다.

각설하고, 내가 선택할 수필의 소재는 누구나 마찬가지로 무궁무진하다 하겠지만, 그러나 막상 수필의 소재를 선택하려고 하면 새삼소재의 빈곤에 당황하게 된다. 왜냐하면, 생활 속에서 일어나는 사소한 단편적인 소감이라든가 신변에서 느끼는 잡상들이 바로 수필이될 수는 없기 때문이다.

그래서 나는 인생의 보다 심오하고도 구체적인 소재를 잡기 위하여 때로는 며칠이고 떠나기도 하며(새로운 체험을 위해) 여행이 여의치 못할 때는 며칠이고 방안에 들어앉아 옛 고전이나 양서들을 통독한다.

나로서는 직장일 관계로 비교적 국내외의 나들이가 많다 보니 여러 가지 내외 풍물에 대한 색다른 체험을 할 수 있어서 소재 선택에 있어서는 보다 유리한 입장에 있다고 생각해 본다.

새로운 체험, 이는 확실히 참신한 수필을 쓰는 데 많은 도움이 된다는 것은 말할 나위도 없다.

그러나 새로운 체험을 그대로 서술적으로 늘어놓는다고 해서 바로 수필이 되는 것일까. 그것은 단순한 기행이나 기사밖에는 안 될 것이다. 그러므로 그 어떤 행각의 체험이 아니라 그것은 새로운 생활의발견이어야 할 것이다.

이러한 생활의 발견이 우리 생활의 타당성 속에 흡수되고, 용해될 때에는 더욱 참신하고 생동감 넘치는 수필이 될 것이다. 그래서 나는 이러한 새로운 생활의 체험을 심화시켜 보다 차원 높은 경지로 끌고 가기 위하여 우리 사상의 뿌리라고 할 수 있는 고전과의 연관을 지어 보기도 한다.

사실상 우리가 아무리 기상천외한 지식이나 새로운 삶의 지혜를 터득했다 해도 그것은 이미 고전 속에 다 있다.

그러나 이러한 고전도 수필을 쓰기 위한 편법으로 남용하거나 그 어떤 인생 교양 강좌 같은 내용으로 끌고 가 버린다면 이 또한 수필의 궤도에서 이탈되는 것이라 하지 않을 수 없다.

모든 예술이 다 그렇듯이 그 본래의 수필성을 지향하려면 그 어떤 기법이나 재치보다도 전신을 불태우겠다는 각오로 접근해야 할 것이다.

그래서 스스로 득도하는 길을 찾아야 할 것이다.

반하는 그날까지

김산옥

좋은 수필을 만나면 반하게 된다.

몇 개 안 되는 모음과 자음의 만남으로 그토록 마음을 사로잡는 표현을 할 수 있다니… 본 대로 느낀 대로 살아 움직이는 묘사력과 은유, 시적 어휘로 그려낸 글 앞에서는 두 손을 모으게 된다.

가려운 곳을 시원하게 긁어주는 문장력에, 적재적소에 알맞은 어휘력을 잘 버무려 한 편의 수필을 탄생시킨 작품을 읽으면 그 하루는 내내 부자가 된다. 오랫동안 여운으로 남는다. 그렇게 쓰기까지 오랜 세월 갈고닦았을 그 작가의 걸어온 발자취가 그려져 존경의 마음까지 든다.

나는 좋은 작품을 만나면 그 순간부터 짝사랑이 시작된다. 갑자기 그 작가와 친해진 기분이고 보고 싶어진다. 대상이 수필가든 시인이든 소설가든… 반하게 된다. 좋은 작품을 읽고 나면 즉시 그 작가에게 전화를 하거나 메일을 보내기도 한다. 그렇다고 내 전화와 메일을 못 받은 작가들이 글을 못 쓴다는 얘기는 아니다. 내가 좋아하는 작품이 모든 독자들에게 다 좋을 수는 없듯이, 성향에 따라 어떤 작품이 더 마음에 와 닿아 내 감성 어디쯤을 건드렸기 때문이다.

세상 사람 얼굴이 다 다르듯, 수필가들의 작품 성향도 작법도 다 다르다. 독자들도 마찬가지다. 어떤 독자는 화려하게 모자이크한 앞서가는 수필을 좋아할 수도 있고, 어떤 독자는 시원하게 디자인된 시사수필을 좋아할 수도 있다. 한 편의 드라마 같은 서정수필을 좋아하는 독자도 있다.

나는 맨 후자의 글을 좋아한다.

조금은 미흡하더라도 이야기가 있는 작품을 좋아한다. 여기에다 최민자 수필가처럼 풍부한 어휘력과 다재다능한 감수성을 더한다면 더 없이 좋을 것이고, 류창희 수필가처럼 풍자와 해학이 깃든 문장력을 더하고, 김희수 수필가처럼 철학과 고뇌가 묻어난 글을 더한 글이라면 나는 오늘 딱 죽어도 좋으리. 하지만 내가 좋아하는 작가들의 수필 작법을 모방하려 하지 않는다. 그분들의 훌륭한 창작기법을 따라갈 수 있는 깜냥도 못 되지만, 나만의 소박한 수필 작법에 힘쓴다.

'독자의 마음을 울리려면 내 가슴은 더 뜨거워야 한다'는 말을 항상 염두에 두고 김산옥 다운 글을 쓰려고 노력한다. 글감이 좀 촌스럽고 하찮은 것에서부터 시작하더라도 독자의 마음 저변에 찡한 울림을 기대하며 쓴다.

삶은 한 편의 소설이다.

매 살아가는 날들이 나에겐 소설이고 수필이다. 기뻤다 슬펐다 아팠다… 끊임없이 부대끼고 쓸리며 살아가는 이야기를 소설 같은 수필로 쓰고 싶다. 시대에 앞서가지 못하는 글쓰기일지라도 나만의 신념을 가지고 글을 쓴다. 글 쓰는 사람으로 살아가는 동안, 부족한 글이지만 독자들 가슴 속에 한 송이 꽃으로 피어나길 바라는 마음으로 글을 쓰고 싶다.

독자들이 내 글에 반하는 그날까지….

집으로 가는 길

김상미

　내가 글판을 기웃거리기 시작한지도 벌써 20년 쯤 된다.

　그럼에도 "수필은 당신에게 무엇인가. 당신의 삶과 수필은 어떤 관계를 맺고 있는가"라는 질문을 받으면 말문이 막히고 만다. 내가 어떤 대답을 하더라도 부분적인 진실에 지나지 않으리라. 무수히 말하고 싶으면서도 말할 수 없음이야말로 수필에 대한 나의 애정의 가장 근접된 표현일지도 모른다. 우리가 사랑하는 대상의 매혹적 근거를 명확히 밝힐 수 있는 것은 사랑이 객관화되었을 때다. 사랑의 객관화는 사랑의 박제화 길목에서 이루어진다. 사랑은 언제나 사랑을 불러일으키는 요인들을 넘어서 존재한다.

　"수필을 쓰면서 삶이란 무엇인가"라고 묻기보다 현실적인 제약들을 살아내려는 노력을 하게 되었다. 그 주체는 깨어있는 것이다. 그것은 다른 세계를 지향하곤 한다. 무의미한 현실에서 벗어나기를 희망했다. 삶은 지금 여기가 아닌 동경하는 세계에 대한 믿음이다. 나의 수필 쓰기는 빈집으로 가는 길이다. 내가 집을 발견하는 순간 현실에 존재하지 않는 믿음과 믿음 사이의 모순 위에서 생각을 정리한다.

내 삶의 덜떨어진 현실은 수필 쓰기의 바탕이 된다. 그것은 인간적인 덜떨어짐으로 집을 찾아가는 길일지도 모른다. 나를 얽어매게 하는 현실에서 내가 살아야 할 집을 찾으려는 노력은 어떻게 수필을 쓸 것인가 구체적인 내용을 정리하게 한다. 나의 수필 쓰기는 불가능을 가능으로 호흡하게 한다.

내면 의식과 현실 사이 정서를 문자화하기에는 거리가 너무 멀다. 그 관계 속에서 존재의 의미를 가질 수 있도록 사유를 끌어들여야 한다. 현실의 부재가 욕망을 낳고 욕망이 상상을 낳고, 상상이 믿음을 낳고, 믿음이 현실을 낳는다. 일방적으로 의식을 우선시한 결과다. 수필 쓰기에서 현실 혹은 의식의 일방적인 승리는 감동스럽지 않다. 좋은 관계는 서로가 서로를 변화시키고 변화되는 관계이어야 한다.

현실은 의식의 눈이 간파하지 못하는 미세한 부분에 지나지 않는다. 글쓰기는 깨어 있는 의식뿐만 아니라 잠들어 있는 의식, 깨지도 잠들지도 않는 의식까지 함축하여 표현해야 한다. 우리는 깨어 있는 의식이 아무리 발버둥쳐도 고정관념의 세계 속에 갇혀 있게 마련이다. 수필 쓰기는 숨은 그림이 아니라 되찾은 그림이어야 한다. 수필의 세계는 서로가 서로 없이는 존재할 수 없는 공존적인 관계를 맺고 있어야 한다.

현실이란 의식의 눈에 나타난 세계의 일부다. 내가 현실을 통해 수필과 만날 때 나와 현실의 관계에 집중되어야 한다. 당신이라는 이름으로 불리는 수필의 세계 앞에 서면 언제나 경험해보지 못한 경건한 느낌을 갖으려고 노력한다. 내가 처음 수필과 연애를 시작할 때 나의 삶은 수필이라는 집을 찾아가는 것이었다.

수필을 단순하게 호도할까 두렵다. 머지않아 당신에게 수필이라는 이름까지 벗겨드려야 함을 잘 알고 있다. 그것이 가장 위대한 문학 아닐까. 작가는 자기의 위치를 잘 알아야 한다. 시대가 변하고 수필 문학의 의미가 바뀌어도 가치이월이 되는 거짓 없는 삶을 누구나 공감하도록 그려야 한다. 그곳이 내가 찾아가는 집이다.

나의 수필 쓰기

김상분

나의 일터, 작은 정원에는 수필나무도 한 그루 자란다. 자연을 가까이하며 영혼과 정신의 아픔까지도 어루만져주는 원예치료정원, 그 한가운데 자라나는 나무는 나의 애정과 꿈을 독차지한 특별한 존재이다. 어린 나무가 잘 자라도록 때 없이 돋아나는 잡초를 뽑아내다가 생각하는 것들, 깨달은 것들을 흙에 묻어두곤 한다. 콩이나 팥을 심어도 아까울 땅에 회초리 같은 묘목을 심었을 때 헛농사를 짓는다고 비웃음을 샀던 것처럼 나의 수필 쓰기 또한 쉽지 않았다. 강과 산의 모양만 바뀌는 게 아니었다. 칼처럼 예리해진 날에, 손자국으로 움푹 팬 호밋자루를 쥐고 보낸 시간 동안 구겨버린 원고지는 얼마나 쌓였을까. 쉽지 않은 글쓰기, 때로는 자괴감에 가슴이 짓눌린다. 답답한 마음에 하늘을 보다 다시금 고개를 숙인다. 허리를 굽히고 하릴없이 쪼그리고 앉아 낡은 호미를 쥐어본다.

어느 날인가 나의 작은 수필나무에도 싹이 트고 잎이 돋아났다.

꽃도 보고 열매도 거두고 싶어 지극정성을 다했나 보다. 내 자식 내 아들딸이 아닌가. 불면 날까 쥐면 꺼질까 봐 얼마나 공을 들였던가. 봄볕에 그을려도 괜찮고 한여름의 땀방울도 아랑곳하지 않은 신통방통 대견한 내 자식들이었다. 모자랄수록 보태주고 싶은 정으로 마음 더 가는 내 새끼들이 아닌가. 허리가 휘는 것도 눈이 어두워지는 것도 모르고 세월이 갔다. 그러나 날마다 봄빛이랴, 비바람 불고 천둥 번개 치는 날이 왜 없었으랴. 쓰러지면 일으켜 세우고 북을 돋아주며 뿌리 깊은 나무를 키우고 싶었다. 듬직한 정자나무나 언덕 위의 느티나무 같은 나의 수필나무를 향한 집착은 한낱 부질없는 원정園丁의 꿈인가. 그래도 놓아버릴 수 없어 아직도 가야 할 먼 길을 더듬거린다. 건너야 할 강은 깊고 넘어야 할 산은 높기만 하다.

나무의 우듬지는 알맞은 때에 순지르기를 해야 한다. 하늘을 향해 반듯이 선 줄기, 주지主枝의 순을 잘라 나무의 꼴을 만드는 것이다. 순을 지른 큰 가지에서 생기는 곁가지, 측지側枝는 수직과 수평의 조화를 이루어야 한다. 우주의 질서가 아닌가. 직립해서 올라가는 큰 가지를 순지르는 아픔은 크지만 좋은 나무의 틀을 이루어가는 필수의 결단이다. 큰 것과 작은 것들이 상생하는 구도가 잡히기까지 치고 자른다. 큰 줄기는 더 굵어지고 새로운 생명의 작은 가지들이 퍼지게 된다. 흔들림 없이 튼튼한 나무의 줄기이자 수필 쓰기의 기둥이 되는 주제와 소재의 어울림이다.

봄이 오면 가지마다 새잎이 돋는다. 햇빛과 바람의 은총 아래서 연하던 새순이 진초록 잎으로 커간다. 흙 속으로 뻗어가며 수분과 양분을 길어 올린 뿌리의 힘도 흙속에 숨겨진 공덕이다. 우리가 살아가는데 절대로 필요한 녹색식물의 에너지 변환과정, 이 환원의 작용은 얼마나 신성하고 숭고한 행위인가. 자연에서 받은 것을 자연으로 돌려주며 자연을 지켜준다. 나는 과연 수필을 쓴다면서 무엇을 생각하고 어떻게 썼을까. 새로운 소재를 찾기 위해 향방을 모르고 움직였던 더듬이는 거듭되는 도로徒勞에 지쳐서 허우적거렸을 뿐이다.

결코 우리 인간의 눈으로는 볼 수 없는 큰 움직임의 식물 생리에 외경이 앞설 뿐이다. 점점 더 굵어지는 가지에 비례하여 땅속뿌리도 깊어간다. 비바람 눈보라에도 쓰러지지 않고 견뎌내어 이 세상에 쓸모 있는 한 나무가 되기 위한 내공이다. 그렇게 나무는 말없이 심겨진 대로 뿌리를 내리며 도를 닦고 있다. 좋은 수필을 쓰기 위한 깊은 사유가 아닌가. 아직도 나는 작은 수필나무들을 돌아보며 세련洗鍊의 공력을 부단히 쌓아야 하리.

봄부터 가을까지 꽃 피고 열매 맺어 가을걷이를 마무리하면 한해살이도 끝이 날까. 잎을 다 떨구고 헐벗은 몸으로 서 있는 겨울나무는 더욱 고되다. 동면이라니, 곧 다가올 봄을 위한 진통의 나날이다. 떨켜는 동절에 견뎌낼 몸에 맞도록 숨을 고른다. 잎이 떨어진 자리에 돋는 꽃눈과 잎눈을 두꺼운 껍질로 싸맨다. 갈라지고 터질 듯 핏발선 줄기와 가지들은 그래서 늙은 어미의 손등 같다.

죽은 듯 흙 속에 묻힌 뿌리는 어떠할까. 그들도 치열하게 움직인다. 언 땅에서도 봄을 위한 꿈으로 애쓰고 있다. 낙엽이 쌓이고 눈 덮인 속에서 썩고 삭혀서 얻은 기름진 지혜를 대지에 돌려주면서. 봄은 그렇게 겨우내 움트고 있다. 그 고되고 아픈 시간을 우리는 동면의 긴 겨울이라고 명명할 뿐이다. 눈물겹고도 거룩한 나무의 생리를 보고 또 본다. 어쭙잖은 글쓰기에 대한 반성으로 다시금 나무들을 우러러본다. 크면 큰 대로 작으면 작은 대로 내게는 스승의 존재인 까닭이다.

나무들, 그들의 삶과 철학을 배우며 따르고 싶다. 그것이 나의 수필 쓰기를 위한 길이라고 다짐할 뿐이다.

나의 수필, 나의 글쓰기

김상태

꽤 오래전에 신문에서 보았던 글이지만 나의 뇌리에서 좀처럼 지워지지 않는 것이 있다. 사형 집행 5분 전에 쓴 글이라고 했다. 손에 와 닿는 아무 것에나 휘갈겨 쓴 조각글이었다. 일본군으로 끌려가서 패전이 되자 일본인 포로가 되어 본토인에 의하여 처형되기 바로 직전에 쓴 글이라고 했다. 절박한 순간에 쓴 글이라고 할 수 있다. 대체 무슨 말을 썼을까 매우 궁금했지만 무슨 특별한 말을 남긴 것으로 기억되지는 않는다. 오래된 일이라 지금 그 내용이 분명하게 떠오르지는 않지만 대강 이런 글들이었다고 생각된다. "형, 나 이대로 죽어야 돼…", "어머니, 이 불효자식 용서하세요", "이대로 죽긴 너무 억울하다", "죽을 시간이 얼마 남지 않았다" 등이었다. 죽음 직전인데도 이런 글을 쓸 여유가 있었을까 하는 생각도 들었지만 최후의 순간까지 무슨 말인가 나타내고 싶은 심정이었던 같다. '사형 5분 전의 말'이란 큼직한 제목에 비하면 약간 실망스럽다고 할까. 생각해 보니 그 절박한 순간에 무슨 말을 할 수 있었을까. 그들이 남긴 글보다는 그 글을 쓰고 있는 순간의 의미가 더 중요하다는 생각이 든다.

이와는 달리 심심해서 낙서를 하는 경우가 있다. 낙서와 같은 행위가 예술이라고 말하는 사람이 있어서 하는 말이다. 다른 사람이 아닌 백남준이다. 그의 예술을 인정하려고 하지 않는 사람도 더러 있지만 한국이 낳은 세계적 예술가라고 극찬하는 사람도 있다. 세계적으로 이름 있는 예술가들이 그의 예술을 높이 평가하는 것을 보면 터무니없는 말은 아닌 듯하다. 독일, 미국, 스코트랜드에서도 그의 기념관이 있고, 한국에서도 경기도립박물관 옆에 백남준 아트센터가 있어 그의 예술을 기리고 있다. 어쨌든 21세기 첨단 예술을 대표하는 예술가라고 평가하고 있는 것은 분명한 사실이다. 그 백남준이 한 말이 생각난다. "예술? 그거 장난이지 뭐." 이렇게 갈겨 쓴 그의 글을 본 적이 있다. 그의 어법대로 말하면, "문학? 그거 말장난이지 뭐"라고 했을 법도 하다. 죽음 직전의 절박한 심정으로 남긴 말과는 아주 대조적이다. 목숨이 걸려 있는 순간에 피를 토하듯이 갈겨 쓴 말과 장난을 치듯이 한 말과의 차이. 표현하는 순간의 심정은 분명히 달랐음에도 불구하고 표현된 말만 놓고 보면 별로 다를 것이 없다. 문학 작품이란 이 두 사이의 어디쯤에 존재한다는 생각이 든다. 물론 남긴 말 전부를 작품이라고 말하기는 곤란하지만 그 글을 쓰는 사람에게는 그 순간이 얼마나 중요하다는 것을 우리는 잘 알고 있다. 써진 글에 대해 내리는 평가는 잠시 제쳐 두고 말이다. 안타깝다. 절실한 심정으로 쓴 글이나 장난을 치듯이 쓴 글이나 그 평가와는 별로 관계가 없다. 독자에게 주는 감동도 그에 따르는 것이 아닌 모양이다.

글은 왜 쓰느냐고 스스로에게 묻고 싶을 때가 있다. 그 글이 상품이 되기 때문에 쓰는 경우도 없지 않으리라. 상품이란 돈을 의미한다. 그런데 언제부턴가 돈과 아무 관계가 없는 작품이 생산되기 시작했다. 그렇다면 자기의 존재를 알리기 위해서 쓰는 것인가. 아마 지금은 돈과 관계있는 작품은 극소수에 불과하리라 생각된다. 출판되는 대부분의 작품들은 자기의 존재를 알리기 위하여 생산되고 있다고 보아도 좋을 것이다.

이와는 달리 돈도 되지 않고 그렇다고 존재를 알리는데도 별로 도움이 되지 않지만 그냥 쓰고 싶어서 쓰는 경우도 있다. 글을 쓰고 있는 문인들 대부분이 이에 속한다고 말할 수 있을 것이다. 정치가가 되고 싶은 사람들, 아니 지금 정치를 하고 있는 사람들은 또 다른 의미에서 이 부류에 속한 사람들이다. 자기 존재도 알리고 돈도 벌고, 정치를 하는데도 필요해서 글을 쓰고, 책을 출판하는 경우를 본다. 한창 유행처럼 번지던 정치인들의 출판기념회가 바로 그것이다.

나도 수필집을 7권이나 내고 콩트집도 냈으니, 부끄럽지만 문인이라면 문인일 수 있다. 출판한 작품집이 돈이 되지 않았으니 상품이 된 작품은 하나도 없다. 나의 존재를 제대로 알리지도 못했으니 성공했다고 말하기도 어렵다. 참 어리석은 짓을 한 셈이다. 무엇 때문에 글을 쓰고 또 돈을 들여서 출판했을까. 다른 사람이 잘 읽어주지도 않는 그 글을 쓰느라고 또 얼마나 낑낑대며 애를 썼던가.

얼마 전 일이다. 시인으로서는 꽤나 이름이 나 있는 분과 차를 마신 적이 있다. 그때 그분은 이런 말을 했다. 이제 시집을 출간하면 아는 시인들끼리만 돌려야 할 것 같아요. 시를 잘 모르는 사람에게 주면 반가워하지도 않을 뿐 아니라, 받아서 읽지도 않고 쓰레기통에 버리는 경우가 허다하다고 했다. 쓰레기통에 버려진 자기 시집을 보면 비참한 생각이 든다고 했다. 그러니 아는 시인끼리 나누어서 보는 것이 좋다는 것이다.

왜 글을 쓰느냐고 자신에게 때때로 물을 때가 있다. 이름을 알리기 위해서? 반은 맞고 반은 틀렸는지 모른다. 글을 쓴다고 해서 현재의 내 이름보다 더 알려질 것 같지도 않다. 그래도 이름을 알리기 위해서라고 누군가 주장한다면 굳이 아니라고 부정할 자신은 없다. 더구나 돈을 위해서라고 하면 어림도 없는 이야기다. 그렇다면 무엇 때문에 쓰느냐 하고 묻는다면 무엇이라고 대답할 텐가. 쓰고 싶어서 쓴다라고 대답할 수밖에 없다. 그 심정을 표현한 글을 내 수필집 『아침 햇살을 받으며』에서 '행복한 글쓰기', 혹은 '글 쓰는 즐거움'이란 제목으로 발표한 적이 있다. 어쨌든 앞으로 내가 글을 쓸 수 있는 능력이 있는 한 글을 쓸 것이다. 최근에 와서 허리도 아프고 기억도 가물가물해져서 앞으로 얼마나 더 쓸 수 있을지 그것이 걱정이다. 소재는 무한이라고 말하고 있지만, 꼭 그렇지만은 아니 한 것 같다. 내가 체험한 어지간한 것은 다 써버렸다.

소재를 구현하는 방법으로 대략 세 가지가 있다고 생각된다. 지난 일을 뒤돌아보면서 쓰는 방법, 앞으로 닥쳐올 일을 예언하듯이 쓰는 방법, 보이는 현실을 있는 그대로 쓰는 방법이 그것이다. 이 중의 어느 방법을 쓴다고 하더라도 물론 어느 하나의 관점에 고착되어 쓰는 것은 아니다. 그렇지만 이 중의 하나를 선호하면서 쓰는 것은 사실이다.

글을 쓸 때마다 다른 이유와 동기가 있다. 다양하겠지만 그런 모든 이유와 동기를 합쳐서 내가 살아 있기 때문이라고 말하고 싶다. 살아 있는 몸짓의 한 표현이 글로 나타나는 것이라고 말하고 싶은 것이다. 그러나 살아 있는 몸짓은 누구나 할 수 있다. 아니 그것은 인간만이 하는 것도 아니다. 살아 있는 생물은 다 한다고 볼 수 있다. 살아 있는 그 몸짓이 의미가 있어야 한다. 글 속에 그 의미가 담겨 있어야 한다.

어느 수필가가 수필은 철학이다, 라고 단언하는 것을 들은 적이 있다. 수필에는 철학이 담겨 있어야 한다는 말을 지극히 강조한 말이라고 이해하면 된다. 다른 문학 장르는 작품을 만드는 특징을 각기 가지고 있다. 픽션이라든지, 상연성이라든지, 이미지라든지 그런 것들이다. 수필도 없는 것은 아니지만 뚜렷하지는 않다. 그 대신 체험을 가장 뚜렷하게 드러내는 문학이라고들 말한다. 그 체험 속에 자기 철학이 담겨 있지 않다면 그야말로 말장난으로 끝나 버릴지 모른다.

살아 있는 몸짓인 이 글쓰기도 언제까지 쓸 수 있을지 모르겠다. 육체적인 한계뿐 아니라, 정신적인 한계도 점점 내 가까이로 다가오고 있는 것을 느끼고 있기 때문이다. 보다 좋은 글을 쓰고 싶다는 욕망은 사그라지지 않는데도 불구하고 점점 희미해져 가고 있는 기억력은 내 한계다. 아니 인간의 한계다. 문득 버나드 쇼가 임종 무렵에 했다는 말이 떠오른다. '우물쭈물하다가 내 이 꼴이 될 줄 알았지', 라고 했다던가. 이 말이 너무 재미있어서 그의 작품을 읽어보지 못한 사람도 그 말은 기억할 만하다. 쓰고 싶은 욕망만이 가득할 뿐 내게는 대책이 없다. 살아 있다는 몸짓이라도 열심히 해야겠지. 글을 쓴다는 것이 내게는 살아 있다는 몸짓이니까.

스스로 짚어보는 수필 작법

김선화

1. 수필은 느낌이고, 여과이고, 생성이다

수필 쓰는 과정에서, 글 속에 어떤 의미를 붙일까에 대하여 많은 생각을 하게 된다. 어느 때는 '바로 이거다' 하고 단번에 붓이 나가기도 하지만, 경우에 따라서는 다 마무리 지었다 싶은 글도 그 의미가 약해 지우기가 일쑤다. 여기에서 공허해진 의미에 대해 혼자 실소할 때가 있는데, 그건 대꾸 없는 사람을 향해 마음을 보내는 것이나 다를 바가 없다.

내가 쓰는 수필은 삶의 실체를 통한 대상의 연결이다. 어떤 사물이나 대상으로부터 느껴지는 가슴속의 소리를 들었을 때, 나는 울림처럼 그것이 반갑다. 그것이 수필을 든든하게 만든다. 그 울림이 아니고서는 글이 나가질 않는다. 일단 고요하던 가슴에 이 북소리와도 같은 울림이 시작되면, 나는 그것을 놓치지 않으려고 시발점이 된 대상에 혼을 불어넣는다. 그리고 소재가 되는 것에 대해서 천착해 들어간다. 그러기까지 여과의 시간이 필요하다. 그건 처음 만난 소재가 곰삭을 때까지의 기다림을 수반하기도 한다. 이런 절차 없이 성급했다가는 제대로 된 의미를 살려내기 어렵다.

오랫동안 사유의 숲을 거닐며, 거기서 만나게 되는 한 가닥의 명주실과도 같은 의미는 내 수필의 축이 된다. 그리고 그 사유의 과정에서 수필인의 고뇌를 맛보기도 한다. 이 때에 의미가 주제의 성격으로 확실해지면 그 다음은 저절로 풀려나간다. 펜을 쥔 손에 가속도가 붙어 단숨에 끝을 내기도 한다. 주변 사정으로 중지할 때는, 속도가 다시 붙기란 쉽지 않다. 그래서 써 나갈 때는 되도록 단숨에 쓰고, 퇴고과정을 오래 갖는다.

퇴고를 시작하면, 그때는 내가 반쯤 미쳐있을 때다. 내 글 고치는 맛은 항상 새로운 것이 된다. 그러면서 한층 깊이가 있는 경지로 들어선다. 이때에 나는 수필 쓰는 맛을 더 느낀다. 이 과정에서 빼놓을 수 없는 것이 나에 대한 엄격함인데, 평소 내가 나 자신에 대해 엄격한 것처럼, 수필의 경우에도 추호의 경박함을 허용하지 않는다. 이렇게 하여 스스로가 만족할 때쯤이면, 문장 하나하나에 녹아든 나를 본다. 그래서 나는 '글은 곧 사람'이란 말을 확인하는 것이다.

수필 편 편마다에 내 영혼이 녹아 흐른다는 말은 사람과 사람 사이에 잘 섞인다는 말일 수도 있다. 수필이란 장르 자체가 사람들의 삶을 외면할 수 없는 문학이기 때문이다. 그것을 그려내기 위해서는 수필 쓰는 사람이 그 안에 개입해야 하는 것은 말할 여지가 없다. 글 쓰는 작업이 고독 속에서 이뤄지는 것이지만, 적어도 내가 추구하는 수필은 살아있는 인간의 실체와 만나는 일이다. 사람과 사람 사이의 유대감, 또는 동반자로서, 선과 악 사이에서 일어나는 마찰음 등을 통해 그 진실을 보고자 하는 데 있다.

나는 때로 수필 쓰기에서 소재와 소재 사이의 대비효과를 노리는데, 그것은 치밀한 구성에 의해 이루어진다. 이는 곧 평면적인 것을 입체적인 것으로 만들어내려는 내 성격이기도 하다. 이미 정해진 소재의 겉을 보면서 이면까지를 보고자 하는 의미를 소중한 것으로 여긴다. 거기에는 파도처럼 출렁거리는 감동이 따를 수도 있고, 하고 싶은 말을 슬쩍 암시하는 무기교의 기교를 꾀하기도 한다. 그리고 전부를 드러내지 않고 속뜻을 감춰놓는다. 이런 수법은 독자의 몫으로 돌리고자 하는 데 있다.

이처럼 그려내는 수필은, 필자나 독자나 삶에 있어서 가치 있는 실체로 드러난다. 인생을 말하기엔 아직 이른 감이 있을 수도 있겠지만, 내가 살아온 삶이 그만큼 무의미하지 않다는 것을 뜻한다. 우리나라가 경제난에 시달리던 60년대부터 나는 결코 평면적인 삶을 살아온 사람이 아니다. 가난한 산골마을을 고향으로 둔 까닭이다. 만약 내가 어느 정도의 선에서 안주하는 사람이었다면, 지금처럼 어쭙잖은 글을 쓴답시고 고심하지 않아도 될 것이다.

2. 자유로운 사고와 자유로운 형식

요즘 나는 글쓰기에서 어떠한 틀에 매이는 것을 가장 싫어한다. 어느 한쪽으로 치우치는 사고도 경계한다. 기우뚱한 생각은 기우뚱한 글을 낳는 법. 내가 표현해내는 문장은 어디까지나 내 몫인 것이다. 발표 후에 따르는 책임을 스스로 져야 하는 게 작가의 몫이기에, 이건 속세에서의 도 닦기와 다름 아니다. 그러므로 수필 쓰는 사람이 이걸 망각했다가는 어느 한쪽 모난 글을 낳기 십상이다. 삶의 근본을 들여다본다 하여 다 난삽한 글이 되는 것은 아니다. 원초적인 것을 다루되 수필인의 격을 잃지 않으면 얼마든지 해학과 유머로 주제를 끌어내 문학수필로 승화시킬 수가 있다. 그런 데서 더욱 글의 묘미와 희열을 느낀다.

그리고 다 보여주지 않기에 유의한다. 함축미를 살려 전달의 효과를 노리는 까닭에 각종 수사법을 동원하지만 가벼운 비유는 되도록 피한다. 주제를 말하기에 있어 빙빙 돌려 말하는 대신에 짧게, 후딱 지나가는 듯이 말하기도 한다. 사무치게 그리워하는 사람 앞에서 정색을 하고 속내를 내비친다면 별 매력 없지 않은가. 오래도록 마주보며 웃고 싶은 사이일수록 극단이 있을 수 없다. 넘침도 안 된다. 그러면 서로 간에 더 어려워진다. 수필도 이와 같지 않을까. 모호한 표현은 피할 일이나 독자가 미루어 짐작할 수 있게끔 여운의 자리를 남겨놓는 일, 나는 이러한 기법을 고집한다. 작가가 펜을 쥐었다 하여 하고 싶은 말을 다 한다면, 그 다음 글은 읽지 않아도 뻔할 일이기에.

자유로운 사고로 정신적 세계에서 훨훨 날되, 혼자만 아는 글은 쓰지 않으려 노력한다. 그러한 글은 시일이 지난 뒤 다시 보면 부끄럽기가 그만이다. 그리고 형식의 구애를 받지 않는 것도 독자층의 흥미를 돕는 일이므로, 글쓰기에서 결코 간과할 수 없는 현실이다.

글을 쓰면서 초점이 흐려질 때는 일단 그 글을 접어둔다. 그리고 산보를 한다거나 집안일을 하는 등의 여과시간을 거쳐, 애초 내 안에 씨앗으로 자리 잡을 당시의 울림을 되살려낸다. 무언가 확실한 이유가 있기에 내 사고의 뜰에 들어 착상된 것 아닌가. 그것만 잡아내고 나면 그 다음은 절대 흔들리지 않는다. 이는 때때로 방심하게 되는 작가정신에 스스로 드는 채찍이기도 하다.

　오늘도 자문한다. '너는 왜 작가가 되었는가? 어떠한 글을 쓰려 하는가? 왜 써야만 하는가?' – 자유로운 사고를 위해서는 작가 자신이 무한한 고독의 세계에 드는 수밖에 없다. 그래서 나는 더러더러 고독을 즐긴다.

작지만 큰 나무

김선희

화담 숲 분재 박물관이다.

푸른 하늘 아래 초록빛 숲이 아늑하게 둘러쳐진 잘 다듬어진 공간에 품격을 갖춘 화분들이 눈높이에 맞추어 정갈하게 전시되어 있다.

작품 앞에 선다. 키도 작고 품도 얇지만, 큰 나무의 어린 시절이 아니라, 당당하게 자기의 품성과 나이를 빈틈없는 완성으로 표현하면서 깊은 인상으로 다가온다. 몇십 분의 일의 작은 크기로 앙증맞게 잘 다듬어진 작은 나무에서 깊은 연륜과 애잔한 슬픔이 절절한 언어가 되어서 흘러나온다.

분재와 수필, 닮았다는 생각을 한다.

같은 나무를 정원에서 기르면 정원수, 과수원에서 기르면 과수가 되고 산과 들에서 스스로 자라면 자연림, 화분에서 독특한 방법으로 길러내면 분재가 된다. 글도 이야기를 길게 다루면 소설이 되고 함축하면 시가 된다. 짧은 글 속에 삶의 소리를 담고 때로는 농축된 문장으로 그 뜻을 전혀 다른 감동으로 전하는 것이 수필이다.

분재는 너른 땅에서 자라거나 키우는 나무와는 많이 다르다. 우선 묘목을 고르는 것부터 신중해서, 어린 나무의 외형이 분재에 어울리는지, 특성을 어떻게 살릴지, 성장된 모습까지도 상상하면서 하나를 선택하게 된다.

수필의 글감을 고를 때에도, 자기가 소장하고 있는 독서의 질과 양, 지식과 경험, 소유한 정보, 이웃과의 친교에서 이루어지는 삶의 온갖 애환들…, 그 중에서 특별한 주제를 고르고 그 순간부터 담아 낼 글의 내용과 진행 방법을 고민한다. 마치 모든 시간 안에는 글쓰기만 있는 것처럼, 머릿속으로 시작과 본론, 마지막을 대충 나누고, 어울리는 제목을 찾아 사색과 검색을 게을리하지 않는다.

처음은 한 줄이나 두 줄로 시작한다.

글쓰기는 나만을 위한 것이 아니다. 내 글이 인쇄되는 순간, 독자는 빗장을 풀어버린 나를 읽는다. 수필은 소설처럼 길게 쓰는 작품이 아니기 때문에, 첫 줄은 전체를 엿볼 수 있는 짜임새 있는 문장이나 단어를 사용하여 관심을 끌게 한다.

화분에 심은 어린 나무는 분재사의 생각 속에 담긴 영상을 따라, 가지는 철사로 묶어 구부러지기도, 간격을 벌려 주기도 한다. 꼭 필요한 줄기만을 남기고 균형을 잡아 배열한다. 키가 커서도 나뭇잎이 너무 무성해서도 안 된다. 화분의 크기에 꼭 맞아야 하고 완벽한 조건의 햇빛과 바람, 수분과 영양분이 공급되어야 한다.

핵심으로 들어가면서 주제에 알맞은 스토리를 연결하고, 작가의 모든 역량을 쏟아붓는다. 지금까지 쌓아온 모든 학식과 철학, 경험으로 얻은 지혜, 사람과의 관계에서 이루어지는 사랑과 미움, 갈등과 화해, 종교적인 감성에 이르기까지, 현재와 미래, 과거를 총 망라하는 시간 속에서 자신을 형성한 모든 것이 문장에 녹아들면서 하고 싶은 이야기를 직설적으로 때로는 은유적으로 펼친다.

아름다운 화분에서 멋지게 휘어진 작은 가지에 달린 빨간 사과 한 알, 용트림의 굵은 몸통과 풍성하게 지붕처럼 덮은 잎들이 동구 밖에 서 있던 신목을 떠올리는 느티나무, 가냘픈 몇 개의 가지와 잔잔한 잎 사이로 배시시 웃는 순한 꽃송이들…, 화룡정점이다. 수필의 마지막은 마침표와 함께 분명한 뜻과 긴 여운이 남으면 좋겠다.

모든 조건을 충족시키면서 정성으로 키워낸 분재는 단아하고 품위 있고, 아득한 푸른 하늘의 고독을, 한 줌 땅의 아픈 신음을 온몸으로 토해 내는 작품이 된다. 그것이 수필이다.

여기가 끝이 아니다. 퇴고라는 것이 있다. 내용과 제목을 다시 점검하고 불필요한 단어나, 문장은 과감하게 삭제하고, 중복되는 단어는 같은 의미의 다른 표현을 찾도록 노력하고, 시제時制에도 연연하지 않는다. 단원과 단원의 간격까지도 염두에 두고 퇴고를 거듭하면서 한 편의 수필은 열과 성을 다한 분재를 키우는 마음으로 마무리 짓는다.

한 분의 분재를 통해서 웅대한 자연과 만나기를,

한 편의 수필 속에서 평범하지만 특별한 삶의 소리를 들을 수 있기를,

한 줄의 글속에서 가슴 저린 감동을 느낄 수 있기를…,

소망하면서 나는 글을 쓴다.

오감으로 쓴다

김소현

일상에서 늘 미를 좇는다. 미는 감동의 다른 이름이기도 하다. 그 대표적인 것은 음악이다. 클래식, 팝, 영화음악, 제3세계 음악, 가요 등 장르를 가리지 않고 듣는다. 방송에서 무작위로 나오는 음악을 들으며 좋은 음악 한 곡을 건지기 위해 덜 좋은 곡들을 참을성 있게 듣고, 실시간으로 소통하는 음악방송 게시판에 참여하여 즉석에서 신청곡을 청해 듣기도 한다. 그러나 그 음악들도 글을 잘 쓰기 위한 포석일 뿐이다.

문화예술 분야의 글을 쓰기 위해서는 공연을 보러 가고 그림 전시회나 영화를 보기도 한다. 공연 보는 게 목적이지만 소재를 찾기 위해서이기도 하다. TV 교양프로를 볼 때는 메모지를 준비하고 드라마나 다른 프로에서도 뭔가 강하게 울리는 메시지가 있으면 수시로 메모해둔다.

어떤 글을 써야겠다는 구상이 끝나면 '내용어(명사 동사 부사 형용사)'라는 망치와 '기능어(대명사 수사 조사 접속사 부정어)'라는 끌을 적절히 사용하여 작품을 만든다. 그 배경을 위해 때로 밤하늘의 별을 바라보고 굽이치는 파도를 응시하기도 한다. 가끔은 커다란 가방을 끌고 아주 먼 나라로 떠나기도 한다. 생각과 느낌만으로 글을 쓸 수 없을 때는 인터넷으로 정보를 얻기도 한다.

글쓰기의 마중물은 무엇보다 독서다. 영혼의 양식이 될 법한 타인의 글을 읽다보면 마음속에 뭔가 고이는 걸 느낀다. 그 마중물을 긷기 위한 머리맡의 책 탑은 점점 더 높아만 갈 뿐 무너뜨리기는 쉽지 않지만, 꾸준히 참을성 있게 물을 긷다보면 번개처럼 영감이 번뜩이기도 한다. 짧지 않은 세월을 살아오며 깨닫게 된 삶의 지혜와 희로애락이야말로 수필의 참 소재가 아닌가 한다.

창작의 원천은 고통과 감성이다. 새싹이 돋고 꽃이 피고 지고, 비가 내리고 눈이 내리고…, 사 계절의 변화는 늘 마음속에 파문을 일으킨다. 그 변화에 민감하게 반응하며 스치는 바람의 향을 감별한다. 만나는 사람의 표정을 허투루 보지 않으며 사물에조차 의미를 두려 노력한다. 살아 있는 모든 것에 연민을 가지고 깊은 시선으로 그것들을 관찰한다.

예술의 궁극의 목적은 미美라 한다. 글쓰기도 그에 속한다. 책을 읽고 영화를 보고 음악을 듣고 예술작품을 보고 난 후, 심연에 고인 뭔가를 뱉어내는 게 그런 일일 것이다. 진정성 있는 아름다움, 그 한 끗을 잡기 위해 고심하는 게 작가가 아닌가 한다. 세상에 널린 감동을 극사실주의 화가처럼 글로 전하기 위해 노력하고, 사람과 사물에서 느끼는 각별한 감정과 철학, 일상의 염송을 흘려버리지 않는 게 작가의 소명일지 모른다.

　수필을 쓴 뒤부터 뭔가를 보고, 듣고, 느끼고 나서 글로 옮기지 않으면 숙제 안 한 기분이 드니, 언젠가부터 삶이 '기 승 전 수필'이다. 그러나 완벽하지만 매력 없는 노래처럼 감흥 없는 글은 독자가 외면한다.

　오늘도 절대미를 찾아 두리번거리며 독자에게 외면 받지 않는 글을 쓰기 위해 분투하지만, 수필 쓰기라는 예술은 쉽지 않다. 글쓰기에 있어서 완벽이란 없겠으나 그 길을 향해 한 발 한 발 내딛는 오늘 이 순간이 행복이다.

나의 수필 쓰기

김수기

한 편의 글을 쓰기까지 많은 쓰기 요소들이 집합되어야 하고 집합된 요소들은 상호 긴밀한 관계를 이루어 본래의 각자가 갖고 있는 고유의 의미를 버리고 전혀 다른 새로운 의미의 문장으로 표현되게 된다.

여기서 각각의 요소를 단일화 된 하나의 요소로 짜 맞추는 이른바 글짜기의 작업이 글쓰기에서 첫 단계 작업이 아닐까 한다.

나의 경우 이러한 글짜기 즉, 마인드맵에서 작품의 생명력 또는 작품성을 살리려는 시도를 잃지 않는다. 작품이 생명력을 갖는다는 것은 독자의 감동 감화를 전제로 할 것이기 때문이다.

감동하기 위해서는 충격을 동반해야 하는데 충격의 첫 단계는 관심과 흥미라 할 것이다. 그래서 나는 〈흥미〉를 수필 쓰기의 첫 단추로 하여 주제에 어떤 흥미 요소를 곁들일지를 고심하고 이를 많이 시행하는 편이다.

여기서 흥미는 품격을 지녀야 할 것이며 품위를 품어 일상 음담패설과 구분되어야 할 상황을 잊어서는 안 된다.

이러한 글의 요소가 결국 독자를 웃게 할 것이고 책을 쉬 놓지 않을 것이며 독자를 나의 글 속에 안치시키는 첫 쓰기 단계가 아닐까 싶다. 흥미는 글의 줄거리를 대신할 수 없다. 하나의 양념으로 주제를 부추기는 보조 역할에 국한되어야 한다.

둘째, 〈곱씹을 수 있는 수필〉 내용을 구성하는 일이다.

독자가 무엇인가 고개를 끄덕일 수 있게 알맹이를 안겨 주었을 때 비로소 독자는 글의 내용을 붙들고 감동과 감화의 눈을 감게 될 것이다.

이른바, 문학성의 구성을 필수 사항으로 꼽는 이유가 바로 여기 있다.

한때 수필을 신변잡기로 매도한 이른바 문학성 부재의 시기가 있었다. 즉, 문학성을 잃은 붓 가는 대로의 마구잡이 시대의 누명이 문학성을 저버린 연유였을 것이다.

수필에서의 문학성은 작가의 인격이나 평소 철학을 비롯하여 사고력에 역사성은 물론 독서력까지 함께 할 수 있다고 본다.

수필에서의 철학성을 위해 난해한 요소 구성은 금물일 것이다. 평범의 비범이라는 말로 이를 대처할 수 있을 것이다.

철학성의 유무가 결국 〈곱씹을 수 있는 수필〉의 척도가 되어 글의 작품성을 살리는 기회가 됨을 알고 신변잡기의 누를 범하지 않도록 노력하고 있다.

셋째, 〈꽁트 같은 수필〉로 소설과 연관된 수필 쓰기의 시도를 병행하는 쓰기 작업이다.

꽁트에서 볼 수 있는 반전과, 절정의 조화를 수필에 접목하여 내용 전개를 보다 다양하게 구성하고 독자의 호흡을 조절하는 기법의 필요성을 절감하고 위에서 언급한 흥미롭게 쓰기와 상통하는 쓰기 작업을 시도하고 있다.

앞으로, 〈새 스타일의 수필〉 쓰기를 섭렵하고 있으나 이를 더욱 갈고 닦아야겠다.

이른바 삽화 수필, 손바닥 수필, 미니 수필, 시화 수필 등 분량 축소의 수필과 언어 응축 수필도 시도하여 수필의 새로운 시도를 이루어 볼 것이다

이미, 삽화를 곁들인 손바닥 수필집 『거시기 연가』를 출간했지만 본인의 삽화를 구성하는 어려운 작업이었다.

앞으로 더 많이 읽고, 더 많이 쓰며, 더 생각하는 작가의 길을 걷겠다.

글쓰기, 그 긴 호흡

김숙희

너무 피곤하거나 정신없는 바람개비처럼 바쁜 날엔 간단히 메모를 한다. 다음날, 그 다음날에, 시간을 내어 쓰기 위해서다. 하루도 빠짐 없이 일기를 쓰던 초중고 시절의 이야기다.

그런 버릇이 몸에 배면서 그대로 글 쓰는 습관이 된 것 같다.

책을 읽거나 TV를 보면서, 또 승용차를 타고 가다 음악방송을 들으며, 마음에 와 닿는 글이거나 좋은 글감이 떠오르면 우선 메모를 한다. 너무 간단히 해 놓은 메모는 '이게 뭐였지?' 할 때도 없진 않으나 대개는 그때의 느낌과 생각이 그대로 되살아나 글을 쓰는데 큰 도움이 되곤 한다.

중학교 1학년 때부터 좋은 글귀, 속담, 격언 등을 암기하기 시작했고, 소월과 윤동주, 한하운의 시를 공책에 옮겨 적으며 외다 보니 자연스레 얻은 별명 중 하나가 '변호사'였다. 특별히 부모님과 선생님, 동네 어른들이 불러주신 별명이다. 무엇을 설명할 때마다 속담이나 격언을 인용하다 보니 붙여진 별명이 아닌가 싶다. 이런 습관 때문에 내 인생의 길 하나가 일찍이 결정된 건 아닐까 새삼 생각해 본다.

6학년 가을, 용인군 주최 백일장에서 대상을 받았다. '학교 가는 길'이 주제였는데 가로수 포플러 잎의 일생을 보며 사람으로 태어나 병들어 결국엔 죽음에 이르는 과정과 똑같다고 느꼈고, 그렇게 썼다. 나를 무척 사랑해 주시던 외할머니가 돌아가신 슬픔이 곡진曲盡하게 글로 드러났을 것이란 생각을 해 본다. 이 글짓기 상을 계기로 화가의 꿈을 버리고 시 쓰는 국어교사를 꿈꾸기 시작했다.

고등학교 1학년 첫 국어시간, 선생님은 인사소개를 하시자마자 다짜고짜 B4용지를 한 장씩 나눠주시더니 '근면과 성실'이란 주제로 글을 쓰라고 하셨다. 전혀 예상치 못한 일이라 우린 모두 얼음이 되었고, 선생님은 바위처럼 창가에 서 계셨다.

마침내 침묵을 깨고 여기저기서 사각사각 연필 굴러가는 소리가 들렸다. 창밖을 바라보며 첫 구절을 찾고 있던 나도 손을 움직이기 시작했다. 글을 끌어내는 첫마디, 참으로 중요하다는 걸 익히 알고 있었기에 글 문을 여는 건 언제나 신중할 수밖에 없다.

'내일로 세계의 종말이 온다 할지라도 난 내일을 위해서 오늘, 한 그루 사과나무를 심겠다고 한 스피노자의 말이 아니더라도 우린 매일매일 최선을 다하며 살아야 한다.' 이렇게 시작한 글은

'활동하라/산 현재에 활동하라/우리 가슴엔 뜨거운 심장 있고/머리 위에는 신이 있다/위인들의 모든 생애는 말해 주느니/우리도 장엄한 삶을 이룰 수 있고/떠날 때는 시간의 모래 위에/우리 발자국을 남

길 수 있음을/그러니 우리 부지런히 일해 나가자/어떠한 고난도 헤쳐 낼 정신으로/일하고 기다리기를 애써 배우자.'

롱펠로우의 인생찬가로 글을 마무리했다. 선생님은 제일 먼저 내 글을 낭독해 주셨고, 귀까지 빨개지도록 칭찬을 아끼지 않으셨다. 그 날부터 친구들은 내게 시인 대접을 해 주었다. 알고 있던 격언과 싯 구를 인용했을 뿐, 뛰어나게 잘 쓰지도 않았는데 선생님과 친구들의 열광적인 박수는 아주 많이 나를 고무시켰다.

요즘은 신문이나 잡지에서 좋은 시와 칼럼, 시론과 인문학에 관한 많은 작가와 예술가들에 관한 기사를 스크랩하는 일이 늘었다. 수필을 쓰기 위한 자료로 이보다 더 좋은 게 없다고 생각한다.

시인이나 수필가들의 책을 받으면 한두 편을 꼭 공책에 옮겨 적는 습관도 생겼다. 내 시집에서 몇 편을 친필로 써서 카톡으로 보내주는 분들이 여러분 계셨는데 그때마다 큰 감동을 받았다. 내게 기쁨이었 다면, 내 친필을 받으시는 분 또한 기쁨이리라. 좋은 시를 다시 한 번 음미하는 일이기도 하니, 일석이조의 기쁨 아니겠는가?

지금까지의 경우, 지극히 자의적이고, 기꺼운 마음에서 우러나는 내 글쓰기의 한 방법이겠으나 바빠서 동동거리며 동분서주하고 있을 때, 원고청탁이 오면 큰 문제가 된다. 쓰긴 써야겠는데 도무지 처음 가닥이 잡히지 않거나, 막막한 광야처럼 주제가 떠오르지 않을 때, 극약처방을 내릴 수밖에 없다.

제일 먼저 하는 일이란, 책을 몇 권 찾아 읽기 시작하는 일이다. 이

때도 책 속엔 항상 길이 있어서 '앵두'란 말을 읽으면 곧바로 '우물'이 떠오르고, 우물가에 왁자하던 아낙들의 수다가 연상되면 일단 주제는 '소문'이거나 '헛소문'이거나…. 그렇게 글의 실마리는 풀리지만 차일피일 미루다 다급해질 때, 그땐 정말 나의 119가 뜬다.

새벽 6시 15분, 부산행 새마을호에 몸을 맡기고 천천히 서울을 빠져나간다. 어깨에 메는 커다란 가방 안엔, 군고구마 두 개, 깎아 담은 과일과 따끈한 커피가 든 커피포트, 시집 서너 권과 수필집 한두 권, 그리고 공책 한 권…. 그날 온종일 밀폐된 공간에 주어진 4시간 46분은 내겐 작품을 꼭 써야 하는 절대절명의 시간이기도 하지만 최고로 행복한 시간이기도 하다. 전화벨 소리 없는, 날 찾는 사람 하나 없는 곳에서 오직 창밖의 풍경과 책과 나만의 생각만이 공존하는 공간은 가슴 뛰도록 행복하다. 어른들 눈을 피해 우리끼리 숨어 놀던 횃대보 뒤, 그 소꿉장난 하던 유년의 비밀스런 기쁨이랄까. 1년에 한두 번 있는 일이지만 은근히 기다려지기도 하는 나만의 글쓰기 연례행사다.

'쓰지 않고 사는 사람은 얼마나 좋을까? 난 날마다 엎드려 울었다.' 『혼불』 작가 최명희의 눈물 어린 말에 공감하면서도 글쓰기는 이미 내 눈과 손발이 된지 오래다. 어쩌면 호흡인지도….

누군가에게 연인이 되려면

김애자

카르투지오 수도회에서 가장 오래된 그랑드샤르트뢰즈 수도원은 해발 1,300미터가 넘는 알프스 산자락에 들어 있다. 수도자들은 이곳으로 들어가면 죽어서도 그 안에 묻힌다. 방도 혼자 쓰도록 독채로 마련되어 있고, 음식조차 투입구를 통해 전달받는다고 한다. 묵상과 기도와 자급자족을 위한 노동으로 일관된 규칙 안에서 이들이 지향하는 소명은 "침묵 안에 머무르는 것과 고독에 응답" 일뿐이다.

글을 쓰는 사람들도 정신적으로는 이들과 별반 다르지 않을 것이다. 시간만 나면 읽고 쓰는 일과 묵상으로 일관된다. 문학이란 제단에 바칠 새로운 제물을 마련하기 위해 침묵 속에서 혼신을 쏟고 있다. 누구도 대신할 수 없는 고독한 작업이다. 그럼에도 작가들은 원고지 위에서 순교하기를 원한다. 이게 작가의 소명이기 때문이다.

나는 오랜 세월동안 책과 동거해왔다. 내가 글을 쓰기 이전부터 책은 나의 연인이었고, 지적 쾌감을 안겨주는 고유한 영역이었던 것이다. 몸이 아파 상당기간 세상 밖으로 밀려나 지낼 때에 내가 절망하지 않도록 지켜주었고, 혼자 견디는 방법을 알려주었다. 때로는 세상살이에 부대끼다 지칠 양이면 서재로 나를 끌고 들어갔다. 서재로 들어가면 많은 작가들이 반겨주었다. 언제 건 내가 손을 내밀면 그들은 자신의 목소리로 자신이 배운 지식을 아낌없이 전해주었고, 작품 속으로 나를 안고 들어갔다. 자정이 넘도록 그들과 열애에 빠질 때마다 가슴 속에서 알 수 없는 희열과 설렘이 일곤 했다. 그리고 시간이 지나면서 책을 통해 배운 학문이 서서히 몸속으로 스며들었다.

내가 거처하는 곳은 산촌이다. 나의 눈과 귀는 늘 자연의 풍경과 소리에 잇닿아 있고, 눈과 귀를 통해 들어오는 사물들은 정서적 영감을 일깨워 주기에 충분했다. 글의 테마가 거반 생태 쪽으로 기우는 것도 이런 현상과 무관하지 않을 터이다.

글을 쓸 때에 글감이 안으로 들어와도 바로 책상 앞으로 다가앉지 않는다. 한동안 묵새기면서 겸손한 마음가짐으로 차근하게 제목과 주제와 소재들이 맞춤한 자리로 정돈될 때까지 기다린다. 그러다가 때가 되었다 싶으면 비로소 컴퓨터를 열고 자판기에 손을 얹는다.

글은 자신이 아는 만큼만 쓰는 것을 원칙으로 삼는다. 비록 소소할지라도 내 눈으로 보고 내가 경험한 것들 안에서 써야 쉽게 풀린다. 이정록 시인도 "좋은 시는 자신의 울타리 안과 문지방에 켜켜이 쌓인 식구들의 손때와 그 손때에 가려진 나이테며 옹이를 읽지 못하면 문밖 사람들 애환을 그려낼 수 없다"고 했다. 나는 이 말을 염두에 둔다. 글감이 궁색할 때 이 말을 떠올리면 바로 효력을 발휘하기 때문이다.

문장을 사용할 때에도 현란한 수사와 과도한 형용사에 걸려들지 않도록 단속한다. 문장은 단순하되 뜻이 도타워야 하기 때문이다. 그러나 수필도 주제에 따라선 은유와 상징이 필요하고, 문장의 강약고저도 맞아야 지루하지 않게 읽힌다.

끝으로 문장 부호배치와 쓸데없는 접미사나 조사, 존명사가 들어있지 않나 살피고 추려낸다. '적' '의' '을' '를' '것' 등을 자주 사용하면 문맥이 깔끔하지 못하다.

작가는 평소에 사물을 바라보는 눈을 키워야 하고, 귀를 통해 세상의 소리를 듣는 훈련이 필요하다. 그래야 미적 인식과 지적감성이 퇴화되지 않고 발달한다. 이러한 조건을 밑천으로 삼아 글감을 싸들고 그랑드샤르트뢰즈 수도원에 있는 수도자들처럼 독방으로 들어가 철저하게 자신을 고립시키고 자신이 무엇을 위해 이 방에 들어왔는가를 다시 고민하면서 작품에 매진하다보면 누군가에게 연인이 될 수 있을 것이다. 문학은 모든 이에게 사랑의 메신저이기 때문이다.

삶의 향기를 찾는 나비

김영월

    2018년 한국문인협회 해외 세미나 행사에 영국 기행을 다녀왔다. 셰익스피어를 비롯한 여러 문호들 중 어린 시절부터 내게 존경의 대상이었던 윌리엄 워즈워스(1770~1850) 시인의 고향을 찾게 된 것이 이번 여행의 큰 수확이었다. '무지개를 바라볼 때 내 가슴은 뛰노라' 하는 호반의 시인답게 그가 사는 잉글랜드 북부 윈더미어 지역은 아름다운 호수와 산으로 둘러싸여 풍광이 수려했다. 이곳에서 나고 자란 그의 시심은 자연친화적이고 좋은 시는 모두 강력한 감정의 자발적 발로'라는 낭만주의 시론을 낳았다.

    나는 수필을 쓰기 전에 내 안의 자연스런 감정의 욕구를 사랑한다. 어떤 주제가 떠오르면 거기에 대한 소재와 구성 등 치밀한 설계도를 그리기 전에 그냥 펜을 든다. 일체의 자료를 멀리하고 백지와 마주 앉아 생각이 흐르는 대로 적어 나간다. 아무런 장애물도 없이 내 안에 고여 있는 상념의 물꼬를 터뜨려 자유롭게 흘러가도록 내버려둔다. 그리고 수차례 퇴고를 통하여 원하는 수필의 완성도를 높여간다.

내가 좋아하는 수필의 주제는 여행과 역사상 인물, 독서를 통한
사색, 신앙 등이다. 작가로서 수필을 쓴다는 의무감이나 책임감보다
는 날마다 일기를 쓰듯 그때그때 수필의 길을 찾는다. 가능하면 수
필 같은 삶을 살려고 노력한다. 이렇게 써 모은 글이 쌓이게 되면 부
족하지만 용기를 내 한 권의 수필집을 엮었다. 등단 후 22년째에 나
의 서가에 꽂힌 수필집이 9권에 이르렀으니 어쨌든 부지런하게 작가
의 정체성을 이어 온 셈이다.

수필은 무엇보다 고백문학인 만큼 나의 내면을 가다듬고 삶의 향
기를 찾아가는 나비처럼 오늘도 펜을 들게 한다.

나는 수필을 쓴다

김옥남

어려운 時代의 이음새 이음새를 유난히 많이 겪어야 했던 우리 세대는 고생도 많았지만 얻은 것도 많았다. 日政의 마지막 어려운 시대 (2차대전 말기)를 정면으로 겪은 우리 세대는 일본어를 정확히 터득했고 그들의 역사·지리도 내 나라인 양 몸에 익혀야 했다.

그래서 나는 일본어는 정확히 터득하지 않을 수 없었으며, 해방이 되어 나라를 되찾고 보니 중학교부터 또 영어교육이 상대적으로 심해져 자연히 일본어와 영어를 우리 세대는 거의 국어만큼 익혀야 했다. 결코 외국어를 아무리 교육한데도 이렇게는 할 수 없었으니 일본엘 가면 나는 일본인으로 여겨지기도 하며 미국에서도 불편이 없다.

대학에서 전공한 불어·불문학은 우리나라에선 아까울 정도다. 그러다 보니 우리 문학에 소홀한 듯하여 나는 글쓰기에 한때 온 힘을 다해 보기도 했다.

외국어를 하다 보니 내 아이들의 기초교육이 끝나자 우리나라의 청소년 국제교류가 막 세계로 뻗기 시작할 때라 그 첨단에서 '청소년 국제교류'의 주역으로 10여 년을 봉사하며 일본 전역과 미국의 10여 주 멕시코까지, 중국 등으로 국제교류의 물결을 이어갔다.

그러다보니 60의 고개에 이르러 회갑을 맞으며 내 삶으로 고개를 돌렸고 수필반으로 돌아왔다. 그 높은 나이 고개에도 운이 좋아 '임현영' 교수님을 만나 적극적인 수필 지도로, 그 먼 전날부터 쓰고 싶었던 수필을 가슴으로 쓰기 시작해 2001년엔 수필집 『시간의 향기』를 상제하기에 이르렀다. 가슴을 열면 이렇게 고마우신 분들이 계시다. 그리하여 금년까지 두 권의 수필집(『고개 마루터기 찻집』(2010), 『쏟아지던 별똥별들』(2017))을 더 냈으니 3권의 수필집을 내었다 (2001, 2010, 2017).

그 길목에서 큰 힘을 내게 해 주신 윤재천 교수님, 소설가이시면서도 수필에 관한 강의는 깊이 가슴에서부터 주시며 이번 수필집 『떨어지는 별똥별들』에는 특히 큰 사랑으로 무게를 더해 주신 송하춘 교수님. 나는 어려서부터 왠지 만나는 분들의 복에 넘치는 사랑을 듬뿍 받아오곤 했다. 나는 참으로 복이 많다. 나는 수필을 더 써야 한다. 그분들의 사랑에 보답하려면 더 깊고 따뜻한 수필들을 써야 한다. 나는 수필을 쓰노라면 가슴이 뜨거워지곤 한다. 수필을 쓰면 행복하다. 만들지 않아도 되고 그대로 쓰면 된다. 가슴에서 용솟음치는대로….

내 수필의 원천인 샘들을 파주신 중학교 때 국어교사 김진구金震九 선생님은 지금 어디에 계시는지….

한국전쟁은 이런 귀한 연을 모두 앗아갔다. 너무도 슬펐다. 수필은 꼭 써야 한다. 내 수필은 모두가 함께 읽을 수 있는 수필이 될 것만 같다. 그래, 내게 주어진 〈수필〉이란 보물을 더욱 소중히 모두에게 펼쳐 드려야만 하겠다. 나는 오늘도 수필을 쓴다.

이렇게 수필을 쓴다

김용옥

    수필은 삶의 뼈를 추린 진실이다. 남 보기에 흔해터진 인생의 파편에 불과할지라도, 오랜 시간 공을 들여 거르고 삭혀 발효시킨 것들이다. 깊이 탐색하고 사색하여 생산한 삶의 골수骨髓라는 의미다.

    무엇보다도 수필 한 꼭지를 염두에 둘 때마다 감각의 촉수를 예민하게 열어야 한다. 살아있는 인간 곧 현존하는 감각으로 사물과 현상에 대하여 새로운 경이를 감지하여야 한다. 소위 공부한 것 즉 기존에서 얻은 관념과 이성, 감정에 이입 또는 전염되지 않은 경이와 신선함을 발견하기 위해서다.

    정보화시대, 디지털시대에는 굴러다니는 자료가 널려 있어서 작가들이 용이하고 흔하게 차용 또는 도용하지만, 자신이 숙성시키지 않은 그런 정보나열을 수필문학으로 인정할 수가 없다. 수필은 곧 작가와 작가 인생의 표출이어야 한다. 이러하니 수필 한 편을 쓰자면 그때가 이르기까지 인내심으로 기다려야 한다.

    우리는, 원초적으로 존재하고 또 변화하는 이 세상에 던져졌다. 하필 왜 이 땅이며 이 시대인지는 불가사의하다. 또 우리가 살아오는 동안에 사물과 현상이 왜, 이렇게 변화하며 존재되는지 아무리 사색해도 불가사의하다. 그러나 분명 보이지 않고 알 수 없는 상호관계 속에서 세상과 우리는 공존공생하고 있다. 그 공존공생의 상황 속에서 내가 감득한 것을 쓸 수밖에 없다. 더구나 내 인생 곧 내가 살아본 모든 시간과 현상은 나에겐 첫 만남이고 첫 경험들이며, 나는 그 체험을 통해 성장하고 인생을 발견해간다. 그 도정의 마디마디가 나의 수필이다.

수필은 과거의 배반자다. 과거의 종교, 과거의 고정관념, 과거의 역사의식을 배반한다. 과거를 먼저 배우지 않으면 배반할 수도 없고 할 줄도 모른다. 과거를 배반하지 않으면 새로운 정신을 얻을 수 없다. 어제에 길들여져 있으면 어제와 다른 내일을 추구할 수가 없다. 우리가 서른 살을 등졌기 때문에 마흔 살이 된 것처럼, 불혹의 관념을 배반해야 달라지는 지천명을 추구하는 것이다.

나는 이순이 되어서야 〈꽃비린내 난다〉라는 중년 여성의 사랑을 썼다.

흔히 사랑은 이삼십 대에 물불 가리지 않고 열정을 다하는 놀이로 간주한다. 옛사람에 의한 옛사랑의 이야기에 세뇌교육 된 고정관념이다. 또 중년의 사랑은 대개 불륜이나 파탄으로 매도한다. 디지털시대가 대량생산한 난잡한 정보의 영향이다. 그러나 사랑은 언제 어디에나 각양각색의 현상으로 존재되고 있다. 벌레나 식물과 동물도 사랑으로 종족이 존속된다. 사람은 어떠한가. 어린아이도 불구자도 하물며 흉악범도 사랑을 실현한다. 한데 왜 이 땅에선, 중년의 지극하고 아름다운, 게다가 가장 인간적인 사랑을 언급조차 하지 않는가. 사랑만큼 원초적이고 순수한 감정 감각이 어디에 있는가. 그렇대도 세상을 알 만한 나이의 여자가, 세상에게 돌팔매를 맞고 싶겠는가.

한때 나도 비겁한 지성인이었기에 엄두를 내지 못했었다. 그러나 이십여 년을 묵히고 삭혔다면, 그리고 과거에서 벗어나려면 우리의 고정관념을 배반해야 했다. 그때부터 나는 중년의 사랑을 이야기하기에 적합한 어휘를 찾아 고심했다. '꽃비린내 나는 여자'라는 단어를 창작해내고 비로소 나는 안도의 한숨을 쉬었다.

새 수필을 쓸 때마다 새로운 어휘, 새로운 문투를 찾아 헤맨다. '어휘와 글맵시가 서로 사랑을 나누고 교감하는 글'을 쓰고 싶어서다. 그래야 글에서 향기가 나고 맑다. 아픔도 분노도 절망도, 글자끼리의 교감으로만 잘 쓸 수 있다. 아픔은 아픔의 단어끼리, 분노는 분노의 어휘끼리 교감할 수 있어야 한다.

일상에서 셀 수 없이 글자를 만나고 살지만 순수한 감각과 텅 빈 정신상태일 때에야 온몸으로 쓴다. 글도 시절인연이 이뤄져야 손에 쥔 연필이 내달리는 것이다. 일부러 꾸며 쓰는 글은 터덕거린다. 그러므로 내 수필은 가식이 부족하고 벌거숭이다. 심중의 뼈를 내보이는 고백이요 세상죄로 범벅된 삶의 참회인 것이다. 그러하니, 작가는 이미 쓴 것을 깡그리 잊어버려야 한다. 과거를 배반하듯이, 고백성사로 죄를 버리듯이.

현상과 사물의 언어, 그 변화를 감지하는 감각을 깨어있게 해야 한다. 더 높고 더 고독한 정신세계로 나아가기 위해서. 작가는 과거정신의 상자에 실험쥐처럼 갇혀선 안 된다.

나는 상당히 회의주의자다. 때론 거의 비관주의자이기도 하다. 인생무상人生無常이다.

도로都盧 혹은 도로徒勞에 지나지 않을지도 모르는 수필을 왜 자꾸 쓰는가?

수필은 과거를 깨뜨리고 새 정신을 향해 도전하는 일이기 때문이다. 자유의지를 가진 사색으로 자유로운 인생을 그려보고 싶어서다. 모든 과거로부터 훨훨 자유로워지고 싶기 때문이다.

평범한 속에서 발견된 진리

김우종

수필은 붓 가는 대로 쓰는 글이라고들 한다. 수필의 형식을 단적으로 지적한 말이겠다. 그렇지만 많은 사람들이 수필을 잘못 쓰는 이유도 여기에 있고, 잘못 쓰면서도 누구나 쉽게 쓰겠다고 나서는 이유도 여기에 있다.

붓 가는 대로 쓴다는 말을 보충적 설명 없이 받아들인다면 대개 그런 결과를 나타낸다. 붓 가는 대로 쓴다는 것은 아무렇게나 쓴다는 것이 아니다. 그것은 기교를 부렸으되 기교의 티를 보이지 않고 형식을 따졌으되 형식의 구속감을 보이지 않고 그저 저절로 그렇게 된 양 자연스러운 느낌을 주어야 한다는 것이다. 우리는 돌을 다듬어서 만든 다보탑이나 석가탑에서 당대 장인匠人의 능숙한 기교와 탑의 엄격한 형식을 발견하게 된다. 그렇지만 저절로 비바람에 닦이고 땅바닥에 굴러 다니던 돌에서도 조형미의 극치를 발견할 때가 있다. 거기엔 애써 연마한 기교의 손길도 보이지 않고 어떤 유파나 사조思潮의 영향도 보이지 않는다. 그저 자연히 이루어진 것에 지나지 않으면

137

서도 훌륭한 조각이다.

수필의 형식은 이런 것이다. 그리고 물론 이런 요건은 반드시 수필에만 국한되는 것은 아니다. 시나 소설도 기교가 눈에 띄면 이미 감동이 반감된다. 형식에 있어서도 형식 자체가 문학의 형태미로 발전한 대표적인 것이 시조이지만 이런 경우에도 가장 훌륭한 시조는 그 형식의 구속감을 벗어나고 있을 때 나타난다. 황진이黃眞伊는 그런 구속감을 벗어나서 마치 붓 가는 대로 수필을 쓰듯 시조를 읊은 대표적인 시인이다.

수필의 이 같은 형식과 그 작법을 흐르는 물에 비유해 본다면 더욱 설명이 쉬울지도 모르겠다. 물은 자유롭게 제멋대로 구불구불 흐른다. 막히면 돌아가고 벼랑이면 굴러 떨어지고 솟구쳤다가 부서졌다가 다시 흐른다. 그러면서도 여기엔 일정한 룰이 있고 기교가 있다. 내려가던 물이 다시 기어 올라갈 리가 없고, 이유없이 흩어지고 뭉칠 까닭이 없다. 그러고도 조금도 그 기교와 법칙을 내색하지 않고 자연스럽게 흐르면서 아름다운 곡선미와 율동미를 마음껏 발휘하는 자연의 예술이 된다.

이러한 수필은 한국의 전통적인 수필로 말하자면 그 소재를 대개 '나'의 생활 주변에서 얻고 있다. 서구적인 수필(에세이)이 대개 '나'의 생활보다는 '우리'의 생활에서 소재를 얻고, 주관보다는 객관적인 사고의 경향이 짙고, 서정적이기보다는 지적인 경향이 짙은 것과 달리 우리의 수필은 대개 그와 반대의 뉘앙스를 갖는 경향이 많다.

그런데 쓰는 사람에 따라서 얼마든지 경향이 다를 수 있고, 또 자기 개성에 맞는 글을 쓰는 것이 당연하지만 어떤 경향의 수필이든 그것은 지적 감각과 정서적인 감각을 다같이 지녀야 할 것이다. 사람에 따라서는 매우 치밀하게 사리를 따지고 사물을 관찰해 나가지만, 그 것이 오히려 문학 작품으로서는 거부 반응을 일으킬 때가 있다. 정서적인 감각으로 부드럽게 감싸고 나가는 따뜻한 분위기, 여유 있는 분위기를 주지 못해 독자를 피로하게 만들기 때문이다. 더구나 독자도 알만한 사리를 따져 나간다는 것은 깔보는 결과가 되므로 작품으로서는 실패다. 그런 대표적인 수필이 산수를 찬미하고, 꽃과 달과 가로수와 하늘의 흰구름 등을 찬미하는 수필이다. 말하지 않아도 이미 아름다움을 알고 있는 것에 대해서 미끈한 문장력으로 다시 한 번 찬미해봤자 그것은 감동을 주지 않기 때문이다. 감동이란 경이감에서 우러나는 것이다. 경이감은 새로운 생활의 발견에서 나타나는 것이다. 그리고 그것을 나타내기 위해서 치밀한 논리가 따를 때 비로소 그 논리는 설득력을 지닌다.

한편, 이렇게 지적이면서도 그것을 정서적인 감각으로 부드럽게 감싸야만 좋은 수필이 된다고 하는 것은, 수필이 곧 문학이요 예술이어야 한다는 뜻이다. 사물을 지적인 감각으로 관찰하고 논리를 다져나가기만 한다면, 그것은 철학이나 과학적 관찰기록이나 신문 기사는 될 수 있어도 문학은 아니기 때문이다. 문학은 항상 어떤 옷을 입고 있는 그 무엇이다. 알맹이만으로 전부가 아니고, 또 겉에 입은 옷만으로도 전부가 아니고, 어떤 알맹이內容에다 옷形式을 입힌 것이다. 정서적인 분위기는 그 같은 옷의 하나다. 그리고 이것은 애수와 환희와 찬탄과 시원함과 새콤함 등 여러 가지의 문양紋樣으로 구분될 수 있는 것이다. 옷이 날개라고 하듯 아무리 훌륭한 내용이라도 수필은 이 같은 옷을 입었을 때 비로소 문학적 감동을 지니게 된다. 이러하기 위해서 수필은 항상 적절한 비유가 필요하고 위트와 유머가 필요하다. '정신이 은화처럼 맑다'(李箱의 「날개」에서) 할 때 '맑다'는 내용은 은화의 이미지를 옷으로 걸치고, 훨씬 '맑다'라는 내용을 선명하게 부각시키는 것이다.

수필은 이러한 문양의 옷을 입어야 되면서도 좀더 멋진 옷의 수필이 되려면 문양 자체에도 더러는 변화가 있어야 한다. 시종일관 '…이다'나, '…ㄴ다' 같은 종결 어미로만 끝난 수필을 읽으면 짜증이 날 것이다. 변화가 없기 때문이다. 수필은 강요가 아니라 여유를 보이는 문학이다. 비록 자기 소신이 있다고 하더라도 '혹시 이런 것은 어떨지?' 하는 겸손한 의문형도 있고, 솔직한 영탄형도 있는 것이 수필의 세계다. 그런데 무조건적으로 '이런 것이다'로만 일관해서야 수필의 품위가 살겠는가. 그러니까 수필은 표현 기법에도 앞뒤로 조금씩은 변화를 일으켜야 할 것이다. 그러면서 오만하지 말아야 한다. 오만엔 여러 가지가 있다. 너무 단정적인 것도 오만이다. 너무 박식한 것도 오만이다. 너무 난해하고 관념적인 것도 오만이다. 지적인 경향을 강조할 때는 오히려 오만이 매력일 경우도 있지만 대개의 경우, 특히 전통적인 우리의 수필에선 이 같은 오만은 배제되어야 한다. 수필은 어디까지나 '나'의 취미, 나의 인생관의 세계라고 한다면 단정이란 금물일 수밖에 없지 않을까. 또 동서고금에 달통한 박식을 늘어 놓은 수필도 있지만, 지식을 전하는 자리가 아니요, 지혜를 전하는 자리이며, 단상에서의 강론이 아니요, 단하에서의 동료끼리의 대화가 수필인 이상 그런 것은 거부되어야 수필의 품위가 산다. 또 그와 비슷하게 너무 관념적인 난해한 용어를 골라 쓰는 사람도 있다. 수필이 생활의 문학이라면 그 언어도 생활적인 것에서 골라 써야 하며, 또 대개의 경우는 그 같은 쉬운 말만으로도 모든 표현이 가능해진다.

수필의 마중물

김익회

수필은 내 인생 후반전의 설렘이다.

정년을 수개월 앞두고 후반전 삶의 여백에 '무슨 그림을 그려야 할까'를 놓고 즐거운 고민을 한다. '인생 후반전에 이런저런 일을 하고 싶다'들이 자신들의 장점을 내세우며 유혹한다. 고심 끝에 수필을 선택했다.

수필 밭에 들어선지 20여 년이 되어간다.

아직도 낯설고 거칠다.

한때, 글쓰기가 힘들고 창의력이 아둔하여 글쓰기를 포기하고 다른 길로 들어선다. 하지만 출구에서 수필 밭이 길을 막고 고진감래苦盡甘來, 초지일관初志一貫의 사자성어를 꺼내며 심사숙고하라고 일침을 놓는다. 얼마나 숙고했던가. 재삼사지再三思之하며 선택한 수필인데 접을 수는 없지 않은가.

수필은 내 삶의 한 축으로 기경起耕해야 할 동반자로 자리매김한다.

나의 글 샘은 걷기다.

이는 쌓인 스트레스를 풀어주고 건전한 사색을 심어준다.

글을 쓰면서 마음이 공허하고 집중이 안 되어 글문이 막히면 메모용 수첩 하나 들고 낮이든 밤이든 상관없이 산야로 도심으로 걷기에 나선다. 걸으면서 보고 듣고 만나고 느끼며 생각하는 모든 것이 생동하는 수필의 소재로 그때그때 메모지에 옮긴다.

걸으면 잡념이 사라지고 심신이 맑아지면서 잠겼던 시문詩文이 떠오르고 사유思惟가 깊어지면서 지난날의 추억이나 현시現時, 미래상의 상상이 수필로 이어진다. 걷다보면 시문의 제목이나 줄거리가 은연중에 화수분처럼 떠올라 작품의 마중물이 된다. 철학자 괴테가 산책을 즐긴 것은 신선한 아이디어를 얻기 위함이 아니었을까.

걷기는 시문詩文의 조련사調練師다.

걸으면 산소섭취량이 많아져 뇌를 맑게 하고 잠재한 감성이 살아나 새로운 착상이 창출되어 메모지에 옮기면 수필의 발판이 되어 글의 초고礎稿로 이어진다. 걸으면 행복을 느끼게 하는 세로토닌이 증가하고 두뇌 회전이 빨라져 신경세포가 늘어나면서 기억력이 좋아지고 상상력이 향상되어 글쓰기의 도우미가 되어준다. 걷다보면 사유思惟의 동력이 발산되어 참신한 글로 이어진다. 걸으면 정신이 맑아지고 건전한 사색이 가슴을 파고들어 닫힌 마음을 열어주고 새로운 아이디어가 꿈틀거린다. 이는 시문詩文으로 이어져 글의 줄거리와 제목의 도약대가 된다.

제목은 그 작품의 첫인상이고 전체 내용을 함축해 놓은 것이라 할 수 있다.

나는 제목을 먼저 설정하고 초고礎稿를 쓰지만 퇴고推敲하면서 몇 번이고 제목을 바꾸기도 한다. 이는 걷는 중에 더 좋은 착상이 생기기 때문이다.

걷기에서 얻은 메모지 글은 문학성이나 글의 구성을 염두에 두지 않고 느낀 대로 일기 쓰는 것처럼 가감 없이 초고로 이어진다. 이는 실체가 손상되지 않도록 자료나 사전을 참고하지 않는다. 초고부터 이들에 의존하면 글 내용의 순수성이 변질될 우려가 있기 때문이다. 초고를 마치면 걷기와 함께 퇴고에 들어간다.

퇴고는 아마추어적인 초고의 수필을 프로수필로 형상화하는 작업이다.

나의 수필은 거듭된 퇴고에서 이루어지고 이는 걷기에서 재생한다. 퇴고할 때는 각종 자료와 걷기에서 얻은 메모와 사전이 함께한다.

퇴고할 때 가장 심혈을 기울이는 부분은 서두와 결미다.

서두는 글의 얼굴이고 독자의 마음을 여는 열쇠다. 나는 서두에서 산고를 겪는다. 한두 줄의 문장으로 전체 글의 모양을 그려내야 하기 때문이다. 서두가 잘 풀리면 작업의 반은 이룬 셈이다. 퇴고할 때 또 하나 신경써야 할 마지막 관문은 결미다. 결미는 작가의 의도를 압축한 것으로 독자에게 쉽게 지워지지 않을 여운을 남길 때 인상적인 글이 된다. 이들 서두와 결미도 걸으면서 정리가 된다.

걷기는 수필의 마중물이다.

수필은 마음의 글월이다

김정오

수필이란! 마음의 글월이다. '글월'이란! 그이가 그리워서 '긋고' '그리다'에서 온 말이다. '그'(그이)는 이기심을 벗어난 '참 사람'이다. 우리 선인들은 덧없는 삶을 수필형식으로 글월을 쓰면서 살아왔다. "자연을 그려도 노래처럼. 인물을 그려도 시처럼"… 글월의 가치는 사상성보다 문학성에 두었다. 문학성이란 언어형식의 심미적결정審美的結晶을 이미지로 형상화한다는 말이다. 수필이 가장 오래된 문학인 동시에 가장 새로운 문학이며, 미래의 문학이기도 한 이유가 여기에 있다.

한국 최초로 수필을 학문으로 규정한 윤재천 교수는 수필 쓰는 법을 말했다. "간결하면서도 힘 있는 주장, 맛깔나지만 난삽하지 않는 언어의 선택, 물 흐르듯 자연스런 문맥의 흐름을 통해 다 읽고 나서도 왠지 손에서 놓고 싶지 않은 여운을 지니고 있는 그런 수필을 써야 한다고…" 또 "골방수필을 벗어나 퓨전수필 아방가르드 글쓰기, 마당수필 융합수필 같은 실험수필과 수필문학의 다양성을 추구하며, 새로운 가능성을 탐구하는 신 아방가르드" 운동을 펼치고 있다.

다만 뿌리는 소중히 지키며 접목하고, 다듬고, 가꾸는 해체와 융합을 통해 옛것도 중요시하고 시대를 앞서 가는 수필 쓰기를 지향한다. 이미지는 시적이고, 내용은 소설적 메시지가 있고, 작가의 철학적 사상이 한 편의 수필에 녹아 있어야 한다는 것이다. 이 운동은 연암의 법고창신 사상과 맥을 잇고 있다.

연암은 "오묘한 깨달음이 떠오르면 반드시 기록을 해두었다가 글월로 남긴다"고 했다. 그리고 말했다. "두 눈을 뜨고도 눈이 열리지 않는 사람은 장님과 다를 바 없다. 아름다운 새 소리에 아무 느낌도 일지 않는 사람은 귀머거리나 한 가지다. 정신의 귀가 멀고, 가슴의 눈이 멀면 예술은 빛을 잃는다. 성색정경聲色情境은 글 속에 있는 것이 아니다. 오히려 사물들 속에 녹아 있다. 사물을 보고 그 뜻을 읽지 못한다면 글월을 쓸 수 없는 것이다…"

조선 후기 문신 김매순金邁淳은 '글월의 삼체三體'를 말했다. "바르고, 진실하고, 간결하게 써야 한다. 낱말은 필요한 말만을 골라, 반드시 들어갈 자리에 넣어야 하며, 실상을 억지로 꾸미거나 비틀어 곱새기지 말아야 한다." 조화와 균제均齊를 이루어야 한다는 말이다. 여백의 미학이며, 장추단미長醜短美 표현기법이다.

세종대왕이 쓴 훈민정음 서문과 신숙주가 쓴 동국정운 서문은 똑같은 말이다. 세종은 15자로 간결하게 썼고, 신숙주는 93자로 늘어놓았다. 세종의 서문은 지금까지 인구에 회자되지만 신숙주의 서문은 기록으로만 존재한다.

1863년 11월 19일, 미국 게티즈버그에서 역사적인 두 인물이 연설을 했다. 국무장관, 상원의원, 메사추세츠 주지사, 하버드대 총장을 지낸 '에드워드 에베렛'과 16대 대통령 '링컨'이다. 에베렛이 200자 원고지 68장, 1만 3천 6백7자로 된 원고를 놓고 두 시간 넘게 연설을 했다. 그러나 그의 연설문을 기억하는 사람은 없다.

링컨은 200자 원고지 1장 반도 안 되는 272자로 된 연설문으로 미국의 민주 정치를 세 마디로 요약, 3분 안에 끝냈다. "국민의, 국민에 의한, 국민을 위한 정치는 이 땅에 영원할 것이다." 이 연설은 '마음이 가난한 자는 복이 있나니…'로 비롯되는 성경의 산상수훈 다음으로 큰 영향력을 끼친 연설로 알려져 있다.

문장연구가 장재성은 말한다. "글월을 잘 쓰는 능력은 줄임질 잘하는 깜냥이다. 한 구절의 글은 22자 안팎이어야 한다. 이음말은 적게, 군더더기는 깎아내고 큰 줄기에 그림씨, 어찌씨, 간결체로 쪼개고 깎아 공글린 옥돌을 만들어야 한다." …

세월의 파도에서 깎이고 남은 보석이 고전이 된다. 자세하고 넓게 쓰려면 끝이 없다. 주제가 버겁거나 넘친다면 때와 곳, 점층법, 열거법을 활용하여 나누고 줄이고 쪼개야 한다. 호수에 돌을 던지면 반응이 없다. 그러나 작은 연못에 돌을 던지면 개구리가 놀라 솟구친다.

비행기 조종사는 '이륙 5분, 착륙 8분 그 13분'의 처음과 끝 시간이 가장 중요한 시간이라고 한다. 안전의 고빗사위이기 때문이다. 글월을 지을 때도 첫 문장과 끝 문장에 혼을 실어야 한다. 들머리에서 구슬을 캐내고, 마무리에서 보석 빛을 내야 한다. 처음과 끝말에서 인상적인 말을 써야 한다. 언어 미학의 조탁彫琢과 정서를 말한다. 낱말 하나하나를 쪼아 새기는 피 말리는 긴장! 첫 문장과 끝 문장은 잉크로 쓰지 말고 금으로 새기라 했다.

어느 원로 수필가는 말했다. "나는 이 글을 쓰고 죽을지도 모른다는 각오로 글을 쓴다"고… 현실은 차고 맵다. 자신의 글은 활자로 바뀌는 순간 읽는 이의 글이 된다. 아무렇게나 쓴 글은 만용이다. 그러나 최선을 다해 쓴 글인데도 읽는 이의 눈높이에 미치지 못한다면 그것은 지은이의 한계이다. 생각의 굴레에 갇혀 허둥대기보다는 사유의 굴레에서 벗어나 생각을 다스릴 때, 진리의 물줄기는 솟구칠 것이다. 그날이 오기를 기다리며 나는 오늘도 생각에 잠긴다.

글을 치다

김정화

글을 쓰는 것은 무엇일까. 아마 사람의 가슴을 흔드는 일일 것이다. 울림으로써 영혼과 소통하는 일은 아닐까. 흐르는 물이 모난 돌을 깎아내듯 혼으로 써 내려간 글줄기는 석상 같은 마음마저 흔들 수 있지 않은가. 그런 글을 쓰는 사람이라면 "삽을 들어서 가슴을 파라"라고 외쳤던 어느 문인의 촌설에서 숨이 막힐 것이다.

수필이라는 글밭에 들어서고부터 이분법으로 선을 긋는 버릇이 생겼다. 세상의 모든 것들을 '글이 되는 것'과 '글이 되지 않는 것'으로 어쭙잖은 분류를 하게 된 것이다. 대부분 후자 쪽이 많은데 그런 걸 보면 나의 분별력과 감식력은 아직 신통치 않아 알곡을 놓치는 경우가 허다해진다.

어쩌다 간택된 글감은 씨봉지를 매달아 두는 농부처럼 빼곡히 수첩에 적어 둔다. 간혹 숨은 촉을 먼저 틔우는 씨앗이라도 있으면 그날부터 정분의 샛길이 생긴다. 나비의 날개가 부딪치듯 교감된 문장이 첫 뿌리를 내리면 수필과의 연분은 더욱 깊어진다. 여백으로 눈길을 전하며 행간에 고이는 언어의 숨소리에 바싹 귀를 기울이게 된다. 하지만 다음 단락으로 건너는 길이 가로막혀 쩔쩔매기도 한다. 그때는 잠과 끼니마저 잊은 채 언어의 이랑을 헤집는데, 빈사 상태가 되어야만 슬며시 글잎이 돋아나는 소리를 들을 수 있다.

하지만, 새순들은 예민하다. 조금이라도 눈길을 멀리하거나 지친 속내를 보이면 성장을 멈추기 마련이다. 그럴 때면 정靜으로 다가앉는다. 생각하고 생각하고 거듭 생각하라는 '思之思之又重思之'라는 말을 떠올려 본다. 글문 옆에서 꿈쩍하지 않고 몇 시간째 마음을 가라앉히면 고여 있던 글줄기가 빗장을 열고 흘러나온다. 생각의 기운은 천 년 전으로 거슬러 오르기도 하고 만 리 밖까지도 이어져 놓쳤던 글의 끈을 다시 건져 올릴 수 있다.

어떤 때는 동動으로 끌어당긴다. 천천히 걸으며 풀리지 않는 글감에 대해서 끊임없이 질문하고 답한다. 쟁명한 날보다는 새벽빛 무진 속이나 폭풍우가 쏟아지는 검은 밤이면 더 좋다. 암벽 해변의 안개를 껴안거나 비에 온몸을 맡기다 보면 어느새 글의 물줄기가 내 몸에서 차오르는 것을 느낄 수 있다.

글의 강에 젖게 될 즈음이면 백지의 글밭으로 달려가지 않고는 배기지 못한다. 그러나 감정에 흔들린 글물은 혼탁하여 쉽게 비워내지 못한 채 끙끙대기 마련이다. 흙탕물이 가라앉기를 기다렸다가 드디어 글을 친다. 때로는 속사포처럼 단숨에 비워내기도 하지만 천천히 며칠간 글줄을 쏟아붓는데 심혈을 기울인다. 그리고 나서 밥 뜸을 들이듯 글 뜸을 들여야 한다. 글물이 잦아들 때 즈음 비로소 글가지에서 돋는 잎새 소리를 만나게 된다. 물기를 떨치며 일어서는 직립의 언어들이 허공을 가로지르며 키를 세운다.

어렴풋이 나무 한 그루가 보이기 시작한다. 그러나 가지치기가 되지 않아 모양새가 봉두난발이다. 잔가지를 고르고 무딘 글잎을 다듬기 시작한다. 수차례 서투른 가위질을 하여도 기대와 달리 초라한 첫 모양새로 되돌아갈 때도 있고, 욕심을 부려 곁가지를 달기라도 하면 우스개 사족 꼴이 되기 일쑤이다. 잔가지를 툭 잘라 잘근잘근 글맛을 씹어 봐도 단물은커녕 소태 같은 쓴맛에 무능을 탓하며 결별을 생각한 적도 한두 번이 아니다.

글밭을 가꾸다 보면 뜻하지 않은 곤란을 겪기도 한다. 지난여름의 일이다. 경주 서출지의 연밭을 다녀와서 춤추는 연꽃의 잎자락과 줄기를 묘사하다가 뿌리 부분에서 글줄이 턱 막히게 되었다. 눈품과 발품이 모자란 까닭이다. 이번에는 가까운 주남저수지의 광활한 연밭을 찾았다. 사람들의 발길이 뜸한 틈을 기다렸다가 조심스레 한 포기의 연줄을 들어 올려 조곤조곤 뿌리를 살피기 시작했다. 그런데 도굴 현장을 그만 주인에게 들키고 말았으니 그 꼴이 좀 낭패스러웠으랴. 다행히도 넉넉한 인품의 주인장이 시마詩魔에 들린 얼치기 수필가에게 베풀어준 관용 덕에 무사히 졸작 한 편 건져 올릴 수 있었다.

수필과 맞잡은 손을 쉽게 놓을 수 없다. 울타리 밖에서 어설픈 농군을 안쓰럽게 보고 있는 독자들에게 괜찮은 농사 솜씨 한 번쯤은 보여줘야 할 것이 아닌가. 정성으로 글잎을 어루만지고 숨결을 듣는다면 언젠가 튼실한 심목心木 한 그루 키워낼 수 있지 싶다. 사람의 가슴을 흔드는 연애 같은 글 한 줄이나마 남기고 싶다면 지나친 욕심일까.

이미 새로운 역사는 시작되었나니

김종완

    10년 전, 닮은 또 하나의 수필잡지가 아니라 진정으로 다른 하나가 되기 위해서 에세이스트를 창간하였다. 돌이켜보면 무모하기 짝이 없는 일이다. 왜 창간했느냐? 진정으로 다른 하나가 되기 위해서였다.

    그러면 무엇이 다른가?

    첫 번째 수필이 산문이라는 자각이다. 10년 전만 해도 수필의 이상적인 폼은 시 같은 수필이었다. 시같이 함축적이고 상징적이길 바란 것이다. 우리가 가장 대표적인 수필가로 꼽는 피천득 선생마저 자기가 시인으로 기억되지 못했음을 서운해하셨다고 한다. 시의 가장 큰 특징은 애매성이다. 읽어서 바로 해석되는 시보다는 다양한 해석이 가능한 시가 좋은 시이다.

    그런데 나는 내가 만든 잡지를 통해 주장했다. '수필은 산문이다. 산문이란 애당초 시의 그 애매성에 질려서 생긴 장르다. 그래서 산문 정신이란 곧 과학이다. 산문문학의 감동은 구체성에서 나온다. 추상어를 버려라. 관념어를 버려라.' 사실 시는 이미 오래 전에 추상어나 관념어를 버렸다.

두 번째는 수필의 순수성이 아니라 잡식성을 강조했다. 소설이 근대의 대표적인 장르가 되었던 것은 어떤 것도 소설 속으로 흡수해버리는 잡식성 때문이었다. <u>수필이 21세기의 주도적 장르가 된다는 것은 운명적으로 어쩔 수 없이 잡식성을 갖게 되어 있다는 것이다.</u> 시 같은 수필, 소설 같은 수필, 드라마 같은 수필, 게임 같은 수필이 등장할 것이다. 이것이 수필의 운명이다. 겁먹지 마시라. 당신이 표현하고자 하는 것이 있다면 그것에 가장 알맞은 기법을 사용하여 표현하시라. 이것은 한때 심한 반발을 불러일으켰다. 절대 따라 해서는 안 된다는 경계의 의미로 에세이스트적 문장이라는 말도 있었다.

세 번째는 수필의 내용이다. 아도르노는 "아우슈비츠 이후 서정시를 쓰는 것은 사기다"라고 했다. 그러나 한국수필은 아픔과 상처에 철저히 눈을 감았다. 시나 소설이 한국의 민주화 과정에서 자기 몫을 감당했을 때도 수필만은 외면했다. 한결같이 아름답고 착한 이야기만 썼다. 수필은 작가의 인격이라고 했고, 선비의 문학이라 했다. 선비의 문학이라는 말엔 서민이 아니라는 우월의식과 함께 현실에 눈감고 음풍농월했던 옛 전통에 대한 그리움이 묻어난다. 그런 문학관에서 쓸 수 있는 것은 자기만족뿐이다. 자기 학식, 자기 가문, 자기의 현명함, 자기의 자비심, 게다가 자기의 뛰어난 감수성에 대한 자부심을 자랑하고 싶은 거다. 수필가들은 조그마한 사건을 겪어도 거기서 느끼고 깨달은 바가 태산 같다. 왜 그럴까?

나는 문학은 자기의 풍요에 대한 만족이나 감사나 자랑이 아니라

153

자기의 결핍을, 상처와 고통을 드러내는 것이라고 주장했다. 나의 아픔은 물론 너의 아픔도, 사회의 아픔도 드러낼 수 있어야 비로소 '문학하는 것'이라고 주장했다. 그 첫걸음은 나의 상처를 드러내는 것이다. 상처가 치유된다는 것은 고백한다고 해서 자동적으로 되는 것이 아니다. 유능한 상담자를 만나서 처방을 받는다고 되는 것도 아니다. 그것은 상처를 소비하는 것이다. 그리하여 요즘엔 힐링이 인기상품이 되었다. 참다운 치유는 어떻게 가능한가? 상처 받은 본인이 그 상처를 끄집어내서 이리저리 분석해봄으로써(이것이 성찰이다), 새로운 시선으로 해석할 수 있을 때, 새로운 의미를 찾아낼 수 있을 때(이것이 성숙이다), 비로소 치유의 문턱에 들어서는 것이다. 개인의 상처가 문학이라는 공공의 장에서 논의되면서 비로소 치유가 되며, 그 과정에서 사회적 치유가 진행된다고 했던 것이다. 그러나 이 또한 심한 반발을 샀다. '이건 날것의 적나라한 폭로일 뿐 문학이 아니다'라고 공격해 왔다. 이러한 공격은 사실 일종의 신분론이다. '우린 좋은 환경에서 태어나 어쩔 수 없이 곱게 자란 사람이거든. 그래서 우린 상처가 없다.' 그러나 그 말 속엔 함정이 도사리고 있다. 상처가 없다는 치명적인 상처.

사람은 상처를 통해서 성장한다. 상처가 없다는 것은 이미 성장을 멈추었다는 말이기도 하다. 예민한 사람은 부드러운 봄바람에도 생명 자체가 주는 통증 같은 것을 느낀다. 그 아픔, 그게 상처다. 나의 아픔이 아니라 너의 아픔, 타인의 아픔에도 똑같이 아파야 한다. 나는 여기에 이르러서야 예수님을 이해할 수 있었다. 2000년 전 그가 나의 죄를 대속했다니, 내가 부탁한 적도 없는데, 그가 왜 나의 죄를 대속해서 날 빚쟁이로 만들었냐고 따질 판이었다. 그리스도란 바로 남의 아픔도 자기 아픔으로 아파 주는 사람이다. 불교에선 중생이 아파서 보살이 아프다고 했다. 작가란 세상이 아파서 자기가 아픈 사람이다. 레비나스는 이것을 '타자의 윤리학'이라고 했다.

사건을 아픔으로 받아들이는 과정이 바로 성찰이고, 사람은 그 성찰을 통해서 성숙해지는 것이다. 이 과정이 문학하는 과정이다. 그런 의미에서 좋은 수필이란 어떤 식으로든 성장수필의 성격을 가지고 있다.

잡지를 출간하면서 보낸 10년의 세월은 너무나 벅찬 시간이었다. 내가 좀 유능한 사람이었다면 지금보다 훨씬 발전을 이루었을 터인데 워낙 무능해서 겨우 여기까지밖에 이루지 못했다. 그러나 이렇게 무능한 사람과 뜻을 함께 하시고, 긴 시간 함께 걸어오시느라고 고생한 동지들이 있었다. 그분들의 협조가 없었다면 오늘의 나는 불가능했을 것이다. 한 잡지는 내부의 힘만으로 성장할 수 없다. 우리를 도와주신 많은 분들이 있다. 그 중에서 가장 고마운 분들은 훌륭한 원고를 아낌없이 보내주신 선배, 동료, 후배 작가님들이다. 우리의 편집 제1원칙은 그가 누구라도, 훌륭한 작가라면 절대로 놓치지 말자는 거다. 새로움이란 어느 날 갑자기 하늘에서 뚝 떨어지는 것이 아니라 오늘날 가장 앞선 사람들이 한 발, 또는 반 발 앞으로 나아가는 것, 바로 이것이 새로움이다. 나는 그분들을 찾았고, 그분들은 기꺼이 가장 좋은 원고를 보내주었다. 그분들의 전폭적인 사랑이 없었다면 우리의 오늘은 존재할 수 없었다.

나는 한국수필의 미래를 낙관한다. 앞으로 수필집들이 날개 돋친

듯 팔려 수필가들이 큰돈을 벌 리는 없다. 그러나 오늘의 문학이 봉착한 고민을 해결할 새로운 징조들을 수필에서 보았다.

현대의 문학은 위기에 빠졌다고 한다. 문학의 종언을 말하기도 한다. 그것은 문학이 더 이상 오늘의 현안에 답하지 못하기 때문이다. 해결책을 내지 못하는 것이다. 왜 그러는가? 물론 여러 방법으로 말할 수 있지만 문학 내적으로 말하면 '자아와 세계의 동일화'라는 '서정의 원리'를 극복하지 못하기 때문이다. 자아 동일화란 내가 슬프니 세상이 슬프다는 식이다. 시인이 슬프니 꽃이 운다고 하고, 즐거우니 웃는다고 한다. 왜 꽃이 시인의 기분에 울고 웃는가? 이런 서정의 원리는 바른 세상읽기가 아니다. 자아 동일화는 나르시스일 뿐이다. 나르시스의 세계엔 내가 없으면 세계가 없다. 그러나 내가 죽어서 퇴출된다 하더라도 세상은 눈 하나 까딱하지 않고 잘도 돌아가는 걸.

"자아에서 주체로, 타인에서 타자로" 나아가야 한다. 자아란 나는 어떠어떠하다, 라고 설명할 때 그 서술어에 해당하는 내가 바로 자아다. '내가 알고 있는 나'와 '실제의 나'가 있다. 나는 누가 못 생겼다고 해도 상처 받지 않는다. 난 어려서부터 내가 잘 생겼다는 확고한 믿음을 가지고 있었기 때문이다. 그런데 이런 말을 하면 사람들이 어이없어한다. 나는 잘 생겼다고 믿는 믿음의 나가 바로 자아다. 내가 알고 있는 나. 그러나 나도 모르는 나가 있다. 실제의 나. 그 나가 바로 주체다. 그 주체는 바로 너가 바로 섰을 때 비로소 성립되는 나이다. 그때의 너는 무엇이냐? 나는 속으로 너를 확실히 안다고 믿고 있다. 그러나 실제의 너는 내가 알고 있는 그 범위를 훨씬 벗어나 있다. 내가 너를 온전히 안다고 했던 것(이것이 타인입니다)은 착각이었던 거

다. 내가 아직 알지 못하는 비어 있는 자리에 있는 너가 바로 타인이
아닌 타자다.

'자아 동일화의 수렁에 빠진 서정' 이후에 나타나는 '새로운 서정',
이것이 바로 위기의 문학을 구할 답이다. 문제는 이것을 창작의 현
장, 삶의 현장에서 어떻게 구현하느냐의 문제다.

이것을 다른 말로 표현할 수도 있다. 오늘 우리는 정신적으로 크
나큰 위기에 빠져 있다. 믿을 수 있는 대상을 잃어버렸다. 종교적 믿
음도 사회 국가에 대한 믿음도, 이웃에 대한 믿음도 잃어버렸다. 가
족마저도 빠른 속도로 해체되어 간다. 전철을 타보면 모두가 코를
박고 있다. 스티브 잡스라는 천재가 만든 스마트폰이 문명의 이기
가 아니라 잘못 쓰면 엄청난 괴물을 부르는 미끼가 될 수도 있다. 현
대인은 스마트폰의 발명으로 이젠 생각할 짬마저 잃어버렸다. 생각
하지 않고 자극에 반응하도록 길들여지고 있다. 얼마나 두려운 일
인가. 이때 가장 절실히 필요로 하는 것이 바로 '주체성의 확립'이
다. 이때 주체란 자아인 에고(ego)가 아닌 바로 앞에서 설명한 주체
(subject)다. 그 주체의 확립의 도구로서 가장 알맞은 것이 수필이다.

칼 야스퍼스가 말했다. '자기 성'을 쌓는 자 반드시 파멸한다고. 우
리는 지난 10년을 자기 성을 쌓는 기간으로 보내지 않았다. 앞으로도
다만 극복하고 건너갈 뿐(탈주), 절대로 안주하지 않고 계속해서 변
하고 변할 것이다.

금 나와라 뚝딱

김준희

수필 작법이라니 내게 특별한 방법이 있었나.

글쓰기 공부를 처음 시작할 때 선생님께서 늘 하신 말씀은 많이 읽고 쓰는 것 말고는 방법이 없다고 하셨다. 시간이 갈수록 그것이 새삼 진리임을 깨닫는다.

들어간 것이 있어야 나오는 법. 빈 수레에서 무엇이 나올 수 있을까.

원고청탁을 받았을 때 내 속에 담겨진 것이 많을 때는 선뜻 대답을 하지만 책을 읽은 지 오래 되었을 때는 미련 없이 정중하게 사양한다.

나의 경우 생활 속에서 느껴지는 감동이나 진한 여운들을 하나의 단어나 짧은 문장으로 수첩에 기록한다. 메모할 수 없을 때 핸드폰 문자를 내게 보낸다. 핸드폰에 '나'는 항상 메시지로 꽉 차있다. 운전하면서 떠오르는 생각이 많아 최근에는 녹음하기도 한다. 순간적 느낌, 섬광처럼 스치는 생각들을 바로 기록해 놓지 않으면 잊어버리기 때문이다.

하나의 단어, 짧은 문장에 살을 붙이는 힘은 역시 독서의 내공이 쌓여있을 때 가능하다. 독서의 결과로 하나의 작품이 완성된다.

듣고 보고 느끼고 하는 모든 것들이 내 귀에 눈에 마음속에 있다가 잘 다듬어져서 한 편의 글로 탄생한다. 보통 글을 쓰게 되면 주제를 갖고 사색을 하고 썼다가 지우고를 반복하면서 여러 번 고치기도 하지만 나는 생각을 오래 하고 단숨에 글을 써 내려가는 식이다. 마감에 쫓겨 억지로 컴퓨터 앞에 앉아도 처음 한 줄 쓰고 써지지 않으면 바로 컴퓨터를 끈다. 오래 된 습관이라고 해야 하나. 그래서 나의 수필 작법은 도깨비 작법이라고 이름을 붙여본다. 그것도 밤도깨비….

낮에는 여러 가지 소리들이 집중하지 못하게 한다. 어떤 소리의 방해 없이 컴퓨터나 원고지와 나, 둘이 있을 때 가능한 일이다. 금 나와라 뚝딱. 한동안은 한밤중에 단숨에 써 내려가는 밤도깨비 작법에 머물러 있을 듯하다. 허황되지 않은 진실한 글을 쓰기 바라면서….

나의 수필 읽기

김중위

자기도 잘 쓰지 못하면서 남의 글에 대해서는 좀처럼 좋게 평가해 주지 않는 사람들이 간혹 있다. 신문이나 잡지 편집자들 중에 그런 사람들이 있다. 내가 바로 그런 사람이다. 젊은 날부터 잡지 편집을 하며 지내던 탓이어서 그런가 지금도 제 버릇 남 못 주듯이 여전히 남의 글을 보면서 자못 주제 넘게 현미경을 들이댄다. 그래서 나는 〈나의 수필 쓰기〉보다는 〈나의 수필 읽기〉가 훨씬 더 어울릴 것 같아 제목을 〈나의 수필 읽기〉로 정했다. 남의 수필은 자주 읽는 편이기 때문이기도 할 것이다. 읽다가 보면 어쩌면 이렇게 글을 잘 쓰는 사람이 있을까 하고 깜짝깜짝 놀랄 때도 있지만 제발 이런 사람은 글을 좀 안 썼으면 좋겠다는 사람도 가끔 눈에 띈다. 그럴 때에는 짜증이 날 때도 있다.

공무원직에 있다가 정년퇴직을 한 어떤 사람이 수필가로 등단했다기에 반가운 마음으로 내가 맡고 있는 잡지에도 글을 한 편 달라고 부탁을 하면서 200자 원고지 어쩌고 하니까 "원고지가 뭐에요?" 하고 되묻는 사람도 보았다. 나이 60이 넘어 정년퇴직을 했다는 사람이 평생 원고지 한번 만져 보지 못한 채 어쩌다 수필가가 되었는지 모를 일이다.

외모가 초라한 한 젊은 시인을 우연히 만난 적이 있었다. 직업도 없이 시 쓴다고 고생하는 것같아 차비라도 만들어 줄까 하는 생각으로 수필 한 편 써 보내달라고 부탁을 한 적이 있었다. 그런데 보내온 글은 이 글이 과연 시인의 글인가 싶게 엉망이었다. 문장수업이 제대로 되지 않아서다. 시만 쓰다가 그렇게 되었나 보다 했지만 어쩐지 꺼림칙했다. 왜정때 일본에서 공부한 대학 때의 은사 한 분은 언제나 서양에 있는 동명사가 우리말에는 없다는 것이 그리도 아쉽다고 하면서 "국가한다" "자유한다"라는 말을 서슴없이 쓰는 분이 있었다. 그의 생활이 언제나 궁핍한 것을 알고 쌀말 값이라도 보태 드렸으면 좋겠다는 생각으로 원고청탁을 몇 번 한 적이 있다. 60년대 중반 〈사상계〉 시절의 일이다. 평소의 강의내용도 난해하기가 이를 데 없는 분이었는데 원고는 오죽할까 싶어 각오를 단단히 하고 부탁한 원고를 받고 보니 아닌 게 아니라 이건 완전 전쟁터였다. 사상思想이라는 말도 그에게 와서는 그냥 사상이 아니다. 언제나 "의미되어 진 바의 사상"이다. 그런데 이런 그의 말을 곱씹어 보면 여간 맛깔스럽지가 않다. 사상이라는 것이 어찌 밋밋한 개념의 것일 수 있을까! 얽히고 설켜 농축되어 만들어 진 생각의 결정체라고 생각하면 그야말로 "의미되어 진 바의 것"일 수밖에 없을 것이다. 그의 난해한 강의내용이나 글을 지금은 일일이 기억을 하지 못하고 있지만 전쟁터보다도 더 아

161

수라장이 되어 있는 낱말들을 주워 모아 밤새 이리저리 꿰어 맞춘 후에야 잡지에 게재할 수 있었다.

그러나 어법에 맞지 않는 엉망진창의 그의 글이 오히려 윤문한 내 글보다 얼마나 더 깊이 있고 읽을수록 맛이 우러나는 윤택한 글이었지 않았나 하는 생각으로 어줍지 않은 내 가필을 후회한 적도 있다.

어떤 문학지의 발행인이 자기가 발행하는 문학지에 쓴 권두수필을 읽는 순간 첫줄부터가 역사적 사실과 다른 내용이어서 그 즉시 편지를 써 띄웠다. 글의 내용이 잘못되었다고 말이다. 그러나 아무런 답장이 없었다. 지적해 주어서 고맙다든지 잘못 알았다든지 고치겠다든지 하는 내용의 반응은 있어야 하는 것이 정상이 아닐까 싶다. 적어도 문학지의 발행인이 되려면 그 정도의 양식과 아량은 있어야 할 것으로 본다.

어떤 시인이 해외여행을 하고 돌아와 여행기를 시로 발표하였다. 그런데 이상한 얘기가 나왔다. 1490년대에 개신교가 세운 교회의 모양이 어쩌고 하는 내용이었다. 이런 걸 보고는 참지 못하는 성미여서 대뜸 편지를 보냈다. "아니 세상 천지에 종교 개혁이 언제 일어났는데 1490년대에 개신교 교회가 생겼다는 말이요." 그러자 그는 나에게 이런 답장을 보내왔다. 여행사가 발행하는 안내 팸플릿을 보고 쓴 건데 무슨 딴소리냐는 것이다. 인격을 생각해서 더 이상의 논쟁은 하지 않았다. 최소한의 역사지식을 가졌거나 아니면 자료를 찾아 확인이라도 해야 하는 것이 아닌가! 그런 분이 시를 쓰면 얼마나 잘 쓸 수 있는지 도무지 모를 일이다.

시건방진 얘기지만 누구라도 시나 수필을 쓸 수 있다. 글은 꼭 문인이어야 쓰는 것이라는 고정 관념도 가질 일이 아니다. 그리고 잘 쓰느냐 못쓰느냐가 크게 문제 된다고 보지도 않는다. 잘 쓸 수도 있고 못쓸 수도 있다. 그러나 최소한의 소양만은 갖춰야 한다고 본다. 고등학교를 졸업한 사람들이 갖추고 있는 정도의 소양. 그런 정도는 필수가 아닐까!

눈에 거슬리는 파격의 수필

김지영

1. 왜 수필을 쓰는가?

모든 글은 독자들을 위해서 쓴다. 따라서 전할 말이 없을 때는 글을 쓰지 말아야 한다. 나는 다음 세 가지 중 적어도 하나에 대한 확신이 없으면 글을 쓰지 않는다.

첫째, 독자들에게 새로운 사실이나 정보를 나누어 준다. 내가 주워들은 정보와 지식, 그 중에서 골라서 하나씩 독자들에게 내어 놓는다. 거라지 세일에서 딱 필요한 물건을 요즈음 말로 "득템" 하듯이 골라 쓰는 독자들이 있으리라 확신하면서.

둘째, 나의 감상이나 감동을 나누고 싶다. 살아가면서 아름답게 느끼는 것, 슬프게 와 닿는 것, 안타까워 보이는 것, 이런 것들을 글로 쓴다. 공감해 주는 독자들이 있으리라 생각하면서.

셋째, 가끔씩 세상 돌아가는 일에 대한 나의 의견을 전하고 싶다. 글을 읽으며 "그렇게 볼 수도 있겠구나" 하는 독자들이 있으리라고 기대하면서.

수필을 쓸 때도 이 원칙을 따르려고 노력한다. 자칫하면 나의 글이 나 혼자만의 넋두리로 흘러버릴 위험을 경계한다. 특히 자신의 어린 시절이나 신변에 관한 수필을 쓸 때, 수필 속의 내 이야기가 독자들의 공감을 얻을 수 있을지 많이 고민한다.

2. 무엇을 쓸 것인가?

영어로 '에세이(essay)'라고 하면 우리가 이해하는 '수필'이라는 말보다 범위가 넓다. 미국에서는 해마다 그해의 최고 에세이들을 선별 단행본으로 낸다. 뉴욕커(The New Yorker)나 하퍼즈(The Harper's) 등 고급 잡지에 실린 글 중에서 뽑아 낸 글들을 모은 책이다. 해마다 새롭게 위촉되는 저명한 작가가 선별을 한다.

2018년 판 미국 최고의 에세이(The Best American Essays 2018)에는 다음과 같은 다양한 글들이 실려 있다. 노암 촘스키(Noam Chomsky)의 생존 전망(Prospects for Survival), 수키 킴(Suki Kim)의 어둠의 땅(Land of Darkness), 아밋 마즈무달(Amit Majmudar)의 다섯 개의 유명한 아시아 전쟁 사진들(Five Famous Asian War Photographs) 등.

2018년 판 편집자는 퓰리처 상을 탄 컬럼비아 대학 교수 힐톤 앨즈(Hilton Als)이다. 그는 서문에서 다음과 같이 말한다. "에세이는 사랑이나 인생과 같이 딱히 규정할 수 없다. 그러나 보면 그것이 에세이인 줄 알고, 느끼면 그것이 훌륭한 에세이인 줄 안다. 왜냐하면 에세이란 인생을 농축해 놓은 것이기 때문에.(The essay, like love, like life, is indefinable, but you know an essay when you see it, and you know a great one when you feel it, because it is concentrated life.)"

'농축된 인생' ——— 인생 구비구비에 보이는 것들에 대해서 다양한 주제의 수필을 쓰고 싶다.

3. 어떻게 쓸 것인가?

"필요 없는 말들은 잘라.(Omit needless words.)" 〈스트렁크 엔드 화이트(Strunk and White)〉로 알려진 〈문체의 기본 요소(The Elements of Style)〉라는 책에 나오는 경구. 미국에서 글쓰기를 지도하는 사람들이 빼놓지 않고 하는 말이다.

짧은 문장, 짧은 문단의 글. 간단, 명료, 그리고 한 숨에 읽히는 글. 나는 그런 글을 쓰고 싶다.

피천득 선생님의 '수필'이란 수필은 "수필은 청자 연적이다"라는 문장으로 시작한다. 그 글 말미에 덕수궁에서 본 청자 연적 이야기가 나온다. 연적에 새겨진 꽃잎들은 질서 정연하다. 단 하나가 약간 옆으로 꼬부려져 있다. 선생님은 "이 균형 속에 있는, 눈에 거슬리지 않는 파격"이 수필이라고 말씀하신다.

'눈에 거슬리지 않는 파격' ――― 이러한 작은 파격들이 쌓이면 큰 변화가 된다. 수필이라는 장르의 형식도 변해 가야 한다.

나는 앞으로 실험적 형식의 수필을 쓰고 싶다. 기승전결의 속박에서 벗어나 때로는 길고, 때로는 외마디 소리로 끝나는 짧은 글들을 쓰려 한다. 때로는 시에 가깝고, 때로는 소설같이 읽히는 수필을 쓰고 싶다. '눈에 거슬리는 파격'의 미래형 수필을 꿈꾼다.

나의 수필 쓰기

김진식

　나의 수필 쓰기는 '이것이다' 하고 내세울 것이 없다. 수필을 쓰기 위하여 어떤 틀을 준비하지 않을 뿐만 아니라 어떻게 쓸 것인가에 대해서도 꼼꼼하게 챙기는 편이 못 된다. 이는 타고난 기질 탓이기도 하지만 이를 고칠 생각이 없는 걸 보면 그저 걸리거나 매이지 않고 자유롭게 쓰고 싶기 때문이다.

　그러나 무엇인가 집히는 것이 있으면 이를 삭이려 골몰하고 글을 쓰면서는 생각을 간추려 가며 자료를 찾고 확인하기 위하여 사전을 찾고 표현이나 문맥에 대해서도 무리가 없는지 살펴본다.

　이처럼 나의 수필 쓰기는 산만하고 모자라서 짜임새가 있거나 능률적이지 못하다. 이런 버릇은 나의 체질과 관계되는 것이지만 문학의 광장에서까지 이런저런 자료를 끌어들여 걸리거나 너절해지고 싶지 않아서이다.

　그러므로 나는 수필을 쓰기 위하여 수필론에 기대지 않으며, 그 효용성에 대해서도 긍정적이지 못하다. 그저 많이 읽고, 많이 생각하며, 많이 쓰면서 고침질을 거듭하는 것 이상으로 다른 길을 믿지 않는다.

이런 버릇은 재기才氣와는 연緣이 없는 것이지만 오히려 바쁘지 않고 삭일 수 있어서 좋다. 나는 이런 자신의 한계를 늘 염두에 두고 글쓰기에 임한다.

우선 주제를 씹고 삭이며 쓸 내용을 대강 간추리게 되고, 거듭 새겨보기 위하여 거닐거나 창밖을 내다보며 마음을 가라앉힌다. 자연은 언제나 스승으로 다가서며 이치를 일러준다.

어느 순간 무엇이 잡히고 편안함이 느껴지면 글을 쓰게 되는데 자신과의 싸움이다. 무엇보다 첫줄을 쓰기가 어렵다. 그러나 시작이 반이다. 서정수필은 고뇌와 갈등으로 삶을 이야기하고, 관념수필은 나름대로 깨치고 이른 사유로 그려간다. 그러나 말처럼 쉽지 않다. 서정에서는 풋내가 나기 쉽고 관념에서는 메마르기 십상이다. 풋내는 익어야 맛이 들고 메마름은 축여야 한다.

이를 위해 계절을 거스르지 않고 물이 나올 때까지 우물을 파야 한다. 그래서 세월이 필요하고 땀방울과 인고를 마다할 수 없다. 비록 지금 생산했다고 해서 계절을 거스르나 지름길을 찾은 것이 아니다. 세월의 흐름과 순환을 알고 샘을 판 결과이다.

이처럼 애써 쓴 것이라도 늘 만족스럽지 못하다. 문맥이 잘 흐르지 않거나 표현이 걸리면 고쳐야 한다. 그렇다고 뜻대로 되는 것이 아니다. 애초부터 주제에 대한 준비가 모자란 까닭도 있지만 달문達文의 재능을 갖지 못한 까닭이다. 세월을 알고 물맛을 알아도 요리하는 재능과는 별개이다. 그래서 글과 싸우면서 시간과 맞서게 된다.

나는 이런 고침질의 버릇을 부끄럽게 여기기보다 소중한 자산으로 아끼고 있다. 그만큼 모자라고 치우친 곳을 찾아내어 고치고 미치지 못한 사유의 우물을 깊게 파며 의식의 바닥에 잠겨 있는 것을 깨치며 건져내는 데 도움을 주기 때문이다.

이처럼 나의 수필 쓰기는 틀이 없어 막연하고 허술하지만 오히려 그것을 아낀다. 무슨 수다나 가식이 아닌 그대로의 삶이기 때문이다. 그래서 글쓰기의 전후로 바람처럼 벌판을 헤맨다. 바람이 지나가면 바람을 좇고 꽃을 보면 꽃에 든다. 자연과의 교감으로 마음을 다스린다고 할까.

그러나 글은 뜻대로 되지 않는다. 손볼 곳이 많다. 그러다 보면 다른 글이 되어 제목까지 바꾸는 일이 생긴다. 꿩을 그리려다 메추리를 그렸다고 할까. 수필론이라는 틀을 들이지 않아서일까. 흐름이 끊기고 표현이 자연스럽지 못하다. 거듭 고침질을 하는 수밖에 없다. 늘 이렇게 자신과 싸움이다.

나는 지금 수필을 쓰기 위하여 미답未踏의 벌판을 헤매고 있다. 허술하지만 흠집과 옹이를 쓰다듬으며 쓸거리를 찾고 있다. 어렵지만 길이 있다고 생각한다. 그래서 자신과의 싸움을 하고 있다.

간결체는 힘이 세다

김창식

1. 간결체의 장점

글 쓰는 이에게 문체는 정체성이다. 누구에게든 자기도 모르는 사이 습관이 든 고유한 문체가 있다. 한편 명 문장가 중에는 소재와 주제에 따라 문체가 미묘하게 달라지는 경우도 있어 일률적으로 어느 것이 좋은 문체라고 주장할 수 없다. 한恨의 정서를 표출하거나 고풍의상古風衣裳 같은 고전적인 분위기의 글을 쓸 때는 '만연체'나 '우유체'가 적격일 수도 있다는 것이다.

그러나 일반적으로 선호하는 문체는 '간결체'다. 간결체가 뜻을 정확히 전하는 데 가장 효과적인 때문이다. '정확하고 빠른 의미의 전달'이야말로 글쓰기의 기본이자 가장 중요한 덕목이 아닌가. '간결체'는 박진감과 긴장감이 있어 스피드가 중요시되는 오늘날의 시대정신에도 부합한다. 문법에 맞게, 추상어와 불필요한 수식어는 줄이고, 몸통(주어와 동사, 목적어) 위주로 써야 비문非文에서 벗어날 수 있다.

현대적인 글쓰기의 본류本流는 당연히 '간결체'이다. 대표적인 작가는 김훈이다. 요즘 활동하는 젊은 작가들의 문체 역시 대부분 간결체다. 사실 '문체논쟁'은 오래 전(1950년대)에 검증이 끝난 사안이다. 김동리, 황순원 같은 고인이 된 대가들도 '간결하고 정확한 글'을 중시했고, 작품을 통해 '간결체의 미학'을 실증했다. 외국으로 눈을 돌려보자. 헤밍웨이는 하드보일드(hard-boiled) 스타일의 간결체로 일세를 풍미했다. 대중소설로 일가를 이룬 스티븐 킹은 또 어떤가? 대중소설의 장인도 역시 기회 있을 때마다 간결체의 장점을 설파한다.

2. 간결한 글쓰기 사례

가. 김현의 평문

잘, 잘못 포함 간결한 글쓰기의 사례를 살펴보자. 우선 작고한 평론가 김현의 평문 한 구절이다. 미문美文으로 잘 알려진 표현이다.

'내 마음의 움직임과 내 마음을 움직이게 한 글을 쓴 사람의 마음의 움직임은 어느 시인이 수정의 메아리라고 부른 수면의 파문처럼 겹쳐 떨린다.'

미문美文으로 유명한 글이지만 현대적인 관점으로는 그다지 잘 쓴 글이라고 할 수 없다. 수식이 많고 동어반복이어서 헷갈린다. 이 글을 고쳐 쓰면?

'내 마음과 내 마음을 움직이게 한 글을 쓴 사람의 마음은 어느 시인이 수정의 메아리라고 부른 수면의 파문처럼 겹쳐 떨린다.'

여전히 마뜩치 않다. 원판불변의 법칙? 다시 손을 대보자.

'내 마음과 글을 쓴 사람의 마음은 어느 시인이 수정의 메아리라고 부른 수면의 파문처럼 겹쳐 떨린다.'

나. 이외수의 충고

SNS 팔로우어가 많기로 유명한 이외수는 힘주어 말한다. "처음부터 문장을 복잡하게 꾸미지 말라. 정치법에 따라 문장을 간단하게 쓰도록 하라. 문장에서의 정치법이란 문장을 이루는 주성분(주어, 목적어, 술어)을 순서대로 배열하는 일을 말한다."

이하 이외수의 조언을 정리한 것이다. 산만하고 복잡하기 이를 데 없는 이 문장을 간결하게 고쳐 써보라고.

'나는 사방에서 매미들이 주변의 나무들이 진저리를 칠 정도로 목청을 다해서 발악적으로 시끄럽게 울어대는, 맞은편에서 사람이 오

면 비켜설 자리가 없을 정도로 비좁은 오솔길을 혼자 쓸쓸히 걷고 있었다.'

이외수는 위 예문을 음식으로 비유하면 쇠고기, 닭고기, 돼지고기에 고등어, 이면수, 오징어를 집어넣고 미나리, 당근, 시금치, 감자, 마늘을 첨가한 다음 소금, 간장, 설탕, 된장에 후추를 뿌리고 케첩, 마요네즈까지 바른 형국이라고 비판한다. 그럼 어떻게 바꾸면 간결한 글이 될까?

'나는 비좁은 오솔길을 걷고 있었다. 맞은편에서 오는 사람과 마주치면 비켜 설 자리가 없을 정도였다. 매미들이 시끄럽게 울어대고 주변의 나무들이 진저리를 쳤다.'

다. 김훈의 『칼의 노래』

『칼의 노래』의 작가 김훈의 작품 속에 이순신의 한때 애인이었던 여진의 죽음이 나 온다. 부하들이 그녀의 시체를 관아로 끌고 온다. 묘사 문장을 다섯 장쯤 썼다가 모두 다 버렸다. 그리고 단 한 문장으로 바꿨다고 한다. 바꿔 쓴 문장은?

'내다 버려라!'

김훈은 이 짧은 외침이 원고지 100장 쓴 것보다 훨씬 나았다고 회고한다. 책을 읽으면서 느꼈던 칼끝 같은 긴장이 어디서 나왔는지를 이 한 마디로 느낄 수 있다. 행간에 녹아든 작가의 한숨과 피땀, 한 줄 한 줄 써가는 피 말리는 고통도 함께.

간결한 글쓰기의 예로 설명했지만, 함축적인 이 말은 절절한 슬픔을 건조하게 객관화한 '거리두기 기법'으로도 의미를 갖는다. 신파조로 처연하다거나 질척거리는 정서가 아니지 않은가. 그래서 더 큰 울림을 전해주는 것이다.

라. 김창식의 「설야」

위 세 사람의 저명한 문인보다 지명도는 훨씬 떨어지지만 수필가 김창식(필자)의 글도 살펴보자. 아래 과학적으로 서술한 팩트를 문학적 감수성을 적용해 한마디로 '때리면' 어떻게 바뀌나?

'눈 오는 날 밤은 유난히 아늑하고 조용하게 느껴진다. 눈은 세상을 깨끗하게 감추고 세상을 조용하게 만든다. 왜 그럴까? 눈이 오면 도로나 자동차, 나무, 지붕 등에 눈이 쌓인다. 눈은 육방형의 결정이 모여 여러 가지 크기의 입자가 되고, 그 입자가 모여 고체의 눈이 된다. 입자와 입자 사이에는 많은 틈이 생겨 이것이 흡음판吸音板의 구멍과 같은 작용을 한다. 눈이 흡음재 역할을 해 주변이 조용해지는 것이다.'

— 인터넷 검색

'눈 오는 밤 귀 기울여 들으면 고장 난 거실의 시계가 똑딱여요.'

고장난 지 오래고 배터리도 안 바꾼 시계가 어떻게 스스로를 치유해 작동한단 말인거? 혹 돌연변이 AI(Artificial Intelligence·인공지능)가 아닐까? '당근' 아니다. 참다운 간결체의 문장은 짧은 글로 말하여 지지 않은 많은 이야기를 말한다. 한편 위 표현은 '일상어'와 '낯선 시어', '과학적 사실'과 '문학적 진실'의 차이를 깨우치는 본보기라고도 할 수 있다.

늘 초심으로 돌아가 수필을 쓰고 싶어

김 학

* 수필과 나의 인연

나는 지금까지 『수필아, 고맙다』, 『쌈지에서 지갑까지』 등 14권의 수필집을 냈고, 어림잡아 6백여 편의 글을 써서 수필문단에 내놓았다. 내가 처음으로 수필에 관심을 가졌을 때는 지금과 사뭇 다른 여건이었다. 지금처럼 수필의 이론과 창작실기를 배울 수 있는 교육기관도 없었고, 또 수필이론서도 구하기 어려웠다. 그러니 선배들의 작품을 읽고 흉내 내기를 되풀이하면서 수필 작법을 스스로 터득했다. 그러기에 나는 경험을 스승으로 여기면서 수필을 쓴다.

* 수필 소재와의 만남

나는 수필의 소재를 내 생활주변에서 찾는다. 나의 갖가지 체험은 물론이요, 신문이나 잡지, 텔레비전이나 인터넷까지도 나에게 좋은 소재를 제공해 준다. 그 소재가 내 눈에 띄는 순간 '이것으로 수필 한 편 써야겠다.' 싶으면 바로 컴퓨터 앞에 앉는다. 수필은 문장으로 엮는 문학이다. 수필가라면 제대로 문장을 엮어갈 능력을 갖추어야 한다. 아무리 좋은 소재로 요리한 수필일지라도 단어표기, 띄어쓰기, 어법, 어순, 문장부호 등을 제대로 활용하지 않으면 좋은 수필이 될 수 없고, 그런 작품은 독자를 감동시키지도 못한다. 특히 문장부호는 그 용법을 알고 정확하게 활용해야 한다.

수필가는 과학자들처럼 항상 물음표를 갖고 살아야 한다. '왜 그럴까?' 생각하는 버릇을 지녀야 한다. 그래야 같은 소재일망정 수필가 나름의 독창적인 해석이 가능한 글을 쓸 수 있기 때문이다. 이를테면 耳目口鼻, 眞善美貞叔賢, 東西南北, 梅蘭菊竹, 身言書判, 仁義禮智信 등 한자숙어를 보면서 왜 한자의 배열 순서를 그렇게 고정시켰을까를 따져 보라는 이야기다. 그것이 오랜 관행이라 할지라도 한 번쯤은 '왜 순서가 그렇게 되었을까, 그 순서를 바꾸면 어떨까?'를 생각해 보는 것도 좋다.

나는 수필을 쓸 때 내 나름대로 정해둔 수필 쓰기 5단계 전략이 있다.
*주제선정 *관련소재 모으기 *틀 짜기 *원고 쓰기 *글다듬기가 그것이다. 수필의 주제가 결정되면 그 주제와 연관된 소재들을 최대한 긁어모은다. 내 기억 속의 소재들도 징발하고, 참고서적이나 인터넷을 뒤져서라도 관련 소재를 최대한 모은다. 열 가지든 스무 가지든

자료를 모아 메모를 한 뒤, 활용가치가 높은 소재들만 남기고 나머지는 과감히 버린다. 이런 단계를 거치면서 한 편의 수필을 쓴다.

* 나의 글다듬기 방식

나는 글을 다듬을 때마다 윤오영 선생의 수필 「방망이 깎던 노인」을 떠올린다. 어쩌면 그 노인의 방망이를 깎는 태도가 바로 수필가에게 수필 다듬기의 본보기를 보여 주는 것 같아서다. 그 노인은 기차 시간이 다 되었으니 그만 방망이를 달라고 재촉하는 소비자에게 '생쌀이 재촉한다고 밥이 되느냐?'며 나무란다. 그래도 어서 달라고 재촉하자 '안 팔 테니 다른 데 가서 사라'고 엄포를 놓는다. 소비자는 왕이라는 세상에 방망이 깎던 노인은 그 왕 앞에서 오히려 큰소리를 치는 셈이니 얼마나 꼬장꼬장한 장인匠人인가? 그 방망이 깎던 노인은, 수필가는 물론 모든 예술가의 자세가 어떠해야 하는지를 일깨워 주고 있다.

나는 글을 다듬을 때 밤에 쓴 수필은 낮에, 비나 눈이 내릴 때 쓴 글은 햇볕이 쨍쨍 내리쬐는 날 다시 읽어 보며 글을 다듬는다. 날씨에 따라 내가 너무 감상에 치우쳐 쓰지 않았는지 검토하고자 그런 것이다.

나는 또 글다듬기를 할 때마다 제목과 서두, 내용, 결미까지 꼼꼼히 읽으면서 단어 하나하나를 짚어간다. 이 단어를 더 쉬운 우리말로 바꿀 수는 없을까, 토씨를 넣을 것인가 뺄 것인가를 생각한다. 원고를 마무리한 다음, 글을 다듬을 때는 단어 하나하나를 읽어 가면서 그 단어를 순수한 우리말로 바꿀 수 있는 한 바꾼다. 그래야 우리말이 얼마나 아름답고 쓰임새가 높은지도 알게 될 것이다.

* 수필가의 권능

얼마 전 어느 텔레비전 드라마에서 나는 의미심장한 말을 들은 적이 있다. 천불천탑千佛千塔으로 유명한 전남 화순의 운주사에 들른 신혼부부의 대화에서였다. 건축가인 신랑이 신부에게 돌부처를 설명하면서, 불상佛像은 석공이 돌을 쪼아서 조각한 게 아니라 석공이 바위 속에 숨겨진 불상을 찾아낸 것이라고 했다. 나는 그 멋진 말을 들으면서 생각했다.

"수필은 수필가가 수필소재를 찾아서 문자로 표현하는 게 아니라 수필가가 수필소재 속에 숨겨진 수필을 찾아내는 게 아닐까?"

나는 수필을 나의 반려로 삼기를 주저하지 않는다. 나는 항상 남의 좋은 수필을 탐독하는데 게을리하지 않는다. 하루 세끼 밥을 먹듯 최소한 하루 세 편의 수필을 읽으려 노력한다. 내가 수필을 쓸 수 있는 한 앞으로도 나는 이런 태도에서 벗어나지 않을 것이다.

수필을 생각하다

김향남

오래 전, 서점에 책을 사러 갔었다. 책값을 계산하고 나오려는데 주인이 불쑥 책 한 권을 넣어주었다. 단골이라고 서비스를 준 것이었다. 돌아와 읽어보니 마치 내 이야기 혹은 이웃의 이야기를 듣고 있는 것처럼 도란도란 편안하고 친근하고 그러면서도 새로웠다. 소설이나 시를 읽었을 때보다 작가의 육성이 훨씬 가까이 와 닿았다고 할까. 곧으면 곧은 대로 굽으면 굽은 대로, 그런 대로 멋스런 기둥이나 서까래처럼 그 결이 고스란히 느껴졌다고 할까. 무슨 잡지의 과월호였는데 책이름이 무엇이었는지는 기억에 없지만 오랜 시간이 흐른 지금에도 그 느낌은 여전하다. 어쩌면 그것이 인연이 되어 나도 수필을 쓰게 되었는지도 모르겠다.

나는 늘 사사로운 것들이 궁금했다. 승리한 정치가의 연설도 좋지만 선거 전날 그의 아내 혹은 친구와 나누었을 이야기가 궁금했고, 그의 공적인 행보보다 사적인 시간들이 더 알고 싶었다. 시를 읽을 때, 시도 좋지만 시가 지어진 배경이 궁금했고, 소설을 읽을 때 역시 작가의 말에 더 솔깃했다. 서문이나 발문, 해설 등의 글을 빼놓지 않고 읽었던 것도 같은 이유에서였다. 보이지 않는 것들, 말해질 수 없는 것들의 후미진 안창. 있는 것도 같고 없는 것도 같은, 보이는 것도 같고 보이지 않는 것도 같은 그 내밀한 언어들이 가을안개처럼 서늘하게 나를 끌었다. 잔치 끝의 뒤풀이거나 무대 밖에서 만난 배우의 얼굴처럼, 삶의 진실은 죄다 거기 있는 것처럼 보였다.

이즈음, 수필은 그런 후일담 같은 글일지도 모른다는 생각을 해본다. 보고 듣고 겪은 생생한 삶의 체험을 되새김하면서 그때는 미처 알지 못했던 진실의 여백을 캐내어 보는 것. 성공보다는 실패, 좌절, 혼돈, 냉혹함, 소슬함 같은 것들을 불러들이는 것. 아름다운 추억도 좋지만 그 안에 감추어진 상처를 들여다보는 일 같은 것 말이다. 그런 연후면 내 삶도 조금은 가지런해지는 기분이 들었다. 사실 그런 과정을 거치지 않는다면 우리 삶은 그저 무의미한 현재적 사건들의 나열일 뿐이거나 형형색색의 구슬들이 가득 담긴 자루에 불과할지도 모른다. 그 구슬들을 갈고 닦아 의미 있는 연결을 만들어 내는 것. 그것이 바로 수필 또는 글쓰기의 본령이자 삶의 의미를 추구하는 인간이 비로소 인간다움으로 나아가게 되는 지점일 것이다.

수필에 대한 나의 지향성 또한 그런 것이다. 어쩔 수 없이 사적이고 편파적이며 주관적일 수밖에 없는 이야기들을 적으면서도, 그러면서도 은근히 어떤 보편성 같은 것을 얻을 수 있기를 바란다. 내 이야기가 혼자만의 이야기가 아니기를, 말하자면 아주 사적이면서도 공적인 이야기가 되기를 기대하는 것이다. 아무렴, 혼자만 들여다보는 비밀일기라면 모를까 한 사람의 독자라도 의식하고 쓰는 글이라면 최소한의 맞장구는 필요한 법이다. 내가 쓰고 있는 글이 사소한 나의 이야기로만 끝날 것인가, 아니면 누군가에게로 건너가 그의 가슴에 작은 파문이라도 하나 일어나게 할 것인가. 시작은 미미하나 끝은 창대하리라! 감히 거기까지는 아니더라도 말이다.

수필은 결국 '나'의 체험에서 비롯되지만(수필만이 아니라 모든 장르가 다 그렇다고 생각한다) 체험의 반추라기보다 그 폭과 깊이를 강구해야만 하는 책임을 배제할 수 없다. 뿐만 아니라 이제까지와는 다른 새로운 무엇을 빚어내지 않으면 안 된다. 인류는 누대로 비슷한 양식의 삶을 반복해 왔지만, 그 반복되는 패턴에 안정감을 느끼면서도 한편으로는 새로운 변화를 촉구해 왔다. 역사의 발전은 그러한 변화를 열망한 데서 이루어졌다고 할 수 있거니와 문학 역시 예외가 아니다. 모리스 블랑쇼가 말한 대로 문학이야말로 이질적인 것의 수용이며 고정적이고 정적인 것에 대한 위반임이 분명하다. 똑같은 의미를 갖고 출간된 책은 없으며 같은 읽기와 쓰기를 만들어내는 독자와 저자도 없다. 오히려 그들은 매번 다시 읽고 다시 쓰며 새로운 의미를 만들어낸다.

이제, 내 고민은 사사롭고 흔해빠진 일들을 반복한다는 데 있지 않다. 작고 시시한, 별 의미도 없는 것들을 붙잡고 있다는 것도 아니고, 아무도 알아주지 않는다고 슬퍼하는 것도 아니다. 나는 차라리 큰 이야기보다 작은 이야기가 좋고, 드러난 이야기보다 감춰진 이야기가 궁금하며, 유명세를 바라기보다 숨어있는 쪽이 편하다. 내 고민은 다만 앞으로 나아가지 못한 채 구태만 되풀이하고 있으면 어쩌나, 더 넓고 더 깊게 파고들지 못한 채 뱅뱅 제자리걸음이나 하고 있으면 어쩌나, 그대에게 닿지도 못하고서 허공이나 헤매고 있으면 어쩌나, 하는 것이다. 나는 오로지 어루만지는 내 손길이 정성스러웠으면 좋겠다. 그 안창까지 온전히 들여다볼 수 있으면 좋겠다. 더 깊고 더 넓어져서 끝내 그대에게로 가 닿았으면 좋겠다.

어제, 오늘, 내일, 그리고 꿈

김현찬

유난히 맑은 여름날 하늘에 구름을 올려다보니 또 다른 세계가 보인다.

오늘은 얼마나 더운 날이 될까? 아프리카에서 피부가 검어질 만큼 쨍쨍한 햇빛이어도 대서양에서 불어오는 바람 때문인지 그늘에선 견딜 만한데 우리나라 기후는 습기로 온몸이 끈적이고 땀에 절어 후줄근하다.

주변에 병약한 나이든 가족이 있을 때 여름엔 이 더운 여름을 어찌 지낼까? 겨울엔 추위와 미끄러운 길 조심해야지 어쩌나⋯ 걱정이다. 지팡이에 절뚝이는 모습 아른거려도 피일차일 못 보니 미안한 채 몇십 년 보낸다. 가까운 사람들이 지상에서 하나둘 저 하늘로 옮기니 내 걷는 걸음도 한발 한발 달라져 간다. 언제나 이별의 자리엔 새삼스럽게 그분의 공적이나 여정보다는 '나는 앞으로 어찌 살까, 지금까지 무엇을 위해 살아왔나'를 되뇌어 보는 건 나만의 생각일까.

어릴 때 일기로 시작한 글쓰기, 군 위문편지를 위해 어머니가 불러

주는 받아쓰기로 한글을 익혀 유난히 챙겨주던 오빠는 일기 쓰기 검사를 한다. 돌아보니 멋모르고 백일장을 선두로 무언가 끄적거린 게 시작이고 사춘기는 문학소년 소녀 아닌 사람이 있을까? 만남이 중요하다는 말씀처럼 중1 첫 백일장에서 조병화 교수님이 주신 시 주제는 '의자'다. 주변 환경에 불만이 많아 나름 인간관계를 이해하려고 라디오 연속극 청취가 열심이고 닥치는 대로 책 읽어 '책벌레' 소리들을 만큼 밤새워 소설 등 모든 책들을 다독하였다. 김소월의 산유화, 김춘수의 꽃, 노천명, 김남조 시인의 작품들이 좋았고 낭만만 즐기던 시절 그 시제는 어려웠다. 학창시절도 백일장 등 참여하나 뚜렷한 두각은 없이 하고 싶은 건 참 많았다. 한 우물을 파야 물이 솟아나올 텐데 보이는 '게 구멍' 마다 쑤셔보니 갯벌은 참 넓었다. 넓은 갯벌만큼 소재는 많고 그림도 그려보니 눈에 보이는 모든 세계가 그림이다. 아니 영화로만 보던 외국풍경들과 작다는 우리나라도 여행하니 이 세상 모두 신비한 예술세계다. 이만큼 산 동안에도 세상은 변화무쌍인데 이제야 이걸 다 어찌 표현할지 모르겠다.

글도 그림도 꾸밈과 구성이 문제로 미사여구 없는 솔직한 구성과 순수한 마음으로 쓸 때가 시원하게 막힘없이 하나를 만들 수 있다. 몇 번은 다듬어야 하고 만족한 완성까지는 안 되더라도 부족한 듯 그렇게 전달되기를 바란다. 그림도 재료에 따라 차이는 있지만 여러 번 덧칠할 때도 있고 고칠수록 난해하고 어두워질 수 있다.

농부는 거칠어 보이는 논밭에 잡초를 뽑고 갈고 다듬어 이곳저곳 뿌려진 씨는 썩어 죽지 않는 한, 새 생명을 잉태하고 지상을 뚫고 갖가지 산물을 생성시킨다. 자연의 생태계도 중요하지 않은 것이 없다.

모든 글쓰기도 이것과 다르지 않다. 개성은 남겨 두고 껍질은 벗겨져도 토씨 하나도 중요하다.

어차피 모든 사람들의 삶이 기초 이야깃거리가 되나 주저리주저리 적나라하게 드러내고 넋두리가 된다면 지루하다. 짧게 쓰면 시가 되나 함축미가 있어야 하고 길게 쓰면 소설이 된다. 그런 면에서 수필은 비교적 가볍게 쓰게 되나 쉽지는 않다.

삶의 여정은 갈수록 사연이 늘어가는 이유 있는 변명이듯 써야 할 이야기는 많다. 어떤 작가는 책을 발간하고 싶지 않단다. 글쟁이라 해도 화가라 해도 나름 심혈을 기울여 탄생시킨 분신이 되는 작품집이 쓰레기통에 있는 걸 보고 충격이 큰 모양이다. 나도 읽혀지지 않는 책, 범람하는 책, 전자 시대로 밀려 책을 등한시하지만 그래도 또 눈에 보기 쉬운 필요하면 사게 되는 게 책이다. 글쓰기도 욕심을 버리면 모두 편안해질 것 같다. 명예, 남에게 잘 보이기 위한 일? 사소한 정리도 필요하다.

피천득 선생님의 '조화를 잃지 않는 범위 내에서의 파격'이란 말이 항상 남아있다. 여러 장르의 선생님과 수업했고 글쓰기에 정해진 길은 없다. 세상에 길은 하나인데도 여러 모양으로 움직이다가 끝나는 길은 역시 하나다. 여러 모양의 움직임이 꼭 같지 않으니 그게 남겨두고 싶은 이야기가 된다.

아직도 어려운 시제이나 '의자'에 앉아 점점 지난 일은 추억처럼 기억해도 어제 한 일은 깜빡이니 일기 쓰듯 쉽게 스케치하고 수묵화나 수채화로 다듬어야 할까보다.

내면의 파고를 잠재우며

김혜식

    평소 인간의 본성에 대한 궁금증이 많았다. 인간이 만물의 영장이기에 그런 생각을 해 보는 것이다. 인간이 진정 만물의 영장이라면 인간의 심성은 순금 덩이어야 한다. 그런데 요즘은 그 반대의 인간들이 지배하고, 들끓고 사는 것 같으니 이게 너무나 큰 모순인 듯하다.

    수필이란 순수문학 속에서 그 해답을 찾을 수는 없을까? 나는 이렇듯 엉뚱한 궁리를 해 보는 터이다. 인간의 실체란 과연 무엇인가?

    20여 년간 수필을 창작해 오면서 그 의문의 실타래가 풀리는 순간이 오기를 고대했다. 그러나 허망하게도 그것은 잘못된 기대였다. 단 한 가지 인간적인 문제에서 수필가는 때가 덜 묻었다고 자부해 본다. 창작의 자세와 작품의 내용에서 그렇다는 소리다.

    한 편의 수필로 과연 독자에게 무엇을 말할 것인가? 떠오르는 생각이 있다. 오스트리아 작가 후고 폰 호프만스탈은 '어떤 문제의 복잡한 실타래를 풀어헤쳐 그 핵심을 겉으로 드러내라'는 말로 글쓰기에 대한 해법을 제시했다.

후고 폰 호프만스탈의 언명이 왠지 요즘 따라 가슴에 와 닿는 것은 어인 일일까. 수필 창작은 작자의 체험을 고백성사하듯 쓰는 글이라고 흔히들 말하지만 실은 그것만으로 수필의 완성도를 높이기엔 미비하다. 시가 형태적이요 상징적이고 토로적이며 가창적 특성을 지녔다면 수필은 대비적이며 비 형태적이고 서술적이며 실화적이 아닌가. 이 많은 군말 속에서 수필은 '실화적'이라고 표현한 대목에 주목하고자 한다. 실화적이란 양심적이란 말과 통한다고 할 수 있다. 적어도 한 편의 수필 속에서 하나의 양심과 만날 수 있다는 것은 그만큼 한 편의 수필이 우리 사회를 정화시키기 때문이다.

'수필적 체험'이란 화두를 전제해 본다. 인생의 삶의 모습은 참으로 다양하다. 그러기에 인생은 즐거울 수도 있고 고해苦海 일수도 있다. 이 하고많은 인생의 삶에서 과연 수필적 체험 내지는 수필적 삶이란 어떤 것인가? 이즈막 이 문제로 고뇌가 실로 크다.

체험한 사실에 대한 작자의 사유를 복잡하게 전달하기보다는 독자들의 심금을 움직일 수 있도록 사물에 대한 이면까지 캐내는 작업이 수필이기에 더욱 그렇다. 적어도 작가의 삶에 대한 주제의식이 가감 없이 진솔하게 드러나되 그것이 독창적이어야 하고, 산뜻해야 하는 특성을 지닌 게 수필 아니던가.

수필에 있어서 제목은 얼굴이다. 그래서 제목을 정하기 위하여 많은 땀을 쏟기도 한다. 수필에서 제목은 독자를 흡인하는 예술적 장치로도 작용한다. 때문에 제목과 내용은 필연적이요, 유기적 연관성을 가지도록 신경을 쓴다. 뿐만 아니라 단적으로 수필문학의 생명은 문장이라고 정의해본다. 정감 어린 문장이 마음자리에 제대로 놓이도록 신경을 쓸 일이다. 이때 치밀한 언어조직에 의한 개성적 표현 기법을 동원해야 한다. 단순한 미사여구나 아는 체하는 냄새를 풍김은 삼간다. 자기만의 독특한 문장의 창출이 필요하다. 문학적 수필과 비문학적 수필의 갈림길은 여기서 판가름난다 해도 과언이 아니다.

그리고 구성이다. 합리적이고 요소별 내용들이 제자리를 잡아야 제대로 된 구성이 된다. 특히 요소별 내용의 배열에 힘쓴다. 물론 원활한 문맥의 흐름이 뒤따라야 한다.

수필 쓰기에서 고심의 으뜸으로 서두의 문장 짓기가 아닐까 싶다. 글의 첫머리는 사람의 첫인상과 같아서다. 일단 호기심을 흡인해야 생명이 유지된다.

또한 수필의 가치 개념에 충실할 필요가 있다. 수필다운 수필의 창작을 위한 주제 의식에 잔고拂佛할 때가 많다. 며칠 혹은 몇 달을 두고 구상이란 틀을 짜본다. 시조나 한시가 갖는 율을 수필의 리듬으로 불러오는 경우가 많다. 불규칙의 규칙 체험이다. 장강長江이 흐르듯 문맥의 유연성은 역시 정형의 율격에서 가능한 것이다. 여울이 되고, 완급의 변화가 생성되고, 그리고 파고가 발생하는 리듬감을 살려 생동감 있는 표현을 염두에 두고 있다.

수필 창작에서 빼놓을 수 없는 부분이 있다면 역시 용어의 선택이다. 수필의 품격은 용어의 선택이 좌우한다. 모든 작품에는 격이 있다. 격조의 골격을 정립시키고 용어 구사나 문장 조직이 천속하게 표현되는 것을 경계한다. 잘난 척하는 기미가 보이고, 논리의 모순이 띠며 곁불 노릇만 하는 글은 천박해질 수밖에 없다. 수필의 인품이 작가의 얼굴인 셈이다.

참다운 글은 영감에 의해서 이루어진다고 할 수 있다. 물론 대상의 충격이 붓을 들게 만들기도 한다. 후자의 경우는 수필 창작의 완성도를 높이기가 어렵다.

　요즘은 갱년기 증세인지 때론 감정의 심한 기복으로 마음의 파고가 불안정일 때가 많다. 하여 내면의 파고를 잠재우는 수단으로 수필 창작에 임하는 경우가 늘어난다. 그러나 그 효용성을 진정으로 얻기 위하여 감정을 또 걸러서 순백의 마음으로 창작에 임하고 있다.

새로운 소재가 있을 때

김홍은

인생의 생활에는 즐거움과 고통이 따른다. 삶이란 아름다운 것이라 하지만 기쁨도 슬픔도 있게 마련이다. 봄이 오면 꽃이 피는가 하면 어느새 가을이 되어 열매를 맺고 낙엽이 지면 텅 빈 들녘에는 찬바람이 인다. 자연의 삶도 늘 고통이 따르게 마련이다. 이런 자연에서 무엇인가를 깨달으며 살아가는 게 인생이 아닌가 한다.

삶이란 고행이나 다름이 없다. 세월이 오고가는 사이에 누군가를 만났다가 떠나보내는 이별의 아픔을 갖기도 한다. 더러는 나그네의 심사를 다독이며 외로운 마음을 안으로 잠재우다 보면 어느새 자신도 모르게 그 허전함을 달래려고 펜을 들게 된다. 이런 습관에서 글을 쓰는 계기가 되었다.

나는 처음부터 수필 작법을 생각하지 않는다. 그저 지난날의 추억을 회상하며 현실에 잠긴 그 속에서 이야깃거리가 되는 경험을 떠올려 놓고는 망설인다. 그 중에서도 우선 쓰고자 하는 내용을 가지고 어떤 방향으로 써 내려 갈 것인가에 대하여 고민을 한다.

수필 소재는 우리들의 일상생활 주변에 있는 모든 것들이 글감이 될 수 있다고는 하지만 막상 글을 쓰려고 들면 말과 같이 그렇게 쉽지가 않다. 소재는 많아도 글감이 되어 목적을 이끌어 내는 흥미로운 작품으로 연결시키기가 어렵다. 이유는 오감五感을 통하여 소화할 수 있는 능력이 부족하고, 모든 사물을 꿰뚫어 볼 수 있는 철학이 부족하다보니 글을 써도 마음에 차지 않는다.

어떤 소재를 선택하느냐에 따라 그 작품을 쓰는데도 짧은 시간 내에 써지기도 한다. 때로는 오랜 시간이 걸려서 한 편을 썼다 해도 좋은 글이 되지 않을 때가 많다. 억지로 소재를 끌어다 붙이면 재미도 없을 뿐 아니라 문장도 매끄럽게 연결이 잘 되지가 않았다. 그래서 평소에 글감이 되는 소재를 얻게 되면 메모해 두었다가 기회가 된다거나 써 보고 싶다는 생각이 들 적에 내용들을 떠올려 낸다.

소재는 일상생활에서 충격적인 일이거나 감동적인 재미있는 이야기와 교훈적인 내용을 제목에 걸맞게 엮어본다. 그 중에서도 지극히 이야깃거리가 될 수 있는 소재를 찾는다. 때로는 경험을 토대로 추억 속에 빠져들어 어린 시절이나 지난날의 잊혀지지 않는 일들을 주제로 삼는다. 거기다가 현실을 직시하고 사물을 관조한 그대로의 생각들로 하여 상상의 날개를 펴 놓는다. 그러나 내가 제일 잘 아는 내용을 소재로 삼는 경우가 가장 많다.

자신의 성숙을 위한 인간사를 통한 진솔한 내용이 되도록 노력한다. 정이 담겨있게 하고 자기의 성찰이 있는가에 대해서도 잊지 않는다. 서두르거나 조급하게 굴지도 않는다. 자기의 영혼을 찾으려 노력하는 예술적인 고백이 되도록 고민을 하는 편이다. 어느 때는 한 편의 글을 쓰기 위한 체험을 해 보기도 한다. 그런 경험에서부터 얻어 낸 고통을 오래도록 담아 두기도 한다. 그러므로 나는 지난날의 일들 중에서 짤막한 이야기가 될 만한 줄거리를 얻었을 적에 그때서야 글을 쓰고 싶은 생각을 갖게 된다.

무엇보다도 서두를 어떻게 이끌어 갈까 하고 고심을 한다. 서두는 뭐니 뭐니 해도 작품의 첫인상이나 다름이 없으므로 신경을 쓴다. 내용에 있어서의 표현은 될 수 있는 한 쉽게 하면서 부드럽게 쓰려고 노력한다. 자기의 경험을 통한 작품으로서 감동을 줄 것인가에 대하여서도 잊지 않는다. 서정성을 중요시 여기지만 독자들이 무엇인가를 꼭 얻을 수 있는 내용을 삽입하려고 고민을 한다.

글을 읽고 난 뒤 작품 내용이 기억에 오래 남을 수 있도록 하려는데 의도를 많이 두는 편이다. 그렇기 때문에 작품을 더 쓰지 못한다. 어쩌다 한 편의 글을 쓰려면 소재에 맞는 경험의 제재를 연결시키느라 끙끙 앓는다. 가능한 학교 전공과정에 맞게, 나무를 소재로 하여 자연스럽게 쓰려고 노력을 한다. 이는 내 생활에 접근되어 있는 지식과 경험을 통하여 늘 생각하고 있는 사고에서 다루기가 편하다. 나무 자체가 저마다 특성이 있듯이 다른 소재를 가지고 쓰는 것보다는 쉽다.

내가 나무를 제목으로 잡는 일은 어쩌면 교육적으로 학생들에게 도움이 되게 하는데 목적을 두었고, 다른 한편으로는 남들보다는 묘목을 심고 가꾸는 일에 조금 더 앞서 있다는 생각에서다.

이것이 나의 평범한 수필 작법이다. 자연 이치에 빠져보려고 정진하려 들지만, 작품을 써놓고 나면 늘 부족함에 맴돌고 있다. 마음 밭을 갈아 새로운 작품의 씨앗을 뿌려놓고 가꾸다보면 쓸수록 어려운 게 수필임을 항상 느낀다.

최고의 산을 여행하라
-수필을 쓰는 나에게

남홍숙

하나, 니체는, 산 정상을 올라가며 겪는 고통의 경험을 중요시했다. 산 밑에서 정상에 올라가는 것을 두려워 할 때, 즉 땀 흘리는 고충에 대한 힘에의 의지가 결여될 때 성공은 없다는 것이다. 인간의 통찰력 또한 산을 오르는 고통을 통과하지 않고는 획득될 수 없다는 것이다.

누군가 니체를 '꿍꿍이 철학자'라 칭한다. 상대방의 질문 속에 무슨 꿍꿍이가 담겨있을지를 파헤쳐서 되묻는 철학자이기 때문이다. 예컨대 '우린 왜 취업을 하려고 할까'라는 질문을 던졌을 때 니체는 단순한 사고의 대답을 피한다. 그 질문을 뒤집는다. '이 사람은 왜 이런 질문을 할까' 하는 의구심을 품는다.

그가 의도하는 사유의 뿌리는 삶과 유리되는 게 아니다. 산 밑으로부터 고통을 감수하며 정상궤도까지 올라갔을 때 '그 과정을 포함'하여 그는 그것을 '완성'이라 부른다. 실제로 니체는 10년 동안 산속에 기거하며 사유하고 글을 썼다. 알프스 지역 해발 1,800m 질스 마리

아라는 작은 마을에서 새벽부터 정오까지 작업을 하고 오후엔 산을 오르곤 했다. 훗날 그곳은 니체박물관이 된다.

둘, 소크라테스는 대부분의 시간을 아테네 광장에서 지인들과 담론을 하며 보낸다. 이 주먹코의 못생긴 맨발의 철학자 또한 인구 24만이던 따스한 도시를 돌며 고정된 관념을 뒤집는다.

그가 아테네에서 촉망받던 라케스 장군에게 '용기란 무엇인가'를 질문했을 때 장군은 '전쟁에서 끝까지 물러서지 않고 참여하는 것'과 '인내'라 답한다. 그러나 소크라테스는 후퇴했다가 재도전하여 승리한 자를 들어 반박한다. 그때 둘의 논쟁을 지켜보던 라케스의 친구가 "용기엔 지식, 즉 선과 악에 대한 인식이 필요하고, 용기를 전쟁이 국한해서는 곤란하다'는 그 시대로 봐서는 꽤 명석한 의견을 제시했는데, 이는 소크라테스의 철학이 당대에 이미 세상으로 번지고 있었음을 의미한다.

『메논』은 상식적 관념을 뒤집는 대화다. '덕이란 무엇인가'에 대해 귀족 메논은 '덕이란 돈 건강 재화 황금 은 같은 종류'를 들었으며 이에 소크라테스는 '그것들을 정당함과 정직함으로 얻지 못했을 때 미덕이라 부를 것인지에 대하여 의문을 제기'한다.

셋, 알랭 드 보통이 희구하는 작가로서의 사유의 정원은 어떤 것일까. "다양한 인간형과 성격들을 포착하고 묘사해야 한다. 일상의 모든 일이나 사물을 다른 것과 연결 짓고, 또 그런 것들을 야기하는 결과에도 귀를 늘 열어두어야 한다"는 그의 방식은 위의 두 철학자의 열린 사상과 연계된다.

그는 "인간행동의 동기에 대해 숙고하고, 그런 동기를 말해주는 단서를 절대 무시하지 말 것이며(이는 니체의 거꾸로 되묻는 질문방식과 유사하다), 밤낮으로 이런 사소한 것들을 수집해야 한다(소크라테스의 빈대가 뛰어오르는 길이를 자로 재려는 사고방식까지도). 이 같은 다각적인 연습을 '10년 이상 게을리하지 않는 끝에 탄생하는 작품이 세상에 내놓아도 좋을 만한 수준이 될 것"이라고 말한다.

알랭 드 보통은 곤경, 고민, 시기하는 마음들을 '감정의 잡초'라 생각하고 무조건 제거해버리는 것을 지적한다. 그리고 긍정적인 산물을 이렇게 말한다. 부정적이던 것이 '성공적으로 다듬어진' 결과라고. 부정적인 뿌리들을 모조리 잘라버리는 건, 그 뿌리로부터 비롯될 수 있는 긍정적인 요소들까지 질식시켜, 한참 자란 그 식물의 줄기를 없애버리는 것이라고 그는 인식한다. 자신의 곤경에 대해 당혹할 것이 아니라, 그 곤경을 아름다운 그 무엇인가로 일구어나가지 못하는 그 사실에 대하여 당혹해야 한다고, 주장한다.

결, 글쓰기는 결국 작가의 사유를 글로 전하는 작업이다. 작가에게 내재된 감성, 지성, 철학은 내적지문처럼 자신의 언어 속에 묻어 글로 발현된다. 어떤 형태로든 작가의 사유를 언어의 두레박으로 길어 올리기 위해서는 작가의 내면에 사유의 탱크가 넉넉해야 하기에, 위 세 명의 최고의 사유의 산들을 본 지면에 초대하여 보았다. 그들이 어떤 방법과 어떤 마음바탕으로 사유의 성을 쌓아올렸는지를 살펴보고 그것을 거울로 삼기 위함이다.

　그 결과 그들에겐 진정성이 있되 자유롭고, 한 곳을 직시하되 가능
성을 열어두며, 누군가의 질문을 거꾸로 뒤집는 등, 고착된 사회의 고
정관념에다 변환의 키key를 지속적으로 작동시킨다. 사유의 여행지
인 고산지대로 오를수록 공기가 희박하여 숨이 차겠지만, 그 희소성
의 절실함을 독자들은 즐겨찾지 않겠는가. 산이 높으면 깊은 계곡과
도 조우하지 않겠는가.

* 참고서적 : 『젊은 베르테르의 기쁨』, 생각의 나무, 알랭 드 보통. 2002.

샘물이며 갈증인

노정숙

수필을 처음 대할 때 그는 내게 '샘물'이었다. 생각과 겪은 일을 누구에게 이르듯 맹렬하게 쏟아놓았다. 20년을 쓰면서 책 네 권을 묶고 나니 수필은 내게 '갈증'이 되었다. 갈증은 두려움과 함께 침잠의 욕구를 가져왔다. 더 진중하게 더 재미있게 써야 한다는 강박이 왔다.

유발 하라리는 『사피엔스』에서 변방의 유인원 호모 사피엔스가 어떻게 세상의 지배자가 되었는가를 피력하며 '스스로 무엇을 원하는지도 모르는 채 불만스러워하며 무책임한 신들, 이보다 더 위험한 존재가 또 있을까?' 신의 영역까지 넘보는 미래를 물음표로 끝낸다. 나는 얼른 지혜로운 인간되기를 포기하고 호모 루덴스, 노는 인간이 되기로 했다. 긴장을 놓고 놀 때가 가장 즐겁다. 놀이에서 위로받고 놀이에서 힘을 얻는다. 책을 읽고 여행을 하고 공연을 보고 전시회에 다니는 게 다 놀이다. 놀이는 몰입이다. 이제 글 쓰는 일도 노는 일에 편입을 시키기로 했다. 밥벌이가 되지 못하니 스스로 격상시킨다.

수필이 무형식이니 무구상無構想이니 하는 논란은 식상하다. 수준

미달의 수필이 수필인구가 많은 탓이라는 것도 진부하다. 수필이 문학이냐 비문학이냐는 논란도 어이없다. 수필은 형식과 규제가 없기에 자유롭다. 파격적으로 새로워도 좋다. 어떠한 실험도 가능하다. 맘껏 놀기에 이보다 더 좋은 판이 어디 있겠나.

걸인과 상인, 노인과 거리의 주먹, 누구와도 친구가 되는 우정의 기술이 탁월한 연암을 내 놀이의 모범으로 삼는다. 친구들의 이야기소리를 들으며 맞은 그의 임종은 기막히게 멋지다. 정신병원에서 외롭게 죽은 니체가 꿈꾸었던 죽음을 그는 조용히 실현했다. 준비하는 죽음, 기꺼운 죽음은 내 글의 주된 테마다. 병을 친구 삼아 죽음과 손잡아야 한다는 걸 자주 일깨우려고 한다. 연암처럼 새로운 것에 눈을 열고 귀를 세운다.

'불혹, 최백호' 콘서트에 갔다. 무대에 선 그는 노래한 지 40년이 되었는데, 앞으로 맞을 40년은 노래를 더 잘 만들고, 잘 부를 수 있을 것 같다고 한다. 기름기 없는 가붓한 얼굴로 울혈을 내장 깊숙이 장전하여 천천히 쏟아낸다. 실팍한 울림, 목이 메는 위로다. '여행 El Viaje'이란 제목의 플라맹고 공연을 보았다. 플라맹고는 외로운 춤이다. 구애의 몸짓인데 혼자 흠씬 빠진다. 알아들을 수 없는 노래가 영혼의 울림으로 스민다. 열정 속에서 사색을 끌어내는 게 수필과 닮았다. 좋은 노래, 좋은 그림과 좋은 영화, 좋은 수필을 같은 저울에 올린다. 내가 살아보지 않았으나 내 것 같은 웃음과 눈물을 만난다. 이런 감동을 내 놀이의 상위에 있는 여행의 경험과 버무린다. 여행이 길이며 길이 삶이고 삶이 글이 되기를 바라면서도 이제 기록하지 않는다. 낯선 풍광을 즐기며 흘러가게 놔둔다. 이국의 역사와 인물을 배경으로 각별하게 떠오르는 한 장면, 한 순간을 점으로 새긴다.

망치보다 강한 글이 있다. 최치원의 「토황소격문」, 예전에는 이런 칼 같은 글을 쓰고 싶었다. 그러나 이제는 다리가 후들거리고 넋이 빠졌을 황소를 헤아린다. 정권이 부패하고 농민을 착취하면 개혁을 주장하는 운동이 일어난다. 성공하면 혁명이고 실패하면 난이다. 개혁에 이르지 못했다 해도 그 정신은 축적된다. 황소가 쓰지 못한 '황소의 읍소 혹은 변명'을 생각한다.

머리를 쿵, 치는 책이 많은 건 행운이다. 지독한 독서가들이 작가가 된다. 많이 읽다보면 문리文理가 터질까. 좋은 글에 대한 갈증이 끝나지 않은 걸 보면 이곳에서는 1만 시간의 법칙도 통하지 않는다. 읽으면서 열렬하게 즐겁던 시간만 놀이에 올린다. 민감하게 깨어 있으려 노력한다. 쉽게 읽히도록 공력을 기울인다. 사는 만큼 나오는 게 수필이다. 내 위치가 중심이든 변방이든 내가 우주다. 감상이 넘치면 난삽하고 경험을 통과한 사유만이 탄탄하다.

많이 읽고 오래 생각하고, 쓰고 고치고, 또 고친다. 매듭 단계에서는 새뜻한 말을 찾기 위해서 사전을 뒤적인다. 다시 소리 내서 읽어본다. 눈에서 통과한 글이 귀에 걸리기도 한다.

잠시 샘물이며 오래 갈증인 그대 곁에서 오늘도 논다. 만만하지 않게, 너무 도도하지도 않게.

정확한 문장 쓰기

노혜숙

"정확한 인식을 담고 있는 문장이 정확한 문장이다. 정확한 문장을 쓰지 못한다면 어떤 사태의 진실에 대한 정확한 인식에 도달하지 못했다는 뜻이다. 그럴 경우 화려한 문장이나 현학적인 문장으로 부실한 인식을 메우려고 하게 된다. 개인적으로는 내 글에 대한 반향보다 내 글이 정확성과 미학적 탁월성에 대한 내 기준에 도달했는지를 중요하게 여긴다… 비평은 누군가의 이야기를 가장 섬세하게 들어줄 수 있는 삶의 방식이다… 나는 비평이 미세한 진실에 대해서도 인간이 얼마나 섬세해질 수 있는가를 보여주는 일이어야 한다고 생각한다. 그런 의미에서 비평은 하나의 사회적 실천일 수 있다." - 문학평론가 신형철

사태의 진실에 접근하는 정확한 인식과 그것을 반영하는 정확한 문장 쓰기— 내가 얼마나 무지하고 얄팍하게 글을 써왔는지 반성하게 하는 문장이다. 비평이란 미세한 진실까지 놓치지 않기 위해 인간이 얼마나 섬세해질 수 있는가를 보여주는 일이라는 말 또한 문학정신의 토대가 무엇이어야 하는지 일깨워준다. 이 한 문장에 어떻게 써

야 하는지에 대한 핵심적인 메시지가 들어 있다 해도 과언은 아닐 것이다.

등단의 허니문이 끝나고 쓴다는 게 건조한 현실이 되어 있을 무렵, 새삼 문학이 무엇인가라는 물음이 꾸역꾸역 올라왔다. 문학에 대한 자세가 어떠해야 하는지 고민해 볼 겨를 없이 덜컥 발부터 들여놓은 상황이었다. 내 수필이 문학의 본령대로 인간과 삶에 대한 깊은 인식을 정직하게 반영하는지도 확신이 없었다. 수필도 문학이냐는 외부의 폄하보다 더 불편했던 것은 수필가로서의 자신에 대한 회의였다. 세상에 떠도는 답이 아니라 스스로 찾아낸 답을 통해 당당하고 싶었다.

문학은 결국 인간에 대한 이야기였다. 문학예술이 바로 그 인간의 삶을 언어로 형상화하는 작업이라면 당연히 인간에 대한 통찰과 인식이 선행되어야 했다. 통찰이 없으면 편협한 사실의 기록에 머물고 인식이 없으면 본질에 도달하지 못하기 때문이었다. 통찰과 인식은 저절로 생겨나는 것이 아니었다. 인간과 사회에 대한 애정을 바탕으로 사실판단과 가치판단이 필요한 일이었다. 게다가 사태의 진실을 비켜가지 않으면서 창의적 관점으로 해석한다는 건 만만찮은 과제였다.

대상의 본질을 아는 것과 진실에 접근하는 것 그리고 정확한 문장은 보로메오 매듭처럼 연결된 문제였다. 그를 위해 관련된 책을 읽고 강의를 듣고 사람들과 부대끼며 성찰하는 지난한 시간을 보냈다. 사물이든 사람이든 각 대상이 가진 맥락들은 매우 복잡했다. 맥락마다 연결된 가지들은 또 얼마나 다양하고 미세하며 변화무쌍

한가. 나 또한 그만큼 섬세하고 복잡한 맥락을 소유한 존재였다. 길을 찾았다 싶으면 잃었고 여기인가 싶으면 저 멀리 아득한 게 대상의 본질이었다.

오랜 탐색 끝에 도달한 결론은 당혹스러웠다. '유동하는 근대'를 주장한 지그문트 바우만의 말대로 끊임없이 변화하는 세상에 정해진 답이란 게 가능한가. 대상의 본질에 도달하는 것은 애초 가능한 일이 아니었다. 무수한 이론들은 작은 이정표일 뿐 결코 대상과의 합일에 도달하게 하는 정답이 되지 못했다. 문학 역시 속성상 정해진 틀을 거부했다. 하나의 기준을 세울지라도 그 또한 새로운 변화의 물결에 묻혀서 진리가 될 수 없었다. 그럼에도 사태의 진실에 접근하는 노력과 그를 위한 정확한 인식과 판단 그리고 정확한 문장으로 표현하는 일은 여전히 작가들의 책무가 아닐 수 없었다.

어쩌면 문학의 역할은 요동치는 세상과 그 세상을 살아내야 하는 인간에게 던지는 질문 같은 것인지 모른다. 그 질문은 부침하는 시대 속에서 변신을 거듭하며 되풀이 던져져야 하는 그런 질문일 것이다. 문학의 불씨 또한 그 인간이 겪는 변화무쌍한 좌충우돌의 희로애락 속에 있을 것이었다. 그 불씨를 살려 오래 마주 보고 깊이 공명하고 공들여 쓰는 일은 평생의 과제일 터. 매끄럽고 화려한 수사가 아니라 본질을 흐리지 않는 정확한 문장으로 문학의 요구에 부응하는 글이길 바랐다. 문장이 의미를 선택하는 게 아니라 의미가 문장을 선택하는 정확한 문장 쓰기. 그러나 내 작품의 대부분은 대상에 가 닿지 못하고 언저리를 맴돈 안타까운 몸짓의 산물이었다. 세상이 던지는 질문을 상상적 언어 표현으로 구현해야 하는 작가의 과제에 대해서도 태만했다. 헤맨 끝에 얻은 소득이 없지는 않았다. 자기를 대상으로 하는 수필 쓰기에서 바닥까지 내려가 보는 것, 모든 덧칠을 제거하고 자기에 대한 정확한 인식에 도달해 보는 것, 그것이 일반 인간 이해로 연결되고 확장되는 것, 그리고 가능한 정확한 문장으로 그 모든 것을 구현해내는 것.

김현 선생은 말했다. 문학의 효용은 쓸모없음에 있다고. 세상의 쓸모 있는 것들은 그 쓸모 때문에 사람을 억압한다고. 쓸모없음이 쓸모 있음의 폐해를 드러낸다고. 나는 세상 사람들이 말하는 그 쓸모없음의 중심에 서 있는 수필가가 되었다. 돈 없이는 하루도 살 수 없는 세상에 나는 그 돈과 무관한 일에 붙들려 애면글면 살고 있는 것이다. 나의 이 쓸모없음이 세상에 무슨 보탬이 될까마는, 오로지 쓰는 일을 보상으로 삼는 이 업이 이끄는 대로 정확한 문장 쓰기를 푯대 삼아 제대로 가볼 작정이다.

아픈 사색의 소산

도창회

　나는 수필 쓸 때는 언제나 환자가 된다. 몸살로 가슴을 앓는 환자가 되는 셈이다. 이 가슴앓이는 내가 좋아서 앓는 병이라 걱정할 건 없다.

　'수필'이란 가슴앓이는 서서히 앓는 병이다. 시처럼 신열이 한꺼번에 작열하는 그런 몸살이 아니라, 이 몸살이 시작되면 미열이 나면서 아주 서서히 앓는다. 신음소리도 못 내고 눈까풀이 앙상할 때까지 몹시 앓는다.

　이 병을 상습적으로 앓지는 않고 간간이 앓지만, 이 병을 앓을 때만은 고적하다. 왜냐하면 간병해 주는 이는 한 사람 없고 홀로 앓아야 되기 때문이다.(사랑하는 아내마저도 내가 이 병에 걸리면 다 아는 병이라면서 외면해 버린다.)

　혼자 좋아하는 '짝사랑'이라고 할지, 또는 '상사병'이라고 할지, 나는 수필이라는 정인情人을 놓고, 나 혼자 그리워하고, 흥분도 하고, 성토도 하고, 경악도 하고, 다시 실망도 하고, 비탄도 하고, 혼자 몰

207

래 눈물을 닦을 때도 있다.

벙어리 냉가슴 앓듯 답답한 속을 혼자서 삭인다. 두 눈을 껌벅거리며, 침을 마른 목구멍에 삼키며, 입술이 까맣게 타들어가면서 혼자 끙끙 앓고 있다.

나는 나를 향해 헛소리의 독백을 뇌까린다. 거울이 곁에 없어 그 미친듯한 내 모습을 볼 수는 없지만 혼자 씨부렁거리는 독백은 내 안에서 맴돌 뿐 결국 입 밖에 뱉지는 못한다.

어쭙잖은 한 꼬투리의 생각을 가지고 온밤을 꼬박 지새워 몸살을 앓지만, 그 이튿날 아침에 와서 보면 그렇게 허전한 결과일 수가 없는 것이다. 고작 요것이었구나 싶다.

수필병을 같이 앓는 동반자들에게 하고 싶은 말이 하나 있다. "느긋한 가슴의 여유를 가지고, 멀찌감치 바라보는 습성을 기르라"고.

어떤 이는 다작을 권한다. 나는 권하는 그 뜻을 이해하지 못한다. 종종걸음을 친다고 얼마나 더 멀리 갈까 싶다. 느긋한 시간, 느긋한 마음이 수필을 살리는 길이라고 나만은 그렇게 믿고 있다.

주제(영감)가 떠오르듯, 소재가 눈에 뜨이면 나는 먼저 가슴이 뛴다. 바로 몸살로 가는 징조다. 이런 현상이 동기 부여가 이루어지는 순간인가 보다.

나는 붓을 잡거나 또는 붓을 잡지 않고도 오랫동안 이게 장차 인간 노릇(수필 노릇)을 할까 생각해보는 것이다. 무수히 태어나는 연습을 거듭한 뒤 마음매김을 하는 것이다. 적어도 원고지 칸칸을 메울 그때까지는 많은 세월이 흐르고, 짬짬이 골똘히 문장을 모으고, 얼개도 짜고 진로 수정도 해보고 내가 할 수 있는 데까지는 모든 장난(시도)을 다 해본다고 말할 수 있으리라.

내 버릇을 남 주기 어렵겠지만, 주제(theme)를 한번 잡으면 끝까지 물고서 놓지 않는다. 마치 맞붙어 싸우는 투견처럼 바닥을 보아야만 한다. 적당히는 잘 안 되는 것 같다. 처음(첫줄)부터 마지막(끝줄)까지 주제를 끌고 가는 습성, 이것을 주제의식이라고 할는지 모르겠다.

여기서 조금 저기서 조금 소재(이야깃거리)들을 주워 모아서 조각보 깁듯이 엮어내는 그런 수필을 나는 좋아하지 않는다. 이야기가 됐든 사건이 됐든 주제가 됐든 하나로 끝까지 끌고 가는 힘이 있었으면 좋겠다는 생각이다. 이것은 나의 고집이라 해도 좋을 것이다.

수필이라는 '몸살'이 진행될 때 가장 고열高熱이 날 때는 소재의 실상이 어떤 구체적인 심상으로 바뀌는 순간이다. 이때가 창작 과정에서 제일 신이 날 때다. 심상만 굳혀지면 형상화(또는 구상화)하는 작업은 그리 어려울 것 없다.

수필 창작에 아니 모든 문학장르의 창작에 가장 소중한 것은 아마도 상상력인 것 같다. 내게도 그것이 가장 큰 고민이라면 고민이다. 주제나 소재를 얻어놓고도 상상력이 따르지 못하면 땀 낼 노릇이다.

수필은 많은 지식보다 상상력이 남달라야 훌륭한 작품을 낳는 것 같다. 상상력의 빈약으로 인하여 실망스런 작품들이 쏟아져 나온다.

기작奇作이나 명작은 상상력이 넉넉한 사람에게서 기대할 수 있으리라고 본다.

상상력은 작가에게는 필수적이지만 독자에게도 없어서는 안 될 물건이다. 시든 소설이든 수필이든 극작이든 모든 문학작품을 이해하고 감상하는 데는 높은 상상력이 필요한 것이다.

'머리를 잘 굴린다'라는 잠언이 있다. 이 말은 지혜(꾀)를 가리키는 말이기도 하지만, 한편 상상력을 두고 하는 말이기도 하다. 상상력이란 가만히 앉아서 기대할 수 없다. 부지런히 머리를 굴려야 얻을 수 있는 것이다.

상상의 빈곤에서 오는 창작품들이 오늘날 수필계에 판을 친다. 구상화의 작품들이다. 상상력을 동원 않고 본 대로 적어내는 글들이다. 작가의 천재성이 가미되지 않는 글이란 있으나 마나 하다. 작가의 천재성은 바로 상상력에 있다고 말해도 틀린 말은 아닐 것이다. 나는 문장 속에서 언어를 매우 절약하는 편이다. 하지만 경우에 따라 문체만은 가리지 않는다. 그리고 살아오면서 내가 자주 눈을 돌리는 것은 유머(humor) 소재다. 언제나 두 눈을 두리번거리면서 혼자 찾고 있는 것이 유머 소재임은 말할 것도 없다.

서양 유머가 지적인 것이라면, 동양쪽(우리)은 정적인 유머를 선호하는 성싶다. 나는 이 양 갈등 속에서 헤맬 때가 많다. 우리 것은 '눈물 섞인 기쁨의 유머'인 것이다. 그러나 반드시 우리 것이 좋다고만 말할 수 없다고 본다. 유머의 진미는 서양쪽에 있는 것만 같다. 내 생각이 그렇다는 것 뿐이다. 가령 당신의 수필이 속하는 영토가 어디냐 하고 묻는다면, 관조냐 사색이냐 둘 중 하나만 택하라고 한다면, 나는 서슴지 않고 "아픈 사색의 소산"이라고 대답할 것이다.

쓰는 일, 사는 일

류인혜

본다

수필을 쓰면서 나를 본다. 수필 속에 담기는 느낌과 생각들이 승화된 결과로 생성되어 반감과 분노마저 행복과 아름다움으로 정신을 자라나게 했다.

사람이 온전한 사람으로 산다는 일이 얼마나 난감함의 연속이던지, 글 속의 나를 보지 않으면 내가 가는 길이 온전한지 알아내기 어려웠다. 이름을 내세우며 사는 일에 더욱 충실하기 위해서 원하는 모습을 형성하기에 필요한 것들을 챙겼다.

등단 초기에는 한 작품을 완성하기 위해서 이어갈 수 있는 생각은 많지 않았다. 부족한 곳을 메꾸기 위해서 많은 노력을 했다. 노력을 한다고 없었던 뭔가가 쉽게 채워지는 것이 아니다. 많은 것은 지닌 듯한 사람에게 의지했다. 결과는 참패였다.

노련한 사람들을 직접 상대하기 어려웠기에 다른 것으로 대체해야 되었다. 무엇이 글을 쓰게 할 것인가. 눈을 부릅뜨고 보았다. 보이는 모든 것을 보이는 대로만 보도록 애썼다. 내 생각이 없는 그대로의 삼라만상을 보았다. 그곳에 스며있는 온갖 것들로 영혼이 충만하게 채워졌다.

읽는다

책읽기는 가장 재미있는 공부다. 하고 싶은 일 중에서 제일 쉬운 것이 공부이다. 수학문제를 푸는 것처럼 공식의 질서와 추리의 몰두와 뭉쳤던 매듭이 풀어지는 흥분을 느끼고 싶어서 읽어가는 공부에 매달렸다. 그 과정에서 저자들의 생각을 만났다. 다양한 시선과 다양한 행동과 수없이 많은 삶의 방법을 알게 되었다. 그러나 아무리 지식이 많은 사람도 경험에 따르는 생각에는 한계가 있다. 사람마다 간직하고 있는 아집들이 거슬리면 내가 이해할 수 있는 다른 방법을 찾을 수밖에 없다.

항상 곁에 두고 읽고 있는 성경은 내 인생의 길잡이다. 사람이 살아가는 데에 꼭 필요한 기본적인 질서를 배운 것도 성경을 통해서다. 그 책의 내용을 되풀이해서 숙지함으로 생명의 감사를 알았다. 모든 삶의 방법이 그 속에 있었다. 아름다운 책, 성경은 하늘이 주는 귀한 선물이다.

쓴다

수필이라는 문학의 장르는 신선한 도전이다. 소재에 따라서 무궁한 작법이 생긴다. 한 작품에서 한 가지씩만 터득하는 것이 아니다. 처음에는 무엇이든지 많은 것을 담고 싶은 욕심이 따라와서 작품이 복잡했다. 가지를 잘라내고 모양을 다듬어 가면서 그 글에 가장 적합한 작법이 만들어졌다. 꼭 이렇게 써야 된다고 주장하는 일이 민망할 때가 있다. 사람마다 이름이 다르듯이 생각을 요리하는 방법이 다 다르다.

내가 수필 쓰는 일을 설명함에 있어 누구나 이해하기 쉽도록 크게 세 가지로 구분하여 번호를 매겨본다.

첫 번째, 나무 이야기는 선물 받은 신의 한 수이다. 같은 주제로 많은 생각을 할 수 있다는 것은 큰소리 웃음이 저절로 나오는 신나는 일이다. 다른 수필을 쓸 때는 내가 지나치게 드러나서 아팠다. 나무 이야기는 고무줄놀이를 하듯이 즐겁게 쓴다. 한 가지 이야기를 만 갈래로 나눌 수 있는 신기함을 남몰래 간직한다. 생각이 가는 대로 늘어놓고도 안심의 미소를 짓는다. 지치도록 혹독한 다른 글쓰기를 떠난 숨터이다.

두 번째, 책을 읽고 그 책에 대한 독후감을 쓰는 일은 신중한 선택이다. 책 속에 있는 것들 중에 어떤 사실에 주목하고 몰두하여 그것을 써내야 하는가를 선택하는 일은 어떤 작가를 주목하고 그에게서 무슨 이야기를 들어야 되는 것인가를 더욱 신중하게 만들어 준다. 그리고 지금 내게 어떤 영양분이 쌓이고 있는지, 충분한 지적 재산이 되는지를 판단하는 것도 중요하다.

세 번째, 소소한 일상을 오래 써왔다고 절대 소홀히 할 수 없는 본격 수필 쓰기는 내 감성의 창고를 내보이는 작업이다. 청탁해 온 대로 집중한다. 이 편집자가 무엇을 원하는가를 파악해야 되는 것이 관건이다. 내 원고를 원하는 책이 어떤 성향인가를 알아야 된다. 독자들은 지금 무엇을 원하는가, 요즘의 세상은 어떤 방향으로 가고 있는가, 작가는 그 길을 알아내어 먼저 가서 기다려야 된다.

딱 한 번 편집자의 의도를 모르고 내 마음대로 결정했다. 원고를 돌려받는 그 일을 겪어내고 다시는 반복되지 않도록 정신을 차렸다.

부족하면 그대로 내 수필 쓰기는 문학을 향하고 있는 눈이 밝은 사람에게 주고 싶은 길잡이다.

욕파불능

류창희

　저녁 무렵 초가지붕 위로 올라가는 연기가 아름다웠다. 마을은 평화로웠지만 내 마음속의 그림은 그다지 고요하지 않았다. 그림에는 항상 빈터가 많았다. 여백은 늘 눅눅하게 젖어 물이라도 한 방울 떨어지면 금세라도 물웅덩이가 될 것만 같았다.

　'만물은 평형을 얻지 못하면 소리가 나게 되는데, 초목은 본래 소리가 없지만, 바람이 그것을 흔들어 소리가 나고, 물은 본래 소리가 없지만, 바람이 그것을 움직여 소리가 난다'고 한유韓愈는 '불평즉명不平則鳴'을 말했다.

　편안하지 않으면 울게 되어 있다는데, 나의 유년은 한유처럼 배고프거나 춥지는 않았지만, 누군가가 타고 왔던 파란색 코로나 택시의 뒤꽁무니가 동구 밖을 빠져나가는 날이면 눈물이 나곤 했었다.

　엄마의 이불장 속에는 늘 꿈 보따리가 숨겨져 있었다. 매화 파랑새 구름이 그려져 있는 〈그리운 당신께〉라는 제목의 일기장이다. 나는 자라면서 무슨 말인지도 모르는 습관적인 그리움을 배웠다. 나도 누

215

군가에게 '그리운○○께'라고 편지를 쓰기 시작했다. 그리움의 대상은 꼭 누가 아니라도 좋다. 어떤 물상일지도, 아니면 내 안에 있는 나일지도, 어쩌면 배냇적 이전의 설움 같은 것일지도 모른다.

내가 글을 쓰는 것은 그리움을 만나는 일이다. 그리움은 나에게 어떤 한恨 같은 정서를 남겨주었다. 울컥울컥 그리움을 행간에 써 내려가다 보면 속이 후련해진다. 내 스스로 비위를 맞추면서 나를 어루만진다.

엄마는 날마다 화투 점으로 하루를 열었다. 그때 가령, 육목단이 떨어졌더라면 나는 매일 함박꽃처럼 웃으며, 줄무늬 주름치마와 리본 달린 핑크빛 블라우스를 입고 도화지에 열두 가지 빛깔의 크레파스로 그림을 그릴 수 있었을까. 어쩌면 엄마와 딸이 굽실거리는 불파마를 하고 아버지와 동생도 다 같이 읍내에 가서 가족사진 한 장쯤 박았더라면, 아마 그랬더라면, 나는 문학 같은 것하고는 거리가 멀었을지도 모른다.

늘 허기진 마음으로 구석에서 책을 읽었다. 글 속의 남의 생각과 남의 생활을 들여다보며 올곧은 생활만이 나를 지켜줄 것이라 믿었다. 작정하고 일부러 시늉한 것은 아니었지만, 사람의 도리로써 해야 할 일과 차마 해서는 안 되는 일을 가늠하느라 자신을 단속했다. 자신의 마음 밭이 엉망이라고 닦달하며 매일 호미를 들고 김매느라 전전긍긍하며 살아왔다. 그런데 그 고달프게만 여겼던 잡풀들이 알고 보니, 나를 지켜주는 힘인 것을, 문학의 거름인 것을 새삼 깨닫는다. 강인한 생명의 뿌리를 껴안고 이젠 더불어 풀숲이 되어도 괜찮을 성싶다.

누군가는 평생을 잘 다듬어진 글 한 편처럼 살고 싶다고 한다. 나는 하루하루를 글 한 편처럼 살고 싶다. 그러나 사는 것이 매양 수채화처럼 뼛속까지 맑고 투명하다면 얼마나 좋을까. 수필 쓰기는 늘 나를 응원하고 나를 일으켜 세우는 에너지다.

나의 정서는 달빛에 박꽃이 피는 초가삼간이다. 잘 꾸며진 문보다 소박한 질質에 바탕을 두는 촌스러운 감성이다. 게다가 지나치게 솔직하기까지 하다. 나는 내가 이야기할 수 있는 것만이 진정한 내 글이라고 생각한다.

보잘것없는 삶이라고 위축될 필요도 눈치 볼 필요도 없다. '내가 아니면 누가? 지금 아니면 언제?' 당당하게 표현하고 싶다. 남이 어떻게 생각할까 의식하지 않으려고 한다. 나는 누구를 위하여 쓰는 것이 아니다. 내가 내 글을 쓰는 것이다. 결코, 막 쓰자는 말은 아니다. 뼈와 살 사이에 있는 틈을 젖히는 칼 다루는 법을 익히고 연마하여, 글이 예리하기는 하지만 부드러워서 사람의 마음을 상하지 않게 하며, 복잡하기는 하지만 재미있어 읽어볼 만한 '포정해우庖丁解牛' 같은 글을 쓰고 싶다. 글을 쓰며 생활할 수 있는 것은 내가 선택한 '청복'이다. 그냥 쓰고 싶어 쓰는 것이다. 글쓰기 자체가 미덕이다.

작가 나탈리는 '글쓰기는 섹스와 같다'고 했다. 오르가슴을 향하여 극한의 순간까지 함께 치닫는 맛, 오로지 다른 생각 없이 발 앞에 폭탄이 떨어지더라도 글을 쓰라고 권한다. 이제 마른 표고버섯처럼 에스트로겐이 쩍쩍 갈라지는 여인, 폭탄테러를 피할까? 아니면 당할까!

오늘도 나는 글을 쓴다. 오늘의 작가이고 싶다. 이 글을 다 쓰고 나면…, 이 글이 발표되면…, 언제나 이 글이 끝나기를 바라며 글을 쓴다. 이 글을 다 쓰고 나면 또, 무엇을 할 것인가. 날마다 골목에선 낯선 나그네가 서성인다. 나그네를 나만의 방, 원고지 안으로 불러들인다. 쓰지 않으면 불안하다. 우러러볼수록 더욱더 높고 뚫고 들어갈수록 더욱 깊어, 그만두려고 해도 그만둘 수 없는 '욕파불능欲罷不能'의 경지. 내 안에 그대, '글' 있다.

좋은 수필을 쓰려면

맹난자

수필은 산문이다. 산문은 뜻글이다.

"물건을 사려면 돈이 필요하듯 글을 쓰려면 뜻을 써야 한다." 이것은 중국의 문장가 소동파의 말이다. 수필은 붓 가는 대로 쓰는 글이 아니다. 우리가 편지 한 장을 쓸 때에도 말의 앞뒤와 차례를 생각하거늘 어찌 문학작품에 있어서랴. 발레리는 시를 춤에 비유하고, 산문(수필)을 '도보徒步'에 비유한 적이 있다. 시는 목적 없이 흥겨우면 춤을 추지만, '도보'는 의도된 행선지를 따라 길을 걷는다. 수필의 경우에 의도된 행선지란 쓰고자 하는 글감의 주제의식이 될 것이다. 무엇보다 수필은 짧은 형식의 글이기에 자신의 이야기를 효과적으로 전달하려면 주제의식이 분명해야 한다.

① 주제에 대하여

주제나 제재는 글속에 하나만 있는 게 좋고 주제는 자신이 감당할 수 있는 범위를 넘지 않아야 한다. 글의 내용이 소화 가능한 것이라야 한다. 언젠가 헤밍웨이는 글쓰기의 비결에서 자신이 써야 할 내용의 70프로는 감추고 빙산의 일각처럼 30프로만 드러낸다며 감춰진 부분은 독자가 찾아 읽게 한다는 것이다. 영리한 독자는 행간에 숨은 70프로를 기쁘게 찾아 읽는다. 그러나 노파지심이 많은 나 같은 사람은 구구절절이 늘어놓다가 글이 그만 중언부언 되고 만다. 글감에 대한 정리가 충분하지 않은 탓이다. 많은 시간이 걸려 주제가 숙성되고 여과되었을 때 위에 고이는 맑은 물, 그것이 바로 30프로에 해당하지 않을까.

수필은 인생에 대한 새로운 해석이다. 그러므로 '무엇을 보느냐' 하는 것보다는 '어떻게 보느냐' 하는 것이 더 중요하다. '무엇'이라는 소재가 인생을 이야기하는 데 소용되는 자료에 불과하다면 '어떻게'는 작가가 인생과 우주를 바라보는 눈, 즉 그 작가만의 견처見處로서 주제에 대한 해석과 작가의 인생관을 그대로 드러낸다고 하겠다.

일본의 선승이자 시인인 료칸良寬선사는 임종에 이르러 '겉도 보이고 (현상) 속도 보이며 (본체) 떨어지는 단풍이여'로 자신의 전 존재를 규명하는 하이쿠를 남겼다. 생을 마감하며 떨어지는 단풍은 죽되 죽지 않는, 자신의 진아眞我를 상징한다. 현상과 본체에 대한 도리道理를 색즉시공色卽是空으로 설파한다. 이처럼 새로운 해석을 위해서는 작가만의 성숙된 인생관이 요구된다. 글은 속일 수 없는 작가 그 사람이다. 자신의 키를 넘지 못한다. 좋은 수필을 쓰기가 어려운 이유도 바로 작가의 가치가 그대로 작품의 가치로 환치되기 때문이다. 인격 수양과 인간에 대한 이해 그리고 내면의 풍부와 사물에 대한 깊은 통찰은 좋은 수필을 쓰기 위한 기본 덕목이라고 하겠다.

수필은 결코 손끝의 재주만으로 완성되지 않는다. 감나무 우듬지에 매달린 하나의 홍시처럼 땡감시절의 떫은 맛을 극복하고 단맛을 완성하기까지의 그 고단한 영적靈的 변환을 거쳐야 한다. 영적 변환變換이야말로 시나 소설이 넘보지 못하는 수필만의 또 다른 차원의 영역이다. 그것은 비허구적인 방법으로 진실을 고해告解하며, 나 자신을 문학의 주체主體로 삼기 때문이다. 수필가의 정신은 신성불가침의 땅. 솟대(자기구원의 방)의 깃발이 나부끼는 영성靈性의 땅에 적을 두고 있다. 욕심이 떨어져나간 자리에 사람은 다만 자연의 일부로 존재한다. 어쩌면 수필은 자연의 받아쓰기인지도 모른다. 홍시의 일생에서 나는 수필을 짐작한다.

② 좋은 수필의 요건

어떻게 하면 좋은 수필을 쓸 수 있을까? 필자의 오랜 소망이기도 한 이것을 위해 여러 선배들의 충고를 모아 보았다.

김태길 선생은 〈좋은 수필의 조건〉에서

"문장에는 문학적 향기가 가득하고, 내용에는 철학적 깊이를 느끼게 하는 글이 좋은 수필"이라고 언급한다. 문학적 향기는 아무래도 글쓴 이의 인품과 비례할 테고, 철학적 깊이는 작가의 내공과 관련되지 않을까. 철학적 깊이는 하루아침에 '뚝딱' 채워질 수 있는 물통의 물이 아니다. 거기에는 부단한 사색과 조용한 관조와 끊임없는 독서, 그리고 체계적인 문, 사, 철文. 史. 哲의 인문학 공부가 병행되어야 할 것이다. "생각만 하고思而 공부하지 않으면不學則 위태롭다殆"라는 〈논어〉의 구절을 수필로 가져오면 생각만 많이 하고 밑바탕이 되는 공부가 없으면 글이 쑥처럼 온 들판에 얕게 퍼져 벼리(중심 사상)가 서지 않을 위험성이 있는 경우와 같다. 사유를 뒷받침하는 '독서'는 과학적 근거, 학문적 전거가 되어 글의 뼈대를 튼튼하게 해줄 것이다.

윤오영 선생은 수필 쓰기를 「양잠설」에 비유하여 다음과 같이 말한다.

"그 사람 재주는 비상한데, 밑천이 없어서" 뽕을 덜 먹었다는 것이다. 독서의 부족을 말한다.

"그 사람 아는 것은 많은데, 재주가 모자라" 잠을 덜 잤다는 것이다. 사색의 부족과 비판 정리가 안 된 것을 말한다.(…)

"그 사람이야 대가지, 훌륭한 문장인데 경지가 높지 못해" 고치를 못 지었다는 것이다. 일가一家를 완성하지 못했다는 것이다. 나는 양잠가에게서 문장을 배웠다.

– 「양잠설」에서

윤오영 선생의 「양잠설」에서 나도 큰 깨우침을 얻었다. 그동안 나의 독서라야 일관성 없는 남독에 불과하였고 이제야 작가의 사상과 문학의 연계성을 짚어보다가 겨우 그 뿌리의 연원을 짐작이나마 하게 된 것이다.

자연속에 존재하는 영적靈的인 실재를 믿으며 자기 내면의 신성神性을 느끼고 더 큰 영혼과 소통해야 한다고 외친 콩코드의 철학자, 에머슨의 사상은 마르크스 아우렐리우스 황제에게 닿아 있었다. 스토아학파의 철학자인 황제는 인간을 자연의 일부로 보고, 존재하는 것은 유전流轉하며 이것은 완벽하게 자연의 지배를 받는 것으로 인간 속에 있는 신성神性을 통해서 인간은 발전할 수 있는데 그 신성을 유지하기 위해서는 철학자가 되어야 한다고 말했다.

아우렐리우스의 『명상록』과 에머슨의 『자연론』, 소로의 『월든』, 까 뮈의 『시시포스의 신화』, 몽테뉴의 『수상록』은 모두 훌륭한 수필집이 다. 몽테뉴의 철학은 고대 철학가 에피쿠로스, 호라티우스, 루크레티 우스, '인간은 만물의 척도'라고 외친 프로타고라스 외에도 키케로와 세네카를 애독했고, 에머슨과 소로는 바가바드 기타, 유교, 힌두이즘 등의 동양철학에 심취하였다. 그들의 수필이 철학에 뿌리를 기댄 연 유를 알 수 있었다.

수필은 어떻게 쓸 것인가도 중요하지만 무엇을 쓸 것인가가 더 중요 한 것 같다. 왜냐하면 수필은 뜻글이기 때문이다. 글 짓는 솜씨가 아 무리 빼어나도 글감(사상)이 부실하다면 튼실한 고치집은 기대하기 어렵다. 글감(주제의식)도 좋고 고치집도 튼실하게 지을 수 있다면 그 야말로 따놓은 당상이다. 무엇을 쓸 것인가는 주제의식에 대한 철학 적 탐구를 요청한다. 왜냐하면 주제는 결국 인간을 묻는 철학적 사 유의 결과물이기 때문이다.

③ 어떻게 써야 하는가?

수필은 짧은 형식의 글이기 때문에 효과적 전달을 위한 고도의 형 식과 기교의 구성을 필요로 한다. 한마디로 서술 전략이 필요하다. 수필 쓰기에 있어 진술방식은 묘사와 서사가 주로 동원된다. 묘사는 모양이나 빛깔, 소리, 냄새, 맛, 촉감 같은 것을 그려보이는 진술이다.

오관을 통한 사물의 체험을 생생하게 표현하는 감각적 표현 능력이야말로 문학적 감수성과 연관된다. 감수성도 훈련이 필요하다. 미술, 음악, 연극 등 예술 전반에 대한 이해와 접촉이 있어야 한다. 서사敍事는 사건을 이야기해 들려주는 진술방식이다. 이 두 가지의 적절한 안배가 필요하다. 묘사에 치우치면 자칫 주제에서 멀어지기 쉽고 서사에 치우치면 글이 지루해지거나 건조해지기 쉽다. 문장표현은 과감한 생략과 함축으로 설명이 아닌 비유언어로 이미지 형상화에 성공을 거두어야 한다. 수필은 우리의 선별된 체험을 그대로 나열하는 게 아니라 문학적 경로를 통해 하나의 작품으로 다시 태어나야 하기 때문이다. 삶의 이야기가 문학이 되고 예술이 되려면 그것은 문학적 언어로 가공되고 재창조되어야 함을 말한다.

프랑스의 비평가 알바레스 교수는 그의 저서 『20세기 문학의 총결산』에서 수필은 '지성을 바탕으로 한 정서적情緒的, 환상적 이미지의 문학'이라고 정의한 바 있다. 환상적 이미지의 문학이 되기 위해서는 상상력이 공급되어야 하고 자연히 형상화의 문제가 뒤따른다. 국어사전(민중서관)에도 "문학은 정서·사상을 상상의 힘을 빌어서, 언어 문자로써 표현한 예술 및 그 작품"이라고 정의한다. 여기서 키워드는 상상이다. 상상은 문학의 필수 조건이다.

④ 상상력에 대하여

상상력을 통해서 전개되는 이야기가 아니라면 그것은 예술성을 잃게 되고 만다. 기록은 문예수필이 될 수 없다.

"시인이 시인인 것은 오직 은유의 영역에서뿐이다"라고 한 왈레스 스티벤스의 말대로 시인이 사용하는 기법은, 상상력을 동원한 상징과 은유로써 이미지의 창출에 있다. 좋은 시는 대상의 의미와 가치를 독특한 이미지를 통해서 전달한다. 은유를 사용하는 능력은 대상의 본질本質을 파악하는 능력이며 유사성을 포착해 내는 탁월한 직관력이다. 예를 들자면 '가을부채秋扇'는 철 지난 여성으로 퇴기를 상징한다. 이처럼 작가에게 포착된 시선이 은유로 환치될 때 독자는 기쁨과 쾌감을 느낀다. 작가가 A(추선)를 통해서 B(퇴기)를 나타내면 독자는 상상을 통해서 A를 통해 B를 유추해 낸다. 상상력에 의해서 원형의 이미지에 도달했을 때의 감동이 바로 아름다움이라는 것이다. 이러한 미적 감동이 바로 문학수필의 성패를 가름한다.

「이미지 현상학」으로 유명한 프랑스의 철학자 가스통 바슐라르는 아름다움의 본질을 '상상의 이미지'에서 찾았다. 그는 '이미지의 세계가 곧 예술의 본질'이라며 다음과 같은 설명을 덧붙인다.

'미적 감동이란 상상력의 견지에서 본다면 이미지가 상상력을 촉발시킴으로써 상상력이 그의 온 힘으로 그 이미지를 움직임 속에서 밀고 갈 때, 즉 이미지가 상상력의 진전인 움직임 속에서 원형의 이미지로 동적動的인 변화를 수행할 때, 우리가 느끼는 정신적 효과'라는 것이다. 그러니까 예술의 본질인 미美는 이미지에 의해서 우리가 상상력을 유발하고 느끼는 '혼의 울림'이라는 것이다.

이미지란 우리 마음의 세계에 한 폭의 그림처럼 떠오르는 구체적인 형태를 의미한다. 심상心像이라든가, 영상映像이라고 하는 것이 그것이다. 어떤 사물 어떤 사실을 독자에게 실감 있게 전달하기 위해서는 그 사물의 형태를 재현시켜 주고 사물의 현상을 눈으로 보듯 구체적으로 묘사해야 한다. 이것을 형상화, 즉 이미지화라고 한다. 형상화란 감각이 포착해낸 것을 그려내는 일이다. 감각적 체험과 관계가 있는 일체의 낱말은 모두 심상이 될 수 있다. 심상은 구체어에 자극 받아 기억되거나 상상되는 '감각적 경험'이다. 자신의 슬픔이나 분노까지도 문학에서는 감각적 구체어로 표현해야 한다. 지리산 전투에서 몇백 명의 민간인이 학살되었다는 기사보다는 단 한 명일지라도 그가 학살되는 장면의 가해자와 피해자의 모습, 그 자리의 비명소리와 붉은 피를 구체적으로 표현하는 글이 더 많은 공감을 전해 준다. 독자는 그런 것을 원한다.

수필 작법에 문제를 제기한 김우종 선생은 '상상적 기법의 부재不在'를 거론하며 "픽션인 소설과 달리 수필의 기본은 사실(fact)이므로 꾸며 쓴 허구가 아닌, 상상의 힘을 빌어 예술의 감동을 증대하자"는 수필의 예술성을 강조한 바 있다. 모든 예술분야가 지닌 미적 감동의 근원은 상상력에서 생기는 것. 그러므로 수필이 찾아야 할 요건은 '상상력의 세계'이다. 그리고 수필의 과제는 시의 경우와 마찬가지로 '이미지의 창출'이다. 표현방법의 핵심은 상상력을 유발시키는 이미지의 성공 여부에 의한다.

좋은 수필, 아름다운 수필을 쓰려면 감동을 주는 장치를 만들어야 하며 그 장치는 곧 상상의 세계라는 것을 유념할 필요가 있다. 영국의 수필가 조셉 에디슨은 '상상의 즐거움'이라는 평론에서 '상상은 감각의 대상이 없을 때에도 머릿속에서 심상心像을 만들어가며 여러 심상들을 융합하여 전혀 새로운 심상을 형성할 수 있는 능력'이라고 덧붙였다. 수필 작법에 아주 긴요한 조언이다. 심상은 상상력으로 복원되는 감각적 경험이다. '상상은 영혼의 감각'이라고 말한 이는 영국의 시인 윌리엄 브레이크였다. 상상의 힘을 빌어서 문학수필에 이바지해주기 바란다.

문예사가들은 수필을 '미래의 문학'으로 손꼽는다. 그것은 I·Q보다 E·Q가 중시되는 시대에 수필은 정서적 만족을 수여하는 E·Q의 문학이기 때문이다. 정서순화情緒醇化와 일심一心의 청정淸淨. 한 사람의 청정한 마음이 곧 맑은 공기처럼 온 인류의 마음을 조용히 정화淨化 시킬 수 있다.

한 편의 수필이 세계 평화에 기여하게 될 날을 기다린다. 수필은 그런 문학이다. 메텔링크의 뒤를 이어 수필에서도 노벨문학상 수상자가 나오기를 희망한다.

나의 수필 쓰기

문두리

수필은 이렇게 쓴다.

감히 말하기 부끄럽지만 내가 알고 있는 것을 적어보기로 했다.

수필은, 자연이나 인생이나, 삶을 통해서 얻어지는 드라마 같은 이야기를 자유로이 표현할 수 있는 문학이다.

시와, 비교한다면 서정의 마음을 마음껏 풀어놓기에 품이 넓어 좋다.

글 소재는 지나온 삶을 통해서 체험한 경험과 살아가는 현실 속에서 보고 느낀 것을 선택해서 쓴다.

한 편의 작품에는 주제와 제재가 하나만 있어야 된다고 생각한다. 하나의 접시에 두 가지 음식을 담으면 일관성이 떨어지고 글의 문맥이 혼란스럽게 되기 때문이다.

수필은 체험을 가장 뚜렷하게 드러내는 문학이다.

개인적 삶과 경험을 일관성 있게 묘사하는 방법으로 써야지 자기 과시적 자랑을 조금이라도 하면 글의 면모는 빛이 바래고 자기의 색깔을 드러내는 데 실패한 글이 된다고 믿는다.

품격 있는 글이 되려면 글에 알맞은 작가의 세계관이나 철학적 가치관이 예술적으로 표현되어야 된다고 생각한다. 부족한 저는 품격 있는 글쓰기에 어려움이 있다.

수필은 언어를 표현하는 예술이다.

상투적인 고사성어의 남용은 글의 명료성을 해친다. 접속사를 많이 사용하여 문장이 길어지면 의미 전달이 모호해진다. 어떻게 하면 문장을 낭창거리게 할 수 있을까, 일치시킬 수 있을까, 짧은 문장과 긴 문장을 앞에 놓기도 하고 뒤에 놓아 보기도 하면서 퇴고를 과감히 한 다음 소리 내어 읽어 본다. 글이 팽팽하지 못하고 읽는 말맛이 떨어지면 말결이 맞지 않기 때문에 고치고 또 고치는 각고의 노력을 한다.

어려운 단어를 자주 쓴 글을 읽어보면 글이 팽팽하지 못하고 늘어져 읽는 말맛이 떨어진다. 한 편의 글에서 제재의 순서에 맞추어 짧은 문장과 긴 문장을 어떻게 배열하는가에 따라 효과가 달라진다. 짧은 문장과 긴 문장의 적절한 교체배열에 따라 주제가 선명하게 드러나는 것은 글의 통일성이 주는 효과이다.

수필은 글속의 이야기도 중요하지만 언어의 예술이며, 말맛으로 쓰고, 말맛으로 읽는 문학이라 생각한다.

첫 문장은 사람으로 치면 첫인상과 같다.

글감이 주어져도 첫머리 글이 떠오르지 않아 전전긍긍할 때가 많다. 첫 문장에 신경을 쓰는 편이다.

수필에도 은유가 담겨 있으면 글맛이 시원시원해서 좋다는 윤재천 교수님의 강의 내용과 같이 수필 쓰기에도 은유를 자주 쓰는 편이다.

항상 메모지를 가지고 다닌다. 시적 영감이 떠오르듯 글의 제목이나 문장도 번개처럼 떠오를 때가 있다. 즉시 메모해야 한다. 나이 탓인지 섬광처럼 떠올랐다 순간 사라지기 때문이다.

글 소재가 아무리 좋아도 문장이 매끄럽지 못하면 읽는 말맛이 떨어져 독자를 지루하게 한다.

좋은 글은 그 무엇보다 뛰어난 마음의 보약이다. 한 줄의 문장이 사람의 마음을 감동시키고 역경을 이겨내는 에너지를 갖게 한다면 비단 실로 비단을 짜듯 정성스럽게 엮어 누구에게나 도움이 되는 언어의 진주 같은 참 좋은 글을 쓰고 싶다. 수필을 쓴다는 것은 마음속에 담겨있는 사색의 여적을 아름답게 표현하는 위로의 샘이다.

아날로그식 글쓰기

문만재

나는 아직도 디지털 시대에 아날로그 식으로 글쓰기를 한다.

글을 쓸 때는 나만의 문방사우를 꺼내놓고 손글씨로 글을 쓴 후 컴퓨터로 글을 옮겨 쓴다. 글을 쓰기 전에 오래된 두터운 사전과 원고지, 연필은 나의 글쓰기의 든든한 지킴이가 된다.

과거 도서관에서 한나절을 소비해도 알기 쉽지 않던 지식이 지금은 손바닥 스마트폰에서 모든 것을 찾을 수 있어 글쓰기가 많이 수월해졌다. 유튜브로 정보를 접하고 빠르게 지식의 총량이 늘어났지만 인간의 생활과 생각은 달라진 것이 없다.

우리는 너무 많은 정보를 공유하고 있다. 과도한 정보로 내가 몰라도 될 정보도 넘쳐 난다. 나에게 유용한 정보, 알아야 할 내용이 어디까지인지 경계에서 허우적대며 뇌가 과부하에 걸리고 있다.

우리의 두뇌는 현재의 삶의 대한 의식과, 과거를 저장했던 흔적 두부분이 글의 구성이 된다.

디지털 기술을 이용하지만 아날로그 감성을 잃지 않으면서 글을 쓴다. 귀로 듣고 눈으로 보고 마음으로 느낀 것을 가슴에 꼭 담아 곰 삭여 발효시킨 내용을 손글씨로 쓴다.

나는 '구양수'의 3다를 기본으로 삼고 메모, 신문구독, 고전읽기, 많은 곳으로 다리품을 팔며 글감 사냥을 다닌다.

메모해두었던 노트는 글쓰기의 방향과 주제에 몰입하게 된다. 보잘것없는 기록도 후일 글 쓰는데 훌륭한 자료가 된다. 동서양의 고전 읽기는 책속에 지혜가 담겨있고 삶의 길이 있다. 동서양의 고전을 지금도 읽는 이유는 고전 속에서 현재의 문제를 해결하고 미래를 대비하는 지혜가 있다. 과거는 단순히 흘러간 옛날의 기록이 아니고 글쓰기를 준비하는 열쇠가 된다.

글 쓰는데 적절한 어휘력 표현은 국어사전을 찾는 일이 효과적이며 사전에서 단어 찾기는 곧 글쓰기 공부가 된다. 신문은 세상을 읽는 창이다. 특히 사설은 사건을 어떻게 바라보는지 어떻게 논평하는지 나의 생각과 무엇이 다른지 비교되고, 세상을 보는 폭 넓은 시각을 키워주며 글 쓰는데 많은 도움이 된다. 세상을 바라보는 사고력 확장과 시각이 생긴다.

다리품을 팔고 다니는 각종 나들이는 언제나 나에게 적당한 자극과 영감을 주고 글을 쓸 수 있는 소재를 발견한다. 많은 메모를 하는 기회도 생긴다.

많은 사람의 물결 속에서 보고 느끼는 대상들 속에서 시대적 흐름과 변화를 읽는다. 내가 살아가는 사회의 면면을 매력적으로 표출하는 대상이 된다.

글쓰기에는 지식이 풍부하고 사고력이 뛰어나도 제대로 표현 못하면 읽는 사람의 공감대가 적다.

글쓰기는 생각만으로 이루어지는 일이 아니다. 그 생각을 많이 쓰는 연습과 훈련이 필요하다. 쉬지 않는 연습이 글쓰기에 기초가 된다. 훈련과 연습을 통해서만 실력을 쌓을 수 있다. 글쓰기의 재능과 실력은 훈련을 통해서만 발전한다.

손으로 쓴 글은 따뜻한 감동이 있고, 그리움을 불러일으키는 묘한 소통과 사람의 숙고와 체취를 담은 정이 있다. 내가 얻은 삶의 진실을 조금이라도 전달해내는 힘겨운 노동이 가미된다.

세상은 빠르게 변화하고 있지만 내가 아직도 아날로그식으로 글쓰기를 하는 이유이기도 하다.

나는 수필을 이렇게 쓴다

문육자

눈을 뜨는 순간부터 경험하게 되는 것, 사유하는 것, 기억의 저편에 자리 잡은 것. 그리고 내가 바라볼 수 있는 타인의 삶, 사계를 넘나드는 자연현상이 모두 소재가 된다. 그러나 이 소재들이 모두 글로 완성되는 것은 아니다. 의미를 갖고 내 눈과 마주치고 일순 말을 건네 오는 것을 낚아챈다. 그들은 분명 참신하거나 특별한 무엇으로 나와 마주쳤음에 틀림없음을 믿기 때문이다. 낯익은 것이라도 여태 느낀 적이 없는 색다름으로 올 때 그걸 가장 알맞은 글감이라 생각하여 글을 엮기 시작한다.

우선 주제를 무엇으로 할 것인가 하는 것이 첫 번째 과제이다. 그 글감이 어떤 의미로 내게 왔던가를 생각해 보면 비교적 수월하게 주제를 잡을 수 있다. 그러나 내 나름대로의 금기사항이라면 억지로 인간의 선한 면만이 최상이라는 권선징악이라든가 교훈적인 것만이 바람직하다는 그런 생각을 갖지 않는다는 것이다. 진한 감정의 정수를 담고 싶을 뿐이다. 그러나 개인적인 느낌이나 생각이 일반화되기를 바라기에 비교적 호응을 받을 수 있는 점을 구체화한다. 이렇게 명확한 주제는 수필이 신변잡기에서만 머무는 것이 아니라 탄탄한 문학의 장르로 자리매김한다고 생각한다.

다음은 글의 짜임이다. 글의 짜임과 문체가 개성을 드러내는 한 방법이기에 다양한 글 짜기를 시도한다. 예를 들면 소재나 주제에 따라 시적인 짜임이나 소설의 기승전결을 따르기도 하고 논설문이거나 설명문의 짜임도 피하지는 않는다. 그만큼 구성은 무궁무진하게 연구하고 단련해야 할 것이라고 생각하기에 글을 쓸 때마다 구성에 많은 시간을 보낼 수밖에 없다.

구성이 얼개라면 이젠 글을 써서 모양새를 갖추어야 하는 기술 내지 표현양식이다. 우선 수필이란 기본이 1인칭 문학이다. 내가 보고 느끼고 사유하고 인식한 것을 솔직하게 쓰는 문학이다. 그러나 화자인 1인칭인 내가 3인칭을 바라보는 것으로 이야기를 끌어가다 마지막에 화자인 내가 등장하면 어떨까 조심스레 시도해 보았다. 〈그〉라고 하는 대명사인 그와 내가 이끌어 가는 이야기. 마지막에 가서야 화자인 내가 등장함으로써 그 이야기가 나의 이야기일 수도 있음을 밝히는 방법으로 취해 보았다. 다시 설명하자면 삶의 여정을 바라보는 것은 1인칭인 〈나〉이지만 마지막까지 이야기를 끌고 가는 것은 대명사인 〈그〉라는 인물이다. 이렇게 수필의 표현 방식을 다방면으로 시도함이 나의 수필 쓰기이다. 예를 들면 아래의 작품처럼 그는 나의 남편이지만 객관성을 지닌 〈그〉라는 인물이다.

문을 열고 들어섰을 때 패잔병도 없는 점령지의 황량함처럼 거실은 졸고 있었다…〈그〉가 거기에 있었다. 거실 모퉁이 소파에 죽은 듯 누워 있는 〈그〉를 보았다. 그림자가 흔들렸다…어제 〈그〉는 길을 잃었던 것이다… 죽은 듯 누워 있는 〈그〉의 실루엣이 시폰으로 만든 블라우스처럼 가만히 흔들렸다. 미망의 세월 속에서도 〈그〉는 꿈을 꾸고 있었다. 아직은 살아있음이 반가움으로 오자 남편이라는 이름의 〈그〉의 실루엣 속에 처음으로 미안함과 애잔함을 몰래 묻었다.

— 그의 실루엣에서

다음으로 수필을 형상화하려 한다. 아니 형상화 된 수필을 쓰려 한다. 비유나 형상화가 한정된 장르의 전용물은 아니리라. 특히 속내를 드러낼 때 날것 그대로인 것을 경계한다. 슬픔 같은 것도 마찬가지로 정제되었을 때거나 형상화 되었을 때 그 절정을 전달할 수 있으리라. 가슴을 앓듯 한을 안고 산 어머니를 동네북에 비유한 것도 그러한 것이었다.

울 줄 모르는 게 아니었다. 울지 않는 것도 아니었다. 세상을 품고 산 어머니는 가장 크게 우는 동네북이었다.

다음은 문체의 간결함이다. 미사여구 없이 가끔은 뼈대만을 세울 때도 있다. 긴 문장이 내용의 흐트러짐을 가져 올 것 같은 우려 때문이다. 그렇다고 해서 글 전체가 간결체로 이루어진다는 뜻은 아니다. 함축성을 지닌 언어로 표현의 묘미도 살릴 수 있기 때문에 이 방법도 병행해서 쓰기도 한다. 목적은 탄력 있는 문장을 위함이다.

다음은 시제의 혼용이다. 반드시 과거형이어야 한다고는 생각하지 않는다. 과거와 현재를 함께 쓰고 있지만 그 흐름이 전혀 어색하지 않다면 사용함을 주저하지 않는다. 강조하고 싶은 상황은 언제나 현장감 있게 현재형으로 기술한다.

대강 써 보았다. 내 수필의 방식은 자신만의 형상화된 언어로 체험의 조각들이나 사색의 편린을 펴내고자 끊임없이 시도하며 쓰고 쓴다고 할 수밖에 없다.

수필은 내 삶에 대한 예의

문윤정

"내가 글을 쓰는 것은 내 몸짓이 아니다. 그것은 나다. 내 본질이다."

몽테뉴는 글쓰기가 바로 자신의 본질이라 했다. 과연 글쓰기가 내 본질이라고 당당하게 말할 수 있는지 잠시 생각해 본다. 수필을 공부하고 글을 쓴 햇수를 세어보니 거의 20년이 된다. 20년 동안 글쓰기에 대한 생각이 나를 떠난 적이 없으니 내 본질이라고 해도 틀린 말은 아니다.

수필을 배우러 간 첫날을 기억한다. 불문학을 전공하신 정봉구 교수님은 상징주의 시인 '말라르메'에 대해 한참동안 강의했다. '말라르메'의 시는 알지도 못하지만, 그 순간 내 신분이 평민에서 귀족으로 격상된 느낌이었다. 나는 그 자리에서 작가가 되기로 결심했다. 이 순간은 내 인생을 전복시킨 중요한 순간이다. 그 다음날부터 내 삶은 달라졌다. 식탁을 책상 삼아 열심히 책 읽고, 필사를 시작했다. 내 삶의 중심은 오로지 글쓰기였다.

문재文才가 없는 탓에 글쓰기를 시작한 지 4년 만에 「수필공원」(지금의 에세이 문학)으로 등단을 했다. '수필가'라는 이름을 달았을 때 나도 세상의 한 귀퉁이를 차지하고 있는 느낌이었다.

수필가로 등단을 하고 나서야, 내 인생에서 그래도 빛이 났던 한 시절이 생각났다. 초등학교 4학년이 되자, 어머니는 나에게 예쁜 일기장을 선물로 주었다. 짙은 노란색 바탕에 모란꽃이 그려진 일기장을 기억하고 있다. 4학년 첫날, 담임선생님은 일주일에 한 번씩 일기장 검사를 하겠다고 했다. 요즈음은 일기장 검사에 대해 사생활침해라면서 찬반 논란이 끊이지 않지만, 1970년대에는 일기장 검사를 했다. 나는 저녁마다 책상에 엎드려 일기를 썼다. 검사를 마치고 일기장을 돌려주면서 선생님은 나에게 '글을 잘 쓴다'고 칭찬했다.

선생님의 칭찬 한 마디에 나는 일기를 열심히 쓰는 학생이 되었다. 일기를 아이답지 않게 어른스럽게 쓴다는 칭찬도 들었다. 초등학교를 졸업할 때까지 나는 우리 반을 대표하여 백일장에도 나가고, 방학식날 일기상을 타기도 했다. 일기가 내 글쓰기에 날개를 달아준 셈이다.

중·고등학교 때 일기는 월기가 되었고, 쓰는 둥 마는 둥 그랬다. 그 대신 아버지가 사다 나른 한국문학전집과 세계문학전집을 읽었다. 사무실로 찾아 온 책장사들을 물리치지 못하는 아버지 덕분에 삼국지, 세계철학전집, 세계여행 등 다양한 장르의 책들이 우리 집 책장에 꽂혔다.

도스토옙스키, 헤밍웨이, 헤르만 헤세, 스탕달, 미시마 유끼오, 카

뭐, 서머싯 몸, 펄 벅의 작품을 즐겨 읽었다. 그땐 19금에 가까운 『채털리 부인의 사랑』도 읽었다. 문학소녀를 꿈꾼 것도 아니었고, 그냥 지적 허영심으로 읽었다. 책을 읽게 된 동기는 그렇다고 하더라도, 그때 읽은 책들이 내 글쓰기의 자양분이 되지 않았을까 싶다.

수필공부를 하면서 이런저런 책들을 필사했다. 그 중 반숙자 씨의 수필집 『가슴으로 오는 소리』를 좋아해 한 권을 통째로 필사했다. 평탄하지 않은 삶을 살았던 그녀의 수필에서 깊은 사유가 느껴졌다. 조금은 음울하고 무거운 반숙자 씨의 글은 내 수필의 전범이 되었다.

우연히 시작한 수필은 내 삶의 방식을 바꾸었다. 나는 스스로를 집 안에 유폐시킨 채 책을 읽고 글 쓰는 일에 빠져들었다. 수필은 관조의 문학이라고 하지만, 난 그런 것이 중요하지 않았다. 단지 내 이야기를 하고 싶었다. 드러낼 것도 감출 것도 없는 내 이야기가 한 편의 글이 되었다.

글쓰기만큼 매혹적인 것을 아직 발견하지 못했다. 뭔가 쓰지 않고는 견딜 수 없는 나를 발견할 때면, 글쓰기는 나에게 운명이며 필연이라는 생각이 든다. 자신의 내부에서 뭔가 쓰고 싶다는 욕구가 꿈틀거리는 것은 채워지지 않는 혹은 채울 수 없는 갈증 때문이다. 글쓰기는 끊임없는 자기 표출이며, 자기와의 대화이다. 글을 쓴다고 해서 갈증이 해소되는 것은 아니지만, 내면의 얽힌 실타래가 풀려나가는 느낌이었다.

주변 사람들의 눈에는 무용한 글을 위하여 열정과 시간을 바치는 무모한 사람으로 비쳐졌다. 그러나 나는 내 인생 최고의 시간을 보내고 있으며 어떤 일보다도 가치 있다고 생각했다. 사람들의 이런 시선에 대해 몽테뉴는 "내 글을 읽어 주는 사람이 아무도 없다고 해도, 내가 그 많은 한가한 시간을 그렇게도 유용하고 즐거운 사색으로 보낸 것이 시간의 낭비였다고 보아야 할 것인가?"라고 말했다. 몽테뉴는 '비경제의 경제성'을 말하고 있다. 글을 쓸 때의 자기 만족과 자기 치유, 자신에 대한 긍정을 어떻게 물질로 환산할 수 있겠는가.

내가 쓴 글들을 읽어줄 독자가 있다는 것은 행복한 일이다. 내 글에 불교적인 색채가 스며 있는지, 불교계의 신문과 잡지에서 원고 청탁이 들어왔다. 꾸준히 들어오는 불교계의 원고청탁은 내 글쓰기를 바꾸어놓았다. 나는 불교를 공부하기 시작했고, 불교사상을 내 글에 입히려고 노력했다. 불교를 공부하면서 수필 쓰기는 외면과 내면으로 확장되었다.

불교를 접한 후 나의 글쓰기는 '나는 누구인가'에 천착했다. 삶 그 너머의 세계에 대해 의문을 품었고, 삶과 죽음, 시간과 영원에 관해 풀어내기 시작했다. 이것은 앞으로도 내 수필의 주제가 될 것이며, 나에게 주어진 숙제라고 생각한다.

지난 5년 동안 〈현대불교신문〉, 〈만불신문〉에서 객원기자로 활동했다. 5년 동안 많은 사람들을 인터뷰하고 기사를 썼다. 나도 모르게 '인터뷰 전문기자'라는 닉네임이 붙어 있었다. 내 본령은 문학과 수필이기에, 인터뷰 기사도 문학적인 향기가 느껴지도록 노력했다. 인터뷰 전문기자로 활동하면서 세상을 보는 눈이 넓어졌고, 삶의 다양한 방식을 이해하게 되었다. 수필 그리고 불교와 맺은 인연으로 내 삶은 풍성해졌다.

수필은 자기 고백적이고 주관적인 글이기에 자칫 가벼워질 수 있다. 나는 수필을 쓰면서 가벼운 글을 경계했다. 수필이 감각적인 언어의 유희로 전락하는 것도 나는 원하지 않는다. 글의 가볍고 무거움으로 잘된 글인지, 아닌지를 말할 수는 없다. 하지만 나는 사색과 사유가 담긴 글을 쓰고 싶었다. 어느 평론가가 "수필가는 역사, 철학 등 인생을 달관하고 통찰할 수 있는 식견을 갖추어야 한다"고 했는데, 나는 이 말을 금과옥조로 여기고 있다.

문학은 물론이고 역사, 철학에 대한 통찰력과 식견을 갖추려면 책 읽기는 기본이다. '도서관의 작가'라고 불리는 보르헤스는 "자신의 작업에서 '쓰기'보다 '읽기'가 선행하고, 그 읽기의 기술에 의하여 작품이 나온다"고 했다. 수필이라고 예외가 아닐 것이다. 사유와 사색은 폭넓은 독서에서 나온다고 믿고 있는 나에게 책읽기는 매우 중요한 부분을 차지한다. 독서를 통해 기억의 파편들을 모아 한 편의 글을 완성하기도 하고, 아무 것도 아닌 한 편의 에피소드에 지적知的인 옷을 입히기도 한다.

내가 생각하는 좋은 수필이란 격조가 있어야 한다. 수필이 문학이 되려면 자신의 감정을 있는 그대로 표출하는 것이 아니라, 내면에서 성숙시킨 절제된 감정으로 표현해야 한다. 절제된 감정은 정제된 문장에 담아야 빛이 난다. 등단 초기에는 정제된 문장에 대해 거부감을 느꼈지만, 글을 쓰면 쓸수록 장인처럼 조탁한 글이 오래도록 빛이 바라지 않음을 알았다. 글이란 작가의 손을 떠나면 독자의 몫인데 어찌 초벌구이처럼 조악한 글을 내보낼 수 있겠는가.

수필과 인연을 맺은 지 이십여 년의 세월동안 나에게도 슬프고 아픈 일들이 찾아왔다. '산다는 것은 스스로 체념하지 않는 것을 의미한다'라고 했던가. 힘들수록 나는 내 생에 대해 최선을 다하고 싶었고, 내 삶에 대해 예의를 갖추고 싶었다. 그것에 대한 해법이 바로 수필 쓰기였다. 불행한 일 앞에서 어떤 위안도 글쓰기를 능가하는 것은 없었다. 수필은 나를 올곧게 세워주는 버팀목이 되었다. 앞으로도 여여如如한 내 삶을 위하여 수필 쓰기에 매진할 것이다.

결핍은 생명을 꽃피우게 한다

문혜영

내 안에 연못이 있다. 그 연못 속이 온 세상인 줄 아는 개구리 한 마리 거기서 노닌다. 그 작은 우주가 늘 고요한 것만은 아니다. 바람이 보이지 않는데도 항상 물결이 일렁거리며 무늬를 만든다. 연못은 어느 한순간도 잠들어 있지 않다. 바깥으로 다 드러나진 않지만 순한 바람과 거센 폭풍을 품고 있는 연못 속 세상.

생명으로 존재하는 모든 것은 바람을 피할 수 없다. 바람의 작용으로 순환 생존하는 것이 생명의 속성이기도 하니까. 그러니 흔들림은 살아있음의 징표이기도 하다. 안에서 일어났던 밖에서 불어왔던, 멀미가 날 정도로 내 중심을 흔드는 그것들과 마주하는데 내 젊은 날의 대부분이 흘러갔다.

나는 그런 생명의 흔들림 속에서 중심잡기 하려고 수필을 쓰기 시작했던 것 같다. 멀미가 없었다면, 아마 수필 쓰기를 시도하지 않았을지 모른다. 무너지지 않기 위하여, 존재의 뿌리내림을 위하여 글쓰기만큼 효력을 갖는 다른 것을 알지 못했다. 오로지 수필을 쓰는 시간만이 나를 구원하는 듯해서, 원고지 앞에 앉으면 늘 기도하는 마음이 되곤 했다.

나의 문학은 전쟁의 상처로부터 시작되었다는 생각이 든다. 원산에서 피난 나오는 과정에서 아버지를 잃었다. 너무 어린 나이여서 아버지 얼굴은 기억하지 못하지만, 그의 부재가 가져온 정서적, 현실적 결핍은 내 안에 더 많은 바람을 품게 했고, 나를 문인으로 이끄는 데 한몫을 했다.

결핍이 낳은 외로움, 그리움, 서러움이 내 문학의 무늬를 이룬다. 그러나 환경적 결핍이 아니더라도 유한한 생명을 가진 모든 존재는 서럽다. 사회적 그물망에서 살아가지만 인간은 본질적으로 외로움을 타며, 그리움을 안고 사는 존재이니 우리 안에서 일렁거리는 물결은 비슷한 무늬를 갖고 있을 것이다. 아무튼 감수성이 유난스럽게 예민했던 나를 다스림에 문학만큼 좋은 수업은 없었던 것 같다.

문학이 이처럼 자정능력, 치유력을 가질 수 있음은 바로 시간의 재현이 가능하기 때문이다. 시간의 재창조로 삶의 순간들을 작품화하기에 문학이 창작이 될 수 있음이다. 불러온 시간 속에서 슬픔과 아픔을 직시하며 상처를 보듬고, 존재의 근원에 한 걸음씩 다가가게 된다. 이러한 과정을 거치는 동안 불완전한 자아를 인정할 줄 알게 된다. 나뿐만이 아니고 세상이 온통 미숙함과 불완전함으로 가득 차 있다는 것을 깨닫는데 참 오랜 시간 헤매 돌았다.

그래서 나는 문학이 삶을 배우는 나름의 수련이란 생각을 늘 하고 있다. 자아의 정체성을 찾기 위해 수없이 떠돌면서 자아의 경계를 허물고 초자아의 세상을 보려고 애쓴다. 결국 문학은 세상보기에 대한 시력을 키워주는 공부인 것이다. 그래서 글을 쓸 때 내가 항상 고심하는 바는 주제이다. 무엇을 담느냐, 즉 어떤 안목으로 세상을 보느냐이다. 여기에 군더더기 없는 문장으로 깔끔하게 생각을 표현할 수 있도록 필력을 다듬는 일은 당연한 일이어서 낱말이나 쉼표 하나에도 쉽게 넘어가지 못했다.

어느덧 글을 품고 살아온 지 사십 년이 다 되어간다. 자신의 정체성 찾는 작업을 통해 자존감도 키울 수 있었던지 나는 예전보다 조금은 단단해진 듯하다. 이 단단함이 언제 또 속절없이 무너져버릴지는 모르지만, 속수무책 흘러가는 세월 앞에서 그나마 이만큼 버틸 수 있는 힘을 얻은 것 같아 늘 감사하다.

그런데, 나의 글쓰기 관심이 서서히 바뀌고 있다. 내 안의 연못 들여다보기에서 연못 밖 세상으로 대상이 확대되어 가고 있다. 개구리가 연못을 떠나서는 살 수 없듯이 내 마음 속 풍경에서 완전히 벗어나지는 못하지만, 나의 주 관심은 이제 밖의 풍경으로 더 나아간다. 생명, 시간, 존재의 사유로 기울고 있다. 투병을 통해 바닥의 시간을 두 번씩 겪었으니 자연스런 변화이기도 하다.

이젠 내 안의 물결보다는 생명을 가진 모든 것들의 숨결을 응시한다. 눈이 간다는 것은 마음이 간다는 것을 의미한다. 소생하는 밝은 기운은 물론이려니와 소멸하는 퇴락의 기운에게도 마음이 머문다. 그 머문 자리에서 생멸生滅의 순환 고리를 보며 생명에 대한 애착에서 놓여나기를 기도한다. 어디서 오는지, 어디로 가는지, 시간과 존재의 함수관계는 어떠한지, 부여된 시간이 마감되기 전에 나의 의문은 해답을 얻지 못할 것이 뻔하다. 그래서 나의 글쓰기는 언어의 유희가 아닌, 더욱 절박한 기도가 되어간다. 남은 시간 더 자유롭고 싶은 것이다. 아무도 나를 속박하지 않건만,

삼 박자

박경주

한 알의 사과 안에는 하늘의 볕과 땅의 양분, 그리고 물과 땀 같은 온 우주가 담겨 있다. 그렇다면 한 편의 수필 안에는 과연 무엇이 들어있을까? 수필 한 편에도 '나'로 불리는 소우주가 들어 있다. 시간이 사과의 육질을 풍성하게 하듯, 오랜 경험은 수필의 육질이랄 수 있는 앎과 삶을 무르익게 한다.

1. 수필의 소재 – 숙성熟成

내가 좋아하는 찻집은 대개 골목 안쪽 깊숙이 숨어 있다. 입소문을 제법 탄 찻집은 늘 사람들로 북적대지만, 정작 쉴 수는 없다. 하지만 걷다보면 모퉁이 돌아 우연히 만나게 되는 아담한 찻집은 인적이 드물어 오랫동안 쉴 수 있다. 한적한 주택가. 생각하지도 못한 자리에 차향 그윽한 쉼터가 있다면 신비롭기까지 하다.

수필의 소재도 그런 것 같다. 삶의 찌든 때에 가려져 얼른 눈에 띄지 않아도 그때만 벗겨보면 영롱하게 빛나는 소재, 이는 소설가가 찾는 재료와도 다르고, 시인이 찾고 있는 그것과도 좀 차이가 있다. 내가 주인공인 일상이라는 무대에서 배우와 관객 모두에게 쉬 눈에 띄지 않는 보물을 찾아 먼지를 닦고 때를 벗겨내어 정성껏 다듬은 것이 수필의 소재이다.

그렇게 발견한 소재는 숙성의 시간을 거쳐야 한다. 기발한 발상이 번 「인연」 또한 마사코와의 마지막 만남이 없었다면 그 감동이 떨어졌을지도 모른다. 두 번째까지의 만남만으로 글을 썼다면 "세 번째는 아니 만났어야 좋았을 것"이라는 문장은 탄생할 수 없었을 것이다.

2. 수필의 마음 - 진정성眞情性

문리文理가 통하지 않아도 마음을 움직이는 글이 있다. 반대로 이치에 맞아도 감동이 없는 글이 있다. 관습과도 같은 틀에 얽매여 교본처럼 쓴 수필이 꼭 좋다고만 할 수는 없는 이유가 여기에 있다. 다소 부족해도 진정성이 있는 글, 그게 좋은 글이다. 사람 사이의 소통은 완전함이 아니라 진정성으로 이루어지기 때문이다. 그래서 수필은 정情의 문학이다.

항상 옳은 이야기만 하는 사람이 있다. 그런 사람의 글은 전혀 감흥이 없다. 그건 아마도 그 옳은 이야기 속에 자신을 숨기고 있기 때문일 것이다. 다른 사람과 진정한 교감을 하기 위해서는 자신의 깊고 나약한 부분까지 다 보여줄 수 있어야 한다. 거기엔 용기가 필요하다. 사랑이 없는 사람은 스스로 감동 받지도 않고 다른 이를 감동시킬 줄도 모른다. 두루 모자라지만 사랑이 있는 사람은 스스로 감동도 잘하고 다른 이를 감동시키는 글도 쓸 수 있다.

내가 쓴 한 편의 수필이 남을 기쁘게 해주고 절망한 이들에게 위로를 주며 도움을 필요로 한 사람들에게 도움을 줄 수 있다면 거기서 의미를 발견하게 된다. 의미를 발견하게 되면 행복해진다. 행복한 사람의 글은 주변을 환하게 한다.

간이 맞는 음식에 젓가락이 가듯, 수필도 간이 딱 맞아야 한다. 조미료를 많이 넣은 글은 속을 울렁이게 한다. 적당한 여백은 독자의 감정이입을 위해 필요하다. 거기에 휴머니즘을 바탕으로 한 개성 있는 글이라면 더할 나위 없으리라.

3. 수필의 이야기 – 우리의 이야기

인간이 본의로 타의로 무수히 겪어야 하는 불합리와 모순, 그리고 같은 크기의 긍정과 행복을 깨달아 가는 과정 속에 수필은 넓게 자리하고 있다. 그저 모든 것이 기회고 선물일 뿐. 민들레 홀씨는 바람결을 타고 온 세상에 민들레를 퍼뜨린다. 바람이 거셀수록 좋다.

수필은 일인칭의 문학. '나'로 시작해서 '나'로 끝나지만, 결론에 이르는 '나'는 그냥 내가 아니라 나라는 이름의 '우리'인 경우가 많다. 그렇게 수필은 독자들 사이에서 폭넓은 공감대를 형성하면서 문학의 사회적 기능을 하게 된다.

소설의 사회적 기능은 오래 전부터 주목을 받아왔다. 이는 플롯(plot)이라 불리는 소설의 구성력과 더불어 시점과 주인공 설정에서 수필이나 시보다 자유로운 소설만의 장점에 기인하는 것 같다. 반면 수필은 개인적인 문학, 붓 가는대로 쓴 글, 신변잡기 등의 이미지에 갇히면서 그 문학적 영역이 협소해진 경향이 있었다.

그러나 수필의 '나'가 그냥 내가 아닌 '우리'의 다른 이름이고, 짧지만 탄탄한 이야기 구성력으로 독자들을 사로잡을 수 있다면 생활 속의 소재라 할지라도 '사회적 주제'까지 끌어내어 소설 같은 폭넓은 공감대를 형성할 수 있다. 여기에다 수필만의 매력인 삶에 대한 페이소스가 더해진다면 '우리의 이야기'로서, 수필의 문학적 가치가 생겨난다.

일상에서 우리가 맞닥뜨리는 일들에는 두 가지 요소가 있을 것이다. 부분에 매달리느냐 전체를 보느냐? 어디에 치중하는가에 따라 반응 역시 엇갈릴 것이지만, 부분을 제시하면서도 전체를 암시할 수 있다면 좋을 것이다. 좋은 수필이란 언제 어디서나 삶을 긍정하고 감사하는 메시지를 줄 수 있을 것이다.

기존의 패러다임과 사고의 틀 뒤집기는 수필을 살아 숨 쉬게 한다. 살아있는 것들은 유연하다. 기존의 패러다임을 뒤집으려면 경직된 사고에서 벗어나는 것이다. 난공불락難攻不落의 고성古城에서 어찌 유연한 사고가 나오겠는가.

그러나 알고 있는 대로 마음먹은 대로 글이 써지진 않는다. 요즘, 앎 따로 생각 따로를 '따로국밥'이라고 부른다. 아는 대로 써지지 않는 글, 생각만 있지 잘 써지지 않는 '따로국밥' 식의 글을 나는 오늘도 쓰고 있다. 글을 쓰다 보면 차츰 앎도 깊어지지 않을까. 그 앎이 점점 더 깊어져 모든 것을 뚜렷이 보게 되는 '점진적인 개안'이 이루어졌으면….

　하루 중 가장 아름다운 시간은 해질녘이다. 저녁 무렵은 산책하기도 좋고 사색하는데 아주 그만인 시간이다. 지금 오전의 찬란함을 지나 오후의 깊은 햇살 속을 걷는 나에게는 오전과는 다른 인생의 결실과 희망이 필요하다. 인생의 새로운 결실이, 점진적 수필적 혜안이 황혼의 언덕에서도 과연 가능할까? 그렇다. 붉은 노을이 내려앉는 6시 이후에도 엄청나게 새로운 세상이 기다리고 있을 테니까.

소재는 나의 곁에

박명순

　글쓰는 작업은 어려운 숙제를 풀어나가는 과정처럼 깊은 생각과 고민이 동반된다. '무엇을 어떻게'로 생각하며 글쓰기를 시작한다.

　한 편의 수필을 쓰면서 늘 글의 내용을 어떻게 펼쳐가며 그려볼까 생각한다. 사실화를 그릴까, 정물화를 그릴까 아니면 추상화를 곁들일까. 큰 그릇에다 담을까 여러 개의 작은 그릇에 담을까, 소재는 큰 가지로 할까 작은 가지로 할까를 염두에 두며 메모해 둔 노트를 펴고 주제에 맞게 비슷한 글들을 골라 그릇에 담는다. 그다음 나름대로 형상화하여 어설프지만 끝을 맺는다. '형상화'는 상상하여 마음속에 떠오르는 어떤 모습을 말한다. 사물의 형태를 그리는 그림이라고 부를 수 있다.

　요즘은 핸드폰에 많은 것을 담아낼 수 있어서 편리하다. 매 순간 느낌이 올 때나 어떤 현상을 보고 스쳐 지나가는 영감이 떠오를 때 장소를 가리지 않고 빠르게 문자를 쓴다. 순간 떠오르는 단어나 어휘는 다시 떠오르지 않고 잊혀지기 때문이다. 글을 문법에 맞게 쓰려고 몇 번이나 깊게 생각하고 그다음 형상과 의미까지 갖추려면 많은 고민을 하게 된다.

모든 작가들은 자기만의 글쓰는 습관이 있다. 나는 한밤중형이다. 낮에는 대충 초고를 쓴다. 늦은 밤에 컴퓨터 앞에 앉아 워드로 쓰기 시작하면 서너 시경에 끝을 맺는다. 전에는 펜으로 노트에 초고를 쓰고 수없이 수정을 반복했는데 요즘은 너무 편리하다.

오래전 처음 컴퓨터 앞에 앉아 글을 쓸 때는 서먹하고 어설퍼서 떠오르던 생각도 다 달아나고 했었다. 컴퓨터와 친숙해지려 많이 노력했다. 요즘은 당연하고 편리한 동반자이다. 시대가 변천하여 문화문명이 발전함에 따라 우리도 현대기기에 익숙해지며 편승하는 것이 당연하다는 생각을 갖게 된다.

나는 먼저 작품구상을 메모해 두기도 하고 산책길에서나 어느 곳에서 문득 생각이 날때 빠르게 기록한다. 시간의 여유가 있을 때는 구상을 하며 뜸을 들이기도 하지만 없을 때는 바로 컴퓨터 앞에 앉아서 글을 정리하며 끝을 맺는다. 그런 후 다음날에 다시 수정작업을 하며 여러 날을 걸쳐 나름대로 퇴고를 한다.

여유를 가지고 글을 쓸 때는 지난 옛일들을 떠올리며 그 시대에 맞는 책을 읽거나 사색에서 얻은 느낌을 가지고 주제를 만들어 내기도 한다. 평소 관심을 갖고 있었거나 호기심이 있던 참신한 내용이 떠오르면 또한 메모해 두었다가 참고를 하기도 한다.

나는 산책길에서 많은 소재를 찾는다. 나무들과 숲이 주는 산뜻한 영감은 과거와 현재를 오가며 평소에 생각지도 못했던 많은 이야기를 담아낸다. 아주 소소한 일들, 바람이 들려주는 이야기까지도 깊이 마음에 와서 깃든다.

어느 날은 물 흐르듯 주르륵 글이 풀려나가고 어느 날은 한두 줄 쓴 후 다음이 연결되지 않아 몇 번이나 썼다 지웠다를 반복한다. 그럴 때는 따뜻한 차 한잔을 마시고 베란다로 나간다. 한밤중 창밖은 어둠이 짙다. 늦은 시간인데 어느 집 창에는 불이 켜져 있다. 나같이 글을 쓰는 사람일까 아니면 수험생일까. 그들의 고민도 나와 함께 그렇게 시간을 보내고 있다는 느낌이 든다.

나는 글쓰기에서 되도록 부호를 생략한다. 너무 많은 부호는 마음을 어지럽힌다. 또한 단문으로 구성한다. 호흡이 긴 장문은 때로는 글이 엉킨 느낌이 들며 산뜻한 문장이 되지 않는다. 한 문단을 여섯 줄 이상으로 쓰지 않는다.

어떠한 장르든 작가 본인들이 자기의 원고에 책임을 갖고 수정도 많이 하고 퇴고도 여러 번 해야 되는데 그렇지가 못하다. 물론 그런 과정없이 한 편의 완벽한 원고를 바랄 수는 없다. 나의 글이 활자화되어 세상 밖으로 나왔을 때 독자가 어떠한 마음을 갖고 읽을까. 동감을 가질까 아니면 이질감을 가질까 그런 마음이 들기도 한다. 그래서 수없이 지우고 고치고 나름대로 정리를 하여 퇴고를 하지만 항상 미흡하기만 하다.

『적벽부赤壁賦』를 쓴 소동파는 파지가 한 삼태기나 나올 정도로 퇴고를 했다. 톨스토이는 『전쟁과 평화』를 쓰면서 90회 이상, 헤밍웨이는 『노인과 바다』를 쓰면서 무려 400회 이상 퇴고를 했다고 한다. 그렇게 해서 세상 밖으로 나온 대단한 명작들을 생각하며 퇴고는 끝이 없다고 마음먹지만 뜻대로 되지 않는 것이 글인 것 같다.

수필의 소재는 멀리 있지 않고 늘 나의 생활 안에 있다. 어느 때는 독백처럼 슬픔, 기쁨, 그리움 등을 펼치다 보면 눈물이 흐를 때도 있다. 수필은 자신과 대화를 하며 속내를 보이는 작업이기 때문이다. 삶과 가장 근접해 있는 문학이 수필이란 생각을 하게 된다. 자신의 삶과 인생의 모습을 들여다보는 맑고 투명한 거울이 수필이라는 말이 있지 않은가.

우리 삶의 이야기가 그냥 기록으로서가 아니라 수필로 승화하기 위해서는 상상과 의미화 과정도 있어야 된다. 진실한 삶의 자락을 펼치며 오늘도 나는 수필이란 삶의 꽃을 피우려 한다. 무엇을 어떻게 쓸까. 얼마큼 진솔한 이야기가 담길지 항상 기대를 해보며 자신을 보듬어 안는다.

길을 나서면 글을 만난다

박양근

사람을 만나는 방법은 두 가지다. 하나는 상대가 나를 찾아오는 경우이고, 다른 하나는 내가 찾아 나서는 경우다. 친구가 찾아오든, 내가 나서든 서로 만나는 기쁨은 마찬가지다. 그러나 곰곰이 생각해보면 기쁨의 정도가 다르다. 앉아서 기다리는 것보다 찾아 나설 때 훨씬 흐뭇한 여운을 남긴다. 사람이든 물건이든 다를 바 없다.

나는 글 쓰기를 길을 나서는 것이라고 생각한다. 굳이 먼 길이 아니더라도 좋을 듯싶다. 바라기의 대상은 원근을 가리지 않는다. 무엇을 찾느냐보다 가까이 있는 것을 어떻게 바라보느냐가 더 중요하니까. 일상생활이 단조롭더라도 눈을 뜨고 찬찬히 살펴보면 경이로운 것이 한두 가지가 아니다.

간혹 동네 가까이에 위치한 바닷가로 나간다. 글답지 못한 한 편을 마무리했을 때 취하는 내 나름의 바람쐬기다. 초벌 글을 널찍하게 펼쳐두고 마지막으로 음미해보는 시간이다. 한데, 사방으로 탁 트인 해변 때문인지 새롭게 묻어나는 것은 별로 없다. 그때는 산으로 아침 산책을 나선다. 사람이 별로 다니지 않는 오솔길이 늘 내가 걷는 길이다.

등산객이 많이 몰리는 초입은 반질거리도록 다져있다. 산길이라는 맛이 도무지 나지 않는다. 석축을 쌓고 정원수를 심어 단정한 감은 있으나 인위적이다. 마치 다른 수필들이 한껏 우려먹은 글감처럼 신선하지 못하다. 그 반대의 비유도 되겠다. 남이 이미 다루었거나 발라낸 글감은 뭇 발길로 반질거리는 바닥 같다. 주변의 나무나 풀을 찬찬히 바라보아도 별다른 감흥을 주지 못한다.

인적이 드문 오솔길로 접어든다. 솔잎이 바닥을 빈틈없이 덮었고, 밤사이에 쳐진 거미줄에는 햇살이 걸려 바람에 썰렁인다. 도토리를 까먹으며 나뭇가지에 앉은 청솔모 한 마리가 천연스럽게 나를 지켜본다. 내가 첫 나들이 손님이라고 수인사를 건넨다. 느릿느릿하게 걷거나 길섶에 주저앉아도 본다. 책에서 찾아낸 괜찮은 문구도 다시 떠올리고 불현듯 과거의 일이 왜 되살아날까 하고 머리를 굴려본다. 발길은 여유롭지만 사색의 윤전기는 쉴 줄을 모른다. 소재에 대한 내 눈뜨기의 시간이다.

하루의 일과는 늘 과부하 상태다. 호떡을 구워내는 제빵기계처럼 기계적으로 돌아갈 뿐, 되새김할 겨를이 없다. 그러다가도 어떤 것들이 틈을 비집고 불시에 들어온다. 앙금, 생채기, 미련…. 낮에 생각나는 것은 왠지 탁하거나 칙칙한 것이다. 그래도 손에 집히는 종이에 적어둔다. 메모지를 잊거나 잃어버리기도 하지만 마음속 어디에는 갈무리되리라고 믿기 때문에 다른 착상을 계속 밀쳐 넣는다. 간혹 산책 도중에 생각한 것에 꼬리를 달 수 있는 상념이 튀어나오기도 한다.

이런저런 생각을 함께 버물리면서 살을 보탠다. 비유가 괜찮을지 모르나 태아가 자라면서 발을 툭툭 차는 기분 같다. 눈사람처럼 굴릴수록 커지면서 단단해지면 하고 기대해본다. 나는 이때를 주제를 형상화하는 삭히기의 단계라고 믿는다.

아직 글감을 제대로 소화할 정도가 아니다. 일주일이 지나면 서두의 한 단락 정도는 뽑지만 어떤 경우에는 반 년이 걸리는 경우도 생긴다. 한가지 예를 들면 꼭 쓰고 싶은 소재에 유리창에 핀 성에가 있다. 제목까지 정했는데 아직도 몇 단락을 갈라낼 중심어 밖에 찾지 못했다. 언제쯤이면 삭혀낼 수가 있을지.

글은 주로 밤에 쓰는 편이다. 집보다는 연구실이 더 마음에 든다. 집은 아무래도 긴장감을 떨어뜨리는가 보다. 처음 쓸 때는 전체적인 틀에 관심을 두고 세세한 표현이나 문장은 다음으로 넘긴다. 머리에 떠오르는 생각(기발하거나 산뜻한 것도 아니지만)을 따라잡기 위해서는 오타나 악필은 어쩔 수가 없다. 며칠 후면 내가 쓴 글이라도 낯설기 때문에 윤곽이 잡힐 때까지는 다른 일을 제쳐두고 고치는 일을 반복한다. 어쩌면 기억의 조각을 모아 모자이크 그림을 만드는 수법이 내 글의 엮기인지 모르겠다.

이때 의미나 관념을 형상화하기 위해 군더더기를 깎아내는 작업을 한다. 조각도 흙을 붙였다가 다시 깎아내는 작업이 아닌가. 최근에 나는 덧붙이고 덧씌운 글(확장형 문장)보다 잘라내고, 깎아내고, 버리는 과정(축소형 문장)이 훨씬 어렵다는 것을 알게 되었다. 만시지탄이라도 다행으로 여긴다.

지나친 말인지 모르나 수필을 쓰기 시작했을 때 내 나름의 세 가지 각오를 지녔다. 남이 본 대로 보지 않고, 남이 해석한 것처럼 풀어내지 않고, 남이 표현한 것과 달리 적는다는 다짐이다. 수필을 쓰는 모든 분들의 기본적인 마음이 아닐까 한다.

한 편의 글도 서로 달라야 할 것 같다. 뒤에 쓰는 수필은 주제든, 소재든, 스타일이든, 무엇이라도 앞의 것에서 바꾸어야 한다. 하다못해 기행수필을 써도 서간체의 형식으로 쓰려 한다. 재주도 없는 것이 온갖 요령을 다 피운다고 힐책할지 모르겠다.

내 나름의 이유를 가지고 있다. 수필이 신세기의 문학으로 정립되려면 수필의 주제와 소재와 문장 형식이 다양할 필요가 있으리라 여긴다. '그게 그것'이라는 비난은 공식화된 수필의 모조생산에 일부 책임이 있다. 만일 수필가마다 개성을 지니고, 작품마다 개별성을 지킨다면 수필의 영역은 더욱 늘 것으로 믿는다. 친화성은 동질성보다는 개성을 지닐 때 더욱 활성화될 것이다. 이렇게 되는 것이 수필을 쓰는 나의 조그만 소망이다.

그렇게 쓰여진 내 글이 늘 꿈틀거렸으면 하고 간절히 바란다.

수필과의 '밀당'

박영란

　수필과 나와의 관계는 20년 정도 되었다. 오랜 지기인 셈이다. 그럼에도 결코 가까워지지도 멀어지지도 않는 사이다. 생각해 보면 이 일방적인 관계는 순전히 나의 노력과 참음과 애씀에 의해 유지되었다. 수필은 한 번도 쉽게 그저 오지 않았다. 그건 매일 규칙적으로 글을 쓰지 않는 나의 게으름 탓인지 모른다. 한 달에 몇 번 작심하고 글을 쓰려면 수필은 단단한 빗장을 한 채 어디론가 숨어버린다. 매번 모호한 허탈과 벽 허물기 같은 오기로 수필을 쓴다.

　이것이 내 수필 쓰기의 현황이다. 하지만 오매불망 '수필'을 생각한다. 길 위에서는 물론이고 불면을 즐거워하며 말똥말똥 머리를 굴리고 때로는 냄비에서 찌개가 끓고 있을 때도 나의 생각은 덩달아 끓고 있다. 그러다 문득 섬광처럼 스쳐 지나가는 것, 그 대상을 낚아채는 것이 수필의 글감이다. 〈코르셋〉, 〈먹는다〉, 〈자기 서술법〉, 〈everything O.K〉 … 대부분 나의 수필들은 순간의 착상과 더불어 상상력으로 이어진 결과물이다. 미처 감지 못했던 것들이 잠재의식을 뚫고 나와 불쑥 나랑 교감하는 것이다. 이런 나에게 어느 평자는 '제비가 물을 차고 나가듯 직관으로 이미지를 포착한다'라고 했다.

〈코르셋〉은 부산에서 서울로 함께 가는 하객들이 탄 버스에서 내가 입고 있던 코르셋이 갑자기 갑갑해져 올 때, 마침 점심으로 준 김밥을 보면서 이것도 코르셋이라는 생각이 번쩍 들었다. 시금치, 계란, 단무지를 단단히 싸서 조이고 있는 '김'이라는 물질과 내가 착용한 코르셋이 동일시되는 엉뚱한 발상을 하고 있을 때, 때마침 같이 타고 있던 한 노부인이 입고 있던 한복을 벗고 헐렁한 옷으로 바꿔 입었다. 그 안 칭칭 동여맨 속치마 말기 또한 우리 전통의 코르셋이었구나 하는 상상으로 이어져 〈코르셋〉 수필이 되었다. 한 편의 예이지만 전혀 엉뚱한 조합들이 하나의 이미지로 연결되어 서서히 주제를 찾아갈 때, 수필 쓰기는 재미있다.

하지만 몇 개의 이미지와 단어로 어떻게 궤를 꿸 수 있을까 궁리를 하면서 많은 시간을 보낸다. 뭔가 괜찮은 수필이 될 것 같은 설렘으로 컴퓨터를 열고 워드를 치려면 '될 것' 같았던 기분은 막막해져 버린다. 그동안의 생각과 상상을 형상화하려면, 그것들은 정말이지 안개처럼 사라지고 없다. 생각이 곧 글이 아니었음을. 정작 글은 엉덩이를 뭉개고 앉아 버티는 것만큼 자란다. 내면에 축적된 것들이 틈을 들이며 언어와 사유가 통찰로 자리 잡는 시간. 그 시간을 응시하고 집중한다. 집중해야만 다가오는 문학적 '본질'이 있다. 그래야만 나와 이미지와 타자가 공감대를 이루는 접점이 생긴다. 상상이 허구이지 않고 '허'를 찌르는 명쾌함과 소통 그리고 문학적 격식을 추구하는 게 내 수필 쓰기의 지향점이다.

그래서 나의 수필은 정서가 풍부한 서정수필도 아니다. 그렇다고 서사수필도 아니다. 일찍이 남편과 가족들은 자신의 이야기는 쓰지 말라고 선전포고를 했고, 딱히 우려낼 유년이나 과거사도 없다. 감정에 빠져 허우적대지 않고, 일상에 매몰되지 않는 글이 되고자 노력할 뿐이다. 늘 수필의 소재가 다양하고 주제가 참신하길 바라지만, 수필은 결코 호락호락하지 않다. 새롭게 창작해 나가려는 의지가 없으면 원고지 열서너 장 안에는 권태롭고 재미없고 무덤덤한 자신의 민낯이 들어간다.

이 경계를 넘으려는 나의 방편은 독서다. 문학비평가 김윤식 선생은 '쓰려면 그 열 배를 읽어라. 그게 글쓰기 윤리다'라고 말했다. 나도 뭔가 쓰려고 애쓰는 사람이고 보면, '윤리'라는 이 말을 명심한다. 읽는 일만큼은 게으르지 않다. 이 일은 수필의 확장과 긍지를 심어준다. 쓰기가 읽기보다 힘든 일이긴 하지만, 분명한 것은 쓰기는 독서에 의해 성숙해진다. 읽기에 충실하지 못하면, 글은 부실하고 식상할 수밖에 없다. 나의 독서는 수필에서 도망치고 싶을 때도 슬그머니 잡아주고, 문체를 열어주고, 글의 함량을 키워준다. 그렇게 나를 자극한 결과물로 최근 '북 에세이'로만 묶어 『책이랑 연애하지, 뭐』를 출간하였다.

이쯤 '수필'의 손익분기점을 생각해본다. 이십 년을 투자한 수필 쓰기는 밑지는 장사였을까? 내 인생에? 하지만 수필 쓰기는 사랑이었다. 우선은 자신에 대한 사랑이었다. 시간과 가족과 모든 사물과의 '밀당'이었다. '밀당'은 연애할 때만 하는 게 아니었다. 나와 나, 나와 수필. 이 세상의 모든 개체와 나 사이에서 밀고 당기는 이 행위는 더 좋은 관계를 위한 고민이며 긴장이었다. 수필과의 밀당은 살아가는 정신이자 수필정신이 되리라 믿는다. 앞으로의 장장한 시간에서도.

구도자의 걸음처럼

박영의

앞을 보고 걷는데도 발밑을 살펴야 한다. 어떤 생명체가 나로 인해 상하지나 않을까, 불편해하지는 않을까 매사가 조심스럽다. 갈고 닦는 일이 주생활이고 수양임을, 막돌을 문질러 석경石鏡을 만드는 일에 게으름이 없어야 한다. 어제 같은 오늘은 무의미하고 자나 깨나 한 곳만 바라보며 '이 뭐꼬'를 화두話頭로 삼고 정진한다.

글 쓰는 것 자체도 그렇다. 그냥 쉽게 발 디디는 곳이 발 놓일 자리가 아니라는 것에 동감한다. 많은 것이 경험을 통해서 글로 옮겨진다. 그 과정 만만치 않고 여러 날을 온갖 생각 속에 산다. 그렇지 않으면 낙서 수준이고 석경이전의 돌덩이일 뿐이다.

글을 쓰는데 우리의 감각기관의 작용을 총동원시킨다.

육근六根의 여섯 가지 근원 중에 시각을 일으키는 안근眼根, 청각을 일으키는 이근耳根, 후각을 일으키는 비근鼻根, 미각을 일으키는 설근舌根, 촉각을 일으키는 신근身根, 온갖 마음을 일으키는 의근意根

에 의하여 대상을 깨닫는 여섯 가지 작용 육식六識의 안식眼識, 이식
耳識, 비식鼻識, 설식舌識, 신식身識, 의식意識을 바탕으로 제목과 소재
를 찾는다. 느낌과 성찰은 글 쓰는데 도움이 된다.

어떤 글을 쓰겠다 싶으면, 화가가 그림을 그리기 전 초안을 잡듯,
글도 대충 초안을 잡는다. 우선 제목부터 정한다. 정하긴 정했어도
맘에 들지 않으면 여러 날을 허비한다. 그 다음 내용에 돌입한다. 일
상을 글 가운데다 놓고 길을 가다가 일을 하다가 문득문득 떠오르는
단어들을 생각나는 대로 핸드폰에 입력한다. 사유의 시간은 글 쓰는
데 있어서 꼭 필요하다.

모든 것이 잠들고 방해받지 않을 시간대에 정신을 가다듬고 글 쓸
채비를 한다. 생각을 나열하고 문득 떠올라 적어놓았던 단어들을 꺼
내어 문맥에 맞게 정렬시킨다. 써내려가다가 어느 한 단어에 막히고
문장이 매끄럽지 못하고 진부하다 느껴지면 깜박이는 커서의 재촉
을 뒤로하고 가차 없이 그 날은 컴퓨터를 닫는다. 진전 없이 제자리
걸음 할 바엔 자리를 뜨는 게 좋다. 머리도 식힐 겸 비린내 진동하는
복잡한 자갈치시장 한복판에서 사람과 부대끼며 살아가는 방식을
터득한다. 어떠한 공간에 따라 줄거리가 달라지긴 하겠지만 곤외閫外
의 시간이 의외로 글 쓰는데 원동력이 되기도 한다.

글은 쉽게 내어주지 않는다.

거의 완성돼 가면 여러 번의 퇴고로 눈은 분명 교정부분을 봤을
텐데 그냥 넘어가는 경우가 있다. 이럴 땐 다른 사람에게 보이는 것
도 최고의 방법이다. 그 사람은 그 글을 처음 보고 글자 하나하나에

내용을 접목시키며 보기 때문에 잘 찾아낸다.

다행히 같이 사는 동반자가 고맙게도 그 수고를 아끼지 않는다.

한 작품이 완성이 되면 죽어도 안 풀릴 것 같았던 수학문제의 답을 찾은 듯 날아 갈 것 같이 기쁘고 홀가분하다.

일상생활에서 제목이 될 만한 단어를 잊어버릴까 싶어 컴퓨터 속에 묵혀둔 것이 제목만 있고 실상이 없는 것이 여럿 있지만 잠시 미뤄둔다.

스스로 의식을 깨우는 창조의 문학이라 더 정이 간다. 혼자의 독백, 고백이 글로 탄생한다는 것에 자부심을 느낀다.

그 사람의 글을 보면 그 사람의 성정을 알 수 있다. 직접 체험한 것을 바탕 삼아 글을 쓰기 때문이다. 그래 그런지 수필하면 누구나 쉽게 쓸 수 있는, 붓 가는 대로 그냥저냥 쓰는 문학이라 하는데 반기를 든다. 무형식이 은근히 형식보다 까다롭다.

허투루 얻어지는 것은 하나도 없다.

수도자의 나날은 첨예하다. 선禪의 걸림돌, 삼욕三慾 중 하나인 수면욕을 이기려고 턱밑에 송곳을 세우고, 글 쓰는 자의 나날도 갈고 닦는데 게으름이 없어야 한다. 이슥하도록 초사焦思의 불빛은 꺼질 줄 모른다.

삶의 향기를 머금은 글

박인목

살다보면 다양한 체험을 접하게 된다. 오관의 작용에 감사하며 그 체험들을 살피면 큰 느낌으로 다가오는 것이 있다. 삶의 핵심을 꿰뚫는 진솔한 그 무엇이다. 그것은 때와 장소를 가리지 않는다. 혼자 걷는 오솔길, 복잡한 지하철, 심지어 설교를 듣는 중에도 섬광처럼 번쩍 다가온다.

나는 이렇게 다가온 섬광의 조각들을 곧바로 수첩에 기록한다. 그런 뒤 그와 연관된 일들을 집중적으로 더듬는다. 며칠 동안 그에 대한 생각만을 좇아 헤매다보면 다시는 더 생각하고 싶지 않을 때까지 이르게 된다. 그러고는 잊어버린다. 이렇게 잊어버린 생각이 며칠 후 다시 떠오른다. 그러면 그제야 비로소 붓을 든다.

나는 먼저 그 섬광이 연결시켜 주는 주제를 설정해 본다. 나는 이 글 속에 어떤 삶의 의미를 담을 것인가. 그 핵심은 어떤 색깔로 칠할 것인가를 고심한다. 그런 주제를 살아 움직이게 할 소재를 좀 더 불러 모은다. 가능한 한 풍부한 소재를 만나기 위하여 나의 새벽은 심산유곡을 헤매는 방랑자가 된다.

　적절한 소재가 탐색되면 수필 전체의 모습을 머릿속으로 굴려본다. 그런 구상은 여유로운 시간이 있을 때마다 계속된다. 어느 정도 틀이 잡혔다 싶으면 요점을 노트에 정리해 보고, 드디어 초벌쓰기에 들어간다. 첫 글은 지우고 버려야 할 것이 많다는 것을 알기에 가능한 한 컴퓨터를 이용한다. 종이에 펜으로 쓰자면 생각이 손가락보다 앞장을 서는 탓에 답답하다. 오자, 탈자, 중복 단어에 괘념치 않고 써 나간다. 자연스런 의식의 흐름을 잇고자 함이다. 민낯 같은 첫 생각들이 소중하니까.

　제 몫을 다해주는 단어가 늘 아쉽다. 꼭 그 자리에 있어야만 하는 단어를 어떻게 하면 얻을 수 있을까. 삼고초려의 심정으로 사전을 뒤적인다.

　편안하면서도 산뜻한 글을 만날 때마다 메마르고 윤기 없는 내 글이 부끄럽다. 여인처럼 분칠과 장식도 하고 싶지만 마음을 다잡는다. 최소한의 단어로 최대한의 의미를 전달하는 것이 과분한 욕심인 줄 알지만 여전히 포기가 안 된다.

　컴퓨터 화면에서 일차 교정한 글을 프린트한다. 초고를 앞에 두면 늘 한숨이 나온다. 체계 없는 문장들이 어지럽다. 빨간색 프러스펜을 조자룡 헌 칼 쓰듯 종횡무진 휘두른다.

　교정할 때 특히 집중하는 부분은 중복된 단어들을 잡아내는 일이다. 한 문단에서도 결코 같은 단어를 사용하지 않겠다는 것을 늘 염두에 둔다. 조사나 대명사도 더 뺄 것은 없는지 살핀다. 형용사나 부사를 남용하지 않았는지 주의를 기울인다. 문법 또한 긴장을 늦출 수 없다. 잘된 글은 아닐지라도 어법이 맞으면 부드럽게 읽힐 수는 있으리라.

너절하게 가지가 많을 때는 눈에 잘 띄지 않던 것들이 서서히 그 모습을 드러낸다. 주제와 어울리지 않는다 싶은 문단은 전체를 떼어 내 새 문서를 만들고 적절한 제목을 달아둔다. 한 문단이 밀알이 되어 새로운 수필 한 편이 탄생하기를 기대하는 것인데, 망외의 보너스인 셈이다. 이런 대책을 마련하고 나서는 주제와 어울리지 않는 내용은 과감하게 도려내는 용기가 생겼다.

나는 서두에서 매번 산고를 겪는다. 한두 줄의 글로 전체 글의 모양을 그려내야 하기 때문이다. 서두는 독자에게 궁금증을 던져 관심을 유발할 수 있으면 성공이다. 예사로 읽었던 서두 부분이 읽어 볼수록 마뜩찮을 때가 많다. 보다 더 신선하고 함축적인 말이 없을까 하고 고심한다.

결미 부분은 더 큰 문제다. 글 전체에 생기를 확 끼얹으면서 여운을 남길 수 있는 산뜻한 말이 없어서 아쉬울 때가 많다. 이 부분에서 가장 무게 있는 고심을 또 하게 된다.

글의 제목은 대개 퇴고 단계에서 정해진다. 주제를 직·간접적으로 암시하는 것을 탐색하면서, 가능하면 진부하지 않은 신선한 제목을 택하려고 노력한다.

퇴고는 수십 번을 거듭해도 그때마다 더 다듬고 바로잡아야 할 부분이 또 있다. 한 문장을 10년 동안 고쳤다는 옛 대가의 일화에 힘을 얻는다.

이렇게 해서 어느 정도의 선에 이르면 마무리 단계에 접어드는데,

체제의 흐름이 부드럽고 무리가 없는지를 알기 위하여 소리 내어 읽어 보기도 한다. '무엇 때문에 이 글을 썼는지 알 수 없다'는 지적을 들을까봐 늘 두렵기만 하다.

독자가 내 글을 읽고 삶의 지혜나 깨달음을 얻기를 감히 바라지 않는다. 그냥 외롭던 마음이 슬며시 따뜻하고 촉촉해진다면 더 이상 바랄 게 없다. 테크닉이 문제가 아닐 것이다. 담담하면서도 그윽한 향기를 머금은 그런 글이면 좋겠다.

최후의 명작을 위하여

박종숙

작가라면 누구나 좋은 글을 쓰고 싶은 마음이 먼저일 것이다. 그러나 명작은 하루아침에 얻어지는 것이 아니다. 자신만의 독특한 이야기, 신선함을 주는 문장, 치밀한 구성으로 짜여진 글이 오래오래 만인의 가슴에서 여운을 남길 때 비로소 찾아오는 영광의 메시지인 것이다.

나는 수필 소재를 찾으면 제재에서 따온 명사형 제목을 먼저 메모 해두는 버릇이 있다. 그 중 다루기 쉽고 자신감 있는 제목부터 찾아 쓰는 편인데 실전에 들어가려면 글감을 궁굴리는 작업부터 한다. 어떤 방향으로 어떻게 써내려가는 것이 좋을까? 살아있는 작품이 되게 하려면 어떤 장치가 필요할까? 내 수필을 통해 독자가 얻을 수 있는 것은 무엇일까를 생각하면서 나만의 기발한 아이디어를 찾으려고 애쓴다. 글을 쓸 때도 제목을 정해 놓으면 중심사상이 흔들리지 않는다.

서두 쓰기는 편안하고 담담하게 쓰려고 한다. 설명문이나 논설문으로 시작하면 경직된 분위기를 가져와 거부반응을 일으키기 쉽다. 시적 수필이나 비평수필이 다르듯이 가벼운 수필과 무거운 수필의 문체는 달라야 한다. 진부하거나 한자 어투, 문어체는 피하고 신선한 문장을 구사하여 독자에게 친근감을 주도록 한다. 나는 서두 쓰기가 가장 어렵게 느껴지는데 가끔은 고심하여 쓰다 만 자투리 글 중 마음에 드는 것을 골라 이어 쓸 때도 있다.

체험이야기는 되도록 실감나게, 재미있게 끌고 나가려 하고 작은 소재라도 소중한 가치를 느낄 수 있도록 빚어내야 만족스럽다. 작품을 통해 카타르시스를 느끼게 해 주는 것도 독자에 대한 배려이다. 수필 작품에 삽입되는 모티브는 주제를 함축한 짧은 이야기이므로 한 작품에 하나만 가져오는데 핀트가 맞지 않는 모티브일 때는 글의 통일성을 잃을 위험이 크다.

무엇보다도 작품의 성패를 가름하는 것은 글 속에 암시된 소재의 의미화라고 본다. 나는 대체로 자연을 통해서 인간의 삶과 고통, 죽음. 사랑, 슬픔, 기쁨의 의미를 형상화 하고자 했다. 특히 향토적인 성향을 떨치지 못하고 호수나 구름, 안개, 하늘, 산과 같은 이미지를 서정과 사유로 풀어내곤 했는데 요즘은 시대가 요구하는 환경, 기후, 사건, 인간성 회복 등 직접 피부에 닿는 이야기를 쓰려 하고 있다. 그것은 현 시대를 대변해 주는 역사적인 이슈라고 믿는 때문이다.

소재를 적절하게 형상화하려면 보편적인 사고를 벗어나서 사물의 대상이 들려주는 내면의 소리를 들을 수 있어야 한다. 그것은 상상을 통해서도 얻을 수 있고 대상과 나의 입지를 바꾸어도 떠오를 수 있다. 모든 욕심을 내려놓고 겸허하게 사물을 관찰하고 자신을 성찰할 수 있어야 진정한 소리를 들을 수 있다. 좋은 작품은 사물의 형태나 사건 안에 숨어있는 제 모습을 제대로 꿰뚫어 볼 때 나오는 것이다. 또 새로운 정보를 제시해 주거나 지혜를 전달해주는 말맛의 긴장감이 살아날 때도 찾을 수 있다. 작품의 신선함을 위해서는 역발상이 필요하고 일반적인 견해를 벗어나려는 노력이 필요하다.

작가는 독자에게 좋은 글을 보여주려는 사명감에 불타올라야 한다. 수필도 언어 예술이어서 끊임없는 도전을 요구한다. 새로운 형식의 시도, 참신한 소재 발굴, 번뜩이는 문장의 연마, 유머와 위트 등 어느 하나 소홀히 할 수가 없다. 고민하고 쓴 작품은 그러지 않은 작품과 비교했을 때 눈에 뜨이게 차이가 난다. 수필도 장인정신으로 써야 영원한 생명력을 가질 수 있다. 추사 김정희 선생은 작품의 미학을 규범에서 벗어나지 않으면서 규범에 매이지 않는 자유를 추구하는 일이라고 했다. 수필의 실험정신도 그와 같은 것이라고 생각한다.

일단 원고가 정리되면 퇴고를 하면서 명사형 제목을 비슷한 뜻의 문구로 교체하기도 한다. 독자들이 내 글에 호감을 가지게 하기 위해서다. 퇴고를 할 때는 말하려는 뜻이 제대로 표현되어 있는지, 글의 통일성은 갖추었는지, 어법이 틀린 문장은 없는지, 군더더기는 없는지, 맞춤법, 띄어쓰기는 잘 되어있는지 세밀히 검토한다. 한 번만 하는 게 아니라 원고 제출 마감 시간까지 여러 번 검토하고 확인한다. 그래도 오탈자를 놓치는 경우가 많다.

부끄러운 일이지만 나는 내 작품에 만족해 본 일이 없다. 자신있게 대표작이라고 내세울만 한 글도 쓰지 못했다. 30년 가까이 영웅적인 참을성을 가지고 좋은 작품을 써보려고 노력했을 뿐이다. 어쩌면 완벽하지 못하기에 더 노력해야 한다는 자각이 근본적인 원동력을 만들어 주었다고 생각한다. 지금도 최후의 한 작품 명작을 꿈꾸는 일에 소홀함이 없이 수필과 더불어 살아가고 있는 자신을 행복하게 생각할 따름이다.

나의 수필 쓰기

박종철

수필은 마음의 향로요 사상의 글이며 자연과 인간세계를 두루 섭렵하여 존재가치를 탐구하는 실존의 글이다.

수필은 현대문학의 총아다. 수필 창작 과정은 인생의 의미와 지혜를 탐색해 나가는 구도자의 길이기도 하다. 다양한 문화의 충돌과 산업사회의 급속한 변화는 수필의 영역을 더욱 확대시켜주는 계기가 되기도 한다.

수필작품은 작가의 독창적 산물이므로 인품과 사상과 개성을 여실히 보여주는 사실적 미학이다. 작가는 부단히 노력하는 장인의 근성을 지켜나가야 한다. 투철한 장인정신이 곧 작가정신이다.

수필 소재는 무궁무진하다.

문화, 역사, 사회, 철학, 종교, 환경 등 자연계에 널려있는 수많은 소재들이 작가의 손을 기다리고 있다.

나의 경우는 우선 접근하기 쉬운 체험이나 사실성 있는 소재부터 다룬다. 체험의 글은 진솔한 실체를 드러내므로 독자로부터 공감을 얻기 쉬운 방법이 되기도 한다.

간접체험을 통한 소재는 지식이나 상상기법을 동원하여 사물의 본질을 파악하고 자신의 사상을 이입시키는 경우도 있다. 또 현실비평적인 소재를 찾기도 한다. 현 사회에서 문제점으로 부각되고 있는 과제들을 객관적인 시각과 합리적인 판단으로 공통분모를 찾기 위해 노력하고 있다.

세상에 널려있는 다양한 소재를 선택하기 위해선 메모, 스크랩, 탐사, 자료수집, 분석 등 여러 각도로 소재의 알갱이를 찾아내야 한다. 디지털시대에 부응하여 소재 선택의 폭을 넓혀가야 한다.

삶의 진솔한 담론과 자연계의 섭리에 접근하여 좋은 소재들을 만들어내야 하는 것이다. 좋은 소재를 찾아내는 것은 수필 창작의 지름길이 되는 것이다. 작가는 냉철한 안목으로 치밀하게 사물을 관찰하고 분해하며 사물의 본질을 찾아내어 공감대를 확보해야 하는 것이다.

보석처럼 문장도 갈고 닦아야 제빛을 얻을 수 있다. 아무리 좋은 소재를 얻더라도 문장의 뒷받침이 없으면 글이란 예술의 집을 짓지 못하게 되는 것이다.

글은 독자가 읽기 쉽고 이해가 빠르고 주제 전달이 잘 되어야만 좋은 글이 될 수 있다.

수필문장은 물 흐르듯 자연스럽고 조화로워야 한다. 평범한 것 같으면서도 지혜와 철학이 숨어 있고 위로와 치유의 기능을 함유하여야 한다.

수필문장은 세레나데처럼 서정을 노래하기도 하고 파도처럼 격정을 타기도 하고 호소력 있는 웅변이기도 하여 지적 파장을 일으키는 다양하고 유려한 문장기법을 구사해야 하는 것이다.

문학은 휴머니즘의 상징이자 실체다. 예술계에서 문학이야말로 정신치유의 기능을 가진 구원의 메신저가 되는 것이다.

작가는 끊임없이 사유하고 지식을 연마하여 작품의 격을 높이고 읽히는 작품을 창작하여야 한다. 작가는 정의와 진리를 옹호하려는 높은 기상으로 시대의 양심을 대변하여야 한다.

수필은 인생에 대한 성찰과 자연의 순환과 철학을 함축한 예술이다. 작가의 품격과 사상과 역사관이 뚜렷해야 한다. 물에 물 탄 듯 적당주의가 용납되지 않는 철저한 인본주의자가 되어야 하는 것이다.

수필은 작가의 식견과 본성이 잘 드러나는 작품이다. 그러므로 작품의 마무리에는 작가가 의도하는 메시지 전달이 필연적이다. 메시지가 담겨져 있지 않은 글은 잡담이거나 허상의 집일 수밖에 없다. 메시지는 글의 결정체이자 대변하는 기능을 가지고 있는 것이다.

문학창작의 길에는 정석이 따로 없다. 남의 글을 많이 읽고 깊이 고뇌하고 고치고 또 고쳐 쓰는 것 외에는 정도가 따로 없는 것이다.

수필은 영혼을 담금질하여 빛을 내는 글이기에 사람들의 환영을 받아 마땅한 글이다. 수필은 세계문학풍조 뿐만 아니라 한국문단에서도 괄목할만한 전성기를 맞이하고 있다. 수필이 흡수하는 인문의 세계가 넓고 다양하기 때문이다.

수필작가는 휴머니즘의 메신저로서 그 직분과 기능을 잘 살려나갈 때 독자들과 함께 행복한 세상을 살아가게 될 것이다.

나의 수필 쓰기

박하영

난 언제부터 수필을 썼을까.

생각해 보면 초등학교 때 일기 쓰기로부터 시작된 거 같다.

아버지께서는 공책이 귀한 때라 백로지를 사다가 겉표지를 기름종이로 공책을 만들어 주셨다. 저녁이 되면 둥근 밥상을 펴놓고 앉아 일기 쓰기를 하던 기억이 떠오른다. 그 덕분인지 백일장 대회에 나가 상을 받기도 했다. 중학교에 가서도 일기 쓰기는 계속 되었고 문예부에 들어가서 글짓기 공부의 틀을 다졌다. 학교 앞에 헌책방이 있어서 동화책 빌려보느라 등잔불 밑에서 날밤을 세우기도 했다. 책이 귀하던 때라 초등학교 때 별로 읽지 못했던 책을 그때부터 읽느라 동화책 읽기에 푹 빠져 있었다. 독서를 통해 나에겐 새로운 세계가 열리게 되었다. 나도 소설을 써보겠다는 생각을 하게 되었다. 중 2때 처음으로 장편소설을 쓰기 시작했다. 1,500매에 이르는 장편을 써서 소년세계 잡지에 1년 동안 연재되는 행운을 누리기도 했다. 고등학교에 가서도 역시 문예부 활동은 빠지지 않았다. 어떤 친구는 나에게 연애편지 답장을 대신 써달라고 부탁하기도 했고 이웃 마을에서는 결혼식 축사를 써달라는 주문이 오기도 했다. 대학에 들어가서는 학교 신문을 만들어 내는 학보사 기자로 뽑혀 기자활동을 했다. 신문에 시, 단편소설을 올리기도 했다. 그러고 보면 아무래도 글쓰기는 기본으로 일기 쓰기로부터 시작되었고 독서를 통해 폭을 넓히고 상상력을 키워가지 않았나 생각된다.

나는 수필 쓰기는 경험에 바탕을 두어야 한다고 생각한다.

경험이 풍부하고 보고 듣는 게 많아지면 자연스레 글 쓸 소재들이 떠오르게 된다. 여행을 떠나보거나 길을 나서면 볼 수 있는 것들은 무궁무진하다. 나에게 특별한 의미로 다가오는 어떤 것들 그중에 하나를 소재로 잡으면 된다. 그게 하늘, 구름, 달, 별일 수도 있고 꽃, 나무, 풀, 곡식일 수도 있고 바다, 강, 시내, 도랑물일 수도 있다. 이런 자연 현상 뿐만 아니라 우리가 만나고 헤어졌던 인간관계일 수도 있다.

예를 들어 어느 시골 길을 가다 풀숲에서 목때깔을 발견했다. 까마중이라고 불리는데 우리가 살던 시골에선 목때깔이라고 불렀다. 도시에서 까마득하니 잊고 살았던 목때깔을 발견한 순간 지난 어린 시절이 한 편의 드라마처럼 떠오른다. 먹을 것이 귀하던 시절이라 목때깔 한 그루를 발견하면 수시로 그곳을 찾아가서 까맣게 익은 달달한 목때깔을 따먹으며 목을 축였다. 친구들이랑 밭두렁을 헤매며 목때깔 찾으러 쏴 다니던 그 시절이 왜 그리 눈물 나게 그리운지, 그 시절 친구들은 어디서 무얼하고 있는지… 이런 것들을 풀어쓰다 보면 목때깔 한 그루로 인해 한 편의 수필이 자연스럽게 써진다.

너무 어렵게 쓸려고 고민하지 않는다. 이야기하듯 내 마음을 풀어 솔직 담백하게 쓰다보면 독자도 편하게 공감하는 글이 될 수 있을 것이다.

그러나 수필도 변해야 한다고 윤재천 교수님은 누누이 강조하신다. 시대가 변한 만큼 수필 쓰기도 여러 모습으로 달라져야 한다고 퓨전 수필 실험수필 마당수필 아포리즘 수필 아방가르드 수필 등 다양하게 쓰길 주문하신다. 그래서 수필을 쓸려고 하면 어떤 형식으로 쓸까 고민을 하게 된다.

시 같은 수필, 소설 같은 수필, 편지 같은 수필… 다양한 형식들 속에서 나만의 글쓰기를 찾아야 한다.

구인환 교수는 수필은 그저 담수淡水와 같은 심정으로 자연이나 인생을 바라보아 자유로운 형식에 담아 표현하는 문학이라고 했다. 때로는 소설의 산문성을 침식하기도 하며 시의 서정성을 차용하기도 한다. 그래서 사색의 앙금이 반짝이기도 하고 다소곳이 속삭이기도 한다고 하셨다. 그 말씀은 소설 같은 수필, 시 같은 수필을 강조하신 듯하다. 앞으로 나의 수필 쓰기는 때로 자연 현상이나 풍경에서는 시 같은 수필, 다양한 인간관계에서는 소설 같은 수필을 쓰도록 노력할 것이다.

혼으로 쓰는 글

반숙자

들녘에 피어나는 들국화는 피고 싶어서 핀다. 꽃더러 왜 피느냐고
묻지 말라. 살아 있음의 가장 확실한 모습임을….

내가 수필을 쓰는 것도 마찬가지다.

어느 시인은 나에게 "가슴으로 오는 소리를 듣고, 가슴으로 글을
쓰는 사람"이라고도 하고, 어느 분은 "혼魂으로 쓰는 글"이라고 한
다. 삭여 보면, 본능적인 욕구의 표현 행위로 보는 것이 아닌가 싶다.

작가가 작품을 쓸 때 그는 곧 자신의 생명을 피우는 작업이라 생
각한다.

수필이라는 나의 꽃은 암울했던 시기에 구원의 손길로 왔다해도
과언이 아니다. 작가가 된다거나 지면에 발표하려는 꿈을 갖지 못하
고 살아가는 과정에서 부딪치는 고통이 글을 쓰게 하였고, 그렇게 함
으로써 살아날 수 있었다.

누구에게 기대어 위로받고 싶거나 스스로 무너질 때 차오르는 비
애를 기도하듯 쓰다 보면, 바람은 잔잔하여지고 삶의 구실을 찾을

수 있었다. 그렇게 시작한 글이다. 친구이듯 스승이듯 붙잡아 주고 다독여 준 수필, 그래서 엄격하게 이렇게 저렇게 써야 한다고 주문하지 않았다. 이론에 급급하다 보면, 쓰고 싶은 대로 써지지 않았다. 나의 글이 잡초처럼 질기고 모양 없음은 거기에 기인된 것이 아닐까 한다.

다만, 어떻게 쓰느냐보다 무엇을 쓰느냐에 마음을 쓴다. 글감이 진국이면 표현이나 구성에 다소의 무리가 있다 해도 전달되는 공감은 컸다.

그럼에도 불구하고 써갈수록 까다로워지고 모르게 되는 까닭은 무엇일까.

나는 수없이 흔들리며 글을 쓴다. 그것을 미완未完의 허무라고 생각한다. 개인의 감성, 체험, 지식, 사유를 동원하여 쓰지만, 써놓고 보면 미흡하기 짝이 없다.

지금도 마감일에 쫓겨 원고를 부치고 나면 몹시 앓는다. 또, 활자화되어 나오는 글이 부끄럽고 두려워서 열어보지 못하고, 며칠을 보낸다. 그때의 부끄러움과 허탈함이 다시 글을 생각하게 하고 쓰게 하는지 모른다. 수필이 개성의 문학이라 하고 한 작가가 쓰는 작품이 같을 수 없음은 편편마다 느껴지는 대상이 다르고, 표현의 기법도 새로움을 요구하기 때문이 아닐까 한다.

이런 나에게 수필 작법이라는 트여진 도道가 없다. 다만, 오래 전부터 몸에 밴 버릇이 몇 가지 있다.

자유로운 시간을 가질 때마다 글을 쓴다. 일상생활에서 평범하게 지나칠 수 없는 대상들, 자연과 사람들, 모든 사물들과의 교감을 느낀대로 기록해 둔다. 그런 습관은 잠들지 못하도록 의식을 깨우고, 사물에 대한 예리한 통찰력을 길러 주는 것 같다. 또 섬광처럼 지나가는 영감들을 메모한다.

개미가 먹이를 물어 나르듯이 나의 체험을 확대하기 위해 자료를 모으고 스크랩한다. 이 노트는 내 글감의 창고다. 그러나 창고의 글감들이 다 그대로 원고지로 옮겨지는 것은 아니다. 내 것으로 소화되고, 그 때의 주제와 접목되었을 때 가능하다.

나는 주제가 붙어서 오는 청탁 원고 쓰기가 어렵다. 기량의 부족에서 오는 것이고, 독자를 의식하거나 잘 써 보려는 욕심 때문이 아닐까 싶다. 더 흔들린다.

매번 쓰는 글인데도 절벽 앞에 서 있는 느낌이다. 어떤 때는 안개 자욱한 빙벽이고, 어떤 때는 손을 내밀면 잡힐 듯하다가 저만큼 물러가고 더 가까이 다가서면 자취도 없이 사라지는 피안의 영봉, 시시각각 변하는 사유의 성城이다.

절벽 앞에서 마음이 고요해지기를 기다린다. 기억을 뒤져보고 쉽게 상이 떠오르지 않을 때는 메모 노트를 펼친다. 어떤 분은 그것을 '예술적 감흥'이라고 표현했지만, 나는 계기 또는 충동이라고 생각한다. 계기나 충동에 의해 대상이 잡히면 주제를 향해 소재들을 모으고, 어떻게 형상화할 것인가 고심한다. 그리고 나는 왜 이 글을 쓰는가, 자문하면서 제목을 잡는다.

글을 쓰는 사람이면 공통된 난제가 첫 대목이다. 글의 주제를 암시할 수 있으면 더욱 좋다. 그러나 첫 구보다 더 많이 생각하는 것은 마지막 구절이다.

글 쓸 때의 유의점은 나 자신에게 정직하려고 노력한다. 작가는 자신만큼의 글을 쓴다. 잘 쓰려고 애쓰는 대신, 나의 렌즈를 통해서 느껴지는 것을 담담하게 쓰고자 한다. 감추지 말고 자신의 부족한 면까지 성찰하고 고백하는 과정을 거치면서 수필은 곧 그 사람이 된다. 그런 면에서 수필은 나에게 허구를 허락하지 않고, 인격적인 만남을 요구한다.

문장은 소박하고 되도록 쉽게 쓰고자 한다. 편견이 아닌 보편적인 진실의 모습을 나의 사유로 걸러 나의 그림으로 형상화하려 한다.

글 쓰는 일을 산고에 비유하기도 하지만, 나는 열병이라는 생각을 자주한다.

쓰고자 하는 대상과의 어우러짐, 그것은 밀애와도 흡사한 심적 충동이다. 자나 깨나 오로지 탐구하고 유인하고 애무하고, 의식은 한 층계씩 내면으로 침잠한다. 열이 오른다. 눈빛이 비어가고 오관의 넋이 빠져버린 허수아비가 되면서, 눈부신 빛줄기를 따라간다. 그럴 때 나는 수필혼과 접신된다. 어딘지 모르는 곳으로 끌고 가서 가슴을 열어 주면 일사천리로 절벽을 오른다. 그렇게 마무리 짓는 것은 퇴고를 많이 하지 못한다. 아마도 사랑에 눈이 먼 탓일 것이다. 내 안에 고여 와서 출렁이는 것을 쓸 때의 일이다.

대개의 경우는 노트에 초벌을 쓰고, 원고지에 세 번쯤 옮기면서 가지를 쳐낸다. 청탁 기일에 쫓기지 않으면 서랍 속에 묵히면서 퇴고를 한다.

지금까지의 글이 살고 싶다는 외마디 소리였다면, 앞으로는 들국화 같은 수필을 쓰고 싶다.

악천후의 기상에도 쇠하지 않고 무서리 내린 들녘에 다소곳이 피어나는 들국화, 저만의 조용한 품격을 지니고 깊은 사색으로 결을 삭여내 아름다운 혼이 깃든 글, 유연하게 흐르되 뼈가 있는 글, 사람의 가장 깊은 곳으로 스며드는 감동의 향기가 있는 글을 쓰고 싶다.

나는 글을 이렇게 쓰는데요

밝덩굴

아침나절이면 수원의 한 호수를 거닙니다. '광교호수'지요. 내가 명명한 이름이기도 하구요. 사실은 이 호수의 이름은 '광교저수지'입니다. 내 생각은 이렇게 크고, 넓고, 아름다운 곳인데, 왜 저수지라 할까 그것이 불만이었습니다. 그래서 광교호수라 고쳐 부르고, 그 호수를 거닐면서 즐기고 있습니다.

나는 글을 쓰기 전 이 호수에서 '쓰는 것'을 시작하지요. 어제, 누가 나에게 '우리 고장의 산과 물에 대해' 글을 써달라고 했습니다. 이 호수 둘렛길을 걸으면서, 가끔은 산 정상의 12각정十二角亭에 올라 전경을 구경하면서 한편으로는 머릿속으로 글의 '얼개'를 그립니다.

하나는요.

아하, 참 아름답구나—숲속의 나무들, 노래하는 산새, 구불구불 오름내림의 갈랫길, 빨강 노랑 검정의 금붕어 뻐끔놀이.

둘은요.

참, 호수가 한 큰 '포석정鮑石亭'이구나.— 야사에 숨은 비화, 유상곡수流觴曲水의 풍류.

셋은요.

친구와 같이 걸으니, 그 흥과 즐김이 배로구나. — 우리들이 나눈 정다운 이야기, 호수와 둘레 경치의 아름다움, 서로의 자식 걱정도 하고 — 그것을 글 짜임 속의 여운으로 넣습니다.

결국 이 호수는 수원 8경의 한 곳이고, 술에 취한 듯한 포석정의 멋을 가졌고, 그러면 이 호수는 마음속 호수로 닮아가는….

이 얼개는 집에 돌아와서는 종이에 도면을 그리듯 짜 넣습니다. 좀 구체적이지요. 주제를 꼭대기에 세우고, 그 둘레에 가지를 붙이는데, 내용과 연결되게 하고, 그리고 방향과 문체와 자료들을 끼워 넣지요. 제목은 '수원의 포석정'이라 했습니다.

한밤중, 그저 몇 가지, 이 글에 맞는 자료들을 찾아 모읍니다. — 호수의 역사, 고장의 자랑, 포석정의 야사, 그리고 내용에 맞는 좋은 말들입니다.

나는 저녁에는 글을 쓰지 못합니다. 다음 날 새벽 5시쯤 일어납니다. 그때 씁니다. 습관이겠지요.

원고지를 내놓습니다. 원고지에 쓰는 것이 맛도 있고 멋도 있다고 생각을 하지요. 넓은 판에 시원하게 쓰기, 여백에 고쳐 쓰기, 주문쪽수 잘 맞추기, 그리고 잘은 모르지만 친구 같아서입니다.

나는 글을 쓰는 형태와 뜻 부분으로 나누고, 부드러우면서도 간결하게 그러나 아주 조금은 논리성도 있게 쓰려고 합니다. 가장 중요한 부분이 독자에게 무엇을 줄 것인가 이지요 - 아하, 그렇구나! 의 반응, 아, 다시 읽고 싶은데… 야, 이거 감동이야! 의 메시지 부분입니다.

그리고 마지막으로 하나가 더 있습니다. 참신한 내용을 생각하고, 재미있게 읽게 하도록 위트나 기지, 해학 등을 문맥 속에서나 글 전체 맥을 통해서 나타나도록 하면 좋겠다고 생각하지요.

다 썼다고 생각할 때, 작업을 마치고 며칠을 두고 또 두고 생각하고, 들락날락하면서 고칩니다. 마치 효소를 담글 때 곰팡이가 슬지 않도록 자꾸 저어주듯, 글도 자꾸 뒤적이고 고쳐서 삭게 하는 것이지요. 아마, 이 과정을 대여섯 번은 합니다. 도연명은 퇴고지가 방석 밑에 한 가마는 있었다 하잖아요.

사실 내 글쓰기를 이렇게 장황하게 말했지만 정말로 독자가 내가 생각한 대로 받아들였는지는 잘 모릅니다. 송고한 후 늘 후회하곤 했기 때문이지요.

글을 쓴다는 것, 어떤 때는 참 괴롭고 외로운 작업입니다. 그러나 붓을 놓으면 더 괴롭습니다. 무엇 때문일까요? 나는 이 글을 쓰는 일을 '내가 사는 방법'이 아닐까 합니다. 그러니 자꾸 쓸 수밖에요.

수필의 씨앗

서강홍

  "붓글씨 공부의 3대 요소는 다간多看, 다서多書, 다작多作이다." 서예 공부를 하고자 글방에 입문했을 때 처음 들은 이야기다. 내 눈을 지그시 응시하며 힘주어 강조하던 왕철旺哲 선생님의 말씀이 잊히지 않는다. 가르침을 얻고자 원거리를 달려온 제자를 가상히 여기셨던 선생님의 일침이었으리라.

  다간多看이란 글자의 의미 그대로 많이 봐야 한다는 뜻이다. 그냥 보는 것이 아니라 감상해야 한다는 의미로 명필이나 다른 사람의 글씨를 많이 감상하여 쓰는 원리를 알아본다는 뜻이다. 다서多書는 많이 임서臨書해야 한다는 뜻이다. 글씨본(체본)을 검토, 이해하고 체본에서 받은 감각적인 기분을 그대로 살려서 많이 습작習作해야 한다는 것이다. 다작多作은 체본을 통해 익힌 것을 자기 나름대로 독립해서 쓰는 창작創作의 과정을 말함이다.

  많이 보고, 익히고, 창작해야 뜻을 이룰 수 있다는 일련의 과정이 비단 서예뿐이랴. 이 과정은 예술이나 학문의 세계를 뛰어넘어 배움을 청하고 뜻을 이루려는 모든 분야의 인간으로서의 지켜져야 할 계명이요, 철칙일 것이다.

수필도 많이 보고, 익히고, 창작하는 세 과정을 거쳐서 삶의 모습과 세상의 흐름을 형상화한 예술의 한 분야이다. 따라서 훌륭한 작품을 양산量産하기까지 많은 다자多字의 철저하고 냉엄한 신세를 져야하는 과업이다.

단테의 '신곡', 밀턴의 '실락원', 윤동주의 '서시', 김소월의 '진달래', 서정주의 '국화 옆에서' 등 작가와 작품이 동일시되는 대표작을 우리는 많이 보아왔다. 수필세계의 현대사에서도 피천득의 '인연', 윤재천의 '구름카페' 등 이미 사전적인 반열에 오른 작품들을 보게 된다.

이렇듯 작가와 작품이 동일시되는 대표작, 사전적인 반열에 오른 작품들의 공통점은 무엇일까? 무엇보다도 감동적이라는 것이다. 감동도 단순 감동이 아니라 작가의 인간적 면모와 삶을 대변할 수 있는 무게를 지닌다는 것이다. 그러므로 일생일대의 대표작의 양산은 모든 작가의 염원이요 과제다.

감동은 수필의 생명이다. 생명력 있는 수필, 감동적인 수필은 어떤 기술과 과정을 거쳐 생산될까. "수필은 시처럼 써야 하고 소설은 수필처럼 써야 한다." 수필가이면서도 몇 권의 소설을 쓰신 S선배님이 입버릇처럼 말씀하시던 지론이 '함축철학'이다.

밀알 하나가 땅에 떨어져 죽지 않으면 한 알 그대로 남고, 죽으면 많은 열매를 맺는다. 성경의 말씀이다. 작은 씨앗은 참으로 신기하다. 컴컴한 땅 속에서 싹을 틔운다. 곧 새로운 생명이 태어난다. 새로운 모습의 생명의 탄생은 곧 신비와 조화요, 신의 선물이다. 새 생명이 태어날 때 표현하기 어려운 산고가 따르듯, 작은 씨앗이 땅 속에서 새 싹을 틔울 때 자기의 모습은 썩어 없어지듯, 신의 선물인 생명은 곧 고통과 희생을 거쳐서 광명한 천지에 그 모습을 드러낸다.

군 생활을 거친 사람들은 대개 유격훈련 과정을 체험케 된다. 외줄 타고 오르는 과정이 있다. 외줄 타고 오르기 전에 조교는 쪼그려 뛰기라는 준비운동을 시킨다. 준비운동이라는 명목의 쪼그려 뛰기를 병사가 힘이 빠질 때까지 시킨 다음 외줄을 타고 오르라고 지시한다. 기진맥진한 병사가 젖 먹은 힘 다하여 외줄을 타고 올라가는데 10m 높이의 외줄에 9m까지 올랐다. 남은 1m를 오르려니 힘이 빠져 도저히 더 오를 수가 없다. 밑에 선 조교는 나머지를 오르라고 명령한다. "올라!" "도저히 오를 수 없습니다" 병사의 대답이다. "못 오르면 죽여 버린다." 조교가 권총을 겨눈다. 힘을 써 보는 병사 "죽어도 오를 수 없습니다."

그때 빵! 하고 총소리가 울린다. 참 이상한 일이다. 죽어도 못 오른다던 병사가 어느새 남은 1m를 올라 외줄의 꼭대기에 앉아있다.

힘이 다 빠진 상태에서 이루어지는 기적 같은 이 힘을 우리는 제 3의 힘이라고 한다. 평소에 근육질로 단련된 사람, 정신력이 강한 사람 등이 더 위력을 발휘한다는 보이지 않는 힘, 믿기지 않는 힘. 이른바 제 3의 힘을 정의하면 정신력, 저력, 잠재력, 초자아 등으로 불리는 숨은 에너지다. 이 에너지는 수면 밑의 빙산의 크기가 수면 위의 빙산보다 더 하듯 인간의 드러난 힘보다 더 강하다고 한다.

어두운 땅 속에서 씨앗이 새 싹을 틔우듯, 어머니가 산고를 겪으며 성스러운 생명을 출산하듯, 한 작가를 대신하는 대표작은 어렵고 힘든 고통의 과정을 거쳐 양산되리라. 전자기기의 작은 칩 속에 수많은 정보가 들어 있듯 작은 씨앗 그 속에서 새로운 생명이 태어나듯 작가의 삶의 모습과 가치관, 세계관이 녹아 든 감동의 씨앗을 가꾸자.

자폐적 글쓰기와 문지방 넘기

서 숙

단번에 알아먹는 글은 매력이 없다. 어디선가 본 듯한 흔히 접하는 이야기의 나열이나 고뇌도 반성도 없이 지루한 글을 읽는 것은 시간 낭비다. 뭔가 참신한 시각과 접근이 내게 와 닿아야 한다. 그렇지만 말초적이고 정련되지 않은 정서와 가벼운 치기, 지나친 파격은 반갑지 않다. 작위적인 '글을 위한 글'은 외면한다. 사유의 틀은 정연하고 문장은 깔끔하여 우아한 분위기를 지닌 글이 좋다. 나에게 독서는 심심파적의 대상이 아니다.

지적 희열이 성찰과 깨달음을 동반하여 법열이라 할 만한 경지에 이르는 것은 나에게 즐거운 유희다. 정서적 뭉클함을 통해 고양되고 승화하는 느낌 속에 푹 잠길 때 행복하다. 드물게는 뒤흔들어대는 강력함 속에 내 전 존재를 가두어 헤어날 수 없게 만드는 책을 만나기도 한다. 흡사 회오리바람 속으로 끌려들어가는 짜릿함 가운데 기꺼이 휘둘린다. 이렇듯 나를 사로잡으며 이전의 나와 이후의 나를 갈라놓는 글을 염두에 두면서 나의 수필도 그 방향으로 가기를 간절히

원한다.

이모저모 머릿속에 복잡한 회로를 이루는 생각의 갈피를 잡아 방향을 잡고 척도를 잰다. 일단 떠오르는 모든 상념들을 다 열거한다. 그런 다음에 응축으로 밀도를 높인다. 소재와 주제를 잡고 나서 내가 글을 구성하는 방법이다. 자의식에 함몰되어 쓰고 싶은 대로 쓰며 비약하며 상상하며 자기만족을 내세우는 이런 태도를 나는 '자폐적 글쓰기'라고 부른다. 퇴고 과정에서는 그래도 의미 전달에 신경을 쓴다. 혼자 보고 치울 게 아니니 타자를 의식하여 얼마만큼 풀어놓고 얼마만큼 압축할 지를 고민해야 한다. '문지방 넘기'다. 가급적이면 타인의 동조와 이해를 바라는 노파심에도 불구하고 글이 어렵다는 말을 종종 듣는다. 한 명의 독자가 아쉽거늘 안타깝게도 보편성을 얻기에 한계가 있나 보다. 나의 글은 이렇게 '자폐적 글쓰기'와 '문지방 넘기'의 이중성을 지닌다.

나의 별자리인 천칭자리의 사람들은 판단력이 좋으며 무슨 일거리든지 혼자서 다 처리하려는 경향이 있다고 한다. 어떤 성격유형 테스트에서 나는 investigator로 분류되었다. 수필가니까 이왕이면 creator로 나오면 좋겠지만 수집하고 해석하기 좋아하는 성격이니 아쉽지만 조사결과에 수긍한다. 천칭자리와 성격유형의 공통점이 줄곧기로 이어지고 내게 신통하게 들어맞는다는 생각이 든다. 원칙주의자, 이쯤이면 문학적 감성은 들어설 자리가 별로 없다.

그런데 반전이 있다. 천칭자리의 사람들은 아름다움과 정돈을 좋아한다는 것이다. 내 마음에 드는 구절이다. 자칭 정리의 여왕인 나의 삶이 추구하는 것이 아름다움과 정리정돈이다. 뭐든지 나름의 심미안을 충족시켜야 하고 머릿속도 주변도 말끔해야 한다. 글을 쓰기 전에는 항상 집안을 먼저 치운다. 드디어 천칭의 추가 흔들림을 멈추고 고요해지기를 기다리는 것이다. 끼가 없는 대신에 곰곰이 살피는 일은 곧잘 한다. 아름다움을 사랑하는 마음으로 나의 부족한 감성을 보충하고 정돈하기 좋아하는 성격으로 글의 수미일관을 지향한다. 수필은 감성의 마당에 지성의 꽃을 피우는 것이라거나 수필은 읽는 이의 머리는 맑게, 가슴은 따뜻하게 해주어야 한다는 것을 좌우명으로 삼으며.

수필은 이미 아는 것을 피력하는 일이 아니라 모르는 것에 대해 알아가며 납득하려는 깨달음의 노정이라고 할 수 있을 것이다. 루카치는 "에세이스트는 자칫하면 궁극적인 것에 도달하였다고 생각하는, 자만에 찬 기대를 떨쳐버린다"고 하였다. 철학자는 궁극적인 것에 도달했다고 믿는데 수필가는 그렇지 않다는 뜻이다. 알랭은 "에세이를 시도하는 것은 철학을 문학으로 바꾸고, 문학을 철학으로 바꾸는 일"이라고 하였다. 수필은 선문답의 경지가 아니라 친절하고 평이한 가운데 고양된 정서의 품격을 기린다. 더하여 행간에 맛과 멋의 여운이 흐른다면 그것이 수필의 진수일 것이다.

예술과 문학은 내 존재를 확실히 하는 길이다. 다양성을 확보하여 응축하고 수렴하여 밀도를 높인 자신의 존재를 작품에 투영하는 것이다. '모든 예술 행위는 우리가 무심코 넘겨버리는 것을 잘 볼 수 있게 환기시키는 것'이며, 작가란 '함께 공유했으면 하는 것을 보게 하는 일종의 우체부'다. 친절한 길잡이로서의 수필을 추구한다. 생략과 비약이 난무하면 오리무중이고, 길게 늘이고 부연설명을 붙이면 진부하다. 정봉구의 "수필은 교양인의 문학이며, 문학을 굽어보는 문학이며, 수필의 위상은 항상 초연하다"는 말을 늘 되새긴다.

난 수필을 이렇게 쓴다

서용선

조화가 아름다운 여인을 보면 자꾸 눈이 간다.

조화로운 맵씨. 조화로운 말씨. 조화로운 웃음소리.

모든 아름다움은 조화와 그에 맞는 하모니가 가장 잘 이루어질 때 탄생되는 것이 아닐까?

길 위에서 만난 그 소녀가 아마 그런 여인이었던 것 같다.

그녀의 미소는 몇 년이 지났는데도 내 뇌리 속에 잔잔하게 남아있으니 말이다.

간간이 마주쳤던 그녀의 선한 눈빛은 예쁜 눈웃음이 있었고, 그 눈웃음은 나를 형언할 수 없는 설레임의 호숫가로 데려갔다.

그녀는 작은 수필집을 들고 있었다 .

호수 가득, 저녁 노을이 찬연히 물들 때까지 그녀는 벤치 위에서 책을 읽고 있었고, 노을은 그녀의 긴 머리칼에 금빛으로 내려 앉았다.

난 새벽 이슬이 내릴 때까지 그녀의 곁을 떠날 수가 없었다.

난 수필을 쓸 때마다 그녀를 떠올린다. 황금으로 만든 빗을 들고 있었던 그녀.

그녀의 머리칼에선 항상 내가 가장 좋아하는 로즈마리 허브향이 났다.

그녀의 부드러운 듯, 향기로운 머리칼을 사알짝 만지는 꿈을 꾸며 난 오늘도 행복한 수필을 쓴다. 그녀와 수필의 숲을 거닐기라도 한 날이면 나의 수필 쓰기는 날개를 단다.

그녀와 함께하는 수필.

그녀는 수필이요, 그녀는 소설이다.

소설속의 그녀는 나의 상상력을 끝없이 자극해 우주의 끝까지 나를 날게 한다.

난 소설의 장면을 하나하나 떠올리며 내가 체험해 왔던 일들을 소설과 접목해 나간다.

소설속의 그녀와의 만남은 내가 직접 경험한 일들을 더 아름답고 더 신비로운 동네로 나를 인도해 준다. 소설은 행복한 수필이 되어지기에 충분하고, 상상 속의 나는 항상 피터 팬처럼 팅커벨을 만날 수 있어 난 소설 같은 수필 쓰기를 참 좋아한다.

맛깔스런 수필

서원방

그녀의 글재주가 부러웠다.

밤새워 소설을 읽고 시를 암송하고 독후감을 들려주는 그녀 곁에는 친구들이 늘 진을 치고 있었다. Y는 내 소녀시절의 로망이었고 난 그녀의 포로였다. 문학의 길을 걷겠다고 야무진 꿈을 꾸던 그를 '아메리칸 드림'에 빼앗기고부터는 삶이 허전하고 목마르다.

그녀와 말을 나누고 싶을 땐, 혼자서 중얼거리며 위로를 받는다. 요즘 수필공부를 하고 있노라고, 맛깔스런 수필을 쓰게 되면 읽어주겠노라고, 허공에 눈을 맞추며 그리워한다고…, 독백이 버릇이 되었다.

나이테 만큼이나 켜켜이 쌓인 못 다한 말을 그녀에게 풀어놓으면 응어리진 가슴이 조금은 시원해진다.

그녀에게 수필 이야기를 해야겠다.

수필 공부를 하고부터는 생활 속에서 글감을 찾는 버릇이 생겼다. 떠오른 생각을 보석만큼이나 잘 간수해야 한다. 장고 끝에 얻어진 생각과 감정을 수필로 옮길 즈음이면 느낌은 번개처럼 사라진다. 산산이 흩어져 향방을 잃기 전에 메모를 해 둔다.

수필 쓰기에 돌입하면 말하기와는 달리 또 다른 난관에 부딪치게 된다. 생각과 감정은 처음 느낌처럼 맛깔스럽지 못하고 싱겁기 마련이다. 말로 표현할 때는 감정을 즉시 토해내서 제 맛을 낼 수 있지만, 시간 속에 묵혀둔 느낌은 그렇지 못하다.

수필을 쓰려면 생각을 정리하고 몰두해야 한다.

생각을 가다듬고 몇 글자를 써내려가다 보면 잊고 지내던 사연들이 한꺼번에 머리를 치켜들고 지저귀며 파뿌리처럼 엉키게 되니 문맥은 난삽해지고 설익은 감처럼 떫다. 정신을 몰두하지 않은 탓이다. 맛깔스런 수필은 깊고 긴 고심과 정신일도精神一道에서 얻을 수 있는 결실임을 비로소 알게 되었다.

'무엇을' 글 속에 담을 것인가.

우연 속에 스쳐 지나간 경험이 영감으로 이어지면 글감이 된다. 고삐를 죄듯이 꽉 잡고서 생각과 고민하는데 시간을 투자해야 한다. 글 속에 '무엇을' 담을 것인가가 글쓰기의 첫 번째 관건이다. 뜸을 들이고 생각을 삭혀서 말하고 싶은 주제를 결정하고 나면, 뇌리를 짓누르던 무게는 깃털처럼 가벼워지고 여유마저 생긴다.

주제에 걸맞는 '바르고 정확한 정보'를 미리 공부해야 깊이 있는 글을 쓸 수 있다.

수필은 무엇을 어떻게 전개해 나갈 것인가 고민해 볼 일이다. 오보를 막고, 바르고 깊은 내용을 수필에 담으려면 필자는 정보에 밝아야 한다. 인터넷을 활용해도 좋다. 미디어를 놓치지 않고 시대와 더불어 열심히 사노라면 정보는 보너스로 얻어진다.

글쓰기는 서두르지 말고 천천히 여유를 두고 써야 한다.

글을 쓰다보면 넘치는 열정을 가누지 못하고 주제를 벗어나 외딴길을 걸을 때가 있다. 서두부터 다시 읽어가며 문맥을 점검해야 한다. 글을 천천히 쓰면 필자의 생각과 감정이 정화되는 잇점도 있다. 생각나는 대로 쓴 글은 맛을 내지 못한다.

작성한 원고는 묵혀두었다가 감정이 냉정해질 즈음에 읽으면 생각이 편협했음을 발견하게 된다. 첨삭을 거치면 의도했던 원고로 다시 태어난다.

문맥이 방향감각을 잃고 있을 때, 문장과 단어사용이 격에 맞지 않을 때, 수정 보완은 필수다. 누가 수필을 붓 가는 대로 쓴 글이라고 말했나.

수필 쓰기는 홀로 시간을 보내야 하는 외로운 작업이다. 수필을 통해 홀로 성숙하고, 불편한 심신이 스스로 치유되며, 그리움이 채워지고, 위로를 받는다.

수필은 나의 기도이고 삶의 방편이다.

나의 수필 쓰기

석현수

몽테뉴는 '자신 그리기(se peindre)'를 수필의 중심으로 삼았다. 수필가는 일대기一代記나 자서전自敍傳을 필요하지 않는다. 다른 장르와는 달리 '종이' 위에 자화상을 그리는 사람이기 때문이다. 수필은 전기傳記 속에 등장하는 객체화된 한 인생의 이야기가 아니라 그때그때의 작품이 곧 그 사람이 살아가는 행적이며 바라보는 방향인 것이다.

수필은 현란한 형용이나 묘사 기술을 요구하지 않는다. 기술은 없는 것보다는 있는 것이 조금 낫다는 정도이지 이것이 글의 승패를 가리는 핵심 요소는 아니다. 수필 쓰기는 감춰둔 속내가 있어 끙끙거리거나 에둘러 빙빙 돌리며 지면을 끌거나 얽히고설키는 꾸며내는 이야기가 아니다. 쓰는 쪽도 솔직담백하게 쓰는 것으로 알고 쓰고, 읽는 쪽도 진솔한 작자의 이야기라는 것을 전제로 즐길 준비가 되어있다.

서로의 약속이 어긋나 몰아沒我에 빠진 자기 자랑이나 신세타령은 상대를 짜증나게 할 것이다. 시답잖은 글이 되지 않으려면 '자기 그리기' 속에는 여러 대상이나 소재를 동원하라고 권하고 싶다. 여러 대상과 소재를 끌어들여 그 속에 작자 자신을 심어 글의 외연을 넓혀가야 할 것이다. 이는 곧 참나무 등걸에 버섯 균주를 심어 버섯을 재배하는 방법과 같을 것이다. 한 장의 음반에 혼자 부는 트럼펫 소리만 계속 나온다면 어찌 단조롭지 않겠는가. 자화자찬이 심한 사람을 혼자 나팔을 분다고 한다(Don't blow your own trumpet).

영양가가 많다고 비타민을 주식으로 할 수 없다. 비록 건강에 도움되지 않는다고 해도 기호 식품을 찾는다. 글도 재미가 따라야 한다. 무미건조하여 뻣뻣하기만 하다면 아무도 찾지 않을 것이다. 읽지 않는 글이라면 수필이 문학의 테두리 속에 있어야 할 이유가 없다. 그냥 두어도 수많은 글 속에 파묻혀 자연 소멸하여 버릴 것이다. 뜨겁지 않은 불은 불이 아니듯 재미가 없는 글은 글이 아니다. 그러나 재미는 양념일 뿐임을 알아야 한다. 이를 '낯설게 하기'라 하기도 하고 어떤 이는 '마중물'이라고도 이른다. 재미가 지나치면 수필이 그만 경박해 보이게 된다.

세상에 변하지 않는 것은 아무것도 없다. 글쓰기도 변한다. 마치 적자생존의 길을 찾아가는 종種의 진화라고나 할까, 문장文章의 진화라고 해야 할까. 때로는 시대적 상황 논리 때문이기도 하고, 글쓴이의 취향이 달라서이기도 하며, 일면 독자의 요구에도 순응해야 하는 문학 활동이어서 그렇다. 수필도 변해야 한다. 모든 것이 다 변해도 한 가지만은 변할 수 없다. 글의 중심을 늘 '자기 그리기'에 두고 글을 써야 한다. 가령 소재가 어머니라면 어머니의 구구절절한 일생이 이야기 전부가 아니라 어머니라는 대상을 통해 자신의 이야기를 해가는 작자 중심의 전개展開가 필요하다는 것이다.

앞으로의 수필에 대한 기대는 더욱 고품격 글들의 출현을 고대한다. 이는 작가나 독자 모두가 풀어갈 앞으로의 숙제다. 작가는 철학적 사고가 바탕이 된 고뇌에 찬 작품을 내놓을 수 있을 때까지 인문학적 소양을 길러야 하고, 독자는 독자 나름 이런 글을 소화할 수 있는 역량을 길러야 한다. 중국 북송 때의 문인 구양수歐陽脩는 글 잘 쓰는 비결을 삼다三多라고 주창했다. 이는 구체적으로 다문多聞, 다독多讀, 다상량多商量이다. 나는 이 셋 중 맨 나중의 다상량에 큰 비중을 두고 글을 쓴다. 여기서 상량은 중국어의 '헤아려 잘 생각함'의 뜻이다. 서양과 동양의 글쓰기 모습은 매우 다르다. 쓰기 어려워도 철학적 글을 써야 하고 읽기 어려워도 고품격 글을 읽어야 한다. 동서양 문화의 차이를 극복해야 한다. 이 차이는 통합적 사고에 익숙하면서도 분석적 사고에 취약한 아시아 지성인의 흠결로 보는 이도 있다.

자신의 대표작이 없다는 사람이 많다. 작품이 출중하지 못하다며 겸손의 의미로 하는 말이라 알아들으면 성급한 판단이다. 가장 최근에 쓴 작품이 곧 자신의 대표작이라는 다른 표현이다. 이 말은 필자도 동의한다. 오늘의 최고는 앞으로 올 날의 올 최고에게 자리를 내

주어야 한다. 오늘까지만 지금의 것이 대표작이다. 나의 최고의 날은 아직 오지 않았다. 작가는 글을 쓸 때 늘 최고의 작품을 쓰겠다는 각오로 글을 쓴다. '자신 그리기'에 동원된 지금의 생각과 말과 행위는 다만 나의 최신 수필 버전 업그레이드(Version Upgrade)일 뿐이다.

나의 수필 쓰기

성민희

모처럼 한가한 시간. 숙제를 미뤄둔 것 같아 여기저기에서 날아온 수필집을 모두 꺼냈다. 수필집 제목이 마음에 드는 책을 먼저 집는다. 첫 작품부터 읽어 내려간다. 봄바람에 마음이 설레어 집을 나왔다 한다. 금세 봄 풍경이 그려진다. 꽃도 하늘도, 졸졸 흐르는 시냇물까지. 수사가 화려하다. 고운 단어의 조합이다. 다음 작품으로 넘어간다. 경제적으로 힘든 친구의 병문안을 갔다. 작가의 마음과 친구의 반응이 뭉클한다. 감동적인 이야기가 지겨운 작가의 사설에 묻혀 버린다. 아쉽다. 그림에 관련된 이야기다. 인터넷만 뒤지면 우박처럼 쏟아져 나올 정보를 알뜰히도 나열했다. 또 덮는다.

일어나 물을 한 잔 마시며 생각한다. 내 작품도 다른 사람에게 이런 취급을 받지나 않을까. 마음이 움찟한다. 지난 여름 문학캠프 강사님의 수필 강의를 듣고 나니 글쓰기에 자신이 더 없어진다. 현재 한국에는 수필가가 3,200명을 웃돈다고 한다. 얼마나 많은 수필이 쏟아져 나오는지 짐작이 간다. 지구 위 71억 인구의 얼굴 생김새가 각각이듯 그들의 이야기도 다양할 것이다. 그 이야기를 어떻게 '다르게' 풀어서 독특한 색깔로 표현해 낼 것인가 하는 것이 문제다.

나의 글쓰기 소재는 평범한 일상에서 건져진다. 흰 광목에 물감 쏟아지듯 초록색, 회색, 혹은 보라색 물감이 내 마음 바닥에 철퍽 쏟아지는 느낌을 만날 때면 간단한 메모를 한다. 운전 중이거나 메모를 할 처지가 못 되면 녹음을 한다. 주제는 그때 이미 정해진다.

소재와 주제가 정해지면 소재의 의미화 작업에 들어간다. 사유의 폭과 깊이에 따라 글의 격이 달라진다는 생각 때문에 항상 여기에서 주눅이 든다. 이 과정이 충분히 확장되고 숙성되지 않으면 글은 신변잡기 수준을 벗어나지 못하기 때문이다. 나름대로의 채도와 명도를 가진 밑그림이 그려지면 컴퓨터 앞에 앉는다. 머릿속에 그려진 그림이란 것은 휘발성이 있어서 시간이 지나면 서서히 날아가 버리기 때문에 되도록 빨리 글쓰기를 시작한다. 바쁘다는 핑계로 미루다가 놓친 아까운 그림도 많다.

컴퓨터 앞에 앉으면 소재의 색깔에 따라 수미상관으로 갈까, 시간 순서대로 나열할까? 어떤 구성이 효과적일까를 결정한다. 글의 시작은 되도록 짧은 문장을 쓴다. 쉽게 독자의 마음을 붙잡을 수 있는 특이한 내용이나 의문을 갖게 하는 문장을 만들려고 애쓴다.

문장은 튀지 않는 어투와 쉬운 단어로도 충분히 밀도 있는 의미를 전달하기 위해 고민한다. 여기에서 나는 또 한 번 더듬거리며 나아가지 못할 때가 많다. 나의 어휘력 부족은 항상 못마땅하다. 플로베르의 일물일어설—物—語說은 나를 괴롭힌다. 한자말이나 외래어는 순수 한국말이 없을 때만 사용한다.

프랑스 시인 프란시스 퐁주는 '물 컵'을 쓰기 위해 6개월 동안 다른 일은 전혀 하지 않은 채 물이 담긴 컵만 바라보았다. 그는 물을 컵에서 따랐다가 다시 붓기도 하고 담긴 물 맛을 음미해보기도 했다. 이처럼 자신이 사물의 내부로 들어감으로써 그것이 스스로 표현하기를 기다리면 그 사물은 침묵을 깨고 말을 걸어온다고 한다. 문학적 상상력이다. 나는 그것을 최대한으로 살려 글의 맛을 더하고자 한다. 상상력과 기억의 편린, 내가 가진 모든 것을 동원해도 글이 잘 풀리지 않을 때는 인문학 계통의 책을 읽으며 brain storm을 한다.

　작품이 완성되면 퇴고에 정성을 쏟는다. 반복되는 문장이나 단어, 조사가 있나 찾아내고, 쓸데없는 수식어, 형용사나 부사를 걸러내고, 만연체 문장은 짧은 문장 둘이나 셋으로 쪼갠다. 더 적합한 단어가 없을까 고심한다. 격조 있는 단어 하나가 문장 전체의 품위를 높여주기 때문이다. 어색하여 이리저리 분칠을 해도 태가 나지 않는 문장은 문맥에 지장을 주지 않는 한 과감하게 버린다.

　제목은 퇴고까지 하고 나서 정한다. 글을 시작하기 전에 떠오르는 경우도 있지만 대부분은 글 가운데서 찾아내거나 글 속에 있는 것과 비슷한 문장을 만든다. 제목 정하기가 어려운 경우도 있다. 이럴 때는 제목 없이 그냥 묵혀둔다.

　가끔 가다 마음이 멈추는 수필을 읽을 때가 있다. 해박한 지식을 겸손하고 세련된 문장으로 전달해 풍성한 과수원을 거니는 듯한 느낌을 주는 글, 놀라운 상상력의 섬세한 묘사로 온 몸의 감각을 집중시키는 글, 내면 깊은 데서 우러나온 지독한 고독을 은근하게 전염시키는 글, 순결한 인격과 맑은 품위가 느껴져 마음이 숙연해지는 글.

그런 글을 만날 때다. 아픔이나 슬픔을 푹 삭여 드디어는 그 슬픔을 멀리서 바라보며 담담히 쓴 글을 읽을 때는 '나도 이런 글을 쓰고 싶은데…' 중얼거리며 눈물을 닦기도 한다.

제목부터 시작하여 퇴고를 하기까지. 내 글이 반쯤 읽다가 던져지는 글이 되지 않기를 바라는 마음 간절하지만 아직도 나는 갈 길이 멀다.

게으른 글쓰기

송혜영

나는 미국 독립운동가 벤자민 플랭클린을 그다지 좋아하지 않는
다. 그 이유는 단지 그가 "오늘 할 일을 내일로 미루지 말라"고 했기
때문이다.

나는 오늘도 오늘 할 일을 내일로 미루며 까닭 모를 죄책감에 시달
린다. 내가 게으르고 불성실한 인간이라며 자책을 한다. 다 벤자민
때문이다.

나의 미루기 기질은 글쓰기에서도 제대로 작동한다. 결론을 미루
다 미루다 마감을 넘기기 일쑤다. 나는 하룻밤 사이에 후딱 글 한 편
써내는 사람을 우러러본다. 그들 심신의 유능함과 부지런함에 기가
팍 죽는다.

섬광 같은 영감의 강림 같은 건 내게 없다. 내가 믿는 건 오직 게을
러빠진 내 궁둥이 뿐이다. 몇 달, 몇 년, 길게 잡아 십 년 궁둥이 싸
움을 해야 그럭저럭 고개를 끄덕일 만큼은 된다. 평생을 잡아야 완성
이라 내놓을 수 있는 글도 컴퓨터에 내장되어 있다.

나의 글쓰기는 참으로 가성비가 떨어지는 비효율적 작업이다. 일상 생활에서 내 게으름의 근간은 체력적인 것에 기인한다. 글쓰기 문제에 있어서는 비루한 몸보다 자기 확신이 부재하기 때문이다. 그건 내 정신적 토대가 허약해서다.

내 생각은 자주 바뀌고 널뛰고 전복을 일삼는다. 시간을 오래 두고 오늘 생각을 내일로 미루고 미루다 보면 서서히 갈피가 잡히면서 글이 얼추 꼴을 갖춘다. 그렇다고 모든 글이 다 이런 게으름을 먹고 자란 놈은 아니다. 대개, 거의 그렇다는 얘기다.

신의 자비로 기막힌 에피소트가 제공되면 내가 우러러보는 사람처럼 사흘 만에 글 한 편 뚝딱 생산할 수 있다. 은혜로운 경험이 잠 자고 있던 감각을 깨우고 문자와 더불어 덩실덩실 춤을 출 때가 있다. 하지만 그런 행운은 일생 몇 번이나 될까.

세상에 완벽한 건 없다. 죽기 전에는 완결도 없다. 게으름으로 생산된 내 수필은 결코 완벽을 추구하지 않았다. 그저 순결한 하얀 종이에 콕콕 박혀 내게 되돌아오는 문자의 엄중함을 두려워한 결과물이며, 내가 바보인 걸 들키지 않으려는 기나긴 고투의 산물일 뿐이다.

수필, 무엇을 어떻게 쓸 것인가
- 내용과 형식의 혁신을

신길우

1. 무엇을 쓸 것인가

현대 한국수필은 대체로 비슷한 모습이다. 그 내용이나 형식, 서술방식과 기법 등이 별반 다르지 않다. 아직도 고백문학이란 인식과, 글자대로 '수필隨筆'로만 여기고 쓰는 이들이 많다. 한마디로 해온 대로 따라 써내고 있는 느낌이다. 기행문과 기행수필, 서간문과 서간수필도 구별하지 못하고 있는 수필문학에 대한 몰이해도 문제이다. 무엇보다도 내용부실의 실정에서, 수필은 점점 매력을 잃어가고 외면을 당하고 있다.

그러므로 우리의 수필은 개선돼야 한다. 내용과 형식, 문장도 개혁하지 않으면 안 된다. 바쁘게 사는 현대인의 생리에 가장 알맞은 문학이라 하면서도 그에 부응하지 못하고 있다.

한국 현대수필의 문제점은 크게 두 가지를 지적할 수 있다. 무엇을 쓸 것인가와 어떤 형식으로 쓸 것인가가 그것이다.

무엇을 쓸 것인가는 매우 중요한 문제이다. 수필의 질적인 수준을 결정짓게 한다. 수필은 무엇이든 쓸 수 있다고 해서 아무것이나 쓰면 안 된다. 그래 왔기에 대우받지 못하는 것이다. 이제는 쓸 것부터 수준 높은 것을 고르고, 신중하게 따져보고 써야 한다.

그동안의 우리 수필들의 내용이 대동소이한 것이 많았던 것은 쓸 무엇을 쉽게 선택해서 그렇다는 생각이다. 신변잡기나 경험담류란 비판을 받는 것도 의미가 없는 평범한 것들을 편한 대로 다루어서 그런 것이다.

나는 수필을 쓰는 시간보다 생각하는 시간이 더 많다. 쓸 무엇을 고르는 데에 많은 시간을 소비한다. 그리고 언제나 의미가 있는 것인가에 집중한다. 의미가 없는 것이면 쓰지 않는다. 내게 있어 의미는 창작 여부의 결정 요인이다.

그래서 쓸 무엇을 찾고자 고심한다. 기억들을 떠올려 생각해보고, 소재 노트나 메모들, 컴퓨터 저장 파일들을 점검한다. 이들은 작품으로 쓰고자 내 마음에 새겨놓았던 것들로, 평소에 그때그때 수집하고 기록한 것들이기에 유용성이 높다.

찾는 대상은 가리지 않는다. 사람은 물론, 동식물과 자연, 그리고 그 각각의 생태와 현상들을 다각도로 살핀다. 특히 인물들의 삶과 정신, 생물들의 삶의 모습들은 유의적이어서 관심을 많이 둔다.

대상을 살필 때 나는 그것이 어떤 의미로 다가오는가를 생각한다. 의미의 발견이 목표이다. 의미가 없이는 글로 쓰지 않는다. 의미 찾기는 시작이요 완성의 중심이다. 좋은 의미는 좋은 작품을 창작하게 한다.

2. 왜 의미 있는 것인가

문학은 가치 있는 의미의 표현이다. 의미는 작품의 생명이다. 내용은 의미를 담는 그릇이다. 문학작품은 의미가 들어있고 느껴져야 한다. 재미가 있어도 의미가 없는 작품은 이야기일 뿐 좋은 문학이 될 수 없다.

작품을 읽었을 때 의미가 느껴지지 않거나 약하면 실망하게 된다. 작품이 주는 의미는 깊이 있는 사물의 이해와 깨우침을 갖게 한다. 읽는 맛도 주고, 더 읽고 싶은 욕망도 불러일으킨다. 의미는 독자에게 새로운 자극과 감동을 준다.

의미는 작품 존재가치의 핵심이다. 그것 때문에 쓰고 또 읽는다. 따라서 수필은 의미가 들어있어야 하고, 의미가 좋아야 한다.

오늘날 대부분을 차지하는 서정수필들을 식상해하는 것은 서로 내용이 유사하고 작품이 많아서이기도 하지만, 작품에 의미가 없거나 소홀했기 때문임도 생각해볼 일이다.

무엇을 쓸 것인가에서 내가 가장 중요시하는 것은 그것이 지닌 의미이다. 그래서 수필을 쓰고자 할 적마다 나는 먼저 의미가 있는가부터 생각한다. 의미가 확실하게 잡히지 않으면 쓰지 않는다. 의미가 약한 것도 피한다. 재미있거나 기발한 내용이라도 의미가 담기지 못하면 버린다.

좋은 의미는 창작욕을 돋우기도 한다. 멋진 의미가 쌈빡 떠오를 때면 얼른 쓰고 싶어진다. 마음에 드는 의미가 떠오르면 그 부분을 먼저 써놓고 집필을 시작하기도 한다.

좋은 의미는 수필 쓰기나 작품에서나 매우 소중하다. 무엇을 쓸 것인가에서 의미의 발견은 나에게는 필수 작업이다. 수필의 질적 향상을 위해서도 의미 없는 것은 쓰지 말아야 한다.

3. 쓸 것은 어떻게 찾는가

의미 찾기는 쉽지가 않아 많은 고심을 한다. 모든 사물이 다 소재가 될 수 있지만, 그 속에서 담아낼 만한 좋은 의미를 찾아내기는 여간 어려운 게 아니다.

나는 쓸 것을 관조와 사색을 통해서 찾는다.

먼저 관찰로 사물을 보다 정확하게 이해부터 하고, 관조로 그 사물이 주는 의미를 찾는다.

"수필은 관조觀照의 문학이다. 그러므로, 수필은 사물을 바라보았을 때 그것이 마음에 어떻게 비쳐져 오는가가 중요하다. 우수優秀와 졸렬拙劣, 미추美醜와 선악善惡을 불문하고 거기서 새로운 의미나 가치, 아름다움, 깨달음을 발견했을 때 수필은 쓰이는 것이다."(졸고 「수필과 인생」에서)

의미를 찾지 못하면 수필을 쓸 수가 없다. 관조는 수필 쓰기의 전 단계로, 필요하고 중요한 활동이다. 수필은 관찰의 기록이나 지식의 나열이 아니라, 관조로 얻은 의미를 담은 문학이다.

나는 하찮은 사물이라도 관조해 본다. 그리고 거기서 쓸 만한 의미를 발견했을 때 그것을 글로 쓴다. 관조에는 통찰洞察의 안목眼目이 필요하다.

그런데, 관조하는 일이 쉽지가 않다. 관조한다고 저절로 깨달아지고, 좋은 의미가 찾아지는 것도 아니다. 관조는 평온과 여유 속에서 잘 이루어진다. 좋은 수필을 쓰려면 관조하는 능력부터 길러야 한다는 생각이다.

그런데, 관조해서 얻어진 것이 다 쓸 것이 되지는 않는다. 자기 안목으로는 달관의 것으로 여겨지더라도 정말 그런지는 판단하기 어렵다. 따라서 수필가는 높은 수준의 안목과 판단력이 필요하다. 작품의 성패와도 연결되기 때문에 늘 안목을 기르는 데에 힘써야 한다.

관조와 달관, 이 두 가지는 의미 있는 좋은 수필을 쓸 수 있게 하는 원동력이다. 지식과 경험, 생각과 감상대로 서술할 것이 아니라, 관조로 얻어진 달관의 것을 담는 수필 쓰기가 되어야 한다. 수필 창작에는 이 방법을 많이 사용할 것을 권하고 싶다.

4. 어떻게 쓸 것인가

수필은 수용성이 가장 많은 문학이다. 그래서 제재도, 형식도, 문장과 표현기법도 그 영역이 매우 넓고 자유롭다. 이 특성은 그동안 수필을 경시하게 해왔지만, 오히려 개혁 변신의 힘이 된다. 그러므로 앞으로의 수필은 폭넓고 다양한 내용들을 다루고, 모든 장르의 형식과 표현기법, 문장양식들을 활용해야 할 것이다.

시의 압축법과 비유법과 행련行聯 구분법, 소설의 설화성과 허구성, 희곡의 대화법과 장막성場幕性, 평론의 논리성과 논증성, 여기에 수필의 서정성과 산문성까지 동원하여 새로운 형식과 문장양식, 표현기법 등을 창출해낼 필요가 있다.

새로운 수필 쓰기는 이미 시작되었다. 시 같은 표현을 쓴 수필과, 소설처럼 이야기를 활용한 수필도 있고, 희곡식 수필도 나왔다. 문장의 배열방식을 바꾸고, 이미지 중심의 수필도 발표되고 있다. 내용도 종래 다루지 않은 분야로 확대되고 있다.

나는 진작부터 수필의 포용성을 내세우며 새로운 형식의 수필 쓰기를 제안하고, 작품도 계속 발표하고 있다. 대화방식을 처음 사용했을 때 수필지 발행인과 논쟁도 하고, 설화 활용의 수필은 작자의 것이 아니라고 시비하기도 했다. 특히 '동·식물과의 대화'가 발표될 때에는 "네가 신神이냐"는 비아냥도 받았다. 소재와 방식일 뿐 그 담아낸 의미를 생각지 않은 비판들이었다.

나는 형식의 개혁에도 많은 관심을 갖고 쓴다. 몇 매짜리 단수필도 일찍 시작했다. 1행 1단락 수필과 금언식 1~2행 수필도 쓰고, 3인칭 수필도 여러 편 발표했다. 몇 년 전부터 써오는 자유시 형식의 수필은 호응도 많아 수필의 또다른 형식으로 정착될 가능성이 높다.

이러한 혁신의 노력들은 개인의 노력만으로는 되지 않는다. 많은 분들이 참여해야 한다. 이제 바람은 불고, 물결이 흐르기 시작하고 있다.

수필은 쉽게 쓰는 글이 아니다. 쓸 무엇을 찾아내는 것부터 한 편을 완성하기까지 많은 사색과 고심이 필요하다. 앞으로는 무엇보다도 의미 있는 것을 찾아서 쓰고, 형식을 개발하고 기법을 창안해서 쓰기를 바란다.

　작품을 쓴다는 것은 남다르게 힘들게 사는 의미 있는 삶임을 생각
하길 바란다.

습작노트
- 나는 이렇게 수필을 쓴다

신정호

하루하루 날짜는 가는데 도통 머릿속에서만 맴돌 뿐 시작을 할 수가 없었다. 결국엔 습작노트를 들고 미국행 비행기에 올랐다. 오래 전에 계획했던 손자와의 여행인데 정신없이 지낸 탓에 들뜨고 설렐 새도 없이 출발 날짜가 되었다. 여행을 떠나기 전에 원고를 마무리하고 왔어야 할 것을 시작도 하지 못한 터라 머나먼 곳까지 와서 이 글을 쓰게 될 줄을 누가 알았으랴.

일 년 가까이 병원에 입원해 계시다 소천하신 어머니를 생각하며 마음 추스를 겨를도 없이 언니의 발병과 수술로 바쁘고 지쳐서 아무것도 신경 쓸 여력이 없어 원고 제출 기한도 넘겨버렸다. 어느 날 한 달 더 여유를 줄 테니 글을 써서 제출하라는 윤 선생님의 전화를 받고, 내 상황을 얘기해봤자 변명으로 들릴 것 같았고 차마 더 사양할 수도 없어 그러겠노라 해버렸다.

보통 글을 쓸 때 어느 순간 갑자기 어떤 모티브가 떠오르면 앉은 자리에서 쉽고 빠르게 글을 완성하여 컴퓨터에 저장해놓고 7-8회

읽어보며 첨삭을 되풀이한다. 그러나 매번 편하게, 순조롭게 써나가지는 못한다. 처음부터 끝까지 물 흐르듯 써질 때도 있지만 더러는 쓰다 막혀서 며칠을 덮어두고 간간이 생각날 때마다 이어 써나가며 완결해본다. 글이 완성되면 스스로 만족스러운 글이 있는가 하면 읽어볼수록 마음에 들지 않는 경우도 있어 만족스러울 때까지 여러 차례 뜯어고치기도 하고 끝내 미완성으로 남는 글도 있다.

모티브가 되는 소재는 TV를 보다가, 책을 읽다가, 여행 중에, 또는 일상의 대화를 나누다가 머릿속에서 좋은 글감이라는 생각이 들면 메모를 해둔다. 수첩과 필기도구를 내가 운전하는 차 안이나 내 책상, 침대머리에 놓아두고 갑자기 좋은 생각이 떠오르면 운전 중이라도 차를 급히 세우고, 잠을 자려다가도 일어나 적어놓고 본다. 요즘은 급한 대로 휴대폰에 메모를 해두기도 한다.

제목은 글 내용을 생각하면서 잡아보는데 글 속에 나오는 문장에서 따오든지 내용을 뭉뚱그려 주제와 연관된 제목을 붙이기도 한다. 내가 신경 쓰는 것은 글의 첫머리와 끝부분이다. 첫 부분은 아무래도 끌어당기는 매력이 있어야 글을 계속 읽게 되리라 생각되어 결론을 암시할 수 있는 결정적인 내용을 먼저 깔아두고 독특한 이미지를 그려보려고 노력한다. 글의 중심은 주제, 소재와 관련된 내 마음의 소리, 느낌, 주변의 에피소드를 있는 그대로 그려나간다. 끝부분은 대체로 자가 반성이나, 긍정적인 생각, 희망 메시지를 전달하는 것으로 마무리한다. 때로는 내가 나타내고자 하는 뜻을 함축한 좋은 글귀나 시를 인용하기도 한다.

한편 다른 작가의 글을 읽다보면 '나는 왜 이런 발상을 먼저 하지 못했을까' 하며 안타까울 때도 많다. 똑같은 사물이나 일상을 보고 내가 미치지 못한 부분을 그려내는 것을 보면 부럽기도 하고 스스로 박학다식하지 못함에 부끄러워지기도 한다. 음악, 미술, 과학 등 다양한 소재들이 글감이 되어 내가 염두에 두지 못했던 생각들로 쓰여지거나 철학적이고 창의적인 새로운 수법으로 쓰여진 글들이 그렇다. 요즘은 많은 수필가들이 활발한 활동을 벌여 다양한 장르의 글들이 발표되고 있는데 정말 참다운 수필이 무엇인지 정의내리기는 쉽지 않다. 중고교 시절 국어시간에 수필은 '붓 가는 대로 쓰는 글', '무형식의 형식' 또는 '자기 고백의 문학'이라고 배웠는데 붓 가는 대로, 내 마음 가는 대로 쓸 수는 있겠지만 근래 실험수필이 시도되면서 허구성도 어느 정도 허용하는 듯하고 추상적인 표현도 그리고 있어 수필의 새로운 면을 보여주고 있다. 독자에 따라서 혹자는 심오한 글을, 혹자는 가볍게 읽을 수 있는 신변잡기를 좋아하는 것으로 나뉠 수 있다고 본다. 어쨌거나 글은 각자의 개성이 나타나는 것이니 내 그릇에 만족하며 나만의 색깔이 있으리라 자부해보기도 하지만 썩 자신이 있는 것은 아니다. 다만 내 글을 읽고 공감하며 감동도 하고 입가에 씨익 웃음을 날리기를 기대해 본다.

나의 수필, 나의 시를 빚기 위하여

심상옥

　나 자신의 체험을 통하여 현실을 그대로 반영하는 수필이다. 어느 장르보다도 독자에게 진한 감동을 일으킨다. 그리고 소박한 문장에 작가와 독자의 교감이 이루어지고 삶의 의욕과 기쁨이 회복되는 것이다.

　나의 수필 작법은 형식적 제약이 없는 무형식의 글이다. 서정시처럼 압축된 언어로 표현된 것은 아니다. 그렇지만 산문의 한 형식으로 인간에 대해 관찰한 것이 바로 자기를 말한다. 착상 단계와 구상단계에서 논리적으로 결합시켜 윤곽이 잡히면 펜을 든다.

　문장은 간결하고 예리한 필치라야 한다. 내 인생 회고와 삶이 진실 그대로 가슴에 와 닿게 하는 문장이라야 독자를 매료시킬 것이다. 주제가 확연히 드러나도록 문체가 간결하고 담백해야 하며 묵향처럼 배어나오는 삶의 향기를 담은 글이 요구되는 것이다.

　운문이든 산문이든 간에 구성한 순서에 따라 일관성 있는 주제의식이 배어 있어야 한다. 자아를 통하여 또 다른 하나의 현실을 암시하는 글이다. 현대의 다양한 인간의 심미적 현상을 적절하게 그려내는 문학이다. 무엇을 어떻게 쓸 것인가는 문장의 중요한 명제다.

내가 처음으로 글을 써보겠다고 한 것은 시인 이동주 선생에게서 문장수업을 받을 때이다. 무언가를 쓰지 않고는 못 견디는 감정들이 글을 쓰게끔 했는지 모른다. 스스로의 힘보다 시의 절묘한 글로 형상화하여 여러 사람에게 알리고자 했던 것이 결국 시를 쓰게 한 계기가 되었다.

어느 날 연잎의 선이 마음에 들어 벽에 걸어두고 잎이 서서히 건조해가는 것을 보았다. 꽃은 어느 한때만 제 모습을 보이고 사라진다. 이런 모습에서 고뇌 같은 것에 눈을 뜨기 시작했다. 나는 이 짧은 생명을 보면서 활짝 피어난 모습보다는 그 꽃이 지기까지 그 속에 숨은 미의 여유를 문장으로 나타내고 싶었다.

그런데 수필로 미세한 부분을 쓸 수 있는 까닭에 표면에 나타난 것을 훌륭하게 느낄 때가 있다. 이러한 감정을 엮은 글로서는 1982년에 첫 번째 시, 수필집 『그리고 만남』을 비롯하여 두 번째 『화신』(90년)을 출간했다. 만선과 월하에 이화만개, 산조 시들을 수필과 함께 만든 시. 수필집 『그리고 만남』을 출간했다. 당시 예총회장인 이봉래 회장님께서 출판하는 신기원사에서 만들면서 시도 함께 등단하였다.

몇 년 후 수필가 유모촌 선생을 미리내 출판사에서 처음 만났다.

그분의 두 번째 수필집을 출간했다고 하며, 그 자리에서 책 한 권을 받았다. 선생의 진솔하고 담백한 문체가 인상적이었다. 그런 후 나는 선생의 수필 작법을 놓고 문장 수련에 힘을 쏟았다. 이것을 계기로 기록문체인 역사수필을 쓸 수 있는 용기를 얻었다.

80년대에 접어들어 나의 예술적 시야를 동양에서 서구로 확대 동구라파의 문화유적을 답사하면서 시와 기행수필, 역사수필을 엮어보았다. 92년에 시가 있는 모차르트 카페인 황금찬 외 8인집에도(황금찬, 성기조, 문효치, 윤종혁, 장윤우, 김 선, 김양식, 심상옥, 권일송) 발표했다. 이러한 나의 세계를 반영한 것이 세 번째로 펴낸 수필집 『환상의 세계를 넘어서』(96년)이다.

그 외 나의 글은 시세계의 신비함이다. 알 수 없는 삶의 운명과 자연, 인간과의 끈끈한 애정이다. 「청마 선생의 추억」, 「혼」, 「실언」 등의 수필은 인간의 운명에 관한 이야기들이다. 나의 기록문으로 역사물을 다룬 것은 「진시황의 출생」, 「측천무후의 정념」, 「재키의 삶」, 「인왕산에서」, 「마지막 순간」, 「미녀와 마녀」 등이 바로 나의 심성과 대면하고 있는 것이다. 있는 대로 가진 대로 느끼고 생각하고 드러내고 있다. 그 후 칼럼형식으로 「로비 커넥션을 보면서」, 「만물상 가는 길」, 「샌드위치 세대」 등을 수필집 8권을 썼다.

그 후 시집으로 『울림과 색깔의 합주』, 『오늘과 내일 사이』, 『지금 오는 이 시간』 3권이 있다. 현대와 과거가 함께 사는 골목에서 마음을 흔드는 저 황금나무의 조용한 풍경을 본다. 1982년 시. 수필집 『그리고 만남』으로 등단해서 문인으로 살아온 것이 올해 36년째이다. 열두 번째의 작품집도 『지금 오는 이 시간』에도 나른한 하루를 온몸으로 받으며 자연에 순응하고 긍정하는 생의 진실은 더없이 아름답다. 아침 햇살엔 날개 펼쳐 눈부시고 저녁 노을엔 붉게 물들어 마음을 고백한다.

안녕하신가, 삶이여

머리채 나약하게 흔들려도 질긴 줄기는 알고 있는가
금빛 날개에 낡은 나 허물 벗어 새로운 나였던가
밀려오는 환상의 나래
이미지로 채워지면서 또 다른 세계로 나아가야 한다
이러한 시와 수필들은 내가 다루는 자연과 흙, 인간에 이르기까지
끝없이 이어지는 내 마음을 움직이게 한다.

가장 인간적인 자기 성찰의 미학

안성수

1. 프롤로그

수필은 어떻게 써야 하는가. 이 문제에 대한 답을 찾기란 쉬운 일이 아니다. 감동적인 수필 한 편을 쓰기가 얼마나 힘든 일인가는 창작을 해 본 사람이나 일생을 수필 창작에 전념해온 작가들의 고백에서도 충분히 입증되고 있다.

수필 작법을 공부하면 할수록 수필 쓰기가 겁이 난다고 말하는 초심자들의 두려움은 수필이 언행일치의 문학이라는 점과 무관하지 않다. 시와 소설, 희곡 등은 허구적으로 꾸며 쓸 수 있지만, 수필만은 반드시 작가의 자기 체험을 글감으로 진솔하게 고백해야 한다는 것이 수필을 여타의 문학장르와 구별되게 한다.

서정의 거울에 비친 자신의 나상裸像을 가장 인간적으로 진솔하게 털어놓아야 한다는 점에서 수필 쓰기는 기실 하나의 고행이나 수행에 비견할 만하다. 수필의 고지를 오르내리며 터득한 몇 가지 경험을 소개해 보기로 하겠다.

2. 어떻게 시작하는가

집필에 앞서 가장 먼저 만나게 되는 과제는 글감(소재 혹은 제재) 찾기와 주제 설정하기이다. 이들은 서로 유기적으로 얽혀 있을 뿐만 아니라, 글의 성패를 좌우하는 첫 번째 관문이다. 글감을 먼저 찾고 나서 그에 어울리는 주제를 설정하든, 주제를 떠올린 뒤에 글감을 선택하든 상관이 없다.

다만 글감을 선택할 때는 먼저 이야깃 거리가 풍부하고, 개성이 있으며, 필자나 독자 모두에게 흥미와 관심도가 높은 것이 좋다. 게다가 주제를 뒷받침할 수 있도록 풍부한 의미와 상징성을 내포한 것이면 더욱 유리하다. 좋은 글감을 선택하는 것이 곧 좋은 글을 쓰기 위한 전제 조건이라고 할 수 있다.

제재가 선택되면, 바로 글쓰기로 나아가기보다는 잠시 뜸을 들이는 시간을 갖는 것이 중요하다. 상상의 동굴 속에 들어온 글감들은 끊임없이 성찰과 인식의 대상이 되면서 다양한 이미지와 의미 생성의 가능성을 잉태하기 시작한다. 이러한 뜸들이기의 과정은 양질의 글맛과 글향기를 내뿜게 하기 위한 발효醱酵와 숙성의 기간이다.

필자가 마음속에서 이리저리 굴리면서 상당 기간 숙성시킨 글감들은 글의 밀도와 문학성을 높이는 데 자연스럽게 기여한다. 예리한 관찰과 깊은 성찰을 통해서 글감 속에 내재된 깊고 다양한 의미를 끌어내고, 새롭고 독창적인 의미를 부여하는 것도 이 과정에서 해야 할 일이다. 잘 발효되고 숙성시킨 글감일수록 기발하고 의미심장한 주제 해석을 이끌어 내는 데 도움을 준다.

주제를 설정할 때도 비슷한 과정을 거치게 된다. '무엇을 쓸 것인가'의 '무엇'에 해당되는 주제의 생명은 참신성과 독창성, 보편성 등에 있다. 아직까지 다른 작가들이 발견하지 못한 대상의 의미를 자신만의 독특한 시각과 언어로 건져 올릴 수만 있다면 금상첨화가 아닐 수 없다.

개성 있는 주제를 찾아내기 위해서는 기본적으로 프리즘, 현미경, 망원경 등과 같은 다양한 심미 렌즈가 필요하다. 대상의 강렬한 이미지와 상징을 굴절시키고 분산시켜 보는 분석적 안목과 미세하고 섬세한 대상을 확대시켜 보는 시야, 그리고 크고 웅대한 것을 축소시켜 보는 시각 등을 겸비하는 것이 좋다. 유능한 작가는 전체를 보는 눈과 부분을 보는 눈, 대상을 분석적으로 보는 세 개의 눈이 필요하다는 말이다.

주제는 작품마다 다르게 형상화되기 마련이지만, 작가의 세계관이나 인생관은 거의 모든 작품에 통일성과 일관성을 보인다. 수필의 주제는 특히, 다른 장르보다 작가의 인생관과 세계관, 문학관 등을 솔직하게 반영한다. 수필이 작가의 체험을 정직하게 고백하는 문학이란 것도 이런 데서 연유한다.

수필의 주제는 작게 한정시켜 설정하는 것이 바람직하다. 주제의 폭이 너무 넓으면 깊이가 없고 산만해져서 추상적으로 흐를 염려가 있다. 주제도 글감(제재)처럼 작가나 독자 모두에게 관심과 흥미를 끌 수 있는 것이 좋다. 그리고 그 주제와 관련된 충분한 지식과 체험을 지니고 있어서 자신 있게 소화시킬 수 있는 것이어야 한다. 여기에 참신하고 독창적인 의미 부여가 가능한 주제라면 더할 나위가 없다.

질 좋은 수필은 성공적인 주제의 형상화와 미적 완성도가 높은 작품을 전제로 한다. 주제의 바람직한 설정이 곧 수필의 성패를 좌우하는 중요한 관건이 된다는 말도 된다. 유능한 작가는 평범한 글감 속에서 비범한 의미를 잘 이끌어 내고 해석해 내는 자라고 말하는 이유도 여기에 있다.

3. 무엇을, 왜 쓰는가

'수필을 왜 쓰는가' 그리고, '무엇에 대하여 쓰는가' 이 문제 역시 작가들이 글을 쓸 때마다 되물어 보는 영원한 과제들이다.

'왜 수필을 쓰는가'에 대한 가장 자연스러운 답변은 '쓰고 싶어서 쓴다'일 것이다. 이 말 속에는 글을 쓰면서 얻는 자기 위로의 정서와 카타르시스, 혹은 글을 통한 대리 만족과 바람직한 삶에 대한 깨달음 등과 같은 대답들이 숨겨져 있다. 이러한 글쓰기의 효용성은 크게 구원의 기능과 쾌감의 기능, 교사의 기능 등으로 정리할 수 있을 것이다. 이처럼 작가는 쓰고 싶어서 글을 쓰지만 작가 자신은 물론 많은 독자들에게도 정신적으로 주는 효용성이 지대할 뿐만 아니라, 조화로운 인간으로의 성장과 변화를 유도하기도 한다. 작가는 글쓰기를 통해 삶의 위기를 긍정적으로 승화시키고 새로운 힘을 충전시킬 수도 있다.

특히, 수필 쓰기는 자신의 삶을 진실하게 돌아보고 성찰할 수 있는 거울과 같은 기능을 수행하여 인격도야는 물론, 자기의 정체성을 확인하고 강화시키는 길도 된다. 나아가, 수필은 작가나 독자 모두에게 격조 높은 인생길을 거울과 등불처럼 비춰주는 자기 수행의 동반자로서도 안성맞춤이다.

그러면, 무엇을 쓸 것인가. 이 점을 해결하기 위해서 작가의 상상력은 늘 민감하고 초조하다. 자기 주변의 개인적 체험에서부터, 종교, 사회, 문화, 심리, 자연, 우주 등에 이르기까지 무궁무진하다.

일반적으로 수필문학이 지향하는 주제 범주 또한 크게 두 가지로 설명할 수 있다. 첫째는 '인간이란 무엇인가'의 문제이며, 둘째는 '바람직한 인생이란 어떤 모습인가'의 문제로 집약될 수 있다. 전자가 인간의 근원적인 본질탐구의 과제라고 한다면, 후자는 주어진 역사적 상황 속에서의 바람직한 삶의 양상 탐구라고 할 수 있다.

따라서 수필은 '우리가 살고 싶어 하는 세계(이상 세계)'보다 '우리가 살고 있는 세계(현실 세계)'에 대한 체험적 자기 고백이 주를 이룬다. 이 점이 여타의 문학 장르와 구별되는 점이기도 하다. 수필이 현실세계에 대한 체험적 진술을 중시한다면, 여타 장르의 문학들은 현실 세계를 바탕으로 이상 세계를 암시하고 제시하는 데 주력한다.

'무엇을 쓸 것인가'의 문제는 곧, 수필의 주제를 결정하고, 그 주제의 의미와 구조 속에 작가의 철학과 사상이 그의 인생관이나 세계관 혹은 우주관, 자연관 등의 형태로 내포되게 된다. 그럼에도 불구하고, 주제의 미적 가치는 그 주제가 보여주는 사상이나 철학 자체보다도 작품의 유기적인 형상화 과정과 방법에 의해 결정되는 것이다.

4. 어떻게 쓸 것인가

'어떻게 쓸 것인가'는 구성과 서술(표현)의 문제이다. 아무리 좋은 체험과 자기 철학을 가지고 있다 하더라도 구성 방법을 모르거나 표현 능력이 부족하면 헛수고에 불과하게 된다. 수필의 예술성과 문학성은 작품의 종합적 성과로써 생성되는 것이지만, 기본적으로 구성 능력과 문장력에 좌우된다고 할 수 있다.

근자에 들어, 수필의 허구성 논쟁이 이따금씩 전개되고 있기는 하나, 중심 이야기를 자기 체험에서 가져오지 않고 허구적으로 꾸며내서는 곤란하다. 수필의 장르적 불변소는 역시 필자의 자기 체험을 글감으로 채택하여 함축적인 고백의 어조로 토로한다는 점에서 찾을 수 있다. 이것은 수필이 장르적 정체성을 유지하기 위한 하한선과 같은 것이어서 이것마저 부정하면 수필은 문학으로서의 설 땅을 잃기 쉽다.

그럼에도 허구성은 여전히 수필의 창작 과정에서 무시하지 못할 중요한 원리로 기능한다. 수필도 문학인 이상 재미있고, 감동적인 이야기의 형태로 들려주어야 한다. 바로 이런 점 때문에 수필의 예술적(문학적) 구성법이 허구성과 관련하여 논의되곤 한다. 예컨대, 수필은 반드시 자기 체험을 핵심 글감으로 삼되, 효율적인 구성과 표현을 위해 허구성을 제한적(보조적)으로 도입해야 한다는 뜻이다. 아무리 가치 있고 독창적인 체험이라 하더라도 단순히 시간 순서대로 늘어놓을 경우 감동의 힘이 약할 것은 뻔한 이치이다.

바로 이런 점 때문에, 창작의 차원에서 작가에게 주어진 미적 책무의 하나는 평범하고 단순한 소재로서의 체험을 어떻게 개성 있고 감동적인 문학적 이야기로 변형시켜 들려주느냐가 된다.

수필의 구성 방법으로는 형식적인 제한이 없는 게 사실이다. 여타 산문에서 채택하고 있는 여러 가지 방법을 자유롭게 취사선택할 수도 있지만, 수필 나름의 독창적인 구성 원리를 끊임없이 강구하는 것도 작가들의 몫이라고 할 수 있다.

삽입, 병렬(교차와 교착), 액자, 패턴, 몽타주, 콜라주 기법 등 다양한 기존의 구성 방식 외에도, 독창적이고 새로운 구성 전략도 창안 가능하다. 수필을 가리켜 '무형식의 형식'이라고 말할 때에도 이러한 기존의 서술 전략의 수용 가능성과 창의적 개발 가능성을 염두에 둔 말로 볼 수 있다.

수필의 구성 전략 못지 않게 중요한 것이 서술 전략, 혹은 표현 방법의 문제라고 할 수 있다. 표현과 서술의 문제는 우선 바르고 정확한 문장 사용을 기본으로 한다. 주어와 서술어가 일치되지 않는 데서 발견되는 비문 외에도, 거친 감정을 거르지 않은 채 주관적 감정을 천박하게 직설적으로 쏟아 놓는 문장, 형용사와 부사를 남발하고 불필요한 수식어를 덧붙여 간결하고 담백해야 할 문장 미학을 상실한 것, 과장적인 자기 과시와 교훈성의 표출로 자기 고백의 품격을 깨뜨린 문장, 시시콜콜한 수다떨기와 소설적 풀어쓰기로 수필 문장의 고유한 함축미와 문장의 향기를 잃게 하는 문장, 추상적이고 관념적인 언어 사용으로 구체성과 진실성에서 멀어지는 문장들, 그리고 부적절한 단어와 상스러운 어휘 사용으로 문장의 격조를 떨어뜨리는 것들, 이런 문장은 수필의 서술 전략과 표현의 차원에서 극복되어야 할 바람직하지 못한 모습들이다.

수필을 비롯한 모든 문학적 이야기의 재미와 서스펜스, 미적 감동의 힘 등은 일차적으로 문장의 표현 전략과 구성법에서 비롯된다는 사실을 이해하는 것이 필요하다.

5. 에필로그

수필 창작에 왕도란 없는 법이다. 수학 공식이나 어떤 규칙처럼 그틀 속에 집어넣기만 하면 수필이 되는 그런 편리한 방법이나 형식도 없다. 그러니 가장 바람직한 창작의 첩경은 작품을 많이 읽고 스스로 많이 써보는 과정에서 터득할 일이다. 왕도가 없으니 기발한 샛길도 없다고 보는 것이 옳다.

분명한 것은 수필이야말로 가장 인간적인 장르인 동시에 무한한 발전 가능성을 잠재한 문학 양식이라는 사실이다. 작가는 감동적인 수필을 쓰면서 인간과 자연과 우주를 더욱 깊이 사랑하게 되며, 독자는 질 좋은 수필을 읽으면서 격조 높은 인생을 꿈꾸게 된다. 수필을 통해 인간(인생)과 자연과 우주를 솔직하고 품위 있게 만나는 사람들도 많아졌으면 좋겠다.

수필은 가장 인간적인 목소리로 진솔하게 보여주는 작가의 나상裸像이다.

사유의 포란흔抱卵痕

엄현옥

문학의 쓸모없음에 대해서는 많은 이들이 동의한 바 있다. 그럼에도 불구하고 건재한 이유는 인간을 억압하지 않기 때문이다.

또 하나 쓸모없는 것을 들자면 몽상이다. 몽상 역시 인간을 구속하지 않는다. 인간만이 몽상에 잠길 수 있으며, 그것을 통해 인간이 얼마나 억눌린 삶을 살고 있는지 극명하게 보여주는 정신적 유희다.

문학은 몽상의 소산이다. 문학은 실현할 수 없는 꿈과 현실과의 거리를 자신의 의사에 반하여 드러낸다. 쓸모지상주의의 희생양이었던 나는 지금껏 쓸모에 의해 소진되었다. 그래서일까, 쓸모없음에 기웃거린다. 그렇다고 '무용함의 쓸모'에 집중하는 일이 문학의 전부는 아니다.

언제부턴가 나도 모르는 타자가 내 안에 웅크리고 있다. 내 자신이면서 나인 줄 몰랐던 또 다른 나다. 내 욕망의 실체인 타자와의 갈등이 발생할 때면 그것을 품거나 경계한다. 그로 인해 합리적이라고 착각해온 나의 의지에 혼선이 생기거나 방해를 받는다. 그렇다고 녀석의 잣대를 무시할 수 없다. 녀석은 내가 자신에 대해 취해야 할 일정한 거리를 확보해 주기 때문이다.

내 안의 타자는 문학이다. 탈고가 끝난 후에는 말간 하늘 아래 흰 빨래를 널어놓고 수분이 시나브로 날아가기를 바라는 마음으로 여유를 즐긴다. 그러나 마냥 여유롭지만은 않다. 여유로움 속에는 최선을 다하지 못한 아쉬움과 조급함이 있다. 그럴 때면 나의 생각이나 느낌, 경험 등의 의미를 재구성하는데 머무르지 않았는지 반성한다. 펄럭이는 빨래를 바라보는 동안의 나릇한 상쾌함은 길지 않지만 중독성이 있다.

목적지보다는 여정 자체에 무게를 두었던 어느 시인은 오디세우스의 고향 이타카에 이르기 위한 여정의 의미를 이렇게 노래했다.

언제나 이타카를 마음에 두라
그대의 목표는 그곳에 이르는 것이니
그러나 서두르지는 마라
비록 그대 갈 길이 오래더라도
늙어져 그 섬에 이르는 것이 더 나으리니
길 위에서 그대는 이미 풍요로워졌으니
이타카가 그대를 풍요롭게 해주길 기대하지 마라
　　　　　　 – 콘스탄티노스 카바피의 시 '이타카(Ithaca)' 중에서

방대한 분량의 '오디세이아(Odysseia)'의 교훈을 몇 줄의 시로 정리한 대목은, 문학에 거는 헛된 기대를 거두기에 적절한 비유다. 마음에 이타카를 품는 것만으로도 풍요로워졌기에 고향에 닿았는지의

여부는 중요하지 않다.

장거리 레이스인 삶에서 문학을 마음 속에 품은 것만으로도 나는 이미 풍요로워지지 않았던가. 마음에 또 다른 무언가를 품는 일은 내일을 도모하는 일이다. 생명을 품는 것처럼 쓰는 일은 내일에 대한 기대가 담겨있다. 과거의 이야기를 풀어낼지라도 거기에는 내일에 대한 염원이 실려있다.

내 사유의 그물에 걸려든 글감에 대해서는 다소곳이 예의를 지킨다. 그것의 의미가 희석될세라 각별히 대한다. 때로 까칠한 대상을 만나면 나긋나긋해질 때까지 그것을 품고 부화를 기다린다. 새는 알을 품기 위해 자신의 깃털을 뽑아주고 그 흔적은 포란흔抱卵痕으로 남는다. 나 역시 부화에 이르지 못할세라 소재를 품으며 성긴 사유의 깃털을 뽑기도 한다. 사유의 포란흔은 나의 수필이다.

니체에게 문학은 의식을 깨는 도끼였으며, 혹자에게는 '목 매달고 죽어도 좋을 나무'였다. 누군가는 '작가는 자신이 세상에서 중요한 일을 하고 있다는 믿음을 갖고 그 믿음이 환상일지라도 그것을 부여잡으라'고 한다.

문학을 대하는 나의 치열함과 환상은 시나브로 방전되곤 한다. 누군가의 의식을 깨는 도끼 자루로 쓰일 나무 토막 하나 제대로 다듬지도 못했다. 그럼에도 불구하고 돌아선 적이 없으니 문학과의 동행은 숙명이 되었다.

가치 지향적인 성격의 문학을 대하는 나의 태도를 검열하곤 한다. 지금껏 가꾸어 온 내 문학의 주소를 알지 못해, 가끔은 후미진 골목에서 뒤돌아본다. 비록 제자리를 맴돌지만 나는 이미 풍요로워졌다.

한 줄의 문장이 오기를 기다리며

염정임

처음에 나는 시인이 되고 싶었다. 시인이 되면 어떤 초월적인 명상의 세계에 도달할 수도 있겠구나 하는 생각이 들었다.

장미 가시에 찔려 죽었다는 시인. 명징한 언어로 존재의 심연을 파헤친 영감의 시인. 그 이름조차도 울림이 좋은 시와 같은 라이너 마리아 릴케 !

그의 시와 생애에 매료되어 나도 시를 쓸 수 있기 원했다.

그 다음에 나는 소설가가 되고 싶었다. 김승옥, 윤후명, 오정희 같은 소설가가 되고 싶었다. 젊은 시절에 그들의 소설을 읽고 또 읽었다.

그러나 몇 줄씩 끄적여 보다가 나에게는 이야기를 얽어낼 능력이 없는 것을 알게 되었다. 로렌스는 "다른 사람의 삶으로 스며드는 것"이 문학의 목표라고 했는데 나의 사고는 그렇게 품이 넓지 않은 것을 깨닫게 되었다.

나의 상상력은 인간관계보다는 사물이나 그 너머 무언가에 더 기울어져 있었다. 내가 좋아한 것은 그들의 소설적 구조보다는, 문장이었다.

내 나이 마흔이 되어서 나는 다시 무언가가 되고 싶었다. 그때 희미한 길이 보이기 시작했다. 지금은 돌아가신 대소설가는 나의 첫 수필집을 보고, 감성이 너무 보드라워서 소설 쓰기는 어렵겠다고 하셨다. 그리고 시는 젊었을 때 그 시정詩情이 파릇파릇 싹이 돋을 때 쓰는 것이라고 하셨다.

그렇게 해서 나는 운명적으로 수필가가 되었다.

초등학교에 다닐 때, 책 읽기를 즐겼고, 교내 백일장에서는 늘 장원을 하였던 아이. 어느 시구처럼 "내 안에 있는 그때의 그 조그만 아이"가 지금까지 나에게 글을 쓰도록 이끌어 가고 있다.

수필가라는 명칭은 어떤 책의 부록처럼 쓰여진다는 인상을 나는 가지고 있었다. 누군가를 칭할 때 아무개 시인, 수필가 또는 아무개 소설가, 수필가라는 소개 글들은 읽었지만 단독자로 수필가라는 명칭은 그때에 귀하였다. 그래서 수필가라는 명칭은 낯설기도 했고 어쩐지 부끄럽기도 했다.

그러나 세월이 흐르면서 문단의 중심부로부터 멀찍이 자리잡은 수필이란 장르에 말할 수 없는 애정을 느끼고 있다.

다 같은 주변인, 꿈꾸는 사람들, 정원의 화려한 장미이기보다, 야생화이기를 택한 사람들… 문학이란 바이러스에 전염되어 평생을 앓는, 비 현실주의자들에게 동병상련의 체온을 느낀다. 마치 궤도를 떠도는 이름 없는 작은 별들처럼 그들은 음향으로 세상과 소통하려 한다.

마치 바닷가의 아이가 모래집을 짓듯이 나는 왜 글쓰기에서 벗어나지 못할까? 아무 효용성도 없는 이 일이 무슨 신성한 임무라도 되는 듯, 자판기 앞에 앉는다.

수필을 쓴다는 것은 거울 속의 나를 보는 것이며, 거울 뒷면의 그 어두움까지 들여다보는 것이다. 시시각각 자신에 대한 모순과 갈등을 감지하며 살아가는 현기증 나는 일상에서, 나의 글을 기다리는 흰 종이는 하나의 고해소이며 굿마당이기도 하다. 현실에서 느끼는 막막함과 보이지 않는 절벽 앞에서 글을 쓸 때만은 영혼의 자유를 느낀다.

등단한지 내년이면 30년이 된다. 평생을 문자에 홀려서 살았다고 하면 과장일까? 문자의 그 신성함과 아득함, 그리고 은유의 신비로움에 빠져서 헤매었다. 미세하게 살아 움직이는 그들의 숨결에 마음을 뺏겨 왔다. 설사 그것이 미망이요, 사막의 신기루일지라도 남은 생을 지금처럼 살아 갈 것 같다. 어딘가에 누군가의 영혼을 전복시킬 강렬한 문장이 존재하지 않을까? 어느 날엔가 그 문장이 나에게 홀연히 오기를 꿈꾸며, 오늘도 사막 같은 문학의 길을 걸어간다.

일상에서 스치는 작은 감동을 쓰는 글

오경자

1. 들어가는 말

수필은 생활 속에서 작가에게 우연히 걸려 올라오는 아주 작은 상
념에서 시작되는 문학이다. 마치 시원한 바람 한 줄기처럼 가슴에 스
파크를 일으키며 지나가는 생각이 큰 울림이 되어 한 편의 수필이 빚
어진다. 그런 생각을 어떻게 쓰는가는 작가에 따라 다를 수 있다. 여
기서는 일반적으로 수필은 이렇게 써야 하는 것이라는 이론적이고
교과서적인 면이 아니라 바로 나 자신은 수필을 이렇게 쓰고 있노라
는 고백 같은 접근으로 수필 작법을 펼쳐보이고자 한다.

2. 발상

창작이란 어느 분야이든 모두 다 발상에서 시작되겠지만 일상 속
에서 순간적으로 스치며 번쩍하고 떠오르는 생각이 꼬투리가 되어

쓰기 시작하는 것이 수필이다. 보통 때 무심히 지나치던 일들이 어느 순간에 유별나게 가슴을 울리며 강한 감동으로 다가올 때 수필 쓰기가 시작된다. 때로는 선명하게 주제가 먼저 떠오르는 경우도 있고 때로는 글감이 먼저 떠오르기도 하고 다양하지만 모두 다 떠오르는 순간의 생각, 강한 스파크에서 좋은 수필이 쓰인다.

3. 주제

수필에 있어 주제는 가장 중요한 요소라 할 수 있다. 주제를 먼저 정하고 쓰기 시작할 때도 있고 글감이 먼저 떠올라 그것을 놓고 주제를 무엇으로 할 것인가를 고민하게 되기도 한다. 주제가 먼저 떠올랐을 때 좋은 수필이 써지는 경우가 많다. 글감이 먼저 떠올라서 거기에 담을 주제를 생각해 내서 썼을 때는 감동이 좀 적은 경우가 많다.

주제는 그 글의 핵심임과 동시에 그 작품을 쓰는 목적이다. 꼭 전해야 할 메시지이기에 정확하고 선명하게 드러나야 한다. 그러한 주제를 잘 살리기 위해서는 불필요한 것들을 과감하게 잘라내야 한다. 이런 이유에서 수필의 문장을 간결하게 써야 한다고 강조하는 것이다. 여기서 간결이라 함은 문장 자체가 간결해야 함과 동시에 내용의 전개에 있어서 꼭 필요한 것만 쓰는 간결함을 더불어 말하고 있는 것이다. 사족이 많이 붙으면 주제를 가리게 되면서 산만하게 느껴져서 감동 또한 일어나지 못한다.

4. 글감

수필의 글감은 발상이 일어날 때 동시에 떠오르는 경우가 많지만 주제가 먼저 떠올랐을 때는 그 주제를 담기에 적당한 글감을 찾고, 또 어떤 글감이 그 주제를 잘 전할 수 있을까 하는 생각에 오랫동안 글감을 찾지 못해 주제를 메모장에 묵혀두는 경우도 많다. 머릿속에 항상 담고 다녀야 어느 순간 좋은 글감이 떠오르게 된다. 좋은 글감이 먼저 떠오르고 주제가 마땅치 않아 고민하는 경우도 있다.

그러면 어떤 글감이 좋은 글감인가? 모두들 궁금해 하는 부분이지만 정답은 없다. 아니 다른 각도에서의 정답은 있다. 정해 놓은 주제가 있다면 거기 잘 맞는 글감이 좋은 글감이고 작가가 잘 다룰 수 있으면 좋은 글감인 것이다.

5. 제목

제목을 어떻게 정할 것인가 하는 것 못지않게 언제 정할 것인가가 처음 수필을 쓰는 사람에게는 매우 중요하고 궁금한 일이다. 교과서적인 설명으로는 제목을 정하고 글을 쓰기 시작한다고 할 수 있지만 실은 언제 정하느냐는 문제는 전혀 중요한 일이 아니다. 발상이 떠올랐을 때 제목이 동시에 떠오르기도 하지만 써나가는 중에 제목이 바뀌기도 하고 다 쓰고 난 후에 새로운 제목이 떠오르기도 한다.

제목이 주제를 나타내는 것도 있고 글감을 나타내는 것도 있고 글감 속의 어떤 예화를 나타내는 것도 있고 여러 가지가 있을 수 있다.

어떤 경우가 좋은 제목이 될 수 있느냐는 질문은 역시 우문일 수밖에 없다. 어떤 것을 나타내든 간에 제목의 생명은 호기심의 유발에 있다고 할 수 있다. 우선 제목이 독자의 시선을 끌고 읽고 싶은 생각이 나서 책장을 덮지 않게 해야 하기 때문이다. 제목이 너무 일상적이거나 식상한 것일 때보다는 신선하고 재미 있을 때 독자는 호기심을 갖고 그 작품을 읽고 싶어지는 것이다. 그런 연유로 요즘의 제목들이 대부분 설명적인 것이 대세를 이루고 있는 것이라 할 수 있다. 그 설명이 구체적인 것보다 상징적인 것이 더 좋다고 할 수 있다. 또한 현실에서 일상으로 대할 수 있는 상태가 아닐 때 호기심은 극대화된다. 예를 들면 필자의 졸작 「법당을 이고 앉은 여자」 같은 경우가 이런 류에 속한다 할 수 있다. 현실세계 속에서 어떻게 사람이 법당을 이고 앉아 있겠는가? 다분히 상징적이며 희화적인 표현이라 볼 수 있는 경우이다. 이 경우 독자는 법당을 이고 있다니 왜? 어떻게? 무슨 사연이 있기에? 등의 의문이 꼬리를 물고 일어나면서 대체 무슨 일이 벌어지고 있는 것이야? 하는 의문을 풀기 위해 일독하고 싶은 호기심이 강하게 일어나지 않겠는가?

제목이 단순명사일 경우도 호기심을 유발 시킬 수는 있다. 예를 들어 사랑이나 희망이나 하는 일상적인 것, 나아가서 너무 상투적인 표현이라 식상할 것 같은 제목의 경우도 독자의 마음 속에 이 작가의 사랑은 무슨 내용을 담고 있을까? 하는 가벼운 호기심을 불러일으킬 수도 있다. 이런 경우는 탄탄한 서두와 구성에서 독자를 흡인해내야 한다. 서두에서 심상찮은 기미를 느껴야 계속 읽어 내려가고 싶은 생각이 없어지지 않기 때문이다.

제목은 문패와 같고 가게의 상호와 같다. 호기심이나 상징성만 생각해서 엉뚱한 제목을 붙였을 경우는 읽고 나서 독자에게 배신감을 안겨줌으로써 감동을 모두 지워버리게 된다는 점을 잊지 말아야 한다. 예를 들어 「이루지 못한 꿈」이라는 제목을 붙여 놓고는 자신의 성공담으로만 글을 끝냈다면 독자의 입맛은 씁쓸해질 수밖에 없다는 말이다. 이런 실수가 왜 일어나랴 싶지만 글을 쓰다 보면 자칫 빠지기 쉬운 함정 중의 하나이다. 어떻게 멋진 제목을 붙여 독자를 붙들 것인가에 너무 신경을 쓰면 쓸수록 빠져들기 쉬운 함정이라는 점을 강조해 두고자 한다.

제목이 주제 자체를 가리키는 말이거나 주제를 설명하는 것으로 생각되기 쉬우나 실은 주제를 담고 있는 그릇이거나 주제를 형상화시키기 위한 도구일 경우가 대부분이다. 좋은 제목의 중요한 요소 중 하나는 주제와 크게 벗어나지 않아야 한다는 점일 것이다.

6. 구성

수필에는 구성도 형식도 없다고 곧잘 생각할 수 있으나 자신이 이 글에서 꼭 전하고 싶은 주제를 잘 형상화 시켜서 독자를 감동시키려면 탄탄한 구성을 해야 한다. 무슨 글감에다가 어떤 순서로 얘기를 전개할 것인가를 잘 짜지 않으면 맛깔스러운 작품을 창작하기 힘들다. 여기서 무엇보다도 중요한 것은 주된 글감과 부수적인 글감들을 어떻게 잘 섞을 것인가 하는 문제이다. 이것이 수필 쓰기에서 아주 중요한 구성의 요점이고 한편 어려움이다. 짧은 길이의 글 속에서 구성이라는 것은 매우 치밀해야 하고 세심하게 신경을 써야 하는 일이어서 생각보다 쉽지 않은 부분이다. 하지만 반드시 사전에 구성 자체가 숙성되어야 좋은 수필이 빚어진다.

7. 서두와 결말

주제를 들키지 않으면서도 주제를 어렴풋이 드러내는 서두가 잘 쓰는 서두이다. 제목과 동일하게 시작하는 것도 피하고 주제를 곧바로 내비치는 것도 피해야 한다. 그러면서도 강한 흡인력으로 독자를 사로잡는 촌철살인적인 글로 시작해야 하는 것이 서두의 소임이고 좋은 서두라 할 수 있다.

결말에서는 서두를 받아서 주제를 잘 형상화 해야 한다. 여기서 감동을 일으키기도 하고 지워버리기도 하는 중요한 대목임을 명심해야 한다. 수필의 구성은 여러 가지 것들을 잘 조화롭게 엮어 짜 나가다가 결말에서 확실하게 시작 즉 서두의 내용으로 돌아가 주제를 형상화 시켜주어야 하는 점에 주안점을 두고 이루어져야 한다. 결말에서 서두를 받아주지 않고 주욱 이어오던 이야기에서 그냥 끝나 버리면 목적지를 잃은 배가 엉뚱한 항구에 이른 것과 다를 바 없다.

8. 맺는 말

수필은 짧은 글이어서 어려운 문학 장르이다. 이론서의 형식이라기보다는 써오면서 느낀 경험을 함께 나눈다는 소박한 심정으로 몇자

적어 보았다. 수필 쓰기의 요체가 어디 있겠는가? 위의 요점들을 음미하면서 자신의 체험 속에서 느끼는 감동을 독자에게 전하는 것이 수필이다.

결국 주제가 생명인데 그 주제는 어떤 것이든 벗기고 또 벗기고 보면 결국 인생 그 진면목을 노래하고 있다. 그것이 수필이다. 그래서 진솔한 표현과 담담하고 솔직하게 쓰는 것이 수필 쓰기의 지름길이라 할 수 있다.

김치와 양복장이

오길순

　수필은 무엇일까? 자화상을 그리는 일이다. 삶의 진한 고백이기도 할 것이다. 자신의 몸부림을 거울 속에 비추는 일이기도 하다. 기쁨 슬픔 노여움 분노 등 추억과 경험들을 다양하고 진솔한 묘사와 표현으로 형상화 한 성찰의 글이다.

　시인 윤동주는 우물에 비친 자신을 '자화상'으로 표현했다. 고백의 거울로 우물이 등장했다. 그 속에는 고독과 자연, 애증과 연민, 화해와 추억 등이 서려있다. 남다른 관찰과 성찰이 독자들에게 오래 회자되는 작품으로 남은 개성일 터이다.

　좋은 수필은 양복 장인이 잘 지은 옷에 비유하고 싶다. 최상의 주제와 소재를 고르려는 수필작가처럼 양복 장인도 좋은 원단과 안감 속심 단추 등 소재선택에 많은 공을 들일 것이다. 한 땀 한 땀 정성을 다한 옷이 멋스럽고도 오래 가는 명품으로 탄생하는 것처럼 수필작가가 정성을 다했을 때 목화송이처럼 은근히 눈부신 수필이 탄생할 것이다. 실밥까지도 가다듬는 양복의 장인과 군더더기를 뜯어내는 수필작가 또한 마지막까지 유사하다고 하겠다.

좋은 수필은 잘 숙성된 김치에 비유해도 좋으리라. 배추가 다섯 번 죽어야 김치가 된다는 말이 있다. 뽑힐 때 한 번 죽는다는 것처럼 수필 제목과 주제를 정성껏 뽑고, 칼로 나눌 때 두 번 죽는 것처럼 수필얼개를 잘 나누고, 소금 뿌릴 때 세 번 죽는 것처럼 언어를 치밀하게 짜며, 고춧가루 뿌릴 때 네 번 죽는 것처럼 뜨거운 열정으로 쓸 일이다. 다섯 번째, 양념을 잘 버무려야 맛깔스런 김치 맛이 나듯, 적재적소 마무리는 품격 있는 자화상으로 그려질 것이다.

수필은 기다림과 명상 끝에 얻는 글이기도 하다. 옥동자를 낳으려는 임부는 태교에 정성을 다한다. 숙성된 글 역시 작가의 명상이 감동을 준다. 그래서 독서, 영화, 연극, 박물관, 여행 등의 체험은 수필의 입덧이며 태교가 될 것이다. 기다림에서 익은 성찰이 청순한 호흡처럼 다가올 때 독자는 감동을 공유할 것이다.

수필은 또한 비유가 들었으면 좋겠다. 시나 격언, 속담, 정보 등으로 수필의 설득력을 높일 때 보다 오래 남는 글이 되리라 본다. 인간 생로병사는 상처 입은 독자에게 길게 호흡하는 쉼터의 그늘로도 될 터이다.

버스로 외출하는 길이었다. 어떤 여성이 벌떡 일어났다. 기어이 나를 자리에 앉혔다. 그도 머리가 하얬는데 이상했다. 돌아와 생각하니 나보다 젊었지 싶었다. 경로석 자리에서 갈등했을 그 여성, 세월의 무게를 달아 보았을 여성의 눈썰미, 그리고 어쩌면 함께 나이 먹어가는 인간의 회한 등이 어우러진다면 '외출'이라는 수필도 가능할 터이다. 수필 주제는 무궁무진하다.

때로 한 줄 문장을 위해 온 힘을 다해야 할 때가 있다. 그 한 줄이 수필 전체의 맛을 좌우하기도 하는 때문이다. 좋은 제목 또한 필수 덕목이다. 글의 대문 같은 제목이 바람직하지 않으면 본문을 들여다 보고 싶은 호기심이 적어질 일이다.

수필가는 때로 마전장이라고 여긴다. 누런 광목 이불 홑청을 빨고 푸새하고 다듬이질해야 빛나는 피륙이 되듯 마음을 마전하는 일이 수필이라고 생각한다. 물 한 방울, 풀 한 포기, 나무 한 그루를 사랑하는 수필작가. 김치명인처럼, 양복명장처럼 최고급 작품을 지으려는 마음, 그런 열정이 좋은 자화상을 그리려는 마전장이의 소재라고 여려진다.

양복 한 벌이 되는 과정은 지난하다. 수필도 상상의 디자인을 접목하고 때로 과감한 마름질로 수정할 때 좋은 수필작품이 탄생할 것이다. 옷에 맞지 않은 액세서리는 사족이듯 덕지덕지 군더더기는 작품을 흐린다. 초고를 잘 짜고 퇴고에 정성을 다한다면 작가의 진솔한 심상이 깃든 자화상으로 손색이 없을 것이다.

실험수필을 향한 도전은 시대적 몸짓

오차숙

글을 쓰겠다는 의미는 궁극적으로 인생을 치열하게 살아왔다는, 또는 살아내겠다는 은유이다. 모범적 사회 현상은 모든 것이 규격과 원칙 속에 매여 있어, 글을 쓰는 작가의 뇌리에는 비교적 솔직하면서도 순수한 감정, 보편성을 뛰어 넘은 감정이 잠재되어 있을 때 생명력이 존재한다.

나는 간간이 N. H. 클라인바움의 소설 『죽은 시인의 사회』가 생각난다. 이 소설은 영화와 연극으로 확대된 작품으로, 웰튼 고등학교에 '키팅' 선생이 새로 부임해 '죽은 시인의 사회'와 '살아있는 시인의 사회'가 무엇인지 이분법적으로 제시해 준다.

이 학교는 학생을 24시간 사육하는 집단으로 70%를 명문대에 입학시키는 공부벌레들로 모인 단체이다. 학생에겐 꿈이나 발랄함이 거세된 – 모든 것이 부모와 선생에 의해서만 그들을 사육하는 학교이다.

키팅 선생은 출세와 모든 것이 타율적으로 강요되는 이 집단에 정면으로 도전하게 된다. 기존체제에 반기를 들고 '카르페 디엠(carpe diem)'이란 철학으로 학생들을 '살아있는 시인의 사회'로 안내해 간다. 그 사회는 개성과 예술, 생명과 꿈이 있는 학교, 사육에 시달리는 영혼들이 아니라, 원칙에서 조금은 비켜나더라도 영혼이 자유롭게 유영하는 세계를 의미한다.

이 시대 수필 쓰기도 크게 다르지 않다. 수필이란 장르가 형상화 작업 없이 고백론에 치중한다거나, 지나치게 논리적이고 현학적인 글을 쓰게 되면 창작의 에너지를 저하시킬 수가 있다.

글을 쓰려면 글을 쓸 수 있는 환경을 설정해 명상과 함께 심장부로 고요하게 또는 거침없이 돌진해야 하는데, 그 어떤 원칙에 얽매이게 되면 감정에 생기는 파동이 제구실을 못하게 된다. 피상적인 글, 현학적인 글에서 탈피해 문학성에 가까운 글을 쓸 때 수필이 비문학이라는 오명에서 벗어날 수 있기 때문이다.

수필가는 다른 장르 작가들에 비해, 웰튼 고등학교 학생처럼 흐트러지지 않은 자세로 규칙에만 얽매어 있어 영혼의 불씨를 놓칠 때가 많다. 마음속에 잠재된 불씨는 글 쓰는 사람에겐 엄청난 에너지를 주게 되므로 논리적 메커니즘에 얽매이지 않는 것이 우선이다.

시대와 동행하는 글을 쓰기 위해서는 장르를 뛰어넘어 경계선을 초월한 글, 자기만의 브랜드를 가지고 불안한 현대인의 의식세계에 동참하는 글, 접목과 해체를 반복하며 전천후 문학을 추구하는 것이 바람직하다. 가치관의 변화가 무수히 많아 현대인의 생각은 끝이 없이 다양하기 때문이다.

작가는 인문학을 바탕으로 글을 쓸 때가 많지만 지금은 지식 홍수 시대임을 깨달아야 한다. 이러한 시대에 정서적으로 삭혀지지 않은 지식의 나열은 문학성이 빈약해서 작품구성에 예술적 장치, 상상에 근거한 미적 재구성기법을 적절하게 반영하는 것이 바람직하다.

'수필이 문학이 되려면'에 의문점을 제기하며 고심해야 한다.

작품 쓰기는 모방론, 표현론, 효용성, 존재론이 우선하지만 좋은 작품이 되기 위해서는 무엇보다, 사실보다는 진실성과 함께 리듬과 메타포, 함축미로 형상화되어야 한다.

수필도 진보적 글쓰기가 필요하다. 시詩도 행과 연만 나눴다고 해서 시가 아니듯, 수필도 사실 그대로의 실상을 15매 원고지에 옮겼다고 해서 수필이 되는 것은 아니다.

작품에는 미학적 보수와 미학적 진보가 있다. 미학적 보수는 정형화된 서정적 문법 안에서 지나치게 투명하고 지나치게 편안한 글이 되므로 가부정적 경향이 드러나게 된다. 이런 글은 삶의 진실과 얼룩진 잔해보다는 가릴 것 가려가며 피상적으로 지혜만 가르치려 하므로 두 번 다시 눈길이 머물지 않게 된다.

한 번 읽기와 다시 읽기는 그 의미가 다르다. 다시 읽기의 시간은 사유의 시간으로 독자의 정신을 터치하며 창조할 수 있는 계기를 제공해 준다.

이 시대 수필 쓰기는 미학적 진보가 바람직하다. 문체나 의식세계를 변형시킨 실험정신, 회색지대의 그로테스크한 문장, 간간이 소통의 어려움이 수반되는 그 어떤 난해성, 이런 작품이 관념적이라 공허할 때가 있지만, 공허가 없는 문학은 독자의 마음을 머물게 할 수가 없다.

삶은 공허 속에 비전이 숨어있다. 수필은 작가의 철학과 의식, 언어를 추상적으로 풀어 넣을 때 수필의 키워드인 진정성이 드러난다. 예술은 '가능한 차선'보다는 '불가능한 최선'을 갈구해야 하므로, 형식과 내용의 파괴 속에서 미적 아름다움을 추구해야 한다.

아름다움에는 추醜의 미학도 있고 미추美醜를 구별하기 힘들 정도의 모호한 아름다움도 있다. 무언가 추상적이어서 '그것이 무엇일까' 궁금증이 들게 하는 것, 그게 지금 이 시대 수필이 시도해야 할 정신이다.

전통수필이든 실험수필이든 스스로를 치유하고 독자도 치유시킬 수 있는 글, 읽을수록 새롭고 읽을수록 떨림이 있고 읽을수록 깨달음이 있는 글이 바람직하다. 유행가 같은 작품이 아니라 시대를 초월해 존재할 수 있는 글, 신과도 교류할 수 있는 영적인 글, 인간의 정서적 구원을 초월해서 영혼의 구원으로 이어지는 글이 가슴에 남게 된다.

모든 것을 끌어안은 실험수필, 세기말의 시대를 견인하기 위한 문예사조가 시급한 실정이다. 미의식의 혁신을 통해 한국수필의 진로 모색과 대안을 제시하며 4차원의 시대라고 할 수 있는 – 네오 노마드 시대에 위안이 될 수 있는 작품이 갈급하다.

문제는 그것을 깨달은 작가들이 언어해체와 이질적인 이미지 조합을 통해 한국수필이 저변확대를 위해 노력하고 있지만, 형식의 모방에서 표절의 문제점이 돌출하는가 하면, 작가나 시대의 트라우마 치유에 소홀하는 경향이 있다고 평론가 박양근은 지적했다.

나는 나만의 작법을 택하려고 노력한다. 실험수필도 그 어떤 중심부로 다가서기 위해서는 무의식 속에 잠재되어 있는 미추의 의식을 융합해 또 다른 의식을 끌어내어 창조적 작품으로 전환시켜 가야 한다. 랭보의 말처럼 '예술에서의 진보는 대중과 함께 가는 것이 아니라, 대중의 의식까지도 창조하는 데 있다'는 말에 공감하며, 실험수필의 한 부분인 아방가르드 에세이에 도전했다.

내게 주어진 고유의 의식을 중요시 여기고 영혼의 연골이 굳어지지 않도록 관리하며, 몸과 정신을 통해 나만의 춤놀이를 펼쳐 나갈 때 문학성이 가미된 수필을 쓸 수 있어서다.

수필은 작가의 청사진이다. 그 특성이 일상의 소재와 주제가 핵을 이루는 게 보편적이므로 그 진부함에 매몰되지 않기 위해서는 획기적인 정신과 문장으로 사물과 사물사이 – 살아있는 자와 죽은 자의 영매 역할을 하고 있다. 의식과 무의식의 통로를 개방시켜 독자에게 행간을 읽게 하고, 자타에게 힐링이 될 수 있도록 추임새를 도입시켜 문학적 세계에 가까이 가려고 노력한다.

　광대들을 보라. 그들은 밧줄 위에서 불안한 춤놀이를 하면서도 그들만이 펼쳐 나갈 수 있는 제스처와 예술적 표정으로 관객들의 영혼을 몰입시키지 않는가.

　수필도 다를 바 없어 실험수필을 쓰는 작가들이 나타나고 있다. 이런 글은 작품에 따라 반半 추상적인 때가 많아 독자들이 퍼즐 맞추기를 하며 메시지를 찾아가야 하는 어려움이 있지만, 그들도 그 너머에 숨어있는 무엇인가를 찾아내려고 노력하고 있다.

　이 현상은 혼돈의 시대에 수필을 개혁하기 위한 세기말적 표정으로 운명적 제스처가 아닐 수 없다.

서두고를 중심으로

오창익

모두冒頭, 허두虛頭라고도 일컫는 서두의 어의는 대개 발단 (opening), 시작(beginning)의 개념으로 통한다. 그러나 비교적 단문의 형식인 수필에 있어서 서두가 차지하는 비중은 기승전결의 첫머리에 해당하는 순차적 지위順次的 地位 이상의 격을 갖는다.

그것은 육상 경기의 출발점과 같은 것이 글의 서두이고 보면, 단거리 경주에 해당하는 수필에 있어서의 출발점은 그 글의 운명을 좌우하는 절대적인 신호와도 같은 것이기 때문이다.

소설도 마찬가지지만, 특히 수필에 있어서의 서두는 독자의 입장에서 보면, '첫인상'이요, 작자의 입장에서 보면 '일기 예보'와 같은 것이다. 예보란 전개될 제 사상의 맥을 중앙집결시킴으로써 가능한 유추 작용이다. 글에 있어서도 동일하다. 단문이든 장문이든 서두는 논고의 내용을 귀납적으로 집약시킨 예시적 존재다.

일기 예보가 빗나갔을 때의 실망과 허탈감은 글에 있어서도 예외는 아니다. 뒷맛은 역시 불쾌할 뿐이다. 그래서, 수많은 작가와 수필가들은 첫줄, 첫머리의 단 한 줄을 끌어내기 위해 피나는 산고의 아픔을 겪는다.

수필가 한흑구 같은 이는 수필 한 편을 쓰는데 5년(나무), 3년(보리)이 걸렸다고 한다. 물론 제목을 정해 놓고, 대상을 예의 관찰하는 데 그리 많은 세월을 요했겠지만, 환언하면 그것은 무슨 말부터 시작해야 되는가에 그리도 긴 시간이 소요됐다는 간접적인 시사이기도 하다.

찢고, 지우고, 다시 쓰고…. 5년 만에야 그는 '나는 나무를 사랑한다'라는 서두를 건져내는 데 성공했던 것이다. 「나무」의 서두는 또한 그 수필의 결구이기도 하다.

이처럼 수필의 문장은 주제를 서두에 강조하는 두괄형頭括型과 중간과 말미를 일반화하는 중괄中括, 미괄형尾括型이 있어 일반 문장구성법에 준하여 말할 수 있다.

작자의 기호에 따라 다소 차이는 있겠지만, 수필의 서두도 일반 산문과 동일하게 구성이나 담으려고 하는 내용, 수필의 종류에 따라 그 양상을 달리한다.

즉, 순차식 또는 단순구성에서는 대개 완만하거나 겸손한 서술체의 문장으로 출발하여 말미에 가서 그 주제의 핵을 일반화하는 것이 보통이다. 그러나, 문장을 시간적 순서나 공간적 순서를 밟지 않고 서술하는 병렬식, 나열식 구성법을 취하는 작가는 글의 서두에 매우 예민한 신경을 쓰게 된다.

즉, 직유 아니면 은유의 문장으로 거의가 머리 부분에 주제의 핵을 장치하는 두괄형의 구성법을 택하고 있다.

전자의 경우는 김태길의 수필 「낙엽」이나 이양하의 「글」을 들 수 있다. 서두는 간결하면서도 산뜻한 서술체의 문장이다. '낙엽이다'로 시작한다. 그러나 말미에 가서는 '― 그것이 조락이요, 죽음인 것이다'라고 말미에 주제를 농축시키고 있다.

반대로 후자의 경우는 김광섭의 「隨筆文學小考」와 한흑구의 「나무」 같은 수필을 들 수 있다. 김광섭의 경우 "수필이란 글자 그대로 '붓 가는 대로' 써지는 글이다"라고 다소 애매하지만 분해나 재조립이 불가능한 정의를 서두에서 강조한다.

또 한흑구의 「나무」에서도 전편을 통하여 무려 열 번이나 똑같은 문장을 되풀이하고 있는 '나는 나무를 사랑한다'라는 한 줄을 서두에 앞세운다. 5년이란 긴 세월의 각고 끝에 쓰여졌다는 이 수필의 어느 문절文節에도 '나는 나무를 사랑한다'라는 말이 들어 있다. 글의 어느 부분을 전도시켜 앞세운다 해도 결국 이 수필의 서두는 '나는 나무를 사랑한다'라는 제자리걸음이 되고 만다.

그렇다면, 한 장소에 알맞는 말은 단 한 마디밖에 있을 수 없다는 플로베르의 명언대로, 이 수필이야말로 단 하나밖에 없는 서두를 제대로 발견한 셈이 된다. "그 수필의 서두는 바로 그 한 줄 뿐이다"라는 정의가 가당할는지는 의문이나 아무리 강조해도 지나친 말은 아닐 것 같다.

또한 서두는 작가가 시도하는 수필의 종류에 따라 그 내용이나 서술의 양상을 달리한다.

대개 비평, 철학적 수필의 경우는 제목과 유사하거나 제목이 시사하는 내용의 개념을 담은 문장이 서두를 장식한다.

"남녀를 가리지 않고, 손수건을 지니고 다니지 않는 사람은 없다." 이것은 조연현의 「손수건의 思想」이란 수필의 첫머리다. 또 김소운의 「가난한 날의 행복」이란 수필에서도 "먹을 만큼 살게 되면 지난날의 가난을 잊는 것이 인지상정인가 보다"라고 서두에서 제목이 담고 있는 사고의 흐름을 일단 겸허하게 수용한다.

유달영도 「재발견된 한반도」란 수필에서 "우리는 어찌해서 이렇게 답답한 골짜기에서 태어났을까요? 참 지긋지긋하지 않아요?"라고 서두를 제목의 연결된 문장인 듯 친근감 있게 앞세우고 있다.

또한 교훈, 학문적인 수필에서는 명언 명구를 인용하거나 논지論旨의 결론 부분이 서두에 등장한다. 그리하여 대개는 단조로운 문장으로 연역법적인 전개를 시도한다.

「인생은 예술처럼」이란 안병욱 수필의 서두는 "에드워드 카펜터는 '사랑은 하나이다'라고 말했다"로 시작한다. 또 피천득도 「巡禮」란 수필에서 "문학은 금싸라기를 고르듯이 선택된 생활 경험의 표현이다"라고 첫머리 첫줄을 일반화함으로써 내용의 핵을 선명하게 서두에서 밝히고 있다.

그리고 신변, 성격, 묘사 등 문학 수필에서는 글의 중심을 이루는 사상이나 감정의 정수를 직설하지 않고, 메타포로 처리하는 경우가 많다.

이항녕의 「더 높은 곳에」란 수필에서는 제목과는 우회하여 "좋은 옷을 입지 못한다고 걱정할 것은 없다. 몇 발자국만 떨어져서 보면 좋은 옷이나 나쁜 옷이나 별로 구별이 나지 않는다"라고 완곡한 문장으로 내용을 은유하고 있다.

이상도 「倦怠」란 수필의 서두에서 "원숭이가 사람의 흉내를 내는 것이 내 눈에는 참 밉다"라는 문장으로 독자의 호기심 어린 시선을 흡인한다. 호기심, 그것은 독자의 연상, 유추 작용을 환기시키는 일종의 전이적轉移的인 수사법이기도 하다.

날마다 러브레터 받는 여자

우명식

"까망눈 우리를 가루치느라 얼매나 고상이 마나요. 선상님 고마씀니다. 선상님 사랑해요. 우명식 선상님 올림."

이 편지는 학교 문턱에도 가보지 못한 아흔 살 학생이 글을 배우고 나에게 써준 러브레터이다. 편지지에는 몇 번이나 지웠다가 다시 쓴 글자가 나를 바라보고 있다. 삐뚤빼뚤한 글씨는 금방이라도 튀어나올 기세다. 들며 날며 '올림'이라는 말의 뜻을 묻더니 화룡점정으로 내 이름자 옆에 기막히게 사용했다. 서툴고 짧은 글이 어느새 머리가 아닌 심장에 와 박혔다.

글 속에는 그 사람의 살아온 인생이 보이고 그의 눈물이 담겨 있다고 했다. 이태 전 한글학교에서 학생들을 처음 만났다. 교실에는 배움의 기회를 놓친 어르신들이 빼곡했다. 백발이 성성한 모습으로 나를 바라보는데 가슴이 먹먹했다. 삶이 버거워서 혹은 여자라는 이유로 글을 배우지 못해 당했던 고통은 어찌 말로 표현할 수 있을까. 쑥스러워하던 모습도 잠시, 마치 밥 달라고 노래하는 어린 새처럼 글을 몰라서 겪었던 일을 봇물 터지듯 쏟아냈다. 지금은 말로밖에 소통할 수 없지만 머지않아 답답한 속내를 글로 풀어낼 수 있게 해주겠다고 약속했다.

"그림처럼 써라. 그러면 기억 속에 머물 것이다"라는 조지프 퓰리처의 말은 나에게 나침반이 되어주었다. 처음 한글을 배우는 학생들에게 글자는 모두 그림으로 보인다. 자음과 모음이 합해져서 하나의 글자가 되면 그림 하나가 탄생하는 것이다. 그림 글자를 열심히 만드는 학생들을 보면서 내가 더 신이 났다. 생각을 글로 표현하면서 주눅 들었던 학생들은 조금씩 밝아졌다. 어느새 학생들의 글은 나의 기억 창고에 반 고흐의 그림처럼 강렬한 색채를 띠고 빼곡하게 차 있다. 상형문자 같은 글을 해독하면서 이태를 보냈다. 좋아하는 일 가슴 두근거리는 일을 하면 삶이 행복하다고 했던가.

글은 손으로 하는 생각이다. 글이 안 써진다고 머리를 쥐어짜며 보낸 허송세월이 얼마나 많았던가. '국문학 공부를 하면 좀 더 체계적으로 글을 쓸 수 있지 않을까?'라는 생각에 가리늦게 국문학을 전공했다. 하지만 문법을 알면 알수록 글쓰기는 어려워지고 내 안에 가로막힌 벽이 되어 나를 옥죄었다. 잘 쓰려고 하면 할수록 글은 샛길로 빠져 엉망이 되었다. 하지만 우리 학생들은 달랐다. 글을 통해 자기반성을 하고 어느 순간 가치 정립을 하면서 글에 희망을 담기 시작했다. 마디 굵은 손으로 생각을 모아 가장 약하고 상처받았던 부분을 끌어내어 글로 승화시켰다. 짧은 지식으로 가르치면서 난 학생들에게서 더 큰 지혜를 배웠다.

글은 나에게 치유와 위안이다. 누구나 마음속에 상처받은 어린아이가 살고 있다고 했다. 나에게 글은 내 안의 상처받은 아이와 행복하게 사는 방법이다. 가끔 한밤중에 깨어 내 안에서 우는 아이를 발견한다. 삶이라는 가느다란 가지 끝에 매달려 늘 흔들리는 존재로 살았다. 나도 누군가에게 눈부신 아침이 되고 싶었다. 마음이 만들어낸 병이 깊고 무거워 잠 못 들 때면 나는 글을 쓴다. 그 글은 글감을 선정하지 않아도 되고 내용을 고민하지 않아도 된다. 계획해서 구체적으로 쓰고 고치는 작업도 필요하지 않다. 내면의 나에게 보내는 러브레터이기 때문이다. 일기를 쓰듯 편안하게 쓰다 보면 맵고 쓴 시간은 흘려보내고 어둠 속에 감추어진 희망을 꺼내곤 한다.

삶이 글이고 글이 곧 사람이다. 학생들의 삶은 한 편의 수필보다 아름답다. 어느 날부터인가 자신의 속내를 말이 아닌 글로 풀어내는 학생들이 많아졌다. 누가 먼저라고 할 것도 없이 아침이면 부끄러운 듯 종이 한 장을 내 손에 쥐어준다. 광고지 뒷면이나 달력 뒷장에 써진 러브레터는 나를 울고 웃게 한다. 글자가 안 된다고 한탄하던 순이 학생의 편지에는 이렇게 쓰여 있다.

"딸보다 조코 새상 천쥐에 하늘마큼 조은 선생님 답다판 가슴을 뺑뚜러주셔서 감사합니다. 선생님 시간에는 시개를 붙들어 매노코 십습니다. 선생님 사랑합니다."

가슴 깊이 간직한 한을 사랑으로 승화시킨 달콤한 글이다. 글의 행간에 녹아있는 따뜻한 마음은 나를 촉촉이 젖게 한다. 꾹꾹 눌러쓴 서툰 글자를 보니 곁에 묵묵한 배경으로 오래 남고 싶다는 간절한 생각이 든다.

메마른 가슴에 문자의 씨앗을 심고 꿈과 희망을 가꾸는 늦깎이 학생들은 나의 글쓰기 스승이다. 날마다 러브레터를 읽으면서 내 안에 가로막힌 글쓰기의 벽이 조금씩 허물어지는 소리를 듣는다.

내 치유의 글쓰기

우희정

I.

누구에게나 들끓고 있는 속내가 있을 것이다. 겉으로 보기에는 아주 평온해 보이는 사람도 나름의 고민이나 이런저런 생각의 실타래들은 얽혀있기 마련이지 않은가. 나도 할 말이 참 많다. 미칠 것 같은 내면의 들끓음이 최고조에 달하면 신병을 앓듯이 잠도 오지 않고 열에 들뜬 사람마냥 멍해진다. 그럴 때면 나는 책상에 앉아 그것들을 마음껏 쏟아낸다.

얼마만큼 뜨겁던 가슴 속 말이 풀려 나오면 한동안 몹시 허하고 가슴 한가운데로 마치 폭풍이 지나간 듯 황량한 느낌마저 든다. 그때는 다른 일에 몰두하여 들떴던 감정을 식힌다.

그렇게 뜨거운 가슴으로 쓴 것을 얼마 후에 꺼내보면 감정이 여과되지 않은 그대로다. 조탁되지 않은 글자들의 나열이고 보니 두 번째로는 그것을 다듬는 작업을 한다. 처음 쓸 때보다 열 배쯤의 시간과 힘을 소모하며 한 편의 수필을 만든다.

거친 표현이나 부적절한 단어 등을 골라내고 되도록 간결체가 되도록 한다. 수식에 욕심을 부리다 보면 문장이 늘어져 엉기는 경우가 생긴다. 시는 생략과 압축, 상징 등을 중요시하기에 문법을 초월한다지만 문체가 작품의 질을 좌우하는 수필은 무엇보다 문장이 중요하다. 나는 될 수 있으면 간결체로 쓰려고 노력한다. 꼭 필요한 수식어만 고르고 단어도 그 자리에 적확한가를 따지느라 고심한다.

Ⅱ.

어느 날 나는 수필 쓰기를 통해 놀라운 체험을 했다. 근 20여 년을 꾸던 악몽을 수필 한 편으로 치유했던 것이다. 이 글을 쓸 때까지만 해도 생각지 못한 일이었다.

밤새 들길을 바삐 걸었다. 끊임없이 발길을 재촉했지만 갈 길이 좁혀지지 않아 조급했다. 걸어도 걸어도 길은 멀었다. 등에 업은 아이의 무게가 어깨를 짓누르고 걸린 아이의 잡은 손을 놓칠까 봐 조바심이 쳐졌다. 온몸에 땀이 배었다. 애를 쓰다 깨어 보면 꿈이었다.… 중략 … 장성한 딸과 아들이 꿈속에서는 아직도 자라지 않은 어린아이라는데 내 고민이 있다. 나는 무엇 때문에 자라지 않는 아이를 업고 노심초사하는 것인가. … 그런데 왜 꿈속의 아이는 그 일곱 살에서 더 이상 나이를 먹지 않는 것일까?…

자신의 삶 중에서 가장 지독했던 고통이나 절실했던 상황 따위는 어디만큼 숨어 있다가 긴장이 풀어질 때마다 꿈이란 방식을 빌어 솟구쳐 오르는 것 같다. 그렇다면 나는 자라지 않는 아이들의 꿈을 앞으로도 계속, 긴 세월 동안 꾸게 될 것이다. 더 이상 내 무의식 속에 새롭게 각

인될 고통은 없을 테니까.

− 「자라지 않는 아이들」 중에서

어느 날부터 거짓말처럼 악몽이 사라진 것이다. 그리고 보니 글쓰기란 비상구가 없었다면 견디기 힘든 세월이었다. 죽음의 문턱까지 갔던 고통스러움을 그때 풀지 못했더라면 나는 어떻게 되었을까. 상상만으로도 두렵다.

또한 오랫동안 나는 어머니와 화해할 수가 없었다. 아니 어머니를 여자로 인정하지 않으려고 억지를 부렸던 것이다.

··· 생략 ···

세월이 흘러 나도 자식을 낳아 키웠고, 순탄치 못한 길을 걷는 동안에도 어머니가 한 사람의 여자일 수 있음을 인정하지 않았다. 세상의 다른 여자들에게는 희망 없는 기대에 시간 죽이지 말고 자기 인생을 찾아야 된다고 목소리의 톤을 높였으면서 내 어머니에게는 한 치의 빈틈도 용납할 수 없었다.

내 앞에 여자와 엄마의 길이 선택적으로 주어졌을 때도 나는 어머니에게 보란 듯이 내 아이들을 끌어안고 둥지를 틀었다. 그랬다, 보란 듯이···. 나는 어머니보다 잘났으니까.

어머니가 개가했던 바로 그 나이에, 나는 한 달이 넘게 40도를 넘나드는 원인 모를 고열에 시달리다 응급실에 실려갔다. 꼭 죽을 것만 같았고 마지막이라고 생각되는 순간에 어머니가 몹시 보고 싶었다.

"아이고, 이게 우짠 일이고?"

응급실로 달려와 넋 나간 사람처럼 중얼대는 어머니를 보자 나는 그만 어린아이마냥 엉엉 소리 내어 울었다. 그리고는 내가 그동안 얼마나 내 아집 속에 웅크리고 있었는가를, 이 세상에 어머니가 살아계시는 것만으로도 얼마나 감사해야 될 일인가를 비로소 깨달았다. …

— 「어머니와 여자」 중에서

그렇다. 이 수필을 쓰고 난 뒤 마음이 평온해졌다. 어머니도 한 사람의 여자일 수 있음을 온전히 이해하고 받아들일 수 있었다.

수필 쓰기는 내 마음의 참선 과정이다. 내 생의 마지막 날까지 나의 투정을 오롯이 들어줄 동반자가 있음에 나는 위안을 받는다.

나의 수필 쓰기

유경식

분주한 나의 일상은 어수선하고 복잡하다. 깨알 같은 글씨로 가득 찬 1년 일정 계획표가 심신을 고달프게 하지만 한편으로는 크고 작은 압박감으로 나를 컴퓨터 앞에 앉게 한다.

1. 일정을 들여다보는 일로 하루가 시작된다.

매월 모이는 친구들과 다양한 주제로 대화하고, 고교 총동창회에서는 각계각층의 선후배 강사로부터 다방면의 지식을 얻는다.

집안의 대소사와 온갖 애환들, 가족을 위한 장보기와 요리하는 일도 소소한 즐거움이다. 그리고 정기적으로 병원에 가는 날들…. 이렇게 세월은 지나간다.

2. 음악회와 뮤지컬, 그 외의 미술전람회도 빠질세라 다닌다.

뮤지컬 배우의 매력에 사로잡혀 어렵사리 표를 구해 〈맘마미아〉를 보며 흥겨운 한때를 보내기도 한다. 마음의 주름을 펴고 소녀처럼 들떠서 공연장을 나온다.

　오래 전 라디오에서 '별이 빛나는 밤에' 프로를 들으면서 마음이 끌리던 가수 이적의 콘서트에 며느리와 다녀왔다. 젊음이 가득한 공연장에서 신선한 감각의 흐름을 느끼는데 나이가 문제 되지 않았다.

　어느 날은 불현듯 칸딘스키와 러시아 거장들의 작품이 보고 싶어, 하던 일을 홀홀 털고 감상하러 나섰다. 1차 세계대전과 볼셰비키혁명, 잇따른 러시아의 비극을 예감하며 묘사한 그림들이 많았는데, '바다의 사나이'라는 이반 아이바초프스키의 〈폭풍〉과 〈구름〉에 눈길이 머물렀다. 자선사업에 적극적이었다는 그의 그림에서는 시의 한두 구절을 읽어 낼 수 있다고 했다.

　글을 쓰다가도 웹사이트를 찾아 들어가 영국 화가 데이비드 호크니(David Hockney)의 사진과 미술을 결합한 팝 아트에 매료되어 시간을 보내기도 한다. 그의 작품 중 〈아카트란(Acatlan) 호텔 주변을 걷다〉는 마티스와 비슷한 색감과 구성이라서 더욱 마음에 든다. 그는 1975년 오페라 '마적'의 무대 디자인으로도 유명하다.

　예전에는 도서관에 가서 미술책을 빌려서나 볼 수 있는 수많은 거장들의 그림을 지금은 인터넷으로 즐길 수 있다. 나는 아직도 루벤스의 그림 〈성모승천〉을 보고 싶어 하는 네로의 이야기를 좋아한다.

　3. TV도 나의 생활 속 깊이 들어 앉아 있다. 거기에 깊이 빠져버리면 하루를 허무하게 지내고 곧 후회하지만, 또 다시 같은 하루를 보낸다. 스크린은 사람을 사로잡는다. 그곳에는 다양한 삶이 있고, 신선한 감각과 패션, 꿈도 있다.

며칠이고 책에 묻혀 있을 때도 있다. 루시 모드 몽고메리(Lucy Maud Montgomery)의 『빨강머리 앤』은 일본에 갈 때마다 몇 군데 책방에 들러 사서 모은 책으로 전권 12권이다. 나는 이 책을 가까이 두고 10여 년이 지나도록 즐겨 읽는다.

학창시절에는 세계문학전집을 무턱대고 읽어 나갔다. 당시에는 지금처럼 체계적인 문학전집들이 출판되지 않았을 때다.

쉽게 마음이 가라앉는 요즘에는 80세가 넘은 일본 여류작가 타나베 세이코(田辺聖子)의 명쾌하면서 당당하고 위트가 넘치는 글이 활력을 얻는데 큰 도움이 된다.

1. 2. 3은 나의 수필의 뿌리가 되어준다. 이것들로부터 화법이나 사색, 간접체험의 효과를 살려 주제를 생각한다. 주관적인 나의 삶을 객관적 눈으로 다루기도 하고 똑바로 주제를 찾기 위해 무엇에서 초점을 잡아야 하나 하는데 골몰하기도 한다.

또 한편으로는 불현듯 쓰고 싶은 충동을 느낄 때 그냥 써 내려간다. 문득 생각나는 어떤 고장에서의 일이라든지, 교회에서 성가대 찬송을 듣다가 갑자기 지난 일들이 눈앞에 펼쳐질 때, 우연히 드라마 프로에 나오는 인물의 카리스마와 인성에 빠져버렸을 때, 식구들과의 여행의 즐거움과 흐뭇함, 가보지 않은 곳에 대한 호기심, 노란 봄햇빛, 푹푹 찌는 여름의 짙푸른 녹음, 가을바람, 이런 것들이 유난히 피부에 닿았을 때, 눈에 번쩍 뜨이는 그림, 우연히 듣던 음악이 가슴을 칠 때, 바로 그 자리에서 글을 쓰고 싶다. 나는 작은 일에도 감동을 잘 하는 편이다. 감동과 감흥은 곧 글을 쓰게 한다.

　그러나 조금이라도 신경 쓰이는 생각이 머리에 있을 때는 아무 것도 쓸 수가 없다.

　쓴 사람과 읽을 사람이 공유하는 글을 써야겠지만, 나는 독자를 의식하지 않고 쓰고 싶은 것을 쓰는 편이다. 독자를 염두에 두고 이리저리 머리 굴리고 싶지 않고 자유롭게 쓰고 싶어서이다.

　한꺼번에 써 놓고 퇴고를 수도 없이 한다. 1차 퇴고에서 가장 가감이 많다. 2차 퇴고는 인쇄해서 다시 훑어보는 일이다. 거의 완성 단계에 이르면 인쇄해서 또 퇴고를 시작해 보면 항상 미흡하다. 퇴고가 소재 찾기부터 작품을 다 쓸 때 소요되는 시간 이상으로 더 걸린다.

　며칠을 두었다가 다시 고쳐 본다. 그러면 생각지 않던 글귀가 떠올라 놓치지 않고 삽입한다.

　한 번도 내 작품에 만족해 본적이 없이 30년 가까이 글을 써 왔다. 나에게는 예술에 대한 무한한 애정과 끊임없는 호기심이 있고, TV나 책 그리고 여러 모임에서의 잡담을 통해서도 내가 좋아하는 것에 관한 것은 저절로 머릿속에 입력되어 글의 소재가 된다. 그런 것들을 생활 속에 장착시킨 것이 지금의 '나'를 있게 한 요인이다.

상상력과 허구

유병근

1.

지성의 문학이라고 일컫는 수필은 어떤 점에서는 지적능력에 의한 글짓기라고 할 수 있다. 감성과 상대되는 지성을 직관, 오성을 통틀어 이야기한다고 보면 다분히 주지적이며 사상적인 측면을 갖는다.

하기에 수필은 단순히 보고 느낀 정서를 표출하는 것만이 아닌 보다 심오한 통찰력에 따른 표현양식을 요구한다. 흔히 수필은 붓 가는 대로 생각나는 대로 형식에 구애됨이 없이 자유롭게 쓰는 산문이라고 뜻을 매기는 교과서는 이제 사라져야 마땅하다. 그런 교과서가 있는 한 수필은 어쩔 수 없이 변방의 문학, 서자문학으로 따돌림 받을 것은 뻔하다. 아무리 목청을 높여 수필은 문학이네 뭐네 떠들어도 수필에 대해 잘못 정의된 교과서가 건재하는 한, 그 교과서를 배우고 익히는 학습자에 의해서 다음 세대에도 여전히 수필은 문학과는 거리가 어중간한 문학 대우를 받을 수밖에 딴 도리는 없다.

이런 점에서 수필가는 교과서의 수필 정의를 뜯어고치는 일에 우선 나서야 한다. 그런데 누구도 거기 손을 쓰지 못한다. 왜냐하면 뜯어 고칠만한 위치에 군림하는 수필가 스스로가 그런 정의에 합당한 수필을 쓰고 또 내로라 만족하기 때문이다.

수필은 평생 고질과 같은 수필 정의 때문에 문학의 변두리나 돌다가 지칠 것은 뻔하다. 그럼에도 오늘날의 수필이 아쉬운 대로 문학 대접을 받을 수 있는 것은 몇몇 수필지가 나름대로 희생을 아끼지 않기 때문이다. 수필은 만만한 문학이 아님에도 어느 고위직에서 물러나면서 산문집 하나를 낸 다음 버젓이 수필가 행세를 한다. 웃기는 세상이다. 돈깨나 뿌리고 싶고, 권세나부랭이나 부리고자 하는 부류들이 되지도 않는 산문집을 간행하고는 수필세계를 기웃거린다.

이런 풍토는 사라져야 함에도 이를 부추기는 일부 계층이 있고 거기 덩달아 장단을 맞추는 계층이 기회를 놓칠세라 덤비는 곳이 수필이란 세계다. 하기에 수필가는 우후죽순처럼 머리를 쑥쑥 내민다. 기왕 그렇게 할 바에는 수필을 스스로의 뼈와 살로 삼을 수 있어야 한다. 칭호나 하나 얻어걸리면 큼지막한 명함이나 찍어 싸돌아다니는 그런 수필가는 되지 말아야 한다. 수필을 진정 아끼고 참다운 수필정신으로 매진한다면 국민 전체가 수필가일수록 우리나라 좋은 나라가 될 것이다.

2.

수필에 대해서는 이러쿵저러쿵 말이 많다. 수필을 위한 발전적인 견해들이고 보면 극히 환영할 일이다. 그런 견해가 많을수록 수필을 위해 좋은 일이지 싶다. 수필가는 각자 나름대로의 수필에 관한 인식을 가져야 할 것은 불문가지다. 그럼에도 나름대로의 인식이 없이 수필을 쓴다는 것은 위험하다. 수필을 수필답게 쓸 수 없는 지경에 처하게 될 위험한 소지를 갖는다고 보아도 좋을 것이다.

흔히 수필의 표현양식으로 허구를 들추는 경향이 없지는 않다. 허구는 말할 나위도 없이 없는 일을 있는 것처럼 꾸며대는, 거짓을 참말처럼 얽어매는 표현양식이다. 이 양식을 수필에 적용하는 것이 수필의 문학성을 살릴 수 있다고 보는 견해가 있다. 결론적으로 말하면 이는 있을 수 없는 견해다.

첫째, 수필의 속성에서 그렇다. 누구나 다 아는 뻔한 일이지만 수필은 자아를 표출하는 자성문학의 한 갈래다. 즉 필자가 화자가 되는 문학이다. 그런즉 만약 허구를 허용한다면 화자는 거짓부리를 하고 있는 셈이다. 수필이 진솔한 문학이라고 하는 것은 거짓부리를 할 수 없다는 데서도 읽을 수 있다. 이는 시와 소설과는 달리 수필은 문학적 성격에서 허용될 수 없는 일이다.

둘째, 수필은 품격의 문학이라고 했겠다. 그렇다면 있지도 않는 벌건 거짓부리를 한다면 그 품격이란 것이 땅에 떨어질 것은 거듭 말할 여지도 없다. 품격은 화자의 인격에 연결된다. 그렇다고 수필이 점잔만 빼라는 말은 물론 아니다. 수필에서도 얼마든지 시정잡배나 다름없는 속된 언어구사를 할 수 있다. 그러나 그것은 어디까지나 수필문학을 위한 언어구사에 한한다.

이상 열거한 두어 가지 이유만으로도 수필에 허구가 끼어들 수 없다는 것은 너무나 뻔하다. 그렇다면 무엇인가. 상상력이다.

상상력은 이미 있는 대상을 다른 대상으로 전환하는 힘을 갖는다. 과거에 겪었던 어떤 일, 추억, 생각을 되짚어 그걸 다른 유사한 추억, 생각으로 전환시키는 기법이 상상력이다. 이렇게 거칠게 말하면 다소 오해가 있을 수 있으나 상상력은 하나의 이미지에서 다른 이미지로 옮아가는 힘이다. 「어둠의 유혹」에서 수필가 김병규는 '어둠의 율동', '어둠의 덩어리들은 퍽 애교가 있었다', '암흑은 어둠이라기보다는 숫제 검은 옥'이라고 했다. 이것은 도저한 상상력에서만이 길어 올릴 수 있는 표현양식인 이미지다.

이것만 보아도 상상력이 수필에서의 좋은 표현기법이 된다는 것을 단적으로 알 수 있지 싶다. 다시 말하지만 수필에서 허구는 없다. 다만 상상력이 있을 뿐이다. 수필을 하겠다는 수필 지망자는 상상력의 발굴에 온 힘을 기울여야 할 것이다. 그것이 지적인 한국수필을 위한 길이다.

마음에 차리는 상床

유정림

내가 세상에 태어나 가장 많이 반복한 일중 한 가지가 상차림이다. 상 받을 사람을 생각하고 그에게 맞는 음식을 준비하여 때로는 거하게 여건이 안 되면 조촐하지만 정갈한 식탁을 차리려고 했다. 상차림은 차림마다 시기적절한 특색을 살려 차려내야 빛을 발한다. 가볍게 식욕을 돋우며 호기심을 동반한 애피타이저로 시작해 계절에 맞는 신선한 재료의 메인 요리와 디저트까지 준비된 정찬은 예의바른 사람을 만나는 것처럼 기분 좋은 식사다. 기름내 물씬한 파전과 막걸리 한 사발, 바지락과 호박 숭숭 썰어 넣어 끓인 칼국수. 거두절미한 단품의 상차림도 비가 추적추적 내리는 날이라면 사람의 마음을 단숨에 훔친다. 허기를 채우는 것만큼 빠르게 결핍을 상쇄하는 일이 있을까. 다음 식사까지 기대하게 했다면 성공적인 상차림이다.

눈과 코, 혀의 감각을 유인해 몸의 허기를 채워주고 마음의 빗장을 열게 하는 것이 훌륭한 상차림이라면 글쓰기는 마음에 차리는 상이다. 자신의 내면을 정직하게 드러냄으로 스스로 정화되며 오래 숙고한 이야기에 독자의 마음이 어루만져진다면 그것도 허기를 채우는 일이다. 글쓰기는 글의 소재나 주제가 정해지면 내면을 통과한 느낌이나 생각을 나만의 언어로 풀어내야 한다. 그러나 내 안의 나는 너무 많다. 가볍고 무거우며 친절하다. 엉뚱하고 수다스럽다 침묵한다. 고개는 툭하면 아래를 향하고 꿰어지지 않는 생각들로 부산하다. 영화나 드라마 속 한마디 대사나 스친 노랫말에 웅크린 감정의 스위치가 켜지기도 하지만 한 줄의 문장이 마음자락을 잡고 놓아주질 않기도 한다.

"글을 쓸 때 입에 크레용을 하나 물었을 뿐, 팔도 다리도 없는 사람처럼 느낀다"라는 커트 보니것의 고백이 있다. 오체가 만족스러운데 쓸 수 있는 것은 입에 문 크레용뿐이라니…. 이 황망한 고백이 글을 쓸 때면 떠올라 나도 두 다리에 힘이 빠졌다. 첫 문장을 쓰고 두 번째 문장을 시작할 때 나는 가장 약해지며 흔들렸다. 거침없이 써 내려가다 보면 감정에 치우쳐 길을 잃고 첫 문장을 다시 시작했다. 글로 자유로워지길 바랐지만 내가 생각하는 규격의 틀로 가두고 묶었다.

가난한 사람이 내세울 최고의 무기는 마음밖에 없다. 내게도 강력한 무기가 필요하다. 'Ich bin Ich.' 유일무이한 나를 일으켜 세우고 불러주어야 한다. 정직하게 드러낼 내면은 다져져야 하고 실패에도 뻔뻔해져야 한다. 다음에는 더 잘할 거라는 주문도 외운다.

난 목청을 높이지 않고 천천히 스며드는 글을 쓰고 싶다. 앞 문장이 뒤 문장을 불러와 글 전체가 한 문장처럼 읽히는 글로 기분 좋은 정찬을 차리고 싶다. 다시 생각해 보니 글쓰기는 내 남은 시간의 숙제이며 내가 좋아하는 사람들의 나에 대한 기대다. 그리고 나를 위해 차리는 상이다.

비 오는 날을 기다리며

유혜자

수필을 쓰려고 할 때마다 인간적인 성숙이나 사고의 얕음을 절감한다. 어렸을 때 본 고향산천이나 지나오며 겪은 가족, 친지와의 관계를 한동안 소재로 삼았다. 사회적인 안목과 가치관, 철학적 깊이가 없어서 서정수필을 선호하게 되었다.

비 오는 날은 차분하게 앉아서 창밖을 내다보며 인생은 무엇인가, 어떻게 살아왔고 앞으로 살아나갈 것인가 약간은 감상적感傷的이 된다. 그런 감상의 노예가 되지 않으려고 창밖으로 시선을 띄운다. 빗줄기 사이로 새로운 잎새를 틔워낸 나무가 다가온다. 오래된 잎새 사이로 연초록 꽃처럼 피어나는 새순들. 수필을 쓰려면 바로 저런 새순, 먼지에 가렸거나 무심코 지나쳐서 보이지 않던 저 신선한 새순을 볼 수 있는 참신한 시선이 마련되어야 한다.

어느 날 일었던 신선한 착상이 있었다 해도 감정의 노예가 되어서는 안 된다. 오래 내린 빗물로 먼지와 때가 씻겨 청정해진 새순 같은 것만을 골라내듯이 해야 하는 글감.

비 오는 날의 기억 중 어렸을 때 아버지가 사다준 노란 장화가 생각난다. 시렁 위에 얹어놓고 비 오는 날을 손꼽아 기다렸다. 지금에야 별 것 아니지만 도로포장도 안 된 그 시대엔 필요하면서도 갖기 힘든 것이었다. 그처럼 많은 사람이 부러워하고 공감할 만한 글감, 적어도 어렸을 때의 노란 장화 같은 글감이 떠올랐을 때 우선 성공이다. 그 장화를 신고 우산을 뱅글뱅글 돌리며 어디를 다녔던가. 우선 친구들 앞에서 과시를 했고 평소엔 질척거려서 못 가던 연못가에 가서 연이파리에서 구르는 옥구슬 같은 빗방울에 현혹된 일이 생각났다.

즐겁게 쏘다녔던 행적의 갈피에 공감할 수 있고 거기에 새로운 의미가 부여되고 탄력을 줄 수 있는 소재로 이어져서 빗방울이 연잎 위에서 옥구슬로 변화된 것처럼 승화도 이루며 주제에 기여할 수 있는 내용이어야 한다. 두드러지지 않으면서 은근한 맥이 이뤄지고 탄력을 줄 수 있는 문장도 중요하다.

장화를 신고서 어디를 거쳐 무엇을 하겠다는 목적이 있었듯이 내가 말하고자 하는 뜻의 전달에 목적을 두고 거기에 메시지를 담고자 주력한다. 그러면서 주제를 염두에 두고 긴장을 늦추지 않으며 글을 쓴다. 그 주제가 흐리고 우중충한 날에 노란 장화처럼 단번에 드러나는 것보다 은근하면서도 가슴이 찡한 것이어야 한다고 고집을 부려본다.

그리고 첫 번에 나온 의미를 끝에서 다시 반복하는 문학적 구성법. 수미쌍관법(首尾雙關法·수미상응首尾相應이라고도 함)을 사용한다. 비슷한 내용의 구절이나 문장을 반복적으로 배치하기도 한다. 그런 주제를 잘 드러내기 위해서는 장화를 신고 열심히 다닌 것처럼 부지런히 퇴고해야 한다. 거기에 봄비처럼 촉촉하게 마음을 적시는 정서가 물씬 담겨야 하되 겉으로 드러나지 않게 절제하는 기법이 요구된다. 겉으로 드러나지 않되 행간에서도 무언가 느껴질 수 있게 하기란 실로 어렵다. 동질성이 없는 문장들을 추리고 압축시켜서 문장의 맛과 향기를 독자들이 느끼게 해준다면 더 바랄 나위가 없겠다. 쓰는 사람들은 하고 싶은 말이 많지만 밀도 있게 개념화된 문장이 필요하다. 어렸을 때는 멋진 장화를 신고 걸어 다니는 데만 급급하여, 내가 본다는 것보다 보여주려 한 자랑이 목적이었기에 깨닫지 못한 진실들이 있었다.

청탁서를 받기 전에는 글 쓰는 것을 염두에 두지 않고 무감각, 무감동으로 지나쳐버리는 진실이 너무 많다. 되도록 부딪히는 현실을 보고 생각하는 법, 생각을 키우고 이해하며 상상과 예지의 여행을 멈추지 않으려고 한다. 평범해 보이는 삼라만상, 그리고 사람들에게서 보석을 캐내는 세밀한, 애정 어린 관찰력 기르기에 익숙해지려고 한다. 그리고 풍부한 지적 체험 속에서 신선한 놀라움을 찾아내 빛나는 표현으로 압축하고 싶다.

좋은 소재를 골라놓고 마음속으로 발효시키는 기쁨도 맛보고 싶다. 그러다가 청탁서를 받았을 때 기다렸다는 듯이 첫 문장이 나오면 얼마나 좋으랴. 거기에 주제의식을 붙여나간다면 어렵지 않은 작품 쓰기가 될 것이다.

그래서 나는 비 오는 날을 기다리는지 모른다. 빗물이 딱딱하게 굳은 씨앗의 싹을 틔우듯이 나의 굳은 감성에도 스며서 잎을 틔우고 예지의 줄기도 뻗어나게 해줄 것을 기대해본다.

결코 화려하거나 번쩍거리지 않는 소박한 삶의 이야기를 프리즘을 들이댄 듯 오밀조밀하게 엮어보려 한 적도 있지만 역부족을 느낀다. 따뜻하고 인정 넘치는 시선과 함께 유머 감각을 살린 재치 있는 수필, 그리고 독창적인 영역을 넓혀 가고픈 욕심으로 수필 쓰기를 지속하고 싶다. 수필의 독자성을 지키면서 가치를 더욱 높일 수 있는 문학인으로서의 사명도 잊지 않을 것이다.

나는 수필을 이렇게 쓴다
- 일기와 수필

육상구

초등학교 시절부터 일기를 썼다. 타향에 살고 있는 형의 충고를 받고 쓰기 시작한 것이 습관이 되어 일기장 날짜의 여백을 꼬박 꼬박 채웠다. 처음에는 단 몇 줄 긁적거리다가 날이 갈수록 길게 이어졌다.

일찍부터 고향을 떠나 혼자서 생활한 시절이 많았던 탓에 일기를 쓰는 것이 외로움을 달래주는 시간이자 위안이었다. 그날 하루의 일정을 기록하면서 연륜이 쌓였을 것이다. 펜을 들고 여백을 보면 미처 느끼지 못하고 있던 상념들이 불쑥 떠오를 때가 많고, 그날이 그날 같은 단조로운 일상이라도 똑같은 하루는 없다는 것을 느끼게 되었다.

몸에 밴 탓으로 논산 훈련소에서 신병 훈련을 받는 긴장된 생활 속에서도 단 몇 줄이라도 쓴 후에야 잠이 들기도 했다. 노트가 없을 때는 부대에서 나눠주는 작은 책자의 여백이 일기장이었다.

결혼을 한 후 단칸방에서 사는 동안에도 일기장을 가까이 했다. 그러나 나의 일거수일투족뿐만 아니라 내 영혼이 아내에게 유리알처럼 비쳐지는 것이 불편했다. 아내 모르게 일기를 쓸 수도 없고, 일기를 써 봤자 위선적일 수밖에 없다고 느껴지면서 하루, 이틀, 그리고 며칠씩 거르는 날이 많아졌다. 거기다가 일상이 버거우면서 일기 쓰기가 귀찮아지고 마침내 포기하고 말았다.

어느 날, 집 안에 흩어져 있는 일기장을 모두 모았다. 크고 작은 여러 모양의 노트가 한 보따리나 되었다. 한참 동안을 망설이다가 마당 한쪽 쓰레기더미 위에 올려놓고 불을 붙였다. 불꽃이 활활 타오르는 순간에도 몇 권을 꺼내서 남겨두고 싶은 충동이 일어났다. 그러나 가까스로 억제했다. 미처 타지 않는 일기장 부스러기를 막대기로 헤집어 모두 잿더미로 만들었다. 허탈했지만 고달팠던 지난 시절을 훌훌 털어버린 듯 후련했다.

새벽부터 늦은 밤까지 온몸을 바쳐야 하는 자영업자로 살아가느라 하루하루가 외줄을 타고 걸어가는 것처럼 아슬아슬했다. 인생의 중반을 넘긴 무렵이 되어 노력한 대가였을까, 행운이었을까, 다행히 경제적 안정이 되어 마음의 여유를 찾았다.

불현듯 어릴 적에 몸에 밴 일기가 다시 떠올랐다. 일기장을 다시 만들었다. 하루를 기록하기 위해서가 아니고, 하루를 반추하는 방편으로 삼았다. 의외의 사건을 보거나 특별한 체험을 겪은 후에는 마음의 평정을 유지해서 머릿속 상념들을 글로 풀어냈다. 소재와 주제가 드러나는 한 편의 수필을 닮아갔다. 학창 시절에 꿈꾸던 문학이 숙명처럼 다가왔다.

수필 공부를 해야 된다는 각오를 다지면서 독서에 갈증을 느끼고 책방을 가는 횟수가 많아졌다. 주로 수필을 읽었다. 수필을 대하면 마음이 담담해지고 정화되는 기분이 들었다.

그리고 내가 쓴 글을 활자화 하고 싶어서 어느 수필지의 독자 투고 란에 일기를 소재로 삼은 글을 원고지 한 칸씩 한 칸씩 메워 보냈다. 편집자의 과분한 평이 담긴 도움말과 함께 내 글이 수록이 되었다. 그 후에도 투고한 모든 글이 연달아 채택되었다. 그것이 마중물이 되어 내 안에 고여 있는 사색의 물을 길어 올렸다. 몇 해 동안 수련을 쌓은 후에 수필 쓰기가 내 삶의 일부로 정착되었다.

일기가 내 육신의 흔적을 기록한다면 수필은 체험을 바탕으로 얻은 사색을 담아내는 그릇이다. 수필에 몰두할수록 영혼에 날개를 달고 있는 것처럼 자유롭다. 과거에서부터 미래까지 훨훨 유영하면서 상상의 나래를 펼칠 수 있기 때문이다.

한 편의 수필은 소재가 선명하고 주제도 아름답도록 하기 위해서 원고 마감일 직전까지 숙성시켜 탄생한다. 소재가 떠오를 때, 화살이 과녁의 중심을 향하듯 주제에 초점을 맞춘다. 어쩌다가 소재로 인하여 주제가 고통스럽게 느껴지면 쓰기를 포기한다. 수필을 쓰는 어느 한순간이라도 좋은 생각을 하고 싶어서이다.

누군가 '글을 쓰는 것은 쓰지 않으면 견딜 수 없기 때문이고, 좋은 글을 쓰지 않는다는 생각으로 써야 한다'고 했다. 또한, '글이 마음이 되고 인생이 된다'라고 했다. 꼭 쓰고 싶을 때, 한 단어와 한 문장에 이르러 진정성을 앞세워 은은한 향내를 풍길 수 있게 혼신을 들인다.

수필을 쓰는 것은 내가 보고, 듣고, 겪은 경험들을 통해서 얻은 생각을 화폭에 그림 그리듯 선명하게 담아서 나를 투명하게 드러내는 일이다. 한 편을 쓸 때마다 무거운 짐을 벗어버리는 듯 가벼워진다.

나를 위로하는 사랑

윤미순

참 서러웠다. 이별은 언제나 나의 몫이었다. 정들만 하면 찾아오는 이별은 무기력한 어린 나이에는 당하기만 해야 하는 순명과도 같은 것들이었다.

나의 집은 아주 부유했다. 그래서 아기였을 때부터 보모가 필요했다. 다행히 유아기적 나를 키워준 분들은 인성이 좋은 분들이다. 지금도 할머니가 만들어주시던 고소한 참기름과 깨소금 범벅이었던 주먹밥을 잊지 못한다. 할머니 등에 얼굴을 묻고 바라보던 산노을이 흐르던 빛들. 그 후부터는 장소를 옮기며 살아야 했다. 수많은 얼굴이 스쳐간다. 중학교 때 짝꿍이었던 친구의 집에 놀러가게 되었다. 도심에서 약간 비껴난 곳, 논밭이 얌전히 앉아있는 곁에 기와를 얹은 아담한 집. 앞마당이 넓었다. 학교가 파한 후 그 집 앞에 당도했을 때 피아노 소리가 청량한 음률을 선사하고 있었다. 친구의 언니가 치는 소리였다. 마당에는 막 학교에서 돌아온 친구의 오빠가 세수를 하며 밝은 얼굴로 동생과 동생의 친구를 맞이해 주었다. 식구들 모두 별

말이 없었지만 그 정스런 미소와 눈빛이 이 가정의 분위기를 단번에 알게 해주었다. 그 기억은 몇십 년이 흐른 지금까지 좋은 기억으로 남아있게 해준다.

여러 가지 사업으로 늘 바쁜 나의 부모는 새벽부터 보이지 않을 때가 많았다. 그에 따라 학교 근처로 혹은 사업장 옆으로 옮겨가며 사는데 적응해야 했다. 그에 따른 이별들은 언제나 내 몫이었던 것이다. 우두커니 서 있는 풀리지 않은 갈증들과 서러움, 그리고 그리움은 형용할 수 없는 근원적인 내 가슴의 원천일 것이다.

그런데 그 이별과 갈증들은 때론 사람으로 인하여 치유 받을 때가 많았다. 하여 사랑만이 모든 것을 치유할 수 있다는 것을 좋은 경험으로 삼게 되었다.

나이가 들어감에 따라 그 사랑은 조금씩 넓어지는 느낌이다. 사랑은 모든 것을 치유하고 완성시킬 수 있는 가장 좋은 의사이다. 또한 그 사랑은 내 자신에게만 초점을 맞추면 사랑을 완성할 수 없다는 것도 배웠다. 상대방이 가진 사랑의 관점에서, 이웃에게서, 사회를 지탱해가는 정의로움으로, 지구를 살리는 순수하고 진실된 것들에게로 나아가야 한다는 사실을.

그리하여 내가 바라보는 것들 속에서 단 한순간도 사랑의 시선으로 보지 않으면 단 한 줄의 글도 거짓이라는 것이 내 가슴 속의 시선이다.

한 알갱이의 흙과 거대한 바위를 크기로 바라보는 것이 아니라 사랑의 깊이로 바라보면 수만 가지의 글이 떠오른다. 광안리 바다 바로 곁에서 이십 년 가까이 살아오면서 그 바다가 단 한 번도 똑같지 않음을 발견한 것은 사랑하는 사이가 되어 버렸기 때문이라고 생각한다. 매일 출근길에 바다와 마주할 때마다 말을 주고받기 때문이다.

"오늘은?"

"흠 오늘은 바람이 찾아오지 않아…."

그럼 많은 대화가 이루어진다.

사랑하는 이와 마주 앉아 차를 마실 때처럼 그렇게 따뜻하고 부드러운 눈빛으로 이야기 나눈다. 나는 우리의 생에 대하여 주로 이야기를 한다. 바다는 주로 경상도 사나이처럼 침묵으로 일관하지만 자신의 깊이에 대하여 그리고 가끔 뭍으로 기어 올라오는 자존심 없는 행동에 관하여 고개를 떨구며 나를 위로하기도 한다.

바다 뿐이랴. 그건 모든 사물을 마주할 때 갖는 사랑의 대화이다.

나의 수필은 서러움과 이별의 경험에 대한 깊은 감사를 알게 해 준 사랑에 바치고 싶다.

나는 글을 이렇게 쓴다

윤영자

오늘도 맑음이다.

4년 만에 미국의 수도, 뉴욕의 스태이튼 아일랜드에서 생활의 터전을 닦고 있는 막내딸 집을 방문하고 있다. 막내 사위와 딸, 아이들이 모두가 외출중인 조용한 시간에 홀로 머무르며 지금 나는 글을 쓰고 있다.

좋은 글을 쓰기 위하여… 언제나 준비된 마음으로 내 삶의 한 가운데에서 문득 생각나는 어떤 감동의 영감이 떠오를 때, 지체하지 않고 언제나 메모로 기록해 놓는 것이 나의 습관적인 일상이다. 누구든지 무심한 가운데에서 아무 때나, 아무 생각 없이 좋은 글을 쓸 수 있다고는 생각되지 않기 때문이다.

고민하며 기록된 참 감동의 메모를 통해 마음이 안정되고, 자신이 원하는 조용한 시간에 생각의 흐름에 따라 차분하게 글을 써 내려 간다.

거짓 없는 정직한 글을 쓰려고 노력한다.

자신이 타인의 글을 읽을 때 진실이 없는 허황된 거짓의 글이라고 느껴지면 가차 없이 독서가 중단되고 조소의 심경이 생겨, 읽던 작품을 던져버리고 말기 때문이다.

나는 이제 미수米壽를 바라보는 연령이 되어 다시금 삶의 뒤안길을 되돌아볼 때, 얼마나 진실하고 거짓 없는 삶이 이루워졌는가의 깊이 속에 그 보람이 숨어 있음을 느낀다.

진실은 언제나 슬프거나 아프거나 기쁠지라도 떳떳하고 삶의 중심에서 행복으로 받아들이게 된다.

지내온 삶의 뒤안길에서도 진심, 그것으로 마음속 깊이 평안과 행복을 느끼기 때문이다.

애초부터 후회할 가능성이 있는 일은 하지를 말자. 이성을 가진 끈기와 인내가 거짓을 물러나게 만든다.

무슨 일에서든지 거짓은 금물이다. 진실은 언제나 살아있기 때문이다. 거짓의 중독이 들기 이전에 총살을 시켜버리는 결단이 삶의 지혜다. 거짓은 자기의 인격을 좀먹어가는 결과를 초래하는 가장 피할 수 없는 최악의 조건이기 때문이다.

글의 내용을 살찌게 하는 인문학적 심리요소를 진실로 표현하는 것이 중요하다. 영감이 떠오를 때마다 그 순간을 놓지지 않고, 마음이 안정된 조용한 시간에 쓰기 시작한다.

나는 지적智的인 사람으로, 확률이 많은 사회가 이루어지기를 강력히 희망한다. 지적인 사람은 판단력判斷力, 분별력分別力, 냉철冷徹함의 깨달음이 다분하고… 주변을 잘 관찰하여 사회 안정의 문화를 이룩하는 데도 기여가 클 것이기 때문이다.

글을 다 쓰고 나면 몇 번이고 계속 읽어본다.
잘못된 표현은 거듭 퇴고한다. 또 며칠 후 다시 읽어보며 퇴고가 계속된다. 퇴고는 글을 윤택케 만드는 최상의 길이다.

그리하여도 만족스러운 글을 탄생 시킬 수 없는 것은 나의 모든 기본이 부족하기 때문이다. 많이 읽고 많이 쓰고 여러 번 퇴고하는 연속이 좋은 글을 쓰는데 필요한 비결이다.

나는 수필을 이렇게 쓴다

윤온강

수필을 어떻게 쓰는가를 글로 쓰라는 청탁을 받고 참 막막했다. 그런 쪽에 별로 신경을 안 쓰고 살았기 때문이다. 뛰어난 작품을 쓴 적도 없는 내가 쓰는 이런 유의 글이 누구에게 도움이 될 거라고 기대도 안 한다. 그래도 내친김이니 내 글 쓰는 과정을 더듬어 보는 것도 전혀 의미가 없지는 않을 듯싶다.

다른 작가들도 다 비슷하지 않을까 싶지만, 내 경우, 계획해서 만들어지는 글도 있고, 대번에 불쑥 튀어나오는 글도 있다.

먼저 계획해서 만드는 글에 대해서 말하자면, 누군가가 주제를 제시해주고 글을 쓰라고 하는 주문에 응하는 경우가 대부분이겠는데 이게 가장 어려운 글일 것 같다. 내적 동기에서 우러나오는 것이 아니라 외부의 자극에 의해서 써야 하는 경우라서 그런 것인데, 특출한 재능이 없는 사람에게는 가장 힘든 일이 아닐까 생각한다. 백일장에 나가서 단숨에 명문을 쓰는 사람들은 평소에 고여 있는 것이 많은 사람이 아닐까 싶어 살짝 부러운 생각이 들기도 한다.

어쨌든 이런 유의 글을 쓰려면 주제니 소재니 제목이니 구성이니 하고 여러 가지 구상을 한 다음에 쓰기 시작을 해야 할 것 같다. 또 조금씩 써나가야 하고, 흐름이 끊기거나 막힐 때는 처음부터 현재 쓴 데까지를 자꾸 되풀이해서 읽어보아야 할 것이다. 글의 방향이 제대로 되어 있나 그때그때 확인해야 하기 때문이다. 하지만 내 경우에는 이런 방식으로 써서 성공한 작품이 별로 없는 듯싶다.

따라서 대번에 튀어나오는 글을 선호하는 편이다. 내 작품을 예로 들면, 「사랑땜」이란 초기 작품을 쓰는 데 삼십 분도 채 안 걸린 기억이 있다. 그 글은 처음부터 더 이상 고칠 데가 없을 정도로 완성된 모습으로 태어났다. 어느 날 아침나절에 생각나는 대로 썼고, 괜찮은 것 같아서 즉시 가족들에게 읽어주었더니 대번에 좋은 반응이 돌아왔다. 이럴 때의 나는 마치 모차르트가 된 것 같다. 모차르트는 원래 천재라 머릿속에서 완성된 작품이 떠오르고 그것을 그대로 받아 적으면 걸작이 된다는 식이다.

반면에 베토벤은 한 번에 완성한 작품이 하나도 없다고 한다. 베토벤 기념관에는 그가 처음에 떠올린 악상을 적어놓은 쪽지들이 있는데 그것들은 너무 평범할 뿐 아니라 심지어 어떤 것은 너무 졸렬해서 의아스러울 정도라고 한다. 하지만 이 부족한 것들을 다듬고 또 다듬어서 후세 사람들이 놀랄 만한 걸작으로 발전시켰으니 이 얼마나 놀라운 일인가. 베토벤이야말로 정말 노력형의 천재라 아니 할 수 없다.

그러고 보니 내 대부분의 작품들은 모차르트보다는 베토벤의 창작과정을 닮았다고 말할 수 있겠다. 창작 노트에 메모한 것을 다듬고, 뒤집고, 연결하고, 늘린 다음, 구체적인 살을 붙여서 작품으로 다듬는 것이다. 고치고 또 고치고, 처음부터 다시 쓰기를 반복한다. 그런데 나는 베토벤을 전혀 닮지 않았는지 이런 식으로 좋은 작품을 만든 기억이 없다. 나는 결국 모차르트도 아니고 베토벤도 아니었던 것이다.

내 경험에 의하면, 모티프 하나로는 절대로 좋은 작품이 나오지 않는다. 적어도 두 개의 모티프가 만나서 스파이크를 일으킬 때 좋은 작품이 태어난다. 아주 이질적인 두 모티프가 만나서 전혀 다른 세계를 창조하거나, 세계의 속살이 드러나게 되고, 스토리는 생동감을 얻게 된다. 거기서 독특한 주제가 발현되는 것이다. 이런 데서 생기는 뜻하지 아니한 발견이야말로 글 쓰는 재미의 으뜸이 아닐까 싶다.

그러기에 나는 평소에 무슨 소재가 생각나면 그것을 여기저기에 메모해 둔다. 그리고 틈만 나면 그것을 들여다본다. 그래도 아무 영감이 떠오르지 않으면 그것은 십 년이고 이십 년이고 제목이나 소재인 채로 묵혀 둔다. 그러다가 우연한 계기로 번개같이 떠오르는 영감이 생기면 그것은 금방 환골탈태하여 좋은 작품으로 태어나는 것이다.

떠오르는 것을 붙잡아라. 그것이 올 때까지 참고 기다려라. 고여 있는 것을 퍼낼 때 가장 질 높은 진국을 건질 수 있다. 이것저것 섞어 놓으면 결코 좋은 결과를 얻을 수 없다. 이것이 내 수필 쓰기의 비법이요, 철학이다.

생각의 흐름을 따라

윤재천

유달리 피곤한 귀갓길이 있다.

여느 날처럼 아침 일찍 출근하고 강의하고, 책을 보고… 이제는 타성이 되어 벗어날 수 없는 궤도처럼 끈질긴 인력引力에 끌려 의식하지 못한 채 걸어온 세월이다. 슬픔에 빠질 것도, 기뻐 흥분할 것도 없는 이즈음의 생활이다.

가끔 친구들이 모여 박장대소함이 즐겁고, 제자의 방문을 받는 날이 흐뭇한 사건이 되고만 지금이다. 자식의 장성이 미덥고, 큰 탈 없이 자라주는 것이 고마울 뿐이다.

문학상패 몇 개와 한두 권씩 모아온 책이 서재가 비좁다고 하니, 이것이 살아가는 기쁨이요 여유다. 따라서 별나게 큰 황홀과 기쁨을 맛본 지 오래이니 그다지 큰 괴로움도 느끼지 못하게 되었다. 좋게 말하면 연륜의 안정이라 할 수 있고, 나쁘게 표현하면 너무 일찍 찾아온 안일의 탐닉이라 할 수 있다.

하루하루를 이렇게 보내며 세월은 흘러갔다. 이 세월이란 것이 묘한 마력을 지니고 있어 어지간한 일을 해결해 주고 처방해 준다. 나는 못이기는 척, 이 세월에 모든 것을 맡겨 버린다.

그런데, 어느 하루쯤은 지독히 피곤과 권태가 밀려오는 저녁이 있다. 돌아오는 차 속, 피곤해진 육신을 간신히 내맡겨 버릴 때, 도시 고층건물의 횡포 속에 하늘을 본 지 오래이며, 제대로 숨 쉬어 본 지 오래인 것 같다. 질식할 듯한 착각 속에 빠질 때, 가까스로 빌딩을 비집고 먼지 낀 차창으로 쏟아지는 한 줌 햇살에 경이를 느끼게 된다.

이 고마운 한줄기 햇살은 내 투박한 검정외투 옷소매로부터 옆에 앉은 낡은 가방을 든 또 한 사람의 피곤한 시민의 여린 손끝을 지나 통로로 내려선다.

햇빛

겨울 저녁, 한줄기 버스 창틈으로부터 새어나오는 외롭고 가는 햇살은 시야를 밝게 해주는 위력을 지니고 있다. 피곤해 흐려졌던 동공에 긴장감을 준다. 생생한 생명감이다. 한줄기 햇살은 무럭무럭 잘 자라주는 자식과 나무와 같다.

이 햇살 덕택에 속눈썹 위에 올라앉아 있는 한 점의 먼지를 잡을 수 있다. 가만히 관찰해보면, 속눈썹 위에 앉아있는 한 점 먼지는 크게 확대되어온다. 회색빛이기도 하고, 크림색이기도 하며, 어떻게 보면 바이올렛 빛이다.

자세히 보면 햇살의 칠색 무지개는 '살로메'의 일곱 가지 너울 같기도 하다. 여기에는 그리운 사람의 얼굴이 있고, 보고 싶은 얼굴이 그려져 있다. 돌아가신 어머님의 모습이 나타나고, 참회록을 집필하고 있는 '아우구스티누스'가 보이고, 딸에게 글을 받아쓰게 하는 눈먼 '밀턴'이 보인다.

나는 여기서 우주를 보며 만물을 본다. 섭리도 깨닫고 진리도 깨우친다.

한 점 먼지

깊은 대로의 침잠이요, 정관靜觀의 세계로 인도된다. 그 인도는 한 점 먼지에서 비롯된다.

이것을 때때로 글로 옮겨본다.

이것이 수필의 세계요, 한 편의 수필이 쓰이는 착상점이 되기도 한다.

어느 피곤한 귀갓길 차 속에서 숱한 만남을 하고, 숱한 깨달음에 빠지는 것이다.

혼탁한 도회의 차 속에서 발견되는 귀한 착상이 있고, 때로는 눈 내린 겨울 들판을 달리는 야간열차 속에서의 착상도 있으며, 밥상머리 아내의 시중에서 크나큰 소재를 얻는 경우도 있다.

내 수필의 의미는 고요 속 침잠이다.

한 편의 수필이 쓰여지기까지의 착상발전은 여러 경우, 여러 모습을 띤다. 내가 수필을 쓰는 이유 중의 하나는 진지함에의 도달이다.

나는 인생을 진지하게 살고 싶다. 성실하게 살고자 원하며 항상 추구하는 자세이기를 원한다.

거듭 반복되는 자신에의 목적을 명징明澄한 방법의 하나로 '수필'의 형식을 빌린다. 그러나 수필가이기를 원하지 않는다. 흔히 사회가 붙여주는 'OO가家'라는 명칭을 원치 않는다.

수필을 쓰는 일은 나 자신에 대한 확인일 뿐이다. 쓰지 않고는 견딜 수 없는 내 생리에서 오는 것이라면 너무 오만에 치우치는 것일까. 과연 쓰지 않으면 견딜 수 없어 쓰는 것이냐고 묻는다면 좀 더 나 자신에게 여유를 달라고 하고 싶을 뿐이다.

수필은 4차원의 세계라 한다. 그것이 문제이기보다는 자신에게 바라는 '승화의 감정' – 그것을 더 사고 싶다.

허욕과 탐욕과 위선을 버리고 내가 나이고 싶은 소이所以에서 수필은 쓰이고 거두어진다.

인생

그 오묘함, 그 거룩함, 그 위대함.

나는 낙천주의자가 아니다. 그렇다고 염세주의자도 아니다.

내가 나이고 싶은 소이는 인생을 인생답게, 인생이란 것에 값을 주고 살자는 것 뿐이다.

한 편의 수필이 쓰여지기까지 이런 생각과 과정을 거친다.

누구의 것도 아닌 나 자신의 것으로 만들기 위해….

나의 수필 쓰기 이야기

윤행원

글을 쓰는 사람은 나름대로 독특한 습벽習癖을 가지고 있습니다. 나도 개인적인 글 쓰는 이야기가 있습니다. 글 쓰는 동기라든가 습관이라든가 자잘한 에피소드가 있습니다.

문학에 관심이 있는 사람은 누구나 메모하기를 좋아합니다. 언제, 어디서나 생각이 떠오르면 그 자리에서 글을 남기는 습관이 있습니다. 나도 메모지와 펜을 항상 가지고 다닙니다. 길을 가다가 갑자기 아이디어가 떠오른다든가 글감이 생각나면 장소 불문하고 그 자리에서 메모를 하는 버릇이 있습니다.

밤에 잠을 자는 머리맡에도 메모지와 펜을 비치備置하고 있습니다. 잠을 자다가 생각이 문득 떠오르면 즉시 낙필落筆을 하고는 다시 잡니다. 섬광처럼 솟아나는 아이디어는 금방 사라지기 때문에 그때 기록을 해 두어야 활용을 할 수가 있습니다.

나는 길을 걷다가 생각이 떠오르면 길가에 서서 메모를 합니다. 지나가는 사람들이 힐끔거리기도 하지만 개의치 않습니다. 버스나 전철

안에서도 글을 쓰고 싶으면 펜을 들고 기록을 합니다.

어떤 때는 쓰고 싶은 제목만 정해두고 며칠간 묵힐 때도 있습니다. 그러다 보면 어느새 글자 하나하나가 웅덩이에 물이 고이듯이 저절로 고여서 넘쳐나기도 합니다. 그럴 때는 물동이에 물을 받듯이 글을 받아씁니다.

어떤 작가의 푸념을 들어보면 글을 쓰다가 막힐 때면 상당한 고통을 느낀다고 합니다. 언젠가 최명희의 문학관을 방문했을 때입니다. 작가는 '혼불'을 쓰다가 막히면 한동안 뼈를 깎는 고통 속에서 끙끙 앓으면서 원고지를 힘들게 메웠다고 고백하는 걸 읽은 적이 있습니다.

나는 전업작가專業作家가 아니라서 그런지 시간에 쫓기면서 글을 쓰는 성격이 못 됩니다. 심지어 내가 별로 관심이 없는 분야의 글제를 부탁받으면 학생이 작문作文을 하는 것 같아서 점잖게 거절을 할 때도 있습니다.

나에겐 글 쓰는 일은 즐거움입니다. 어디에 있더라도, 어디에 가더라도, 어떤 경우를 맞이하더라도 내재內在 된 문학적인 감성은 든든한 친구가 옆에 있다는 느낌을 줍니다.

작가의 세계는 지성과 교양을 가진 혜안慧眼의 세계입니다. 숙녀의 세계요 신사의 세계입니다. 각자가 나름대로 닦은 수양修養과 경륜經綸으로 잘못된 사회를 질타하고 글로써 바른 의견을 제시하고 정화淨化하는 역할이 주어진 긍지 높은 선비의 세계입니다.

문학은 인간존재의 본질을 탐색하고 사회의 모순을 비판하면서 인간다운 삶을 지향하고 바른 방향을 제시하는 역할을 합니다. 인간의 존엄성을 무엇보다 중히 여깁니다. 왕성한 정열과 개성으로 나름대로 영혼의 소왕국小王國을 이루고, 흙돌이든 진돌이든 자기 작품으로 성벽城壁을 쌓고 사는 성주城主들입니다.

문사文士란 갖추어야 할 지조志操와 자긍심自矜心을 하늘처럼 소중한 자산資産으로 사는 사람들입니다. 강한 개성을 바탕으로 인간을 존중하고 자기 삶을 사랑하는 인본주의자人本主義者입니다.

글 쓰는 작업은 고통이지만 즐거움이기도 합니다. 펜을 잡으면 일어나는 고민과 갈등과 소명감召命感을 숙명처럼 받아들이면서 문학에 대한 열정과 사랑을 주체할 수 없어 마치 신들린 사람처럼 글을 씁니다. 신神에 걸신乞神이 들면 무당巫堂이 되고, 글에 걸신이 들면 작가作家가 되는 가 봅니다.

글을 쓰다보면 때로는 생각이 막히고 한 발짝도 가지 못하는 답답함에 끙끙거리면서도 끝까지 붙들고 늘어집니다. 이것이 문사文士의 못 말리는 근성이고 고집입니다. 아무리 오래된 작가라도 간혹 자기의 재능을 의심하고 좌절하고 무딘 감성에 절망할 때가 있습니다. 그런 고통을 극복한 후에 생산한 자기 작품을 보면서 작가로서의 무한 책임감과 뿌듯한 자긍심 때문에 붓을 놓지 못하는 것입니다.

나는 새벽 네 시나 다섯 시쯤에 일어나 글을 쓰는 버릇이 있습니다. 이때가 가장 영감靈感이 왕성할 때라고 합니다. 새벽에 일어나면 자는 동안 잠재의식에 고인 글들이 부드럽게 쏟아져 나올 때도 있습니다. 평소에 스치는 모든 경험을 즐겁게 받아들이고 체감體感으로 고이 저장해 둡니다. 보고, 듣고, 느끼는 사물을 다듬어진 감성 속에 꽁꽁 저장해 둡니다.

글을 쓰는 사람은 책을 많이 읽습니다. 그리고 나는 신문 읽는 것도 좋아합니다. 바쁜 일을 하면서도 틈새 시간이 나면 신문을 뒤적이는 버릇이 있습니다. 전철을 타거나 버스를 기다릴 때도 자투리 시간이 아까워서 읽을거리를 지참합니다. 사실 신문은 공부가 많이 됩니다. 각 분야의 전문가들이 쓴 글은 복잡한 현대사회 지식을 쉽고 재미있게 그리고 생생하게 전달해 줍니다. 잘 쓴 칼럼이나 사설은 책 한 권 읽는 것보다 유익할 때가 있습니다.

우리는 신문이나 책을 통해서 새로운 정보를 입수하고 다양한 알거리를 얻고 많은 걸 배웁니다. 그래서 글을 많이 읽을수록 글쓰기도 수월해집니다. 글을 쓴다는 것은 참으로 즐겁고 보람 있는 작업입니다.

치열한 삶이 수필로 복기되다

윤혜숙

나의 글은 솔직 담백하다.

다양한 주제로 글을 쓰지만, 향신료나 미각보다는 재료 본연의 맛이 드러나는 쪽을 택한다. 투박하고 촌스러움이 글에 투영된 나의 그림자다. 서울생활이 고향에서 지낸 세월의 두 배가 넘었음에도 사투리 범벅의 촌티를 면치 못한다. 변신에 더딘 내가 부끄러워 포기되더니 이제는 개성이라 자위한다.

인생의 2/3지점에서 수필을 만났다. 나이는 숫자에 불과하다 했던가. 늦게 만난 귀한 인연이라 설렘은 빨간 체리보다 더 짙다. 짝사랑이 아닌 함께 누리는 사랑, 밀도 있는 감정을 나누고 싶다. 그러기 위해 나는 늘 낯선 생각의 숲을 헤맨다. 무엇에 홀린 듯 흐릿한 이정표를 향해 달려간다. 회색빛 안개 속에 꽂혀있는 팻말에는 이렇게 쓰여있다.

"다독·다상량·다작多讀·多想量·多作"

새로운 시각을 갖기 위해 명작의 숲을 거닐기도 한다.

이전에는 결코 발견하지 못했던 특이한 문장이나 매력적 표현이 눈길을 당긴다. 한 권의 책 속 두텁게 쌓여있는 검은 활자 무덤에서 수많은 의미를 건져 올린다. 시대가 뒤섞인 명사名師들이 사랑에 굶주린 듯 경쟁적으로 추파를 던진다. 난생처음 '갑'의 위치에서 사랑 놀음을 한다. 명작과의 연애는 유효기간이 필요하다. 서두의 탐색전만 잘 견디면 결말까지 연일 초고속 데이트다. 지속적 연애의 학습효과로 나의 영혼에 살이 오른다. 황폐했던 마음 밭이 시나브로 근육질 옥토로 대체된다.

다양한 명작은 나의 글밭을 폭넓고 예민하게 성장시킨다. 타인과 구별되는 '나만의 글'이 되기 위해 사고의 방향을 가능한 넓게 멀리 뻗친다. 어제 본 나뭇잎도 향기와 모양에 차이가 있음을 새로운 각도에서 감지한다. 창문 틈으로 쏟아져 내리는 햇빛의 정서를 읽으며 바닷가 뜨거운 모래사장을 떠올린다. 어느 날 갑자기 외로움이 찾아오면, 월든 호숫가를 지나 '멋진 신세계'를 두리번거린다. 눈길 닿는 곳마다 생각의 씨앗이 숨어 있다.

읽고 사고思考하는 습관은 종종 글쓰기를 자극한다. 어느 날 불현듯 마주치는 찰나, 소재와 만나 생각의 씨앗이 마음을 빼앗는다. 얼마동안 그것과 뒹굴며 사고의 늪에서 몸부림친다. 웬만큼 덩어리가 뭉쳐지면 노트를 펼친다. 내용에 앞서 맨 먼저 제목부터 써 놓는다. 주제와 소재가 생각의 틀을 벗어나지 않도록 잡아두기 위함이다.

초벌의 민낯 글쓰기는 생각나는 대로 가능한 많은 양을 적는다. 아무리 많은 양이라도 노트북으로 옮기면 정리되어 양이 줄어들기 마

련이다. 퇴고하는 횟수만큼 내용물의 부피는 작아지고 밀도는 진해
진다.

초벌구이가 끝나면 도입 부분과 끝마무리를 다시 살핀다. 도입 부
분 중에서도 첫 문장을 위해 생각의 방에서 며칠 묵는다. 눈길을 사
로잡을 첫 문장은 단순하며 호기심을 유발하는 문장으로 낙찰된다.

결말 부분은, 내용이 기쁘든 슬프든 힘들었든 긍정이나 희망의 단
서로 맺는다. 아무리 힘들고 고달팠던 과거라도 현재 긍정과 희망이
란 길목에 선, 나 자신의 인생관과 흡사하다. 희망과 긍정이 또다시
길을 걸어갈 에너지가 될 테니까.

노트의 초벌구이를 컴퓨터에 옮겨 적은 후 당분간 별거가 시작된
다. 연속되는 감정의 잔재가 사그라질 때까지 시간 속에 밀봉해 둔다.
노트북에서 어느 정도 발효가 끝나야 퇴고가 시작된다. 퇴고가 갈무
리될 즈음, 주제와 소재에 알맞은 제목을 입힌다. 운 좋으면 전체를
아우르는 명품 옷을 탄생시키기도 한다.

나와 내 인생은 수필이다.
치열했던 내 삶의 편린이 무지갯빛 수필로 하나씩 복기復棋되고
있다.

수필은 자존감

음춘야

  드디어 『雲峴隨筆』 창간호가 발간되었다. 초산한 산모처럼 어리버리했으나 가슴 가득 뿌듯했다. 존재의 고고성을 울린 순간이었다.

  열흘쯤 지난 뒤, 장학사로 근무하는 친구한테서 동인지가 되돌아왔다. 간단한 편지와 함께. 아는 만큼 교정했으니 참고하란다. 첫 페이지부터 끝 페이지까지 하나하나 짚어간 연필의 흔적이 빼곡했다. 맞춤법, 오탈자, 띄어쓰기 하물며 지방의 고유명까지 낱낱이 지적했다. 차마 책을 덮을 수가 없었다. 채 익기도 전, 성급히 열매를 딴 격이다. 오래도록 부끄러웠다. 2집부터는 좀 더 반듯한 아이를 낳자고 동인들과 약속했다.

  평생교육원에서 수필문학입문을 들었다. 피천득의 「오월」과 「수필」을 암송하고 「은전 한 닢」을 배웠다. 윤오영의 「달밤」도 필사했다. 「달밤」은 함축미와 간결미가 느껴지는 글로, 한 폭의 동양화를 보는 듯 회화적 이미지가 물씬 풍긴다. '달밤'이 주는 향토색과 서정성은 우리의 전통적 정서를 자아내며, 밤 풍경은 주제를 형상화함으로써 여운의 미를 느끼게 한다는 것이다.

달밤에 술상을 마주한 두 사람의 모습은 농촌에서 자란 나에겐 결코 낯선 것이 아니었다. 흔히 있을 수 있는, 서정성과 신비로움을 부각할 것도 없는 일인데 형상화가 잘 된 글이라니 설명을 들을수록 난해했다. 오히려 「은전 한 닢」에 공감이 갔다. 작가와 동시대에 사셨던 아버지의 유년 시절이 떠올랐다.

초등학교 졸업반인 아버지는 상급학교에 진학하려고 열심히 공부했다. 하지만 할아버지는 아버지의 진학을 완강히 반대했다. 엎친 데 덮친 격으로 아버지는 학교에 납부할 월사금 중 일전—錢을 뒷간에 빠뜨렸다. 진종일 시멘트로 된 뒷간의 오물을 퍼내고 그 동전을 꺼내야만 했다. 게다가 외아들인, 12살 된 어린 아버지를 결혼까지 시켰다. 끝내 아버지의 꿈은 좌절되고 말았다. 동전 일전은 은전 한 닢보다 적은 돈이라고 생각되지만 아버지에겐 평생 잊히지 않는 기억으로 각인되었다. 지금도 동전만 보면 아버지에 대한 연민의 정이 가슴에 사무친다. 수필은 이렇게 한걸음, 한걸음 내게로 다가왔다.

수필은 '시로 쓴 철학, 소설로 쓴 시'라며 문호의 글이나 선비의 글이란다. 봄 들판의 아지랑이며 하늘에 걸려 있는 무지개여야 한다. 수필은 어린아이같이 순수한 마음으로 쓰인 정직한 고백이요, 솔직한 배설이다. 수필은 진실을 바탕으로 한 언어의 예술이요, 자기 체험을 논리적인 구성을 통해 절제된 언어로 표현하는 형상화 문학이다. 백인백색이다. 정의가 어떻든 옳고 그름이 아닌 각자의 생각이 다를 뿐이다.

수필은 내가 나를 찾아가는 올레길이 되기도 한다. 제주도에 뿌리를 내린 아들네에 가면 닿는 곳마다 한 편의 수필이다. 그리움의 산물이다. 서귀포 섭지코지의 유채꽃과 하늘빛은 바람소리와 어우러져 새로운 전설을 낳고, 신들의 궁전으로 비유되는 주상절리대는 나만의 시의 세계다. 곶자왈 환상의 숲, 강인한 수목의 생명력은 한없이 어려진 나를 감싸 안고, 용두암 해녀들의 숨비소리는 서사의 바다 속으로 나를 이끈다. 청정지역의 자연인으로 돌아간 내가 사랑 듬뿍 발자국을 남긴다.

첫 동인지 발간 후, 국립국어연구원의 강의를 들을 기회가 있었다. 한글 맞춤법, 띄어쓰기, 표준어 규정, 바른 문장 쓰기 등이었다. 맞춤법과 띄어쓰기는 사전에 의존하지만 '바른 문장 쓰기'는 여간 힘든 일이 아니었다. 남의 글을 읽을 때 그 문장이 문법적이 아니란 걸 찾아내기란 결코 쉽지 않았다. 원로 문인의 글이나 비평가의 평론, 하물며 백과사전에서조차 오류가 발견되는 것을 보면 혼자서 끙끙거리곤 했다.

글은 말과 달라 또다시 돌아볼 시간적 여유가 있다. 읽기 편하고 뜻이 명확하게 전달되는 좋은 문장, 바른 문장을 쓰기 위해서는 글쓰기 훈련을 거듭하며, 고민하고 반복해서 퇴고하는 것 말고 달리 방법이 없다. 기초를 무시하면서 멋진 글, 감동적인 글을 쓰고자 한다면 나무에서 고기를 구하는 격이 되고 만다.

『雲峴隨筆』 23집이 곧 나올 예정이다. 그동안 재교, 3교 때론 5교까지 본 적도 있다. 컴퓨터에 '표준국어대사전, 다음어학사전, 네이버 사전'을 띄워놓고 익히 아는 낱말까지 폭넓게 찾는다. 구부러지고 찌그러진 철판이 용광로를 거쳐 쓸모 있는 제품으로 탄생하듯 꼬이고 틀어진 문장은 두드리고 담금질해서 작가에게 재고를 요청하기도 한다. 그중에서도 세심한 주의를 요하는 것은 기초적인 띄어쓰기다. 한 작품에서 같은 말의 띄어쓰기는 반드시 일치해야 한다. 문우들의 작품을 숙독하다보면 남의 글인지 내 글인지 분간이 안 될 정도로 몰입한다. 성격 탓도 무시할 수 없지만 대학 4년 동안 실험실에서 숫자놀음에 연연한 탓도 그 이유이리라. 그래도 오류는 발견된다.

문학의 생명은 독자의 감동에서 나온다. 자연과 삶을 관조하고 뛰어난 문장 구사, 바른 어휘의 사용 및 적절한 비유, 섬세한 감수성이 스며든 한 편의 수필! 그 속에 보편성을 담은 이야기들이 독자 가슴에 빛살처럼 꽂혀질 때, 글은 어떤 위대한 힘 이상으로 독자를 감동시킨다.

바른 문장으로 철학 그리고 풍자와 해학이 깃든 글을 쓰고 싶다.

수필은 자존감 높이기다. 나 자신을 소중히 여기고 행복한 삶을 찾아가는 나의 부단한 몸짓이다.

편지를 쓰는 마음으로

이경희

글을 쓰고 싶어서 쓰고 재미있어서 쓴다. 이 이상 다른 이유라든지 목적은 없다.

주어진 제목 「나의 수필 쓰기」란, 이런 의미에서 내가 글을 쓴다는 뜻과는 많은 거리가 있을 것 같다.

애당초 나의 글에는 수업이라든가 시작試作이란 것이 없었고 적어도 의식적으로 '수필'이라든지 '산문'이라고 하는 범주를 생각하고 써 본 일이 없었기 때문이다.

어떤 의미에서 일기의 연장으로, 혹은 편지의 연장으로, 지극히 가볍고 부담없는 생각과 태도로 글을 쓰는 편이며 구태여 내가 나의 글을 수필이라고 정해 버린다면 생각에 경화硬化를 일으킬 것 같은 생각마저 든다.

그러나 앞에서 언급했던 '쓰고 싶고', '재미있어서' 쓰게 된 글의 과정에 대하여는 말할 수 있을 것 같다.

나는 대학 1학년 때부터 우연한 기회에 방송의 '패널'로 참가하게 되면서 20년 가까이 쭉 말로 시종하는 방송생활을 해왔다.

물론 이러한 나의 생활이 결코 싫지 않았기 때문이다.

그러나 왜 그런지 그렇게 정열을 쏟고 노력한 이러한 나의 생활인데 돌이켜보아 남는 것이 없음을 알았다. 쌓이는 것이 없음을 알게 된 것이다.

말하자면 이제까지의 나의 팬들이 늙거나, 아니면 없어져 가는데, 이들이 결코 다른 청취자에게 나를 인계하고 물러가지 않았다.

나는 그때마다 새로운 사람에게 다른 사람의 입과 설득력을 빌려 소개받아야 하고 증명해야만 했다.

이런 일은 점점 나이를 의식하면서 귀찮게 되고 또 크게 허망함을 느끼게 되었다. 그러면서 아득히 어린 후배들이 글을 쓴다는 이유 하나로 언젠가 벌써 많은 독자를 가지고…. 그리고 누구 하나의 부축함이 없이도 모든 사람에게 소개되곤 하는 것이 아닌가.

나는 항상 여자의 질투라든지 아량없는 마음에 냉혹할 만큼 비판적이었으며 여기에 이르러서는 새삼스럽게 나 자신에 대하여, 그리고 지극히 무의미하였던 과거에 대하여 뉘우치게 되었던 것이다.

그것이 무엇일까.

꼭 같은 노력과 정열을 쏟았으면서 매양 내가 나를 소개하고 설명하기 힘든 그 사유가 무엇인가. 이것에 대하여 나는 생각하기 시작하였다.

한 마디로 그것은 '소리'와 '글'의 영원성의 차이라고 나는 판단 내렸다.

이제까지의 나의 기지, 정열을 허망한 소리로 공중에 날려 버리고 마침내 남는 것은 껍데기밖에 아닌 것 같은, 갑자기 견딜 수 없는 바보인 나를 발견했던 것이다.

그것이 바로 내 나이 사십이 되려는 작년 초봄의 일이었다.

우선 조용히 한 사람의 아내로 늙어버릴 수 없다는 소녀 때의 꿈이 계속 살아 있었다는 원인도 있었지만, 나돌아다니며 여자가 집에만 틀어 박혀 있으면 그 누구에게든지 뒤떨어진다는 사실을 알게 된 후부터 이러한 나의 생각은 굳어졌고, 그래서 무어든 해야 한다는 앙탈같은 의지가 영원과 연결될 수 있다는 글쪽으로 돌아섰던 것 같다.

나는 여기서 감히 '영원'이란 얘기를 하였다. 그리고 이것을 '글'이라는 것과 연결하였다.

그러나, 이 얘기에는 어디까지나 소리와 비교하고, 내가 이제까지 한 일에 대한 너무나 허망한 것에 대한 반발적인 것이지, 정말 장구長久한, 그런 영원한 것이 아니라고 생각하면서 읽어주길 바란다. 왜냐하면 진정 영원한 것이란 꼭 글일 수 없기 때문이다.

여하튼 나는 이렇게 말에서 글로 전환하면서 매일 무엇이든 쓰기로 마음먹고 글을 쓴다.

나는 글을 쓸 때 누군가를 생각하면서 쓴다. 그런 것이 상상想像을 만들 때 훨씬 쉽기 때문이다.

예컨대 나의 사랑하는 딸이거나 남편이거나 친구거나 아니면 적敵이라고 가상하는 어떤 이름 있는 사람을 설정하고 쓰기도 한다.

때문에 자연히 편지투나 아니면 기행문투가 되어버리는 경우가 많다. 그래야만 별로 거침없이 마음먹은 바를 모두 기술할 수 있을 것 같다.

그래서인지 나의 글을 읽는 분으로부터 너무 쉽게 쓰는 글이라는 말도 들으나 앞에서도 얘기했듯, 원래 뒤늦게 '소리'에서 '글'로 옮기는 작업이라 이 이상의 기술을 발휘할 수가 없다.

또 글을 쓸 때의 순서같은 것을 염두에 두지 않는다. 순서를 두면 무엇이든지 간에 제약을 받기 때문이다.

만일 내가 소설을 쓰는 경우를 생각하더라도 필경 나의 얘기의 순서에 그다지 신경을 쓰지 않을 것 같은 예감이 든다. 왜냐하면 문장이란 결코 다 읽고 난 후의 뒷맛이 아닐까 하는 나의 독단같은 것에서다.

마지막으로 나는 문장 수식에 대하여 힘이 미치지 못하기 때문에 의식적으로 문장 수식을 하지 않는다. 더 깊은 이유는 책을 선택할 때, 굉장한 수식이 나열된 그런 글이 좋지 않아서 외면해온 탓도 있겠고, 결국 나는 그런 문장을 좋아하지 않는다는 것도 될 것이다. 물론 놀랄 만한 수식의 문장에 경탄 않는 것은 아니지만….

여하튼 문장의 수식을 생각하지 않기 때문에 나와 같은 분에게는 읽혀질 것이 아닌가 자위해 보기도 하는 것이다.

이상 나는 나에게 주어진 매수의 글을 전부 끝마쳤다. 그러나 편집자가 요구하는 그런 내용은 되지 못했을 것이다.

처음부터 나는 나에게 요구하는, 글의 작법이니 수업이니 하는 것과 출발이 아주 다른 사람이고, 설혹 내가 내 나름대로 습작을 했다손 치더라도 그것은 지극히 유치한 나의 사사로운 방편이지 결코 공개할 수 있는 떳떳한 방법론이 되지 못하기 때문이다.

이 글 역시 그런 의미에서 누구에겐가 보내는 나의 거짓없는 편지임에 틀림없다.

소름기의 촉

이난호

길 닦으러 나오래유. 어느 날 이른 새벽 이장네 애머슴이 집집 문전
에다 소리치면 추석이 바짝 앞이었다. 왜? 할머니께 눈으로 묻고 복
이 들어오라구. 할머니의 꼭 닫힌 입매가 답했다. 몇 밤 자면 추석이
여? 꿀밤 시늉을 맞고맞으며 묻고물었다. 하마 복이 샐까. 할머니 입
매가 풀린 적은 없었다. 나는 들떠더 말끔해진 신작로로 나가 하릴없이
읍내쪽을 지켰다.

기원을 담고 한껏 조여졌던 할머니의 입매가 유독 쫌쫌했을 때 슬
퍼지려 했다. 매사 곡지통 한차례면 안 되는 게 없었던 할머니의 가
슴팍은 아직 따스할까. 눈치보는 사이 나는 이미 모든 옛 이야기의
마감 언저리에 있었다. 예외없이 戒계와 신독愼獨으로 아이들을 오
싹 얼리던 거기. 하필 할머니의 최후 통첩이 그 즈음에 내렸다. 이
세상엔 울어도 안 되는 일이 있단다. 불행하게도 나는 할머니의 말
을 알아들었다. 뒷쪽에 회초리를 감춘 엄니가 나직히 나를 부르는
건 곧 할머니가 사라지는 것이었다. 울어도 안 되는 게 있는 그곳엔

417

할머니가 없을 것이었다. 아이는 이미 입매를 풀 수 없는 지경에 들어 있었다. 내 유년의 끝이었다. 더 이상 명절의 남은 날수를 꼽을 수 없었다.

글을 쓰면서 종종 유년의 그 막막함을 경험한다. 글의 한고비에서 내 자신으로부터 완전 포기를 선고당할 때 어린 녘의 그 절체절명과 마주쳤다. 나는 여전히 울어서도 안 되고 입매를 풀어서도 안 되는 지경에 있었다. 어떤 글쟁이의 '써야 쓴다'는 명구를 읽었다. 나는 이 말을 알아듣고 실천에 옮겼다. 선고를 당해도 막무가내 쓰려는 이유의 하나였다.

원고청탁를 받으면 책상 정리를 한다. 더러는 장롱이나 부엌 살강으로 손을 뻗기도 하지만 생각이 따로 노니 손끝 매울 리 없다. 그러나 거르지 않는 의식, 길닦기였다. 비운 책상에 이태준 한용운 미시마 유키오 선후배의 책자 두엇들로 울을 친다. 그뿐 여간해서 저들 속내를 들치지 않는다.

시간 내어 자주 걷는다. 물고기의 자유자재한 꼬리짓을 부러워도 하고 구름을 보고 먹이에 열중하는 비둘기를 센다. 조신한 척, 글을 써야 한다, 잘 써야 한다, 번쩍거려야 한다, 욕심을 누르고 있는 것이다. 소름기를 고대하는 것이다. 낱글자 하나가 낱말 한 개가 어처구니없는 종결어미가 싸아 소름기를 몰고 와 싹 터 열매를 맺었던 기억은 두고두고 유혹이었다. 그때 간헐적으로 등골을 타던 참을만한 냉기의 쾌감을 나는 잊을 수 없다.

내 글 인심은 대개 그 소름기로 풀렸다. 그것으로 밀어내지 않는 한 꼼짝 않는 글 고집을 나는 두려워도 하고 믿음직해 하기도 한다.

그를 좌지우지할 열쇠는 내가 쥐고 있으면서도 내 것이 아니라는 단호함도 나는 귀히 여긴다.

걸음을 멈춘다. 기억컨대 소름기를 당기는 만능력은 없었다. 그것은 불현듯 스치므로 우연일듯 싶지만 나는 필연 쪽에 기운다. 우연만큼 불가해한 적도 있지만 언젠가 어떻게든 나와 연이 닿았던 듯 생면부지인 적은 없었다. 빛의 속도로 스치는 그것을 채는 순발력 또한 내 힘 밖의 일, 나는 고작 오싹, 얼어 납작해질 뿐이었다.

"결국은 온다!" 요행 내겐 소름기와 조우하리란 투박한 믿음이 있었다. 나는 내가 할 수 있는 것, 내가 해도 되는 것만 하자고 맘먹는다. 어찌어찌 제 골을 잡아든 물줄기가 일사천리로 내닫듯 낌새만 보이면 밀어붙일 참으로 메모했던 소재들을 점검한다. 예의 한기를 주는 것에 생각을 모은다. 촉이 온 게 확실한가 너무 종주먹대지 않는다. 되작이다 덮고 끌림이 있는가 묻고 글로 이어보고 덮었다가 다시 열고 생각을 덧입힌다.

이렇듯 내 글버릇은 일단 소름기를 기원하는 데서 비롯되므로 주제를 잡고 제목을 정하고 소재를 찾는 순리를 타지 못한다. 힘은 힘대로 빼고도 글의 체신이 불안할 수 있었다. 게다가 예의 물줄기가 한꺼번에 들이닥쳐 출력을 앞다툴 때 나는 신들린 대잡이처럼 몽땅 받아적는다. 알곡을 추리는 건 신의 몫이라는 배짱이었다. 내 글과 나와 제삼의 능력이 서로 밀고 당기느라 퇴고 집중도가 쫀쫀하고 품도 든다고 스스로 변명한다.

요행 원고는 늘 청탁 양의 두 배쯤이 버슬, 쳐내고 제치고 발라내고 깎고 비우기로 나달나달해진 그것에서 힘줄만 걷는다. 그 앙상한

몰골을 신문기사나 초교 저학년생의 일기장과 변별하려 얼굴에 화기를 가슴에 온기를 넣는다. 최대한 형용사와 부사 연결어미를 생략하려는 고집이 있다. 저들 수사修辭를 함의할 수 있는 어휘 선택에 고심한다. 선택된 어휘가 적재적소에 꽂혔는가 거기서 제구실을 할 것인가 다그친다. 거듭 따져도 이에 드는 노고는 달다.

비로소 일자무식의 촌부 내 할머니의 도사린 입매가 얼추 읽힌다.

이렇게 살아라. 울지 말고 응석 말고 엄살 말고 칭얼대지 말고 핑계대지 말고 할 말은 알짜만. 그러면 복이 온다. 글쓰기의 금과옥조는 바로 사람살이의 철리였다.

글 싹 틔우는 작은 습관

이남희

농부는 한 해 벼농사를 위해 좋은 종자의 볍씨를 고른다. 채종된 볍씨를 가지런히 모판에 옮겨 담고 알맞은 양분의 물을 주어가며 육묘장에서 정성껏 모를 기른다. 논에 옮겨 심을 만큼의 뿌리 내림을 한 모만이 선택되어 논에 심어진다. 모내기 할 만큼 자란 모는 맑은 영혼에 비유될 듯 가늘고 엷은 녹색을 띠면서 어리지만 강한 생명력을 지닌다. 물이 그득 차인 논에 심어진 어린 모는 당장에 쨍쨍한 햇볕을 받아가며 물을 빨아들여 꼿꼿이 뿌리를 내리고 벼꽃을 피워내며 거친 세상과도 같은 논바닥에서 뭇 생명을 위한 양식으로 변모해 간다.

글의 탄생 또한 생각의 싹을 틔워 사유의 지평에 맞게 글 판을 짜서 다듬고 완성하여 독자 앞에 내놓는 일이다. 모를 기르듯 빛나는 영감을 지닌 생각들을 혼자만의 글 온실에서 자기만의 상상력과 매혹적인 구도로 형상화 하는 과정의 산물인 것이다. 부족하지만 나의 주어진 환경과 선험적 가치관이 길러낸 익숙한 언어보다 감성작용의 언어가 살아나게 글을 쓰고자 노력한다. 사물을 관찰하고 자신의 행위는 물론 타자의 행위들을 간접경험하면서 그 행위에 대해 감정 이입이 원활해질 때 비로소 논에 내어진 모처럼 글은 강한 생명을 지녀갈 것이라 믿고 있기 때문이다. 물론 과한 감정 노출은 독자의 공감을 떨어뜨리고 글의 감동을 상실시키므로 반드시 여과과정을 거쳐서 쓰도록 주의하고 있다.

평면적인 생각들을 꿰어서 여러 각도에서 입체적으로 들여다보고 묘사하면 글의 색이 또렷해지고 생동감이 팽창된다. 누구나 그리 생각하는 일률적인 사고로 지당한 말을 늘어놓는 경우 글은 죽은 글이 되고 말 일이다. 하루의 유통 기한을 지닌 신문 기사 같은 글이 되어 글의 생명이 짧아지는 것이다. 사람이나 사물이 세상에 존재하는 방식은 각기 놓인 환경에 따라 다르다. 우주의 한 점인 지구, 지구의 한 입자인 한 몸이 살아가는 일상을 어떤 차원에서 지각하고 해석하느냐가 얼마나 개방적이고 창조된 사고로 그것들을 보았느냐를 결정하게 되며 글의 품격이 완성되리라 생각한다. 소비기간이 긴 글을 짓기 위해 생각의 씨앗을 고르는 일의 진화된 시도가 일상이 되어야 하는 이유이기도 하다.

글은 쓸수록 잘 쓰기가 매우 어렵다.

"내가 생각하는 것, 내가 말하고 싶어 하는 것, 내가 말하고 있다고 믿는 것, 내가 말하는 것, 그대가 듣고 싶어 하는 것, 그대가 듣고 있다고 믿는 것, 그대가 듣는 것, 그대가 이해하고 싶어 하는 것, 그대가 이해하고 있다고 믿는 것, 그대가 이해하는 것."

창작의 대가 베르나르 베르베르는 자신의 생각과 타인의 이해 사이에 이렇게 많은 가능성이 있기에 우리의 의사소통에는 어려움이 있다고 말했다. 그렇다 하더라도 우리는 시도를 지속해야 한다고 그는 주장하였다. 발상과 관점을 뒤집는 기상천외한 그의 상상력은 멈추지 않는 시도의 결과였던 것이다. 글은 보이지 않는 독자와의 관계망을 만들어가는 텍스트이자 길이다. 글로 독자와 소통하는 문학 글쓰기에 대한 시도 또한 끊임이 없어야 하겠다. 글을 써가는 동안 작가는 새로운 생각 주머니를 만들어 내어 독자와 즐겁게 소통하는 방법을 찾아야 한다. 그 행위는 작가의 의무이자 환상의 성을 쌓아가는 문학인으로서 소소하고 확실한 행복이 될 것이다. 그것은 독자에게 다양한 흥미를 전달하기도 하지만 자신의 작품성 계발에도 적잖이 공여할 것이다. 문학의 새로운 성 쌓기에 힘을 보태어 단단한 벽돌을 얹는 일과도 같다.

나는 좋은 글을 읽거나 내 영혼을 두드리는 글귀를 만나면 나만의 노트에 옮겨 적고 그것에 대한 자료 찾기를 즐긴다. 자료를 찾아가다 보면 앞서 읽은 글보다 훨씬 진귀한 작품들을 만나게 되고 알지 못했던 지식까지 덤으로 얻는다. 새로운 어휘를 만나면 학생 때처럼 그 말의 쓰임까지 노트에 기록하여 정리해 둔다. 그렇게 기록한 어휘는 쉽게 내 것이 되어 적절히 쓰인다. 꼬리에 꼬리를 무는 자료 찾기는 문학하는 즐거움을 더해주고 글을 쓰는데 좋은 양분이 되기도 하니 작은 습관으로 삼을 만하다. 그렇게 노트에 적힌 감정이나 일상의 소재가 새 작품의 씨앗을 품어주기도 한다.

글을 쓰는데 대단한 방법을 지닌 것도 아닌 나로서는 굳이 내어 말할 것도 없으나 '나는 글을 이렇게 쓴다'라는 주제에 이끌려 쓰다 보니 두서없고 민망할 뿐이다. 어떤 기술 직업인으로 13년을 보냈다면 능수능란한 작업자가 되었으련만 공중에 떠다니는 물 입자 같은 명색을 지니고 살아온 나는 작가라는 말을 꺼내기 부끄러울 때가 아직 많다. 하지만 포기하지 않고 글품에 안겨 이끌려 가다보면 잘못된 세상을 바로 세우지는 못할망정 문학의 새로운 효용성을 발견할 따뜻한 날이 올 거라는 희망을 가져본다. 생각의 외연을 확장하여 나만의 상상력을 편집하고 내가 있는 자리에서 발견한 빛나는 생각들을 글로 옮겨가야겠다.

나의 수필 쓰기

이동민

내가 수필 쓰기를 배울 때는 윤오영 선생의 '수필문학입문'이 절대의 가치를 지닌 수필 교본이었다. 요약하면 수필은 의미를 담아야 한다는 것이다. 그래서 수필 쓰기를 할 때의 가장 큰 화두는 '주제'가 되었다.

주제를 우선으로 하다보니 수필의 다른 요소들이 뒤로 밀렸다. 그 중에서도 읽기의 재미가 줄어든 것이 가장 큰 문제였다. 재미가 없으니 독자들이 외면하고, 독자 없는 글을 쓰는 수필가 역시 독자 없는 글을 쓴다는 자괴감에 빠진다고 생각했다.

우리가 작품을 강하게 인식하고, 기억으로 남는 방법으로는 '재미(快)'가 가장 중요한 방법이다. 결국은 형상화하는 문학적 언어는 재미와 연관성을 갖는다는 것이 나의 생각이다. 다시 짚어보면 수필에서 언어표현은 사건이 시간따라 전개되는 양상을 눈앞에 선히 떠오르도록 서술하는 것이다. 나는 이것을 이야기 만들기라고 본다.

여세주 교수는 수필문학 강의에서 경험의 형상화라는 말을 했다. 문학에서 언어로 표현할 때는 형태가 떠오르도록 표현해야 한다는 것이었다. 수필이 경험을 소재로 형상화한다는 말은 수필은 경험을 소재로 이야기를 만드는 것이다. 나는 이 말을 옛날부터 신봉하고 있다. 중국의 문예론인 '시중유화詩中有畵'라는 말은 시를 읽을 때 그림으로 떠올라야 한다는 뜻이므로, 형상화라는 말과 일맥상통한다고 믿는다. 그러나 문학은 응당 시간이 투여된 예술이므로 그림에 시간이 들어가면 영화처럼 움직이는 영상이 된다.

이것을 수필론에 적용하면 '움직이는 영상'이 떠오르도록 쓰자가 된다. 이건 바로 이야기이다. 말하자면 수필을 이야기 구조로 쓰자는 것이 나의 신념이고, 실제로 나는 그렇게 쓴다. 생생한 영상이 떠오르도록 이야기를 하자면, 연극적 요소도 필요하다. 대화체도 필요하다는 뜻이다. 의미를 말로 전달하기보다는 이야기를 하면 독자는 더 재미있어 한다. 내용을 담고 있는 이야기를 하게 되면, 주제도 전달되기 마련이다.

요즘에 와서 나의 수필 쓰기는 이야기에 필요한 모든 요소들을, 말하자면 기승전결이라든지, 대화체라든지, 현실감이 느껴지는 묘사라든지, 등등을 응용하여 쓴다.

최근에 쓴 나의 수필을 보기로 하겠다.

〈동화의 세계〉

이동민

동화의 세계에서는 꿈이 있고, 환상이 있고 마지막에는 환상이 현실로 이루어진다.

청설모 한 마리가 술에 잔뜩 취해서 비틀거리면서 고양이에게 다가왔다. 고양이는 캣맘이 두고 간 맛난 음식물을 먹느라 정신이 없었다. 눈앞에서 알짱거리는 청설모를 흘깃 바라보기만 했다.

"야! 고양이 양반, 네 놈은 어찌 그리도 팔자가 늘어졌어."

"무슨 소리냐? 네 놈이라고 했어."

"내 말이 틀렸어. 네 놈이 불쌍하다면서 먹을 것을 가져다주는 아줌마가 있잖아. 도토리는 자연이 준 우리의 양식인데 땅에 떨어진 도토리를 빗자루로 쓸 듯이 주워가 버리는 인간들이 너에게는 먹을 것을 가져다주다니. 복도 많지."

"인간이란 종자는 착한 일을 하고 싶어서 안달이 난 사람도 있어. 저네가 우리를 불쌍하다고 하는 일인데 난들 어쩌겠나."

"불쌍하다고? 어이구 많이도 불쌍하겠다. 먹을 것을 가져다주는데도 우릴 잡아먹어."

"무식한 소리 작작 해라. 자고로 먹을거리는 고루고루 섭취하라고 했어. 아암 그렇고 말고. 탄수화물만 먹어서는 안 되지. 단백질도 섭취해야지."

"단백질이 뭔데?"

"이 무식한 놈아 고기를 유식하게 하는 말이야."

"캣맘이 고기 조각도 주던데."

"고기도 고기 나름이지. 신선도가 떨어지면 맛이 좋지 않거든. 너처럼 살아 있는 놈을 잡아 먹어야 제 맛이 나거든. 자연산이라고 하는 거야."

"우와 무서워라. 그럼 나도 잡아 먹겠구나."

"지금은 배도 부르고---, 술을 처먹고 헤롱거리는 놈은 술냄새 때문에 싫어. 술을 먹지 말고 제 정신으로 와. 잡아먹게. 신경을 자꾸 건드리면 가만 두지 않아."

"그렇구나. 다음에 올 때도 술먹고 술 냄새 폭폭 풍기면 안 잡아먹겠구나."

"요즈음은 청설모가 통히 보이지 않더라. 귀하다 보니 술 취한 놈도 잡아먹을 수 있어. 조심해라."

"네 놈이 다 잡아 먹었는데 보일 리가 없지."

화가 난 고양이가 이빨을 드러내고 으르렁거리자 청설모는 걸음아 날 살려라 하고 숲속으로 도망을 갔다.

산자락에 이어져 있는 담 밑에서 아주머니 한 사람이 비니루를 깔고 음식물을 놓아 두고 있었다.

"아줌마, 지금 뭐하는 거요. 그것 치우지 못해요!"

담장 안에서 화가 잔뜩 난 남자가 고래고래 고함을 질렀다. 도시로 개발되기 전부터 농사를 지으면서 살던 집주인 아저씨였다. 길길이 고함을 지르면서 내뱉는 말을 들어보면 왜 화가 났는지 짐작이 갔다. 담장 안에는 닭장이 있었다.

"아 글쎄, 지난밤에도 들고양이가 내려와서 닭장을 넘보잖아. 닭이 놀라서 야단이었지."

아저씨가 하는 말을 더 들어보면 닭이 놀라면 달걀을 낳지 않는다는 것이다. 지난 여름에는 닭장 안으로 들어와서 닭을 물어가기도 했다는 것이다. 집주인이 투덜거리는 말을 더 들어보았다. '고양이를 제 부모보다 더 끔찍하게 보살피면서 기르더니 내다 버리기는 왜 버려. 도둑질이나 하고 다니는 고양이를 불쌍하다면서 먹을 것을 가져다주는 것은 또 무슨 짓이냐. 사람이 도둑질을 하면 잡아가면서 도둑 고양이에게는 먹을 것을 주어.' 이런 말을 하였다. 듣고 보면 틀린 말도 아닌 것 같다. 캣맘 아줌마는 이런 일이 벌써 여러 번이나 있었던지 한 마디 대꾸도 없이 얼른 자리를 피했다.

집사람과 나는 닭장이 있는 집 앞을 지나서 범어동산의 낮은 산으로 산책을 한다. 산책을 한 지가 아주 오래되었다.

"예전에는 다람쥐도 있었잖아. 노란 색에 등에는 검은 줄이 나 있었지."

"다람쥐가 사라진 지 얼마나 오래 되었는데 10년도 더 된 것 같아."

"맞아. 내가 다람쥐가 없어졌다고 하니 청설모를 들여와서 토종 다람쥐가 사라졌다고 당신이 설명해 주었잖아. 그때만도 벌써 오, 육 년도 더 전인 것 같아."

"그래. 손바닥에 옥수수를 얹어서 청설모에게 주다가 내 손이 물

렸지."

"그러고 보니 요즘은 청설모도 보이지 않더라. 청설모를 본 지도 몇 년이나 되었네."

"숲 속을 들고양이들만 설치고 다니는 세상이 되었네."

"동화의 세계에서는 호랑이가 담배를 피우면서 토끼와 잡담도 나누던데. 사람과 들고양이가 정을 나누는 세상이니 동화의 세계가 아닌가?"

"귀신 씻나락 까먹는 소리를 하고 있네."

아침 산책길에서 집주인 남자와 캣맘 아줌마를 보고 집사람과 나눈 대화였다.

-- O --

나름대로, 상상력을 동원하여 동화의 세계처럼, 대화체를 사용하여 희곡처럼, 전체적인 구조는 소설처럼 써보았다. 그리고 기승전결의 반전도 넣어서 약간은 소설적으로도 써 보았다. 수필이 경험을 소재로 형상화한다는 말은 수필은 경험을 소재로 이야기로 만드는 것이다. 수필 쓰기도 이야기 쓰기 방식으로 해야 한다고 주장한다.

황홀한 고뇌, 나의 글쓰기

이명지

그림을 좋아하는 중국의 어느 황제가 어느 날 궁정화가들을 모아 놓고 꽃밭을 지나온 말을 그려 달라고 했다. 꽃밭을 지나온 말이라? 모두가 머리를 쥐어짜며 난감해 하고 있을 때 한 젊은 화가가 일필휘 지로 그림을 그려 황제에게 바쳤다. "그래 바로 이거야!" 그림을 본 황 제는 무릎을 쳤다. 거기에는 달려가는 한 필의 말 뒤로 수백 마리의 나비 떼가 유유히 따라가고 있었다.

모든 경험에는 흔적이 있다. 꽃밭을 지나온 말에선 향기가 났던 것 이다. 한 사람의 인생은 경험으로 무늬 져 있다. 여기서 통찰이 생기 고 철학이 나온다. 사람을 만난다는 것은 그 사람의 인생과 만나는 일이니 이보다 장엄한 여행이 어디 있을까.

직간접의 경험들은 글쓰기의 마중물이 된다. 경험을 통해 얻어지 는 영감과 감동은 가급적 그때그때 펄펄 살아있는 생물일 때 메모한 다. 그 순간이 지나면 다시는 그때의 생생한 느낌으로 표현할 수 없 어진다. 경험은 영광이든 상처든 세월에 숙성되고 빛바래고 나면 그 어떤 것도 향기를 지니지 않은 것이 없다고 나는 믿는다. 나의 과제는 늘 인생이란 경험 뒤로 통찰이라는 나비 떼가 따라올 수 있는 글을 쓰는 것이다.

첫 문장과 마지막 문장이 구상되면 나는 글쓰기를 시작한다. 첫 문장으로 독자를 홀려야 한다. 끝까지 독자를 데려가는 매력이 있어야 한다. 이 첫 문장이 나오기까지 많은 시간을 공들인다. 고뇌는 내 안의 열정을 끄집어내는 황홀한 과정이다. 콩알만 한 글감을 가슴에 품고 머리로 굴리며 발끝으로 차고 다니다보면 어느 순간 튼실하게 의미의 살이 붙고 모양이 잡힌다. 그러나 의미만 있으면 교훈 글이 되고 만다. 여기에 재미라는 당의정을 어떻게 입히느냐가 작가의 능력이다. 재미는 통찰을 담는 당의정이다.

자신의 생각과 감정들을 적확하게 표현하려면 언어를 잘 다룰 줄 알아야 하는데 그 기본바탕이 어휘력이다. 나는 사전읽기를 좋아한다. 우리말은 참으로 다양하고 오묘해서 사전은 그 어떤 책보다 재미있다. 특히 분류사전과 갈래사전을 좋아한다. 한 가지 낱말이 포함하고 있는 다양한 의미와 표현들이 참으로 무한한 상상력의 나래를 펼치게 해 좋다. 무엇이 내 속으로 들어가면 그것은 완전히 내 것이 되어 나와야 한다. 남들과 같은 경험도 나의 생각과 방식으로 쓰면 나만의 경험이 된다. 함께 여행을 가서 같은 풍경을 바라봐도 그 느낌은 다 다르다. 살아온 여정이 다르고 사고의 방식이 다르고 현재 내 안의 고민이 다르고 지금 내 생각이 다른데 같은 느낌일 리 만무하다. 단풍이 든 언덕을 바라보며 어떤 이는 나이 들어감을 쓸쓸해할 것이고, 어떤 이는 불타는 듯 아름답다 할 것이고, 어떤 이는 어느

해 책갈피에 꽂아둔 추억을 꺼낼 것이다. 느낌은 문체가 된다. 나만이 할 수 있는 이야기를 쓰는 것이다.

문체는 호흡이다. 나의 말 습관이 있듯 문체는 나의 글 습관이며 글을 쓰는 방식이기도 하다. 문체는 바로 나의 개성인 것이다. 나의 글쓰기는 대개 '나'로 시작해 '우리'로 끝을 낸다. 주체에서 객체로 나아가 보편성을 확보하고자 하는 것이다. 나의 경험이 "너도 그래? 나도 그래!"가 될 수 있는 공감으로 나아갈 수 있다면 일단 성공적이다. 문학의 기능은 인간을 위로하고 성찰하게 한다. 다양한 삶과 심상들을 보면서 나만의 문제가 아닌 너와 나의 문제라고 느낄 때 감동과 위안을 얻는다. 공감의 힘이다.

창작행위는 고통스럽지만 가장 먼저 작가 자신을 치유한다. 글을 쓰는 행위는 내 안의 것들과의 직면이고 또한 투사다. 꺼내놓고 응시하고 그리고 발설하는 것이다. 발설은 치유다. 내 안에 들끓는 것들을 끄집어내는 것만으로도 카타르시스를 주기 때문이다. 심리학자 제임스 페니베이커는 "발설이 그대를 구원하리라!"고 했다.

작가의 발설은 배설이어야 한다. 어떤 경험을 먹었느냐보다 어떻게 내 것으로 소화했느냐의 문제다. 작가의 역량은 여기서 나온다. 좋은 경험과 좋은 배설은 작가 자신을 가장 먼저 위로하고 나아가 독자를 감동시킬 수 있다.

인간은 줄곧 두 가지 마음에서 혼란을 느끼며 살아간다. 자유롭고 싶은 욕구와 반대로 누군가에게 귀속되어 보호받고 싶은 본능 사이에서. 무언가를 추구한다는 것도 같은 맥락이다. 창작의 고뇌에서 벗어나고 싶지만 또한 배설하고픈 강렬한 욕망을 뿌리치지 못한다. 내게 글을 쓰는 행위는 스스로에게 묻고 스스로 답을 찾아가는 과정이다. 나를 구원해주는 그 무엇, 뚜벅뚜벅 걸어가는 구도자의 그것을 닮고 싶어 한다. 그래서 나의 글쓰기는 날마다 황홀한 고뇌다. 마침표를 찍는 순간 창작의 쓰디쓴 고통이 짜릿한 환희로 바뀐다. 그래서 밥벌이도 안 되는 이 고뇌를 하고 또 하는 것이다.

나의 글쓰기

이명희

긴 여행에서 돌아왔을 때 시간의 거리가 있어도 지워지지 않는 영상 그 색채, 음악이 있는 식탁에서 나는 비로소 필筆을 들게 된다.

문제는 그림이 너무 크게 그려지려는 것이다. 머리가 화폭 밖으로 나가는 구성의 오류 그 긴장, 그리고 언어설계의 탄력과 이미지의 함축, 청각 이미지를 시각 이미지화하는 언어 시각의 한계를 극복해야 하는 것이 가장 큰 어려움이다.

괴테의 〈이태리 여행일기〉를 보면 늘 화가를 동반했다고 했다. 역시 묘사문제였다고 한다. 남부의 파란 하늘과 낭만 칸초네, 그리고 거대한 조각, 역사의 색채를 글로 형상화하는 일은 결코 쉬운 일이 아니다.

특히 표출하고 싶은 주제가 간결한 생활언어로 조각 됐을 때 글 쓰는 묘미를 느낀다. 글을 쓴다는 것, 그것은 그 누군가와 이야기를 나누고 싶다는 사람들의 잠재의식 때문이 아닐까.

어머니가 늘 하시던 말씀이 생각난다.

"내가 살아 온 이야기를 글로 쓰면 열 질 책은 될 거다."

구운몽 이야기책을 좋아하시던 어머니는 라디오에서 흘러나오는 양주동 선생님의 민담을 들으며 그렇게 감탄을 하셨다.

"어찌 저리도 눈에 선하게 그린 듯이 이야기를 할꼬…"

어머니의 감성을 물려받은 것일까. 나는 어려서부터 유난히 책을 좋아했다. 그때는 세련된 문고 전집이 없었기 때문에 책이면 마구 읽었다. 표지가 떨어져나간 탓도 있지만 청소년, 성인물 등급 표시가 없을 때니까. 대개는 저자가 누군지도 모른 채 그냥 재미있어서 밤을 새워 읽었다.

덕분에 신문사 산문 모집에 입선, 그때 글을 쓰는 기쁨을 알게 되었다. 담임선생님이 그렇게 좋아하셨는데―.

다행히 잡독 중에도 세계명작이 있어서 『장발장』, 『올리버 트위스트』, 『팡세』 그리고 헉슬리의 『허영의 시장』은 내가 사회인으로 살아가는데 큰 모티브가 되었다.

물론 이광수의 『흙』, 『상록수』(심훈), 『청춘극장』(김래성)과 박계주의 『순애보』는 작가를 동경하게 했고 사회를 보는 눈과 휴머니즘 그리고 국제적 시각을 열어 주었다. 나는 글을 쓰기 전에 오랫동안 사회활동을 했다. 세상을 보다 넓고 깊게 볼 수 있게 된 것이다.

나는 글을 쓸 때 먼저 주위를 정돈하고 클래식 채널을 고정해놓고 차를 마시며 침대에서 머릿속에 그려놓은 구성을 유리 창문에 투시해 본다. 그리고 단숨에 써 내려간다. 그것은 글의 리듬을 유지하기 위해서다.

나는 여행지에서 메모를 하지 않는다. 그저 이국의 하늘을 보고 사람을 보고 해변의 물모래를 만져보고 낯선 꽃과 음식을 즐긴다. 맛과 향기에 가슴이 터지도록 벅찬 감성은 촌스런 나만의 것이니까. 객관화되기까지는 시간의 거리가 필요하다. 수십 년이 지나도 기억에 남아있는 것, 강한 인상 즉 필요한 것만 형상화함으로 자신의 추억과 환상이 결합될 때, 개성 있는 작품이 창조되는 것이다.

"네 글에는 네 음성이 들려." 이 말을 들을 때가 가장 즐겁다. 간결하고 섬세한 문체도 좋지만 작가의 육성이 들리는 명암의 콘트라스트가 있는 살아있는 글이 좋다. 관념적, 미적언어에 너무 매달리는 글은 종이꽃 같다.

나의 추억과 음색이 들리는 글이 명주실처럼 풀려나올 때 혼자만의 재미를 즐긴다. 탈고 후에 오는 뿌듯한 허기. 그때 먹는 브로콜리 스프와 보랏빛 플럼잼을 듬뿍 바른 흰 빵은 천국 맛이다.

천재 예술가 살바도르 달리는 요리사가 꿈이었다고. 열기와 향기가 있는 부엌은 창작의 영감을 주는 신비한 공간이었다고 그는 회상한다. 그의 초현실주의 작품, 치즈가 녹아내리 듯 흐물흐물한 시계도 어릴 적 부엌의 식품에서 받은 연상 선에서 나온 것이라고 한다. 사람이 있는 모든 공간은 예술이다.

언어도 패션이다. 다채롭게 변해가는 사람들의 일상을 오늘의 언어로 담백한 문체로 재미있게 형상화해 나가는 것이 얼마나 어려운 작업인가 그것을 쓰고 싶다.

그런 여인 같은 수필

이범찬

나는 여자를 참 좋아하는 늦깎이 문인이다. 얼굴이 예쁘고 다소곳한 여인이면 금상첨화라고 할까. 한평생을 육법전서와 씨름하다 정년이란 명목으로 법과대학에서 쫓겨난 지 수년이 지나서야 수필을 쓴답시고 덤벼든 초짜 수필가임을 실토한다.

수필학을 배워보지 못했는데 '수필 쓰기'를 말하자니 나 자신이 가소롭기 짝이 없다. 그러나 수필계의 거목인 운정 윤 회장의 원고 청탁을 마다할 길 없어 법률답안 쓰는 요령을 원용해서 숙제의 굴레를 벗어볼까 한다.

나는 법학도에게 강조하기를 간결하게 쓰라고 했다. 쉼표 하나 없이 몇 줄을 이어가는 문장은 숨이 막혀 읽을 수가 없다. 멋지게 표현하려는 욕심에서 현란한 수식어를 줄줄이 나열하다보면 문장이 꼬이는 덫에 걸리기 쉽다. 문장은 짧을수록 쓰기도 쉽고 읽기도 편하다.

짧은 문장을 쓰더라도 문단의 구획이 적절해야 하지 않을까. 단문을 수없이 모아 반 페이지를 차지할 정도로 길게 묶어 놓으면, 그 문단에서 무엇을 표현하려는지 파악하기조차 힘들어지니 말이다. 그렇다고 한두 줄을 써놓고 줄을 바꾸는 것은 원고지 장수를 늘리는 데는 도움이 될지언정 글 전체의 흐름을 이해하기가 더욱 어려워진다. 수없이 줄을 바꿔가는 '늘리기 식 꼼수'는 절대 금기사항이다.

어찌하면 술술 읽혀지는 글을 쓸 수 있을까. 내 글을 읽어줄 독자의 처지로 돌아가 생각해보면 정답이 나올 듯싶다.

나는 아직도 법률논문 쓰던 투를 벗어나지 못해 애를 태운다. 정확한 사실에 입각해야 하고, 내 생각의 객관성과 보편성을 담보하려고 다른 사람의 말과 글을 들어 입증해야 한다. 그러니 논문에서는 정확한 각주가 생명이다.

수필은 주관적인 창작품이지 객관적인 기사가 아니다. 객관적인 사실의 묘사나 그 입증에 너무 마음을 쓸 필요는 없지 않을까. 그렇다고 타인이 공감할 수 없는 헛소리를 할 수는 없다. 남이 보지 못하고 느끼지 못한 점을 찾아내서 독자가 머리를 끄덕이고 공감하도록 내 품안으로 끌어들이면 된다. 나만이 착안할 수 있고, 나만이 표현할 수 있는 개성 있는 글이라면 독자의 눈을 쉽게 붙잡아 놓을 수 있을 것이다.

나는 나올 데 나오고, 들어갈 데 들어간 여자를 좋아한다. 'S라인'이라고 하던가. 거리에 나가보면 아래위가 평평한 뚱보 여인이 해를 거듭할수록 많이 눈에 띄어 나를 우울하게 한다. 허리가 굽지도 않았고, 곧은 몸매에 탄력 있는 다리로 사뿐사뿐 발걸음을 옮기는 여인을 만나면 아직도 내 가슴은 벌렁거린다. 그런 여인 같은 수필을 쓰고 싶다.

자랑 수필

이부림

"일기를 3년 동안 매일 쓰면 무슨 일이든지 할 수 있는 사람이며, 10년을 쓰고 있으면 자기가 하는 일에 이미 전문가가 되어 있다."

방학에 일기숙제를 내 주시던 국어 선생님의 말씀이다.

한 달 후, 일기를 제출하면 언제나 '참 잘 썼어요'라는 사인을 받았다. 그런데 그 일기는 날마다 꼬박꼬박 쓴 게 아니고 며칠 만에 한 번씩 생각나면 적었고, 빈 날들은 개학하기 하루 이틀 전쯤 몰아서 채워 넣었다. 하루 동안 일어난 일을 며칠로 나누어 적는 것은 쉬웠는데 날씨가 문제였다. 그래도 개학 날 반 친구들에게 물어서 감쪽같이 적었다. 사는 동안 방학 숙제 외에는 제대로 일기조차 써 본 적이 없는데 나는 지금 글을 쓰고 있다. 얼마나 아이러니한 인생인가.

몸과 마음이 죽을 고비를 넘기고 전처럼 일상생활을 할 수 있을 때, 인생은 새로운 덤처럼 여겨지고 비로소 자신을 위해 무엇인가 하고 싶어진다. 장기 구독을 하고 있던 D일보에 간지가 끼워왔다. 석 달에 한 번씩 문화센터 개강을 알리는 광고물이다. 100여 개도 넘는

441

강좌 중에 「수필의 세계」가 궁금했다. 수필은 읽기만 좋아했지 써 본 적은 없는데 수필의 세계가 알고 싶어 지천명이 넘은 나이에 수강 신청을 했다.

동대문 밖 회기동에서 문화센터가 있는 여의도까지 버스를 타고 다녔다. 이른 아침에 물 위에 떠 있는 여의도 아파트 숲을 바라보며 마포대교를 건널 때는 공부하러 가는 학생이 아니라 크루즈 여행 중 이국의 항구에 입항하는 듯 설레기도 했다. 나중에 알았지만 집에서 가까운 종로에도 H일보와 J일보의 문화센터 수필 강좌가 개설되어 있었다. 언제나 빈 교실에 제일 먼저 들어가 내가 정해 놓은 자리에 앉았다. 교탁 바로 앞 셋째 줄에서 오른쪽으로 두 번째 자리가 선생님을 바라보기 가장 좋은 위치이다. 힘이 잔뜩 들어간 작은 눈을 치뜨고 앉아 수강했는지, 어느 날 임선희 강사님이 나를 보고 '탄력 있는 눈빛'이라고 하셨다. 작은 눈이 반짝거린다는 말은 들어 보았지만 '세상에 이런 칭찬도 있을까? 멋쟁이 작가님이라 표현도 다르시구나' 하며 좋기만 했는데, 요즘 와서 생각하니 탄력 있는 수필을 쓰라는 숙제가 아니었나 싶다.

'수필은 청자연적'이란 것 밖에 모르다가 '신발 소리', '겨레', '눈물' 같은 제목을 내주시면 생각나는 대로 겁 없이 써 가지고 갔다. 일 년 반을 지나 『현대문학』 공모에 '나의 아침'이란 수필로 신인상을 받았다. 1990년대 초에는 수필 인구가 적어서였는지 수필지나 문예지에 발표하는 작품마다 좋은 평을 받았는데 더 잘 써야 한다는 부담감으로 계속해서 써지지가 않았다. 등단 10년이 지나 수필집 『대문안쪽』 한 권 달랑 내놓고 15년도 더 넘는 세월을 흘려버렸다.

작가라는 사람이 일기장 한 권 없고 메모장도 없으면서 이제야 다시 펜을 잡았다. 탄력 있는 눈빛은 사라지고 처진 눈에 돋보기를 끼고 앉아 무얼 쓸까 골똘히 머리만 굴리고 있다. '일기라도 가끔 썼으면 문장이라도 쉽게 풀리지 않을까…' 애꿎은 일기를 들먹이며 핑계를 댄다.

일기나 수필이나 내 삶이 담긴 글임에는 마찬가지인데 일기는 내가 쓰고 내가 읽는 글이며, 수필은 불특정 다수의 남이 보아 주는 글이므로 남다른 감동을 주어야 한다. 나만의 방식으로 느끼고 표현하는 글에서 새로운 것을 공감할 때 독자들은 읽은 시간을 아까워하지 않을 것이다. 가끔 발표하던 내 수필을 본 독자들은 나를 자랑하는 글은 외면하고 내가 망가지는 이야기를 쓰면 잘 읽었다고 했다. 부끄럽고 숨기고 싶은 이야기가 좋은 글감이었다. 인생은 고통 속에서 피는 꽃이다. 고통이나 상처, 부끄러움을 모두 드러낸 수필을 자랑하려고 한다.

이왕지사 세상에 내놓는 자신의 삶이라면 치장보다는 알맹이가 여물어야 할 텐데 삶의 알맹이란 나 같은 필부에게는 내가 부족함을 알아가는 것이 아닐까. 세상사도 폭넓게 다루면 좋을 텐데 가족과 주변을 살피기도 벅차다. 사소한 글감이라도 찡한 메시지가 담겨있으면 독자들이 단숨에 읽고, 가끔 다시 보고 싶어지겠지.

수필을 사랑하는 마음에 좋은 글로 인정받고 싶은, 욕심 한 획을 더 하니 '수필사랑'이 '수필자랑'이 돼 버렸다. 그런데 수필자랑이 아닌 자랑할 만한 탄력 있는 수필은 무엇을 어떻게 써야 할까. 아직도 막막하다. 방학 숙제 일기는 적당히 채워 넣었지만 일생의 숙제가 된

탄력이 있는 수필은 쓸수록 어렵기만 하다. (안광眼光이 지배紙背에 철徹하도록 눈에 힘을 너무 주었나. 글에도 헛힘만 들어간다.)

함께 사는 방법을 모색하는 글

이상보

모든 글은 그것을 쓰는 사람의 생각이 읽는 이들에게 잘 전달되어야만 제구실을 다한다. 따라서 아무나 읽어도 쉽게 이해할 수 있도록 쉬운 말로 글을 쓰는 것이 좋을 것이다. 나는 이러한 생각을 가지고 있기 때문에 한 편의 수필을 쓸 경우에 너무 어려운 고사故事나 현학적인 내용을 피하려 애쓰고 있다. 그러나, 글이란 곧 그 사람이라는 말이 있듯이 내가 연구하고 있는 분야가 고전 문학이기 때문에 자꾸만 어렵고 까다로운 말투가 나오는 때가 있다. 그래서 나는 일단 글을 다 쓰고 나서 아내와 맏딸에게 초고草稿를 읽도록 한다.

이를테면 아내는 주제와 내용면을 살피는 검열관이요, 딸애는 형식과 기교면을 바로 잡는 교정관의 자리에서 글을 비판한다.

어떤 때는 내 뜻과 정반대의 입장에서 신랄히 시정을 요구하는 아내와 맞서기도 하지만, 결국 적당한 선에서 타협한다. 그래 놓고 보면 누가 읽어도 무난한 내용으로 변모되는 수가 많다. 또 쉽고 싱싱한 표현으로 바꿀 것을 지적해 주는 딸의 의견에는 젊은이들의 공통적인 의사가 반영되기도 한다. 심지어 이러한 주변의 검열에 걸려 끝내 세상에 발표할 기회를 잃어버린 글도 생긴다.

어떤 분은 수필을 마음의 여유에서 얻어지는 것으로 보았으나 내 경우는 그러한 호사와 거리가 멀다.

필요에 쫓기거나, 청탁자에 대한 부채 의식으로 원고지를 메꾸는 실정이고 보니, 수필은 무척 힘든 글이 아닐 수 없다.

나는 수필집 따위를 두어 권 냈으나, 어떤 사물에 감동을 받아 스스로 자진하여 써낸 작품은 거의 없다. 원고 청탁을 받고 몇 번이나 거절하다가 마지못해 승낙한 다음, 며칠을 두고 앓기 일쑤다. 원고 마감 날이 임박하여 밤낮을 구상에 잠긴다. 여러 가지의 구상 중에서 한 가지 줄거리를 찾아내면 우선 일은 반이 진행된 셈이다. 떠오른 생각을 원고지에 옮겨 놓고는 이리저리 첨삭한다. 10여 장 길이의 원고를 썼다가 깎고 덜어버린 나머지 한두 줄밖에 건질 수 없는 경우도 흔히 있다. 그만큼 내 글에 대한 책임감을 느끼는 것이지만 그렇다고 거친 글이 제대로 어엿한 작품이 되는 것은 아니다. 그래서 나는 내가 쓴 수필에 대해 항상 불만이다.

소설이나 희곡은 물론이요, 시를 쓸 적에도 그럴 것이지만 수필은 특히 바둑을 두듯이 써야 할 것 같다. 여기저기 바둑을 놓아가다 보면 집이 생기고, 성이 쌓여서, 상대방을 꼼짝 못하게 만드는 것처럼 써야 한다. 다시 말하면 수필은 직접적인 표현을 삼가고 우회적으로 엉뚱한 이야기를 늘어 놓은 것이 결국은 주제를 잘 살린 글로 짜여져야 한다. 수필을 무형식의 글이라고 하여 아무렇게나 붓 가는 대로 쓰면 된다고 생각하면 큰 오해다. 내 생각으론 수필처럼 까다로운 형식이 없고 수필처럼 쓰기 어려운 글이 없는 것 같다.

그래서 난 한 편의 수필을 쓰기 위해 여러 날을 두고 고심한다. 어떤 때는 밤새도록 붓방아만 찧다가 마는 수도 있다. 대체로 수필은 쓰는 이의 정신 세계를 넉살 좋게 토로하는 글이다. 그러므로 다른 사람 앞에 솔직히 털어놓을 만한 비위가 없는 사람은 수필을 쓸 수 없을 것이다.

또 수필을 쓰려면 자기 나름의 눈이 있어야 한다. 사물을 보는 눈은 바로 작가의 개성과 관련한다. 나는 어두운 것보다는 밝은 것을 보려고 애쓴다. 어지러운 사회 현실에서 질서를 찾고, 비참한 대상에서 희망을 바라보고자 한다. 내가 쓰는 수필이 무미건조하고 재미가 없는 까닭이 여기에 있는지도 모르겠다. 그러나 인생의 한 생애가 얼마나 긴 것인가. 짧은 내 삶에서 밝고 아름다운 면만을 쓴다고 해도 다 쓰지 못하고 죽어갈 목숨이 아닌가. 사회의 부조리를 일단은 수긍하면서 아웃사이더의 자리에서 그것을 구명하여 새로운 길을 제시하려는 자세를 갖고 싶다. 그러나 내 시력이 약하여 볼 것을 보지 못하니, 좋은 수필을 쓴다는 것은 꿈 속에서나 바랄 수 있을지 모르겠다.

해석이 능력입니다
- 나의 수필관

이상렬

지금까지 작가들이 손대지 않은 소재란 없습니다. 문제는 새로운 소재가 아니라 새로운 접근입니다. 즉, 충격주기입니다. 소재에다 어떻게 충격을 가할까요. 충격이 일어나는 두 지점이 있습니다. 하나는 '소재 자체의 충격'입니다. 이런 소재는 그 자체로서 좋은 글감입니다. 참 안 좋은 글쓰기는 최고의 재료로 감동을 일으키지 못하는 경우입니다. 웬만한 경우 충격적인 소재는 충격적인 감동을 불러일으킵니다. 근데 그런 글감을 찾겠다고 충격적인 사건을 일부러 만들 순 없지 않겠습니까. 내 인생에 충격적인 글감이 많았다는 말은 그만큼 삶에 충격이 있었다는 것이지요. 내 삶이 마구 흔들렸다는 증거입니다. 어디 글뿐이겠습니까. 내 삶에 있어서 큰 글감은 항상 삶의 아픔을 수반합니다. 충격적인 글감이 반드시 좋은 것이 아니듯이 지루한 삶이 나쁜 것은 아닙니다.

또 하나는 '소재를 바라보는 시선의 충격'입니다. 새로움과 문제의식입니다. 어디에서 말인가요. 밋밋한 환경에서입니다. 오늘도 내 삶에 아무 일이 일어나지 않을 것입니다. 오늘 떴던 해는 어제 떴던 그 해입니다. 그해는 1,000년 전에 떴던 그 해입니다. 이 지루함을 깨고 충격적인 시선으로 대상을 보자는 것입니다. 태양을 때려 부술 수는 없지 않겠습니까. 다만, 내 시선을 깹시다. 충격적인 글감을 사모하지 맙시다. 다만 충격적인 시선을 가지십시다. 그렇습니다. 어떤 시선으로 볼 것인가는 결국, 해석의 문제입니다.

'사건'으로 시작해서 '해석'으로 완성되는 것이 인생입니다. 어리석은 사람은 '사건'에다 강조점을 둡니다. 이런 사람은 어떤 사건을 맞이할 때 '해석'보다 '반응'부터 먼저 합니다. 대개의 경우 조급하고 충동적입니다. 반면, 현명한 사람은 강조점을 '해석'에다 둡니다. 살다보면 늘 닥치는 게 사건 아니겠습니까. 만남, 상실, 배신, 사고, 위기… 지혜로운 사람은 이런 수많은 사건에다 자기만의 창조적인 해석을 합니다. 이것을 열린 해석, 건강한 해석이라 말하고 싶습니다.

저는 수십 년째 이명을 앓고 있습니다. 이명을 소재로 글도 썼지요. 이명 환자들은 발병 초기에는 소리에 제압되어 아무것도 못합니다. 그러나 2년 정도가 지나면 자기만의 해석을 합니다. 적어도 제 경우는 그렇습니다. '세상은 원래 이렇게 시끄러운 것이야' 이렇게요. 더 건강한 해석이 있다면, '이명耳鳴을 통해 이명異鳴을 듣는 단계'로 해석을 합니다. 세상이 시끄러우니까 타인의 소리에 바짝 귀를 기울인다는 뭐 그런 겁니다.

사실, '사건에 대한 해석', 이것이 수필 아니겠습니까. 있었던 사건만 나열하는 것은 문학이 아니라 진술이지요. 그 사건에 대해서 나만의 해석을 해야 합니다. 그래서 수필을 '해석학적 글쓰기'라 합니다. 수필가 손광성은 자신의 작품 「달팽이」에서 '달팽이'를 '귀여운 금욕주의자, 방황하는 영혼, 고독한 산책자'라 했지요. 달팽이의 정의가 아닌, 자신만의 해석이다. 자신을 달팽이로 본 것입니다. 느려터진 달팽이를 꼴등, 느림보로 여긴 것이 아니라, 고독한 산책자로 자기 해석화한 것입니다. 달리기를 좋아하는 한 작가는 달리는 행위를 '황홀경 맛보기'라고 했습니다. 이것이 해석입니다. 이제, 수필의 진일보를 이루어야 합니다. 사건 나열 수준을 넘어 자신만의 해석까지 이르러야 합니다.

오늘 내게 닥치는 사건을 어떻게 맞이할 것입니까. '해석 없는 사건'은 그저 나를 걸려 넘어지게 하는 걸림돌에 불과합니다. 맹목적인 사건은 존재하지 않습니다. 꽤 멋지고 창조적인 목적을 부여하는 것, 이것이 해석입니다. 느림을 묵묵함으로, 지루함을 변함없음으로, 실패를 잠깐 멈춤으로, 성장 없음을 축척으로 해석하면 어떨까요. 그게 수필이든 삶이든 말입니다.

근데, 해석이 글감뿐일까요. 먹고 사는데도, 글 쓰는 나에게도, 그리고 글 쓰는 태도에도 해석의 능력이 필요합니다. '충분한 것도 모자라는 사람에게는 충분한 것이란 없다'고 말했던가요. 두 종류의 사람이 있다고 칩시다. '내게 있는 것'에 집중하는 사람, '내게 없는 것'에 집중하는 사람입니다. 내게 있는 것을 생각해 봅시다. 한정이 없습니다. 동시에, 없는 것도 한정이 없습니다. 대체 없는 것이 어찌 그리 많은지요. 늘 이것 없다. 저것 없다. 온통 없는 것에 대해서 징징댑니다. 충분히 가진 것에 만족할 수 없는 사람은, 어떤 것을, 무엇을 쥐도 족함이 없습니다.

　글쓰기도 마찬가지입니다. '잘 쓴다', '못 쓴다'의 기준을 바깥에 두는 사람이 있습니다. 이런 사람은 타인의 글과 비교해서 늘 절망합니다. 절필 선언을 입에 달고 다닙니다. 얼마나 썼다고 말입니까. 자신의 글에 대해 애정 없는 사람은 어떤 글로도 만족함이 없습니다. 사실, 이것은 글에 대한 문제가 아니라, 빈약한 내면의 문제입니다. '얼마만큼 잘 써야 만족할 것인가' 이 말은 '얼마나 잘나야 만족할 것인가'란 말과 같습니다. 나에 대한 해석 좀 제대로, 건강하게 합시다. 못나도 '나'이듯, 내가 쓴 글은 곧 '나'입니다. 잘나지 못해도 '나'이기에 좋듯, 못 써도 내 글이 사랑스러울 뿐입니다. 그러니 해석이 곧, 능력입니다.

자아의 독특한 수필 성을 살리자

이승철

　수필은 붓 가는 대로 쓰는 글로 알려져 오고 있다. 일상생활에서 보고 듣고 느낀 점을 짧은 글로 나타내는 것이 수필이다. 지나온 일들은 일기 형식이 되고, 사물의 형태를 보고 느낀 것은 감상적인 글이 된다.

　요즘 와서 수필이 대중의 문학으로 인기를 얻게 된 것이 개인적인 상념을 글로 나타내기 때문이다. 그렇기 때문에 누구나 쉽게 수필을 접할 수 있는 문학으로 발전하고 있다. 사람마다 자기의 생각과 개성에 따라서 수필이 형성되고 있다. 그런 수필을 보면 그 사람의 성품을 알 수 있다. 그래서 수필은 누구나 쉽게 접할 수 있는 문학으로 알고 있다.

　하지만, 수필을 문학으로 간주해 볼 때 독자로 하여금 깊은 뜻과 감동을 줄 수 있어야 좋은 수필이 된다.

　붓 가는 대로 형식에 구애 받지 않는다고 했는데, 어떤 글이든 기승전결이 그 문장의 흐름과 내용을 독자로 하여금 잘 알 수 있게 한다.

도입 부분의 주제를 본문에서 상세히 설명하고 끝에서 종결의 결론을 내어야 그 글의 내용이 어떻다는 것을 독자들이 쉽게 알 수 있게 한다.

원고지도 많거나 적거나 상관없다고 하는데, 너무 짧으면 전체적인 뜻과 문장의 연결이 잘되지 않아서 글의 뜻을 알기 어렵게 된다. 너무 짧으면, 장문의 시와 같이 되고, 너무 길면, 단편 소설처럼 된다. 그래서 일정한 원고 매수를 지키는 것이 좋은 글이 된다. 짧은 수필은 5매 내외로 규정을 짓고 있다. 일반적으로 10매 내외로 하는 것이 통상적인 수필 형태로 되어 오고 있다. 시류에 따라서 원고지의 변화도 달라질 수 있을 것이다.

이제 수필은 우리의 문학으로 시나 소설보다 더 많은 사람이 관심을 가지고 있는 문학으로 정착하고 있다. 대중적인 문학으로 정착하면서, 누구나 쉽게 접할 수 있는 문학으로 알고 있는데, 주제가 잘 어필 될 수 있는 수필의 틀 속에서 독자들의 호평을 받을 수 있는 글이 되어야 한다.

수필의 특징을 살리는 데는 각자가 가지고 있는 문학성을 잘 묘사하여 짜임새를 맞추고 주제의 뜻이 잘 전달되어야 한다. 지금까지는 삶의 흔적을 문장으로 구성하는데 중점을 두었는데, 이제부터는 상념적인 문학에서 역사성과 자연물질 등 다양한 방면의 수필이 나와야 한다. 실질적인 경험에서 듣고 본 것과 상상적인 이념의 환상적인 글이 필요할 때가 되었다.

수필을 보면 작가의 개성을 알 수 있는 자아의 독특한 특성이 나타나는 수필로 발전해 나가길 바란다.

이룰 수 없는 꿈과 인생의 하모니

이옥자

인간은 꿈을 꾸기 시작하며 지상을 아름답게 변화시켰다. 꿈이 없는 세상은 생존에 불과하지만, 절망 속에서도 흩어진 꿈의 자투리를 발견할 수 있을 때, 우리는 생활이라는 텃밭을 일구게 된다. 꿈은 희망이며 구원이고 기름진 생명의 본질적 에네르기이다.

이러한 원동력은 예술가의 가슴에 강렬한 불꽃으로 타오르며 우주의 구심력을 만들고 재능이라는 자양분으로 창조의 세계에 이르게 한다.

꿈은 꽃구름처럼 아름답게 보이나, 현실이라는 바람을 타고 고통 어린 먹구름을 만들기도 한다. 꿈과 현실이 갖는 괴리감은 하늘과 땅 사이 만큼이나 큰 것이기도 하여 고독과 번민 속에 우리를 가두기도 한다. 꿈의 세계에 대한 아름다움의 욕구가 강할수록 현실은 더 무겁게 우리를 굴레 지운다.

예술가는 인생의 상처를 한 다발의 꽃으로 엮으며 산다. 그 속에서 꿈의 편린을 모아 예술의 꽃을 피움으로써 위로받고 또 다른 꿈을 찾아 나서게 된다. 시와 소설이 이룰 수 없는 꿈을 상징과 허구의 세계로 완성하려는 문학적 귀결이라면, 수필은 체험의 고백이라는 특성으로 현실에서 꿈을 발견하여 완성하고 새롭게 창조하려는 리얼리티한 기능을 갖는다.

현실은 국외자로 떠돌면 난잡하고 피폐한 황무지이지만, 따뜻한 가슴과 사랑의 눈길로 돌아보면 신비한 요지경이다. 세포마다 신맛과 단맛, 쓴맛이 다르고, 혈맥마다 슬픔과 기쁨의 흐름이 다른 꿈의 원류源流를 이룬다.

이것이 바로 수필의 소재와 주제가 된다. 이것은 어느 한순간 발견되는 수필의 씨앗이다. '시간과 공간과 나'라는 세 가지 요소가 한 편의 수필 작품을 발아시킬 수 있는 숙명적 구도를 이루는 것이다.

무의식 중에 체내에 축적된 정신적 미립자에 의한 소재와 주제의 발견은 영혼의 울림으로 실체성을 드러내며 내 안에 수필의 싹을 틔운다. 이 순간을 포착하는 일이 나에게는 매우 중요하다. 또한 빠르고 분명하게 포획하지 않으면 찰나에 스치는 허망한 그림자가 되기도 하여, 때와 장소를 가리지 않고 기록한다. 기록은 나의 글밭에 작디작은 씨앗으로 심어져 있어 소재에 대한 갈증을 해결해 준다.

이것을 어떤 조건에서 어떤 양분으로 길러야 골육이 튼튼한 수필이라는 열매를 맺을 수 있을까. 수필 작법에서 골조를 형성하는 것은 구성이다. 구성은 소재와 주제를 형상화하는 구체적인 틀이 된다. 허술한 구성은 설리說理에 약하여 황당무계하고 몽상적인 잡문이 되기 쉽고, 평면구성보다는 입체구성이 세련미를 지닌다.

의식의 포로가 된 하나의 상像은 가슴 깊은 곳에 고이 날개를 접고 어디나 따라다니며 나를 지배한다. 기쁨으로 택한 길은 고통을 수반하기도 한다.

수필의 싹을 심상心傷에 소유한 것은 우주의 비밀을 간직한 듯한 벅찬 환희를 안겨주지만, 문학적, 미적 확장을 위하여 사유와 지식과 감성을 동원하는 과정은 내적 고난의 연속이다. 생애를 반추하고 추억을 들추어 보며 비상식 속의 상식, 비윤리 속의 윤리, 갈등과 모순의 다양다기多樣多岐한 변수의 선상에서 소재를 분석하여 개성있는 주제와 구체적인 구성을 설정하기까지 작품에 최선을 다한다.

심상에서 흐르는 감성과 지성, 개성의 자양분으로 머릿속에서 어느 정도 골조가 형성되면 수필을 쓰기 위한 실제적인 작업이 시작된다. 이때 나는 심한 고통을 겪는다. 높고 견고한 절망의 벽 앞에서 끝없는 불안감으로 서성인다. 분출 직전에 따르는 통증이라고 할까.

글 쓰기를 시작하면 늘 작아지는 자신을 발견하게 된다. 암흑천지를 혼자 걸어야 한다. 고독과 적막에 싸여 희미한 빛을 따라 어둠 속을 걷는다. 까마득히 먼 하늘의 별빛을 모으고, 태양의 기억과 사랑 어린 미소를 담아 나만의 언어로 두려움을 하나하나 벗겨나가면, 그곳에 은하의 작은 교향곡이 피어오른다.

문학이 문자를 매개로 하는 예술활동인 만큼 문장은 수필의 풍모를 이룬다. 문장은 소재와 주제를 알맞게 선정하여 사용해야 제맛이 난다. 정확한 어휘의 표현은 글의 의미를 확연히 하고 문장에 리듬감을 살리며 미적 감흥을 더할 수 있다.

수식이 많은 글은 세련된 문체를 이룰 수 없고, 내용을 과장하기 쉬워 진실성이 결여되며, 생동감과 긴박감이 없다. 담백한 문장에 시적 운향韻響을 곁들이면 문학적인 여운이 깊어 작품성이 높아진다.

이러한 과정에서 가장 중요하게 생각하는 것은 소재와 주제에 대한 '파행작업跛行作業'이다. 진솔한 문학이라 하여 실제 모습 그대로의 사물과 체험을 수필로 직결시키는 것이 아니라, 해체 작업을 통해 '나'의 분신으로 재창조한다. 이미 세상에 존재한 것은 변용을 거치지 않고는 창조라고 할 수 없기 때문이다.

우선, 객관성에 바탕을 두고 쓰지만, 주관적인 시각이 없이 쓰여진 작품은 생명력이 없는 글이 되어 작가의 영혼성을 찾아볼 수 없다.

재창조의 과정에서 절대적으로 필요한 것은 작가의 정직성이다. 수필의 문학적 특성상 작가의 양심은 보이지 않는 저울대로 작품의 영원성을 가늠하게 한다.

한 편의 수필을 쓰기 위해서 가장 중요한 것은 창조적 영감이다.

창조적 영감은 어떻게 생성될 수 있을까. 그것은 작가를 이루고 있는 모든 형성물의 바로미터이다. 끝없는 지적 탐구와 미의식의 확장, 가치있는 생활과 순결한 감성에서 정제된 의식의 결정체가 작가의 열정에 따라 배양되고 성장하여 수필이라는 열매를 맺게 된다. 여기에는 세상을 보는 자기대로의 견해가 필수적이다.

이러한 모든 과정을 거친 작품이어도 전면에 흐르는 생명력은 문학성을 통하여 더 짙고 감동적일 수 있다. 형상화되지 않고, 문학성이 배제된 작품은 좋은 수필이라고 할 수 없다. 미의식에서 추출되는 영롱하고 섬세한 정서 – 엑스터시를 가능케 하는 매력이 있어야 한다.

이 모두를 합성할 수 있는 정신은 근면성과 프로정신이다.

나는 늘 엷은 고독감 속에서 글을 쓴다. 이루어질 수 없는 꿈의 한 자락이 현실 속의 체험 위를 지나 푸른 연기처럼 나를 휘감을 때, 인생의 새로운 모습과 의미를 발견하게 된다. 그러면서 수 없는 내적 변신의 가능성을 읽게 된다. 그것은 다른 무엇으로도 느낄 수 없는 카타르시스이다.

수필은 꿈이 있어 가슴에 푸른 바람이 일렁이는 사람, 현실의 황색 모래밭에서 작은 사금파리가 쏟아내는 오색 광채를 발견할 수 있는 사람에게 내재된 예술적 목마름에서 비롯되는, 꿈과 인생의 협주곡이다.

이룰 수 없는 꿈을 담고 있어, 고독한 빛깔의 인생은 얼마나 깊고 아름다운가.

한 편의 수필을 쓰며 나는 인생에 대한 눈결을 새롭게 간직한다.

묘계질서妙契疾書

이은희

현실과 이상을 넘나드는 사진전이다. 전장에서 목숨을 건 참혹한 현장을 적나라하게 기록한 사진과 이상적인 현실을 춤으로 생동감 넘치게 담은 사진이다. 두 전시회를 오가며 작가 간 세대 차이를 깊이 느낀다. 또한, 작가의 번뜩이는 사고와 순간 포착의 기록에 가슴이 두근거린다.

정민 작가는 '섬광 같은 깨달음이 흔적 없이 날아가기 전에 잽싸게 적는 메모'가 묘계질서妙契疾書란다. 예전에는 밭을 일구다가 순간 떠오른 생각을 오동잎과 감잎에 남겼다는 기록이 있다. 독서 중 메모를 하거나 호미질을 하다가 떠오른 생각을 나뭇잎에 적어 항아리에 담아두었다가, 시간 날 때 그것들을 꺼내 정리하여 책을 묶기도 했단다.

인간은 어떤 방법으로든 자신의 흔적을 남기길 좋아한다. 가장 오래된 기록은 구석기시대의 그림 알타미라 동굴벽화이다. 우리나라에도 울산 반구대 암각화가 있다. 어디 그뿐이랴. 21세기는 휴대전화기에 자신의 행적을 낱낱이 기록하여 SNS(Social Network Service)에 올리면, 언제 어디서나 만인이 볼 수 있다. 모두가 한자리에 모인 양 실시간으로 감흥을 나눈다.

그리 보면 사진도 하나의 기록물이다. 작가의 생각과 시대상을 적나라하게 보여준다. 예전엔 메모지와 펜, 작은 녹음기를 지니고 다녔다. 요즘은 휴대전화기 하나면 기록이 가능하다. 거기에다 난 무거운 카메라를 신줏단지처럼 안고 다닌다. 사진 찍기 금지한 곳에도 카메라를 가져가 주변 풍경과 포스터라도 담아 온다. 그때 느낌을 고스란히 간직하고 싶어서다.

카파는 전쟁을 싫어한 사진작가다. 그러나 그는 스페인 내전에서 인도차이나전쟁까지 다섯 번의 전쟁을 직접 취재한다. 몸서리쳐지는 전장에서 번뜩이는 시선으로 순간 포착한 카파의 사진들. 나 같은 사람은 상상도 못할 일이다. 살벌한 전장에서 제 몸 하나 지키기도 어려울 지경 아닌가.

카파의 전장 기록은 21세기를 사는 지구인에게 경종을 울린다. 전쟁의 참혹한 실상을 알리는 사진전은 평화를 촉구하는 메시지가 아닐까 싶다. 군인이 총알을 맞고 뒤로 쓰러지는 모습을 담은 사진은 지극히 사실적이라 가슴이 에인다. 죽은 아이를 안고 걸어가는 아버지의 모습 또한 애처롭다. 존 스타인벡은 "그의 사진은 따뜻한 마음과 연민을 가지고 있다"라고 말한다. 남다른 정신과 인간에 대한 애정이 없으면 쉽지 않은 도전이며 행위이다. 미치지 않고서야 어찌 전장에 다섯 번이나 뛰어들 수 있으랴.

카파는 인도차이나전에서 지뢰를 밟아 숨을 거둔다. 폭음이 터지는 순간에도 그의 손에는 카메라가 들려있었단다. 1954년 작품 「지뢰밭의 군인들, 남단에서 타이빈으로 가는 도로, 인도차이나」 사진이 그가 마지막으로 남긴 기록이다. 카파의 사진이 전장의 현실을 사실적으로 표현했다면, 조던 매터의 사진은 상상을 초월한 사진전이다.

세대 차이가 난다고 해도 이렇게 다를 수가 있으랴. 조던 매터의 사진들은 한순간 포착으로 이뤄진 작품이 아니다. 주변의 풍경과 자신이 표현하고 싶은 주제를 구성하고 무용수와 호흡하며 같은 동작을 수없이 연출한다. 작가는 그런 행위를 즐기며 마음에 드는 사진이 나올 때까지 담아낸다.

기존 사진의 '낯설게 하기' 한 작품이라고 말할까. 작품 하나하나가 신선한 충격을 안겨준다. 보는 것만으로 일상에 지친 삶의 무게를 가볍게 해 줄 전시회다. 매터의 '우리 삶이 춤이 된다면' 전시회는 인간의 몸이 어떻게 움직이고, 어떤 형태를 띠는지 탐구하고, 재현한 사진의 기록이다. 대부분 무용수가 자신의 한계를 뛰어넘어 도약하는 사진들이다.

춤추며 생활한다면 어찌 신명이 나지 않으랴. 유모차를 몰며 새처럼 날아오른 여인의 사진을 보고 있자니 마치 내가 날고 있는 듯 몸이 가벼워진다. 「전부를 던져야 사랑을 얻을 수 있다」는 작품은 무용수가 모래사장에서 곧바로 위로 몸을 던지며 두 팔을 쭉 뻗었고, 파트너 위로 떨어지기까지 최대한 공중에 머물러 있었단다. 공중 부양하는 무용수들은 어떤 도구도 사용하지 않고 인체의 한계를 뛰어넘은 연출이라 더욱 작가의 진정성이 묻어난다. 무용수의 몸짓을 지켜

보는 것만으로도 감동이었단다. 그래선지 더욱 관람자의 큰 감동을 불러일으킨다.

카메라가 없던 시절 조선 말기 학자 형암 이덕무(1741~1793)는 알아주는 메모광이었다. 그때그때 적어둔 자신의 메모를 모았다가 분류하여 묶은 책이 『앙엽기盎葉記』란다. 최근 정민 작가가 출간한 『오직 독서뿐』도 오랜 메모의 결정체이다. 옛 책을 읽다가 독서에 관한 메모를 해두었던 글을 모아 출간한 책이다.

나의 질서법疾書法은 짧은 메모와 사진 기록이다. 오늘도 글감이 될 대상을 사진으로 담고자 무거운 카메라를 들고 나선다. 동행이 여럿이면 대부분 일정이 끝날 때까지 단체 사진을 찍는 건 내 몫이 된다. 마음에 드는 사진을 찍고자 대상을 향하여 바쁘게 움직여야 한다. 그러다 보면 일행과 뒤처지기 예사고, 그들을 따라잡고자 몇 곱절의 땀을 흘린다.

아무튼, 무의미한 일상에서 벗어나야 한다. 머릿속엔 오로지 글감을 찾아야겠다는 일념으로. 대상을 살피며 온몸의 감각을 열어두고 기다린다. 드디어 대상을 새롭게 만나는, '번쩍하는 황홀한 순간'이 찾아온다. 카파와 조던 매터는, 이 순간을 절대로 그냥 스치지 않으리라. 섬광처럼 빛나는 그것을 뇌 저장고는 물론 짧은 메모나 카메라의 셔터 위로 손가락을 재빠르게 움직여 기록하리라.

감흥이 사라지기 전에 담은 기록을 펼쳐 주제를 잡는다. 사진을 여러 번 톺아보며 머릿속으로 오랫동안 글 구성에 몰입한다. 글의 뼈대에 그때 느꼈던 감흥을 살리고, 자료를 찾아 살을 붙인다. 사진과 글에 정이 들 정도로 마음을 주며 퇴고를 거듭하다 보면, 어느새 글 한 편이 완성된다. 나에겐 그리 낳은 작품이 여럿이다. 카메라 무게 때문에 어깨 통증이 일어도, 노동의 대가가 없어도 글 작업을 포기할 수가 없다. 그 황홀한 기록을 어찌 포기하랴.

* 묘계질서妙契疾書 – 정민의 「18세기 한중 지식인의 문예공화국」 중에서

체험과 상상을 가미한 실험수필

이자야

· **수필 쓰기의 변화**

내가 수필 쓰기에 눈을 뜬 것은 한양대학에서 일반인들에게 강의하는 교수님들의 가르침을 받고부터다. 당시 그분들은 수필은 소설처럼 장대한 스토리를 지니는 것도 아니고, 시처럼 지나친 상징과 절제를 요구하는 문학 장르가 아니라는 말씀을 하셨다.

사실 수필의 실체가 그러하다. 큰 그릇이 있으면 그 곁에 작은 그릇도 소용되듯이, 소설과 같이 복잡한 구성과 치밀한 성격을 묘사하지 않고도 극히 정서적이고 매혹적인 글을 쓰는 것이 수필이다. 이후 『수필문학』을 통해 등단을 하고 나는 문학 강좌에서 들은 그 이론에 따라 부지런히 글들을 썼다.

그러면서 나는 문득문득 머리에 떠오르는 상념들을 지울 수가 없었다.

이렇게 쓴 것이 과연 수필인가? 내 신변의 잡다한 얘기들을 어수선하게 늘어놓는 이런 글들을 과연 문학이라고 부를 수 있는가? 왜 이렇게 특별하지도 않은 나의 얘기를 늘어놓아야 하는가? 과연 이런 글들을 누가 흥미롭게 읽어줄 수 있겠는가? 그래서 수필이 '재미없다'라는 말이 왜 나오게 되었는가를 고민하게 되었고, 모두가 재미없어 읽지 않겠다는 신변잡기를 벗어나 실험수필을 시도했다. 하루이틀에 시작한 것이 아니다.

나는 이 작품을 쓰기 위해 오랜 시간 습작은 물론, 작품에서 대화가 필요할 때는 희곡집을, 라디오 방송극을 테이프를 돌려가며 키보드를 두드렸다. 그렇게 수없는 반복 작업을 한 결과 내 글쓰기에 대한 감성이 넓은 대지 위로 펼쳐져나갔다.

· 해학과 풍자, 생의 통찰력을 담아서

나는 한 가지 나름대로의 생각이 있었다. 트레이드마크를 지닌 글을 쓰자. 누가 봐도 이 글은 '이자야'가 쓴 글이다. 이렇게 눈에 띄는 글을 쓰자. 그러자면 남다른 특색이 있어야 한다. 그 특색이 무엇인가?

신변의 얘기를 나열하는 그런 글들에서 벗어나자. 좀 더 함축적이고 상상력이 가미된 글을 쓰자. 그러자니 자연히 '픽션+팩트' 즉 팩션이라는 글 쪽으로 기울게 되었다.

그 좋은 예가 「밤 10시」라는 내 글이다. 그 글을 읽어보신 분들은 느꼈을 것이다. 「밤 10시」 속에는 10개의 에피소드가 들어있다. 그들이 모자이크 역할을 한다. 그래서 하나의 화폭을 이루게 했다. 말하자면 밤 10시에 일어날 수 있는 기발한(?) 상황들을 하나의 고리로 연결한 작품이다.

비교적 내 글에서 호응이 높았던 「광고」, 「피아노 소리」, 「마을버스」, 「개조심」 등은 수필의 영역에 코믹한 요소를 끌어들인 것이다.

그렇다. 글쓰기의 궁극적인 목적은 독자에게 정서적인 공감대와 감동을 주는 데 있다고 나는 감히 믿는다. 그런 독자들에게 엄숙주의, 교시적이고, 설교적인 글들이 먹혀들 수 있겠는가?

지금 숱한 수필작가들이 기행문을 발표하고 있다. 그런 글이 나쁘다는 얘기는 아니다. 그런데 지금 이 세상은 글로벌화 돼 있다. 너나없이 해외여행을 다녀온다. 수필작가가 어쩌다 다녀온 해외여행을 그것도 보고문식으로, 일기식으로, 모일모처에 어디에서 무엇을 보고, 그 역사가 어떠하고, 거기서 무엇을 샀다는 식의 얘기는 이제 독자들의 관심을 끌기 어렵게 돼 있다.

왜? 이미 독자들은 작가보다 먼저 그곳을 다녀왔다. 그곳에 대한 더 많은 지식과 정보들을 알고 있다.

사실이 이러할진대 과연 그런 글들이 독자의 눈높이에 맞겠는가? 예를 들어 그렇다는 얘기다. 극히 사적이고 별나지도 않은 작가의 사생활을 수필이란 이름으로 쓰는 것은 조금 생각해 볼 문제라고 생각한다. 그리고 나는 그렇게 생각한다. 독자는 항상 작가의 위에 앉아 있다. 그들이 어떤 면에서는 작가보다 더 많은 걸 알고 있다. 작가보다 더 좋은 글쓰기를 할 수 있다.

내가 말하고 싶은 것은 '독자를 우습게 여기지 말자.'

그래서 나는 늘 조심스럽게 쓴다. 흔한 얘기는 피하자. 단숨에 읽히는 글을 쓰자. 평범하고도 일상적인 얘기일망정 재미있게 쓰자. 글쓰기도 독자들에겐 일종의 엔터테인먼트다. 그래서 쓴 글이 아래와 같은 글들이다.

내 작품 중에서 「광고」나 「피아노 소리」는 재미를 앞세워 쓴 글이다. 팩트보다는 픽션 쪽에 가까운 유머러스한 글들이다. 지나친 엄숙주의에서 벗어난 작품이다. 코믹한 수필, 웃음을 자아내는 그 글들에서 모쪼록 독자들이 껄껄거리며 웃게 만들려고 애썼다. 그것이 수필이든, 콩트이든, 많은 사람들에게 웃음을 제공해 준 것만은 틀림없을 것이다. 나는 앞으로도 그런 유머러스한 글들을 많이 써 볼 것이다.

· 체험과 상상을 융합한 실험수필

나는 참으로 복 받은 여인이다. 못난 사람이 쓴 글을 이계진 전 국회의원이 읽고 나에게 편지까지 해주었다. 그 글이 「떨이인생」이었다. 40대의 사내가 실직을 하고 처자식으로부터 버림받아 거리로 나서는 얘기다.

우리 주변에서 흔히 볼 수 있는 이 시대의 남자들이 겪는 슬픈 현실을 그리려고 했다. 많은 사람들이 그 얘기에 공감해 주었다. 고맙다.

그런가 하면 극히 서정적인 정통수필도 많이 썼다. 내 작품 중 가장 잘 썼다고 생각하는 「엽서」는 가을이 안겨 주는 애절한 감정을 한 장의 엽서 속에 담아본 글이다. 나는 누군가에게 편지를 써서 보내려고 우체국을 찾아간다. 하지만 막상 글을 쓰고 나니 보낼 사람이 없다. 모두가 지나간 그리움 속의 그 인물들뿐이다. 이제 내 옆에는 아무도 없다. 끝내 나는 이름도 주소도 없는 그 엽서를 우체통에 넣고 돌아선다. 그게 「엽서」라는 수필이었다. 이 외에도 「장국밥」, 「겨울문턱」, 「갱죽」 「노모」 등 많은 작품이 있다.

마지막으로 내가 글을 쓸 때 유의하는 두어 가지를 얘기하겠다.

첫째는 쉽고 빠르게 읽히는 글을 쓰려 한다. 단숨에 읽어 젖힐 수 있는 그런 글을 써야 한다. 그러자면 문장이 받혀줘야 한다. 문장이 돼 있지 않으면 아무리 기발한 착상도 맥을 쓰지 못한다. 늘 문장쓰기에 유의한다. 간결하고도 쉬운 문장을 구사하려고 한다. 미사여구는 될 수 있는 한 피한다. 어려운 한문이나 외래어도 가능한 한 자제하려고 애를 쓴다. 늘 문장 훈련을 한다. 쉽고 간결한 문장이 첫째다.

두 번째는 될 수 있는 한 남들이 쓰는 글은 피하려고 한다. 평범하고, 일상적이고, 별다르지 않은 사적인 얘기는 나열하지 않으려 한다. 톡 쏘는 글 징그럽게도 추악한 글들도 써볼 생각이다. 왜? 세상에는 많이 배우고 돈 많은 사람만 사는 것이 아니다. 인생에는 빛과 그림자가 동전의 양면처럼 상존한다. 나는 그 어렵고 소외받는 인생들의 얘기에 관심이 많다. 그리고 「수필문학」 지난 3월호에 실린 「돈가방」이란 글도 코믹한 세상을 풍자한 글이다. 고인 물은 썩게 마련이다. 변화해야 한다. 그러자면 실험이 필요하다. 실험을 거듭하고, 몇 번의 시행착오를 겪었다. 비로소 반듯하게 설 자리를 찾았다. 앞으로도 계속 고군분투하겠다. 많은 관심을 갖고 기대해 주셨으면 좋겠다.

대상을 의식하며 적어나가는 진실의 통로

이정림

내 30대 초반은 실의에 빠져 칩거의 나날을 보내던 암울한 시기였다.

이 암울은 그 이전의 결과에서 비롯된 것이나, 좌절은 그 이후에 서서히 무기력으로 나를 탈진시켜 갔다.

날마다 나는 생이 거기에서 끝나버리는 것 같은 절망과 실패에 대한 회한 속에서 언제까지고 헤어나지를 못하고 있었다.

그러던 어느 날, 고치에서 빠져나오듯 '나'로부터 해방되어지는 변화를 맞이하였다. 그것은 새로운 전기轉機였다.

'기요메'는 불시착한 안데스 산맥에서 그의 생사를 몰라 애태우는 사람들을 위해, 자기 자신이 구조자가 되어 한 발 한 발 그들에게 다가갔었다(생텍쥐페리 : 「인간의 대지」). 그가 얼어터진 발꿈치가 들어갈 수 있도록 구두 뒤축을 수없이 잘라내며 필사적인 행군을 할 수 있었던 것은, 사랑하는 사람들에 대한 애정이 죽음보다 강했기 때문이었다.

문득 기요메가 떠올랐다. 나도 어디선가 내가 재기하기를 바라는 사람들에게 나의 건재함을 알려야 했다. 그들에게 내 생명의 손짓을 보내야만 한다.

사랑보다 더 깊은 연민으로부터 그들을 구제해야 할 사람은 그 누구도 아닌 바로 자신임을 깨달았다.

그리고 그들을 구제함으로써 나 또한 구제받을 수 있으리라는 생각이 날카롭게 내 미망迷妄을 흔들어 놓았다.

"나, 여기 이렇게 살아 있습니다."

맑은 정신으로 이 말을, 장문의 봉함편지가 아닌 한 장의 엽서에 띄워 그들에게 보냈다.

내 엽서, 그것은 곧 수필과의 만남이었다.

타인에 대한 사랑과 자신의 구원을 위해서 나는 이렇게 수필을 시작하였고, 거기에 나의 정신을 걸었다.

수필은 깃발이었다. 내 존재를 알릴 수 있는 훌륭한 표적처럼 수필은 언어의 깃발이 되었다.

나는 그것에 열정적으로 빠져들었다. 그것의 바탕도, 그것의 빛깔도, 그 생김새도 돌아볼 여유가 없이 다만 깃발은 휘날리는 사명만을 지니고 있었고, 나는 그것에 도취했다.

그러나 알리고자 하는 조급증이 조금씩 해갈되어가자, 그제서야 깃발의 모습이 눈에 들어오기 시작하였다. 그것은 아름답지도 않았고, 힘차지도 않았다. 나는 여태껏 그냥 보아도 부끄러울 자신의 모습을 높이 치켜들고 흔들어대는 어리석음에 도취되어 있었던 것이다.

그런 습작들을 통해서 얻은 것이 있었다면, 글을 대하는 자세에 비로소 조심성을 지니게 되었다는 것이다. 그러다보니 그 조심성은 쓰고자 하는 의욕마저 쇠잔시켰고, 마침내 수필은 '서른여섯 살 중년 고개를 넘어선 사람의 글'(피천득 : 「수필」)이라는 문구에 자위하듯 침잠해 버렸다. 서른여섯이 되면, 문장도 닦이고 생각도 무르익어 놀라운 작품을 써낼 수 있는 기적이라도 올 것 같은 기대 속으로 나는 도피하고 말았다.

오랜 휴식은 점차 자신감을 부식해 갔고, 대신 두려움을 안겨주었다. 마침내 한 줄의 글도 쓸 수 없게 되었다. 수필은 이제 나를 구원하는 깃발이 아니라 나를 구속하는 질곡이었다.

그 속박에서 또다시 벗어나고 싶었다. 그러나 그것에서 벗어날 수 있는 길은 그것에 다시 열중하는 길밖에 없다는 모순에 부딪치고 말았다.

서른여섯은 아무런 기적도 동반하지 않은 채 다가왔고, 나는 더 이상 들어앉아 있을 구실을 찾아내지 못하였다. 어느 사이 나는, '수필'이라는 항구를 향해 떠나는 배 위에 다시 올라와 있었다.

기적이 울렸다. 내 등을 밀어올린 그 손으로, 사람들이 손을 흔든다. 처음에는 내가 그들을 구원하기 위해 다가갔던 것이 이제는 그들이 나를 구원하기 위해 내게 격려의 손짓을 보내고 있다.

그들을 위해서 나는 출발해야 한다. 그들을 위한 출발, 그것은 수필과의 재회였다.

그래서 내 수필에는 인연이라는 것이 중요한 소재로 다루어진다. 그리고 내 수필은 자연에서보다 인간에게서 정과 아름다움을 찾으려고 노력한다.

인간에 대한 이 끈질긴 사랑을 통해서 나의 구원과 절망을 동시에 얻는다. 환희하고 상처받고 후회하면서도, 내 관심은 그들을 비켜갈 수가 없다. 그들은 바로 나 자신이기 때문이다.

수필을 두고 흔히 '붓 가는 대로' 쓰는 글이라고 한다. 그러나 나는 수필을 그렇게 써 본 적이 없다. 언제나 내 글에는 긴장이 겉으로 내비친다. 글 속의 내 표정은 스냅 사진의 그것이 아니라 증명사진을 찍을 때의 모습과 같다. 노력한 흔적이 겉으로 드러나 읽는 이로 하여금 부담감을 갖게 한다면, 그것은 역작이라기보다 미숙이라 하는 편이 적합할지 모른다.

붓 가는 대로 쓸 수 있고, 그렇게 편안하게 읽힐 수 있는 글을 쓰기란, 글도 인격도 모두 원숙의 경지에 들어선 사람이 아니고는 가능할 수 없으리라.

내가 쓰고 싶은 수필은, 수필을 격하시키고자 하는 의미로 많이 쓰여지는, 그 '붓 가는 대로' 쓴 것 같은 수필이다. 붓 가는 대로 써버린 글이 아니라 붓 가는 대로 쓴 것 같은 수필을 쓰기 위해서는, 유치한 센티멘털리즘과 속기俗氣를 삭혀야 하고, 또한 기교보다는 평범해 보이는 문장 속에 옥돌을 심는 차원 높은 멋이 있어야 할 것이다.

내가 수필에서 시도하고 싶은 것은, 수필의 문학성에 현실 참여적인 시각을 접목시키는 일이다. 그리고 거기에 지성의 꽃을 피워 올리는 것이다.

이것은 욕심이다. 좋은 수필을 쓰려면 먼저 이런 욕심부터 버려야 한다는 것을 알고 있다. 수필이란, 글보다는 마음을 닦아야 하는 문학이기 때문이다.

속이 꽉 들어찼으면서도 비어 있는 듯이 보이는 글. 열정을 품격으로 삭여낼 줄 아는 글. 약해 보이나 무력하지 않은 글, 번설煩說로써가 아니라 아름다움으로써 감동을 주는 글.

또 욕심을 부리자면, 나는 그런 수필을 쓰고 싶다.

나의 수필

인민아

'나는 수필을 이렇게 쓴다.'

주어진 제목 앞에 앉았다. 글감이 떠오르지 않는다.

텅 빈 회색의 머릿속을 뒤적이며 생각을 끌고 다니다가 짧은 기억에 매달린다. 오늘 내가 무슨 일을 했지? 오늘 살아온 일을 곱씹어보며 하루의 일과가 만들어낸 순간을 붙잡는다. 시간이 엮어간 일상에서 발견한 작은 지혜를 모으며 글의 단초가 보일 때 재빠르게 메모한다. 수필을 쓰면서, 생활주변에서 일어나는 모든 것을 소재로 삼아 경험하고 생각한 바를 일기처럼 자유롭게 서술한다.

나는 가끔 유행가 노랫가락에 귀를 기울이며 가사를 음미해보곤한다. 그 가사는 대부분 어떤 사실에 관한 감정이 적나라하게 들어나는 문장들을 배열하고 있다. 소박하고 진정성이 담긴 진부한 언어의 조합이지만 이들 가사에는 인간의 희로애락이 절절하게 담겨있어 듣는 이의 가슴속을 파고든다. 사람들은 리듬을 타고 흐르는 유행가

가사에 심취하면서 '심금을 울린다'고 한다. 수필을 쓰면서 담백함의 의무감에서 헤어나지 못할 때 차라리 대중가요 가사를 쓰면 어떨까 하고 생각하기도 한다. 자조적이며 고백적 문학인 수필은 자신의 체험을 통해서 얻은 생각과 느낌을 솔직하게 표현하는 글이 될 때 독자의 마음을 움직일 것이다.

나는 한글 서예 작품을 하기 위해 글을 고를 때면 종종 조선 후기의 내간체 수필과 사설시조를 찾는다. 당시 주류 문학의 제한된 형식에서 벗어난 한껏 자유롭고 개성적인 글을 만난다. 자연과 인생을 관조하고 그 형상과 의미를 밝히는 섬세하고 솔직한 문체를 서예로 옮길 때면 글에서 느끼는 해방감이 붓끝으로 자연스럽게 시각화 된다. 독자와 친밀하게 공유하는 수필 역시 편하게 이해되는 쉬운 글이어야 한다고 생각한다. 생활 속에서 보고 느끼고 체험한 것을 담담하고 자유롭게 쓰여진 개성적인 글은 시대에 구애 받지 않고 독자와 조화로운 상호 관계를 맺는다.

글쓰기는 지식의 기초 양식이라고 한다. 하루가 빠르게 변천하는 시대에 따라 수필도 다양한 양식으로 변화하고 있다. 나도 그 조류에 힘입어 정체된 틀에서 벗어나 품격있는 글을 만들기 위해 서적을 뒤지며 여러 문학적 표현을 시도하려 감정을 흔들어 본다. 생활의 굴레 속에서 발견한 작은 교훈이 독자의 가슴으로 전해져 승화되기를 소망하며 촘촘한 일상의 숲을 거닐면서 세세한 표현을 일구어 낸다.

오늘 하루도 삶에서 터득한 나만의 언어로 맛을 내면서 지면을 활보한다.

향기로운 글을 건져 올리기 위하여

임남순

마음을 찬찬히 더듬다 보면
어느 순간, 감춰져 있던 기억이 만져질 때가 있다.
거기엔 웅덩이가 있고 그곳을 기웃거리는 내가 있다.
나는 어눌한 솜씨로 표정을 그리고 입김을 불어넣어 온기를 느낀다.
온기를 잃은 기억이 부스스 뒤척이면 그때 안부를 묻는다.
이것이 나의 수필 쓰기 시작이다.

현재가 과거에게 안부를 묻는 것, 이것이 수필이 아닐까.
사람은 누구나 살아온 만큼의 사연이 있기 마련이다.
반복된 생활 속에는 삶의 찌꺼기가 있어 가슴속 웅덩이에 고인다.
웅덩이에 고인 것은 가끔 흘러나와 마음을 적시지만
막상 글을 쓸려고 하면 아득하다.

어떻게 쓸까.

나는 뭔가 대단하고 거창한 것, 특별한 것을 쓰려고 하지 않는다.

누구에게나 있을 수 있는, 있을 법한 글거리를 선택하고

익숙한 것에 대해 생각나는 대로 아는 만큼만 쓴다.

세상에는 나와 닮은 사람은 있을지라도, 나와 같은 사람은 없다.

그러니 내가 체험한 일이나 생각을 나만의 문체로 쓴다.

기쁨과 슬픔, 그립고 아쉬운 일, 상처나 부끄러움 같은

일상에서 마주치는 감동을 TV 문학관 보듯 이야기처럼 풀어나간다.

때로는 마음이 하는 말부터 쓰고, 나중에 서두와 결미를 쓰기도 한다.

컴퓨터 화면에 펼쳐놓고 툭툭 털어내고 수없이 다듬어도 만족스럽진 않다.

어느 때는 제목이 몇 번씩 바뀌기도 한다.

나는 글을 자유롭게 쓰는 편이다.

남에게 읽히기 위한 글이라기보다는 내 마음을 들여다보며

먼저 비우고 채워가는 작업이라고 생각하기에

가슴속 웅덩이에서 몸부림을 치는 것부터 끌어낸다.

아프고 쓰린 것, 달고 맛난 것, 비리고 매운 것….

때로는 뜨겁게 녹아나기도 한다.

나는 지금도 내 안의 웅덩이를 기웃거린다.

누군가와 가슴을 나눌 수 있는

향기 있는 글을 건져 올리기 위하여.

늦깎이의 수필 쓰기

임무성

　나는 생업에서 손을 뗀 예순일곱의 나이에 수필을 쓰려고 마음먹었다. 평소에 글을 쓴 적이 없고, 글재주도 없고, 전공과도 거리가 멀어 막막하기만 했다. 서점에서 이책 저책을 뒤적여보니 용기를 주는 글귀가 꽤 있었다.

　"나는 졸필을 쓸 권리가 있다, 글을 쓰려고 마음만 먹어도 글쓰기에 소질이 있는 것이다, 수필은 붓 가는 대로 쓰면 된다."

　수필 쓰기에 대한 책을 몇 권 구입해 차근차근 읽기 시작했다. 책속에서 당송팔대가인 구양수는 일찍이 다독, 다작, 다상량多商量을 주문했고, 고 윤오영 선생을 비롯한 많은 수필가들도 한결같이 많이 읽고, 많이 쓰고, 많이 생각하라고 했다.

　텅 빈 머릿속에 문학을 채우기 위해 글쓰기 이론서나 작품집을 무작정 읽었다. 찰스 램이나 몽테뉴 같은 외국 수필가의 작품도 빼놓지 않았다. 읽으면서 참고가 될 만한 부분은 작은 수첩에 적어 때와 장소를 가리지 않고 읽었다.

그런데, 생각을 많이 하라고 하는데 어떻게 할 것인가? 고민을 하다가 나름대로 방법을 생각해냈다. 나는 대학에 입학한 첫 시간부터 법학도는 법적사고legal mind를 키워야 한다는 말을 귀에 못이 박히도록 들었다. 그 생각을 하며 나는 먼저 수필적 사고mind of essay를 갖는 것이 급선무라고 판단하고, 모든 사유나 관찰을 수필 쓰기와 연관지었다. 사유를 넓히기 위해 인문학에도 관심을 기울였다.

수필공부 기본서도 정했다. 학창시절에 각 과목별로 기본서를 정하고 부족한 부분은 다른 책으로 보충하듯이 기본서가 될 만한 책을 골랐다. 그때 선정한 책이 『수필 작법론』(63인의 이론과 실제, 윤재천 편저, 1994년, 세손출판)이다. 우리나라 명수필가 63인이 각각 작법, 대표작, 창작노트를 쓴 546쪽의 작법론이다. 처음 정독한 이래 나는 매년 여름휴가 때면 이 책을 읽는다. 여덟 번째 읽었다. 요즘도 글을 쓰다가 막히면 작법론을 펼쳐보며 해답을 찾는다. 그래서 나는 나의 스승은 예순세 분이라고 거리낌 없이 말한다.

독학에도 한계가 있어 수소문 끝에 서울시민대학 수필 창작반에 등록한 후, 3년을 다니면서 본격적으로 배우면서 쓰기 시작했다. 이어서 〈에세이스트〉 수필반에 들어가 매주 한 번씩 지도교수로부터 지도를 받았다. 한창 쓸 때는 일주일에 한 편씩 쓰기도 했지만 지도교수와 문우들로부터 심하게 지적을 받기 일쑤였다. 구성이 엉성하고, 묘사하지 않고 설명하려 들고, 내면을 드러낼 줄 모르고, 낯설게 쓰지 못하고, 은근히 자랑하려 하고, 문법이 틀리고, 온통 지적 투성이였다. 그런 지적을 받아가면서 나는 나름대로 글쓰기 방식을 정립

했다.

첫째, 나는 가능하면 체험에 의한 소재를 진솔하게 쓰려고 노력한다. 늘그막에 수필을 쓰겠다고 덤벼들다보니 내가 할 수 있는 가장 쉬운 방법은 나의 체험을 가식 없이 쓰는 것이었다. 나의 체험 중에서도 풍요, 기쁨, 감사나 자랑보다는 결핍과 상처와 고통을 진실되게 드러내려고 한다.

둘째, 문장을 억지로 꾸미지 않고 쓰려고 한다. 주제가 정해지고 머릿속에서 소재가 숙성되었다 싶으면 일단 물 흐르듯이 쏟아낸 뒤에 차분하게 조정단계를 거친다. 내가 글을 자연스럽게 써야겠다고 마음먹게 된 것은 학창 시절에 김형석 교수의 수필집 『영원과 사랑의 대화』를 읽으면서였다. 이렇게 꾸밈없이 쉽게 써도 진한 감동을 주는 구나, 라는 생각을 하며 나도 언젠가 글을 쓰게 된다면 이렇게 쓰겠다는 생각을 했었다.

셋째, 글을 쓰면서 가급적 시대상을 반영하려고 한다. 글속에 시대상이나 사회상, 생활상이 은근히 배어있도록 하여 리얼리티를 살리려고 한다. 수필은 나를 쓰는 것이지만 결국 그 시대 우리의 이야기가 되어야 공감을 하고 긴 여운이 남을 것이기 때문이다.

8년 동안 수필을 배우면서 쓰다 보니 등단을 하고, 발표도 하고, 수필집을 한 권 묶기도 했다. 내 수필집을 읽은 문우, 선후배, 친구들로부터 많은 격려가 있었는데 하나같이 공통점이 있었다. 내가 제법 지적이고 차원 높은 글이라고 쓴 작품에 대해서는 별 반응이 없고, 진솔하게 쓴 작품, 꾸밈없는 작품이 오히려 반응이 좋았다.

노령에 글쓰기를 시작한 나는 이제 불후의 명작을 남기겠다는 욕심으로 글을 쓰지 않는다. 글을 쓴다는 자체가 행복이기에 누군가가 공감하는 수필을 오랫동안 쓰고 싶을 뿐이다. 글을 쓴다는 것은 인간에게 남겨진 최후의 희망이라고 하지 않던가.

나의 수필 작법

임병식

수필은 누구나 쓸 수 있다는 생각을 가지고 있다. 산문 형식의 짧은 글이다보니 만만하게 대하기 일쑤이다. 그런데는 아마도 그 범위가 서한에서부터 논설류까지 다양하여 그 중 하나는 자신있게 쓸 수 있다는 선입견 때문인지 모른다.

그렇지만 수필은 아무나 쓸 수 있고 만만하게 대할 수 있는 글이 아니다. 모를 때는 '무식하면 용감하다'는 말이 있듯이 쉽게 생각하고 뛰어들지만 쓸수록 어렵다는 생각에 후회하는 경우가 많다. 흔히 결과가 좋은 것을 보고 울고 들어갔다가 웃고 나온다고 하지만, 수필만큼은 그와 반대로 웃고 들어갔다가 울고 나오는 경우가 대부분이다.

이는 치열성의 부족 때문이 아닌가 한다. 수필도 문학인데 어찌 만만하겠는가. 자기의 생각을 온전히 담아낸 것뿐만 아니라 문학성까지 갖추어야 하니 쉬울 턱이 있는가.

나는 수필을 생각하면서 한 예술가의 집념과 치열성, 열정을 떠올릴 때가 있다. 르네상스 시대의 이야기이다. 어느 날 한 나그네가 예수상을 만들고 있는 미켈란젤로의 작품을 보게 되었다.

"당신의 창작은 참으로 위대하군요."

나그네의 말에 미켈란젤로가 답했다.

"나는 아무것도 한 일이 없습니다. 예수님이 이 대리석 안에 숨어 계신 걸 나는 그저 그분을 해방시켰을 뿐입니다."

그 앞서의 상황이다. 그가 어느 건축현장을 지나는데 버려진 대리석이 있었다.

"왜 이 돌덩어리를 버렸습니까?"

"쓸모가 없으니까요."

그런데 미켈란젤로는 바로 그 돌을 가져와 예수상을 깎아 놓았던 것이다. 쓸모없는 돌이 그의 예술혼에 의해서 걸작으로 탄생한 순간이었다.

치열함을 말하자면 소크라테스의 실험정신도 빼놓을 수가 없다. 어느 날 그가 독배를 들면서 제자에게 각일각 일어나는 변화를 이야기했다. 나의 발이 마비되기 시작한다. 하지만 나는 그대로다. 이번에는 완전히 발이 마비되었다. 그렇지만 나에게 없어진 것은 아무것도 없다. 그는 다시 말했다. 이번에는 위장이 마비되었다. 그리고 나의 손이 죽었다. 그는 조용히 눈을 감았다.

죽어가는 순간까지 자기 응시와 탐구가 얼마나 치열했던 것인가. 보통사람이 그리하기는 어려울 것이다. 하지만 치열성만은 배워야 하지 않을까 한다. 특히 진솔한 글을 써야 하는 수필가는 그런 자세를 배워야 하지 않을까 한다.

우리는 많은 수필작품을 대한다. 나의 경우만 해도 이틀 걸러 수필 집이 우송된다. 그러면 인사치레라도 몇편은 읽어보게 된다. 그런데 실망스러운 것이 대부분이다.

단순히 책을 내기 위해서 쓴 듯한 글, 자기 스트레스를 풀어내는 수단으로, 대충 얼개만 엮었다는 의심을 풀기 어렵다. 이런 글을 두고 '작품'이라고 할 수 있을까 하는 생각을 떨치기 어렵다.

나는 써내는 수필작품이라면 몇 가지의 조건은 갖추어야 한다고 생각한다. 첫째 참신성이다. 어디서 본 듯한, 남들이 이미 알고 있고 평범한 이야기를 자기만 아는 듯한 글을 대하면 맥이 풀린다.

둘째는 겸손한 글을 대하고 싶다. 자기만 아는 듯한 고상한 이야기, 노골적인 자랑까지는 아니지만 은근한 자기 뽐내기. 이런 글을 대하면 그 자리에서 그냥 책을 덮고 싶다.

나는 수필가라면 잠수함 속의 토끼처럼 시대의 아픔이나 이웃의 불행에도 눈감지 말아야 한다고 생각한다. 나는 세월호 사건이 터졌을 때 한동안 수필가들이 침묵한 것을 보고서 분개한 적이 있다. 그래서 딴에는 제일 먼저 이에 대한 반성과 성찰의 글을 카페에 올린 바 있다.

수필은 자기 스트레스를 해소시키는 도구가 아니다. 여러 사람과 더불어 보다 인간답게, 아름답게 살자는 문학본연의 기능을 가지고 있다. 그렇다면 이에 충실해야 되지 않겠는가.

끝으로 나는 수필가는 개성이 있어야 한다고 생각한다. 개성적인 글을 써내야 한다고 생각한다. 노래 잘하는 꾀꼬리 같은 목소리도 좋지만, 까마귀 울음 같은 탁성도 필요하다고 생각한다.

이런 개성이 어울려졌을 때 전체적으로 생동감을 유지하고 활력 넘치는 수필세계를 펼쳐 보일 수 있다고 생각한다. 나는 그 일원이 되고자 늘 개성 있는 목소리를 가다듬는다.

수필은 삶이 정제된 美學

임지윤

뙤약볕 아래 염전에서 구슬땀을 흘리는 염부의 모습을 본 적이 있는가.

해수를 끌어올려 염전에 가두고 태양과 해풍이 어울려 결정체가 생긴다. 몇 번의 해금질을 거쳐 멍석에 널린 곡식을 쓸어 모으듯 잰 동작으로 밀개에 힘을 모아 담는다. 허술하지만 통풍이 잘되는 창고에 하얀 보석을 쌓아 놓은 것은 해수가 증발한 후 생기는 염분이 아니다. 그것은 염부가 몸속에서 토해내는 땀이 증발한 후 옷깃에 묻어 나오는 나이테이다.

이것이 수필이다.

해질녘 아이들이 돌아올 시간을 기다리며 저녁밥을 짓기 위해 수도꼭지를 트는 순간 왈칵 쏟아지는 물을 바라보며 무언가 쓰고 싶은 충동을 느낀다. 물기를 닦고 컴퓨터에 앉아 엉켜있던 머릿속의 실마리를 찾아 살살 잡아당기면 누에고치처럼 조금씩 풀려나온다. 비단을 어떻게 짤 것인가. 어디서부터 실마리를 풀어야 할까 고민하지 않는다. 처음에는 거친 생사生絲이지만 몇 번의 가공을 거치고 나면 윤기 띠는 비단실이 된다. 삶 속에 묻어나는 슬픔과 기쁨, 희망과 실망이 교차되면서 한 올의 매듭 없는 부드러운 비단이 된다.

조용한 날 TV에서 무분별하게 쏟아져 나오는 정보의 홍수 속에서 건져 올리는 쌉사름한 인생이야기, 어디론가 훌쩍 떠나서 낯선 이와의 대화 속에서 느껴 오는 가슴 싸아한 이야기들, 사람이 그리운 시각 나를 붙잡고 자기의 인생 역정을 박자 맞춰 들어 줄 때의 즐거워하는 노파의 표정, 한 편의 대하드라마, 영화같은 삶이 긴 시간을 재겨 지나간 자리에 허무감만 남았다고 투덜대는 노옹老翁의 여운이 내가 쓰는 수필의 소재다.

글을 써야 한다는 의무감에 사로잡혀 쓰는 글은 변명을 위한 글쓰기에 지나지 않는다. 수필을 어떠한 자세로 쓰느냐, 무엇을 소재로 삼는가, 어떠한 방향으로 엮어 나가야 되는가 고민하지 않고 쓰여 지는 것—그냥 찬물 한 그릇 마시면서 "어～ 시원하다" 하고 말하지 않아도 목구멍을 타고 넘어가는 물맛이 수필의 맛이다. 『도덕경』 「상선약수上善若水」 편에서 '물은 높은 곳에서 낮은 곳으로 흐르는 것이 최상의 선이다'라는 단계가 수필이 흘러가야 하는 방향이다.

독자를 염두에 두고 허구에다 구성의 옷을 입히는 것이 소설이라면, 수필은 흔히 자기 고백적 글이니 성숙된 자아성찰적 관조라고 이야기한다. 하지만 수필이야말로 다양한 삶에다 아름다움을 추구하기 위하여 나름대로 하얀 바탕에 밑그림을 그리고 색칠하는 것, 각양각색의 그림들이 혼재하여 무질서한 듯하면서도 일정한 룰에 의해

1. 회사후소繪事後素—『논어』 출전

통일감을 잃지 않는 것이 수필의 형식이다.

가스가 가득 찬 뱃속을 부여잡고 물구나무서기를 시도하고 뜀박질을 한 후 조금씩 열려진 가스배출소에서 펑 터지는 소리는 시원함을 넘어 구원의 소리다. 이처럼 삶에 가스가 차서 답답해 할 때, 내 글 한 줄을 읽으면서 삶의 희열을 느낀다고 전해 올 때는 내가 쓰는 수필의 효용가치다.

미학을 연구하는 어느 학자는 "공자가 말한 문질文質이 빈빈彬彬한 상태, 김부식이 『삼국사기』에서 백제인은 검이불루 화이불치儉而不陋 華而不侈—검소하지만 누추하지 않았고, 화려하지만 사치스럽지 않았다고 기술한 것에서 아름다움의 일부"라고 정의를 내렸다. 어떠한 소재를 끌어와 미의 정점으로 끌어내는 것, 글을 쓰는 관점도 위와 같은 미적인 심상心相상태와 같지 않을까 생각한다.

긴 행렬을 이루면서 부지런히 먹이를 모으러 가는 개미를 보며 인생의 긴 여로에 비유하여 인생이란 무엇일까, 우리의 삶도 어느 날 폭우에 둥둥 떠내려 갈 때에 다른 사람이 던져준 동아줄을 부여잡고, 안도의 숨을 쉬면서 생각하는 단계가 수필을 쓰는 최상의 아름다움이다.

햄스터·장수풍뎅이·새우 기르기 등 애완동물을 투명박스에 넣어 놓고 틈만 나면 먹이를 주고 물을 갈아주며, 한 마리가 죽었을 때 아이에게서 진지함이 묻어난다. 삶이라는 재료를 넣어놓고 투명한 눈으로 바라보며 관찰해 나가는 것, 생활에서 느끼는 잔잔한 감동, 조그만 바람소리에도 영원히 묻혀버릴 인간애를 아이의 진지한 마음으로 표현해 내는 것이 내가 글을 쓰는 이유이다.

맹자는 군자삼락君子三樂을 이야기했다. 부모 모두 계시며 형제 무고하면 일락一樂이요, 하늘을 우러러 부끄럽지 않고 아래로는 사람에게 부끄럽지 않는 것이 이락二樂이요, 천하의 영재를 얻어 교육시키는 것이 삼락三樂이라고 했다. 그 중에서 자신의 의지로 할 수 있는 것은 두 번째의 즐거움이고, 나머지는 내 마음대로 만들어지는 즐거움이 아니다. 내가 만들어 가는 수필의 즐거움은 맹자의 이락이다.

씨앗 뿌리는 농부 마음으로

임충빈

  나만의 글쓰기란 한마디로 보고 느낀 대로 경험한 바를 간추려 될 수 있으면 솔직하게 써 공감을 얻도록 진정한 마음을 담아내는 일이다.

  구체적인 방법으로는 일단 쓰고자 하는 주제에 따라 얼개를 치고 씨줄과 날줄을 만들고 핵심 낱말(키워드) 몇 개를 먼저 써서 옆에 두고 단박에 초안의 얼거리를 짠 후 단숨에 거침없이 써 내려간다.
  된장도 곰 삭혀져야 구수하게 감칠맛을 내듯 삼사일 간 뜸 들이며 숙성熟成한 후에 다시 살펴본다. 오·탈자는 물론 앞뒤가 맞지 않은 것들을 잘근잘근 난도질하면서 가다듬는다. 그런 후 또 이삼 일 지나서後熱 내부 치장을 거치면 맛깔스러운 글월로 모양을 갖춘다.

  또, 글의 짜임새는 글의 목적(주제)에 따라 다르겠지만, 수필의 경우는 첫째, 읽는 사람에게 재미있도록 신선한 소재의 시의적절한 글감을 솔직하고 꾸밈없이 바르게 적는다.

둘째, 읽으면 정보나 지식을 얻고 실용적인 새 기술, 생활·건강 상식 따위를 은연중에 익힐 수 있는 실속 있는 내용을 담는다.

셋째, 독자의 영혼이 감동하여 얻는 즐거움과 행복, 예술적 매력을 풍기며 품위와 격조를 갖추게 틀을 짠다.

이 세 가지를 기본으로 삼아 간단명료하도록 치열하게 쓴다.

이런 테두리에서 쓰게 되면, 흔히 좋은 글로서

첫째, 흥미진진하여 읽는 동안 다른 생각이 끼어들 틈새를 주지 않고 몰입하여 독서삼매(무아지경)에 빠지도록 마음을 사로잡는 상황이 전개돼 짜릿함을 느끼며 읽히는 글.

둘째, 군더더기 없이 주제가 뚜렷하며 주장하는 바가 감동을 주되 촌철활인寸鐵活人으로 날카롭게 공감되는 간결한 글월로 지루함을 없애고 박진력 넘치는 이야기로 읽는 동안 즐거움을 주는 글.

셋째, 담고자 하는 사연, 말하려는 생각을 되도록이면 짧고 간결하게 쓰되 주제를 벗어나지 않고 겸손하고 단정한 글, 이것이 좋은 글일 것이다.

내가 글을 쓰게 된 동기는 보고 생각하며 듣고 느낀 경험을 써보려는 욕심은 누구나 가진 소소한 일들이다. 중학교에 입학하여 교내 웅변대회에 출전, 우수한 성적을 거둔 것을 계기로 정해진 주제와 시간에 맞게 원고 쓰는 연습을 반복하다 보니 글 쓰는 실력이 나도 모르게 쌓인 것이다.

1960년대에 '우리도 열심히 일하여 잘 살자'는 국민운동을 펼칠 때 국민계도 차원에서 웅변대회가 잦았고 많은 사람이 모인 극장(그땐 큰 강당이 없었음)에서 웅변이란 6~7분의 짧은 연설로 청중에게 감동을 줘 동의(박수)를 많이 얻어야 하므로 독특한 문체, 압축된 내용, 몸짓(제스처)과 억양, 정곡을 찌르는 짧고 힘찬 문장이어야만 했다.

이런 원고들이 교지校誌와 신문에 실려 자연스럽게 글짓기 기회가 잦아졌으며 군대생활 3년 동안 '전우신문'에 꾸준하게 발표하였고 직장에서는 매월 '소식지'를 편집하는 문화공보실장으로서 기관장의 말씀을 자주 쓰면서 관심 깊게 갈고 닦을 수 있었으니 작문에 상당한 기교(테크닉)를 습득하게 되었다.

나는 일찍부터 메모하고 기록하는 습관이 있다. 떠오를 때 놓치지 않고 적어두고 시간 날 때 보면 기억이 또렷해지고 새로운 세상을 맞는 기분이다. 주근야학畫勤夜學할 때는 책과 필기구가 든 가방을 들고 출퇴근하였었는데 아내에게 '채권장사 가방'이라고 놀림을 당하기도 했다. 지금도 대중교통을 이용하면서 책 읽고 생각하는 동안 지루하지 않고 약속 시각에 닿을 수 있어 허드레 시간을 매우 요긴하게 사용하는 일상이다.

지금 이렇게 글을 쓰는 순간의 행복이란, 그 무엇과도 바꿀 수 없다. 말초감각을 무디게 하는 대중 영상매체, 현란하게 유혹하는 전자기기들을 초월하여 종이 위에 영원무궁하게 남겨질 글을 쓰고 이것이 활자화돼 책으로 세상을 밝혀준다는 생각은 또 하나의 기쁨이다.

한 세대를 살다간 나의 흔적을 뒷날 사람들이 기억해 준다면 더 이상의 큰 보람은 없을 것이다. 좋은 씨앗을 뿌려 튼실하게 가꾸며 풍성한 수확을 꿈꾸는 농부의 마음으로 오늘도 열정적으로 글을 쓸 것이다. 좋은 글을 더 많이 써야겠다.

처음과 끝을 하나의 연으로 연결하는 작업

임헌영

문장 작법에서 다들 시작이 중요하다고 말한다. 너무나 첫 구절의 중요성을 강조하다 보니 쓰고 싶은 내용을 다 생각해 놓고서도 '시작'을 못해서 며칠씩 글을 미루는 분들도 있다.

이런 분들을 위하여 나는 서슴지 않고 시작은 아무렇게나 하라고 권하고 싶다. 베토벤의 「운명」과 차이콥스키의 「비창」을 들어보면 문장 작법에 이런 암시를 둔다. 말할 것도 없이 「운명」 하면 누구나 시작부터 긴장하여 휘말려든다. 그러나 반대로 「비창」은 꽤 지루한 도입부를 지나서야 감흥을 일으킨다.

지금 생각하면 부끄러운 일이지만, 학생 때 『진리의 밤』(朴啓周 작)을 서점에서 펴 보다가 첫 구절에 "어서 옷을 벗으시죠" 하는데 그만 탄복하여 밤 늦게까지 읽다가 실망한 기억이 있다. 그러나 이와는 반대로 『전쟁과 평화』(톨스토이 작)는 거의 3분의 2를 읽을 때까지 지루하고 재미가 없었다. 이런 소설을 누가 명작이라고 부르나, 하면서 억지로 읽었는데 역시 끝부분에 가서는 밤잠을 쫓는 흥미가 솟았다.

만약 톨스토이가 요새 한국에 태어나서 이 작품을 신문에 연재했다면 1개월도 못 가서 신문사측으로부터 게재 중단 요청을 받고 말았을 것이다. 사실 이 수염 많은 천재는 문장 작법의 '시작'에서 가장 실패한 작가 중의 하나라고 나는 감히 말하고 싶다.

『부활』이나 뭐나, 그의 소설 서두는 권태와 엿가락처럼 늘인 묘사와 서술이 한참이나 계속된다. 도스토옙스키와 좋은 대조다. 그는 인생론이나 일기 같은 것도 바쁨에 쫓기는 요즘 사람들의 입장에서는 너무 많은 언어를 낭비하고 있다고 보여질 때가 있다. 게 껍질을 까듯, 호두를 까듯이 파고 들어가야 겨우 몇 마디의 금언을 캐어낼 수 있는 것이 바로 톨스토이의 서두 작법이다.

그러니까 톨스토이만큼 유명한 사람에게는 문장 작법이니, 서두의 중요성이니 하는 것이 적용 안 된다. 그렇지 않은 사람을 위하여 우리는 문장 작법에서 첫머리를 좀 성공적으로 해 줄 것을 요구할 필요가 있다.

지금까지 대략 서두를 시작하는 방법에는 다음 몇 가지가 있는 것으로 알려지고 있다.

① 행동·사건·생각 등을 거두절미하고 쑥 끄집어내어서 쓰는 것.

② 분위기·자연·환경·인물 묘사 등으로 시작하는 법.

③ 유명한 말이나 속담 등을 인용하는 방법.

④ 결론 부분·강조하고 싶은 것 등을 앞세우는 것.

많은 글을 보면 거의 이런 부류에 속하는 것들이다.

여기서 문장의 시작을 꼭 어떻게 해야 좋다는 말은 있을 수 없으나 다만 다음 몇 가지는 좀 유의할 필요가 있을 것이다.

① 첫 구절에서 흥미나 기대, 호기심을 줄 수 있게 할 것.

② 너무 본론의 내용과 멀고 동떨어진 것이 아닐 것.

③ 처음을 지나치게 복잡하게 하여 독자들에게 글의 전체 흐름을 혼돈시키지 말 것.

누구나 다 알 수 있는 평범한 사실들이지만 막상 쓰려고 하면 어려운 것이 역시 서두다.

서두에서 꼭 한 가지 충고하고 싶은 점이 있다. 본론과 밀접하지 않는 부분을 도입부에 넣어서 독자들을 지루하게 하지 말라는 점이다.

요즘 명사들의 '수필' 중에 흔히 그런 것이 많다. 수필을 마치 어떤 '교훈'이나 '훈화'처럼, 또는 선외選外 논설처럼 여겨 이건 틀렸다, 이래라 저래라 하는 글들이 많은데 그나마도 핵심은 간단한데 도입부가 너무 지루해서 더욱 안타깝다. 이런 글들이 저지르고 있는 도입부의 오류는 대략 이런 것들이 있다.

① 공개되지 않아도 될 사생활의 지나친 공개…. 남의 사생활에 독자들은 관심이 없다. 적어도 자기가 사회적으로 큰 영향을 미칠 만한 위치가 아니면 지나친 사생활을 공개하지 말 일이다. 불량품을 근절하자는 내용을 쓰기 위해서는 가장 악질적인 불량품의 예를 드는 것으로 서두를 장식하면 된다. 그렇지 않고 뭐 딸(혹은 아들)과 언제 어느 시장에 가서 구경한 이야기부터 집안 식구들의 인물 묘사까지 할 필요는 없는 것이다. 문장 작법에서는 공사를 분명히 가려야 한다.

② 극히 상식적인 것을 혼자 아는 척하고 서두에 늘어놓지 말

것…. 남이 모르거나 느끼지 못한 사실로 첫 구절을 공격해야지 진부한 것으로는 안 된다. 이것 역시 소위 네임 벨류가 있다는 분들의 글에서 흔히 볼 수 있는 오류의 하나다. 글에서 서두는 일종의 기습이요, 게릴라며, 협공이어야 성공적인 것이지 선전 포고를 한 후에 동원령을 내리는 식의 문장은 실패다.

③ 가능하면 도입부를 짧게 할 것…. 서론을 짧게 하라는 이야기는 현대인의 상식이다. 다 바쁜 사람들이니 요점으로 바로 들어가야 한다.

알베레스는 현대 소설의 특징으로 바로 이 긴장감을 들었다. 즉, 모파상의 『귀환』과 말로의 『인간 조건』을 그는 비교했다.

모파상은 주인공을 등장시키기 위하여 바다의 묘사부터 마을, 골목, 집으로 시선을 옮겨간다.

그러나 말로는 첫 구절에서 "첸은 모기장을 들쳐 올릴까. 그냥 모기장 너머로 갈겨 버릴까"로 시작한다.

어느 글이나 현대인에겐 긴장과 요점을 처음부터 줄 수 있어야 성공적이라고 할 수 있을 것이다.

나의 수필 쓰기

장정식

　내가 문학에 입문한 지 불혹에 이르러서야 내 문학의 씨앗이 심어진 마음밭이 수필장르이다.

　여기서 나의 생명체로서의 인간 본연의 원초적인 참모습에 대한 철학적 탐구에서의 깨달음이, 내 문학의 숙명이라고 믿기 때문에, 나는 수필을 가슴으로 써야 한다는 마음가짐을 굽히지 않는다. 따라서 나는 수필을 육필로 쓴다. 사색하는 생활 속에서 쓴다. 삼라만상에 집착된 통찰을 하며 쓴다. 문학적 상상想像을 즐기며 쓴다. 메모의 자료에서 많은 소재를 취한다.

　○ 수필 쓰기

　수필에서 기본이 되는 요목을 우선 네 가지인 주제, 소재, 구성, 문장으로 분류한다. 주제는 한마디로 글의 중심사상이라고 생각한다. 주제는 글의 중핵이라고 나는 생각한다. 혹자는 주제를 사람의 척추에 비유한다. 하지만 글의 생명력이란 의미에서 심장과 같다고 생각한다. 글은 주제가 흐려지면 생명력이 없는 허수아비와 같기 때문이다. 글을 쓸 때는 가장 먼저 주제를 생각한다. '무엇'을 쓸 것인가에서 '무엇', 이것이 바로 주제다. 글을 쓰려고 사색하는 과정에서 심상에 여과되는 문제의식이라고 할 것이다. 다시 말하면 글에서 쓰려고 하는 중핵적인 내용이다. 이것이 선명하지 못하면 독자의 감명을 얻지 못한다. 작품을 다 읽고 난 독자가 애매한 느낌으로 그래서 어쨌단 말이냐 하는 반문이 나오게 되면 그 글은 주제가 확실치 않은 횡설수설이라는 평가를 받게 된다.

주제를 정확히 전달하기 위해 동원되는 설명 자료가 소재다. 수필의 소재는 무궁무진하다. 소재란 주제를 살리는 데 필요한 선택적인 재료다. 나의 소재에는 내가 경험한 신변잡사, 자연에의 통찰, 감상, 내 자신의 모든 체험, 생각, 희로애락, 사회적 시류에서 취하는 등 주제를 형상화하는데 가장 적절한 소재의 선택에 심사숙고한다. 여기서 소재는 어디까지나 주제 표현과 밀접한 관련성이 있는 것을 선택한다. 그러나 한 작품에서 소재를 두 가지 이상 선택하는 것을 삼간다. 소재를 나열식으로 끌어오면 결과적으로 글을 산만하게 하기 쉽다.

구성은 선택된 주제와 소재를 유기적으로 얽어매는 기법이다. 하지만 수필을 붓가는 대로 쓴다고만 신봉한 사람은 수필에서 구성은 논할 가치가 없다는 식으로 주장한다.

그러나 윤재천 교수는 "수필은 일정한 형식을 요구하지는 않지만, 문학적 체제의 질서를 무시할 수는 없다. 수필은 일반적으로 일정한 틀을 요구하지 않는 장르이나, 구성은 절대적으로 필요하다"라고 하여 문학작품으로서 우선해야 할 문학성인 수필의 구성을 강조했다. 여기에 나는 작품을 구상하면서 그 작품에 대한 심적 구성을 문단으로 분류한다. 그것이 곧 서두, 전개, 결미로 나누어진다. 간단한 연설문 하나도 서론, 본론, 결론 등으로 구성하거늘 항차 수필작품에서 무기교, 무구성만을 고집할 수 있겠는가?

수필 창작에서는 문장 서술에 추호도 빗나간 점이 없어야 한다. 수필은 진실한 자기고백이라는 개성이 있다. 그러므로 수필의 문장은 명쾌해야 하고, 정확해야 하고, 간결해야 한다. 수필은 지성을 바탕으로 하기 때문에 산문문학으로서의 정중한 품위도 갖추어야 한다고 생각한다. 수필가 윤모촌 선생은 말하여 "수필은 문장이 되어 있어야 한다. 아무리 내용이 좋다 해도 문장이 되지 않으면 수필은 문학의 대열에 들어설 수가 없는 까닭이다. 그렇다고 문장만을 내세우는 것은 물론 아니다"라고 설파했다. 그런가 하면 윤오영 선생은 "문장은 수식도 중요하지만 표현의 명료성이 있어야 한다. 문장이 명료하려면 다음 몇 가지가 중요하다. 첫째, 알기 쉬운 표현, 둘째, 통일성이 있는 표현, 셋째, 독자의 수준에 맞는 표현, 넷째, 중요한 분분을 분명히 표현" 등을 거론했다. 따라서 수필은 문장이나 언어 구사가 정연하지 않고 중언부언하거나 문의文意에 정확해야 할 어휘를 좋은 말이라고 해서 억지로 꿰맞추는 견강부회牽强附會하는 것이면 문장으로서 정서적 의미전달이 될 수 없다. 특히 수필문장에서는 정확한 어휘구사가 문장의 생명이다. "강변에 수많은 모래알이 쌓여 있어도 그 모래알은 똑같은 것이 없다"고 말한 플로베르(Gustave Flaubert)의 일물일어설一物一語說을 명심해야 할 일이다. 때로는 많은 수필을 읽다 보면 표현 어휘가 엉뚱하게 구사되는 경우를 본다. 이럴 때는 정말 민망하고 내 얼굴이 붉어진다. 한 사례를 들면 '안개가 스멀스멀 피어오른다'라고 한 말을 스멀스멀은 '스멀거리다'의 감각적인 어휘로 '코 끝에 스멀스멀 간지리다'로 쓰면 적합한 낱말(자동사)을 시각적인 의미의 낱말로 쓰는 우를 범한 사례다. 어떻든 수필의 문장은 부드럽고 간결하게 쓰고 주제를 명확하게 부각시키는 데 집중하며 쉽게 쓰도록 노력한다. 글의 결미는 독자에게 감동의 여운이 남도록 글 전체에 함축미를 불어넣는 마무리를 고민한다. 더 고민해야 할 것은 앞으로 앞서가는 수필 쓰기에 노력하는 일이다. 이제 수필도 수필의 고정관념에서 벗어나야 함을 자성해야 한다. 전체를 통한 융합, 융합을 통한 해체로써 옛 것을 중요시하면서 시대를 따라 수필시대를 앞서가는 퓨전 수필의 선구자인 윤재천 교수님이 지향하는 '앞서가는 수필시대'를 광범위하게 연구 발전시키는 작품쓰기에 진력해야겠다는 의지를 다지는 일이다.

이상 작품쓰기의 과정이 끝나면 다시 글을 몇 번이고 읽어가며 퇴고를 한다. 다음 사항을 집중적으로 검토하여 글을 다듬는다.

- 문장 전체에서 오탈자는 없는가?
- 논리의 전개가 모순없이 정연한가?
- 문장 중에 구사된 어휘는 정확한가?
- 주제어 부각을 위한 모순은 없는가?

- 독자가 주제를 쉽게 이해할 수 있겠는가?
- 표현 어휘의 저속한 면은 없는가?
- 문장에 필요이상의 수식이나 설명을 위한 군더더기는 없는가?
- 독자를 가르치려는 교훈적인 언어 사용이나 현학적인 표현은 없는가?
- 글의 제목은 최후에 작품의 함축성에서 취한다.

일상성과 진솔성
- 나의 수필 쓰기

장정자

나에게 글쓰기는 누군가에게 말하고 싶고 보내고 싶은 마음의 편지다. 마음 구석구석에 생생하게 담겨져 있는 재료들을 정성껏 다듬어 나름의 멋을 입힌 것이다.

중학교 시절부터 학교 도서관에서 방과 후 시간을 시와 소설에 흠뻑 빠져 지냈다. 작문 과제로 내 준 글이 선정되어 수업 시간에 낭독된 이후 문예부에서 활동하며 자연스레 교지 편집부원이 되었다.

전시회 및 각종 글짓기 대회에 참여하게 되면서 시인이 되고 싶은 꿈을 키우며 열심히 글을 썼다. 칭찬과 격려를 해주셨던 사범학교 국어 선생님께서 좋은 글을 쓰려면 '다독, 다상량, 다작'을 해야 한다고 귀에 쟁쟁하게 말씀하셨다. 그 삼다三多를 칠판에 한자로 쓰셨던 글씨체를 오랜 세월이 흐른 지금에도 선명하게 기억한다. 그 훈련은 상당히 오랜 기간 이어져서 일상처럼 되었다. 그 뒤로 오십여 년, 띄엄띄엄이나마 글을 써 온 원동력이라고 생각한다.

'나의 수필 쓰기'라는 주제에 맞춰 내가 견지해온 네 가지 정도를 정리해 보고자 한다.

1. 메모하기

크기가 각각 다른 수첩과 노트를 여러 권 마련하고 있다. 크고 작은 것들을 필요에 따라 소지하기 편리한 것으로 핸드백에 넣어 가지고 다닌다. 집안에서도 책상, 컴퓨터, 화장대, 거실 소파 앞과 침대 옆에 놓아두었다. 갑자기 떠오르는 생각과 문장, 제목, 소재, 책을 읽다 생각난 문구, 관찰했던 일을 메모하기 위해서다. 생각은 순간적으로 나타났다 어느 틈에 사라져버리기 때문에 메모로 가둬두려는 것이다. 이 메모장으로 잊어 버린 기억을 들추어내기도 하고 필요할 때 꺼내어 생생히 살아있는 글을 쓰는데 도움을 받는다.

2. 일상의 삶 속으로

글의 주제나 소재는 거의 일상생활과 또는 이웃의 삶에서 나온다. 이웃의 따뜻함, 선한 일, 깊은 슬픔과 아픔이 응축되어 좋은 재료를 얻게 한다. 살아있는 글을 쓰기 위해서 일상에서 타인과 더불어 몸소 체험하고 나누며 삶으로 살아내기를 소망하며 애쓴다. 삶과 글이 분리되지 않고 하나로 묶어지도록 인내와 사랑으로 감정을 절제한다. 나의 가치관으로는 바르고 진실한 열매만이 좋은 소재가 되고 마음을 흔드는 글이 될 수 있다고 생각한다.

3. 하루에 5페이지 정도 책 읽기

어린 시절부터 독서가 생활화되어서 거의 희수를 바라보는 지금까지 매일 책을 읽는다. 분야를 별로 가리지 않으나 주로 인문학 분야의 상식을 얻고자 즐겨 읽는다. 무엇 무엇을 의식하거나 따지지 않고 재미있어서 읽는다. 특히 성경을 집중하여 읽는데, 읽을수록 감동과 깨달음을 주기 때문에 삶을 정화하게 한다.

성경은 한 권의 문서가 아니라 BC 1,000년경부터 AD 2세기에 이르는 1,600년 동안에 기록된 책으로 저자와 내용과 형식과 부피가 다른 66권의 책들의 묶음이다. 등장인물만도 약 2,900명이다. 숱한 이야기 속에 죄와 구원, 희로애락, 지혜와 사랑, 신과 인간의 모든 것이 담겨 있어 읽을수록 알파와 오메가이신 창조주의 사랑과 인간의 나약함을 알게 된다. 성경은 풍부한 상상력과 시상과 신비로움을 준다. 매일 잠언과 시편을 묵상하며 하루를 연다. 글을 쓸 때 생각하고 분별하는 도움을 받는다.

4. 무엇을 쓸 것인가?

아무리 좋은 재료라도 정성스레 빚기란 참으로 어렵다. 사색하는 단계이다. 제목과 구성기법을 정하는데 상당한 시간이 걸린다. 삶속에서 체험한 시야를 넓혀, 잘 숙성된 재료를 꺼내는데 고민이 많다. 내가 가장 힘들어하는 부분이다. 하나의 주제로 깊이 있게 쓰도록 애쓴다. 어느 때는 주제가 정해져 있어도, 몇 달이 지나도록 머리에서 맴돌기만 하고 시작, 중간, 끝의 부분을 어떻게 구성해야 하는가를 고민하는 것이 큰 약점이 아닌가 생각한다. 글쓰기가 힘든 이유의 하나다.

초안이 작성되면 몰입하여 작업한다. 옆에 누가 있으면 마음의 문이 닫히기 쉬우니 혼자 있을 때 조용한 곳에서 자유롭게 쓴다. 초고를 첨삭 수정하여 다시 정리하기를 두세 번 한 후에 컴퓨터에 입력한다. 며칠 지나 다시 교정하고 마무리한다.

나름대로 노력하고 있는 것은 군더더기 없이 쓰기, 진솔하게 쓰기, 이웃의 삶 속으로 울타리 넘어 걸어가기이다.

조금 계면쩍었지만 친구에게 이야기하듯이 스스럼없이 적어 보았다.

두 줄로 시작하다
— '붓 가는 데'가 곧 내 생각

장호병

수필隨筆이란 말이 당唐나라 백거이白居易의 시작마제수필주詩作馬
蹄隨筆走에 처음 등장한다. 시창작을 설명하는 용어였다. 펼치고자
하는 명제가 말의 발굽처럼 붓을 따라 달려야 한다고 보아도 무리가
없다. 즉 명징한 주제구현이 글쓰기의 요체라 하겠다.

저작물로서는 남송시대 홍매洪邁의 용재수필容齋隨筆에서 비롯하
여 우리나라에서도 도제수필(陶濟隨筆, 윤혼) 독사수필(讀史隨筆,
이민구), 한거수필(閒居隨筆, 조성건), 일신수필(馹迅隨筆, 박지원) 등
으로 이어진다. 무한 제재와 자유로운 형식으로 쓸 수 있다는 점에서
수필은 선비나 문장가들에게 허용되는 일탈이자 선망의 글쓰기 양
식으로 낭만이요, 멋이었다. 당대의 지식인이자 문장가들의 내공이
었으니 보통 사람들이 머리를 싸매어 짜내고 다듬은 글보다 나았음
은 분명하다.

근현대문학이 태동하고서도, 딱히 수필만을 창작하는 작가들이
별도로 존재하는 것이 아니고, 시인이나 소설가들이 자신의 장르로

는 표현할 수 없는 무언가를 나타낼 때 문학적 혹은 비문학적 성격을 가리지 않고 쓰기에는 수필이 가장 적절했을 것이다. 일가를 이룬 내공이 바탕이 되었기에 이때에도 '붓 가는 대로'는 무리가 아니었다.

'붓 가는 대로'와 '무형식의 자유로움'이 내공을 갖춘 문장가들의 절대능력에서 나온, 정해진 형식을 요구하지는 않지만 결코 무형식이 아니라는 사실은 도외시되고, 수필은 '누구나' '아무렇게나' 쓸 수 있는 글로 왜곡되었다. 수필隨筆이란 자의字意에 더하여 금아 피천득의 「수필」과 이산 김광섭의 「수필문학소고」가 이런 곡해에 크게 한몫을 하였다.

'붓 가는 대로'에는 마제수필주馬蹄隨筆走처럼 주제를 향한 거침없는 운필로 주제를 벗어나지 않아야 한다는 말과 궤를 같이 한다.

학문적 글쓰기가 서론 본론 결론의 3단 구성이라면, 문학적 글쓰기는 깨달음에서 출발하기에 대부분의 경우 기승전결의 4단 구성을 취한다. 즉 문학적 글쓰기에서는 결론에 이미 반전이 포함되어 있다고 볼 수 있다.

> 사람이 제 아니 오르고 뫼만 높다 하더라.
> 오르고 또 오르면 못 오를 리 없건마는
> 태산이 높다 해도 하늘 아래 뫼이로다.

양사언의 시조를 이처럼 역으로 읽어도 결론(반전 포함)을 먼저 밝히는 것일 뿐 주제에서 벗어나지는 않는다. 즉 작가가 하고자 하는 두 마디, 결국 기와 결의 표현은 다르지만 동일 명제로써 진술효과는 같기 때문이다.

나의 경우는 주제에서 벗어나지 않기 위하여, 표현은 달리하더라도 우선 동일한 의미 선상에 있는 두 개의 문장을 만든다. 한 문장은 서두 즉 전제(a=b)로, 남은 하나는 결론(A=B)으로 사용한다. 글을 써나가다 보면 때론 서두와 결론을 바꾸는 것이 더 효과적일 수도 있으며 단문이 아닌 단락으로 구성하기도 한다.

예로부터 남의 호주머니에서 돈이 나오게 하는 일과 나의 생각을 남의 머리에 넣어주는 일이 가장 어렵다 했다. 작가의 역량을 보여주는 것은 서두와 결론 사이에 담을 전개이다.

성공(success)적인 구성 요소로서,

세상을 낯설게 혹은 익숙하지 않은(strange) 사실로 읽고, 뜻밖의(unexpected)의 생각으로 관심을 끌어들여, 탄탄하고(concrete) 신뢰할 수 있게(credible), 독자들이 믿고 이해하여 오래 기억에 남길 수 있도록 감성에 호소하는(emotional) 이야기(storytelling)체로 복잡하지 않게(simple) 구성하여야 한다.

스티브 세슨(Steve Sasson)은 코닥의 기술자로 필름이 무엇이냐는 질문에 어린이들도 이해할 수 있도록 '세상을 담는 그릇'이라고 새롭게 표현하였다. 후일 그릇을 필름에서 파일로 바꿈으로써 디지털 카메라를 착상하게 되었다.

예컨대, '어느 날 냉동실에서 할아버지의 팬티가 나왔다'고 묘사하는 편이 치매에 대한 적확한 설명보다는 인간적이자 감성에 호소하게 된다.

아내의 생일선물을 준비하지 못한 남편이 출근길에 말했다. "여보, 미안하오. 백만 원이오. 저녁에 봅시다." 봉투 속 충무공(100원 주화)과 세종대왕(지폐), 일만 백 원이 백만 원으로 해석의 여지를 만들어 아침의 썰렁함을 물리쳤다.

문학적 글쓰기는 정답이 아니라 해법 또는 명답이어야 한다. 말이 안 되는 것을 말이 되게 하는 기지는 실재보다 더 실제적이며 지친 삶에 생기를 불어 넣는다.

삶은 달걀에서는 'Life is an egg'로 낯설게 읽음으로써 비가시적인 삶의 이치를 가시적인 계란에서 유추한다. '남이 깨면 후라이, 스스로 깨면 생명' 혹은 껍질을 깨야 한다는 의미에서 '환골탈태'의 이치를 끌어올 수도 있다.

우리 삶 속에는 지식을 통한 설명보다 더 효과적인 묘사와 비유가 널려 있음에 유의할 필요가 있다.

수필 쓰기는 인간 삶을 진지하게 궁구하고 해석하는 노력이다. 실재보다 더 실제적인 의미를 생성하기 위하여 스토리화 하려고 노력한다. 이 의미는 무시무시한 힘으로 독자의 생각을 변화시킬 수 있다고 믿는다.

동일한 명제의 두 문장, 혹은 두 단락을 서두(a=b)와 결론(A=B)으로 나누고 전개의 SUCCESS 요소를 고민한다면 '붓 가는 대로'의 운필이 곧 나의 의지를 담은 '붓 가는 데로'의 경지가 될 것이다.

나의 으뜸지기

전 민

나는 그의 하수인이다. 노예계약을 맺은 것도 아닌데 졸개를 자처한다.

그를 처음 만난 게 언제였더라. 서울시에서 주최한 어느 행사장이던가. 과천 경마장 층계참이었던가. 삶의 향기를 전파하는 한 기업의 강당이었나. 아니, 좀 더 뒤로 가면 아이들 학교운동장이 있다.

우연이 겹치면 필연인 게라고 어느 날 그가 나를 불러 세웠다. 그러고는 꿈과 가능성과 희망의 깃발을 내보이며 자기 수하로 들어오면 어떻겠냐고 꼬드겼다. 경계를 넘으면 길이 보인다나. 꽃을 피울 수 있다나. 확신은 서지 않았지만 손해 볼 일은 없겠다 싶어 발 한 짝을 디밀었다.

고상한 명함을 가진 그이지만 알면 알수록 예민하고 인색한 구석이 있다. 색다른 레시피로 음식을 만들어 내도 여간해선 맛있다는 소리를 하지 않는다. 맛은커녕 트집을 잡기 일쑤다. 영양소의 비율이 맞느니, 안 맞느니 따지며 까탈을 부린다. 딴에는 열심히 한다고 하는

511

데도 그걸 모르고 언설을 늘어놓을 때는 한숨이 절로 나온다.

무논에 선 백로처럼 홀로 고고한 나의 상전. 그의 환심을 사기 위해 나는 부끄러운 줄 모르고 치부를 드러낸다. 어두운 곳에서 옷을 벗는다. 감각을 깨우려고 그러는 것인데 웬걸! 어디서 배워먹은 버릇이냐는 호통이 날아온다. 그는 달관한 선승이다. 아니고서야 나부 앞에서 어찌 그리 평온할 수 있단 말인가. 물색없는 짓을 하고 쩔쩔매는 내게 그는 한톤 낮은 목소리로 훈시를 한다. 저기 말이야, 옷을 벗는다고 관능이 살아나는 건 아니야. 진짜 상대를 매혹시키려거든 시스루 스타일을 생각해보던가. 하물며 화장 짙게 하는 걸 좋아할 리가. 겉보다는 속을, 수다보다는 침묵의 소리를 듣고 그걸 캔버스에 세세히 그려놓아야 입꼬리가 올라간다.

그는 나를 성찰의 길로 이끈다. 안개 자욱한 숲을 헤치고 더듬더듬 걸어 들어가면 가부좌를 틀고 있는 그가 희미하게 보인다. 또렷한 실체와 맞닥뜨리려면 거미줄과 나뭇가지를 걷어내며 한참을 더 걸어야 한다. 그렇듯 어렵사리 만나도 썩 내켜하는 표정이 없다. 진리는 멀리 있지 않다는 말만 되풀이할 뿐이다.

나는 목마른 나무. 내가 그를 받들어 모시는 건 입신출세의 야망이 있어서가 아니다. 내 존재의 의미를 찾는데 그만한 징검돌이 없기 때문이다. 그의 취향을 맞추려면 세심한 주의가 필요하다. 말을 골라서 써야 한다. 셈여림과 높낮이와 원근을 조절할 줄 알아야 한다. 더듬이를 곤추세우고 그가 보내는 신호에 민첩하게 대응해야 한다. 냄비에 국을 끓이다가도 샤워를 하다가도 그가 부르면 나는 지체 없이 달려간다.

어쩌다 그에게 말려들어 안 해도 될 고생을 하나 싶어 보따리를 싼

적도 있지만 지금은 그가 나를 떠날까봐 노심초사다. 그는 나를 속박하지만 나는 그를 향유한다. 그와 만나는 동안 달콤한 상상에 빠진다. 함께 있으면 슬픔과 근심이 사라진다. 가슴에 숨은 상처가 휘발한다. 그때 제풀에 겨워 떠났으면 어쩔 뻔했나.

그는 나를 지켜주는 수문장인지도 모른다. 예부터 머슴은 일로, 주인은 밥으로 보답한다는 말이 있다. 보통을 넘지 못하는 나를 긍휼히 여기는 게 고마워 부단히 씨앗 뿌리고 거름을 주고 풀을 맨다. 이랑 비옥해지는 재미에 빠져 작물을 보듬다보면 하루해가 금방 이운다. 투박한 호미질에 살갗이 긁히고 손등에 멍이 드는 날도 있지만 내 영혼을 살찌우는 그가 있어 행복하다. 하오의 볕살 아래 등줄기로 배어든 땀 냄새를 맡으며 묵묵히 북을 준다. 씨알 굵은 감자가 딸려 나와 함박웃음 지을 날을 기다리며. 얼룩무늬 예비군 복장을 한 고래수박을 거둬 동네잔치를 할 꿈에 젖어.

품을 들인 만큼 보수가 따르면 좀 좋을까. 저번 참에는 봄내 골머리를 앓으며 실 한 타래를 잣고 마늘 두 접을 받았다. 시간을 할애한 것에 비해 좀 아쉽다 싶었지만 이내 생각을 바꾸었다. 엎치락뒤치락 죽을힘을 쏟고도 빈손인 사람이 여간 많은데 마늘을 두 접씩이나? 다가올 김장철에 얼마나 요긴하게 쓰랴. 건강에 좋은 마늘 많이 먹고 마늘처럼 옹골진 삶을 살라는 뜻으로 받아들이니 섭섭할 게 하나 없었다.

삶의 내공이 부족한 탓에 아직 그의 심연까지 닿지는 못했다. 영영 닿지 못할지도 모른다. 하지만 오랜 기간 길동무가 되어 세상의 주인이 나라는 걸 알게 한 공로가 크다. 사람들은 그를 가리켜 수필隨筆이라 칭한다.

아바타로 쓰기

전영구

굳이 말하자면 동전의 양면 같은 다름이 내 안에 존재하고 있음을 느낀다. 주어진 삶 속에 다 움켜쥘 수 없는 욕망을 한껏 새겨놓고 흐뭇하게 바라볼 때도 있다. 얽히고설킨 삶의 판타지를 작은 공간 안에 펼쳐 놓고도 대뇌피질의 아바타로 사는 자신을 보고 있노라면 편함과 불안이 공존하고 있음을 실감하게 된다. 손아귀 안에 담아둔 온갖 것들이 다 스스로 제어할 수 있다는 자신감을 지시받고 행하게 되는 행동들이 있다. 자신을 알고 자신감을 얻게 되는 일련의 과정이 순탄하지만은 않지만 때론 내 안에 펼쳐놓은 무언가를 수습해야 하는 중압감에 짓눌리기도 한다. 자신이 해야 하는 것임을 알고도 주저하는 까닭을 알게 되면 잦은 실망을 느끼게 된다. 그러기에 스스로에게 잦은 다독임과 독려가 필요한 것이다.

키보드에 손가락을 얹고 머릿속에 모아두었던 이야기를 펼쳐 세심하게 옮긴다. 간혹 멈칫하기도 하고 지워버리기도 하지만 거기에 대한 책임은 없다. 섬세한 표현도, 긴박해진 줄거리에 대한 손끝의 속도도 신경을 타고 흘러내려와 글이 되고는 한다. 옷을 입고 밥을 먹는 정도의 소소함은 자체 심의에서 걸러 삭제 시킨다. 주제라는 기둥을 세우고 이야기의 소재가 빠져 나가지 않게 생각을 가두리 그물 안에 펼쳐 가둔다. 간간이 엑기스를 꺼내 무엇이 어떻게 되어 가는지 이야기의 몸체에 살을 붙이는 작업을 한다. 더러 막힘에 도달하면 마른 감성을 원망하기도 하지만 그때는 어떻게 했는지를 되새김하듯 기억에서 그려 보기도 한다. 모두가 공감할 수 있는 일들만 골라 쓰자니 두뇌가 피곤하다. 이때가 되면 신체 중에 가장 분주한 곳이 있다. 평소에는 움직임이 전혀 포착되지 않는 머릿속 미로다. 관제탑처럼 가장 높은 곳을 차지하고는 자유자재로 인체를 제지시키는 능력을 발휘한다. 선함을 배출시키면 선함을 펼치고 악함을 내보이면 악하게 그려나가는 바탕이 되는 줄거리를 방출하는 곳이다. 평소 겪은 일이나 느낌 정도를 저장해 놓았다가 무이자로 꺼내 쓸 수도 있다. 소재 고갈이라는 한계에 부딪치면 무한한 상상의 날개를 가동시켜 주기도 한다.

내 몫으로 주어진 만큼만이라도 내 것으로 완성 시키는 능력을 발휘해 보려 애를 쓴다. 한계를 넘어서기까지 무엇과도 바꿀 수 없는 나라는 귀한 존재를 혹사 시키는 일은 부지기수다. 피곤에 지쳐 살게 하는 정도는 식은 죽 먹기다. 종종걸음의 초침이 지나간 자리를 양반걸음을 하는 분침이 뒤를 따르다 보면 어느새 시침이 새벽을 향해 가고 있다. 무거운 눈꺼풀이 마감을 하려 해도 분에 차지 않는 의욕은 쉽게 흥분을 거두지 않는다. 자체마감이 임박해 오면 초조해지는 건 필수목록이다. 이어지는 소재도 고갈이라는 암초를 만나 고군분투하지만 역부족을 느낀다. 과욕을 거두고 자판기를 밀쳐 낸다. 누구를 위해 무엇을 얻기 위한 몸부림인지도 모른다. 시간에 쫓기듯 마우스를 굴려 속성으로 펼치던 깊이 없는 주제가 완성한 글이 비타민이 될지, 독소가 될지 아무도 모른다. 그저 대뇌피질이 지어준 대로 써내려간 죄 밖에는 달리 죄명이 없다.

　이런 부류의 사람들은 쓸쓸할 때나 즐거울 때 그 틈 사이로 간헐적으로 느끼는 허탈이 있다. 다 풀지 못한 아쉬움 때문은 아니다. 만족이라는 정점을 향해 가다 지친 이들이 스스로에게 자행한 억압의 사슬을 풀지 못하는 탓이다. 재앙과도 같은 피로가 밀려온다. 풀가동 되던 두뇌도 잠정 휴식에 들어간다. 이어질 주제를 선정하지 못한 마음의 짐이 가슴을 조여 온다.

새벽에 수필 쓰기

전효택

금년에 여섯 살인 외손자가 있다. 이 손자는 태어나자마자 내 아파트로 들어와서 자랐다.

딸네 부부가 맞벌이이다 보니 돌보아 주어야 했다. 아파트는 방 세 개에 거실 하나이나 구조상 방 한 칸이나 다름없다. 손자가 잠들기 전 저녁시간에는 컴퓨터가 있는 거실에서 원고를 쓸 수가 없어 글쓰기 시간을 새벽 시간으로 바꾸어 왔다. 새벽 두세 시 적막 속에서의 글쓰기는 효율성이 좋았다.

수필 원고 청탁을 받으며 주제를 정해 주면 오히려 글쓰기가 편하다. 먼저 주제에 대한 인터넷 검색을 하며 자료와 아이디어를 모은다. 다음은 이 주제에 대한 나의 경험과 지식을 나열해 간다. 일단 주제에 따른 원고 작성을 시작하면 보통 그 분량이 A4용지 1매 내지는 2매 분량이므로 빠른 시간 내에 초고가 만들어진다. 가능하면 지인이나 문우에게 초고 원고를 보내 퇴고를 받아 보기도 하고 며칠 후에 초고를 다시 들여다본다.

내게 수필 원고 쓰기의 갈등은 '어디까지 정직하게 나 스스로를 털어내야 하나'이다. 내가 아는 상식은 '수필에서는 자기 자랑을 하지 말고, 시시콜콜한 신변잡기를 쓰지 말며, 주변의 지인들을 비방하지 말며, 문장을 간결하게 쓰며, 글의 말미에는 무엇인가 교훈적인 내용이 있어야 하며, …' 등이다. 이러한 조건들을 맞추어 가는 글쓰기가 결코 쉽지 않다. 먼저 주제에 맞는 나의 경험과 지식을 간결하게 써나가며 검색한 내용들을 참조해 간다.

나의 경력은 대학에서의 교육과 연구생활이 거의 전부여서 논문쓰기에 익숙해져 있다. 나의 글쓰기에 문학적 은유의 묘사는 거의 불가능함을 알고 있어 앞으로 문학 공부를 열심히 한다 하여도 이 능력 향상은 별로 기대하지 않고 있다. 그동안 사실 기재에 중심을 두는 이공계 논문 쓰기에 익숙한 탓인가 보다.

내게 글쓰기의 어려움은 어떤 표현하고 싶은 감정을 실감나게 표현하지 못하는 능력 부족이다. 글을 잘 쓰는 문우님들의 표현을 보며 '바로 이렇게 써야 돼' 하며 감탄하면서도 내 글에서는 쉽게 써내지 못하고 있다. 책읽기와 독서량에 있어서는 그리 부족하지 않다고 자부하는 편인데, 문학적 감수성과 표현력은 여전히 부족하다는 느낌이다.

윤 교수님은 시사수필이라는 새로운 장르를 〈현대수필〉에 도입하고 있으며 내게도 시사수필 작성을 독려하여 주고 있다. 그동안의 교수 생활 경험과 지식을 시사수필 작성에 몰두해 가며 내 스타일로 계속 글을 쓰려 하고 있다.

끊임없는 노력과 정진으로

정명숙

에세이나 칼럼을, 편의상(혹은 어쩔 수 없이) 수필이라고 번역하여 부르지만 저들의 그것과 우리의 수필이 같을 수 없을 뿐 아니라, '수필'이 구차스러운 역어譯語로 동원한 어휘가 아님은 물론이다. 따라서 수필을 에세이로 보는 것도 잘하는 일이 아니다.

옛날부터 우리 나라에 수필류로 분류될 작품이 많으나 그 중에 아예 '수필'이라 명토를 박은 장르 명名 책 이름도 없지 않다.

영·정년간英·正年間을 살다가 순조純祖 임금 때 세상을 떠난 정종유鄭宗愈의 「현곡수필賢谷隨筆」이 그것이다.

용장冗長을 피하려고 거두절미하거니와 이 원고가 목적하는 바는 수필문학이 지니는 짜릿한 묘미를 지적코자 하는 것이다.

흔히들 말하기를 수필은 누구나가 쓸 수 있는 글이라고 한다. 거기에는 전문이 없고, 독보가 있을 수 없다는 주장이다. 누구라도, 무엇이든 있는 그대로를 보고 느낀 바에 따라 붓 가는 대로 글로 적어 놓으면 수필이 아니겠는가라는 생각인데, 요는 그 붓에 문제가 있다.

요즈음처럼 언제라도 상투꼭지만 누르면 술술 써 낼 수 있는 볼펜이 아니라 적어도 수필의 '필'은 모필毛筆인 것이다. 최근까지도 소설 원고를 털붓으로 쓰는 작가가 있었음을 알거니와 모필과 만년필은 그 구조나 기능 면에서 전혀 같지가 않다.

먼저 벼룻돌에 연적의 물을 따라 천천히 먹을 갈아야 하고 다음에 붓촉을 씹거나 풀어서 서서히 진한가 연한가 시험해야 한다. 그리고는 다시 갈고 다시 찍고를 되풀이하는 동안이 성급하지 않아 이러한 작업이 진행되는 과정에서 선미禪味가 생기고, 검객劍客 칼을 가는 예봉銳鋒이 마련된다 하겠다.

이렇게 한 필기도구로 붓 하자는 대로 하면 수필인가, 신변잡사의 고백문이나, 자술서는 될는지 모르나 결코 우리가 바라는 수필 작품으로는 볼 수가 없다.

하기야 요사이 신문 잡지가 수필이라는 이름으로 집필 청탁을 남발하여 모아 싣는 글이 잡초처럼 무성하기는 하다. 신변잡기는커녕 넋두리 푸념 같은 풍의 글을 연재하기도 하는데 자기 자랑 같은 것을 늘어놓은 그러한 문장을 수필의 묘미로서 받아들일 무신경은 불행히도 우리의 적성이 아니다.

최근 싼값에 널리 보급된 탓으로 카메라를 소유한 이가 꽤 많이 있다. 기계 조작에 숙달한 이가 모델被寫體을 앞에 놓고 셔터만 누르면 사진이 되어 나오기는 하지만 액자에 담아 걸어 놓고 감상할 만한 사진이 몇 장이나 되던가. 사진을 작품이나 예술로까지 승화시키기는 사진 작가의 끊임없는 노력과 정진에서 얻어진 안목과 감각 아니고는 기대하지 못한다.

구도·조명·앵글을 결정하고, 판단하고, 구사하는 것은 전문적인 기교에 속한다.

어린아이에서 노인에 이르기까지 그림은 그린다. 그러나 모두가 '작품'일 수는 없듯이 현재 풍성한 수필류도 마찬가지다. 체로 쳐서 추리면, 알곡으로 남을 씨알갱이는 그리 흔하지 않을 것이다. 그렇다고 직업적인 수필가들만이 수필을 쓸 수 있다는 편견을 고수하려는 것은 아니다. 비단 수필뿐 아니라 어떤 장르의 문학 작품이든 써서 망발될 일은 없다. 다만 얄팍한 재주나 붓끝의 기교만으로는 성립되기 어렵다는 점을 강조하고 싶을 뿐이다.

20에 시를 쓰고, 30에 소설을 쓰고, 40에 희곡을 쓰라는 말을 우리는 많이 들었지만, 그것이 사실이라면 수필은 50이 넘어서 쓰라고 하고 싶다.

수필의 진짜 맛은 원숙하여 구수하면서도 짜릿한 맛에 있다고 보기 때문이다.

폴티(Georges Polti)가 수천 편의 희곡을 조사하고 나서 드라마가 될 수 있는 경우가 36종 뿐이라고 설명한 것이 1895년이었고, 괴테와 쉴러가 심각한 관심을 기울였음은 우리가 다 잘 안다. 36가지 밖에 없는 시추에이션으로 픽션의 세계 명작이 산적한데, 하물며 논픽션의 수필이야 말할 나위 있겠는가. 무궁무진한 소재가 얼마든지 있는 수필이고 보면 그 다루는 솜씨가 보통 수준으로야 되기나 할 일인가. 수필의 어려움, 그리고 짜릿하고 절묘한 멋이 여기에 있지 않을까.

향훈을 품어내기 위한 발향제

정목일

내 마음이 가만히 달빛 같은 고요를 맞아들일 수 있을 때, 흰 사발에 냉수 반 그릇 쯤처럼 담담해질 때, 자는 이이들 곁에서 한 편의 수필을 쓰는 즐거움은 나를 행복하게 만든다.

나는 남들의 눈에 잘 띄지 않는 조그맣고 못나고 연약한 것에 유달리 마음이 끌린다. 나의 작품 소재도 다 그런 것들이다. 다만, 보잘 것 없고 허수룩한 인연도 귀히 아끼는 못난 사람인 까닭으로, 내가 어쩌다가 발견한 소재들과 만난 인연을, 그 눈맞춤을, 정情의 교감을 사랑한다.

그래서, 내가 발견한 소재들과 오래오래 정을 들인다. 은밀히 이야기를 나눈다. 그러다 보면, 호박꽃은 호박꽃 대로, 겨울나무는 겨울나무 대로, 마침내 가슴을 열어젖히고 순수와 진실을, 그들이 지닌 영혼을 드러내 놓는다.

항상 조급한 건 나 자신이었다. 좀더 상대편을 기다려 이해하지 못하고 눈길을 돌려, 얻는 건 언제나 빈껍데기 뿐이었다.

내가 「풀꽃」에 대해 쓸 때, 지금껏 그런 마음이지만, 얼마나 풀꽃을 사랑하였던가.

아무도 아직 한 번, 이름 불러 주지 않았을 것 같은 풀꽃과 서로 만나 눈물을 글썽거리며 이야기했던가.

소재를 발견하고 정을 들이는 동안, 은연중 하나의 이야기가 탄생하기 마련이다.

나는 작품을 쓸 때, 어떤 신비로운 영감이 나타났으면 하고 바란다. 내가 제일 골머리를 앓는 것은 첫 부분이다. 첫 머리가 잘 풀리지 않으면, 원고지를 수십 장 소비해야 한다. 안갯속같이 첫 부분이 잘 나타나지 않을 때는, "내 마음이여, 산 속의 달빛처럼 고요로울 수 없는가" 하고 빌고 싶다.

얼굴이 보이면 모든 걸 미뤄 알 수 있는 법, 첫 매듭만 풀리면 생각은 연줄처럼 풀려 나갈 수 있다.

단 한 줄, 아니 적당한 한 낱말이 생각나지 않아 안갯속을 헤맬 때, 새벽 별빛처럼 수런거리는 마음, 오히려 나로선 안타까운 행복의 순간이다.

내가 「호박꽃」에 대해 쓸 때, 거기에 동원된 소재들은 모두 호박꽃과 정을 들이며 오랫동안 나눈 눈맞춤이요, 대화들이다.

하나의 소재를 발견한다는 것은 곧 한 세계의 접근이며, 비록 미세하고 비천한 대상이라도 그 세계를 이해하고자 할 때는 상대방을 사랑하여 가슴을 맞대지 않으면 안 되리라고 본다.

처음에 나는 한 편의 수필을 쓰는데 늘 길게 써서 분량을 줄이려고 애를 먹었다. 조그만 그릇에다 쓸데없이 많은 물을 담으려고 욕심을 부린 것이다.

방 안을 장식한다면, 나야말로 여러 가지 번잡스런 수석분재壽石盆栽나 꽃꽂이는 격에 맞지 않다. 그냥 아무런 항아리거나 사이다 병에라도 들꽃이나 한줌 꽂아두고 바라보는 것이 훨씬 마음에 맞는 일임을 늦게야 깨달았다.

처음엔 남들의 고상한 취미를 본떠서 난이나 매화분을 간직하고 싶은 마음이 있었다. 그러나 그건 욕심일 뿐, 내 방과는 어울리지 않는 조화이며, 나 역시 무명無名의 풀꽃이 더 마음을 평온하게 만들어 주는 것임을 알게 되었다.

방을 장식함에 있어 격에 어울리지 않는 물건은 대담하게 버릴 줄 아는 것이야말로, 수필의 구성에 필요한 요건이 아닌가 한다.

문장의 표현에 있어서도 남들의 손때가 묻은 표현법이 아니고, 밤 사이에 뻗은 호박 줄기의 덩굴손처럼 새롭고 신비로운 표현이 없겠는가 번민한다.

해묵은 비유법은 버리고, 빛깔만 좋은 미사여구는 아주 잊고, 가장 평범한 표현으로 진실의 영혼을 들추어낼 수는 없겠는가.

한 편의 수필을 간신히 다 써 놓고는 몇 번이나 읽어보고 마음에 들어야 안도의 한숨을 내쉬게 된다. 나는 으레 쓴 수필을 가족들에게 먼저 읽힌다. 종종 있는 일이기에 퍽 귀찮은 눈치지만 과연 내 작품이 어떤가, 애가 타서 안달이 나서 참지 못한다. 어떤 때는 짜증을 부리는 가족들에게 제발 읽어봐 주길 간청하는 못난이가 되어도 어쩔 수 없다.

읽고 난 가족들이 별로 반응을 보이지 않을 때는 내 쪽에서 초조하여 어떠냐고 넌지시 물어본다.

그들이 평론가도 아니요, 문학을 이해하는 사람도 아니라는 걸 뻔히 알면서도, 대수롭게 지적하는 말에 신경이 쓰여 그냥 넘어가지 못한다. 그 말 때문에 또 몇 번을 다시 읽어보며 애를 태우게 된다.

발표된 작품을 읽을 때, 한 번도 그럴 듯하게 만족한 작품을 대하지 못하였다. 무언가 어설픈 문장이 눈앞으로 툭 불거져 나와서 마음을 어둡게 만들어 놓는다.

왜 좀더 시간을 두고 정갈한 마음으로 다듬지 못하였는가 후회가 된다.

나야말로 한심한 바보가 아닐까, 공연히 서글픈 생각이 들 때가 있다. 남들은 그까짓 수필쯤이야 하고, 아무나 붓 가는 대로, 생각나는 대로 단숨에 써 나가는데 한 편의 수필을 두고 며칠 밤을 끙끙 속을 앓는 걸 보면 참으로 어리석은 사람이 아닐 수 없다.

그러나 수필은 우선 맑은 영혼으로 붓을 들지 않으면 참다운 글을 쓸 수 없다.

무엇보다 마음을 맑게 닦는 법을 익혀야, 마음으로 교감하는 애정을 가져야, 한 편의 향기로운 수필을 쓸 수 있으리라 생각한다.

언제 나도 마음 속에 달빛을 맞아들일 수 있는 한적하고 고요한 심사가 되어 보나, 조용히 눈을 감아보기도 한다.

수필은 내 삶의 노래

정선모

　사람들은 누구나 세상과 소통하며 지내는 자신만의 방식이 있다. 어떤 이는 그림으로, 또 어떤 이는 춤이나 노래로 세상에 손을 내민다. 그렇게 선택한 도구를 통해 자신을 표현하고, 하고 싶은 메시지를 전달하며 공감을 얻고자 한다.

　내게 있어 그 매개체는 수필이다. 나는 수필로 삶을 노래하고, 세상에 손을 내민다. 수필을 통해 나의 존재를 확인하고, 세상과 만나고 싶어 한다. 드러나지 않은 삶의 비의秘意를 수필을 쓰면서 조금씩 알아가는 것은 어디에서도 얻을 수 없는 나만의 기쁨이다.

　사소한 일상을 통해 늘 보던 사물, 혹은 주위에서 일어난 사건을 통해 얻은 깨달음이든, 절망에 빠진 이와 어두운 터널을 함께 걸어 주던 이웃의 이야기든 수필이라는 형식을 빌면 그 모든 것이 결국은 내 삶의 노래가 된다. 그리고 그 노래를 통해 세상과 소통하기를 원한다. 설명하지 않고 그림 그리듯 보여주기만 해도, 긴 글이 아니어도 미처 하지 않고 삼킨 말의 행간과 그 뜻을 독자들이 헤아리고 이해

해주기를 바라는 마음으로 나는 물론 세상의 모든 작가들은 지금도 글밭을 일구고 있을 것이다.

내가 수필로 부르는 노래는 온갖 악기가 동원되어 연주하는 교향 악곡처럼 웅장하지도 않고, 전자기기를 이용한 테크노뮤직처럼 격렬하지도 않다. 다만, 통기타처럼 혹은 가슴 저 밑바닥을 다독이는 첼로의 음색처럼 나직하고 따듯하길 꿈꾼다. 꾸밈음이 많지 않은 담백한 선율에 큰 소리로 부르지 않아도 오래 여운이 남는, 그래서 쓸쓸한 날이면 다시 찾아 들으며 위안을 얻는 그런 노래이길 감히 바란다.

동양시학에서는 할 말이 있어도 직접 말하지 말고 사물을 통해 말하라고 하였다. 사물이 제 스스로 말하게 하라는 것이다. 작가는 그것을 자기만의 언어로 드러내려고 애를 쓴다. 작가의 감정을 강요하지 않아도 한지에 먹물이 스며들 듯 읽는 동안 혹은 읽고 난 후 독자의 가슴속에 저절로 여운이 남는 그런 글이 내가 지향하는 수필의 미학이다.

그래서 언제부터인가 나의 시선은 크고 화려한 곳보다 작고, 여리고, 그늘진 곳에 머문다. 소소한 일상 속에 숨어있는 삶의 의미는 결코 작거나 가볍지 않다는 걸 갈수록 느끼게 된다. 깊이 숨겨진 금맥을 캐듯 일상에서 문득문득 발견하는 삶의 가치는 글을 쓰면서 얻는 최고의 보람이다. 고산준령이 아닌 지금 내가 걷고 있는 오솔길이 바로 나의 수필 밭이다. 그곳에서 나만의 향기를 찾고, 나만의 빛깔을 찾아낸다. 눈에 잘 뜨이지 않아도 괜찮다. 잘 보이지도 않는 풀씨 하나에도 완전한 생명이 들어있음을 깨닫는 곳은 바로 이 오솔길이기 때문이다.

사람과 사람, 사람과 자연, 사람과 사물. 그 모든 관계 속에서 일어나는 크고 작은 일들을 통해 삶을 들여다보는 눈이 더 깊어지고 더 넓어지기를 갈구하며 수필을 쓰면 그건 곧 구도의 길과 다름 아닐 것이다. 수필을 쓰며 좀 더 내 마음의 중심에 닿으려 애쓴다. 깊은 성찰을 통해야만 닿을 수 있는 그 길이 아득히 멀고멀지만 서두르지 않고 느릿느릿 제 걸음걸이 속도에 맞추어 걸어가려 한다.

감동을 주지 못하면 문학은 제 소임을 다하지 못한 것이라는데 언감생심 감동을 바라고 글을 쓴 적은 없다. 나의 걸음걸음에서 피어난 작은 꽃들이 사람을 상하게 하는 독초가 되지 않기만을 바랄 따름이다. 좀 더 욕심을 낸다면 온힘을 다하여 얼음을 녹이며 피어나는 복수초와 같은 온기를 지니고 있기를 소망한다.

누구나 보지만 그러나 아무도 알아보지 못한 의미 있는 글감으로 소음이 아닌, 오래 들어도 질리지 않고 자신도 모르게 흥얼거리는 친근한 선율 같은 수필 쓰기가 나에게 남은 큰 과제다.

고린도전서 13장의 말씀처럼

정성화

사십 대 중반 즈음, 어느 수필집을 읽으며 크게 감동한 뒤로 한동안 수필집만 읽었다. 작가가 작품 속에서 걸어 나와 내 손을 따뜻이 잡아주고 어깨를 토닥여주는 듯했다. 그러자 내 속에 차 있던 불평불만이 사실 별 게 아니라는 느낌이 들었다. 수필 덕택에 인생을 새롭게 이해하며 해석하게 되었고, 인생의 참값을 다시 매기게 되었다.

수필을 쓰면서 내가 받은 위로도 상당하다. 지난날에 대한 회한을 수필에 풀어내고 나면 마음이 누그러졌다. 수필을 쓰는 동안 마음속에 곪아 있던 부분이 터졌다가 아물기도 했다. 이것이 수필이 지닌 진정작용, 해열작용, 소염작용이 아닌가 싶다.

마음이 가는 소재를 만날 때마다 간단히 메모를 해둔다. 일상생활에서 문득 떠오른 상념, 어떤 영화나 전시회를 보고난 뒤의 감흥, 어떤 정경을 보았을 때의 떨림, 가슴이 뭉클해지는 광고 카피 등. 이런 것들이 나에겐 글의 씨앗이다. 독자는 작가가 어떤 것을 배워서 쓰기를 원치 않는다. 자신의 체험 중에서 가장 또렷하면서 응어리진 것을 소재로 삼는 게 좋다고 생각한다. 지난 일을 소재로 글을 쓸 때는 그 시절의 풍경 속으로 오롯이 들어가려고 애쓴다. 떠오른 추억 중에서 독자가 공감할 만한 것을 고르고, 그런 소재를 배치할 때는 점층법을 쓰는 편이다.

문체를 놓고 고민이 될 때는 수필가 윤오영이 〈수필문학입문〉에서 한 말씀을 떠올린다. "수필은 산문이지만, 그 전체에서 하나의 시격을 얻어야 한다." 문장 속에 무늬를 넣는 마음으로 간간이 비유법을 가져온다. 비유란 대상을 다양한 각도로 비추면서 본질에 다가가려는 시도다. 뜻밖의 대상을 끌어와 결합시킨 비유는 독자의 감각을 자극하고 정서를 환기시킨다. 직유보다는 은유를 좋아하는데, 그 이유는 은유에 들어있는 한지韓紙같은 은은함 때문이다.

고등어가 그 많은 살을 거느릴 수 있는 힘은 어디에서 나올까. 몸 한가운데를 관통하는 굵은 등뼈에서 나올 것이다. 수필에서의 등뼈는 주제다. 여러 소재를 너끈하게 거느리려면 주제가 선명해야 한다. 작가가 무슨 얘기를 하려고 이 글을 썼는지 모르겠다 싶으면 그 글에는 분명 문제가 있다. 공감과 감동을 주면서 희망을 줄 수 있는 주제, 삶의 가치와 존재의 의미를 들여다보는 주제를 잡아보려고 애쓴다.

주제와 소재가 대강 정해지고 나면 글의 개요를 짠다. 글의 거푸집을 짓는 일이다. 모아놓은 소재 중에서 다시 취사선택을 한 다음, 소재를 어떤 순서로 배치할지 고민하는 시간이다. 이 때의 기준은 '어떤 순서로 써내려가야 주제로 자연스럽게 수렴될 수 있을까'다.

주제와 소재는 직감으로 정할 수 있지만, 수필의 구성은 기술적인 문제다. 내가 효과적이라고 보는 수필 구성법은 소설처럼 '기승전결'의 전개다. 구절초 한 줄기를 뿌리까지 온전히 뽑아 올려 보면 하얀 꽃잎에서 맨 아래 잔뿌리까지 줄기 하나에 다 연결되어 있다. 글도 그렇게 유기적으로 연결되어야 한다고 생각한다.

글의 서두를 잡을 때는 주제를 생각하며 앉는다. 글의 밑바닥에도 논리가 흘러야 하므로 연관성 있는 소재로 단락을 이어간다. 가장 마음이 쓰이는 부분은 '전'이다. '기'와 '승'에서 언급한 내용을 한 단계 고조시키면서 글의 반전을 노려야 할 부분이다. 이 부분에서 나는 영화감독이 영화를 찍을 때의 기법을 상상한다. 극적인 상황에서 감독은 주인공의 얼굴 표정과 감정 변화를 클로즈업 한다. 그러려면 섬세하면서도 구체적인 표현, 적절한 비유, 독자에게 인상적으로 남을 문장을 앉혀야 한다. '결'에서는 가급적 여운이 남는 문장, 문학적 향기가 나는 문장으로 마무리하려고 애쓴다. 결미 부분에서 나는 가끔 글의 배경화면을 바꾸어보기도 한다. 마지막 장면에 따라 영화의 여운이 달라지는 걸 생각하면서 그런 시도를 한다.

초고를 보며 드는 생각은 '이것이 과연 글이나 될 수 있을까'다. 그래서 초고를 쓰는데 걸린 시간보다 퇴고를 하는데 더 많은 시간을 들인다. 어느 수필가는 자신의 글을 대략 이백 번 정도는 읽어본다고 했다. 그래서인지 그의 작품은 군더더기가 없고 사유가 깊다.

고린도전서 13장의 말씀이 생각난다.

"모든 것을 참으며, 모든 것을 믿으며, 모든 것을 바라고 견디느니라."

글이란 결국 '오래 참고 견디는 능력'에서 오는 게 아닐까.

글이란 것도 내가 이 세상에 살다 간다는 흔적에 불과하다. 흔적이 크게 남고 적게 남고가 뭐 그리 중요할까. 쓰는 동안 즐거웠고, 쓰는 동안 나의 상처가 치유되었고, 쓰는 동안 내 삶이 풍요로웠다면 그것으로 충분하지 않을까.

노동과 놀이

정여송

한 편의 글이 탈고되기까지 거쳐야만 하는 과정이 있다. 기본적인 창작기법은 생략하고, 내가 즐겨하는 작법 중 4가지를 얘기하고자 한다. 나의 수필 작법은 노동에서 시작하여 놀이로 끝난다.

* 소재를 찾고 주제를 정한다.

책상 위에 백지와 연필을 놓는다. 바른 자세로 의자에 앉아 백지를 응시하며 생각에 잠긴다. 텅 빈 백지가 무섭게 느껴지면서 잡아먹을 듯 위협을 한다. 그럴지라도 서두를 끄집어내기 위한 나만의 의례이기에 도리가 없다. 이것은 많은 시간을 요구하고 고통이 따르는 소재 찾기와 주제가 정해졌을 때라야 가능한 일이다.

글의 성격에 맞춰 특정한 경험들만을 수집한다. 때로는 버린 것들을 모아서 새로운 경험으로 삼기도 한다. 참신한 소재 발견이나 독창적인 주제 착상은 몇 시간으로부터 시작하여 몇 년이 걸리는 경우도 있다. 몸이 아프도록 고심하며 피땀을 흘려야만 하는 아주 고된 '노동'이다.

* 상상력을 펼친다.

스스로 유랑할 수 있는 내적 세상으로 나간다. 아무도 모르거나 이름도 없는 곳에서 철저하게 방황한다. 별의별 것을 다 본다. 새로운 시각을 얻고 신선한 사물을 만나며 색다른 에너지를 제공받는다. 이때 체험을 어깨에 멘 상상력은 가만있지 못한다. 주제와 소재에 연루된 모든 의식들을 깨운다. 현실에 사로잡히지 않고 자유롭게, 사물들의 세계를 구성하는 힘을 발휘한다. 그 힘으로 나만의 방식을 세운다. 상징, 비유, 암시, 은유 등 상상적 기법을 사용한다. 상황을 변경하여 내가 알고 있거나 보았던 것을 세밀하게 묘사하여 이식한다. 글속과 글 바깥이라는 두 가지의 세계를 하나로 묶어 형상화한다.

* 뼛속까지 내려가 쓴다.

평범한 소재에서 비범한 주제의식을 살려내기 위해 내면의 목소리를 듣는다. 기지개를 켠 생각들은 파고 캐고 찢고 쪼개기를 멈추지 않는다. 세상의 모든 것에 의미와 가치를 붙여주고자 집중적으로 주시한다. 안개에 싸여있는 마음을 뚫고 무언가 선명한 것이 표면으로 올라오면 포착한다. 불필요한 부분들은 가차 없이 잘라내고 단단한 진실과 함께 선다. 그 진실은 어떤 상황에서도 절대 상처 입힐 수 없는 진실이다. 그렇기에 미물이라 해도 투시력으로 탐찰한다. 뼛속까지 내려가서 파헤친다. 그것에 깊으면서도 오묘한 사상과 철학을 가미한다. 사람들을 일깨우고 한 사람에게라도 힘을 줄 수 있는, 살아 있는 감정 모습을 보였는지 검사한다. 어느 부분이 살아 있고 깨어 있는지를 살피는 것이다. 문장을 말쑥하고 정교하게 다듬는다. 내가 말하고자 하는 진실을 독자에게 내민다. 이미 '놀이'는 시작되었다.

* 실험 수필을 쓴다.

내 욕구가 무엇인지 계속적으로 묻는다. 누구나, 아무나 쓸 수 있는 글이 아닌 글을 쓰고 싶다고 답한다. 쉽지 않다. 힘들고 아프다. 하지만 시도한다.

먼저 사고의 경계를 무너뜨린다. 낯섦을 찾아 헤맨다. 쳐다보고 있는 모든 사물 안으로 긴 여행을 떠난다. 그 사물이 담고 있는 존재의 본성과 진리의 비밀을 캔다. 세상은 견고하지만은 않고 완벽하지도 않으며 영원하지도 않다는 사실을 알아챈다. 그래서 미미한 소재일지라도 품격 있는 의미를 부여한다. 본질적인 외침이다. 기회를 포착한 모험적인 사고들은 축제를 벌인다. 적재적소에 자리 잡은 글자들도 신명을 낸다. 글이 피어난다. 환하게 빛을 낸다. 완성에 이른다.

실험수필은 겉모습과 다른 내 안의 또 다른 내 모습의 발견이다. 나의 모든 것을 드러내기보다 절제를 통해 진실을 고백하는 일이기에 난해할 수도 있다. 실험수필의 창작은 참신하고 목소리가 분명한 창조적 작품으로서 확실한 자리매김을 위한 투쟁이다. 수필문학의 발전을 도모하기 위한 처절한 몸부림이다.

나는 수필을 이렇게 쓴다

정일주

1. - 나의 수필 쓰기

글은 어떻게 써야 하는가? 글은 왜, 쓰는가? 집필 전에 늘 자문自問하는 말이다.

수필에 대한 이론은 다양하다. 비유와 상징 그리고 서정은 창작의 구성요소다.

나는 장르의 벽을 허물고 창조創造 정신으로 나만의 독특한 색깔로 글을 쓰려고 노력한다.

원고 청탁을 받으면 집필에 앞서 다음 질문을 떠올린다.

첫째, 어떻게 쓸 것인가?

둘째, 전하고자 하는 메시지는 무엇인가?

셋째, 읽기에 편한 글인가?

넷째, 기승전결은 되었는가?

주제에 따라 서정시, 산문시, 또는 자유시 형태의 글을 작성한 후,

회상回想과 상상想像을 통한 전개 방식으로 글을 쓴다.

초고가 끝나면 글을 읽고 자문하면서 수차에 걸쳐 퇴고에 들어간다.

예를 들면 다음과 같은 방법이다.

1) 「가방 일기」

학창시절 가방 검사

정비석의 자유부인, 현진건의 B 사감과 러브레터

담임의 훈계에 소설 쓰겠다고 변명하자

머리가 영글지도 않은 녀석이 알로 까졌다며 꿀밤으로 나무랐다.

"글도 가방끈이 길어야 쓰는 거야"

청춘에 글 쓰면 배고프다는 말에

비즈니스 가방 들고 출근했다.

중년에 옛 꿈이 그리워 늦깎이로 시 농사에 뛰어들었다.

별 밭에 시어詩語를 뿌리고, 달빛에 시어를 가꾸며

풍년 농사를 다짐하지만, 여러 해 지나도

시詩는 발아發芽도 하지 않는다.

얼마나 더 폭풍이 지나야 시가 발아할까?

엄마는 뙤약볕에서 호미와 씨름하다 짧은 생을 마감하고

나는 밤마다 시 밭에서 잡초만 뽑다 생을 마감할까 두렵다.

「가방 일기」는 두메산골에서 유년을 보내고 학업을 위해 서울로 왔으나, 학창시절, 가정이 빈곤해 고학하느라 문학의 꿈을 펼치지 못했다. 전역 후에는 글쟁이는 배고프다는 말에 샐러리맨이 되었다. 글이 그리워 중년의 나이에 등단하고 보니, 글쟁이도 농부의 일상과 다를 바 없다는 생각이 들었다. 원고 청탁이라도 받으면, 글을 찾느라 밤낮을 잊고 끙끙거린다. 농촌에서 어머니는 이른 새벽부터 풍년 농사를 기원하며 논밭에서 잡풀을 뽑느라 하루해가 짧다 했다. 집필에 집중하면 하루해가 짧다. 일과를 들여다보면, 배고픈 글쟁이나 농부의 생활상은 닮았다. (요점 정리)

인간의 삶은 환경에 따라 의식주는 물론 일상의 취미도 다르다. 감정과 정서가 담긴 문학과 예술은 작가의 의도意圖에 따라 다양하게 표현된다. 소재가 다양하므로 관객이나 독자는 선택의 폭이 넓다. 예술은 관객의 호응에 따라 평가받듯이 글은 독자가 평가하고, 독자가 외면하는 글은 사장死藏 된다.

좋은 글은 형상과 상상이 뛰어나야 한다. 감정과 정서가 담겨야 한다. 수필은 스토리다. 자기만의 독특한 목소리가 실려야 한다. 수필은 도전이고 혁명이다. 아포리즘, 실험 수필, 퓨전 수필, 아방가르드, 시화 수필로 수필의 변화를 시도하는 것은 수필발전의 고무적鼓舞的 현상이다.

이 세상에 자연물 외에 변하지 않은 것은 하나도 없다. 수필도 사전적 의미를 뛰어넘고, 장르의 벽을 과감히 허물어야 발전할 수 있다고 생각한다. 시대의 변화를 외면하고 신변잡기나 고루固陋한 글을 쓴다면 수필은 독자로부터 외면당하는 것은 당연하다. 변화에 편승

하지 못하면 수필은 늘 문학의 변방을 서성이게 될 것이다.

급변하는 사회 환경에 스트레스를 받으며 살아가는 현대인의 정서에 도움을 주고, 흥미興味를 가미한 단문短文의 수필을 독자는 선호할 것이다. 정지된 그림에 영혼을 실어 움직이게 한다는 애니메이션에 수필을 접목한다면 신세대가 선호하지 않을까? 상상을 해본다.

글쓰기 이론은 있으나 정답은 없는 것 같다. 글은 작가의 몫이지만, 선택은 독자의 몫이다.

독자와 공감하는 글을 쓰기 위해 많이 듣고, 많이 읽고, 많이 생각하라는 구양수歐陽脩의 삼다설三多設을 떠올리며 나만의 독특한 글로 독자의 눈길을 끌고 싶다.

나의 글쓰기와 수필에 대한 견해見解는 필자의 주관적 소견所見임을 밝힌다.

온몸으로 채워가는 작업

정재호

송엽차를 만들기 위해서 주전자에 물을 끓인다. 같은 물을 끓여도 사람에 따라 그 맛이 달라진다.

시는 작설차, 통속 소설은 커피, 수필은 송엽차다. 작설차는 쓴맛이 약간 나면서 입안에 향내가 배어들기 때문에 속된 혀로는 가려내기 어려운 선미禪味가 감돈다. 찻그릇도 조선 백자나 고려 청자쯤이 어울리지, 범속한 것은 격에 맞지 않는다.

나는 10년 전 파계사에서 작설차를 처음 마셔 보았고 다도茶道에 대해서도 조금 배웠다. 승우 스님이 손수 따라 주는 찻잔을 들고 눈을 지그시 감고 한 모금씩 몇 번을 음미해 봤으나 그 맛을 도저히 헤아릴 수가 없었다. 차 맛을 알려면 10년쯤 공을 들여야 한다는 말이 진리인 것만 같았다. 시도 마찬가지다. 20년이 넘게 시를 읽고 쓰고 해봤지만 시의 참맛은 아직도 확실히 모른다.

이에 비하면 커피는 대중적이다. 한두 번만 마셔 보면 맛을 알게 된다.

그릇도 가릴 필요가 없다. 야전용 물컵도 좋고 유리잔에 받아 마셔도 좋고 혼자 마셔도 좋고 연인과 다정히 마셔도 좋다. 격식이나 장소도 가릴 필요 없이 누구에게나 쾌감을 준다.

통속 소설은 커피처럼 많은 사람에게 사랑을 받는다. 학식이 높고 낮음에 구애를 받지 않으며, 연령이나 성별의 제한도 없이 흥미나 말초 신경만 자극해 주면 그만이다. 작가의 인생관이나 고도의 예술성 따위는 문제로 삼지 않는다. 통속 소설은 아기자기한 재미만 있으면 읽히듯이 커피도 일시적인 쾌감만 주면 되는 것이지, 약간의 부작용은 그 다음의 문제다.

커피에 비하면 송엽차는 담담한 맛이다. 설탕을 넣지만 달지 않고 솔잎을 넣어도 떫지 않다.

인생의 쓴맛과 단맛을 맛본 뒤에야 그 맛을 느낄 수가 있지, 젊은이나 풋내기는 그 맛의 오묘함을 모른다.

수필은 삶의 체험에서 우러난다. 설익은 설교나 어설픈 철학으로는 수필의 참맛이 나지 않는다. 오래 묵은 포도주처럼 결이 삭은 뒤에 우러난 슬기에서만 훌륭한 수필은 샘솟는다.

포도주를 담그고 난 뒤에 오랜 세월을 기다리듯이 수필도 얕은 체험담이나 값싼 지식만으로는 쓰이지 않는다.

시나 소설은 젊고 신선한 감성으로 쓸 수 있지만 수필은 봄과 여름을 지난 뒤의 가을쯤 된 연륜에 들어서야만 무게와 깊이를 더한다.

수필에도 색깔이 있다면 가을 하늘빛이다. 티끌 한 점에도 얼룩이 지는 맑은 표정에서 높은 정신 세계를 느낀다. 수필은 지식이나 기교로 쓴 잡다한 산문이 아니고 관조의 눈으로 본 것을 철학의 체로 걸러낸 산문으로 쓴 시다.

수필에서는 모과 향내가 나야 한다. 모과를 방에 놓아두면 책에서도 옷에서도 그윽한 향내가 나듯이 수필 속에는 사색의 맑은 향기가 배어 있어야 하고 고고하면서도 담박한 맛이 스며 있어야 한다.

송엽차에서는 은근한 향내가 난다. 물을 끓여서 식힌 후 솔잎을 따다가 깨끗이 씻어 넣고 설탕을 조금 뿌린 다음, 밀봉한 채 응달에 두었다가 일주일쯤 뒤에 개봉하면 송엽차가 된다.

물과 솔잎과 설탕이 녹아서 차가 되는 과정이 수필의 세계다. 지식과 체험과 직관이 용해되어 예술적인 문장으로 표현될 때 한 편의 향기 높은 수필은 태어난다.

수필의 맛은 담담하지만 무미건조해서는 안 되며, 시적 향취도 있어야 하지만 시처럼 난해해서도 안 되며, 소설 같은 재미도 있어야 하지만 속되어서는 안 되고, 철학성이 있어야 하지만 현학성이 짙어서는 안 된다.

송엽차는 솔잎의 까칠한 지성과 물의 무기교의 맛과 쾌감을 주는 설탕이 녹아서 한 잔의 차로 승화된 것이다.

내가 여태까지 만든 차는 어떤 것은 너무 달고, 어떤 것은 너무 떫고, 또 어떤 것은 너무 싱거웠다.

이제 나이 마흔이 넘어서야 겨우 맛을 알 것 같다. 단맛보다는 쓴맛이, 쓴맛보다는 담담한 맛이 높은 경지라는 것을 깨달았다.

그동안 설익은 차를 부끄러운 줄도 모르고 수백 잔이나 마구 끓여서 아는 이와 모르는 이들 앞에 내놓았다. 지금 생각해도 얼굴이 화끈 달아오른다.

　나를 아끼는 이와 더불어 향기 높은 송엽차를 한 잔 나누고 싶다. 그날이 언제인지 나도 모른다. 10년 후 아니 백 년 후가 될지도 모르겠지만, 오늘은 이 산 저 산을 찾아다니며 부지런히 솔잎을 따 모으고 있다.

나의 수필 작법
— 「붉볕과 소나기」의 경우

정진권

"수필은 자기가 체험한 사실事實의 기록이다."

옛날 내가 수필을 처음 시작할 때 많은 사람들이 이렇게 말했다. 그런데 나는 곧 그게 아닌데 하는 생각이 들었다. 수필이 체험한 사실의 기록이라면 왜 그걸 창작이라고 할까?

"수필 쓰기는 결코 사실을 몰각해서는 안 되지만 그렇다고 거기 함몰되어서도 안 된다. 무언지 창조적인 면이 있어야 한다."

나는 이런 생각으로 글을 썼다. 달리 말하면, 수필 쓰기는 기록성記錄性을 존중하면서 동시에 창조성創造性을 발휘해야 한다는 것이다. 창조성의 발휘, 그렇다면 그 기본원리(방법론)는 무엇일까? 나는 다음과 같이 쓴 일이 있다.

그것은 작가가 스스로 가치價値 있다고 믿는 어떤 언어구조물言語構造物, 作品을 상정想定하고 인생과 자연의 여러 체험들을 그대로이거나 수정修正하거나 보충補充하거나 하여 자신의 독특한 방법으로 새로

이 조직하는 것이다. 따라서 그 조직의 결과(작품, 언어구조물)는 실재했거나 하고 있는 세계를 반영하면서도 그것과는 달리 존재하는 세계, 즉 창조의 세계가 됨은 물론이다.1)

나는 지금도 이런 생각에 변함이 없다. 그런데 근래에 와서는 체험의 수정, 보충과 함께 체험의 선택選擇과 배열配列도 생각하게 되었다. 오늘 나의 수필 작법 이야기는 이 문제에 한하기로 한다. 우선 자신의 글 한 편 읽고—.

> 불볕과 소나기
> 소년의 옛 마을 그 여름날.
> 구름 한 조각이 없다. 바람 한 점이 없다. 불볕 하늘이다. 밭가의 감나무 잎새는 미동도 않고 돌무더기 호박잎은 축축 늘어진다. 하늘과 땅이 온통 불길 속이다. 소 몰고 콩밭 타는 삼돌이의 얼굴이 땀범벅이다.
> "사람 죽겠네."
> 그때 먹구름이 모여든다. 소나기가 퍼붓는다. 감나무 잎새는 빗속에 퉁퉁거리고 호박잎은 다시 생기를 되찾아 너울거린다. 산과 들이 온통 소나기로 부옇다. 소 몰고 콩밭 타는 삼돌이의 맥고자에도 빗방울이 튄다.
> "살 것 같네."
> 불볕만 있고 소나기가 없었다면 어찌 살았을까?
> 소년의 옛 마을 그 여름날.2)

이 짧은 글은 다음과 같은 요소들로 구성되어 있다.

배경 – 여름날의 농촌 그 하늘과 땅, 산과 들.

인물 – 젊은 농부 삼돌이.

사건 – 삼돌이가 콩밭을 타며 한마디씩 내뱉는다.

주제 – 우리의 삶에 불볕苦만 있다면 어찌 살겠는가? 그래도 소나기樂가 있어서 이렇게 사는 것이다.

그럼 우선 배경–. 여름날의 농촌, 나는 어린 시절 거기서 겪은 바가 수없이 많다. 이 글에 드러난 체험(주로 내가 본 것)은 그 중에서 내가 선택, 다음과 같이 배열한 것이다. 이 배열은 대조(對照, –표의 왼쪽과 오른쪽)라는 구조를 가지고 있다.

불볕 – 소나기

미동도 않는 감나무 잎새 – 통통거리는 감나무 잎새

축축 늘어지는 호박잎 – 생기를 되찾아 너울거리는 호박잎

온통 불길 속인 하늘과 땅 – 온통 소나기로 부연 산과 들

다음은 인물3)과 사건–. 여름날 삼돌이가 산과 들에서 하는 일은 수없이 많다. 나무하기, 논매기, 밭매기, 풀 깎기, 또 무엇, 이는 다 내가 본 것들이다. 나는 이 체험(본 것)들 중 둘을 선택 다음과 같이 배열했다. 이 둘 역시 대조라는 구조를 가지고 있다.

삼돌이가 불볕 속에 콩밭을 타며 "사람 죽겠네" 한다.–

삼돌이가 소나기 속에 콩밭을 타며 "살 것 같네" 한다.

배경이든 인물과 사건이든 내 무수히 많은 체험들 중 이들만을 선택, 대조적으로 배열한 것은 "우리들의 삶에 苦(불볕 같은)만 있다면 어찌 살겠는가? 그래도 樂(소나기 같은)이 있어서 이렇게 사는 것이다"라는 주제를 말하기 위한 것이다.

수필이 창조성을 획득하는 원리(방법)는 많을 것이다. 그러나 무엇보다 중요한 것은 우리 수필가들이, 수필 쓰기는 사실을 모사模寫하는 일이 아니다, 한 세계를 창조創造하는 행위다, 이런 신념을 가지는 일이 아닌가 한다. 이런 신념이 확고하면 자신의 독특한 방법이 개발될 것이다.

1) 필자 『現代隨筆文學의 理論模型研究』, 명지대대학원 석사논문, 1980
2) 필자 『한 수필가의 짧은 이야기』, 수필과비평社, 2005
3) 이 삼돌이는 실제 인물이 아니다. 내가 본 저 여름날 소 몰고 콩밭 타는 수많은 젊은이들을 전형화典型化 한 것이다. 따라서 삼돌이는 그 젊은이들 모두를 대표하면서 구체적인 그 누구도 아니다. 내가 창조한 인물이라고 해도 좋겠다.

* 이 글은 필자의 「한 창조행위로서의 수필 쓰기」라는 글에서 발췌한 것임.

내가 사랑에 빠질 때

정태원

매혹적인 글감을 만나면 나는 사랑에 빠진다.

평범했던 날들이 새롭게 은빛 날개를 달고 퍼덕이기 시작한다.

귀중한 인연은 언제나 쉽게 오지 않는다.

그를 만나기 위해 틈만 나면 여행을 떠난다.

젊은 날 그리운 사람을 만나러 갈 때처럼 가슴이 설렌다.

햇빛 쏟아지는 작은 포구, 떠나가는 배, 폐허가 된 절터, 고궁의 기왓장, 쌍무지개 뜬 사막, 비행기 창을 통해서 본 백야, 이름 모를 산하에 애잔하게 핀 꽃들….

어느 순간 섬광처럼 그는 내게로 온다.

갑자기 숨이 막힌다.

그때부터 나는 그의 포로가 된다.

그를 알기 위해 밤낮으로 연구한다.

보고 또 보고 싶어 그를 향해 수없이 달려간다.

꿈속에서조차 그를 만나 웃고 포옹한다.

잠시도 떨어지지 않고 눈맞춤 하다 보면 자연스럽게 합방의 날이 정해진다.

　온몸의 세포 하나하나까지 활짝 열고 하늘의 소리, 땅의 울림에 귀 기울인다.

　해, 달, 별, 바람, 구름, 꽃, 나비, 벌… 세상의 모든 정기를 모은다.

　심호흡을 하고 책상 앞에 앉을 때이다.

　군더더기 없는 간결한 글을 쓰고자 애쓴다.

　글이 잘 풀리지 않고 막힐 때면 자리를 박차고 일어난다.

　마음의 교신이 끊긴 상태이다.

　휑하니 차를 몰고 나간다.

　멍하니 음악을 듣거나 TV를 볼 때도 있다.

　한참 딴청을 피우다 보면 다시 교신이 오기 마련이다.

　한 편의 초고가 완성되면 갈고 닦는 퇴고의 과정을 중요시한다.

　인쇄해서 소리 내어 읽고 주제가 분명한지 확인한다.

　반복되는 단어, 오자나 탈자, 맞춤법이 틀린 곳은 없는지 눈에 불을 켜고 찾아내서 고친다.

　읽고 또 읽어서 완전히 외운다.

　리듬, 박자, 음정까지 생각한다.

　바쁘다는 식구 붙들고 못생긴 곳 잡아내라고 애원한다.

　요즘은 녹음을 해서 들고 다니며 듣는다.

　산이나 바닷가에 가서 들으면 더욱 좋다.

　몇날 며칠 책상서랍 속에 넣어두었다가 다시 꺼내서 읽어본다.

다듬고 또 다듬다 보면 '딱' 하고 아구맞는 소리가 들린다.

이제 더 이상 손 볼 데가 없다는 신호다.

글도 서로 궁합이 맞아야 한다.

끝으로 신경을 쓰는 것은 글의 제목이다.

글감을 보는 순간 떠오르는 경우도 있지만, 대부분 글이 완성된 후 붙이게 된다.

다 된 글을 읽고 또 읽다 보면 글 속에서 자연스럽게 제목이 나온다.

* '… 여자들이 태어날 때 어머니로부터 받은 약 200만 개의 난자 중 약 500개가 임신을 위하여 배란되는 것이다…선택 받은 정자와 난자가 수정란을 만들고 이 수정란이 약 60조 개로 늘어나서 우리 몸을 만들게 된다…수정란이 8번 세포분열 할 무렵 자궁에 착상하게 되고, 41번 세포분열 할 때쯤이면 아기가 태어나게 된다….'

언젠가 *서울 의대 박재갑 교수의 칼럼'을 읽으며 오묘한 생명의 신비에 황홀했었다.

나는 여자로 태어나서 행복하다.

세 아이를 낳아 키웠다.

그들에게서 손녀와 손자가 태어났다.

나는 또 작가라서 행복하다.

오래도록 은은한 라일락꽃 향기를 느낄 수 있는 글을 낳고 싶다.

내 글을 읽는 많은 사람들에게 귀한 '생명의 씨'를 주고 싶다.

오늘도 나는 가슴 설레며 사랑을 기다린다.

섬세하되 간결하고 서늘하게

정태헌

문학은 언어를 사용하여 인생을 예술적으로 표현하는 양식이다. 수필 역시 문학의 한 장르로서 예술적 스타일을 두루 갖추어야 한다. 소재가 미적 경로를 거쳐야 문학적으로 형상화될 수 있기 때문이다. 진솔한 내용만으로 독자의 공감과 공명을 받을 수도 있지만, 문학수필로서 품격을 갖추기 위해서는 적절한 미적 경로가 필요하다.

미적 경로

늘 '수필적 마음가짐(Essay type of mind)'을 견지하며 일상의 사상事象을 새로운 눈으로 바라보려고 한다. 소재를 만나면 메모 후 미적 과정을 생각한다. 소재의 특성을 분석하고 주제를 탐색하며, 자료를 모으고 얼개를 짠다. 밑그림이 그려지면 생각을 가다듬고 초고를 단숨에 쓴다. 잠시 접어 밀쳐 둔다. 묵혀 두었다가 생각이 무르익으면 다시 퇴고를 거듭한다. 소재에 대한 해석이 일반화되고 보편적인가,

내용의 긴축성과 정서적 긴장감은 있는지, 사상성과 쾌락성은 용해 처리되었는가를 생각해 본다. 창의적인 표현을 위해 고심하며, 비문이 되지 않도록 세세하게 살펴본다. 낭독해 보아 거치적거리는 부분이 있으면 마지막 손질을 한다.

주제

글 속에는 '무엇인가의 의미'가 있게 마련이다. 그 의미는 근원적이고 본질적인 면에서 찾고자 한다. 작고 적은 인생의 풍경도 천착하여 깊숙이 내려가 본다. 주제는 명료하되 암시적으로 여운 처리하며 글 속에 용해하고자 한다. 주제가 흐리거나 거칠게 드러나지 않았는지 살피며, 철학적 사고가 배이도록 한다. 명료한 글이 되기 위해서는 소재 해석을 분명히 한다. 삶에 대한 관조와 사색의 기록이 되기 위해서는 대상에 대해 깊은 통찰과 따뜻한 시선을 가지려고 한다. 삶의 성찰과 생활이 없는 공허한 내용, 지지부진한 감상적 이야기는 피하려 한다. 인간 삶에 대한 깊은 통찰과 소재에 대해 가급적 긍정적 시각을 가지려고 한다.

소재

주된 관심은 자연과 인간이다. 자연은 인간 삶의 배경이며, 인간은 자연의 한 요소이기 때문이다. 그중 인간 쪽에 더 무게를 둔다. 인간을 소재로 선택했을 때 함정이 없는 것은 아니다. 자연을 소재로 했을 때보다 문학적 감동이 떨어지는 반면 교훈적 기능이 드러나는 경우가 많다. 하지만 인간 삶을 보다 구체적으로 형상화하고 진실에 바탕을 둔다면 그만큼 감동의 폭도 커질 수 있다. 이를 위해 체험적 소재를 선택하고 객관적인 관찰과 대상에 대한 심안을 발동시켜 대상의 내면을 세밀히 관찰하려 한다. 체험으로만 수필의 그릇에 담지는 않는다. 사색적 통로를 거치기 위해 숙성시킨다. 무겁고 큰 소재는 다시 작은 소재로 앵글을 맞춘다. 소재주의에 빠지는 것을 경계하며, 정서를 환기시킬 수 있는 소재라면 더욱 좋다. 무엇보다 독특한 의미와 개성적인 목소리를 담기 위해 소재를 바라보는 나만의 렌즈를 지니고자 한다.

구성

구성의 묘미가 없으면 밋밋한 글이 된다. 수필의 실감을 위해 구성은 필요하며 구체성을 위해 논리적 전개가 필요하다. 내용도 내용이지만 구성은 완성된 수필을 만드는데 필요하다. 구성 속엔 관조와 사유, 문학적 상상, 화소의 유기적 배열을 중요하게 여긴다. 소재의 성격에 따라 때로는 시처럼 응축하고 소설처럼 흥미를 부여하며 희곡처럼 극화시키고자 한다. 서정수필에는 사이사이에 극적 요소를, 서사수필의 경우엔 사색을 끼워 넣는다. 그래도 이야기보다 사색을 중시한다. 이야기는 사색과 인식을 드러내기 위해 차용한 장치일 뿐이기 때문이다. 한 편의 수필 구성에 악센트를 넣고자 한다. 악센트는 글의 정점이자 격을 높이기 위한 구성적 포인트이기 때문이다. 이를 위해 가능한 한 평면적 구성보다는 입체적 구성을 선호하며 길이가 너무 길다 보면 감동이 약화되기에 긴축구성과 함축에 더 비중을 둔다. 길게 쓴 다음 짧게 줄이는 편을 택한다.

표현

문장의 핵은 진실성과 투명성에 있다. 진솔함과 소박함이 진실한 문장이 된다. 뜻이 깊을수록 쉽게, 뜻이 길수록 짧게 표현하고자 한다. 분식과 미문을 경계한다. 문장의 장단에 의해 리듬감을 잃지 않으려 한다. 지루한 서술과 지나친 묘사는 함축의 맛을 잃게 만들며 설명은 될 수 있는 한 배제한다. 간결하고 투명하게 표현하고자 하며, 추상적 진술보다는 구체적 진술을 찾는다. 분식과 멋진 표현에 집착하지 않고, 교훈을 직설적으로 말하지 않으며, 만연체나 한자어의 사용은 피한다. 그러나 고유어는 될 수 있으면 되살려 쓰려고 한다. 어휘와 어법에 주의하고, 시제에 신경을 쓰며, 감정 표현은 절제하고자 한다. '속으로 열하고 겉으로 서늘하라'와 '섬세하되 살찌지 않아야 하고, 간결하되 뼈가 드러나지 않아야 한다'는 말을 금과옥조로 삼고 있다.

탁마해야 좋은 글이 된다. 수필은 소재를 익혀 다루고 의미 있게 해석해서 정제된 문장의 옷을 입혀야 좋은 글이 된다는 것을 늘 잊지 않는다. 소재의 성격이나 주제에 따라 그때마다 작법이 다르고 입는 문장의 옷도 다르다. 오직 그 소재나 주제를 형상화하기 위해 그

때마다 거기에 알맞은 틀을 구상하고 어휘를 동원하여 사유의 결과를 문장으로 용해하고자 노력한다. 좋은 수필은 가치 있는 체험과 사상事象에 대한 통찰, 의미를 담는 적절한 구조와 정제된 문장이 필요하다. 수필 한 편을 빚어낸다는 게 어찌 쉬운 일이랴.

나의 수필 작법

정혜옥

"서쪽 하늘에 깔린 타는 듯한 노을과 빛바랜 누각의 단청과 백여 년간 인간의 발길에 닳아 반들거리는 석돌과 뒷산에서 술렁이는 갈 잎소리에 귀 기울이시던 할아버지는 한참을 말이 없으시다가 '문장文 章은 이것들 속에 있다'고 하셨다."

이 글은 이십여 년 전에 내가 발표했던 수필 「할아버지」의 한 구절 이다.

아마 여학교 3학년 때였던 것 같다. 시인이 되고 싶었던 나는 영남 예술제의 백일장에 참가신청을 내었다. 하루 전날 할아버지는 백일 장 개최 장소인 비봉루에 나를 데리고 올라가셨다.

그때 뵈온 할아버지의 자세와 말씀은 나에게 깊은 감동을 남겨 주 었고 이미 타계하고 안 계신 할아버지를 그리워하며 쓴 것이 이 수필 인 것 같다.

내가 굳이 이 글을 인용함은 그때의 할아버지의 모습이 지금까지 나의 수필을 쓰는 자세를 지탱해주고 있기 때문이다.

두루마기의 결곡한 흰빛에 싸여 먼 노을을 보고 계시던 할아버지, 엄격한 자세로 꼿꼿이 서서 우리를 둘러싸고 있는 것들에게 오래 귀 기울이시던 할아버지, 무언가 안으로 깊이 침잠 시키시듯 한참을 말이 없으시던 할아버지, 그때의 할아버지의 결곡하심과 엄격함, 귀 기울이심과 침묵하심, 드디어 문장에 대한 확신, 이런 할아버지의 태도는 수필의 소재를 찾아내는 나의 눈이며 자세에 대한 바른 길잡이가 되어 주고 있다.

그때 할아버지가 말씀하신 '문장'이라는 의미 속에는 그저 단순한 미문만을 지적한 것이 아닐 것이다. 사물에 내재되어 있는 의미 같은 것, 보이는 것과 숨어 있는 것, 흘러가버린 것과 우리 앞에 있는 것 등, 이런 모든 것에 대한 어떤 눈뜨임을 일컫는 말씀이기도 할 것이다.

나의 수필 쓰기는 언제나 고통을 동반하고 있다. 그만큼 나의 능력과 재능이 부족한 탓일 것이다. 가령 어떤 감동적인 수필의 소재가 마음에 와 닿으면 그것을 두고 오랫동안 궁리에 몰두한다. 말하자면 소재와 씨름을 하는 셈이다. 길을 걸어갈 때도, 잠자리에 들어서도, 심지어 기도할 때도 무거운 짐이 되어 나를 따라다닌다. 마치 출구를 찾지 못한 한 마리 새처럼 날개를 파닥인다.

내가 제일 먼저 머릿속에서 궁리하는 것은 글의 내용이다. 즉 무엇을 표현하고 싶은가. 무엇을 전달하고 싶은가. 무엇을 내가 바라보고 있는가 하는 것 등이다. 이 바라봄은 곧 나의 시선이기도 하다.

다음은 구성이다. 한때 미술 선생 노릇을 한 탓으로 그림의 구도를 화면 위에 계획하듯 한 편의 수필에서도 이런 것을 시도한다. 한 폭의 그림을 펼쳐놓듯 높고 낮음, 강함과 약함 등의 대비 같은 것을 구성해본다. 그래서 나의 수필 속에는 빛깔 같은 것, 물소리, 바람 소리 같은 것을 자주 등장시킨다. 그리고 같은 문단의 되풀이는 가락이 되어 글을 부드럽게도 한다.

다음은 문장이다. 나는 될 수 있으면 신선한 문장, 따뜻한 문장을 쓰기 좋아한다. 그리고 내가 즐겨 쓰는 단어 같은 것에도 깊은 애정을 갖고 있다. 조금 젊었을 때는 '구름떼'니 '물살'이니, '수런수런' 같은 이런 움직이고 있는 자연에 대한 것을 즐겨 표현하였다. 지금은 '보듬고', '데불고', '취한다' 등 이런 말을 참 좋아하고 자주 쓰기도 한다.

끝으로 문학성에 대한 욕심도 부린다. 문학성은 바로 글의 내용, 즉 내가 바라보는 시선과도 일치한다. 그러나 너무 여기에 치중하다 보면 글이 굳어버릴 때가 있다.

이렇게 글의 순서, 즉 구성, 내용, 문장, 가락, 문학성 같은 것이 조금씩 머릿속에 정리가 되면 드디어 수필의 집짓기가 시작된다. 혼자 밤에 깨어 원고지에 글을 쓴다. 그 혼자 깨어 있음을 즐기며 수필을 쓴다. 나는 원고지에 쓴 글을 몇 번이고 읽어본다. 큰 소리를 내어 읽어 가면 귀에 거슬리는 것이 귀에 들어온다.

그리고 나는 원고지에 쓴 글을 다시 베껴 쓴다. 적어도 세 번 이상을 그렇게 한다. 이 옮겨 쓰기는 불필요한 단어, 중복된 표현 같은 것을 찾아내게 한다. 마음에 들 때까지 베껴 쓰기를 하다보면 나는 쓰고 있는 수필 한 편을 외워버리는 상태가 된다.

이런 나의 행위를 옆에서 보고 있는 어떤 사람이 원고지에 쓰고 또 쓰는 그런 구식 글쓰기를 이제 그만하고 신식으로 기계 같은 것을 이용하라고 한다. 그러나 어쩌랴. 나는 이 구식 글쓰기가 훨씬 편안하고 좋은 것을, 그리고 나 또한 구식 사람인 것을….

나는 앞으로도 이런 구식 방법으로 수필 쓰기를 할 것이다. 나는 수필 작법이니, 수필에 대한 정의니 하는 어려운 이론은 알지 못한다. 다만 내가 담고 있는 그릇의 물을 땅에 쏟아붓듯이 그런 단순한 방법으로 수필을 쓸 것이다.

한때 시인을 꿈꾸기도 했던 나는 한 편의 시를 펼치듯 그런 수필을 쓰기를 원한다. 여류화가가 되고 싶기도 했던 나는 한 폭의 그림을 그리듯 그런 수필을 쓰고 싶어한다. 올실과 날실의 관계를 생각하며 그런 완벽한 수필을 쓰고 싶어하지만 그것이 가능할지 의문이기도 하다.

쉽고 재미있는 그리고 감동이 있는 글

정호경

문학작품 외의 이런저런 책을 읽다가 머리가 아프고 피곤하면, 눈을 감고 한참 동안 누워 있다가 잠자리 머리맡에 던져두었던 책을 슬그머니 집어 든다. 소설책이다. 다 같은 책이면서도 우리는 남녀노소를 막론하고 왜 소설에 흥미와 관심을 가지게 되는 것일까. 소설 속에는 무엇보다 먼저 달콤하고 아기자기한 삶의 낭만과 흥미(재미)가 담겨 있기 때문일 것이다. 문학의 본질은 지식이나 인생에 대한, 직접적인 가르침이나 전달이기보다 흥미(재미)라는 장치를 통해 작가가 우리에게 무엇인가를 보여주려는 것임을 우리는 다시 확인하게 된다.

수필을 공부하는 젊은이들에게서 이런 질문을 더러 받는다. "수필은 어떻게 써야 합니까?" 문단에 등단을 하고 한참 지난 기성작가들까지도 초심자들과 마찬가지의 질문을 해오는 사람도 종종 만난다. 내 딴에는 종일 책상 앞에 쪼그려 앉아 온 정성을 다해 썼는데도 독자의 반응은 싸늘하기 때문일 것이다. 한마디로 말해 그런 사람들은 글을 근사하고 멋지게 만들려는 욕심을 부렸기 때문일 것이다. 다시 말해 글을 아름답게만 꾸미려고 했거나 혹은 선현先賢들이 남긴 근사한 말이나 문구로 독자를 훈계하려고 했다면, 이는 문학으로서의 수필이 아니라 '명심보감明心寶鑑'이나 중학교 도의교과서와 같은 글이 되고 말 것이다. 아득한 옛날 학창시절 문학공부를 처음 시작할 무렵에 위당爲堂 정인보鄭寅普 선생이 그의 딸에게 보낸 편지글 속에서 읽은, 짤막한 한 줄의 말이 오래도록 내 머리에서 떠나지 않고 있다. 이 말이 나의 수필 쓰기의 바탕으로 터를 잡아 오늘에 이르고 있다는 사실을 나는 여기서 분명히 말하고 싶다.

"글은 만드는 데서 시들고, 참된 데서 피어나나니−"

위당爲堂 선생의 이 말은 문학의 어느 장르보다 특히 '수필' 쓰기를 두고 한 말이라고 해도 잘못된 말이 아닐 것이라는 생각을 한다.

'수필隨筆 쓰기'에서 한자어로 된 명칭 그대로 '붓 가는 대로' 쓰는 글이라고 한다면 애당초에 순서가 있을까마는, 형식이 자유로운 가운데 나의 경우를 들어 몇 가지를 말하고자 한다.

① 수필이나 시나 소설이나 글을 쓰려면, 먼저 쓸거리(소재)가 준비되어 있어야 할 것이다. 이 소재는 일상생활에서 겪은, 어떤 충격衝擊적인 사실이나 혹은 자연이나 인생에서 얻은 이런저런 감상感想을 수다히 메모해 둔 메모장에서 골라, 이 글을 통해 내가 말하고자 하는 글의 주제主題를 설정한 다음, 이를 효과적으로 나타낼 구성構成을

한다.

② 그런 다음에는 글을 쓰기 시작하는데, 먼저 글의 제목 붙이기는 필자의 성향에 따라 다르기는 하지만, 나는 적당한 '임시 제목'을 붙여 두었다가 글을 다 끝낸 다음 글의 내용에 맞는, 적당한 제목으로 고치거나 혹은 처음의 임시 제목 그대로를 쓰거나 한다. 제목은 글의 얼굴이므로 나는 내용 못지않게 신경을 쓰는 편이다.

그러면 본격적인 글쓰기에 대해 알아보자. 첫째로 정확한 문장을 통해 내가 말하고자 하는 글의 내용에 대해 독자의 오해가 생기지 않도록 세심한 주의를 기울인다. 왜냐하면 여러 문예지에 발표된 글을 읽다가 종종 발견하는 것은 하나의 문장에서 주어와 서술어의 호응 관계가 어긋나 무슨 말인지 문맥이 통하지 않는 비문非文을 종종 보기 때문이다. 이렇게 되는 원인은 일반적으로 2·3행 정도에서 끝나야 할 문장이 4행, 심지어는 5행으로까지 길게 뻗어나가 있으니 내용 파악에 혼란이 생길 수밖에는 없을 것이다. 그런 점을 두고 볼 때 우리는 정확한 문장을 통한, 좋은 글을 쓰기 위해서는 문법을 위한 문법 공부가 아니라 문학을 하는 사람으로서 정확한 문장을 통해 좋은 글을 독자에게 전달하기 위한 노력은 너무나도 당연하다 할 것이다.

③ 남의 글을 읽을 때는 낯간지러운 미문美文에 얼굴을 찌푸리면서도 나의 경우에는 나도 모르는 사이에 미문 쓰기에 골몰하고 만다. 다시 말해 온갖 미사여구에다 그 흔한 직유直喩의 수사修辭까지 동원해 울긋불긋한 '꽃상여'를 만들어 놓는다. '꽃상여'에 대한 비유는, 이는 미문美文일 뿐 생명이 없는 글이라는 뜻에서 한 말이다. 나도 초보시절에는 그랬지만, 이런 글은 초등학교나 중학 시절의 작문

시간에서 끝내야 할 철없는 멋부림이다.

④ 이렇게 해서 한 편의 글이 완성되면, 나는 며칠을 두고 거듭 읽으면서 퇴고推敲를 한다. 어떤 경우에는 글의 반 이상을 다시 뜯어 고치는 경우도 있다. 예컨대 '제자리에 맞는 어휘語彙인가, 어색하거나 부자연스러운 표현은 없는가, 그리고 문단文段과 문단의 접속 관계에서 문맥文脈의 이음매가 자연스러운가. 끝으로 주제主題에서 어긋나지 않았는가' 등 글 전체적인 면에서의 퇴고를 거듭한다. 다시 말해 마무리된 글을 출판사에 보내기 직전까지 나는 열 번 이상의 퇴고를 한다. 왜냐하면, 내가 쓴 글이 좋은 글은 못될지라도 글 쓰는 사람으로서 무성의한 글이라는 말은 듣지 않도록 하기 위함이다.

끝으로 나의 수필 쓰기에 관한 결론은 '쉽고 재미있으면서도 감동이 있는 글' 쓰기라고 말하고 싶다. 수필은 누구나 쓸 수 있으면서도 누구나 좋은 수필을 쓰기는 어려운 일이라는 사실을 나는 수필을 쓸 때마다 절실히 느낀다.

글의 씨앗

정희승

수필을 쓸 때는 글의 씨앗을 가장 중요하게 생각한다. 씨앗은 시적인 이미지일 수 있고 하나의 그림일 수도 있다. 단정적으로 정의할 수는 없지만 글을 쓰게 만드는 출발점이라고 보면 될 것 같다.

습작하던 시절에는 쓰는 방법이 중요했다. 어떻게 하면 깔끔한 글한 편을 완성할 수 있을지 늘 고심했다. 하지만 점차 쓰기에 대한 기교나 기술이 향상됨에 따라, '어떻게'보다는 '무엇을' 담을지가 중요해졌다. 이제 쓰는 데는 그다지 많은 시간이 소요되지 않는다. 나만이 쓸 수 있고 내가 꼭 써야만 하는 글감이 부족해서 늘 아쉬울 뿐이다.

수필은 일상에서 석출된 소금이다. 나는 그렇게 생각한다. 이는 수필이 삶과 뗄 수 없는 관계에 있다는 의미다. 수필가는 삶을 영위하면서 자신의 삶을 대상으로 놓고 바라본다. 수필가에게 삶은 보면서 보여지고, 만지면서 만져진다. 수필은 이런 가역운동 속에서 탄생한다. 수필가는 자신의 삶을 만지고 읽고 쓰기 때문에 무엇보다 제대로 사는 게 중요하다. 수필의 원본인 삶이 좋아야 한다는 말이다. 그렇다고 상상이나 창조성, 느낌 등을 제쳐두고 삶의 효율성과 윤리성만을 염두에 두고 말하는 건 아니다. 경험에 비춰보건대 문학을 중심에 두고 살다보면 자연스레 삶의 방식도 바뀌는 것 같다. 문학은 눈코 뜰 새 없이 분주하게 살기보다 해찰하고, 한눈팔고, 방황하고, 서성거리고, 생각하고, 여행하고, 외로워하고, 게으르게 뒹굴고, 독서하고, 사소한 것에 감탄하면서 가능한 다채롭고 풍요롭게 살도록 우리를 독려한다. 표현 방법에 있어서 에둘러 말하기를 권장하는 문학은, 삶 역시 목표나 성과를 향해 곧장 나아가기보다는 천천히 에둘러 가기를 권장한다는 말이다.

글의 씨앗은 주로 이런 평범한 일상 속에서 얻어진다. 창조의 눈으로 찾아내기도 하지만 우연히 내게 찾아오기도 한다. 글을 쓰는 나는 끊임없이 씨앗을 찾는 자이면서 동시에 기다리는 자이다. 나는 견자見者이면서 문자聞者다. 사실을 고백하자면 게으른 나는 찾기보다 기다림, 곧 듣기에 많이 의존하는 편이다. 창조의 눈에는 상상력, 직관, 논리적인 사고 등이 작용한다. 그러나 보기와 달리 듣기는 수동적인 특성이 강해 의지의 지배를 거의 받지 않는다. 관건은 감수성이다. 그러므로 좋은 씨앗을 포착하기 위해서는 늘 맑게 깨어 있을 필요가 있다. 그렇지 않으면 나도 모르는 사이에 씨앗이 바람결에 묻혀 지나가버리기 때문에. 섬세하게 조율된 아이올로스 하프가 되어 기다리다보면 어느 날 부지불식간에 우주의 숨결이 나의 현을 건드린다. 한 악구나 한 악절의 푸른 씨앗이 그렇게 나라는 악기의 현을 타고 내려온다.

어렵게 찾아낸 것이든 우연히 얻은 것이든 씨앗을 참으로 소중하게 여긴다. 나는 언제나 내게 온 씨앗을 두 손을 모아 공손히 받는다. 그리고 그걸 사유의 꽃씨 봉투에 곱게 넣어 맑은 정신의 보관함에 넣어두고서 정성스레 보살핀다. 씨앗마다 백지에 파종해야 하는 절기가 다르기 때문이다. 그렇다고 모든 게 글감이 되지는 않는다.

개인적으로 나는 구성이나 문장력도 중요하지만 수필의 질적 수준은 이 씨앗이 단번에 결정한다고 생각한다. 모든 걸 두루 갖춰야만 결국 좋은 수필이 되겠지만, 그 수준은 글로 쓰이기 전에 씨앗에 의해 결정되어 있다는 의미이다.

당연히 이 씨앗이 마음에 들지 않거나 발아할 준비가 되어 있지 않으면 절대 펜을 들지 않는다. 지금까지 이 원칙을 가능한 철저하게 지키려고 노력해왔다.

주제는 이미 그 씨앗 안에 포함되어 있는 경우가 많다. 구성이나 묘사 등은 이 씨앗을 얼마나 효과적으로 드러낼 수 있느냐에 맞춰진다. 대부분 숙성 과정에서 당위성과 필연성에 따라 소재의 취사가 자연스럽게 이루어져 얼개와 윤곽이 잡힌다.

글로 형상화할 때는 거의 감각에 의존한다. 이때 가장 중요시하는 것은 내 천성에 부합하는 리듬이다.

좋은 수필은 좋은 문장이다

조만연

수필은 산문이므로 아무리 좋은 소재와 내용의 글이라도 이를 전달하는 표현수단이 떨어지면 좋은 글이 될 수 없다. 따라서 좋은 수필을 쓰려면 무엇보다도 문장이 좋은 글이어야 한다.

나는 이를 위하여 다음과 같은 글을 만들려고 애쓰고 있다.

첫째, 글이 간결해야 한다. 한 문장은 최장 3줄 이내로 끝내는 것이 좋다. 문장이 짧아야 힘이 있고 나타내는 뜻이 뚜렷해진다. 너무 상세한 설명이나 긴 상황 전개는 피하도록 한다. 특히 글 시작 부분에 이런 경우를 많이 보게 된다. 필요한 경우 운문적 요소인 절제, 함축, 상징 등을 응용하면 좋다. 한 문단은 10줄 전후가 적당하고 수필 한 편은 3문단으로 마치도록 한다.

둘째, 글이 소박해야 한다. 철학이나 논문처럼 어렵게 표현하거나 이런저런 잡다한 내용들을 담기보다는 우리 주변과 생활에서 경험한 것 중에서 하나만을 골라 느꼈거나 생각하는 바를 꾸밈없이 써내려간 글이 좋다. 격언이나 인용문은 남의 글인 만큼 가급적 삼가고 누구에게나 보편적 공감을 주는 글, 화장하지 않은 자연스러운 글이 좋다. 시골 어머니가 자식에게 보내온 편지와 같은 글이 진짜 좋은 글이다.

셋째, 글이 평이해야 한다. 유식한 체하려고 어려운 한자나 외국어 등을 쓰려는 사람들이 있는데 수필뿐만 아니라 모든 문학 장르에서 글을 쉽게 써야 독자의 사랑을 받는다. 수필은 의미전달이 우선이기 때문에 미사여구나 형용사 등 수사는 절제하고 특히 어설픈 메타포(은유)는 금기사항이다. 잘못하면 추상적이고 관념적인 글이 되어 수필의 본질을 훼손시킬 수 있기 때문이다.

모든 문학이 그렇지만 좋은 수필을 쓰려면 많이 읽고, 많이 써야 되지만 특히 많이 생각해야 한다. 수필은 자신에 대한 글이기 때문에 무엇보다도 필자 내면의 세계가 글을 쓰는데 부끄럽지 않은가 쓰기 전에 자신을 들여다보는 자세 검증이 매우 중요할 것이다.

맛있는 밥상을 차려낸다

조윤희

수첩을 꺼낸다. 생각을 적는다. 메모를 보며 맛있는 글을 떠올린다.

초대할 손님을, 내 글을 읽어줄 그분을 위하여 겸손하게 두 손을 모은다. 맛있게 읽어주실 그분을 생각하며, 짜거나 싱겁지도 않고, 요란하거나 식상하지도 않은 소재를 찾아야 한다.

초심을 잃어버리지 않게 단단하게 받쳐줄 그 무엇을 찾는다. 그것은 김치인 것 같다. 글을 손질하며 소금을 끼얹는다. 밤사이 잘 절여지기를, 뒤적여 주며, 소금물을 골고루 적셔준다. 아침 일찍 배추를 씻으며, 김치 소를 준비한다. 짜지도 너무 싱겁지도 않은 어디서 먹어 본듯한 맛일지언정 식상하지는 않아야 한다. 내 손맛이 듬뿍 들어간, 읽어보면 맛깔스러운 양념이 넘쳐나는 글들을, 김치 통에 꼭꼭 눌러 담아 놓는다.

썼다가 지우고, 찢어버린 그래서 자양분이 된 언어의 기본을 열어

본다. 늘 그래왔듯이 잊혀지지 않는 어머니의 맛이면서, 내가 키워낸 맛이 느껴질 무렵, 태양고추 같은 칼칼함이 필요하다. 고향을 떠올리는 그 맛, 눈으로 먼저 읽어본다. 된장찌개 같은 구수한, 우리 입맛을 살려야 한다. 읽으면서 맛있어 할 그분을 떠올린다.

깊게 사유하며 정갈하게 배열해본다. 팔딱거리는 언어와 싱싱하게 숨쉬는 단어들을 소박하고 깨끗하게 다듬는다. 뜨겁게 삶아 숨죽여 놓기도 한다. 휘리릭 바삭하게 볶아내어, 톡톡 튀는 한 장면도 집어넣는다. 느끼하지도 너무 시지도 않은 소스로 약간은 부족한 밋밋한 글 위에 살짝 뿌려준다.

간절함이 부족하다. 신선하고 산뜻한 것을 찾아 나선다. 시장에 가면 새벽에 공수해온 신선한 식재료가 가득 쌓여있다. 물건을 파는 상인들의 반짝이는 눈동자와 부지런한 손들이 치열하다. 내가 만든 글들은 지루하게 사열되어 순서만 기다리고 있는데… 다시 돌아와 부수고, 고치고 또 만들고 쓴다. 내 삶의 흔적을 들추어내어 오래 들여다보면, 떫고, 알싸한 순간들이 줄지어 달려 나온다.

내 글들을 읽어보며, 보듬고 위로해주는 시간이다.

이젠, 맛있는 밥상에 내 뜨거운 삶을, 맛깔나게 차려낼 순간이다.

수필이 영화를 만났을 때

조재은

어느 수필가가 '수필이 왜 영화관에 갔는가'란 상쾌한 질문을 했다. 답을 쓰려고 깜빡이는 커서를 지켜보며 생각했다. 어려서 살던 집이 영화관 가까운 곳에 있어 언니와 자주 영화를 보았다. 환경이 이유였을까. 몇십 년이 지나도 가슴이 쿵 내려앉는 잊지 못할 장면에 빠져서였나. 서너 가지 이유를 찾다 마음 한구석에서 조용한 말이 들렸다. 빈약한 자신의 체험이란 노櫓만으로는 힘든 수필의 험한 바다를 항해하기 어렵다는 말. 도움이 필요했다. 두 손만으로 젓던 조각배에 영화란 동력을 달았다.

또 다른 이유는 영화가 현대인이 누리는 '문명의 은총'이고 수필은 이성과 감성이 어우러지는 '공유의 축복'이란 말을 읽으며, 문명을 공유하는 축복을 누리고 싶어졌다. 이렇게 수필과 영화의 만남은 시작되고 그곳에서 일어나는 수필 세계를 찾아 나섰다.

좋은 수필에서는 심장 뛰는 소리가 들리고 좋은 영화에서는 맥박 뛰는 소리가 들려야 한다. 한 몸에서 들리는 두 가지 생명의 소리를 함께 느끼고 싶다. 맥박과 심장 뛰는 소리. 왼손은 맥을 짚고 오른손은 가슴에 댄다. 팔딱팔딱 뛰는 감촉은 전류를 타고 흐르듯 이어지며 어느 순간 한 점에서 만난다. 좋아하는 남녀의 시선이 부딪치는 순간 일어나는 스파크처럼.

수필과 영화의 만남은 실제와 상상적 체험이 합류되고 그곳에 펼쳐진 수필에서는 색다른 이미지가 생긴다. 톨스토이도 만년에 한 인터뷰에서 카메라가 영화를 찍는 것처럼 글을 쓰고 싶다고 했다. 큰 숨을 들이쉬고 용기를 낸다.

수필 쓰기에 영화 찍기를 대입해 영화 에세이 쓰는 길을 연다.

글감을 찾는 수필가의 눈은 카메라 렌즈여야 한다. 영화에서는 카메라가 아름다운 영상을 만들기 위해 시간과 공간을 자유롭게 넘나들며 인간과 자연의 모습을 찍는다. 고정적인 구도에 머물지 않고 끊임없이 움직이며 창조한다. 수필에서도 깊숙이 숨어있는 어두운 인간 본성에 밀착하여 벗은 마음을 드러내기도 하며, 빛을 찾아 헤매는 고매한 모습도 보여주어야 한다. 숲의 장엄함과 싹의 연약함을 함께 가진 마음이 어떻게 변화하는지를 살펴서 그 미세한 움직임에도 눈길을 주어야 한다.

영화 외에 일상생활의 일들이나 대화에서도 글감을 찾으려고 노력하지만, 예술작품을 감상할 때는 연필을 꽉 잡는다. 접하는 모든 것을 수필과 연결하려고 오감을 팽팽하게 만들어 공부하는 학생의 태도로 임한다.

어느 날 현대적 리듬으로 편곡한 바흐의 무반주 첼로곡을 들었다. 분명 낯익은 음악인데 낯설게 들린다. 재즈로 연주되는 바흐는 고전과 현대가 만나 자유롭게 어우러져 날고 걸으며 뛰었다. 야수아끼는 바흐의 곡을 색소폰으로 창고, 채석장, 콘서트홀로 장소를 옮겨 연주했다. 음악은 빛이 되어 어둡던 창고의 잠든 구석들을 소리로 깨웠고, 채석장으로 간 바흐의 음악은 고향을 찾은 듯 자연에 순화되어 돌들을 따듯하게 감쌌다. 이 CD를 한 달 동안 매일 들으며 '네 가지 울림의 바흐'를 쓰고 흰 A4에 갇힌 수필에 조금씩 색칠을 했다. 고정관념이 예술의 벽인 것을 실감하며 수필에서도 다양하게 변화를 시도했다.

영화에서 소품이나 배우의 의상과 배경을 통해 작품의 주제를 드러낼 때가 있다. 이처럼 수필에서 직유가 아닌, 은유나 비유로 독자가 교감할 때 느껴지는 카타르시스는 찬연하다. 슬플 때 눈물을 보여주지 않고 엷은 웃음을 보여줘도 눈물보다 더 진한 슬픔을 전하는 수필 쓰기를 찾아 헤매지만, 마음만 앞설 뿐이다. 책과 영화에서 문화 전반으로 눈을 넓혀 수필적 요소를 구하려 하지만 길은 험하기만 하다.

영화 '아메리칸 뷰티'에서 길에 버려진 쓰레기봉투가 바람에 날리는 장면이 나온다. 하찮은 쓰레기봉투에서 가볍게 주제를 전하는 감독의 시선이 경이로웠다. 그 후 바람이 부는 날, 길에서 날리는 비닐봉투만 보면 영화가 생각나고 그 의미를 다시 생각한다. 수필에서 사실만을 옮겨 놓으면 문학이 아닌 기록일 뿐이다. 내가 만난 사실에 상상을 더하고, 사실 이면의 진실을 보는 눈을 키운다.

퇴고하지 않은 수필은 편집하지 않은 영화와 같다.

수필에서 퇴고의 과정이 글을 쓸 때보다 더 힘들 때가 있다. 처음에 적합하다고 생각되던 단어가 다시 보면 어울리지 않고, 때로는 엉뚱한 문장도 들어가 있다. 자신의 눈에 보이지 않던 것이, 다른 사람이 읽을 때는 환히 드러나 보인다. 나의 결점은 모르고 타인의 부족한 점은 한눈에 보이는 진흙 같은 교만이 수필을 쓸수록 느껴진다. 퇴고하며 겸손을 배운다.

가끔 부모와 자녀가 함께 영화 관람하는 것을 본다. 그 모습을 보며 기성세대와 젊은 세대의 닫힌 문화의 문을, 영화 에세이로 열기를 바라며 영화와 수필 사이에 작은 징검다리를 놓는다. 그 다리가 다시 보고 싶은 영화 같은 수필이었으면 하는 마음으로 한 편의 이야기를 만나러 나선다.

수필, 자신의 다큐멘터리에서 보이는 마지막 마침표에서 온기가 느껴지고, 욕망은 삼투되어 평안으로 정제되기를.

수필에 관한 소고
— '새로움'과 '젊음'에 대하여

조정은

　철학의 적은 상투이고 예술의 적은 통속이라 했다. 철학이든 예술이든 창조적 작업에 몰두하는 사람이라면 누구나 '새로움'과 '젊음'은 어쩔 수 없는 지향이면서 압박일 것이다. 최근 참 많은 생각을 했다. 나는 수필지 편집을 맡은 지 8년이 되었다. 두 달마다 나오는 이 한 권의 잡지가 한국수필에 작은 파문이라도 일으켰을까. 혹시 아무 역할도 못 하면서 달라져야 한다는 목소리만 높여, 진부한 흐름에 명패만 연달아 바꾸게 한 것은 아닐까. 어쩌면 이미 오래도록 이어져온 '통속'과 '상투'는 목소리의 수면 아래서 조용히 겉옷만 갈아입었을지도 몰라. 유사혁명, 거짓혁신 같은 것. 그런 의문의 시간은 길었고 꽤나 쓸쓸한 고통을 맛봐야 했다.

　존재하는 모든 것이 다 환幻이라 했다. 여러 가지 인연이 모여서 생겼으되, 실체도 없고 자성도 없고, 이름만 있는 것들이 이 세상의 실상이라는데, 하물며 그까짓 글 몇 줄이 무슨 의미가 있을까. 글을 쓰거나 그림을 그리는 일은 환몽幻夢에 빠져 뭇 사람을 현혹하는 환술

幻術에 다름 아닌지 모른다. 그러나 작가든 아니든 누구라도 인간은 어쩔 수 없이 환술을 일삼는 환사幻師의 삶을 살아야 한다. 모두 결핍의 세계에 내던져진 존재이기 때문이다. 아침 먹고 서너 시간 지나면 배가 고프고, 밤새 푹 자고 일어났다 해도 열서너 시간 지나면 졸음이 쏟아진다. 결핍을 채우는 것이 일상이다. 그 누추를 벗기 위해 우리는 다른 방식의 아름다움을 추구한다. 미에 대한 끝없는 집착은 삶의 근간이고 그 언저리에서 환幻의 창조와 파괴는 필연적이다. 인간이 창조와 파괴에서 벗어날 길은 요원한데, 창조의 고통은 크고 창조된 환상을 파괴하는 고통은 더 크다.

아마도 그 대표적인 예가 '사랑'이라는 정염의 불꽃일 것이다. 그러나 나에게서 그 불꽃은 이미 멀어진 지 오래고 다시 일어날 기미는 깜깜하다. 그래서 더 글쓰기에 집착하는지도 모르겠다. 글을 쓰는 일 또한 사랑 못지않은 뜨거운 고통이니까. '새로움'과 '젊음'은 아주 오래도록 유사관계, 인척관계를 유지해 왔다. 이미 육신이 늙어가고 있는데 작가랍시고 젊음과 새로움을 강요받는 것 또한 슬픔이다. 이성복은 고통과 아름다움은 환상의 배를 찢고 나온 일란성 쌍둥이라 했다. 환상의 자식들은 제 배로 또다시 환상을 낳으며 환의 세계를 이어간다.

어느 날 출근길, 지하철의 스크린 도어에 새겨진 시가 눈에 들어왔다. 누가 썼는지 잘 기억나진 않지만 딱 두 연으로 된 짧은 시였다. 이제 시를 외울 만큼 기억력이 성하질 못하다. 외우진 못하지만 대략 이해는 하니 오히려 그게 더 나은 건지도 모르겠다. 내가 이해한 바

로는 이런 거였다. 가령, '빗방울이/살구꽃에 떨어지자/살구 나뭇가지
가 저희끼리 몸 부비며 떤다' 꼭 이렇게 쓴 것은 아니지만 적어도 봄
의 정취를 짧게 서술했던 것만으론 비슷하지 싶다. 그 다음 연은 이
랬다. '그러면,/너는 언제 올 거냐?' 그러면? '그러면'이라는 접속사
가 들어갈 자리는 아닌데, 저 뜬금없는 불협화음에 나는 순간 당혹
했다. 히야, 그러면, 그러면…. 그 기이한 노이즈가 내 안에서 줄곧 메
아리쳤다. 그래, 만물이 다 춘정으로 달아오르는데 너는 오질 않는
구나. 기다리는 나는 어찌하라고. 아마도 그런 심정일 것이다. 그런데
시인은 아주 점잖은 목소리로 짐짓 헛기침이라도 하듯이, 시치미 뚝
떼고 호령하듯이, '그러면'이라는 접속사로 '너'를 부른다. 누추한 호
소도 절박한 토로도 아니다. 너는 언제 올 것이냐? 가벼운 파격이다.
그 시를 찬양하려는 것이 아니다. 다만 나는 수필을 쓰면서 그만큼의
파격이라도 가해봤는가, 라는 질문을 내 자신에게 던지지 않을 수 없
었다. 시인의 나이가 짐작되는 시다. 그러나 그 늙은 시인의 목소리엔
색다른 문법이 있었다. 새로움이나 젊음은 육신의 나이에 지배될 수
없는 것인지도 모른다. 그리고 우리에게서 그리 멀리 있는 것도 아닌
듯싶다. 새로움은 젊은이의 전유물이 아니라 고뇌하는 자의 것이다.

지상의 짧은 삶에서 아름다움을 결코 포기하지 않는 자가 작가다.
아름다움과 고통은 일란성 쌍둥이, 끝없이 고뇌하며 고통 속에 쉼
없이 자신을 던지는 자가 작가다. 지금 이 순간, 고뇌하는 것만으로
도 내 시간은 복되다. 고통만으로도 행복하다. 그 모든 것이 환몽幻夢
이라 해도 좋다.

577

연암이 내게 원하는 글쓰기의 방법

조한숙

한동안 나는 연암 박지원의 팬이 되었었다.

조선 영, 정조 시대의 문장가인 연암(1737~1850)의 『열하일기』를 읽으면서 또 연암이 걸었던 『열하일기』 코스를 그대로 답사하면서 나는 그의 열렬한 문학적 팬이 되었다.

그의 글, 문학을 향한 그의 열정, 열악한 환경을 제치고 글을 쓰고자 했던 치열함, 투철한 창작정신, 이러한 모든 문학 정신이 그의 팬이 되게끔 하기에 충분했다. 그 시대에 백탑시파白塔詩派를 형성했던 소품문의 대가들, 이덕무, 박제가, 유득공의 작품들도 좋아하지만 고문을 중시하면서도 독창적인 자기만의 새로운 세계를 창출하려고 했던 연암에게서 나는 글쓰기를 배우고자 했다.

이번에 나에게 주어진 글쓰기 주제는 '나의 수필 창작 기법'이다. 여기에 내가 배우고자 했던 연암에 대해 말하면서 나의 글쓰기 방법을 대신하려고 한다. 그런데 굳이 나에게 글을 쓸 때 어느 점을 중요시하는지 말하라고 한다면 지금껏 글을 쓰려고 하는 이들이 강조했던 삼다三多이다. 어찌 보면 진부하기 이를 데 없는 방법이라고 생각이 들기도 하지만 이처럼 글쓰기의 정도를 말하기도 힘들 것이다.

많이 읽고, 많이 쓰고, 많이 생각하기, 다독, 다작, 다상량, 당송 팔대가의 한 사람인 송나라 구양수가 글쓰기 방법에서 강조한 말이라는 것은 누구나 알고 있을 것이다.

수필은 자조문학自照文學이다. 나를 가장 잘 드러내는 고백적인 문학이다. 때로는 나의 치부까지도 거침없이 드러낼 때도 있는 것이 수필이다. 그러기 위해서는 삼다의 방법을 터득한 후에 내 안에 깔려있는 무한한 문학적 자산이 있은 후에 붓을 잡을 때 내가 쓰는 수필은 향기로울 것이다. 나도 그렇게 글을 쓰려고 노력하고 있지만 막상 글을 쓰다보면 때로는 주제와 어긋나는 엉뚱한 곳을 헤매다가 다시 돌아오곤 할 때가 종종 있다.

다시 연암의 글쓰기로 돌아가겠다.

그러면 연암이 글쓰기에 강조한 방법은 무엇인가.

연암이 제자들에게 강조했던 글쓰기의 방법은 무엇인가.

그것은 '법고창신法古創新'이다.

즉 옛것을 본받으면서 변화할 줄 알고 새것을 창조하되 법도에 맞아야 한다고 했다. 법고창신의 방법이야말로 글쓰기의 정도이며 연암이 실천했던 문학의 길이기도 했다.

연암의 글을 모두 모아놓은 『연암집』은 17권 6책이다. 구한말에 『연암집』을 꾸미던 김택영은 『열하일기』 중에서 「야출고북구기夜出古北口記」를 조선 오천 년 이래 최고의 명문장이라고 극찬했다.

연암의 둘째아들 박종채가 아버지에 대해 쓴 글 『과정록』이 있다. 그 책을 국역한 박희명 교수도 연암을 극찬했다.

"영국에 셰익스피어가 있고, 독일에 괴테가, 중국에 소동파가 있다면 우리나라에는 연암 박지원이 있다고 감히 말할 수 있을 것이다. 그는 중세기 우리나라 최고의 대문호다"라고 했다. 연암은 이처럼 극찬을 받은 작가였고, 조선시대 작가로서 글쓰기의 표본을 담당했던 작가라고 할 수 있을 것이다.

최고의 명문장이라고 하는 「야출고북구기」는 어떻게 태어났는가.

중국 청나라 건륭황제의 고희 기념일 만수절을 맞아 축하하기 위해 조선 사절단이 열하로 향했다. 그때 사절단으로 가는 연암의 팔촌형 박명원의 권유로 연암도 함께 가게 되었다.

1780년 5월에 한양을 떠나 압록강을 건너 8월에 열하로 들어갔다. 북경에서 오래 머무르는 바람에 만수절에 맞추어 열하로 가는 날짜가 촉박하여 일행은 밤낮을 가리지 않고 열하로 달려갔다.

한밤중에 아홉 번이나 황하 지류인 백하의 급한 물살을 건너야 했고 한밤에 고북구장성을 넘어야 했다. 잠도 제대로 못 자고 제때 먹지도 못하고 비를 맞고 추위에 떨며 악전고투 속에서 강행군으로 열하로 향했다.

그런 극한 상황 속에서도 연암은 쉬지 않고 붓을 꺼내서 글을 쓰고 메모를 했다.

그때 아홉 번 물을 건너며 쓴 글이 「일야구도하기一夜九渡河記」요, 한밤중에 고북구 장성을 넘으며 쓴 글이 「야출고북구기夜出古北口記」이다.

『열하일기』의 일정을 그대로 따라가던 우리 일행이 열하(승덕시)에 가까이 갈 때 저 멀리 고북구 장성이 바라보였다. 명문장이 탄생한 그 현장을 바라보면서 모두들 환호성을 지르고 버스에서 내려 기념사진을 찍었던 기억이 난다.

「야출고북구기」를 조금 옮겨보겠다.

연암은 한밤중에 고북구 장성에 이르렀을 때 장성 벽에 흔적을 남겼다. 그 자리에서 필연을 끄집어내고 안장에 매달아 두었던 몇 잔 남은 술을 벼루에 쏟아 붓고 먹을 갈았다. 마침 초승달이 산 능선에 걸려 있을 때 별빛 아래서 썼다.

"건륭 45년 정자년 8월 7일 밤, 삼경에 조선 박지원이 이곳을 지나다."

일필휘지로 더 쓰고 싶었으나 먹이 메마르고 붓이 작아서 더 못쓴 것을 유감스럽게 생각한다고 했다.

장성이 있는 그곳은 역대 치열한 전쟁을 치렀던 전쟁터였고, 성벽 양쪽은 천야만야 깎아지른 듯한 절벽과 골짜기의 연속이고 밤은 깊다. 무서움증이 많은 연암이건만 그날은 무섭지도 않고 신바람이 났다고 했다.

"오늘 이 한밤중에 홀로 만리장성 밑에 우뚝 서고 보니 달은 지고 물은 울고 바람은 쇄쇄, 반딧불은 펄펄 날아서 보는 것마다 무엇이나 다 놀랍고 휘둥그레지고 이상야릇하였건만 나는 갑자기 겁나는 마음이 없어지고 이상하게도 신이 날대로 나서 팔공산의 풀 잎 군사나 북평의 호석까지도 나를 놀라게 하지 못하니 더욱이 내 자신 다행으로 여겼던 것이다."

열하에서 조선으로 돌아온 연암은 칩거하던 연암협을 내왕하면서 삼 년에 걸친 퇴고 끝에 「도강록」을 시작으로 24편의 『열하일기』를 완성했다.

원고가 채 끝나기도 전에 이미 초고나 필사본들이 세상에 널리 돌아다녔다. 재미있다고 읽는가 하면 문장이 예스럽지 못하다고 문체반정을 이유로 비난을 받기도 했다.

연암은 고문을 중시하면서도 이처럼 재미있는 새로운 창작 기법 즉 개성 있고 참신한 소품문을 창작함으로써 고문과 소품문 양쪽으로 인정받는 작가이기도 했다 그런 글쓰기의 방법이 바로 연암이 강조하던 '법고창신'일 것이다.

문체반정이라고 연암을 폄하하는 것에 대해 연암은 이렇게 항변했다.

"사람들은 사마천과 한유를 따른 글을 읽으면 바로 눈꺼풀이 묵직해져 졸음이 오지만 원굉도나 김성탄을 따른 글을 보면 눈이 번쩍 뜨이고 마음이 즐거워 전파하고 칭송한다. 그래서 내 문장을 원굉도나 김성탄의 소품이라 일컬으니 이는 실상 세상 사람들이 그렇게 만들었다."

이처럼 독자들은 재미있는 글을 좋아하면서도 예스럽지 못하다고 비난을 하고 그 비난을 받아야 하는 것이 앞서가는 작가들이 감내해야 하는 고충일 것이다. 그러나 비난을 받았던 『열하일기』는 지금 최고의 명작으로 대접받고 있지 않은가.

글은 스스로 자란다
- 나의 수필 쓰기 -

조 헌

* 일단 책상에 앉는다.

쓰고 싶은 글감이 생기거나 원고청탁을 받으면 책상 앞에 따리를 튼다. 쥐가 나게 머릿속으로 주제를 궁굴리며 걸맞은 첫 문장을 빼내기 위해 컴퓨터 모니터를 노려본다. 그리고 마냥 버틴다. 누에가 실을 뽑고 샘물이 솟구치듯 글이 거침없이 써지는 사람이 있을까?

난 원래 글재주가 시원찮다. 쓰고 싶은 내용이 넘칠 만큼 해박하거나 독서량이 많은 사람도 아니다. 다만 주변의 따뜻하고 소소한 이야기가 재밌고, 하찮은 사연에 관심이 많다. 이 일상의 뒤적임이 내 수필 쓰기의 출발점이면서 종착지다. 하지만 대수롭지 않은 이야기의 꿰맞춤도 내겐 그리 호락호락하지 않다. 노상 애가 타고 침이 마른다.

안 풀리는 일의 샅바를 잡고 늘어지는 것처럼 힘겹고 맥 빠지는 일이 또 있을까. 책상에 앉는 일이 두렵고 짐스럽다. 애써 눈길을 돌리며 딴청을 피운다. 그래도 어김없이 돌아와 앉는 이 심사心思를 난 여태 알지 못한다. 불가사의다.

* 잔뜩 늘이고 바싹 줄인다.

얼추 첫 문장이 써지면 안심이다. 그게 다음 문장을 열어가기 때문이다. 이때부턴 절대 멀리 보지 않는다. 뒤를 돌아봐서도 안 된다. 마무리는 언감생심 생각조차 않는다.

억수비가 내리는 밤, 칠흑 같은 외진 길을 혼자서 운전하듯 헤드라이트가 비추는 바로 앞만 보며 간다. 스치는 옆의 것을 모두 볼 필요 없다. 길이 생판 틀린 게 아니라면 오로지 그 작은 불빛이 지도地圖요 나침반이다. 목적지에 대한 생각은 아예 접고 눈에 보이는 길을 따라 조금씩 앞으로 나아가면 되는 것이다. 분명 글은 앞문장이 다음 문장을 낳고 길러 스스로 자란다.

이때 불쑥대며 커지는 생각의 가지들을 잔뜩 늘려놓는다. 논리도 문법도 철자법도 상관없다. 중구난방 제멋대로 뻗는 가지들을 그대로 지켜본다. 모자라고 치우치며 끊기고 거친 것들이 여기저기 자리를 잡으며 쑥쑥 자라도록 내버려둔다. 제대로 된 가지치기를 위해선 큰 가지뿐만 아니라 곁가지와 잔가지도 넉넉해야 좋다. 잘라 낼 것이 많을수록 맘먹은 모양을 만들 수 있기 때문이다. 가지들이 무성하게 자라면 이젠 전지剪枝가위가 필요하다. 가위를 잡은 손이 날래고 빨라진다.

가지치기는 나무를 매만져 모양을 좋게 하고 꽃과 열매를 많이 보기 위한 거다. 가지치기의 원칙은 빽빽한 가지를 정리하고 웃자란 가지를 쳐내는 것이다. 가지치기를 잘못하면 꽃과 열매는 물론 나무가 약해지고 볼품도 없어진다.

글쓰기도 마찬가지다. 모아진 생각들이 수북해지면 전체 모양새를 다듬어야 한다. 주제主題인 본가지는 가능한 보존한 채, 주제를 벗어나 지나치게 자란 가지, 논리에 맞지 않게 교차된 가지, 같은 말을 반복하는 평행한 가지, 전개를 방해하는 내향內向한 가지, 모양을 망치는 처진 가지, 군더더기 같은 부러진 가지를 과감하게 없애야 한다. 게다가 주제와는 상관없이 밑동에서 삐져나와 옆에서 움돋는 가지도 가차 없이 제거한다. 잔뜩 늘인 생각들을 주저 없이 쳐내고 뽑아 바싹 줄여야 단정하고 상큼하다.

* **퇴고를 믿는다.**
 가지치기가 끝나 글의 얼개가 짜여지면 무심한 듯 던져둔다. 짧게는 며칠, 길게는 몇 달을 모른 채 그냥 둔다. 그리고 다시 꺼내 처음 보는 글처럼 소리 내어 읽어본다.

 아! 고작 이렇게밖엔 쓸 수 없단 말인가? 어처구니가 없다. 고심은 했을지언정 부실하기 짝이 없다. 바람 빠진 풍선처럼 추레하고 어설프다. 이젠 퇴고에 맡겨야 한다.

 읽고 또 읽는다. 넌더리나게 읽으면서 모자라면 덧대고 넘치면 버린다. 여차하면 단락도 통째로 날린다. 이 단어 저 글자를 수도 없이 옮기고 거푸해서 바꾼다. 조사 하나가 맘에 걸려 안절부절 서성인다. 퇴고는 뼈대를 바로잡고 군살도 빼주지만 분위기와 정도에 맞게 화장化粧까지 시켜준다. 진이 빠져 맥없지만 퇴고가 고맙고 믿음직한 이유다.

 어깨가 뻐근하고 눈이 뻑뻑하다. 머릿속도 휑하니 어질하다. 고쳤던 말을 다시 그 이전 말로 바꿀 때쯤이면 제물에 질린다. 손을 털

때가 된 것이다. 턱없이 부족해도 여기까지가 한계다. 아쉬워도 컴퓨터 자판에서 손을 뗀다.

'잘 가라! 못난 내 글아!'

내가 쓰는 수필의 길

지연희

    글의 구성에 대한 문제는 비단 문학작품 속의 장르적 특성이 요구하는 구조적 형태 뿐 아니라 짧은 광고문안의 산문에서도 적용되어야 할 일이다. 더구나 언어예술의 미학적 가치를 세우는 문학의 한 장르인 수필문학으로서의 구성에 대한 문제는 당연한 과제가 아닐 수 없다. 훌륭한 설계에 따라 지어진 건축물이 내실을 기하듯 훌륭한 글의 설계는 훌륭한 글을 생산해 낼 수 있을 것이다. 그러나 '수필'의 사전적 의미는 '일정한 형식이 없이 생각나는 대로 체험이나 감상 의견 따위를 자유롭게 적은 글'이라고 되어있다. 때문에 붓 가는 대로 쓰는 글이 '수필'이라는 인식을 심게 되었으며 대개의 사람들이 지니고 있는 상식이다.

    제아무리 수필이 붓 가는 대로 쓰는 글이라지만 아무 생각 없이 붓만 들고 무엇을 쓴다는 건 매우 어려운 일이다. 수필은 체험의 문학이며 사실의 문학이기 때문이다. 글이 체험하지 않은 일에 대한 붓놀림을 따라 간다면 이는 분명 맹목적 허구의 유혹에 빠질 것이며 나아가 모호한 상상의 세계를 더듬는 일이 될 것이다. 혹시 붓을 들고 무엇을 쓴다 하더라도 그 '무엇'은 붓을 들기 이전의 체험을 재생시키는 과거라는 기억 속의 이야기라는 점이다. 기억 속 이야기를 글로 옮겨야 한다는 자체가 '무엇'을 써야 한다는 설계이고 어떻게 쓰겠다는 의도임에 분명하다. 작자는 이미 '무엇을 쓸 것인가'를 생각하고 '어떻게 쓸 것인가'를 염두에 두었기 때문에 한 편의 주제가 있는 글을 쓸 수 있었다는 것이다.

글의 설계는 주제를 확고히 세우는 일이다. '무엇'을 '어떻게' 쓰겠다는 분명한 견해이다. 미세한 마음 밭을 움직여 감성의 울림으로 존재하는 감정의 세계는 사랑도 다양한 형태의 사랑이 존재하게 하고, 슬픔도 다양한 빛깔의 슬픔으로 크기를 지닌다. 막연한 이야기를 들고 글쓰기를 시작하기보다 써야할 이야기의 의미를 인식하고 시작한 글의 서두는 올바른 목적지를 향해 항해하는 범선의 출항과 다르지 않아야 한다. 해상에서의 나침판은 목적지를 향한 오차 없는 해도를 열어주게 된다. 주제가 명료한 글은 가장 훌륭한 글이라고 했다. 제아무리 아름다운 문장의 글이라고 해도 그 글을 써야 할 절대적 이유인 주제가 드러나지 않는 글은 독자를 미로의 깊은 터널에 빠뜨리는 우려를 범하게 된다. 인간의 정신세계는 컴퓨터보다 더 치밀한 기억의 칩을 내장하고 있어 헤아릴 수 없는 갈래를 지니고 있다. 주제라는 튼실한 중심축으로 적절히 제어하지 않으면 불필요한 의미의 가닥으로 발걸음을 들여놓게 된다. 이 이야기를 하다보면 저 이야기도 기를 쓰고 뇌리에서 빠져나와 번잡한 시장터를 방불하게 하기 쉽다. 문학은 작가의 영혼으로 경작한 결실이며 농작물 한 포기 한 포기에 담긴 결실의 크기를 부대에 담는 일이다. 밭은 뿌린 씨앗의 결실을 보여준다. 무엇을 쓸 것인가에 대한 명료한 주제를 설계하고 이를 따르는 글은 독자에게 가장 훌륭한 안내자의 역할을 수행하게 된다.

'무엇(주제의식)을 쓸 것인가' 하는 문제와 '어떻게(주제를 담아내는 소재들) 쓸 것인가' 하는 문제를 염두에 두었다면 이를 어떻게 글로 옮길 것인가에 대한 단계 앞에서 고심해야 할 것이다. 대부분 이 시점에서 글을 쓰는 이는 주저하게 된다. 글의 시작과 끝은 제자리에서 창문이 있는 거리에 다가서는 일과 창문에 걸린 커튼을 열고 세상을 보는 일이며, 세상에 놓여진 대상과의 폭넓은 인식으로 커튼을 닫고 제자리에 돌아오는 일이다. 해야 할 이야기를 위해서 준비하고 해야 할 이야기를 풀어 놓은 다음 마무리하는 과정이다.

수필의 첫 문장이 시작되는, 화자가 첫걸음을 떼는 그 공간이나 시점이 대단히 중요하다는 생각이다. 서 있는 자리가 어느 지점인가에 따라 창문의 위치와 밖의 세상은 변화를 지니게 된다. 문을 여는 과정에 이어 세상을 보고, 문을 닫는다는 의미는 마치 절대자의 힘으로 빚어진 하나의 생명체가 탄생을 하고 성장을 이루고 그리고 소멸이라는 필연의 존재론적(우주적) 걸음이라는 견해이다. 문단의 구조는 기, 승, 전, 결의 4분법적 시각도 존재하지만 서론, 본론, 결론의 3분법적 재단이 안정된 이야기의 토대를 마련할 수 있다.

문장과 문장이 의미를 결합하여 서술하는 이야기 문학의 수필문장에서 문단의 존재는 절대적이다. 하나의 의미를 지향해 나아가는 문단의 힘은 여러 문장이 모여 그 의미를 튼실하게 담아내는 과정이라는 것을 실감하게 한다. 수필 한 편은 글의 내용이나 작가의 의도에 따라 몇 개의 문단으로 구조를 이루게 되는데 이는 쓰는 이의 절대적 권한에 의거하여 구성되어진다.

앞서 언급했듯이 수필 한 편의 내용은 서론(문 열기), 본론(세상보기=해야 할 이야기), 결론(문 닫기)이라는 그물로 짜여진 삶의 발견이다. 그리고 그 기억 속 체험의 삶을 통한 아름다움의 정서(감동=기쁨, 슬픔 등의 이야기를 포함한)에 닿게 하는 일이다. 일각에선 수필쓰기를 일정한 구조에 담아낸다는 자체가 고정된 사각의 틀에 생각의 자유를 가로막게 한다는 견해도 없지 않다. 하지만 훌륭한 글은 훌륭한 문장과 문단의 배열로부터 시작된다는 사실을 염두에 두어야 할 것이다.

드립커피처럼

최남숙

커피를 좋아한다.

커피를 마시기 위해 밥을 먹는다. 핸드드립 커피를 즐겨 마신다. 핸드드립 커피는 손으로 내리는 작업을 통해서 만들어진다. 커피의 향이 코끝에 전달되기까지 까다로운 절차를 거쳐야 한다.

원두의 종류도 다양하다. 겉모양은 다를 바 없지만, 지형에 따라 원두의 성질과 특성도 다양하다. 맛과 향이 다르다.

원두를 볶는다. 볶은 원두를 그라인더*로 갈아준다. 볶을 때의 온도도 커피의 맛을 좌우한다. 녹색 빛깔을 띤 원두가 갈색의 가루로 변하여 필터를 통해 걸러진다. 흑갈색의 액체가 서버**로 타고 내려진다. 커피가 된다. 예술이다.

물의 온도도 예민하다. 원두의 볶아진 농도와 양, 물의 온도가 88도~95도로 적절하게 배합이 될 때 최고의 커피가 만들어진다. 바리스타의 세밀하게 떨리는 손끝에서 커피의 맛이 결정된다. 훌륭한 바리스타는 말한다. 커피를 내리는 순간은 숨도, 심장도 멎듯이 혼신을

다한다고. 실패를 거듭하고 정성을 기울일 때, 맛있는 커피를 마실
수 있다.

수필은 드립커피다.
핸드드립 커피가 완성되는 과정과 같다.

글쓰기를 좋아한다.
글을 쓰기 위해 밥을 먹진 않지만, 내 안에 녹아 든 영혼을 쏟아내
기 위해 수필을 쓴다.
수필 쓰기에도 순서가 있다.
핸드드립으로 커피를 내리는 손길처럼 까다로운 절차가 필요하
다. 몸과 마음을 정하게 한다. 주변도 깔끔하게 정돈을 한다. 하나님
의 지혜대로 좋은 글을 쓰게 해달라는 기도를 하고 시작한다. 새벽
에 쓸 때 집중력도 최고다. 보고 느끼면 바로 쓴다. 다시 고치고 여러
번 수정을 거듭한다. 볼 때마다 다른 글이 된다. 적어도 여섯 번 정도
는 퇴고하라고 배웠다. 그 이상을 보고 또 본다. 독자의 마음으로 바
라본다. 나의 깊은 내면이 보이도록 사유하며 시간을 투자한다. 밤
을 꼬박 샌다. 고된 노동을 거쳐야 향기 나는 글이 만들어진다. 물의
온도에 따라 각기 다른 커피가 결정되듯, 내리는 손길마다 맛이 다르
듯, 글도 여러 색으로 만들어진다. 마음에 들 때까지 생각한다. 쓰고,
들여다보고 고치기를, 몇 번의 산고 끝에 맛있는 글이 탄생한다.

드립커피를 내리듯, 마음을 울리는 글이 되도록 힘을 다한다.

있는 그대로 풀어낸다. 어렵지 않고 화려하지 않게 쓴다. 나의 의지
와 독자들의 의지가 소통이 되기를 소망한다. 심혈을 기울인다.

수필도 여러 과정을 통해서 살아있는 글로 탄생된다. 혼을 다해 갈
고 닦은 글이, 섬세한 손끝에서 연마되어 생명의 글이 된다.

독자들의 숨결에 나의 숨결이 닻을 내린다.

수필은 드립커피다.

드립커피가 만들어지는 건 예술이다.

수필도 예술이다.

나의 수필 쓰기는 이렇게 만들어진다.

* 그라인더: 원두를 가는 분쇄기

** 서버: 추출된 커피를 담는 도구

다만 쓸 뿐

최민자

　나는 글을 어떻게 쓰는가. 이런 글제는 곤혹스럽다. 내 안 어디 컴컴한 지층에 매몰되어 있을 생각의 편린들을 어림짐작으로 들쑤셔 올려, 갈고 닦고 기름칠해 꺼내 놓는 아날로그적 공정에 모듈화한 작법이 있을 리 없다. 있다 해도 마찬가지. 질료의 특성이나 태깔에 맞추어 주먹구구로 꿰어내는 비물질적 공정을 명쾌하게 활자화하여 서술하는 일이 생각만큼 쉬운 일은 아닐 것이다.

　글쓰기는 고단한 수작업이다. 어떤 첨단의 공법으로도 자동화할 수 없고, 누구도 그 수고를 대신해 줄 수 없는, 지극히 개별적이고 원시적인 노동이다. 내가 아니면 아무도 인지할 수 없는 지난 시간의 지문들을, 끝끝내 몸 안에 갇혀 나라는 개체와 함께 소멸되어버릴 기억과 몽상의 집적물들을 언어라는 어설프고 불완전한 도구로 발굴하고 복원해 내보여야 하는 막막한 작업이 글쓰기이다. 오르한 파묵이 말한 바, 때로 바늘로 우물 파기와 같은 부단한 인내가 요구되기도 하는 그 지난한 작업을 나는 왜 여태 그만두지 못하는가.

어떻게?에서 왜?로, 어찌어찌 논지가 빗겨나 버렸다. 그렇다고 크게 빗간 것은 아니다. '왜'가 분명하기만 하면 '어떻게'는 어떻게든 제 길을 찾을 테니. 왜 나는 글을 쓰는가. 그거라면 좀 쉽게 답할 수 있다. 쓰는 게 좋아서, 쓰고 싶어서 쓴다. 정확히 말해 쓰고 싶어 쓰는 게 아니라 쓰고 싶어져야 비로소 쓴다. 글쓰기는 내게 일이 아니다. 놀이이다. 일이 아니고 놀이이므로 재미가 없으면 쓰지 못한다. 쓰고 싶을 때 쓰고 쓰고 싶어야 쓴다. 운동에도 취미가 없고 가무에도 능치 못하고 고스톱조차 칠 줄 모르는 사람이 유일하게 집중할 수 있는 놀이, 그것이 내겐 글쓰기이다. 글을 써서 쌀을 사야 했다면 나는 일찌감치 포기했을 것이다. 글과 돈을 맞바꿀 실력이나 자질을 갖추지 못한 아마추어 엉터리 글쟁이라는 얘기다. 그럼 언제 쓰고 싶어지냐고?

"한 대 맞은 것 같은 글이 아니라면 읽을 필요가 있는가?"라고 대잡듯 질문한 사람은 카프카였다. 그의 말이 내게는 "한 대 맞은 것 같은 글이 아니라면 쓸 필요가 있는가?"라는 말로 읽힌다. 기가 꺾이고 주눅이 든다. 기분이 썩 좋지도 않다. 별수 없잖은가. 어쨌거나 그는 카프카니까. 한 대 맞은 것 같은 글을 쓰지 못하는 나는 한 대 맞아야 쓸 맘이 생긴다. 책을 읽다가 머릿속을 쾅, 쳐주는 좋은 글귀와 맞닥뜨렸을 때, 무채색으로 침묵하던 겨울나무 가지가 연둣빛 혓바닥을 나불거리며 무딘 가슴을 통, 치고 살랑거릴 때, '빨간 책방'의 나긋나긋한 오프닝에 마음 귀퉁이가 쿵, 하고 무너져 내릴 때, 나무늘보처럼 늘어져 있던 나도 화들짝 정신이 들어 글이 쓰고 싶어진다.

그런 행운이 당연히 자주 찾아줄 리는 없다. 아주 가끔, 드물게 온다. 공부는 머리보다 엉덩이로 한다는 말이 있지만 글은 손이 아닌 발이 쓰는 것 같다. 뇌와 다리 근육 사이에 어떤 역학적 상관관계가 있는지 알 수는 없지만 저명한 사상가들이나 작가들 중에도 규칙적인 산보와 저술을 병행했던 사람이 많은 걸 보면 몸을 움직이는 것과 뇌의 활동이 아주 무관하지는 않을 성싶다. 혼자서 천변이나 공원을 산책할 때, 신호대기 앞에 잠깐 멈춰 섰을 때, 역방향의 남행열차에 앉아 멍 하니 창밖을 내다보고 있을 때, 뿅망치로 탕! 얻어맞는 것 같은 '점지'의 순간이 전광석화처럼 다녀가곤 한다. 전생과 현생을 가로지르며 귓바퀴 사이를 빠져나가는 검은 새의 그림자 같이 반짝! 빛났다 스러져버리는 '머릿속의 불'. 부싯돌의 섬광 같이 일순간에 명멸하는 순간의 스파크는 서둘러 포획해 들이지 않으면 다시는 찾아와 주지 않는다. 그렇게 채집한 불똥들을, 홧홧한 글의 씨앗들을, 씨앗망태에 걸어두고 시시때때 즐겨 들여다보는 일, 그것이 내게는 '어떻게'의 시작이다. 요행에 기대어 농사를 짓는 천수답의 태평농부라 할까.

글을 쓰기 위해서는 사냥감을 포착하는 동물적 직관과 싹을 틔우고 결실을 기다리는 식물적 인내가 함께 필요하다고 본다. 어떤 꽃이 피고 어떤 열매가 달릴 것인가는 씨앗에서 이미 판가름이 난다. 좋은 종자를 골라 모판에 옮겨 심는 일로 농사는 시작이 아니라 이미 반쯤 진행된 것이다. 물주고 가꾸고 꽃 피우는 일은 인내와 정성과 시간이 요구되는 여느 농사꾼의 일상과 다를 바 없다. 존재와 본질에 대한 탐색, 발견과 통찰을 중시하는 면에서 〈손바닥수필〉 같은 내 짧은 수필들은 산문보다는 시 쪽에 가까울지 모른다. 산문적 가독성을 획득하기 위한 최소한의 얼개 이외의 중언부언을 나는 그다지 좋아하지 않는다. 호흡이 짧아서이기도 하고 간명 단아한 것이 좋기 때문이기도 하지만 묘사나 서술을 귀찮아하는 태생적 게으름 탓이 크다. '어떻게'를 '왜'로 대체해보고자 하는 용의주도함 역시 이런 류의 '귀차니즘'과 무관하지 않을 것이다.

그러나 아무리 짧은 글이라 해도, 아니 오히려 짧은 글일수록 퇴고의 중요성을 간과할 수 없다. "모든 초고는 걸레다"라고 했던 헤밍웨이의 고백이 그의 어떤 명문장보다 나에게 위로가 되는 이유다. 잡풀을 뽑고 거름을 주는 일, 약한 줄기에 받침대를 세워 주고 불필요한 곁줄기를 가차 없이 쳐 내는 일, 우듬지 어디쯤에 보일 듯 말듯 반짝이는 별 하나 살짝 숨겨 걸어두는 일, 그런 일들에 집중하다 보면 놀이는 어느새 일로 바뀌고 만다. 놀이가 일이고 일이 놀이인 채 사유를 익히고 상상을 접붙이는 자발적 유폐에 빠져들다 보면 왜 쓰는지, 어떻게 쓰는지 생각할 겨를이 사실상 없다. 씨앗이 가진 생명력이 최대한 발현될 수 있도록 최선의 노력을 기울여보는 것, 대상이 들려주는 속말들을 귀 기울여 듣고 그들의 이야기에 어설픈 주석을 덧붙여 보는 것, 작가로서의 내 일은 거기까지다. 그것이 알곡일지 쭉정이일지는 내가 판단할 일이 아니다.

심성의 렌즈에 비춰진 대상

최승범

흔히 시·소설·수필·희곡 등 문학의 장르별 작법에 관한 책이나 단편적인 글들을 대할 수 있다. 그러나 이러한 책이나 글들이 일반적으로 실제 작품을 쓰는 일에 얼마만큼의 도움을 주고 있는 것인가는 자못 의문이라 하지 않을 수 없다.

나 또한 대학에서 '시조론'이네 '수필론'이네를 맡고 있어, 자연 시나 수필의 창작에 관한 이야기를 하여야 하는 시간에 부딪치곤 한다. 그러나 이런 시간의 이야기를 신통하게 또 유효적절하게 해치웠거니 싶은 생각을 가져본 적이 없다.

수강생들에게도 으레 이 방면의 이야기를 꺼내기에 앞서 한 마디 전제하기가 일쑤다. 그것은 어떠한 장르의 문학작품이든 간에 그 훌륭한 창작이란 이론만으로 되는 것이 아니라는 것이다.

나는 아직까지도 시·문 창작에의 지름길은 평범한 이야기일지 몰라도 송나라 구양수가 말한 삼다의 길에 있다고 본다. 곧 많이 읽고, 많이 지어 보고, 많이 생각해 보는 것이 제일일 것이라는 것이다.

대학에서의 나의 어설픈 강의를 위하여 1965년 간행한 바 있는 졸작 「隨筆ABC」에서도 소위 「수필 쓰는 법」이라는 한 장을 설정한 바 있다. 여기서도 이런저런 이야기를 늘어 놓은 끝에 결국에 가선 구양수의 문장도를 강조하는 것으로 마무리짓고 말았던 것이다.

여기서 다시 그 '수필 쓰는 법'이라는 장에서 이야기하였던 바를 열거하여 보면 다음과 같다.

① 자기의 렌즈(lens)를 갖자.
② 자유자재의 글이어도 일단의 구상은 필요하다.
③ 서두에서부터 관심을 이끌도록 하자.
④ 누에가 실을 뽑듯, 그렇게 써 나가자.
⑤ 품위 있는 글이 되도록 하자.
⑥ 길이는 되도록 3,000자 내외로 하자.

이에는 "수필을 쓰고자 하는 사람이면 누구나 수필을 써 나가기 전에, 먼저 가져야 할 마음가짐"이란 단서를 붙이고서의 이야기였다.

이중 ①과 ②는 원고지를 대하여 펜을 잡기 전의 마음가짐을 말하고자 하였던 것이다.

⑥에서 말한 길이는 모든 수필이 꼭 그래야 한다는 것은 아니다. Robert Lynd는 수필의 한 조건으로 그 길이는 짧아야 한다는 막연한 말을 하였지만, 수필은 쓰고자 하는 사물에 대한 풍부한 견식 및 치렁한 미의식 여하에 따라 자유자재로 써 내려갈 수 있는 특성을 가진 것인 이상, 그 길이가 꼭 어느 정도 해야 한다는 것은 있을 수

없다. 그런데도 3천 자 내외라 한 것은 오늘날 우리나라의 저널리즘을 전제로 한 것이었다.

③④⑤의 경우, 마음가짐에 비례하여 그러한 글이 곧 이루어지는 것은 아니다. 그러나 퇴고의 과정을 가져서 이러한 점에 유의하는 것은 바람직한 일일 것이다.

나도 수필을 쓸 때마다 마음에 차지 않는 걸 느끼곤 한다.

이는 내 글줄을 이어가는 테크닉이 부족한 탓도 있겠지만, 보다 더 '모범적인 수필가'란 바로 "구경꾼이며 방랑자요, 빈들거리는 게으름뱅이요, 가장 좋은 의미에서의 '세계 시민'이어야 한다"고 말하였다.

Copeland의 이 말을 다음과 같이 바꾸어 보아도 좋을 것이다. ─ 훌륭한 수필가란 먼저 많은 관찰과 경험을 쌓은 이요, 여유작작한 멋을 지닌 이요, 양지·양식良知·良識이 풍부한 교양인이어야 한다.

그러나 마음만은 언제나 '모범적인 수필가'가 되기 위한 공정을 쌓아야겠거니 초조해 있고, 또 한 편의 수필을 쓸 때마다 이지·고잉한 생각은 없다. "피로써 쓰라. 그러면 그대는 피가 정신임을 발견할 것이다"라는 Nietzsche의 말을 가슴에 새기고 그때그때 내 나름대로의 최선을 다하고 있는 것이다.

이는 수필을 쓰고자 하는 이들의 가슴에 새겨야 할 명언이라고 본다. 정명환 교수도 어딘가에서 말하였지만 우리는 아무리 사소한 글이라도 쓰면 된다는 '가벼운 기분'으로 쓰는 일에 임해서는 안 된다. 이상理想을 말하면 한 장의 원고 용지에도 필자의 세계관이 이슬처럼 맺혀 있어야 할 것이다.

그러나 역시 뜻대로 '수필' 할 수 없는 게 요즈음의 나의 수필이다. 쓰면 쓸수록 수필이나 essay의 어의와는 다른 장르 의식을 갖게 되고, 그것이 사상의 높이와 깊이를 지닌 훌륭한 예술로서의 문학에 이르도록 하기란 어렵기 그지없음을 더욱 더 실감하지 않을 수 없기 때문이다.

어학 공부에 있어 어느 나라의 말은 '울고 들어가서 웃고 나온다'는 속설이 있지만, 수필의 경우는 '웃고 들어가서 울고 나오는' 느낌을 갖게 한다고나 할까.

나도 그동안 두 권의 수필집을 내놓은 바 있다. 첫 번째의 것을 제하여 「半熟人間記」(1968)라 하였고, 두 번째 것을 「餘韻의 落書」(1973)라 하였다. 전자의 경우, 내 사람으로서의 설됨半熟을 자인할 수밖에 없었음에서였고, 후자의 경우에도 수필로서의 본격물이 못된 어설픈 노트 같은 느낌을 어쩔 수 없었기 때문이다.

나는 「餘韻의 落書」를 엮고 나서, 다음과 같은 말을 덧붙인 바 있다. 수필의 정체·본령을 파고들면 들수록 확연한 모가 잡히질 않는다. 그러면서도 수필에 대한 매력만은 잊을 수가 없다. 수필을 쓰고 싶은 일이나 수필을 알고 싶은 일이 매한가지다. 따라서 나는 나의 삶을 갈아耕나가는 한, 수필하는 일에서도 또한 나는 벗어날 수 없을 것만 같다.

이 글을 쓰고 있는 지금도 이와 같은 나의 생각엔 변함이 없다. 스스로의 마음에도 흡족하지 못한 채 두 권의 수필집을 내놓은 것도 오직 나의 이상적인 수필을 향한 도정으로서의 한 매듭을 지어보고자 한 마음에서였던 것이다.

그동안 많이는 타의에 의해서(청탁 등) 쫓기는 기분으로 수필을 써 왔지만, 앞으론 좀더 낭차짐한 마음의 여유를 갖고 자유에 의한 수필을 쓰고 싶다. 그렇게 하여 써낸 수필을 되읽어 보며 퇴고하는 일에도 소홀함이 없어야 하겠다.

글줄을 다듬을 땐 Henry Thomas가 말한 다음 조항을 생각하고 싶다.

① Good sentences are short.
② Good sentences consist of simple words.
③ Good sentences have colorful verbs.
④ Good sentences are direct.
⑤ Good sentences have few empty words.
⑥ Good sentences have Human interest.

두서 없는 글이 되고 말았지 않나 싶다. 그러나 '나'와 '내 수필'을 중심으로 하여 말하고 싶었던 바는 어디까지나, 쓰기에 앞서 수필에 대한 건실하고 올바른 장르 의식을 찾아 갖자는 것과, 부단한 관찰·경험·독서 등을 통한 인간 수업과 문장 기술의 연마에 노력하여야 할 것이라는 것이다. 앞서 졸저에서 인용한 6가지 유의점을 생각해 보는 것도 좋을 것이다.

그리하여 여유작작한 마음으로 수필할 때, 읽는 이로 하여금 가슴을 열어 회심의 미소를 짓고, 그 영혼에까지도 은은한 메아리를 울려주는, 진정 훌륭한 수필은 이루어지리라고 믿는다.

영혼을 사랑하는 일

최옥영

수필 쓰기에 심취하는 것은 내 영혼을 사랑하는 일이다.

삼 형제의 대학 입시 뒷바라지가 끝날 무렵, 없어도 좋았던 나를 찾고 싶었다. 음악, 무용, 문학 중, 지필만으로 나를 다듬을 수 있는 글쓰기가 가장 좋을 것 같다.

세상에 태어나 처음으로 쓴 글은 초등학교 1학년 때, 일본 병정에게 보내는 위문편지였다. "안녕하십니까. 우리들도 건강합니다." 일본어로 이렇게 시작한 글은 어디까지나 타의에 의한 형식적인 편지였다.

여러 친구들을 알게 되어 어울리는 재미에 빠졌다. 여기저기서 저녁 연기가 집으로 돌아갈 시간을 알려도 조금도 놀이를 멈출 생각은 없었다. 어둠이 내릴 때쯤, 헤어져 돌아가는 나는 '정말 재미있었다. 내일은 무슨 놀이가 더 재미있을까' 이런 생각뿐이었다.

저녁을 먹은 후, 숙제를 조금 하다가 잠을 이기지 못한다. 방학 때마다 일기 쓰기 숙제가 있지만 대엿새 동안 밀린 일기는 그날마다 날

씨와 놀이까지 외워 두어야 했다. 어저께부터 그저께, 그저께부터 그 그저께, 이렇게 거꾸로 써가는 일기는 귀찮기만 했다.

중2 작문 시간에 '나'에 대한 글을 쓴 기억이 새롭다. 먼저 자신에 대해 알려고 한 적이 없음을 고백하고, "이 글을 쓰므로 나에 대해 좀 더 알려고 하니, 푸른 하늘을 날아가는 흰 구름을 바라보며 씩 웃는다"고 마무리했다. 선생님의 칭찬을 받으니 더욱 정직한 글을 쓰고 싶고, 소설 읽는 재미가 더 좋았다. 작문 책에서 따온 "로마는 하루에 건설되지 않았다. 지키자 일일 일문 주의"를 책상머리에 크게 써 붙였다. 그 후, 매일같이 글을 쓰지는 않았으나 가슴을 에는 듯한 이야기만은 쓰고 싶었다.

눈 내리는 날, 시베리아로 호송되어가는 카추샤 이야기는 세계문학 전집 중 일어로 된 『부활』에서 따온 것이며 소설 준비를 하는 친구에게도 잊혀지지 않는 모양이다. 눈 오는 날이면 내 글을 되살리는 그녀가 회갑이 되어가는 나이에도 그 날의 일을 전화로 되새기게 하여 우리는 문학소녀 그 날로 되돌아가곤 했다. 그러나, 해를 더하면서 사제지간에 연애한다는 헛소문 때문에 문학소녀의 원대한 꿈은 만신창이가 되고 만다. 써 붙인 것을 찢어 버리고 글쓰기를 포기하지만 독서만은 꾸준히 했다.

결혼 후, 농촌 사람과 어울리려고 책마저 멀리 했다. 그 시절의 많은 남편들은 아내에게 쥐어 살지 않는다는 것을 과시하려는 듯했으나 승산이 없는 부부싸움을 피했는데, 나이를 먹으니 내향성인 내가 말 못한 것을 일기장에 토하고 싶다. 일기는 즐거울 때보다 속상하고 억울하고 분하고 괘씸할 때의 감정 기복을 마음껏 토할 수 있어 속이 시원하다. 일기장은 세상 어느 정신과 명의보다 훌륭한 치료사이고 신뢰감 주는 길벗이다. 일기장만 있으면 무슨 일이 있어도 끄떡없을 것 같으나, 심취할 수 있는 내 일이 없으니 안정감이 없다.

삼 형제 모두가 대학생이 되니 그제야 신문광고를 본다. 문예진흥원에서 실시하는 문학 교실이 마음을 끈다. 전화를 하니 마감이 되었다고 한다. 가을학기를 기다리며 여성학과 상담학을 공부하기 시작한다. 그때는 주부의 일에 치중할 때여서 몹시 피곤했다. 덕수궁 소설교실에 들어갔으나 앞자리의 키 큰 학우에게 깨워 달라고 부탁하고 책상에 엎드리고 만다. 잠 때문에 한 학기는 공치고 말았으나, 이듬해 새로 오신 정소성 교수님께서 '나'에 대한 글을 쓰라고 한다. 많이 써 본 글솜씨라고 하며 소설을 쓰라고 한다. 처음으로 단편소설 한 편을 썼는데 교수님께서 너무 재미가 있어서 두 번이나 읽었다고 하시며 앞에 나와 이야기하라고 하신다. "주변의 모든 일과 이야기 모두가 금붙이-패물을 만들 수 있는 금싸라기"라고 했다.

그 해 겨울, 너무나 뜻밖에 덕수궁 문학교실은 폐강하고 만다. 그 교실을 문닫지 않았으면 나는 계속 소설 쓰기에 심취했을 것이나, 아쉽게도 그 자리에 화랑이 들어서고 말았다. 한 달에 한번 제일제당에서 실시하는 백설주부대학에서 귀가 열리니, 녹슨 머리를 닦고 발전하는 세상을 공부하고 싶다. 민법, 철학, 심리학, 종교의 벽을 문제 삼지 않는다.

문우가 수소문하여 현대문학에서 실시하는 수필교실에 입문한다. 윤재천 교수님께서 원고지 쓰는 법을 가르쳐 주신다고 한다. 형상화를 잘한다고 하시며 1주에 하나씩 6주를 끌어가며 고쳐 주신다. 한

번에 고치지 않는 이유가 궁금했으나 아주 오래된 후에야 숙성시키며 여러 번 퇴고하는 의미를 알게 된다. 두 번째 글, 「목련이 피는 서울」을 쓰고 처음 쓴 「잔잔한 파문」으로 등단한다. 상경 후, 고생을 많이 했다. 그때는 몰랐으나 생명의 주인께서는 내게 글을 쓰게 하시려고 거듭하는 어려움과, 깨달음을 주시며 극복하게 하셨다.

92년 3월 문예사조 수필로 등단 후, 윤 교수님께서 2주에 한 편씩 쓰라고 하신다. 나목에 대해 10장을 쓴 적이 있는데 5장을 더 늘리라고 한다. 문장을 이어가는 공부가 중요한가 보다고 생각했으나 20년이 지나니 원고지 5매 또는 3매 되는 짧은 글을 쓰라고 한다.

수필 모음집을 낼 때마다 60편을 채우고 싶다. 모자라는 것은 거의가 일기장이 모태이고, 헝클어진 내면과 매듭진 일을 비우며 풀고 정화하는 글쓰기는 모든 분야의 해결사와 정신과 의사 중 명의를 만나는 일이다.

이제 수필을 쓴지 27년, 무엇보다 읽히는 글은 마음 끄는 도입부가 좌우한다. 하고 싶은 이야기는 재미있게 전개되어야 하고, 새로운 이야기가 궁금증을 덜어주며 눈물이 있어 나쁘지 않으나 핵심이 뚜렷해야 한다. 문장은 탄력이 있어야 하고, 짧고 긴 것이 조화를 이루어 생동감 나는 글은 리듬이 뒤따라야 한다. 끝부분 역시 작가의 사상과 철학, 가치관까지 뚜렷해야 한다. 서정의 감미로움을 음미하고 지성의 섬광이 뇌리를 스쳐가는 글이 아니어도 끌림이 있어 낯설면서도 여운이 있어야 할 것이다. 글을 쓰는 것은 자신의 알지 못함과 지혜 없음을 공부하기 위함이며, 보이지 않는 것을 마음의 눈으로 보는 것은 따스한 가슴을 나누고 싶어 함이다. 자신의 모자람을 공부

하는 글쓰기를 하지 않았으면 내 영혼은 얼마나 궁핍하고 배고팠을
까. 사람은 심취할 수 있는 일이 있을 때 더할 수 없이 행복하다.

아름다운 내면을 가꾸는 글쓰기는 내 영혼을 사랑하는 일이다.

나의 수필 쓰기

최원현

1

글을 쓰는 것은 나만의 언어로 내 심상을 표현해 내는 문학적 행위이다. 수필가는 진솔하고 적절한 표현으로 자신의 정신세계를 표출하되 문장을 통해 문학적 향기를, 내용을 통해 철학적 사유를 드러내어 독자와 공유한다. 그런 미적 감동을 위해 수필은 설명說明, 논증論證, 서사敍事, 묘사描寫 등 다양한 기술양식을 활용하여 감동을 창출하는데 그 감동이 클 때 좋은 수필이란 평가도 받는다. 수필 쓰기는 나를 표현하여 독자와 소통하는 교감이다. 해서 의도적 변용의 글쓰기로 독자를 의식하며 글 속의 정서적 효과를 높이기 위해 암시적 주관적 함축적인 문학적 표현도 시도한다.

'문학은 상상언어로 표현된 예술'(노드롭 프리아—캐나다 신화문학론자)이라고 했다. 수필도 자기체험의 사실적 기술만으로는 문학이 되지 못한다. 사실이 감성적 진실은 되어주어야만 공감이나 감동의 문을 열 수 있다.

수필의 특성은 형식의 자유로움이지만 그 자유로움 속에 철학적 개성과 사유에 유머와 위트를 담고 활발한 문학적 상상의 날개를 펼쳐 실체적 체험을 형상화함으로 문학성과 예술성을 확보할 수 있어야 한다. 수필은 내면과의 대화이면서 둘러싸고 있는 세계와도 함께함이기 때문에 자기성찰에 내면과의 대면이 함께 이뤄질 수 있어야 한다.

2

나는 글쓰기를 시작할 때 분위기를 중시한다. 쓰고 싶어지는 심적 변화를 이끌어내기 때문이다. 쓰고자 하는 마음(분위기)은 무엇을 쓸 것인가(주제)도 결정한다. 그런 후 개요를 작성(구성)하고 글쓰기로 들어간다. 곧 계획(기획)하기-생각하기(구성)-표현하기(초벌쓰기)의 과정이다. 가능한 한 피상적 인식과 상투성에서 벗어나고자 대상에 대해 면밀하고 적절한 준비가 선행된다. 사물일 경우 그 모습을 직접 보고 자세히 관찰하거나 부족한 부분은 사전을 통하여 보충한 후 적확適確한 이해 후 표현하고 신선한 언어와의 만남이 되도록 '낯설게 하기'도 시도한다.

문장은 단문이 되도록 한다. 여러 권의 수필집을 내기까지 내 문장은 늘 길었다. 문장의 호흡이 긴 것을 장점으로 생각했다. 그러나 긴 문장은 자칫 주어를 불분명하게 하여 이해력과 긴장감을 떨어뜨린다. 문단은 한 이야기의 흐름만을 갖도록 통일성을 확보하여 주제를 분명히 한다. 문단마다 독립적인 완결 구성을 갖되 전체가 기승전결을 이루도록 연결의 유연성을 갖게 한다. 문단도 논리적이면서 부드럽게 리드미컬한 연결로 상호 의존적 관계에서 조화가 되도록 한다.

독자에 대한 배려도 잊지 않는다. 공감 내지 감동을 불러일으킬 수 있도록 독자의 구미에 맞는 글쓰기가 되었는지를 세심하게 살펴보는 퇴고를 한다. 독자의 눈과 마음을 붙잡아 머물게 하려면 간결한 문장에 분명(적확성)한 논리, 주제감이 있고 담백 순수 진솔(겸손)한 내용이어야 공감을 유도해 낼 수 있다. 무엇보다 서두와 결미를 중시한다. 서두는 주제 또는 의미화의 암시, 결미는 주제의 의미화가 되는 수미상관首尾相關을 선호한다.

3

나는 주로 지나온 삶의 체험을 정적인 수필로 써 왔으나 변화를 시도하고 있다. 지금 만나고 있는 것에 대한 보다 깊이 있는 사색과 현시적 삶을 통해 시대와 시간대를 그려보려 하는데 그런 작은 시도가 「응시」(2014. 2월, 월간문학)와 「문」(2014, 펜문학) 같은 수필들이다. 나의 이야기, 나의 생각이되 한 시대를 같이 하는 사람들의 생각을 나를 통해 열어 보이려는 것이다. 수필 속 이야기는 소설이 가질 수 없는 힘을 발한다. 만들어진 이야기가 아닌 글쓴이의 진실이요 사실이기 때문이다. 그 사실 속에 등장하는 시대와 시간과 사람과 삶은 '함께'보다 '같이'의 의미로 공감을 얻고자 한다.

「응시」는 TV의 한 프로에서 보여준 감동을 나의 반성으로 끌어온 수필이다. 주목한다는 것은 애정이 선행되어야 한다. 애정은 관심이다. 현대인들은 내게 득이 되지 않는 것엔 좀처럼 관심을 보이지 않는데 「응시」는 바로 그런 현대인들 속의 나를 통해 현대를 보고자 했다. 마음만 열면 따뜻한 눈길과 사랑을 줄 수도 있는데 왜 그렇지 못한 것일까. 어떤 상황이건 변함없이 따뜻한 눈빛을 보내주고 있는 신의 은총처럼 많은 이들의 사랑과 관심으로 지금의 나도 있다는 것을 나누고 싶었다.

「문」은 동갑내기 친구의 죽음을 통해 그가 마지막 열고 들어간 문을 보며 그 의미를 생각해 본 수필이다. 문은 열림이고 닫힘이다. 형체가 없는 문도 많다. 우린 수없이 그런 많은 유형무형의 문을 열고 닫으며 문과 함께 산다. 하지만 중요한 것은 열어야 할 문을 열지 못하고 닫아야 할 문을 닫지 않는 우리의 삶이요, 문을 문으로 의식치 못할 때도 있음이다. 「응시」와 「문」 두 편 다 단순한 시간열의 전개방법을 가졌다. 그것은 우리의 삶 자체가 시간의 흐름이요 그 흐름 속 존재이기 때문이다. 내게 수필은 삶이요 삶의 문학이다. 내 삶의 흔적을 그려내면서 공감하고자 함이요, 내 마음, 내 생각을 가장 편안하고 진솔하게 전하는 예술적 미적 행위다.

짓기 놀이

최이안

글쓰기는 짓기 놀이이자 창조 작업이다.

되도록이면 작업이 아닌 놀이라고 여긴다.

조심스럽고 위험한 놀이이기에 스릴이 넘친다.

한 작품을 해산하려면 충분한 사랑과 온전한 관심이 필요하다.

먼저 부르기 편한 태명을 짓고, 이름에 어울리는 존재를 상상한다.

뼈대를 세우고, 살을 붙이며, 이목구비와 팔 다리 모양을 그린다.

세부 장기와 관절을 넣을 때도 기능성에 예민하게 집중해야 한다.

머리카락을 감쌀 모자와 어울릴 옷도 고르고, 시뮬레이션을 해본다.

사고체계를 이룰 지도를 궁리하고, 영혼 한 조각도 불어 넣는다.

감히 어설프게 창조 흉내 내는 자신이 웃겨 허탈해지기도 한다.

그러나 창조주의 마음을 티끌만큼은 이해할 것 같다.

완벽을 꾀할 용기는 없고, 개성이 담기면 만족한다.

기한이 차면 해산을 하고 정식 이름을 붙여준다.

새 생명은 자신에게 주어진 운명을 따를 것이다.

자유의지를 못 주는 제약 때문에 미안함이 든다.
버림받아도 책임은 없으니 노여워말라고 이른다.
부디 장수하기만을 빌며 작품을 떠나보낸다.
홀가분한 피곤과 불안이 동시에 밀려온다.
산후 조리와 영양보충이 필요한 시기다.
힘이 차오르면 또 잉태를 꿈꾼다.

나의 수필 쓰기

최인식(인석)

시골 소년이 책을 만난 것은 참으로 경이로운 일이었다.

6·25 전쟁으로 어려운 시절이었다. 피난살이의 힘든 생활고에 쫓겨 책들이 시장판에 밀려 온 것이었다. 그에 더하여 『학원』『수험생』 『학생계』 등의 청소년을 대상으로 한 문예잡지들이 붐을 일으키던 때였다.

기껏 책이라고는 학교 국정교과서만 봐오던 소년에게는 엄청난 충격이었다. 한 번도 경험해 보지 못한 책속에 빠진 소년은 책을 읽고 또 읽었다. 그러다가 나도 글을 쓰고 싶다는 꿈을 가지게 되었다.

그러나 그 꿈은 쉽사리 이루어지는 것이 아니었다. 글을 쓰는 어려움보다도 우선 생활현실을 벗어날 수 없었다.

그렇게 오랜 세월이 흘렀다. 그 꿈의 문을 열게 된 것은 다 늦은 세월의 우연한 기회였다. 하지만은 글을 쓴다는 일이 그렇게 생각만큼 쉬운 일이 아니었다. 필을 들 때마다 용기는 줄고, 실망만 쌓였다.

"수필은 붓 가는 대로 쓴다"고 했다. 옛날 중국에서 유래되었다는 이 말이 회자되던 시절이었다. 수필은 누구라도 쓰기만 하면 된다는 것으로 잘못 인식되었었다.

그 수필에 대한 잘못된 정의가 바뀐 것은 근대에 와서의 일이었다. 글의 소재와 내용과 형식을 여러 면에서 조명하면서 문학의 한 장르로써 정립되어 이론적인 기초가 마련된 것으로 안다.

오늘날 "수필은 붓 가는 대로"라는 말은 글의 형식과 소재 등에 자유롭게 접근할 수 있다는 것이지 결코 누구나 제멋대로 쓰면 된다는 말이 아니라고 본다.

나의 경우도 그랬다. 붓 가는 대로 쓰면 된다고 하지만 실상은 전혀 그렇지 못했다. 쓰면 쓸수록 더 어려워지는 것이 수필이다. 언제나 무엇을 어떻게 쓸까 하는 접근 단계에서부터 생각이 막히는 어려움을 되풀이했다.

나는 문학에 대한 기초를 공부한 일이 없었다. 주제의 선택과 구성, 주제의 전개요령 등에 대한 강의를 받은 적이 없었다. 그만큼 기초를 익히지 못한 채 현장에 뛰어든 것이었다. 기껏 다른 분들의 글을 보고 흉내 내는 정도였다.

선배 문인들의 쉬운 우리말을 말하듯 쓴 아주 쉽고 짧은 문장을 볼 때마다 너무 부러웠다. 나도 그런 글을 쓰고 싶었다.

간혹 한 문장이 10행이나 20여 행에 이르는 글을 보는 경우가 있다. 그때마다 숨이 막히고 답답했다. 그런 경우만은 피하고 싶었다. 그래서 몇 번이고 추고를 되풀이했다. 그렇게 되풀이하면서도 마음에 드는 글을 쓰는 경우란 거의 없었다.

소재와 주제 선택만 하여도 그랬다. 지극히 개인적인 생활에 국한되는 주제는 피하려 했다. 생활 주변의 어줍지 아니한 일이나 사건이라 하더라도 그 속에 삶의 지혜가 있어야 했다. 배우고 익힐 수 있는 감추어진 교훈이 있어야 했다. 현실을 부정하는 내용보다는 있는 그대로 받아들이고 인정하는 글을 쓰려고 애를 썼다. 상대와 전혀 다른 생각들은 상대가 틀린 것이 아니고 나와 생각이 다르다는 사실을 전제로 하고 받아들이려고 노력했다.

세상은 모두 함께 살아가는 광장이다. 함께 공존하는 세상에서 모든 사람들의 생각이 같을 수는 없는 일이다. 같은 사실을 두고도 각각 해석은 자기 나름대로 하기 마련이다. 나는 언제나 그것을 인정하는 것을 전제로 한다.

내용면에서도 밝은 현실을 위해 고민하는 모습을 쓰고 싶었다. 자기 오지랖도 못 챙기면서 다른 사람의 과제를 왈가왈부하는 잘못을 하고 싶지 아니하기 때문이다. 함께 공존하는 인간관계를 진지하게 고민하는 삶을 되새기고저 했다.

그 모든 문제들이 표면에 드러서 입장을 어렵게 하기보다는 은연중에 느낄 수 있도록 쓰려고 애를 쓴다. 그러나 모든 글이 그렇게 제대로 쓰이지 아니하는 것이 사실이다.

나는 글을 쓸 때마다 무엇을 어떻게 쓸 것인가를 생각하면서 소재에 다가간다. 아울러 소재에 맞는 제목을 동시에 정한다. 그 다음에 문장의 형태와 단어의 선택을 검토한다. 아울러 문법(맞춤법)의 결점을 극복하기에 많은 신경을 쓴다. 경상도 특유의 억센 사투리와 발음 등은 좋은 글을 쓰기에는 치명적인 약점이 된다. 이 문제는 앞으로 계속 다듬고 극복해야 할 과제다.

수필은 살아가는 과정에서 상대를 존중하는 자세에서 좋은 글이 쓰여진다고 믿는다. 상대를 혐오하거나 흠집을 찾는 버릇에서 밝은 글이 쓰여질 수 없다고 본다.

치밀한 구성과 철저한 작가적인 정신이 확고할 때 밝고 아름다운 글이 쓰여진다고 믿는다. 물은 언제나 위에서 아래로 흐르고, 끝내 바다로 향한다.

생각을 바꾸면 글이 보인다

최장순

　일상을 떠난 삶이 없듯, 일상을 벗어난 문학도 없다. 작가는 일상의 삶이 지닌 필연성과 유사성, 반복과 일시성에서 오는 지루함과 싸우고, 진부함을 혐오하는 사람이다. 지루한 일상에서 탈출하고 싶은 욕구가 여행을 하고, 영화를 보고, 게임을 하고, 음악을 듣거나 책을 읽게 한다. 또한 작가는 기존에 있는 것을 바꾸고 재해석하고, 익숙한 곳에서 낯선 세계로 인도하는 안내자이다.

　흔히 '어떻게 쓸 것인가'를 고민한다. 순서가 잘못되었다. '어떻게 읽을 것인가'를 먼저 생각해야 한다. 여기서 '읽는다'는 것은 대상을 어떻게 보고, 보이지 않는 본질을 읽어내느냐 하는 것이다. 즉 관찰하고 생각하고 상상하는 일이다. 그것은 상식과 고정관념을 깨는 일이고 숨겨진 이면을 캐내는 일이다. 그것을 깨지 못하면 지루한 일상과 다를 바 없는 글이 되고 만다. 구두 닦는 사람은 구두만 봐도 그걸 신는 사람의 성격을 짐작한다. 시장 아줌마도, 버스 기사도 나름의 통찰력을 가지고 치열한 생존의 현장을 버텨낸다. 하물며 작가이겠는가.

　예컨대, 왜 구석은 어두운 곳이고 모퉁이는 밝은 곳이라 생각하는가? 나무의 시작은 왜 씨앗이라고 생각하는가? 태풍에도 날리지 않는 바위는 왜 무게 때문이라고 생각하는가? 통념을 깨고 생각을 바꾸어보자. 구석은 스탠드를 놓거나 쓰레기통을 놓으므로 깨끗하고 밝은 장소로 변한다. 모퉁이에는 냉정하게 돌아서는 이별이 있고 슬픈 소식이 오는 어두운 곳이다. 나무의 시작은 툭! 하는 열매가 땅에 떨어지는 소리로부터 오는 것이고, 태풍에도 바람에 날리지 않는 바위는 그 밑에 그늘이 꽉 껴안고 있기 때문이다. 개연성 있는 상상력은 대상을 낯설고 새롭게 보게 한다. 처음 접하지만 낯설지 않고 익숙한 느낌을 주는 데자뷰(deja vu)한 시공간에서 익숙한 곳이지만 처음인 듯 낯설게 보이는 자메뷰(jamais vu)한 시공간으로 이동시켜야 한다. 이미 본 영화, 줄거리를 알고 있는 소설이 감동을 줄 수는 없기 때문이다.

　잘 읽는 일에 치열해져야 한다. 그럴 때 글은 의외로 쉽게 다가온다. 치열한 작가라면 수필을 '붓 가는 대로', '누에의 입에서 나오는 액이 고치를 만들 듯이', '씌어지는 것'이라는 말에 더 이상 열 받지 말아야 한다. 입에 거품을 물고 이 말을 반박하는 사람들이 있다. 안타깝다. 적어도 문학을 하는 사람, 특히 수필을 쓰는 사람이면 이 말을 함부로 공격의 대상으로 삼아서는 안 된다. 이 말은 수필을 한자로 풀어쓴 것에 불과하고, 수필에 대한 일종의 '은유'이고 문학적 '레토릭'이다. 이것을 문장 그대로 읽고 따지는 것이 과연 온당한 일인가. 진부함을 거부하고 대상을 깊이 통찰하는 치열한 작가정신이 강조되고, 그것이 전제될 때, 글은 붓 가는 대로 씌어진다는 긍정적인 생각을 갖는 것이 더 올바른 자세다. 또 한 가지, '글은 꾸미는 것에서 시든다'는 말도 생각해볼 여지가 있다. 오래 수필을 썼고 가르치는 분들일수록 이 말을 입버릇처럼 되뇐다. 이로 인해 수필가들은 얼마나 고지식함에 빠졌던가. 체험중심의 수필에서 거짓으로 꾸미거나 겉멋을 부리지 말라는 의미를 자칫 오해하여 문학적 상상력을 위축시키지 않았는지 돌아볼 일이다.

글은 꾸미는 것이다. 문학은 상상으로 짓는 집이다. 설계도 없는 건축물이 가능할까. 꾸밈없는 글은 지리멸렬한다. 문학성 있는 작품이 되기 위해서는 몇 가지의 장치가 있어야 한다고 이론가들은 말한다. 시적 언어를 구사하는가, 플롯의 재료인 스토리를 미적목적을 위해 재구성하는가, 비유와 은유로 상상력을 동원하여 낯설게 하는가. 로만 야콥슨(R. Jakobson)의 말대로 "시적 언어는 일상 언어에 가해진 조직화된 폭력"이라며 일상 언어의 규범으로부터 일탈을 강조하고 있다. 이러한 장치들을 글에 적용할 때 꾸미지 않고서는 가능하지 않다. 오해하지 말자. 시적언어는 시에만 적용하는 것이 아니라 모든 문학 장르에 적용된다는 것을.

어떻게 꾸밀 것인가. 글쓰기는 틈새에 징검다리를 놓는 일이다. 졸작 「아가위」를 예로 설명해보고자 한다(지면상 구체적 묘사와 진술은 생략). '아가위'라는 나무에 대한 주제로 글을 쓰겠다고 발상을 하면, 자료를 토대로 개요(일종의 시놉시스)를 작성하고, 스토리를 정리해 설계의 과정인 구성과 배치를 한 다음 집필과 퇴고를 거쳐 완료한다.

이야기는 시작과 끝이 있다. 먼저 '시작'이라고 종이의 왼편에 쓰고 '끝'이라고 오른편에 쓴다. 이 시작과 끝 사이의 틈새를 징검다리로 채우는 것이다. 시작 – '가까이 하고 싶은 나무가 있다.' 끝 – '사랑의 잔고가 바닥이 날 때, 나는 아가위처럼 붉게 익은 열매를 떠올릴 것이다.' 그리고 그 사이에 들어갈 여러 개의 스토리를 순번을 매겨 집어넣는다. ①아가위 이름풀이 ②유래 ③아가위 꽃 ④아가위나무 가시 ⑤벽사의 도구 ⑥붉은 열매 ⑦아가위와 만남 ⑧사랑의 흔적 배꼽 ⑨아가위의 붉은 사랑 ⑩아가위를 좋아하게 된 이유 등. 아가위를 관찰하고 생각하고 상상한 것을 열 개의 징검다리로 묘사하고 진술한다. 이 과정에서 버릴 것과 남길 것을 결정하고, 미적으로 재배치하면 끝난다. 징검다리란 조밀하면 딛기가 답답하고, 멀면 건너뛰어야 하는 부담이 있다. 처음에는 충분한 분량으로 조밀하게 배치하지만, 퇴고의 과정에서 빼낼 것은 과감히 제거해 적당한 보폭으로 건너게 해야 한다(황인원, 『시 한 줄에서 통찰은 어떻게 시작되는가』에서 '틈새' 부분 참조).

생각이 글을 지배한다. 생각을 바꾸지 않고 새로운 글을 쓸 수 없다. 상투적인 언어와 싸우고 새로운 언어를 찾아야 한다. 눈에 보이는 것만 사실일까? 세상은 보이는 것보다 보이지 않는 것이 훨씬 넓고 깊다. 보이지 않는 것을 캐내려면 먼저 통념에 젖어있는 생각부터 바꾸어야 한다.

무르익듯 익어가기 위해

최재남

　번개처럼 한 문장이 스칠 때가 있다. 대부분 여건이 좋지 않을 때 생기는 경우로 운전할 때나 선잠이 들었을 때 종종 그런 경우를 겪는다. 영감靈感이라 우기며 잡고 싶은데, 짧은 순간 왔다가 사라지는 것은 몇 초도 안 걸린다. 대접할 양으로 자리 잡고 앉으면 언제 그랬느냐는 듯, 뿌연 안개만 피우다 만다. 이거다 싶은 글귀 하나는 이미 기억에서 사라지고, 흥분된 감정도 잠시 갈증만 더한 채 허망하기만 하다.

　기억력 장치를 최대치로 가동하고, 풀 버전에 머리를 쥐어짜도, 한 번 풀린 가닥은 종잡을 수 없이 늘어나기만 한다. 꿈결처럼 왔던 문구를 잡기 위해 애면글면하지만 한 번 풀린 고삐는 쉽게 잡히지 않는다. 그래서 궁여지책으로 사용하는 것이 핸드폰 메모장이다. 잘 때도 팔만 뻗으면 닿을 수 있는 곳에 둔다. 핸드폰이 잠을 방해한다는 통계는 내게 무용하다. 손쉽게 기록으로 남길 수 있고 저장하기 쉬워서 자주 애용한다. 떠오른 생각들을 듬성듬성 써놓고 나중에 덧입혀 작품을 만드는데 유용하게 쓴다.

글쓰기 소재는 그렇게 만들어진다. 보거나 듣거나 말을 하는 과정 속에서 하나의 주제를 건지고 그것에 살을 붙여 다듬는다. 제목을 미리 정해서 쓸 때도 있지만 대부분 주제를 먼저 정하고 시작한다. 쓰다가 전혀 다른 주제로 넘어가 곤혹스러울 때도 있는데 그럴 때는 단락을 떼어서 편집 해둔다. 대체로 단숨에 써내려가는 편이지만 생각이 막히거나 전혀 진도가 안 나갈 때는 잠시 쉬면서 숨을 고른다.

글쓰기를 하면서 추구하는 게 있다면 탄탄한 구성과 재미다. 주제는 뚜렷해야 하며 스토리에는 재미가 있어야 한다는 게 나의 지론이다. 또한 글을 쓸 때 쉽게 쓰되 격조를 잃지 말아야 하며, 끝까지 끌고 나가는 힘이 있어야 한다. 하나의 주제를 던지고 거기에 맞춰 액자형식으로 이야기를 풀어가는 것을 좋아한다.

초고가 완성되면 그 다음은 수정하는 일이다. 쓰고 난 후 숙성의 시간을 갖는 건 무엇보다 중요하다. 설혹 영감에 의해 술술 써내려간 글도 시간이 지나면 군데군데 설익은 냄새가 나기 마련이다. 그때를 대비하여 숙성의 시간을 가져야 한다. 많은 탈고의 시간을 거쳐 거듭 나야만 제대로 된 작품을 만나기 때문이다.

인생이 그러하듯 작품도 애정을 갖고 다듬어야 빛이 난다. 어느 글 귀가 귀하지 않으며 어느 이야기가 가슴에 와 닿지 않으리. 다듬고 귀하게 만들어야만 내 것이 될 것이며, 무르익듯 익어가기 위해서는 부단히 각고의 노력을 기울여야 할 것이다.

『뼛속까지 내려가서 써라』의 저자 나탈리 골드버그를 떠올린다. 작가이자 글쓰기 강사인 그녀는 〈첫 생각을 놓치지 말고〉, 〈멈추지 말고 쓰라〉고 한다. '첫 생각과 만나 글을 퍼낼 때 싸움에 나선 전사가 되어야 한다'는 게 그의 생각이다. 그의 말에 전적으로 동감한다.

물론 전사가 되는 건 어렵다. 그러나 전사처럼 무장하는 것은 어렵지 않다. 그런 각오를 다지며 행여 한 가닥 잡은 끈을 놓지 않음으로 수작秀作을 꿈꿀 수 있다면 그것 또한 대단한 일이다. 욕심을 버리되 열망은 끈질기게 다시 살아나기를, 그리고 무르익듯 글쓰기 또한 그렇게 익어가길 바랄 뿐이다.

꽃 가꾸는 마음으로 수필을 쓴다

최정안

뒤늦게 시작한 글쓰기는 피곤하지만 쓰고 싶어 뭔가를 쓴다. 살아 온 날보다 살아갈 날이 짧아도 아름다운 길을 찾으니 기쁘다.

수필은 누가 시켜서 쓰는 것도 아니고 내가 좋아 쓰는 것이니 누구 눈치 볼일도 없고 보고 느끼고 생각나는 대로 쓰다 보면 말도 안 되 는 소리도 쓰게 된다.

써 놓고 읽다보면 이건 아니다 싶을 때가 한두 번이 아니다.

많은 작가들이 쓴 글을 읽어 보면 나도 쓸 것 같아 쓰다보면 머리 에서 쥐가 날 지경이다. 여러 해 이곳저곳에 내놓은 글들을 다시 읽 다 보면 얼굴이 화끈거린다.

이제야 다작 하면 안 되겠구나 하는 생각이 들었다.

한 편이라도 완성된 글을 써야 한다는 생각이 드니 몸 둘 바를 모 르겠다.

뛰는 듯 빠른 세월 앞에 마음이 급하다.

「나는 수필을 이렇게 쓴다」 몇날 며칠 생각해도 어렵기만 하다.

봄이 오면 온갖 꽃이 피는데 내가 쓴 수필에도 예쁜 꽃이 피었으면 얼마나 좋을까?

유년 시절 꽃피는 동산에 올라 뛰놀던 생각이 난다.

진달래가 피면 진달래꽃들 따 입에 물고 뾰족뾰족 올라온 솔잎 새순이 보드라워 내 볼에 대어 보기도 했다.

선선한 가을 뚝뚝 떨어지는 알밤 소리를 들으며 자란 나는 꽃이 좋아 아파트에서도 꽃을 키우고 있다. 자고 나면 올라오는 새순들 보드라워 쓰다듬어 주기도 한다.

햇볕을 좋아하는 식물, 그늘을 좋아하는 식물 번갈아가며 자리를 바꾸어 준다. 따뜻한 창가에 가지런히 놓여 있는 화분들, 새순이 올라오고 한 나무에서 두 번 피는 군자란은 혼자 보기 아까워 사진을 찍어 두었다. 뽀얀 쌀뜨물이 아까워 버리지 않고 받아 두었다가 화분에 주기도 한다. 겨울에는 계란 한 개씩 모든 화분에 묻어 준다. 겨우내 영양 보충하라고 쇠고기 핏물도 철분 섭취하라고 가끔 뿌려 준다.

외출했다 돌아오면 먼저 화분을 들여다본다. 작은 벌레가 가끔 생긴다. 화원에 가서 약을 사다 주면 모두 없어진다.

오랜만에 베란다 대청소를 하며 화분에 심어진 홍콩야자에 진드기가 하얗게 낀 것을 보고 분갈이를 했다. 하얗게 된 부분을 모두 잘라 버렸다.

얼마 후 잎이 무성하게 자랐다.

바람이 불 때마다 하늘거린다.

풀이나 나무도 때가 되면 꽃도 피고 열매도 맺는다.

나는 60년 사범학교를 졸업하고 초등학교 교사로 40년을 살았다.

퇴직 후 20년 가까이 놀다보니 병원 갈 일만 생기고 재미가 없어 혼자 글을 써 보았다.

동네 도서관에 가끔 들러서 수필집도 읽어보고 동시집도 빌려다 읽어 보았다.

처음 글을 써서 공무원 연금지에 보내 보았다.

그 글이 책에 나오니 재미가 있어 지방 신문에 여러 번 써 보았다.

교수님은 변해야 한다고 강조하시나 변하지 않으니 답답하다.

나는 꽃 가꾸는 마음으로 수필을 쓴다.

나의 수필 작법

최중호

　내가 쓰는 수필에 대하여 말하고자 한다. 수필의 소재는 매우 다양하다. 우주 만물의 진리에서부터 생활 속 체험에 이르기까지 많은 것에서 찾을 수가 있다. 이러한 소재 중에서 나는 우리 역사 속의 인물을 소재로 하여 수필을 쓰고자 하였다.

　수필은 인생의 낙수落穗라 하지 않던가. 역사 속의 인물들이 남긴 자취를 찾아 그곳에 한 편의 수필을 접목하고자 노력하였다.

　어느 분에 대해 글을 쓰기로 하면 그 인물에 대한 자료를 수집하였다. 자료의 수집은 신문 기사를 스크랩하거나, 그분에 관련된 서적을 읽으며 수집하였다. 그런 후에도 자료가 부족할 때에는 도서관에 가 각 행정 구역별로 발간하는 시지市誌, 도지道誌, 군지郡誌 등을 찾아 읽었다. 그래도 자료가 시원치 않을 때는 그분의 후손을 찾아가 족보를 빌려다 읽기도 하였다.

　이렇게 해서 그 인물에 대한 자료가 수집되면 그분과 관련된 유적이나 묘소를 찾아 현지답사를 떠났다. 묘소를 찾는 이유는 그분에 관한 글을 쓰기 위해 인사를 드린다는 생각으로 그랬다. 묘소를 찾을 때는 초와 향, 술은 물론 간단한 제수를 마련하여 묘 앞에 올린 후 참배하였다. 묘소를 참배한 후에는 카메라와 캠코더로 묘와 그 주변을 촬영하였다.

묘소를 참배한 후 바로 글을 쓸 때는 그 장면이 쉽게 머리에 떠오르지만, 자료 조사 등으로 글을 바로 쓰지 않을 때는 묘소의 장면이 생생하게 떠오르지 않아 글을 쓰는 데 어려움이 있었다. 유적이나 묘소를 촬영한 사진도 답사 장소의 기억을 되살릴 수 있지만, 캠코더로 촬영한 동영상은 그때의 기억을 더 생동감 있게 재생시켜 주기 때문에 글을 쓰는 데 많은 도움이 되었다.

대부분 글은 묘소를 참배한 후에 썼다. 글을 쓸 때는 촛불을 켜 놓고 기도하는 마음으로 썼다. 역사적 인물의 심정으로 돌아가 글을 써 보려고 노력하였다. 소재나 주재로 선택하여 썼던 인물들은 주로 충신이나 효자라 일컫는 분들이기 때문에, 그분들의 생애는 그리 평탄하지 않았다. 충신의 경우 천명天命을 누리지 못하고 타의에 의해 억울하게 단명短命한 경우가 많았다. 따라서 책상 위에 켜 놓은 촛불에서 촉루燭淚가 흘러내릴 때면, 그분들이 흘리는 눈물이라 생각하며 글을 썼다.

글은 역사적 인물의 알려지지 않은 일화나 발자취, 업적 등을 나무나 새, 그리고 자연 풍광風光 등에 의미화를 부여해서 쓰려고 노력하였다.

제목은 그 글의 얼굴이다. 따라서 독자의 시선을 끌 수 있는 제목으로 정하였다. 제목은 수필을 쓸 때의 상황에 따라 글을 쓰기 전에 정할 때도 있고, 글을 쓴 후에 정하기도 하였다.

수필의 서두는 문틈으로 바깥세상을 엿보는 것과 같다는 생각을 하였다. 문틈으로 보이는 바깥세상에서 흥미로운 일이 벌어진다면 문을 열고 바깥으로 나가겠지만, 흥미가 없는 일이 벌어진다면 문을 닫아버리는 것처럼, 독자의 흥미를 끌 수 있는 문장으로 시작하였다. 그래야 독자가 그 수필을 읽으려 할 것이다.

문장력 강화를 위해 일기를 썼다. 하루의 일상생활을 기록하기보다는 그날의 일과 중 특징적인 일화나 사건에 대하여 기록하였다.

결미는 깔끔하게 끝내거나 은은한 향기나 여운을 남기는 문장으로 쓰려고 노력하였다.

이렇게 해서 초고草稿를 완성하였다. 초고는 주제에 알맞은 소재를 각각 5~10개의 문단으로 요약 배열하여 구성하였다. 주제는 메시지 전달이 쉽고 독자가 공감할 수 있도록 하였다. 초고가 완성되면 각 문단의 간격을 280 정도로 하여 저장한 후, 프린터로 출력하였다. 출력한 글은 문단과 문단 사이의 간격이 넓어 그 공간에다 교정할 내용을 붉은색 펜으로 적어놓으면 퇴고하는데 아주 편리했다.

퇴고는 외출하기 전에 거울을 보는 것과 같다고 할 것이다. 외출하기 위해서는 자신의 외모를 거울에 한 번 비춰보고 이상이 없는지를 확인한 후, 외출하기 때문이다. 퇴고도 글을 읽어 본 후, 단어나 문장, 문맥 등에 이상이 없는지를 살펴보기 때문이다.

이러한 방법으로 5회 이상 퇴고를 하는데, 시간의 간격을 두고 퇴고를 하면 처음에는 발견하지 못했던 잘못된 단어나 문장, 문맥 등을 새로 발견하여 수정할 수가 있었다.

나는 이렇게 수필을 쓰고 있다. 하지만 좋은 글이란 진실한 문장으로 독자를 감동시킬 수 있어야 할 것이다.

한 편의 글을 쓰기 위하여

최 춘

여행을 떠난다. 기차를 타거나 버스를 탄다. 급할 것도 바쁠 것도 없는 시간을 만들어 떠나는 혼자만의 여행은 오며 가며 보고 느끼고 생각한다.

기차는 청량리역에서 자주 탄다. 함박눈 펼쳐지는 하얀 겨울, 새싹 피어나는 파릇한 봄, 싱그러운 들판의 초록빛 여름, 울긋불긋 단풍 들어가는 가을 길에서 계절의 신비를 느낀다. 기차 종착역은 가깝지도 멀지도 않은 춘천이다.

상쾌한 바람이 반긴다. 햇살이 반짝이며 안내하는 명동거리를 걷다가 찻집에 들어간다. 창가에 앉아 괴테가 좋아한다는 모카커피를 마신다. 'Kiss And Say Goodbye'를 들으며 찻집을 나온다. 우람한 소나무가 있는 국립춘천박물관에 들러 옛 사람들의 삶을 만나고 향기를 품고 나온다. 시청을 지나 고려시대 칠층석탑 앞에서 굄돌에 연꽃을 위로 새긴 앙련대仰蓮臺를 보고 잠시 마음을 모아본다. 그리고 소양강 산책로에서 민들레꽃에 반하여 카메라에 가득 담고 흐뭇하게 걷는다. 강 건너 불빛이 작별 인사인 양 깜박거린다. 능선의 저녁 노을, 새날을 맞으러 가는 하루의 뒷모습이 아름답다. 춘천역이 보인다. 서울로 가는 기찻길 옆 밤 풍경이 나를 기다리겠다.

국립중앙박물관으로 전시 여행을 떠난다. '칸의 제국 몽골'이다. 한국과 몽골 공동 학술조사 20주년을 기념하여 마련한, 몽골 국가지정문화재 16건을 포함한 536점, 선사시대부터 근현대에 이르는 몽골의 역사와 문화를 대표하는 귀중한 유산을 만난다. 구성은 제국의 여명, 고대 유목 제국, 몽골제국과 칭기즈 칸의 후예들, 역사 속 한국과 몽골이다. 고려는 몽골제국의 침략을 받아 큰 시련을 겪었지만 몽골제국의 등장으로 동서간의 교류를 배경으로 국제 교역이 활발했던 역사 속 한국과 몽골을 생각한다. 세월이 가면 관계가 좋아지는가 보다. 퍽 다행이다.

호기심이 앞서가는 '황금문명 엘도라도'는 아마존 정글을 지나고, 안데스 산맥을 넘어 잃어버린 황금문명을 찾아가는 생생한 탐험의 길이다. 엘도라도의 주인공 콜롬비아 원주민들에게 황금은 신을 만나기 위해 신에게 바쳐야 할 소중한 것이었다. 황금으로 장식하고 새처럼 하늘을 날고, 악어처럼 물속을 헤엄치며, 재규어처럼 달릴 수도 있었다. 이렇게 황금은 원주민의 꿈과 이상을 실현시켜주는 도구였다. 부활한 엘도라도. 스페인 사람들의 '엘도라도' 기록이다.

"온몸에 황금을 칠한 사람이 호수 가운데로 뗏목을 타고 가 황금과 에메랄드를 던진다."

'엘도라도'는 스페인 사람들의 탐욕으로 변질됐지만, 1969년 '무이

스카 뗏목'이 발견되면서, 그 화려한 실체가 세상에 알려지게 되었다. 뗏목의 중앙에 족장이 있고 그를 둘러싼 사제들, 깃발을 들고 있는 사람 등 '스페인 연대기'에 기록된 내용과 같은 모습을 띠고 있었다. 이로써 그토록 찾아 헤매던 '엘도라도'가 무이스카 사람들이 호수에서 행한 의식이라는 것을 알게 되었다. 콜롬비아 정부는 과타비타 호수를 자연공원으로 지정해 '엘도라도'의 전설을 보존하고 있다.

「마농」 발레 여행이다. 시원한 객실 창가에 앉아 주스를 마시며 거리를 내려다보며 본다. 햄과 에그머핀, 샐러드는 점심이다. 런던 로열 발레 공연 실황이 스크린에 펼쳐진다. 평민 출신의 소녀 마농이 수녀원 가는 길에 귀족 출신 데 그리외와 운명적인 사랑에 빠져 파리로 도피한다. 마농의 오빠 레스코가 돈 많은 권력자를 앞세워 마음을 돌리려 한다. 결국 마농이 사치스러운 생활의 유혹에 굴복하고 오빠를 따라간다. 완벽한 발레다. 수수께끼 같은 삶의 무게가 오랫동안 남는다.

독서 여행을 간다. 도서관이나 서점에는 세상의 흐름과 색깔이 있다. 끝도 없는 앎의 허기를 채우려고 신간을 보기도 하고 고전을 책장에 기대어 읽기도 한다. 운 좋을 때는 창가에 있는 긴 의자에 앉아 읽는다. 그러나 그 짧은 시간에 앎의 허기를 채운다는 것이 어디 그리 쉬운 일이던가. 『아우구스티누스에게 삶의 길을 묻다』에서 "내가 만일에 의심하거나 오류에 빠진다면, 의심하는 나는 존재한다"를 만나고, 『사방이 온통 행복인데』에서 북아메리카 인디언 나바호족이 아름다운 대지를 찬양하며 부른 노래를 만난다.

앞에도 행복,

뒤에도 행복,

아래도 행복,

위에도 행복,

주위 모든 곳에도 행복.

『빅 파바로티』에서는 미국의 비평가 헤럴드 C. 숀버그가 파바로티에게 보낸 찬사와 파바로티의 마지막 인터뷰를 만난다.

"하느님이 그의 성대에 키스했다."

"저는 정말 모든 것을 가졌습니다. 만약 하느님이 모든 것을 가져가신다면, 제가 누린 걸 그냥 돌려드리는 셈이 되겠지요."

여행에서 돌아와 글을 쓴다. 완성한 글을 다시 읽어 가며 다듬어 고친다. 한 번, 두 번, 세 번 … 수정하여 탈고한다.

버리면서 나아간다

추선희

나의 수필은 그 어떤 것에 대한 애틋함으로 심신이 말랑해지면서 감각이 곤두설 때 시작된다. 대상은 다양하다. 인간일 수도, 늘 보던 구름일 수도, 늙은 나무일 수도 있다. 돌아보면 빵에 핀 곰팡이 꽃이기도 했고 모르는 소녀의 울음이기도 했다. 나 자신이기도 했다. 애틋함으로 오감이 깨어나는 순간 하나의 낱말 혹은 문장이 머릿속에 반짝인다. 그것은 이내 사라지므로 한낱 낱말 부스러기라도 즉시 메모를 하거나 폰에 저장해두어야 한다.

시점으로 보자면 밤길을 혼자 걸을 때, 익숙한 길을 운전할 때, 낯선 여행길에서 넋 놓고 있을 때, 샤워할 때 자주 섬광이 번뜩인다. 책상에 앉아있을 때는 한 번도 없었다. 또는 몸이든 마음이든 하나의 고통이 꼬리를 감추기 직전의 시간이다. 즉 고통으로 예민해져 있는 상태지만 왠지 그것이 곧 끝날 것 같은 행복감이 감지되는 순간이다. 나는 살아있음에 가장 민감하여 그때 아니면 보고도 못 볼 것, 듣고도 지나칠 것들과 생각할 겨를 없이 사랑에 빠지는 것이다.

이렇게 내게 온 것들을 꼭 붙들고 숙고한다. 숙고하면서 생각나는 대로 계속 첨가한다. 논리적이지 않고 무관하게 보이는 것이라도 일단 기록해둔다. 그것이 필요한지 아닌지의 판단은 유보하는데, 시작할 때와는 다른 이야기를 하고 싶었음을 뒤늦게 알아챌 때가 있기 때문이다. 뒤늦게 알아챈 그것이 진짜일 때가 더 많았다. 이렇게 모인 문장의 양이 충분하거나 원고 청탁이라도 오면 그제야 엉덩이를 붙이고 앉아 제대로 읽고 쓰기 시작한다. 이때 내가 유념하는 것은 크게 두 가지다.

먼저 방향감을 잃지 않는 것이다. 글이 완성되는 순간까지 내가 진정 말하고 싶은 것이 무엇인지 고민한다. 그래야 샛길로 빠지지 않는다. 자신의 문장에 도취되면 방향감을 잃고 다른 군더더기가 쌓여도 모르기 쉽다. 방향성은 주제를 포함하지만 그것보다 더 큰 것이다. 작품의 주제이면서 수필가의 삶의 관점이기도 하다. 쓰면서 마음을 들여다보고 마음과 일치되는지 점검해야 하므로 고도의 몰입이 필요하다. 그리고 그럴만한 가치가 있다. 결국 나는 그 말을 하고 싶어서 수필가가 되었으므로 그렇다.

두 번째는 리듬감이다. 한 문장의 리듬감이며 단락의 리듬감이며 단락끼리의 리듬감이며 글과 나와의 리듬감이다. 사람이 숨을 쉬듯 글도 숨을 쉬어야 살 수 있다. 글의 숨결이 리듬이다. 쓰고자 하는 글에 맞는 나만의 리듬을 찾아야 하는데 우선 필요치 않은 것을 버릴 줄 알아야 한다고 생각한다. 감각이나 생각의 단편들을 쌓는 것도 공이 들고 마음대로 되는 것은 아니지만 만사가 그렇듯 버리는 것이 더욱 어렵다. 버리려면 무엇이 중요하고 무엇이 하찮은지 알아야 한다. 누가 주인이고 누가 시중꾼인지 분별해야 하며 시중꾼이 지나치게 바글거리면 정리해야 한다.

그런 다음 존재의 이유가 있는 것들이 서로 손잡고 춤을 추도록 배치를 해야 한다. 배치하는 경우의 수는 무한대이므로 적절한 리듬감을 찾는 것이야말로 작가의 정체성의 핵심이라 본다. 음악에서 쉼표의 운용이 음표의 가치를 좌우하듯 필요한 정수와 침묵의 여백으로 리듬감을 갖추는 것이 작품의 완성도를 결정할 것이다. 참신한 주제가 아니더라도 특별히 아름다운 문장이 없더라도 격조가 있는 작품은 대개 이 마지막 단계의 중요성을 아는 이들의 차지이다.

피카소의 말대로라면 예술가는 무엇을 하는가가 아니라 어떻게 존재하는가가 중요하다. 수필이라는 장르에서는 더 그럴 것이다. 십 년 전 멋모르고 걸친 수필가라는 외투가 날이 갈수록 무거워지지만 외투를 걸친 이상 이제 어떤 길로 어떻게 가느냐만 남아있을 뿐이다.

나는 시시하고 미미한 것들을 애틋하게 바라보는 방향으로, 아름답게 단순한 리듬으로, 나아가 볼까 한다. 읽는 이의 침묵을 부르는 문장을 찾을 때까지 그럴까 한다. 그러려면 무엇보다 버리면서 나아가야 하리라. 나의 글도 그걸 바랄 것이다.

비유 창작을 통한 나의 글쓰기

피귀자

1. 쓰기 전

한 방울의 물은 작은 바다이듯, 한 사람은 자연 전체와 연결되어 있다. 평범한 것들의 가치를 인식하면 가까이 있는 것이 아름답고 경이로우며 수필의 소재가 된다.

수필의 영원한 운명은 사실의 소재를 작품의 제재로 삼는 데 있다. 사실의 소재는 아무리 잘 써도 창작물이 아니다. 문학이란 소재에 대한 새로운 생각을 창출해 내거나, 다른 어떤 형상적 존재의 세계를 만들어 내야 하기 때문이다. 그렇게 하지 못한다면 문학성이 결여될 수밖에 없으므로 이 부분을 가장 주력하게 되고 생각이 떠오를 때마다 메모를 한다.

2. 글쓰기

소재를 발견하면 소재에 대하여 느끼고 상상한 것을 적어보면서 형상적 발견을 시도한다. 즉 원관념에 대한 보조관념을 찾아 형상화에 이르는 작업으로, 적절한 보조관념을 찾았을 때 작품의 완성도를 높일 수 있기 때문이다.

작품을 만들다가 비유가 약할 경우는 소재에 대한 서정이나 사건을 이야기로 형상화할 수도 있다. 작가의 창조는 현실세계의 창작이 아닌 상상력 세계의 창작이다. 상상력의 세계는 실체가 없다. 실체가 없고 보이지 않는 세계를 인식할 수 있는 방법은 작가가 상상하는 것의 비유적 표현일 수밖에 없다. 즉 비유적 대상으로 독자가 상상할 수 있도록 문장을 통하여 형상화 해내는 것이다. 모든 예술의 창작은 본질상 비유이기 때문이다.

(1) 서두 문장 찾기

첫 번째, 서두는 전체 작품의 문을 열어주는 역할을 해야 된다는 것, 두 번째는 서두가 전체 작품을 이끌고 앞으로 나아가게 하는 역할을 해야 된다는 것이다. 즉 작품의 서두는 사건의 문을 열어 주기도 하고 사건을 앞으로 나아가게 하는 이중 역할을 해야 되기 때문에 공을 들일 수밖에 없다.

(2) 구성

수필이 다른 갈래에 비해 형식이 자유롭다는 생각으로 수필에는 구조가 없다고 생각하는 것은 잘못된 생각이다. 수필은 일정한 구조로 이루어지며, 수필의 모든 요소는 주제를 향해 집약되고 통일되고

질서 있게 배열되어야 하기 때문이다.

구상은 내용이 잘 드러나도록 글 전체의 균형을 생각하며 얼개를 잡아 놓고 계획적으로 글을 써 나가도록 한다. 수필의 구성은 무엇보다 수필의 주제를 효과적으로 나타낼 수 있고 전체적으로 통일성 있게 유기적으로 짜여야 하므로, 작품 전체가 창조적 구성인가를 고민하고 우선시한다. 예를 들면 시간의 순서를 바꾼 역전기법을 활용하여 결미 부분을 도입부에 액자형태로 삽입시키기만 해도 보다 입체적으로 강화되기 때문이다.

(3) 종결 문장 찾기

종결문장은 창작발상에서 결정되는 것이 통상적인 작법이라고 할 수 있을 것이다. 소재의 형상적 발견, 창조적 구성법 등 작품 구상 단계를 거쳐서 가장 알맞은 서두와 종결 문장까지 찾게 되었다면 집필에 들어간다. 초고는 될 수 있으면 앉은 자리에서 완성하려고 노력한다.

3. 퇴고

퇴고는 초고가 완성되면 한동안 잊어버리는 것이 좋다. 객관적인 눈이 준비되었을 때 퇴고하는 것이 좋기 때문이다. 살펴볼 때마다 미흡한 점을 발견하는 경우가 많아서 퇴고는 여러 번의 과정을 거친다.

끝으로 소재 자체를 작품의 제재로 삼는 수필의 경우 다른 문학 장르보다 작가들이 주제 선택에 심적 제약을 받는 것이 사실이나, 그것을 창작문학화하였을 때는 사실의 소재라는 심리적 제약에서 많이 벗어날 수 있다. 창작의 세계는 논리를 뛰어넘은 곳에 있으므로.

문학은 진화 발전하는 속성을 가지고 있다. 작가는 과학자나 철학자와 같이 개념으로 사고하는 것이 아니고 형상으로써 한다. 드러내 놓고 예찬하지 않고 심미적 거리를 두고 비유하거나 대화 속에 함축시켜 들려주는 방식은 작품의 격조를 높인다.

문학은 작문 공부가 아니라 창작 공부이며 소재에 대한 비유(은유, 상징) 창작이라고 생각한다. 그러므로 요즘은 시나 소설은 물론 다른 모든 장르 동화나 희곡, 미술이나 음악, 무용, 영화까지 타 장르 창작 양식을 원용할 수 있는, 실험수필에도 관심을 가지고 다양하게 시도하고 있는 중이다.

총체적 인간 본질의 향방

하길남

수필 쓰기가 어렵다는 것은 수필이 바로 '자기를 그리는 글'이기 때문이라고 생각된다. 나는 무엇인가, 나의 인간적 격은 어느 정도인가 하는 물음에 대한 대답보다 더 어려운 것이 이 세상 어느 곳에 있을 성싶지 않다. 그래서 흔히들 '수필만큼 쓰기 쉽고 또 수필만큼 쓰기가 어려운 글'도 없다고 한다.

그리고 또 수필은 그 영역이 광범하고 다양해서 개념 정립이 어렵기 때문에, 자연히 그 작법이 통일되어 있을 리 없다. 여기에 그 문학성 시비가 문제되어 온 것이지만, 아무튼 수필만큼 만만하면서도 또 종잡을 수 없는 미지의 문학 장르도 없을 것이다. 그래서 수필가에 따라 그 작법이 같을 수 없을 뿐 아니라, 그 작품의 성향에 따라 해당 작품마다 또 그 작법이 달라진다고 할 수 있을 것이다.

언젠가 「바람」이라는 제목의 수필을 쓰면서 모두가 바람처럼 휙 날아가 버리듯, 짧은 문장을 구사해야 하겠다고 생각하면서 글을 쓴 경험이 있다. 그것이 수필다운 작법상의 한 기교일 수 있을 것이라고 생각해 볼 때, 이와 같이 한 편의 작품마다 거기에 걸맞는 작법을 개발하기란 얼마나 어려운 일인가 하는 것을 절감하게 된다.

이렇듯 사실상 나는 꼭 일관된 수필 작법을 갖고 있다고 할 수 없을 듯하다. 다만 그때그때 그 작품의 성향에 따라 거기에 걸맞는 작법을 생각해 보게 된다. 다양한 작법의 적용, 그것은 작품 한 편을 쓰는 기본 전제가 될 뿐만 아니라, 작품 구상과도 맞물리는 중요한 기본 틀이 되는 셈이다. 그러나 보편적으로 한 작가에게는, 저러한 방법으로 작품을 썼나 보다 하는 개략적인 틀은 있게 마련이다. 그 틀을 두서없이 생각나는 대로 두 가지만 적어 보면 그것은 나의 경우 '의식 건져내기'와 '의식 바라보기'가 된다.

1. 의식 건져내기

'의식 건져내기 방법'이란 말할 것도 없이 사물과 그를 위시한 사유에 관한 의식 주체적인 자기 선택, 그러한 선택적 조명 등 주체의식적 자기 전략에 바탕을 둔 일반적인 작법 형태이다. 그리고 '의식 바라보기 방법'은 의식적 주체의지의 선택적 조명이 아닌 의식 주체에 대한 무의식적인 관조 즉 의식의 흐름을 묘사하는 형식이 된다. 이와 같은 구분은 의식적 주체 의지에 의한 것이냐, 의식적 객체, 그 묘사에 의한 것이냐 하는 성격 때문에 필자 나름대로 편의상 구분한 것일 뿐 별다른 학문적 뜻이 있는 것은 아니다.

① 발상

사람이 세상에 살다보면 좋은 일이건 나쁜 일이건 그 일의 성격은 별 문제로 하고, 우선 마음을 움직이는 어떤 사건이나 언어들에 부딪치게 된다. 이렇게 쉽게 잊혀지지 않는 상황이 일차적으로 수필을 쓰게 하는 동기가 된다. 그렇게 발상이 먼저 떠오르게 되더라도, 나의 경우 이를 즉시 글감으로 하여 창작에 임하는 경우는 극히 드물다. 이러한 영상을 일단 머리 한구석에 얼마간 묵혀 두었다가, 이와 유사하거나 어쨌든 그동안 마음 속에 묻어 두었던 영상을 다시 촉발시키는 어떤 상황이 전개되었을 때, 비로소 하나의 완성된 글감이 되어 내 앞에 나타나는 것이다.

② 구상

글감이 어떤 것이든 먼저 그러한 정감을 불러일으킨 모체 즉 제재에 대해서, 정서적으로 정돈을 하게 된다. 예를 들면, '풋감'이란 글감을 가지고 글을 쓴다고 한다면, 먼저 '풋감'에 엉킨 나의 전 체험全體驗을 떠올리게 된다. 이때 나의 정신 집중력이 이를 조명하게 될 것은 말할 나위도 없다.

이런 집중력에 의한 조명 과정이 일단 끝나면, 거기에 대한 보충자료가 원용되는 수도 있다. 물론 이러한 외적 지식에의 흡입 여부가 수필의 질을 가름하는 명료한 조건이 될 수 없기 때문에 이를 취사 선택하게 된다. 이 경우도 수필 제재의 성격이나 작법상의 기법 여하에 따라 결정될 것은 물론이다. 이 경우 지식이 오히려 표면 마찰을 일으켜 수필의 격을 떨어뜨릴 위험이 있기 때문에 각별히 유념해야 한다.

이렇게 제재를 둘러싼 정감이나 지식 등 정서적 조형물이 질서있게 재배치되어, 하나의 완성된 조직체를 이루게 될 때 글이 쓰여지게 된다. 그러나 막상 글을 써내려가다 보면 당초에 예상된 배열대로 쓰여지는 것도 아니요, 글쓰는 동안에 글감에 따른 새로운 정감이 합류하게 되기도 한다. 이런 경우를 학자들은 '의도의 오류'라고 하는 모양이지만, 이런 경로를 거치면서 한 편의 글을 쓰다보면 반 나절이나 한 나절이 걸릴 때도 있다. 다 쓰고 나도 그 날로 즉시 편집자에게 송고하는 경우는 드물다. 하루쯤 책상 서랍에 잠재워 둔다. 하룻밤 사이에 혹시 손질을 해야 할 곳이 생각날는지 모르기 때문이다.

2. 의식 바라보기

그런가 하면 앞서 예시한 경우와 전연 다른 작법을 구사하는 경우도 많다. 하나의 작품을 쓰고자 하는 발상이 떠올랐을 때, 필을 들기까지 그에 대한 일체의 의식적 작용을 거부한 채, 말하자면 발상 단계에서 구상의 단계를 거치지 않고 필을 들게 되는 경우가 그것이다. 이런 방법을 '의식 바라보기 방법'이라고 했거니와, 다만, 글의 제재만 가슴에 못박은 대로 순간순간 밀려드는 의식의 흐름만을 좇게 되는 것이다. 칼날 같은 정신 집중력을 일순에 쏟아 붓고 만나고 하는, 가히 '자동 기술법'에 준한 필사의 행진을 감행할 따름인 것이다.

이렇게 글을 써내려 갈 때는 잠시 점심을 먹거나, 머리를 식히는 경우처럼, 잠시 외도를 하게 되는 의식 중단의 곡절도 창작의 한 장면을 이루게 되는 경우가 많다. 말하자면 주체적 의식과의 쉬임없는 한

판 싸움을 결행하게 되는 경우와 같다고나 할까. 일순간에 한 인간의 뒤섞임 없는 의식의 흐름 그 과정을 한 제재를 통하여 조망해 본다는 것이다. 물론 이와 유사한 방법은 이미 시나 소설 등에서 원용해온 터이지만, 나의 방법에 의하면 제재적 의식화, 그 흐름이 주는 정서적 진공 상태에 대한 무의식적 진동을 그리는 기분으로 글을 쓰게 되는 것이다. 이와 같은 방법에 의해 쓰여진 작품 중에는 「새로움을 위하여」 「밤맛」 같은 것이 있다. 이렇듯 여러 작법 등을 나름대로 구사해 보려 하지만 역시 수필이 쓰기 어렵긴 마찬가지다.

그것은 앞서 지적한 바와 같이 수필이 '자기를 쓰는 글'인 까닭이다. 그렇기 때문에 우리가 수필을 읽으면서 느끼는 감정은, 그 사람의 인간적 풍채가 주는 느낌과 다를 것이 없다. 예를 들면 잘난 척하는 사람이 우리 눈에는 거슬리기 마련이다. 그래서 잘난 척 – 못난 척, 있는 척 – 없는 척, 유식한 척 – 무식한 척하는 '척'의 심산은 수필에서 금기사항이 된다. 따라서 본데 없는 치기성이나, 타령조의 넋두리, 직선적 외곬, 방자와 오만 등이 수필에는 구설수에 오르지 않을 수 없게 된다.

그래서 수필의 맛은 가슴의 정류수가 흘러내리면서 빚어지는 수석 같은 자연스런, 순수한 자신의 형상화가 이루어지는 데 있다. 그런 까닭에 여기에는 의도적 작위성이나 인위적 가공미, 설익은 기교, 의식적 난해성, 표현적 관념성, 지나친 상징성 같은 것도 배제되어야 한다. 그러나 사람도 사람나름, 만일 득도한 대인이라면 이런 의혹적 금기들을 뛰어넘을 수도 있다는 것을 우리는 알아야 한다. 득도한 도승의 경우는 술도 곡차일 수 있듯이, 이미 일체 중생들의 세속적 관행들을 초탈해 버린 상태이기 때문이다. 물론 여기에는 예술적 득도의 경지에 도달한 이도 예외일 수는 없다. 예컨대 이상李箱과 같은 이의 어느 수필을 읽어보면 낯뜨거운 치부 드러내기, 박식 늘어놓기, 증오, 절규 등의 등장이 거부반응보다는 오히려 이상다운 이단적異端的 수필의 한 별미를 맛보는 듯한 감화에 젖는 것을 알게 된다.

이처럼 한 편의 수필이 그 인간됨의 크기에 좌우된다고 할 때, 우리는 그 어느 장르의 작품들보다 다양한 작법의 개발을 서둘렀어야 했을 것이다. 그러나 오히려 시인이나 소설가들이 문예사조사에 나타난 것처럼 여러 창작적 기법을 연구하고 있을 동안, 유독 수필가들만이 뒷짐지고 왔던 꼴이니 놀라지 않을 수 없다. 수필이 자기 탐구의 문학으로 원용됐던 이상처럼 우리는 모두 자기 나름대로의 인간 형상화의 독특한 창작적 수법을 창안해 내어야 할 것이다.

그래서 내가 쓰는 수필은 나의 문학적 이상과 그 노력, 그 인간의 자기 됨됨이에 의해 복합적으로 결정되어질 것이 틀림없다. 그러므로 나의 수필 작법은 바로 나 인간의 총체적 본질의 향방이 줄 감동적 표밭이 될 것이다.

나의 수필 작법

하재준

　수필은 진솔한 삶을 형상화한 문학이자 수준 높은 상상의 세계다. 이렇게 나름대로 수필의 정의를 내려놓고 그 개념 아래 나는 수필을 쓰고 있다. 담담한 나의 생활에다 삶의 의미를 부여해 놓고 이를 진솔하게 표현해 왔는데 독자의 가슴에 얼마나 공감대를 형성해 주었는지는 자못 궁금하다. 그러나 한 가지 분명한 것은 진솔한 삶을 형상화 해보려고 무던히도 몸부림쳐 온 나의 수필이라고 감히 말할 수 있다.

　인간의 진솔한 삶, 거기에는 사랑이 절대적으로 종요로운 것이다. 그러기에 동서고금을 막론하고 삶의 감정을 표현해온 문학에서 사랑이 대주제가 되어온 것을 볼 수 있다. 여기에 인생의 철학도, 삶의 가치도, 영혼으로 통하는 길도 열린다. 이것을 표현하기 위해 수준 높은 상상의 세계가 절대적으로 필요하다.

　여기에 수필의 진가가 있다. 작가 자신인 '나의 삶'을 진솔하게 형상화 해놓은 글이 수필이기 때문이다. 우리의 삶속에 그림자처럼 따라다니는 슬픔과 고통, 분노와 갈등으로 인한 괴로움, 그리고 고독과 절망과 허무 등으로 인한 아픔들을 여과 없이 표현해 놓은 넋두리 글은 신변잡기 혹은 잡문이 될지언정 진정 수필은 아니다. 거기에다 우리의 영혼에 진정으로 희망과 용기를 일깨어주는 글이 수필이다. 그러기에 의미부여가 필요하다.

그러면 의미부여란 무얼까. 우리 삶의 내용이다. 맛과 멋을 부여하는 일이다. 음식에 맛을 낼 때 혀끝에 미각을 자극시켜 우리에게 만족을 주듯이 우리의 삶의 내용에 맛을 부여했을 때 삶의 의미와 가치가 충만해지는 것이다. 그뿐인가. 성실한 삶 속에서 피어오르는 사랑의 삶은 멋진 삶이라 하지 않겠는가? 맛과 멋은 한 뿌리에서 이루어진 말이라고 여겨진다. "삶의 맛을 모르는 사람은 삶의 멋을 알지 못한다." 이 말이 바로 이를 뒷받침 해주고 있는 말이 아닌가?

여기서 저자가 '의미부여'한 수필 한 편을 보기로 하자.

추억이 없는 인생이 어디 있을까? 추억을 회상해 보지 아니한 자가 또한 몇이나 될까? 그렇다면 추억은 아름다울까? 아니면 괴로울까? 이런 생각에 잠기노라니 '지난날의 불행했던 추억마저 감미롭다'고 말한 키케로의 말이 떠오른다. 어쩌면 이 말이 옳은 지도 모른다.--〈서두〉: 주제 암시. 작가사상 응축

동서고금에서 고난이 없는 역사가 어디 있겠는가. 괴롭고, 슬프고, 가슴쓰리고 저려 옴은 형용할 수 없었지만 그러나 내일의 보람을 위해 오늘의 괴로움을 웃음으로 삭여보자. 이렇게 다짐하며 다시 주먹을 불끈 쥐며 일어섰다. 정말이지 우리가 무엇을 갖고 싶을 때 그리고 무엇을 이

루려고 몸부림칠 때처럼 그 과정이야말로 참으로 아름답고 보람된 일은 없다.——〈본문〉: 사실묘사에 의미부여(본문: 핵심부문 발췌)

　인간의 순수한 이상과 욕망, 이것이 곧 인생의 무한한 꿈이 아닌가? 사람이 살아가는 것도 중요하지만 꿈을 가꾸며 살아가는 것이 더 소중한 것이 아닌가? 우리가 이루려는 꿈이 설사 헛되어 사라졌다손 치더라도 꿈을 가꾸어 가려는 의지와 용기로 이루어진 그의 성실한 자세는 얼마나 값지고 보배스러운 것인가? 후손들에게 남겨줄 정신적 유산이 될지언정 부끄러운 삶은 아니지 아니한가. 나는 조용히 과거를 순화시켜 본다.——〈결말〉: 열매를 보고 나무를 평가.(아닌가? 것인가? 등을 통해 독자에게 상상의 세계로 인도)

– 졸작「마음의 향기」중에서

　지난날 내 초등학교 3학년, 내 나이 10살 때부터 대학교와 대학원 석사과정을 마치기까지 16년간 고학했다. 그리고 고등학교 등록금 마련을 위해 1년간 공장에서 일했고 대학교 등록금 마련을 위해 3년간 수고했던 기간까지 합하면 모두 20년간 고학했다. 가난은 국가도 어떻게 구제할 수 없다고 했던 1950년대와 기아에 허덕이던 1960년대에 고학을 했으니 모진 고난이 점철된 시기였다. 그러나 나는 나와 사회를 사랑했기에 미래를 위해 인내해 왔고 그때의 삶을 회상하며 훗날에 쓴 한 편의 수필이다. 그러기에 나의 수필은 한결같이 날카로운 비판보다는 비록 무딜지라도 사랑의 마음으로 보고, 느낀 감정을 정성들여 옮겨 놓았다 함이 옳을 것이다.

괴테는 일찍이 "사랑은 모든 모순을 융화시킨다"라고 말했듯이 쓰러져가는 초목도, 꺼져가는 인간의 한 목숨도 사랑의 힘으로 소생시키고 약동케 하는 것이다. 그런가 하면 심지어 부패하고 혼탁한 사회일지라도 정성 어린 사랑만 있으면 그 사회는 다시 일으켜 세울 수 있다. 그러기에 나의 수필은 인간의 진솔한 삶을 형상화로, 상상의 세계를 표현하는데 사랑의 소중함을 담아낸다고 하겠다.

나는 이렇게 수필을 쓴다

하정아

지금까지 수필을 주제로 쓴 글만 열 편이 넘는다. 수필에 대한 생각, 쓰는 방법과 습관까지 거의 모든 것을 토로했다. 그럼에도 불구하고 맨 처음 수필 정원에 발을 들였던 30년 전에 비하여 글이 얼마나 익었나 돌아보면 회의가 든다. 좋은 글을 찾아 구도자의 마음으로 읽고 숱한 밤을 새워가며 습작을 한 공력은 어디로 숨었는지, 야속하기만 하다. 지속적으로 꾸준히 발전하면 어느 순간 질적인 변화가 일어난다는 양질전환의 법칙이 나의 수필 쓰기에는 적용되지 않는 걸까. 하지만 그 임계점을 넘을 날이 그리 멀지 않다는 희망을 버리지 않는다.

원고 청탁을 받으면 긴장한다. 어디에 있든, 무엇을 하든, 무엇을 어떻게 쓸까 고민한다. 미룰 수 없는 순간, 말이 무르익어서 신호가 되는 순간이 속히 오기를 고대한다.

수필을 왜 쓰고 싶은가와 어떻게 쓰고 싶은가는 근본적으로 한 뿌리다. '형식과 내용은 상호 전환한다'라고 말했던 헤겔의 응원이 아니더라도 이유는 간단하다. 내용을 담기 위해 스타일이라는 형식을 결정하는 사람은 글을 쓰는 사람이다. 작가가 목적한 내용과 기획한 형식은 분리할 수 없는 관계이다.

조지 오웰의 글쓰기 동기 4가지는 글의 중심을 잡는데 도움을 준다. 순전한 이기심. 미학적 열정. 역사적 충동. 정치적 목적. 작가는 이중 어느 한 가지에 이끌려 글을 쓴다고 말한다. 각 분류에 따른 설명이 고개를 끄덕이게 한다. 나의 글쓰기도 그가 분류한 동기 안에 들어있어 안심이 된다. 적어도 유령 같은 글쓰기가 아니구나, 하는 위로를 받는다.

그는 나의 글쓰기 동기에 부합하는 '미학적 열정'을 이렇게 설명한다. "외부 세계의 아름다움, 낱말과 그것의 적절한 배열이 갖는 묘미, 어떤 소리가 다른 소리에 끼치는 영향, 훌륭하고 견고한 산문을 향한 열정과 기쁨으로 글을 쓴다. 글 자체가 갖는 미학적 요소가 글을 쓰게 한다."

내 심정을 어찌 이리 잘 표현했을까. 내가 수필을 쓰는 이유는 삶의 흔적을 후세에 남기거나 진실을 구명하고 싶어서가 아니다. 책을 읽으면 단어와 문장의 절묘한 조합을 통해 작가의 마음이 고스란히 전달된다. 나도 세상을 살면서 축적된 느낌과 해석을 표현하고 싶은 욕구가 샘솟는다. 책을 읽고 글을 쓸 때마다 이 세상을 살다 간 모든 글 쓰는 이들과 시공간을 넘어 마음의 교류를 한다는 생각이 든다.

동기와 목적은 선명하다. 나의 고민은 언제나 '어떻게 쓸 것인가'이다. 니코스 카잔차스키가 『그리스인 조르바』에서 피력한 문장론을 소중하게 생각한다. "생각을 정갈하게 다듬은 구성과 군더더기 수식어가 빠져 강력하고도 은근함이 묻어나는 문장. 표현해야 할 모든 것을 최대한 절제한 문장. 경박한 데가 없고 인위적인 구석이 없는 글. 말해야만 할 것을 위엄 있게 말하는 글. 엄격한 행간에서 기대하지 않았던 예민한 감성과 부드러운 정을 발견하게 하는 글." 심장이 고동친다. 나도 이런 글을 쓰고 싶다.

산도르 마라이의 영감적인 호소에도 마음이 녹는다. "벌겋게 달아오른 숯에 풀무를 돌려서 바람을 불어넣어라. 뜨겁게 달아오른 불처럼 순수해진 낱말이 불티를 날리며 타오르게 하라. 심혼을 바쳐 쓰라." 눈물이 난다. 정제되어 순수한 글, 나도 쓰고 싶다.

윤오영의 문장법은 들뜬 글의 거품을 제거해주는 죽비소리다. "여과된 감정이라야 아름답고 발효된 사색이라야 정이 서린다." 감정과 사색을 다스리지 않으면 카잔차스키식의 멋진 문장도 마라이의 생명력으로 빛나는 표현도 좋은 문장이 될 수 없다고 말하는 것만 같다. 한숨이 난다. 나도 간결하면서도 촉촉한 글을 쓰고 싶다.

사는 일은 남루하다. 수필 쓰기는 그런 삶조차 의미 있게 만든다. 고통과 어려움 속에서도 끊임없이 살아나는 생명력을 길러준다. 태풍의 한가운데 있다 해도 동서남북을 분간할 수 있는 마음의 근육을 키워준다. 그리하여 끝까지 살아남게 해준다.

그러니까 나는 살기 위해 쓴다. 생명은 유한하여 언젠가는 끝이 난다. 사물도 자기가 지닌 에너지보다 센 압력을 받으면 형태가 바뀌고 사라진다. 그렇다, 모든 일은 끝나기 위해 다가온다. 그 과정을 즐기는 것은 인간의 권리다. 나의 글쓰기는 그 권리 주장이고 실천이다.

수필 쓰기의 동기와 방법보다 더 중요한 것은 마음가짐이다. 냉랭한 마음을 따뜻한 시선으로 포장하면 양심이 찔린다. 슬픈 맘을 숨기고 화사하게 웃으면 살을 벤 듯 아프다. 미움과 증오를 고발하면 탁한 기운에 내가 먼저 중독되어 쓰러진다. 수필이 다독인다. "그러려면 수필 말고 다른 걸 써라." 수필은 속일 수가 없다. 조만간 들통나는 것은 고사하고 시작도 할 수 없다.

A4 백지를 대하는 마음이 늘 먹먹 막막하다. 백지만큼 넓은 우주가 없다. 하늘도 되고 바다도 되는 이곳에 무엇을 담을까. 과거, 현재, 미래를 한 문장으로 표현할 수 있는데. 수많은 위성을 거느린 태양계가 은하계를 중심축으로 공전하는데 걸리는 2억 4천만 년의 시간도 펼쳐놓을 수 있는데. 수필을 쓰게 하는 마력이 백지 안에 들어 있다.

그 백지 위에 수필을 쓴다. 하늘을 바라보는 마음으로. 관측 불가한 우주를 내 가슴에 담는 심정으로. 그 경이로운 우주를 유영하는 기분으로. 그렇게 수필 한 편을 마치고 나면 속이 후련하다. 정갈한 기도를 드리고 난 것처럼.

사랑하다가 죽어버려라

한경화

숨 쉬고 있는 자체가 수필이다.

표현하고자 하는 관념이나 사상인 주제가 떠오르면 그것에 관련된 소재를 일상의 경험이나 책, 대중매체를 이용해 모은다. 그것이 서로 연결고리가 없다 해도 일단은 쭉 이어서 써 놓는다. 주제를 포괄적으로 통합하기 위해 그와 관련된 책을 적어도 3권 이상 탐독한 후, 새로운 정보가 있으면 필요한 부분에 넣어준다. 독자에게 감동, 정보, 재미, 신선함 이 중에 적어도 한 가지 이상은 주기 위함이다.

책을 읽어서 주제를 뒷받침해줄 만한 것을 찾지 못할 때도 있지만, 쓰고자 했던 주제와는 전혀 다른 방향의 글감이 떠오를 때도 있어 결코 헛된 것은 아니다. 주제와 관련된 결론을 미리 생각해 놓는 것이 글을 이끌어 가는 힘이 되기도 한다.

일단 쓴 것을 여과 없이 읽어보면서 주어와 서술어 관계, 적절한 조사가 사용되었는지, 중복되거나 주제에 맞지 않는 것은 없는지 찾아본 후, 고치고 잘라낸다.

그런 다음, 한 문장 한 문장 줄을 그어가며 여러 번 소리 내어 읽다가, 식상하거나 부자연스러운 부분은 줄을 그어놓고 사전이나 인터넷을 참고하여 더 나은 표현을 찾는다. 그래도 안 될 때는 원고를 가지고 카페를 가거나 차 안, 심지어 지퍼백에 몽당연필 하나와 원고를 넣어 사우나를 하면서 교정을 본다. 장소를 바꿔가며 읽다 보면 군더더기가 보이고 나은 표현이 떠오를 때가 있어서 그 과정을 즐기는 편이다.

글의 내용도 중요하지만, 제목과 첫 문장, 마지막 문장에 신경을 많이 쓰는 편인데, 의미가 전달될 수 있는 다양한 기호를 쓴 제목들 ─ 『&·&·&』, 「→이건 어때요』, 『나는 180° 가 좋아』가 있다.

첫 문장은 되도록 간결하게 하는데, 주제를 의미하거나 다음 문장에 대한 호기심을 일으킬만한 것으로 한다. 마지막 문장은 첫 문장과의 연관성을 고려하고, 결론은 작가와 독자가 함께 공감할 수 있는 것으로 끌어내려고 한다. 굳이 내가 결론을 내려고 하지 않고 독자의 몫으로 돌리는 경우도 가끔 있다.

뻔한 이야기가 되지 않게 나만의 개성이 드러나는, 긴 문장보다는 짧은 문장, 깔끔하고 신선하다는 느낌, 전의 작품과는 다른 색깔의 글이 되었다고 생각되면 진정한 마침표를 찍는다.

나의 교열, 교정과정은 거의 6개월 이상이 걸릴 때가 많다. 완성된 원고라 해도 대체로 만족되지 않는 마침표는 의미가 상실되기 때문이다. 원고를 내 머리 한편에 두고 계속해서 생각한다. 마침표가 제구실을 다할 때까지.

이런 이유로 정기적으로 내는 원고는 미리 준비하는 것이 가능한데, 느닷없는 원고 청탁은 부담으로 다가온다. 그래서 생각해 낸 것이 블로그를 활용하는 방법이다. 블로그에 그날그날 있었던 자잘한 일상을 적는 방, 영화나 전시회, 공연을 본 후기 방, 아포리즘 수필 방, 3줄 수필 방, 기사 스크랩 방, 요리 방, 사진 방 같은 구역을 정해 놓는다. 그래서 작품을 쓰고자 할 때 블로그의 각 방에 써 놓은 글을 읽다 보면 글감으로 삼을만한 것이 발견되는데, 그것을 토대로 주제도 정하고 소재도 찾고 해서 작품을 완성한다.

15년 정도 글을 쓰면서 느낀 것은 최고의 독자는 자기 자신이라는 것이다. 자기 자신이 만족되지 않는 글은 남도 설득할 수 없기 때문이다. 그리고 한 명의 독자라도 내 글에 공감한다면 그것으로 만족한다.

글을 쓰면서 나 자신이 많이 변화된 것을 느끼는데, 어떠한 일이 닥쳤을 때 주관적인 생각보다는 객관적인, 부정적인 시각보다는 긍정적인 시각으로 보게 되었다는 것이다. 마음의 여유도 그만큼 더 생겼다.

앞으로 내가 쓰고 싶은 글은 올더스 헉슬리의 『멋진 신세계』 같은 글을 써 보는 것이다. 과학의 지나친 발달로 인간성이 상실된 미래를 풍자한 소설인데, 더욱 놀라운 것은 다가올 미래에 대한 멋진 신세계에서의 예언이 현실에서 조금씩 나타나고 있다는 것이다. 그가 '진정한 작가는 쓰지 않고 짓는다'고 했듯이, 누구도 흉내 낼 수 없는 과학과 인문학을 접목한 상상 수필을 쓰고 싶어, 마블 영화와 픽사 애니메이션, 과학 관련 서적을 기웃거리고 있다.

그동안 글을 쓰다 목이 타서 다른 샘을 찾아 목을 축이지만 그 샘도 바닥을 드러냈다. 물이 끊임없이 솟아나는 샘을 찾아 헤매었다. 펑펑 솟아나지 않아도 끊임없이 목을 축일 수 있는 그런 샘 – 커서의 움직임이 결국은 갈증을 해갈시켜 주었다. 아마도 커서의 움직임이 멈추는 날, 나를 기다려주는 이가 없는 날, 내 삶도 막을 내리겠지. 그때까지 글쓰기를 사랑할 것이다.

숲 속에서 길 찾기

한기정

글쓰기는 무질서한 낱자들의 형태 갖추기, 무의미한 언어들의 의미화 작업이다. 잔 나무 가지들과 넝쿨이 발목을 휘감고 좁은 하늘을 인 숲 속에서 한 걸음씩 나아가는 길내기 작업과 흡사하다.

삼라만상을 품고 있는 숲이라는 삶의 양식糧食을 절제된 자유로움이라는 마체테*로 베어나가면 비로소 시야가 트이고 길이 보인다. 걸려 넘어지고 웅덩이에 빠지고 가시에 찔리고 벌레에 물리고 도토리를 줍고 이름 모를 꽃향기에 끌리고 스치는 바람에 땀내를 실어 보내며 한 걸음 한 걸음 숲을 지난다. 경험을 해석하는 성향, 감성과 미지에 대한 호기심, 시각의 균형감, 사물에 대한 통찰의 깊이들이 관솔**로 쓰이며 어두운 숲 속에 웅크리고 있던 혼돈들은 빛 속으로 걸어 나와 자태를 드러낸다. 글이라는 형식을 빌려서.

수필의 시발점은 작가 자신이지만 그것을 넘어 삶의 보편성을 제시하고 공감을 유도하므로 독자를 깨운다. 보편성이라 함은 인간 본연의 기질 속에 숨겨져 있는 어떤 질서를 의미한다. 사건들은 의미를 끌어내기 위한 통로에 불과하다.

평소 읽기와 메모하기를 게을리하지 않는다.

읽기는 심리학, 문학, 경제학을 두루 포함한다. 글쓰기의 밑천이다.

글감은 어렴풋한 새벽 잠자리에서도, 지하철 속에서도, 대화중에도 떠오른다. 적어두는 것을 잊으면 그때의 감흥은 사라지고 만다.

초안 후 천천히 살피며 글에 살을 붙이고 난삽한 문장은 읽기 쉽게 정리하고 잡다한 표현들은 다이어트 시킨다. 최적의 단어를 찾고 은유의 옷을 입힌다. 단어나 내용의 중복을 피하고 부사는 절제한다. 글의 과도한 꾸밈은 어린 아이의 레이스 원피스처럼 미성숙해 보여 진실에 밀착되기 어렵다. 의도적으로 단어의 중복을 통해 강조하기도 한다. 쉼표를 활용해 전달의 강도를 높이는 간편한 문장을 만든다. 의미도 모르며 쓰는 글은 허영의 글이 되기 쉬우므로 조심한다. 글을 생생하게 하기 위해 설명보다는 상황을 전개시켜 독자가 글의 흐름에 동참하도록 유도한다. 감정과 사건에 솔직하려 애쓴다. 솔직하기 어려우면 차라리 포기한다. 독자에게 진솔하게 다가서기 어렵기 때문이다. 독자들은 작가가 숨기려 하는 약점까지도 간파하는 날카로운 눈을 가졌다.

스스로 만족스러울 때까지 쓰기–프린트하기–수정하기를 반복한다. 진행 중인 글은 책상 위에 펼쳐둔다. 오가며 쓰고 고치고 들여다본다.

열심을 내도 만족스럽지 않을 때는 끝장을 보자고 매달리기보다 잠시 덮어두고 한 숨을 돌리는 것이 더 좋은 결과를 가져온다. 완성도가 높아졌다고 여겨질 때 부러 묵히기도 한다. 현재의 생각에 편향

되어지는 것을 경계하고 숙성 후 더 나은 글이 되기 때문이다.

글 쓰는 사이사이 걷기, 집안일 하기 등을 삽입한다.

어수선한 마음과 잡다한 생각들을 거두고 불필요한 소재를 걸러내는 데 도움이 된다. 숨을 헐떡이며 걷기보다는 적절한 빠르기의 행보가 유리하다. 순수한 산책(innocent walk***)을 권한다. 반찬 만들기, 청소하기, 화분 돌보기, 장보기, 다른 공부하기, 목욕하기, 낯선 동네 거닐기 등 글쓰기와 성격이 다른 일은 사고의 발상을 신선하게 한다.

내 자신에 대한 적잖은 의문이 수그러들지 않는다.

내 안에 절실한 영혼의 울림이 존재하는가. 그것을 온전히 불러낼 용기는 있는가. 잠깐씩 일어나곤 하는 피부소양증을 가라앉히려 묻히는 손톱 밑의 혈흔 정도를 작품이라 말하는가.

수필이라는 문학적 형태가 인간의 삶에서 피 토하는 진실을 쏟아낼 그릇이 될 수 있는가. 수필이라는 옷이 깊은 영혼의 울림을 펼치기에 너무 단정한 것은 아닌가. 명주처럼 너무 얇은 것은 아닌가.

나의 글쓰기는 진행 중이다.

내 속이 이끄는 대로 가기로 마음먹는다.

* 마체테/ 정글에서 길을 낼 때 사용하는 넓적하고 기다란 칼

** 관솔/ 송진이 붙어있어서 불을 붙일 때 사용하는 소나무 가지

*** innocent walk/ 호흡과 한 발 내딛을 발자국에 집중하는 걷기로, 명상과 사색이 주된 과정이며 목적이다. (작가의 정의)

수필, 나는 이렇게 쓴다

한복용

쓰고 싶은 주제나 소재가 심상에 떠오를 때, 그것들과 관련된 자료를 모으는 일부터 나의 수필 쓰기는 시작된다. 가령 어머니에 관한 글을 쓰고 싶은 마음이 간절했을 때, 어머니와의 추억만 가지고 시작한다면 그것은 자칫 회고록이거나 가족사에 지나지 않을 수 있다. 찾아보면 어머니의 이미지를 상징하는 무엇이 있을 테고, 어머니와 나의 얽힌 기억이나 추억 등을 가져오는 것이다. 눈사람을 만들 때 작은 눈덩이를 굴려야 큰 눈덩이가 되듯이 생각도 그런 과정이 필요하다.

어느 정도 단단한 덩어리가 만들어지면 주제를 정한다. 이 일은 단상들을 모으면서 만들어지곤 한다. 대개는 글의 긴장감이나 효과 등을 생각해 미리 구성을 짜기도 하지만 나는 다르다. 손끝 따라 생각을 키워가는 동안에는 형식에 얽매이지 않는다. 처음부터 형식에 얽매이면 내가 쓰고자 하는 방향이 아닌 엉뚱한 쪽으로 흐르기 때문이다. 내가 만든 덩어리의 조각들이 움직여주는 대로 따라간다. 그것들이 제각각 자기 자리를 잡았을 때 거기에 맞는 모양을 잡아주는 일은 그 다음에 할 일이다. 이 작업은 의외로 시간이 많이 걸리기도 한다. 그리고 아주 중요한 작업 중 하나이다. 그 일을 통해 어떤 글은 밖으로 나가 빛을 구경하고, 어떤 글은 기약 없이 창고신세를 면하지 못하기도 한다. 나 스스로가 내 글에 만족하지 못하기 때문이다.

몇 달 전 나는 「각설탕」이란 짧은 수필을 써보았다. '사랑의 속성'에 대해 의구심이 일던 때였다. 또한 사랑은 무엇이며 어떻게 피었다가 시드는가를 생각하던 중이었다. 사랑 그 '놈'은 거듭하여 알 것도 같지만 좀처럼 정의가 내려지지 않는 대상이었다. 사랑의 유효기간을 두고 왈가왈부하는 이들도 있지만, 사랑이란 것이 어느 한편에서 말하는 것처럼 그 적정시기가 있을까 싶었다. 그즈음 어느 커피숍에서 커피와 함께 나온 설탕이 묘하게 내 마음을 붙들었다. 쪼아놓은 돌멩이 같은, 갈색과 흰색의 각설탕이 타원형 그릇에 반반씩 담겨있었다. 커피는 나중이고 그 맛이 궁금했다. 모양은 정형의 틀을 벗어난 제멋대로의 모습이었다. 나는 갈색 각설탕 하나를 집어들었다. 설탕은 입안에 들어간 후 금세 단맛으로 나를 현혹시켰다. 달콤한 맛을 오래 느끼고 싶었지만, "어느 순간 와르르 덩어리가 무너졌다. 깨물 수도 녹일 수도 없는 애매한 순간. 황당했다. 달콤한 덩어리의 수명이 이리도 짧을 줄이야." 나는 그때 각설탕과 사랑의 관계에 집중하게 되었고, 놓칠세라 수첩에 그 느낌을 얼른 옮겨 적었다. 집으로 돌아와 5매 수필 한 편을 엮었다.

「각설탕」에서 내가 말하고자 한 것, 그 주제는 사랑의 속성이었다. 아무래도 각설탕과 사랑에는 그런 연관성이 있어보였다.

　　우리 두 사람 앞날에 그 무엇도 장애가 되지 않을 거라 생각했던 때가 있었다. (…)

　　① 그랬던 우린 어찌 되었나. 단단했던 때가 있었나 싶게 부서졌고, 달콤했던 날이 언제였나 싶게 떨떠름해졌다. (…)

　　달콤함은 일순간이었다. 그런 줄 모르고 빠져들고 알고도 다가서는 것이 사랑인가. 녹은 후의 허망함을 알면서도 다시 또 하나의 각설탕을 집어 드는 어리석음과도 같은.

　　　　　　　　　　　　　　　　　　　　　　　　－「각설탕」 중

이 글에서 하고 싶었던 말은 ①부분에 있다. 하지만 ①은 처음에 아래 ②와 같았다.

　　② 그런데 우린 어찌 되었나. 단단했던 때가 있었나 싶게, 달콤했던 날이 언제였나 싶게 서로를 멀리에 두고 있다. 애초에 그랬던 것처럼, 아무 일 없었다는 듯 서로의 일에 열중한다. (…)

　　달콤함은 일순간이었다. 하지만 순간의 유혹을 뿌리치기에는 그의 존재가 만만치 않았다. 알고도 다가서고 모르고도 가까워지는 것이 사랑이다. 설탕이 녹은 후의 허망함처럼, 알면서도 다시 또 하나의 각설탕을 집어 드는 나의 어리석음과도 같이.

이대로 두니 신파조로 흘렀다. 군말이 많고 설명적이었다. 수필은 짧을수록 선명하다. 그리고 함축된 공간에 많은 것들을 내포해야 한다. 문장은 간결하되 세련되어야 한다. 하여 설명을 걷어내고 생각을 녹여내 '사랑'을 그려보았다. 수 없는 퇴고가 거듭되었고 마침내 ①과 같이 쓰게 되었다.

책에 발표했다 하여 그 임무가 끝났다고는 생각하지 않는다. 어린 딸을 시집보낸 어미와 같이 내 글을 자꾸 들여다보게 된다. 훗날 내 이름으로 된 책에 그 글이 실릴 때 지금보다 더 낫게 되기를 바라서이다.

키치적 사고 벗어나기

한상렬

　루카치가 예단한 바 있듯, 우리는 지금 문학이 총체적 인간의 진실을 담아내지 못하는 우울한 시대에 살고 있다. 자신의 성 쌓기에 주력해야 할 창작 역시 일상의 이삭줍기에 머물고 있다. 그래 지금은 수필을 통한 미로 찾기와 허물 벗기가 요구되는 때가 아닌가 싶다. 한 마디로 예술의 탈주가 이 시대의 아이콘이겠다.

　무엇보다 수필 창작에 있어 속중화 현상, 이른바 키치적 사고에서 벗어나야 할 것이다. 이발소 그림으로 대변되는 키치는 다른 어떤 예술 관련 용어들과 비교할 수 없을 만치 부정적 의미로 사용된다. 이는 '훌륭한 예술품'과는 거리가 있는 '하찮고 천박하며 조야한 미완성 예술품'으로 정의되며, 그 결과 윤리적인 차원에서 '위조, 기만, 거짓말' 등의 특성들을 갖게 된다. 움베르토 에코의 언술을 빌리면, "키치는 오히려 미학적 체험이라는 외투를 걸친 채 예술이라도 되는 양 아바위 치면서 전혀 이질적인 체험을 슬쩍 끼워 놓음으로써 감각을 자극하려는 목표를 정당화하려고 하는 작품"이라는 정의를 내리고 있다.

문학의 본질은 사물의 낯익은 것들을 낯설게 하는 것에서부터 시작된다. 미셸 푸코가 말했듯, "사유의 전 지평을 산산이 부숴버리는" 존재의 의미를 해석해냄으로써 비로소 우리는 진실에 눈뜨게 된다. 그러므로 수필문학이 지나치게 일상성에 몰두한다거나 키치적 사고에 매달린다면 문학성을 얻기 힘들 것은 자명한 일이겠다.

이를 위해서는 무엇보다 사물을 낯설게 보고 낯설게 말해야 할 것이다. 이는 수필 창작의 화자인 작가 자신의 개성적 시각과 개성적 표현의 중요성일 것이다. 개성적 시각으로 대상을 보고 그것을 개성적 언어로 표현하라는 이야기다. 관습적이거나 사회통념으로 대상을 보고 그것을 쓰면 진부한 글이 되기 때문이다. 문학의 본질 중 하나는 참신성에 있다. 참신하고 개성적인 글이 되기 위해서는 나만의 시각으로 봐야 하고 나만의 언어로 표현해야 한다. 이것이 쉬클로프스키가 말한 '낯설게 보기'와 '낯설게 하기'다. 개성적 시각에는, 현미경으로 보는 것과 미시적 시각도 있고, 망원경으로 보는 거시적 시각도 있으며, 대상을 비틀어보는 풍자적 시각도 있고, 뒤집어 보는 비판적 시각도 있을 것이다.

집을 개축하면서 마당에 대나무를 심었다. 이 년째 되는 해 오월 어느 날이었다. 아침에 일어나 나가보니 꽃밭은 물론 잔디밭에도 여기 불쑥 저기 불쑥 온통 녀석들이 돋아나 있었다. 땅 밑으로 굴을 뚫고 기어와서는 밤사이 마당을 접수해 버리고 만 것이 분명했다. 그대로 두면

얼마 못 있어 마당은 온통 대나무 밭이 되고 말 것이다. 나는 삽을 들고 나섰다. (손광성)

이 수필에서 낯설게 본 것은 대나무이고, 낯설게 본 것을 낯설게 표현한 글이다. 어디에도 화자의 진부한 시각은 나타나 있지 않다. 그만의 얼굴, 개성이 나타난다. 이런 개성적 시각은 곧 '낯설게 하기'이다. 대나무란 제재로 글을 쓴다고 할 경우 지조나 절개보다 자기들의 세력 확장을 위해서 몰래 물밑이 아닌 땅속에서 공작을 꾸미고 있는 정치인들의 음모를 꼬집는 글을 쓴다면, 대나무의 겉 다르고 속 다른 은밀한 게릴라 전법이 유용할 것이다.

낯설게 하기는 새롭게 보자는 것이다. 상투적이고 상식적인 시각으로는 글이 되지 않는다. 참신성은 개성적인 시각에서 나온다. 김애자의 수필 「숨은 촉」의 본질 찾기는 이런 지평에서 시작된다.

목공의 귀재는 새를 깎아 하늘에 띄운다고 한다. 어떤 이는 그 새를 통해 하늘과의 통신을, 어떤 이는 접신을 꿈꿀 것이다. 하지만 우리에게 실질적으로 도움을 주는 사람은 부서진 다리를 놓기 위해 가판을 짜는 도편수들이거나, 단청을 올리기 위해 정분을 바르고 문지르는 가칠장이다. 서까래 같고 대들보 같은 사람들의 위세에 가려 있지만 이들이야말로 '숨은 촉' 같은 존재들이다. 그들이 아니고서야 누가 슬골까지 파고드는 냉기 속에서 철근을 자르고 엮을 것이며 가판을 짜서 다리막을 세우겠는가.

대상에 대한 고정 관념에서 벗어나 사물을 다르게 보는 시각의 차이가 본질 찾기에 유용할 것이다. 따라서 미시적이거나 거시적인 안목, 사물을 뒤틀어보거나 뒤집어보거나 아니면 전지적 시점에서의 시각도 필요할 것이다.

로트만에 의하면 언어예술은 언어학적 기호로써 표현과 내용의 차원 사이의 자의성을 극복하려 한다고 하였다. 도상圖上의 경우 기호학자 퍼스Peirce는 사물을 찍은 사진과 같이 기호가 나타내는 닮은 꼴로 보고 있다. 남홍숙의 수필 「비비비∥」의 경우가 그러하다.

비는 실처럼 가는 모습으로 떨어져 실비라 불리지만 한 줄기씩 잘 따져보면 유연한 것만은 아니다. 내려오면서 물러서거나 우회하는 경우는 한 번도 없는 직선코스의 날카롭고 저돌적인 자세다.

비 비 비 비 비 비 비 비 비 비
비 비 비 비 비 비 비 비 비 비

내리는 비는 글자인 비와 닮았다. 이슬비가 내리는 날은 비, 장대비가 내리는 날은 **비**다.

언어기표의 낯설게 하기로서 언어적 미감을 살린 시각적 표현은 수필에서는 다소 생소하다. 전통적 수필 쓰기와는 이질적인 기법이다. 번다한 수식을 피하고 간결, 압축, 요약을 통해 언어가 지닌 비유와 상징을 바탕에 깔아 언어가 지닌 표피적 의미보다는 내재된 본질을 통찰하려는 작가의 창작 태도를 보게 한다.

수필문학에서 키치적 사고를 벗어나기 위해서는 상식으로 상식을 극복하고, 관습을 통해 관습의 근거를 파악하여 일상 언어를 통해 일상성 이상을 탐구하는 것이어야 할 것이다. 그 길은 새로운 변화 즉 발상의 전환이 있어야 할 것이다. 곧 일상성에서의 벗어나기와 키치적 사고를 먹고 자라는 문학적 낯설게 하기야말로 문학의 위기를 극복할 수 있을 것이다.

맹목과 통찰

허상문

한 편의 좋은 수필을 쓰기 위해서는 여러 가지 요소가 구비되어야 한다. 무슨 소재를 선택할 것인가, 어떤 주제를 불어 넣을 것인가, 이야기를 어떻게 이끌어나갈 것인가. 이런 요소는 모두 좋은 수필을 위한 중요한 요건들이다. 좋은 수필을 창작하기 위해서 이러한 내용에 몰두하느라 많은 작가가 쉽게 간과하는 것이 통찰의 중요성이다. 어떤 의미에서 통찰하는 능력은 앞서 열거한 여러 요소보다 더욱 중요한 것이라 할 수 있다.

통찰이란 무엇인가. 통찰력이란 사물의 본질을 꿰뚫어 보는 능력을 말한다. 외면적인 표피에 가려진 핵심을 꿰뚫고 문제의 원인을 찾아 남들이 볼 수 없는 것을 읽어낼 수 있는 눈, 즉 현미경같이 사물을 들여다보고 그 속에 담긴 또 다른 실체와 진실을 볼 수 있는 능력을 말한다. 영어로 통찰력은 'insight'로 표현된다. in과 sight가 합성된 단어가 통찰력이다. 'sight'는 눈으로 보는 '시력' 혹은 '시야'라는 단어인데, 'in'과 합쳐져서 "눈으로 보이는 것 속에서 더욱 깊이 들여다보다"라는 의미가 된다.

모든 사물에는 외견상 눈으로 보이는, 혹은 보이지 않는 가치와 진실이 존재한다. 예컨대 우리가 한 송이의 꽃을 볼 때, 외견상 눈에 드러나는 가치는 '아름답다' 혹은 '예쁘다'는 것이다. 그렇지만 꽃을 통하여 우리는 훨씬 더 많은 연상과 가치를 생각하고 읽어낸다. 국화꽃을 통하여 저세상으로 가신 어머니와 내 누님을 연상하고, 장미꽃을 통하여 사랑하는 연인과 나누었던 뜨거운 사랑을 기억한다. 세상의 모든 현상은 우리가 보는 현상으로써의 그것보다 훨씬 다양하고 복잡하다. 통찰력을 바탕으로 세상의 복잡하고 다양한 사건을 분석하고, 그 속에 담긴 진실을 찾는 것은 새로운 삶의 의미를 찾아내는 것만큼 중요한 일이다. 작가가 바라보는 대상에 대하여 통찰하는 힘은 단순히 글쓰기에서뿐만 아니라 삶을 살아가는데도 너무나 중요한 태도라고 할 수 있는 것이다.

미국의 비평가 폴 드 만(Paul de Man)은 『맹목과 통찰』에서 사물을 표현하는 언어 자체는 어떠한 형태의 고정성도 무위로 돌려버리는 원칙을 지니고 있다고 말한다. 드 만에 의하면, 문학 언어의 속성은 본질적으로 저항성과 물질성을 내포하고 있어서, 어떠한 전유도 고정성도 거부하며 새로운 해석을 위해 존재한다. 따라서 언어를 통하여 사물을 다른 모습으로 보여주어야 하는 작가에게 사물과 대상을 통찰하여 새롭게 표현한다는 것은 그만큼 중요한 일이라 하지 않을 수 없다.

그렇다면 우리가 사물을 통찰한다는 것은 어떠한 방식을 통하여 이루어질 것인가. 이 문제에 대한 구체적 진술을 위해 이 지면은 제한적이지만, 간략하게나마 크게 두 가지 정도는 지적될 수 있을 듯하다. 첫 번째 단계는 사물에 대하여 지속적인 호기심을 갖는 것이다.

앞서 비춘 대로 보통 사람들은 사물을 의미 없이 바라보고 스쳐 지나간다. 그렇지만 진지한 작가들은 다르다. 그들의 머릿속은 '저 사물은 무엇이며 그 가치는 무엇일까'라는 명상적인 생각으로 가득 차 있다. 그래서 좋은 작가들은 일상에서 보고, 듣고, 읽고, 느끼는 모든 사소한 것에 대해서 끊임없는 호기심으로 가득 차 있어야 한다.

호기심에 이어지는 다음 단계는 의미의 내면적 외연적 확대이다. 바라보는 사물과 대상에 대하여 단순한 호기심에 의한 의문을 넘어서 '이 사물이 나에게 어떤 의미를 지니는가' '이 대상이 세상과 어떤 관계를 맺는가' 하는 등등의 질문은 끊임없는 사고의 확장성을 가지게 된다. 더 나아가 이런 질문을 계속한다는 것은 사물과 대상에 대하여 확실히 남과 다르게 생각하고 성찰하고 있다는 징표이다. 이런 태도는 세상과 우주를 새롭게 바라보게 하면서 수필 문학에 새로운 전망을 부여하게 된다.

소재와 주제와 구성을 생각하는 것과 동시에 바라보는 사물과 대상을 끊임없이 생각하고 또 생각하라. 닫힌 눈과 마음을 열고 바라보면, 이 세상의 모든 사물은 당신에게 새로운 의미로 다가오게 될 것이다. 지금 당신이 바라보는 꽃은 단순히 아름답고 예쁘다는 차원의 의미를 넘어서 삶과 죽음, 나와 타자, 빛과 어둠의 세계를 보여주며 당신에게 엄청난 의미망을 펼쳐줄 것이다.

나의 수필 쓰기

허정자

1964년 이른 봄, 서울행 밤기차가 서서히 대구역을 벗어날 때 나는 눈물을 삼키고 있었다. 정든 집, 정든 친구들을 두고 떠난다는 것이 쓸쓸하고 아득하기만 하던 먼 기억. 반드시 훌륭한 작가作家가 되어 돌아오리라 다짐하며 맹세하던 그 밤, 낯설고 막막하기만 하던 서울의 봄으로 이어지고 있었다. 그 당시 동국대학교 국문학과엔 양주동, 서정주, 조연현, 이병주 교수님 등등, 이름만 들어도 문단을 대표할 교수님들이 많이 계셨다. 더욱이 동문이라는 끈끈한 인연으로 문학의 맥을 이어 가고 있었다.

대학 4년이라는 세월은 속절없이 흘러 버렸다. 방황 속에 내 젊음은 그렇게 흘러가고 있었다. 욕망의 찌꺼기를 길러 올리지 못해 허우적거리던 나날들. 문학으로 내 인생의 구원을 갈구하던 수많은 날들이었다. 결국, 교사 자격증 하나만을 가진 채 숨 막힐 것 같은 서울을 떠나오고 말았다. 우울한 귀향歸鄕이었다.

675

오랜 세월 쓰지 않고는 견딜 수 없는 안타까움, 후회와 망설임 속에 가슴 졸이던 나날들. 이제 스물여덟 해 만에 처음으로 창작 수필집을 엮는다.

돌아보면 전전긍긍하며 살아온 날의 흔적이 드러나는 부끄러움과 민망함에 얼굴이 붉어지지만, 이렇게라도 쓰지 않았다면 얼마나 허망한 삶이었을까 생각하며 위로받는다.

– 『강물에 비친 얼굴』 후기 중에서

나의 수필 작법을 쓰기 전에 먼저 글을 쓰게 된 동기, 혹은 이유 같은 것이 담겨 있는 첫 수필집 후기의 일부분을 옮겨 본 것이다.

문학은 인생의 거울이다. 삶의 표현이며 그 형상화에 있다던가. 문학은 사람의 마음을 가장 편안하게 해주는 힘과 자기각성의 눈을 뜨게 해 주는 매력이 숨어 있다. 이런 문학의 대중화에 가장 쉽게 접근할 수 있는 장르가 바로 수필이다. 수필은 자기고백의 문학이다. 작품을 통하여 자신의 인격이나 교양이 그대로 드러난다.

대체로 한 편의 수필을 쓸 때 나름대로 기준을 세워 본다.

① 주제는 잘 나타나 있는가?

② 소재의 특이성

③ 표현 기법은 참신하게, 글의 전개는 무리 없게

④ 시적인 리듬을 갖추자.

대강 이런 몇 가지 나름대로의 기준을 정해 둔다. 가능하면 그 범주에서 벗어나지 않으려고 노력한다. 덧붙여 언제나 중요하게 생각하는 것은 작가정신이다.

고뇌하는 흔적이 담긴 글, 깊이가 있는 글, 쓰는 이의 고뇌와 열성이 잘 어우러져 있는 작품을 쓰고 싶다. 내가 내 자신에게 주문하는 것들이다.

'작가는 자기 작품에 책임을 져야 한다. 쉼표 하나, 마침표 하나도 다 작가가 책임져야 한다. 아무렇게나 휘갈겨 쓴 글이 뿌리가 있겠느냐. 뿌리 없는 작가는 쉽게 시들고 곧 작가의 생명이 끊어지는 것이다.' 지금도 원고지 앞에 앉으면 깊은 산골의 메아리처럼 교수님들의 말씀이 들려오는 듯하다. 너무 어렵게 생각에 생각을 많이 하지만 내가 쓴 글들이 평범하기 짝이 없는 듯 느껴질 땐 우울해진다.

작품을 아기로 생각한다면 나는 지극히 난산難産하는 부인네일 것 같다. 태교는 누구보다 열심히 한다. 올바른 마음가짐에서부터 온갖 정성을 다 모아 오직 훌륭한 아기가 태어나길 기원하는 마음이다. 그럼에도 막상 태어난 아기가 별로 마음에 들지 않을 경우 그 기대만큼 허망해진다. 글을 많이 쓰다 보면 좋은 작품도 있고 별 볼일 없는 작품이 있을 수도 있다. 나의 경우 몇 배의 고통에 비해 수확이 턱없이 적을 땐 쓸쓸해진다.

이런 과작寡作은 어디에서 오는 것일까.

내 문학적인 소양의 부족에서 오는 것과 지나치게 조심스럽게 배운 문학수업도 하나의 이유가 될 것이다. 냉혹하리만큼 다듬고 다듬어야 한다던 교수님들의 충고와 붓 가는 대로 쓴다는 수필의 문제점들이 쉽게 글을 쓸 수 없는 요인 중의 하나일 것 같다. 자기만의 세계를 담을 수 있는 글, 광대한 소재의 결정으로 사상이나 철학을 심도 있게 다루는 의식의 작품을 쓰고 싶다. 아무도 흉내 낼 수 없는 독창성, 나에게만 느낄 수 있는 향기, 그런 작품을 쓰기 위해 노력할 것이다. 앵무새의 똑같은 말의 반복에서 오는 지루함과 의미 없음에서 벗어나는 작품을 쓰고 싶다.

요즈음 수필 인구가 많아지면서 수필 작품들이 넘쳐나는 시대에 살고 있다. 수필은 누구나 쓸 수 있고 붓 가는 대로 쓰면 된다는 오해는 너무 쉽게 쓴 글들이 수필이라는 이름으로 출판되고 있는 현실이다. 씨앗을 뿌리고 열매를 맺기까지 희망과 기도하는 마음으로 기다리는 농부들의 긴 인내를 전하고 싶다.

밤을 밝히며 내가 쓴 글들이 아침이면 불만의 얼굴로 다가온다. 내가 추구하고 표현하고 싶은 문장이 매끈하게 다듬어지지 않은 채 다가오는 나의 분신들. 결코 미워할 수만은 없다. 결점 많은 자식에게 더욱 애틋한 정이 쏟아지듯이.

수필 한 편 쓰기가 이렇듯 어렵다. 아, 언제쯤이면 자유롭게 글을 쓸 수 있는 날이 올 것인가. 그 막막함에 가슴이 무겁다.

내 가슴 속에는 강물이 흐른다

허창옥

내 가슴 속에는 언제나 강물이 흐른다. 그것은 때로 서늘하게 흐르다가 아프게 뒤채기도 하고 천 길 낭떠러지를 폭포로 떨어지기도 하며 드물게는 결빙된 표면 아래 숨어서 소리죽여 흐른다.

강은 그렇듯 멈추지 않는다. 그러니까 강은 살아있는 것이다. 강이 살아있으므로 나도 살아있다. 살아있는 나는 살아있으므로 더할 나위 없다. 그 살아있는 내가 기쁘든 슬프든 그것은 매우 사소한 일이다.

강물이 내는 소리들을 무심히 지나치지 않는다. 듣고 느끼고 기록한다. 나의 삶은 매우 일상적이며 평범하다. 일상은 소중하다. 먹고 살고 부대끼는 일은 절체절명의 명제인 것이다. 그런 일상 중에서 꽃이 피듯, 단비인 듯, 겨울 햇살이듯 고마운 일이 글 읽기와 글쓰기이다. 읽기와 쓰기 사이를 오가며 조용하게 살아간다. 이보다 더한 복은 없으리라 여긴다.

글쓰기 곧 수필 쓰기가 내 영혼의 기록이 되기를 희망한다. 온갖 생각을 끊임없이 되풀이하지만 궁극적으로는 그것이 저급하지 않은 사유의 기록으로 남기를 열망한다. 때로 나는, 다른 이들에게는 도무지 중요하지 않을 개인사를 내용으로 하는 글을 쓴다. 자기고백의 글이 수필이고 자기고백에는 대개 한恨이 배어있게 마련인데 한은 표출되고자 하며 동시에 내밀하게 감춰져 있고자 한다. 그 상충하는 욕구 때문에 몹시도 괴로웠다.

그런 아픔은 이따금 격랑을 만들었다. 강은 밤낮으로 뒤채며 소리를 질렀다. 마침내 범람하여 쓰지 않을 수 없게 된 것이 개인사에 관한 서사적인 글들이다. 이런 글을 쓸 때마다 얼마간 난감하다. 순전히 나의 주관적인 정서 때문에 작품에 등장하게 된 인물들에 대해서 미안한 마음을 가지고 있다. 픽션이 아닌 글에 양해를 구하지 않고 등장시키는 인물들에 대해 작가는 어떤 태도를 가져야 하는가. 그것은 정당한가라는 의문을 가질 때가 있다. 하지만 진솔하여야 하고 진실해야 한다. 그렇지 못하다면 수필은 대체 무엇이란 말인가, 라고 위안을 삼는다. 아전인수식 변설辯舌일까.

그래서이기도 하고 개인적인 취향이기도 해서 나는 특별한 사건이 없는 서정적 내용의 글을 더 많이 썼다. 그 내용들은 일상에서 길어 올린 사유이거나 꽃, 산, 또는 여행지에서 만나게 된 자연물에 대한 정서를 표현한 것들이다. 외부의 충격을 내부로 끌어들이고 갈무리해서 한 편의 글로 형상화하는 작업을 계속해왔다. 말하자면 글감들을 대개 바깥 세계에서 가져온 셈이다.

최근에는 좀 다른 욕구를 가지게 되었다. 내부에서보다 더 절절한 진실을 이끌어내고 싶어졌는데 그 열망은 자못 강한 것이다. 그러자면 좀 더 길고 깊은 내면조응의 시간을 가져야 한다. 그리하여 심연의 소리를 길어 올려야 하는 것이다. 그렇게 이끌어낸 내용에는 어떤 심상이 드러나게 마련인데 그것은 대개 모호하고 추상적이다. 그런 점은 비수필적이다. 이 또한 난감하지 않을 수 없다.

비수필적이라는 결함에도 불구하고 마음의 정황을 그대로 옮기고 싶었다. 진정 그리하고 싶어 했다. 그 결과물이 괜찮은 글이 되지 못할지라도 내 영혼의 기록은 될 것 같기 때문이다. 서술의 기법으로 '의식의 흐름'을 염두에 두었으나 의도대로 되는 것 같지는 않다. 의식의 흐름을 자연스럽게 따라가며 기술記述하는 능력이 부족함을 절감하였다. 하여 그제나 이제나 그게 그것인 글을 쓸 수밖에 없다. 그것이 한계이다.

영화 「박하사탕」의 주인공처럼 이즈음에 와서 나는 돌아가고 싶다는 생각을 참 많이 한다. 그것은 어떤 시점時點이기도 하고 지점이기도 하다. 불현듯 꼬맹이로 거슬러 올라가고 싶고, 내내 고향으로 돌아가고 싶어 한다. 잃어버린 순수와 고요가 그리운 것이다. 나이 들면서 그 절실함이 더하여 자연스레 그러한 내용들이 최근의 글감이 되곤 한다. 진부하다는 생각이 없지 않지만 그게 진실이다. 또 하나 마지막까지 잃고 싶지 않은 것은 서정성이다.

마음이 어떠하든 또 글이 무엇을 말하려 했든 내 기쁨과 슬픔에는 언제나 세상 한 귀퉁이가 들어있다. 내가 그리고 내 글이 세상을 위해 한 푼어치의 배부름이나 따뜻함이 될 수 없다 할지라도 나는 사람 때문에 웃고 세상 때문에 운다. 그러니 내 글이 어떤 내용과 형식을 가졌다 하더라도 그것은 전적으로 내 정서의 소산물이다. 그것으로도 충분히 기껍다.

앉은뱅이 시계의 초침 소리가 크다. 밤이 깊었다.

나는 수필을 이렇게 쓴다

현정원

어머님이 갑자기 쓰러지셨다. 떡이 목에 걸린 것이다. 호흡곤란….

구급차에 실려 병원에 가셨다. 심폐소생술로 겨우 살아나셨지만 의식은 없었다. 어머님은 중환자실에서 8일을 견디다 돌아가셨다. 유언은 없었다. 경황없이 장례를 치렀다. 처음 해보는 일이 순조롭고 원만하게 흐르는 것을 보며 유순하기만 했던 어머님의 은덕이라 생각했다.

불쑥불쑥 어머님 생각이 났다. 꿈에서라도 만나 뵀으면 싶기도 했다. 애틋함 때문만은 아니었다. 인사를 나누고 싶었다. 아니, 어머님으로부터 인사를 듣고 싶었다. 잘 있으라는, 고마웠다는, 사랑한다는…. 결혼하면서부터 한 집에서 살았으니 함께 산 세월이 짧지 않은데, 함께 산 이유가 어머님의 건강 때문이었으니 어머님을 향한 내 나름의 수고도 적지 않은데, 어떻게 어머님은 마지막 인사도 없이 그렇게 가신 건지…. 슬프기도 하고 억울하기도 했다. '잘했어야 했는데 죄송하다'든가 '천국에서는 항상 건강하고 매일 행복하시라'는 인사를 못 드린 것도 아쉬웠다.

나만큼은 그러지 말아야지 생각했다. 남편과 아들들에게 전하고 싶은 내 마음과, 형제와 이웃들에게 건네고 싶은 내 감사를, 미리미리 마련해 두리라 다짐했다. 마침 그 얼마 전 유언장을 쓴 적이 있었다. 호스피스 교육을 받았는데 숙제로 유언장 쓰기가 있어서였다. 백지를 앞에 놓고 빠져들던 그 이상한 기분이라니…. 나는 가고 글만 남아 그 글이 가족과 이웃들에게 읽혀진다 생각하자 갑자기 창자가 끊어질 듯 아파왔다. 결국 그때 나는, 어이없게도, 글은 몇 줄 쓰지도 못 한 채 엉엉 울어버렸었다.

이번만큼은 제대로 된 유언장을 쓰자 싶었다, 이왕이면 문장도 내용도 멋들어지게. 그러려면 글을 배워야 했다. 도대체 어른들은 글을 어디서 배우는지 알 수 없었다.

집 앞 백화점의 문화센터에 가 강좌를 살펴보았다. 수필교실이 있었다. 당장 등록했다. 그렇게 수필을 쓰기 시작했다. 내 수필의 뿌리는 유언에 있는 셈이다.

노트북을 앞에 두고 고민 중이다. 글 제목은 '나는 수필을 이렇게 쓴다'인데 엉뚱하게 글을 처음 쓸 때의 일들만 떠오른다. 하지만 내가 써야할 글은 '어떻게 쓰게 되었나'가 아닌, '이렇게 쓴다'이지 않은가.

이렇게 라, 이렇게 라…. 마우스의 째깍 소리에 맞춰 몇 번이고 '이렇게 라'를 읊조려 보지만 아무리 생각해도 내게는, 이렇다 할 '이렇게'가 없다. 가족과의 에피소드를 빈번히 글 소재 삼는 것은 알겠다. 글의 발아가 그렇고 그래서일 것이다. 그러니까 나는, 아내가 엄마가 할머니가, 좀 욕심내 말하자면 한 여자가 한 사람이, 어떤 일을 겪고 어떤 생각을 했는지 속삭대는 수준의 글을 쓰고 있다고나 할까. 과연 가족과 형제들에게 남기는 유언, 이웃과 친구들에게 건네는 인사말답다. 정작 피붙이들은 내 글을 잘 읽지도 않지만….

내가 이런 식의 글을 쓰는 것은 내가 가진 능력에도 이유가 있다. 책방에 갈 때마다 그곳에 가득한 재미있고 기발하고 사랑스럽고 깜찍한 생각들에 가슴이 감동의 물결 넘실대는 바다가 되곤 하는 나로서는, 큰 소재를 다룰 엄두를 내지 못한다. 도서관에 갈 때마다 그곳에 충만한 해박하고 다양하고 논리적이고 비판적인 사고에 머릿속이 번개 내리는 밤하늘이 되곤 하는 나로서는, 어려운 주제에 다가갈 용기를 내지 못한다. 복잡하고 어려운 것들을 담을 수 있는 크고 깊은 사유의 그릇이 내게는 없는 것이다. 그래도 내가 남보다 잘 알고 있는 것이 있으니 그것은 바로 나다. 내가 겪은 지극히 작고 개인적인 일들이다.

작은 것, 가벼운 것, 개인적인 것, 직접 겪은 것…. 이런 소소한 이야기를 소재 삼는 내게도 어려움은 있다. 진실함, 솔직함 같은 것들이다. 기억력도 마음에 걸린다. 고백하자면, 나는 내 글 속에서 스스로 공정하지 않다. 내 자신을 음흉하고 편파적인 시선으로 돌이켜보는 것이 내 글쓰기이기 때문이다. 추억 속 아스라한 풍경과 상상 속 엉뚱한 장면을 나르시시즘의 수면에 비쳐보는 것이 내 글쓰기이기 때문이다. 인연으로 얽힌 소중한 사람들(혹은 사건들)을 색안경 쓴 채 굽은 팔 내밀어 더듬더듬 살펴보는 것이 내 글쓰기이기….

그러고 보면 내 수필 쓰기는, 나로 하여금 과거의 어떤 시간을 새롭게 살게 하는 그래서 그 시간 속의 나를 새롭게 확정시키는 그 무엇이 아닌가 싶다. 내가 겪은 시간을 내게서 떼어내 이리저리 살피게 하는 그 무엇. 글을 쓰는 시간만큼은 내가 나라는 당연한 사실에서 벗어나 내가 내 자신을 높은 곳에서 바라보는 눈目이 되기 때문이다. 물론 그 눈이란 게 앞서 말했듯 공평하지도 올바르지도 않은 눈이긴 하지만….

아아, 다시 고민이다. 내가 써야할 글은 여전히 '나는 수필을 이렇게 쓴다'이지 않은가.

나는 수필을 유언하듯, 인사하듯, 쓴다 해버릴까? 웃으면서 쓴다고…? 왜 웃느냐 물으면, 내 유언이 현시대의 가족은 물론이요 손자와 증손녀와 고손자에게 읽히기를, 내 인사가 아주 먼 미래의 후손들에게까지 유효하기를, 감히 꿈꾸기 때문이라 눙치면서?

나의 삶이 곧 나의 수필이다

홍미숙

제가 걸어온 길이 뿌듯하여 수필을 쓰고, 제가 걸어갈 길이 가슴 벅차 수필을 쓰고 있는지도 모르겠습니다. 수필을 쓰면서 삶의 소중함을 깊이 깨달았습니다. 그런 저의 삶을 저는 사랑합니다.

저의 삶을 만들어 가는데 동행해준 가족, 친척, 친구, 이웃들 모두 모두 사랑합니다. 그 중 이처럼 아름다운 세상과 함께할 수 있도록 저를 만들어주신 부모님께 가장 감사하지요. 그리고 자연도 많이 사랑합니다. 제가 태어나 성장기를 보낸 고향의 산과 들, 바다, 하늘에게 무지 고맙지요. 제가 수필을 쓰는데 큰 밑거름이 되어주고 있기 때문입니다.

저는 사람들을 참 좋아합니다. 대가족과 함께 살아와서 그런지 노인, 아이 할 것 없이 사람들과 만나 이야기를 나누는 것을 좋아합니다. 노인을 만나면 저의 할머니와 할아버지를 만난 것처럼 반갑고, 아주머니와 아저씨를 만나면 저의 부모님을 만난 듯 반갑습니다. 그리고 아이들을 만나면 어릴 때 함께 뛰어놀던 소꿉친구들이 떠올라

가슴이 두근거립니다.

사람과 더불어 자연도 참 좋아합니다. 꽃과 나무를 좋아하고, 시 냇물은 물론 강물과 바닷물도 좋아하고, 산이 높고 낮음에 상관없이 다 좋아합니다. 그리고 하늘을 엄청 좋아합니다. 하늘에 떠있는 태 양은 물론, 밤하늘을 수놓는 별들과 다달이 인생을 돌아보게 해주 는 달을 매우 좋아합니다. 파란 하늘에 하얀 뭉게구름도 좋아하고, 아침노을과 저녁노을도 좋아합니다. 하늘과 땅을 하나로 만들어주 는 눈과 비, 안개도 좋아합니다. 무지개는 말할 것도 없지요, 바람도 좋아합니다. 자연 속에서 사시사철 철따라 노래하는 풀벌레와 새들 도 참 좋아합니다. 제가 좋아하는 이 모든 것들이 저의 수필 소재가 되었고 앞으로도 계속 수필 소재가 될 것입니다.

어느새 수필 문단에 데뷔하여 글을 쓴 지 25년이 다 되어가고 있 습니다. 그러는 동안 많은 보람이 있었습니다. 저는 수필가가 되겠다 는 꿈을 꾼 적은 없었습니다. 솔직히 현모양처賢母良妻가 꿈이었지요. 학창시절 백일장에 나가 상을 받은 적이 있었지만 작가의 꿈을 꾸지 는 못했습니다. 작가는 훌륭한 사람들의 몫이라 생각했기 때문이지 요. 하지만 교과서에 실린 작품들을 쓴 작가들이 많이 신기하고 존 경스러웠습니다. 제가 수필가가 된 것을 보면 꾸기 어려웠던 꿈도 이 루어져 기쁨을 가져다줌을 알 수 있습니다. 그래서 세상은 살아갈만 한 것인지도 모릅니다.

생각하면 할수록 제가 수필가가 된 것은 어마어마한 행운이었습니 다. 저는 그 행운에 보답하기 위해 늘 감사한 마음으로 수필을 쓰고 있습니다. 그동안 500여 편의 수필을 쓸 수 있었던 것도, 일곱 권의 수필집과 세 권의 역사에세이를 출판할 수 있었던 것도 감사한 마음이 컸기 때문이었습니다. 제가 쓴 수필 모두가 그렇지만 그 중 저의 삶을 한눈에 들여다볼 수 있는 수필이 바로 「신호등」입니다. 그 수필로 인해 저의 삶이 더욱 소중해졌습니다. 그 수필이 2003년부터 국정교과서에 이어 검인정교과서(중학교 3학년 2학기 국어)에 실리는 영광을 차지하였으니까요.

저는 고민하면서 수필을 쓴 적은 없습니다. 자연스레 수필 소재가 저에게 다가와 수필을 쓰도록 도와주어 쉽게 쓸 수 있었습니다. 저의 대표작이라 할 수 있는 「신호등」 역시 쉽게 갑자기 쓴 수필입니다. 제가 살고 있는 안양의 벽산사거리 횡단보도 앞에서 생각해낸 수필이거든요. 평소 자주 이용하는 횡단보도 앞의 신호등이 저에게 큰 선물이 되어주었습니다. 지금까지 써온 저의 수필 모두는 저와 소중한 시간을 함께한 것들이 소재가 되어 수필로 탄생하게 된 것입니다. 그러기에 수필을 쓰면서 수필 소재가 되어준 사람과 자연, 아니 온 우주만물에게 감사한 마음 금할 길 없답니다.

저의 수필들 속에는 저의 삶이 고스란히 담겨있습니다. 그러니 저의 삶이 곧 저의 수필이지요. 그동안 제가 써온 수필이 바로 저이고, 앞으로 제가 써나갈 수필도 바로 저일 것입니다. 그렇기에 저는 저를 사랑하고, 저를 소중히 여기며 열심히 살아갈 수밖에 없습니다. 그래야 남도 사랑하게 되고, 소중히 여기게 되니까요. 수필 또한 좋은 수필을 쓸 수 있지요. 무엇보다 좋은 수필을 쓰기 위해서는 좋은 사람이 되어야 합니다. 다행히 이 세상에는 나쁜 사람들보다 좋은 사람들이 많으니 걱정할 일은 없다고 봅니다.

저는 수필가가 된 것에 너무너무 감사할 따름입니다. 무엇보다 수필가가 되어 수필을 쓰다 보니 제가 조금은 따뜻한 사람이 된 것 같습니다. 뛰어난 사람보다는 부족한 사람이, 잘 사는 사람보다는 힘들고 어려운 사람이 더 가깝게 다가오니 하는 말입니다. 소외된 사람에게 마음이 더 가는 게 사실입니다. 앞으로 더 따뜻한 사람이 되어 독자들의 마음 밭도 따뜻하게 만들어줄 수 있는 그런 수필을 쓰도록 노력할 것입니다. 저의 삶이 곧 저의 수필임을 명심합니다.

수필의 씨앗을 찾는다

홍애자

　문득 예기치 않던 일들을 목격할 때 내 감성은 내면으로부터 서서히 솟아오르기 시작한다. 그 시점에서 찾아내는 씨앗이 있다.

　지하철을 즐겨 타는 나는 주로 목적이 무엇이든 그 길을 향해 빠르게 걷는 발걸음들의 뒤를 따라 걸음을 옮기며 그 무리들의 뒷모습을 바라보고 그들의 숨소리를 듣는다. 순간 아, 이것이구나! 환희의 느낌이 가슴에 가득해진다.

　오랜 세월을 살아오다 보면 희비애락의 순간순간들이 쉴 사이 없이 다가온다. 고통의 아픔을 겪으면서도 그 가운데에서 섬광처럼 빛나는 작은 씨앗을 발견한다. 그 씨앗을 마음 밭에 심어놓고 오랜 날을 정성껏 키운다. 싹이 나고 줄기가 굵어지고 꽃망울이 피기를 기다리는 시간은 참으로 길고 지루하지만 어지간히 참고 견딘다.

　진솔한 글을 쓰기 위해 사실을 외면할 수 없는 게 수필이다. 수필의 영역은 광대하고 다양하다. 내 개인 주변과의 상대적인 관계들, 가족과의 잊지 못할 추억들과, 계절의 아름답고 신비한 변화를 그저 지나치기에는 너무나 아까운 소재의 보고이기 때문이다. 길을 걷다가 바람에 춤추는 가로수에서 그들의 기쁨과 고뇌의 소리를 상상해본다. 저 나무들은 과연 이곳에서 매연에 찌들면서 만족할까? 아님 청정한 산속 가족으로 서 있기를 갈망하는 건 아닌지…, 소재의 발견은 어느 곳에든지 숨어있다. 어떤 눈으로 바라보고 마음에 간절히 느낌을 받는지에 따라 예기치 않게 수필의 소재를 얻을 수 있는 것 같다.

때로는 세미나에 참석하여 평론의 강의를 들을 때, 순간 퍼뜩 스치는 섬광처럼 수필의 씨앗을 받아 적는다. 어떤 소재를 다루어야 하는지는 몇날 며칠을 생각하며 고민을 한다. 단순한 생각이나 급한 성정으로 쓰기 시작하는 것은 거의 실패를 가져온다.

어릴 적엔 동시에서 콩트에서 주제를 뽑아 산문을 쓰곤 했다. 동시 속에서 소재를 발굴해 매우 다작을 하던 습관이 40대에도 계속되었다. 한번 쓰기 시작하면 자판을 계속 두드려야 했고, 그래서 쓴 작품들은 깊이가 없는 그저 지루한 문장일 뿐이었다. 그렇지만 버리지 않고 긴 날 동안 보고 또 보면서 나 스스로 평자가 된다. 이는 수필 한 편을 출산하는 과정에 없어서는 안 될 자신의 성찰이기 때문이다. 예리하게 감정처리를 할 수 있는 여과의 시간을 갖는 것이다. 그래서 태어난 글들은 비로소 수필에 가까워지는 것 같다.

나의 스승께서는 〈비망록〉은 수필 작법에 가장 소중한 보물임을 강조하신다. 퍼뜩 떠오르는 주제나 소재를 놓치지 않고 기록하는 습관이 글쓰기에 가장 중요한 작업임을 강조하셨다. 오랜 시간이 걸리더라도 퇴고에 중점을 두도록 하신다. 문장은 쉬우면서도 깊이가 있고 읽는 이로 하여금 작가와 공감을 나눌 수 있어야 좋은 글이라고 하셨다.

포항에 사는 손자 요엘이가 토론토대학에 입학하게 되었다. 떠나기 전날 손자에게 일러준 남편의 말이 생각난다.

"요엘아, 대학에 가면 공부에 급한 마음먹지 말고 모든 일에 즐거움을 갖는 게 첫 번째요, 두 번째는 무거운 신을 신고 걷듯이 네 목표를 향해 천천히 쉬지 않고 터벅터벅 걸어가야 한다." 이 말에는 여러 가지의 교훈이 담겨져 있다. 한동대 국제학교에 다닐 때에도 "1등에 연연하지 말고 마라톤 뛰듯 꾸준해야 한다" 하던 할아버지의 깊은 뜻을 손자 요엘이 이미 다 헤아리고 있듯, 곧 글을 쓰는 내게도 적용이 되는 교훈이다.

어디에서든 발견한 씨앗을 심고 가꾸는 작가는 지극히 참을성이 있게 저 깊은 곳에서 순이 틀 때를 기다려야 한다. 순이 나오기 시작하면 서서히 솎아주고 누렁 잎을 따주며 과감히 곁가지를 잘라 내야 한다.

그러나 지금도 나는, 소박하고 진정성 있는 그런 글을 쓰고자 하는 게 나의 소망이지만, 넘어야 하는 수필로의 고갯길은 아직도 멀기만 하다.

일상 받아쓰기

홍억선

1.

세상 모든 것들은 저마다의 역할이 있다. '과학'은 오늘 이순간의 우리들의 삶을 지탱하는 역할을 하고 있다. 하지만 그 수명이 길지 못하기에 우리는 철학이라는 것에 평생의 가치를 맡긴다. 철학 역시 그 역할이 제한적이기에 우리는 종교에 영원한 삶을 의지한다. 이처럼 세상의 것들은 저마다 그에 맞는 연유로 생겨나 제 역할을 한다.

그렇다면 수필은 어떤 역할을 할까. 우리는 왜 수필을 쓰는 것일까? 문학, 그 중에서도 수필은 역사와 철학과 한 뿌리다. 같은 몸체에서 태어났지만 물론 수필은 역사가 아니고, 수필 또한 철학이 아니다. 저마다 역할이 따로 있다. 수필은 역사와 철학을 양쪽에 두고 그 사이에 자리를 잡고 있다. 역사는 기록이고, 철학은 사유다. 그러니까 수필은 역사적 기록이요, 철학적 사유로 우리들의 삶을 드러낸다. 수필은 역사인 기록에서 시작하여 철학인 사유로 마무리한다.

역사나 철학이나 수필은 모두 우리의 삶이다, 일상이다. 삶의 도구요, 결과이다. 우리의 삶을 받아 적은 것들이라고 생각한다. 수필의 역할이 그런 거라고 생각하며 나는 역사적으로 기록하고 철학적으로 사유한다는 생각으로 수필을 쓴다.

2.

올 초에 내가 다니는 직장에서는 직원 모두가 참여하는 단합대회라는 것을 했다. 버스를 대절해서 추령재를 넘어 동해안 감포 앞바다 횟집으로 갔다. 가서 쫀득한 회를 썰어놓고, 술잔을 높이 들어 "우리는, 하나다"를 외치며 단합을 과시했다.

돌아오는 길에 불국사역 앞에 있는 온천에 가서 뜨거운 물에 몸을 담갔다. 사우나를 좋아하는 내가 쑥찜질방에 한 번 더 들어간 것이 문제였다. 나와 보니 버스가 떠나고 없었다. 겉옷을 버스에 두고 내렸기에 전화도 지갑도 없었다. 부랴부랴 후불 택시를 타고 뒤를 쫓았는데 따라잡을 수 없어 결국 직장인 경산까지 오게 되었다.

사무실에 도착하니 대부분 해산들 하고 몇몇이서 남은 캔맥주를 마시고 있었다. 사람들이 그럴 수가 있느냐고 했더니 사람들은 내가 버스에 타지 못한 것을 그때까지 모르고 있었다.

내 존재감에 대한 반성이 먼저 일어났다. 단합대회라는 것의 의미와 무관심에 대한 원망도 솟았다. 그날의 역사적 기록과 철학적 사유를 수필이라고 생각하고 나는 「단합대회」라는 수필을 썼다.

여름 초입에는 장모님이 돌아가셨다. 약간은 서러운 연세인데도 장례식장은 별로 슬퍼하는 분위기가 아니었다. 자식들은 가끔씩 실실

웃었다. 사남사녀를 둔 장모님은 이런저런 사연으로 셋째딸 집에서 돌아가셨다. 장례식장에서 가장 밝은 얼굴은 셋째 딸이었다. 어쩌다가 십 년 가까이 친정 엄마를 모시게 된 노고를 이제 벗어나게 된 홀가분 같은 것이 하이톤의 목소리에서 느껴졌다. 둘째로 밝은 표정은 장남이었다. 아들로서 그동안 모시지 못한 것이 딴에는 마음의 짐이 있는데 속시원하다는 느낌이 보였다. 그 다음은 맏딸이었다. 셋째가 모시는 동안 자기는 지켜만 보았으니 스스로 편치 않았으리라. 그래도 가장 슬피 우는 척하는 자식은 막내딸인 내 아내였다. 부모를 잘 모시지 못한 원망을 맏자식에게 돌리며 엄마를 불러댔다. 하지만 아내는 평소에 장모님에 대해 별 관심이 없었다.

나는 이 장례식장의 아이러니한 분위기를 역사적으로 기록하고 부모 앞에서도 철저한 이기적인 군상들의 표정을 역사적으로 기록하고, 철학적으로 사유하여 「장모님 초상날」이라는 수필을 썼다.

지난 주말, 지역 문협 신임 회장과 새로 조직된 임원들과 상견례 자리가 있었다. 새로 시작하면서 잘 해보자고 회장이 밥 한 그릇 낸다고 해서 다들 식당에 모였다. 모두들 한 테이블에 네 명씩 조를 맞춰 나란히 앉았다. 밥이 들어오기 전에 먼저 떡 한 접시가 들어왔다. 이 좋은 자리를 빛내기 위해 미리 떡을 한 박스 만들어 오신 기특한 분이 계셨던 모양이다. 하지만 바로 밥이 들어올 텐데 이 떡이 식전이나 식후나 환영을 받을까 하는 생각이 들었다.

접시에는 사람 수에 맞게 분이 만발하게 핀 찹쌀떡이 네 개 놓여 있었다. 누군가 각자에게 배당된 몫이니 하나씩 집어 보자고 했다. 당뇨기가 있는 나는 티슈 한 장을 꺼내 내 몫의 떡 한 개를 집어서 돌돌 말았다. 집까지 가지고 가게 되면 떡을 좋아하는 마누라에게 줄 생각이었다. 내 옆에 있는 여류 시인이 다이어트 중이라고 "이것도 같이 싸세요" 하며 내 떡 위에 얹었다. 안 먹을 거니 인심을 쓰자는 기부심리였다. 그 앞에 있던 사람은 "식전인데" 하면서도 떡을 하나 집어서 입에 톡 털어 넣었다. 본인에게 배당된 것은 알아서 처리한다는 책임심리였다. 내 앞에 앉은 수필가는 마지막 남은 떡 하나를 가리키며 "내 떡이니까 눈독 들이지 마라"고 경고했다. 신임 회장이 인사말을 하고는 한 바퀴 돌며 순회 악수를 청했다. 우리 테이블 앞에 서자 내 앞에 있던 수필가 바람처럼 남은 떡을 집어 "앞으로 노고가 많으실 텐데 떡 드시고 힘내세요" 하고는 회장님의 입에 쏙 넣었다. 아부심리였다. 그 모습을 바라보던 나는 '저럴 거면 날 주지' 하는 욕심보 심리였다. 떡 하나씩에 담겨 있는 각양각색의 풍경을 나는 역사적으로 기록하고, 철학적으로 사유하며 「떡 하나의 심리학」이라는 수필을 썼다.

3.

우리들이 고상하게 생각하는 문화예술이라는 것은 모두가 인간의 삶을 준비하고, 살아가고, 살아낸 흔적들이다. 뭐 그리 대단한 것들이 아니다. 문학, 미술, 음악, 무용이며, 건축 등등이 모두가 그냥 일상생활의 받아쓰기다. 문학이라는 시, 소설, 수필도 삶의 도구들이다. 우리 인간들의 삶에 보탬이 되는 것일 때 의미가 있고 가치가 있다.

수필은 위대한 창조행위이고, 화려한 명예의 훈장이 아니다. 나는 내 사소한 일상을 개인 역사로 기록하고, 철학적으로 사유하여 깨우치고 반성하기 위해 수필을 한다. 그것이 수필의 역할이라고 믿는다. 수필은 그냥 우리의 삶에 이용하여 후생하는 삶의 도구라고 생각하기 때문이다.

내 안에 있는 깊은 샘에서 길어 올린 수필

황소지

아주 어렸을 때였다. 명절날 저녁때나 긴 겨울밤에 동네 부인들이 우리 집 안방에 모여들었다. 어머니와 올케가 번갈아가면서 큰 소리를 내어 읽던 장화홍련전, 유충렬전, 춘향전 등을 들으며 자랐다. 오빠가 일본 대학에서 문학을 전공해서 오빠 책꽂이에 있는 소설책을 가져다 읽기도 했다. 초등학교 작문시간에 내가 쓴 글을 선생님이 칭찬해 주시며 반 아이들에게 읽어 주셔서 어깨가 으쓱한 일도 있었다.

중, 고등학교 때는 문학소녀로 살았다. 고향에서 백리 길을 떠나 진주에서 하숙도 하고 자취도 했다. 어머니가 보고 싶어 집에 갈 날만 손꼽아 기다렸다. 학교 도서관에서 책을 제일 많이 읽었다고 상을 받기도 하였다. 도스토옙스키 등 러시아 소설과 앙드레 지드를 비롯한 실존주의 작가들의 책을 하루에 한 권이나 이틀에 한 권씩 밤을 새워 읽었다. 학교 교지에 다달이 동시나 산문 등을 발표하기도 했다.

그러나 대학에서 약학을 전공하게 되고 결혼을 하고 큰며느리로서 의무를 다하며 연년생 삼 남매를 키웠다. 약국을 개업해서 바쁜 하루하루를 살아가면서 한동안 문학과 거리를 두게 되었다. 아무 생각 없이 살아가는 하루하루가 의미가 없었고 삶에 회의가 밀려왔다. 나는 휘청거렸고 나를 찾아 바로 서고 싶었다. 나는 지금 무엇을 하고 있는 것인가? 물질적인 풍요가 정신을 잃고 살아가는 삶에 의미를 줄 순 없었다. 일상과 조금 먼 곳에서 삶의 의미를 찾고 싶었다.

글을 쓰고 싶었다. 아이들이 대학에 들어가면서 서울을 드나들었다. 신문에 한국일보 문화센터 '수필 반' 광고를 보게 되었다. 부산에 살면서 무작정 3개월 단위 수필 반에 등록을 하고 박연구 선생님을 만났다. 드디어 '수필'이라는 것에 마음을 주고 눈을 뜨게 되었다. 나는 왜 이렇게 살아가고, 이런 삶에는 어떤 의미가 있는 것일까? 천천히 주위를 쳐다보고 스스로를 돌아보는 시간을 가졌다. 그냥 지나쳤을 주변의 작은 것을 따뜻하게 바라보게 되었다. 그것에 의미를 찾게 되고 사랑을 나누고 정情을 주고받기도 했다. 뭇 생명의 환희의 소리를 들을 수 있게 되고 내가 존재하는 이유도 거기 있음을 알게 되었다. 다시 태어나는 희열, 인생에서 가장 소중한 것을 발견하는 기적을 보게 되었고 나는 나의 허무를 극복할 수 있었다.

대선배를 통해 '인간이 글보다 더 소중하다는 것', '지극히 선하고 아름다운 삶을 위해 글을 쓴다'는 말에 크게 공감하기도 했다. 글은 인간이 더욱 참된 인간, 보편적인 선善에 도달하기 위해 문학을 하는 것이라 하였고, 지엽적인 기교에 너무 치우칠 일은 아니라고 했다.

한때, 나는 나만 힘겹게 살아가고 있다고 생각하였다. 큰 수도원에서 피정避靜을 통해 많은 수사님들이 '열심히 일하며 정성을 다하여기도하며' 살고 있는 것을 보게 되었다. 그분들은 이 세상을 만드신 이의 뜻인 선이 이 세상에 충만하도록 이 세상의 병고와 죄악을 기워 갚기 위해 자신을 바친 분들이었다. 나는 이때까지 내 안에 갇혀서 나만 힘겹게 살고 있다고 생각해온 이기심이 부끄러워졌다. 고된 삶은 어쩌면 다른 이에게 필요한 존재로 살아왔다는 의미가 아니겠는가?

수필은 나를 지탱해주는 기둥이 되었다. 맑은 눈으로 사물을 보고 영혼이 이끄는 길을 따라 살며 이웃과 서로 사랑을 나누며 글쓰기를 명하였다. 글을 쓰면서 아름다운 글, 재미있는 글, 쉬운 글을 쓰려고 노력하였다. 주제가 있고 여운이 긴 글을 써야겠다는 생각도 하게 되었다.

수필을 쓴다는 것은 일출을 맞이하기 위해 어둑새벽에 길을 나서는 일이 아닐까? 외로운 길이지만 정갈한 시간, 또렷한 의식은 감미로웠다. 이른 새벽이면 내 안에 있는 깊은 샘에서 물을 길어 올린다. 맑은 생각으로 깨끗한 물을 사랑하고 쉼 없이 길어 올린다면 언젠가는 정화수를 만날 수도 있으리라. 정화수의 이름을 수필이라 부르고 싶었다.

글을 쓰는 것, 즉 수필을 쓴다는 것은 나를 찾기 위한 몸부림이었음을 고백한다.

수필의 향기, 가슴으로 글을 써야

황옥주

1. 수필에 대한 소고

글쓰기를 인체와 연결시켜 빗대어본다면, 머리로 쓰는 글과 가슴으로 쓰는 글로 나눌 수 있다. 머리로 쓰는 글은 이성을 바탕으로 한 논리가 중심이고, 가슴으로 쓰는 글은 감정을 바탕으로 한 서정이 중심이다. 이성적인 논리와 날카로움은 차가운 머리에서 나오고, 은근한 정과 따뜻한 인간미는 가슴에서 나온다. 논문이나 비평문, 신문의 사설 등이 머리로 쓰는 글이라면, 시나 수필은 가슴으로 쓰는 글이다.

글을 가슴으로 쓰기 위해서는 마음의 여유가 필요하다. 판단력이 번뜩이는 두뇌의 인간은 달리면서도 생각하고, 생각하면서 달리기 때문에 어떤 지향점에 도착이 빠를 것이다. 때문에 매 순간을 꽉 찬 생각으로 쫓기듯 살아간다 할 수 있다.

그러나 해찰부리 듯, 뒤도 돌아보고 주변의 사물들과도 대화를 나누며 걷는 사람은 꽃피는 소리도 들을 수 있고, 별빛에 반짝이는 윤슬과도 눈빛을 교환하는 여유로움이 있다. 이 여유로움이 수필가의 마음이라 본다.

마음이 여유롭다는 말은 시간적으로 한가하다는 말과는 다르다. 무심한 마음으로는 사물과의 대화가 이뤄지지 않는다. 생각은 깨어 있어야 하고 사유가 있어야 상想이 길러진다. 글은 상의 연속이다. 상이 메마르면 수필을 쓸 수가 없다.

뿐만 아니라, 수필속의 이야기는 진솔하고 가식이 없어야 한다. 진실되지 않으면 조작이요, 조작은 머릿속 교지狡智가 사주한다. 교지가 냄새나는 수필에서는 향기를 느낄 수 없다.

수필은 왜 가슴으로 써야 할까? 짧게 말해 가슴은 솔직하기 때문이다. 부끄럽고 저속한 삶까지도 드러내버리고 싶은 것이 가슴의 속성이다. 작은 거짓말에도 마음이 떨리고 얼굴이 붉어지는 이유가 여기에 있다.

인간의 삶은, 특별한 환경을 제외하고는 거기서 거기다. 내가 체험하고 경험한 것은 다른 사람도 거의 겪는다. 자랑스러운 경험도 있지만 감추고 싶은 일들도 많다. 진솔함이 좋다고 모든 치부까지를 드러내야 좋은 수필인 것은 아니다. 선線을 지켜 숨겨 놓아도 독자는 선너머 얘기를 읽어낸다. 그리고 공감해 준다.

수필은 중년 이후의 사람들이 쓴 글이라 한다. 어린이들은 시는 쓸 수 있어도 수필은 못 쓴다. 인생의 경험과 앎이 얕아서다. 수필을 지식인의 글이라 보는 이유다.

좋은 수필을 읽고 '향기롭다'고는 해도, 소설을 읽고 '향기롭다'고는 하지 않는다. 소설은 지식인의 글이 아니란 뜻은 절대 아니다. 수필 속에는 고도의 지성이 녹아있고, 소설은 허구를 전제로 수용한 글이라는 점에서 정서가 다를 뿐이다.

반면, '아름답다'는 표현은 소설 쪽에 더 잘 어울린다. '향기로운 수필', '아름다운 소설'처럼… 이를 바꿔 쓸 수도 있지만 어딘가 어울림이 매끄럽지 못하다.

수필에는 인생을 살아오면서 다져진 작가의 철학과 사유, 메시지가 담겨있어야 한다. 독자가 읽고 나서 '그래서 어쨌단 말이냐?'라는 느낌의 글이라면 쓰나마나한 수필이다.

문학은 감동이 생명이지만 수필이 특히 그렇다. 감동은 정의 움직임이며 정이 흘러야 글이 생명력을 가진다. "정이 글을 낳지 글이 정을 낳는 것은 아니다. 정이 없으면 글도 없다"는 윤오영의 말에 깊이 동감을 하고 있다.

수필은 "인간적 향내가 배어있어야 하고, 일상을 주마간산으로 스쳐보는 것이 아니어야 한다"는 것은 윤재천 교수의 주장이다. '인간적 향내'라는 표현이 너무 신선하게 느껴진다.

수필이 독자에게 감동을 주기 위해서는 내 가슴이 먼저 움직여야한다. 자신에게도 일어나지 않은 감동을 제3자가 느낄 리는 만무하다.

때문에 수필가가 지향할 최종 목적지는 '마음을 움직이는 글'을 쓰는 일이라고 나는 보고 있다. 감정이 메마른 수필은 향기가 없기 때문이다. 두 번 읽을 필요가 없는 글은 한 번 읽어볼 필요도 없다는 말도 이런 맥락에서 나왔지 싶다. 좋은 글을 읽고 감동이 깊을 때,

작가 아닌 독자도 글을 써보고 싶은 충동을 느낄 것이다.

감동은 뜨거운 피가 흐르는 가슴 안에 숨어있고, 진실을 바탕으로 한 감동이 클수록 향내도 짙다. 멀리까지 풍기는 지란의 향이다. 가슴을 닫아 버리면 향내도 끊긴다. 되풀이된 결론이지만 수필이 머리가 아닌, 가슴으로 써야 할 이유다.

2. 나의 수필 쓰기

모든 글쓰기의 기본은 지식이다. 빈 머리로는 좋은 글을 쓸 수 없다. 급변하는 시대변화에 적응하기 위해서도 지식이 필요하다. 다양한 표현, 바른 언어를 구사하기 위한 어휘 확충도 독서 없이는 안 된다. 때문에 독서는 작가의 본분이고 갖춰야 할 소양이다. 뜻과 같이 되는 건 아니지만 나는 독서에 관심이 많은 편이다.

글감을 찾을 때도 책이나 신문 등을 읽으면서 퍼뜩 떠오르는 생각이 나의 관심과 일치할 때 이것을 소재로 잡을 때가 많다. 한 번 잡힌 소재는 글이 될 수 있을까를 고민하며 숙성시킬 때, 필요한 자료를 찾거나 불확실한 내용을 보충할 때도 독서가 키를 제공해준다.

지면상 결론을 말하면, 수필에서 중요하지 않은 부분은 없다. 가장 중요한 것은 수필은 감동이 있어야 하고, 가슴으로 글을 쓸 때 감동이 크다는 것이 내 주장이다.